travessia

Leticia Wierzchowski

travessia

a história de amor de
Anita e Giuseppe Garibaldi

3ª edição

Rio de Janeiro | 2025

Copyright © 2017 by Leticia Wierzchowski

Texto revisado segundo o novo
Acordo Ortográfico da Língua Portuguesa

2025
Impresso no Brasil
Printed in Brazil

CIP-BRASIL. CATALOGAÇÃO NA PUBLICAÇÃO
SINDICATO NACIONAL DOS EDITORES DE LIVROS, RJ

W646t
3ª ed.

Wierzchowski, Leticia, 1972-
Travessia: a história de amor de Anita e Giuseppe Garibaldi/ Leticia Wierzchowski. – 3ª ed. – Rio de Janeiro: Bertrand Brasil, 2025.
23 cm.

ISBN: 978-85-286-2180-8

1. Ficção brasileira. I. Título.

17-40294

CDD: 869.93
CDU: 821.134.3(81)-3

Todos os direitos reservados pela:
EDITORA BERTRAND BRASIL LTDA.
Rua Argentina, 171 – 2º andar – São Cristóvão
20921-380 – Rio de Janeiro – RJ
Tel.: (21) 2585-2000

Não é permitida a reprodução total ou parcial desta obra, por quaisquer meios, sem a prévia autorização por escrito da Editora.

Atendimento e venda direta ao leitor:
sac@record.com.br

Para Chico Baldini, que vestiu as minhas ideias
com as suas cores e a sua sensibilidade
enquanto eu escrevia esta história.

"Conhecerás a natureza do Éter e também todos os sinais que há no Éter e as obras invisíveis da flama pura do Sol resplendente, e de onde surgiram. Sondarás as obras vagantes da Lua ciclópica e sua natureza, conhecerás também o Céu que tudo abarca, de onde este brotou, e como a Necessidade o levou no cabresto a manter os limites dos astros. Como Terra e Sol e ainda Lua também. Éter agregador e Láctea celeste e Olimpo extremo e ainda força quente dos astros impeliram-se para vir a ser.

Umas são mais estreitas, repletas de fogo sem mistura, outras, face àquelas, de noite; ao lado jorra um lote de flama. No meio destas há uma divindade, que tudo dirige: pois em tudo governa o terrível parto e a cópula, enviando a fêmea para unir-se ao macho e de volta o macho à fêmea.

De todos os deuses que concebeu, Amor foi o primeiro."

Poema de Parmênides, fragmentos

Parte 1

O mar nos olhos

Fevereiro de 1850, Tânger

Em pé na úmida manhã de inverno, ele olhou para o oceano lá embaixo, uma massa de água cinzenta estendendo-se até perder de vista, escabelada pelo vento, encrespando-se ao longe numa melancolia que parecia penetrar por todos os seus poros, adensando-se em seu coração.

O poncho branco, franjado, sacudia ao redor do seu corpo no alto do imenso promontório onde ficava o farol do Cabo Espartel. Seu perfil grego dava-lhe ares de estátua; ele lá em cima, a imagem da solidão enclausurada no vento.

Tinha subido ao promontório para arejar as ideias. Não estava acostumado a ficar dias a fio num único lugar: precisava de movimento, de amplidão, de planos e de sonhos. Tudo isso parecia-lhe acabado, e ele sentia-se triste.

Quando estava triste, gostava de ver o mar...

Era um homem forte e compacto, embora parecesse pequeno diante daquela paisagem de tirar o fôlego. Sua figura recortava-se contra as nuvens tormentosas que vinham do Estreito de Gibraltar, nuvens sólidas e bravias como navios de guerra. Nuvens perigosas, cheias de segredos terríveis.

Mais uma tempestade, ele pensou quando seus ossos reclamaram da furiosa lufada de ar frio que os abraçou.

Os cabelos fartos dançavam com o vento. Os cabelos dançavam como se tivessem vida própria, uma mancha inquieta e dourada na manhã nebulosa do inverno de Tânger. Eram como um halo ao redor da sua cabeça, como um sinal. O eleito. Ele abriu um sorriso que era mais um esgar, lembrando-se do vaticínio de Anzani. Os eleitos também tinham a sua sina. A dele, agora sabia finalmente, era a solidão e o vazio do exílio. Correu a mão pelos cabelos de ouro, sentindo-se infeliz e cansado.

Subitamente, as nuvens que vinham do estreito pareceram crescer, escurecendo ainda mais, como se pudessem ler seus pensamentos sinistros. Um relâmpago riscou o céu. O vento encapelou-se; era como estar num barco. Tudo se movia. O poncho, as árvores, a água lá embaixo, seus cabelos longos feito medusas na fundura do oceano. Os cabelos que Anita adorava. Os cabelos que Anita cortara num acesso de ciúmes em Montevidéu, e que agora estavam crescidos outra vez, régios como um manto.

Ele deixou que dançassem. Que se encrespassem como as velas de um navio a singrar as águas marinhas. Baixou o rosto, deixando de lado aquele vigoroso céu de tormenta, e seus olhos correram pelo oceano lentamente como se fossem dedos amorosos sobre o corpo de uma mulher.

A Espanha logo ali do outro lado, pensou tristemente.

Tão perto, tão longe a sua Europa.

Giuseppe Garibaldi estava sozinho no alto do promontório como se estivesse sozinho no mundo, sob os altos muros brancos do farol do cabo Espartel, olhando o mar revolto.

As ramadas das árvores batiam umas nas outras, como nunca se tivessem adaptado ao vento incessante do cabo, aos súbitos temporais que varriam a costa. Giuseppe gostava daquele vento úmido e rebelde. Nunca no mesmo lugar. O mundo era pequeno para o vento, pequeno.

O mundo tinha ficado pequeno para ele também... O exílio sabia amargo desta vez. Tinha 44 anos, e, na Itália, deixara sua velha mãe e os três filhos.

Anita também ficara lá.

Sem um túmulo. Pobre Anita. Amada Anita.

Ele suspirou fundo, cofiou a barba arruivada, aparada com esmero. Pequenas rugas marcavam seus olhos belos cor de avelã. Estava sozinho lá em cima. Sozinho como um fantasma.

Ele e o vento.

Anita gostava do vento, ela sempre lhe dizia. Gostava de ver o vento nos seus cabelos de ouro. Por um instante, sentiu como se ela também estivesse ali. Como outrora, pequena e resoluta, ao lado dele. Teimosa, ah, ela era teimosa... A teimosia de Anita fez brotar um sorriso no seu rosto sério. Mas logo a sensação boa desvaneceu-se. Ficou apenas a eletricidade da tormenta que se aproximava como uma outra vida, latente e inapelável.

Ele estava tão só como naquela água fria, maligna, no naufrágio perto de Laguna. Agora, mais do que antes, estas memórias ruins vinham-lhe à mente. Tinha cavalgado duas horas e subido a montanha para ver o mar lá de cima. Em busca da liberdade, de alguma paz. Mas a tristeza tinha subido com ele, a tristeza era o seu farol.

Afinal de contas, era um homem como todos os outros. A sorte também fechava seus olhos para ele.

Por alguns instantes, sentiu vontade de ver outros rostos, de caminhar pelas ruas agitadas e barulhentas da cidade de Tânger. Suas vontades evanesciam rapidamente agora, desde que saíra de Gênova no *Trípoli*. Quase sempre se sentia incomodado onde estava e, por isso, passava longas horas na pensão, lendo, rememorando os últimos anos, as incontáveis viagens, seus amores, batalhas, sonhos.

O vento aumentava cada vez mais, como se nascesse de si mesmo. Era a hora de voltar. Mais um banho de chuva causaria males ao seu reumatismo já tão cruel. Deixara o seu cavalo pastando mais abaixo, sob as árvores que ficavam perto do muro do pátio do farol.

Respirou fundo lá no alto ainda uma última vez, sentindo a maresia entrar pelos seus pulmões. Não, não estava triste, concluiu. Tinha sido uma boa cavalgada até ali. O mar, do alto do promontório, pensou Giuseppe Garibaldi, ainda era dele.

Ah, se tivesse um navio... Tivera tantos navios sob o seu comando, mas agora era o chão. O chão firme e duro, e o silêncio das longas horas que se estendiam como um deserto árido. Olhou ainda uma vez ao seu redor e o que viu era grande, portentoso e trágico: toda aquela massa de água de um cinza-escuro, palpitante, bordeada pela areia; para o sul, o terreno descia e se transformava numa larga, extensa planície. Estava no alto do estreito de Gibraltar, e o estreito era a saída para o mundo.

Um dia, pensou ele.

Um dia eu voltarei.

As nuvens cresciam, adensavam-se. Sentiu o vento revigorar seu corpo, correr pelo seu sangue, oxigenar seus membros. A tempestade não tardava... Seus ossos diziam-lhe isso, eram como um bando de velhas fofoqueiras os seus ossos cansados.

Giuseppe Garibaldi ajeitou o poncho de seda branca por sobre o qual a luminosidade enganosa da manhã traçava seus desenhos movediços. Sentia um pouco de frio, mas não como em Mostardas, em São José do Norte, ou nos Apeninos naquele inverno... Era um frio diferente, que vinha de dentro, mastigando-o com dentes finos, pequenos, famintos.

Virou-se e, com passadas largas, desceu a pequena elevação até onde deixara o cavalo, que, nervoso pressentindo o temporal, relinchou afavelmente ao sentir a sua presença.

— Eita... — disse Giuseppe, estalando os lábios para acalmar o animal, imitando os velhos tropeiros e os bravos cavaleiros de Teixeira Nunes com os quais cruzara o pampa de um lado para outro. — Eita. Está tudo bem, Siham.

Sua voz clara elevou-se pelo promontório ventoso enquanto ele acariciava o pelo negro, alabastrino, do animal elegante. Sentiu o calor que se emanava das narinas largas do bicho, lembrou-se da floresta ao redor do rio das Antas, lá do outro lado do mundo, na América do Sul. Menotti pequeninho, coisa de 2, 3 meses. A chuva que nunca parava, a fome terrível. Ele e Anita tinham aquecido a criança com o sopro dos cavalos e com a bosta deles também.

As memórias vinham-lhe desordenadas agora, como se estivesse num promontório da sua própria vida e, lá embaixo, as ondas do tempo misturassem tudo numa única água inquietante.

O cavalo resfolegou, agitado, farejando a tempestade.

— Vamos embora, Siham.

Montou, sentindo os ossos. O animal começou a descer pelo caminho estreito. A umidade aumentava, vinha com o vento, deixando pequenas gotículas salgadas no seu rosto. Sentiu fome. Tudo nele reclamava agora. Recordou-se da pensão simples, o fogo ardendo na lareira de pedras. Acordara antes do alvorecer e estava cansado. Seria a velhice, depois de tudo o que fizera?

Quarenta e quatro anos.

Giuseppe virou o rosto e, uma outra vez, sorriu para o mar de um cinza escuro lá embaixo. Ainda era cedo para ele. A Itália o esperava e ele voltaria. Mas seus ossos diziam-lhe o contrário, que diabos.

Era um quarto pequeno e simples, mas limpo, seco e quente. O fogo ardia na lareira. Conquanto não tivesse dinheiro, a sua fama causava grandes efeitos em toda a gente. Efeitos bons e ruins. Ali na pensão, era bem-tratado, chamavam-lhe "general". As criadas olhavam-no de soslaio, havia uma até mesmo bonita, de pele escura e luzidia, olhos amendoados, voláteis. Ela deixava-lhe o fogo sempre pronto, como se o fogo fosse um recado.

De todo o modo, ele pensou tirando as botas, ainda não era o tempo. Dizia-se um homem enlutado. De fato, vivia vários lutos. Vários. Puxou a cadeira para perto do fogo e esticou os pés, envoltos nas meias de lã escura, para perto do calor.

Deixara a mãe e os filhos na Itália. Os Deidery cuidariam das crianças, pois Rosa Raimondi já não tinha mais idade, estava fraca e cansada. Ele tinha deixado a Itália por ordem do governo. Era o exílio ou a forca.

E, na Itália, tinha deixado Anita.

Desde a morte de Anita em Ravena, a verdade é que ele vagara como uma alma penada. Atravessara os Apeninos auxiliado pelo padre Veritá, depois cruzara a fronteira da Romagna. Tinha amigos e esta era a sua sorte. Um destes amigos conseguiu-lhe lugar num barco de pesca que o levou até Elba e, de lá, à Toscana. Só tinha na cabeça uma ideia: ir a Nizza ver a mãe e os filhos. Precisava dar-lhes a terrível notícia da morte da esposa. Alcançou Chiavari com este pensamento, e nem a euforia dos habitantes, que o aplaudiam pelas ruas, pode serenar esta sua dolorosa intenção. O intendente de Chiavari não o recebeu de tão boa cara como as gentes do lugar, e foi-lhe imposto que não deixasse a cidade sem consentimento, e que não causasse comoção popular. Mas ele era uma comoção ambulante. Recebeu rosas de damas que suspiravam, agasalhos de jovens que ansiavam pela República, pratos de comida preparados por velhas senhoras que o adoravam pia e maternalmente. Apesar disso, o governo o prendeu. Ele deixou-se levar para Gênova, onde o povo assistiu enraivecido à sua passagem conduzido por soldados armados, gritando-lhe urras e vivas e atirando flores e beijos aos seus pés.

Era um herói, um herói de coração partido. Encerraram-no em um pequeno quarto vigiado, e sua prisão, que era para ser secreta, andou de boca em boca e foi debatida nas sessões da Câmara e nos jornais de toda a Europa. Manifestações públicas e discursos inflamados correram por Gênova como o vento minuano varria os pampas. Giuseppe Garibaldi era um herói, e como herói deveria ser poupado. Os seus opositores estavam entre a cruz e a espada, mas ele, deitado naquele catre estreito, só conseguia mesmo pensar no cheiro de leite de Ricciotti, nas mãos de Teresita, na última carta que Menotti mandara do colégio, no abraço da mãe, Rosa... Tudo aquilo era um naufrágio às avessas, sentia-se submergir e, de repente, voltava à tona, assustado, sozinho, machucado de morte. Fizeram-se insinuações maldosas sobre Anita, línguas venenosas diziam que ele tinha deixado que ela morresse, que Anita era um estorvo, que Garibaldi era um assassino frio e calculista. Ele, trancado no quarto, aguardava em silêncio o seu destino de herói. O silêncio era seu barco. Era seu mar.

Finalmente, decidiram-se por bani-lo. A morte de um herói é como deitar fogo à palha, diziam. Entregá-lo aos austríacos seria uma calamidade que poderia pôr tudo a perder. O povo iria às ruas. Revoltas, greves, tudo outra vez. Ofereceram-lhe um suborno mensal para deixar o país pacífica e silenciosamente. Ele aceitou a partida, mas não o dinheiro. Pediu apenas uma coisa: voltar a Nizza para rever a família.

Concederam-lhe vinte e quatro horas em Nizza, e ele partiu num navio sob os aplausos calorosos da multidão que encheu o porto bradando seu nome no ar brilhante da manhã de outono. Apesar disso, sentia-se sozinho e doente, totalmente acabado. Em Nizza, a mesma emoção, os mesmos urras, o mesmo tratamento odioso do intendente local: deixaram-no horas no navio, esperando autorização para baixar à terra.

Esteve com os filhos e com a mãe na casa do cais Lunel, cumpriu a dolorosa missão de contar às crianças que Anita estava morta. Chorou junto com eles, chorou mais do que eles. Ricciotti, de tão pequeno, não entendeu nada.

Tudo aconteceu muito rápido então. Os Deidery assumiram os seus filhos, ele dormiu ainda uma noite na casa materna, a 50 metros do cais do qual partiria para o exílio no dia seguinte. Soldados ficaram de vigia do lado de fora da casa de Rosa Raimondi, enquanto a velha senhora orava sozinha, ajoelhada no seu altar de santos, banhada em lágrimas pelo filho predileto.

No dia seguinte, foi embora.

O barco ganhou o mar no rumo de Túnis. Giuseppe não pode desembarcar lá, pois o Bei não permitia a sua presença com medo de desagradar os franceses. Giuseppe Garibaldi era um homem incômodo. Seguiram para Malta e a Sardenha. As coisas se repetiram, os nãos, os portos, o mar.

Só viu o chão na ilha de La Magdalena, onde foi recebido com certa consideração e vigiado constantemente. Depois de um mês, foi para Gibraltar. Por fim, viera dar no Marrocos.

Agora estava ali, na pensão pequena, aquecendo os pés como um velho à beira do fogo.

Ele pigarreou.

Na verdade, por causa do reumatismo, tinha medo dos invernos. Desconfiava dos padres, odiava os reis. Mas temer, só temia mesmo os invernos.

Se tivesse um espelho por perto, confirmaria que ainda era um homem muito bonito. Não era velho e não estava acabado. Tânger não seria o seu epílogo. Porém, o cansaço impunha-lhe que se mantivesse longe de vaticínios. Quanto aos espelhos... Quem precisava de espelhos, quando os olhos da criada morena luziam ardentes como aquele fogo enclausurado entre as paredes de pedra?

Tinha escrito muitas cartas nos últimos tempos. Cartas demais para amigos distantes demais. Em Tânger, o cônsul sardo, Giovanne Capeteno, era o seu mais próximo amigo. Mas viam-se pouco. Também estava com ele o major Leggero; seguiam juntos desde Roma, juntos fugiram e pelearam pelos caminhos, seguidos de perto por turbas de austríacos. Leggero o levara embora apenas duas horas depois da morte de Anita em Ravena, antes que o inimigo o surpreendesse. Fora seu cérebro quando ele só conseguia ser um coração partido, não conseguia pensar.

No Marrocos, Leggero e ele dividiam aquela sina e longas caminhadas matinais pelo porto e pelas muralhas de Tânger, Leggero claudicando levemente ao seu lado, mas Giuseppe tinha se acostumado a passar as tardes sozinho, na pensão, escrevendo. Começara com as cartas... Para Cuneo, para os Castellini. Cartas para sua mãe, nas quais assinava *suo caro Peppino*, e pequenos bilhetes para as crianças, que seriam lidos pela Sra. Deidery depois do jantar, na varanda perto do porto em Nizza. Havia outros amigos aos quais queria escrever, mortos, todos eles. Rossetti, Carniglia, Mutru, Ugo Bassi, Teixeira Nunes, Anzani e o Mouro Aguiar.

Tinha vontade de falar com Ricciotti, Zita e Menotti. Dizer-lhes coisas bobas, coisas vãs. Às vezes falava, andando pelo porto. *Ecco, Menotti, a constelação de Órion é um trapézio formado por quatro estrelas, veja lá... A Betelgeuse, a estrela alfa... No Uruguai, blancos e colorados peleavam quando você nasceu, Teresita, carina mia. No Sul do Brasil, Ricciotti, havia um vento chamado minuano que soprava por três dias seguidos, trazendo o frio. Aqui no Marrocos, o vento quente e seco que vem do Saara se chama chergui.*

Ele falava sozinho, em voz baixa, caminhando sempre, as mãos nos bolsos, o lenço vermelho ao pescoço como nos velhos tempos. Passava os dedos nas pedras milenares do muro que protegia a cidade dos ataques desde o tempo dos vândalos. *Uno, due, tre, quattro, cinque...* Contava os séculos como se fosse um deus. Falava aos filhos das cores, do sol vermelho, dos muros de pedra cinzenta. *Delacroix pintou aqui, Teresita. Uns trabalham pela liberdade, outros, pela beleza.*

Sentia uma dor quase física ao pensar nos três filhos lá na Itália, aos cuidados dos amigos. Por isso, para se livrar da dor, escrevia. Após longas horas caminhando pela cidade, voltava — como fizera naquele dia, depois de subir ao farol, para a beira do fogo no seu quarto de pensão. Num quarto de pensão, como se fosse um caixeiro-viajante. Sentado ali, o corpo ali, a mente vagando pelos anos, pelos continentes, pelas guerras.

Giuseppe Garibaldi remexeu-se na cadeira, olhou a claridade lá fora pela janela pequena. O temporal já passara, e o céu exibia finas nuvens de um branco sujo. Em Tânger, os temporais eram furiosos, olimpianos e breves.

Pela claridade, calculou que ainda não eram três horas da tarde. A tempestade que o apanhara no caminho deixara-o ensopado e exausto, mas, agora, com as roupas secas, o estômago cheio e o corpo aquecido pelo fogo, brotava na sua mente uma ideia. Uma coisa louca. Nunca fora um homem de palavras. Seu negócio sempre foram as ações. Ousava, avançava, construía, navegava e incendiava barcos. Erguia a espada lá no alto e comandava os legionários contra Rosas, contra Oudinot, contra os austríacos. Seus discursos eram sanguíneos, incandescentes e improvisados. Tinha uma coisa, ele sabia, uma coisa que encantava os homens. Mas levava a vida um dia de cada vez, sempre.

Porém, ali, com os pés enfiados nas meias cinzentas que Rosa Raimondi tecera para ele em Nizza, a vida parecia embolar-se como um novelo desfeito por um gato. Tudo junto, o ontem e o hoje. E, pairando sobre rostos, vozes, lugares, lá estava Anita.

Uma ideia estranha tomava seu espírito. Já levara barcos pelo pampa afora. Incendiara os navios que amava. Assaltara um cemitério para roubar os restos mortais da sua própria filha. Brigara com reis, desestruturara um império, sonhara com uma república. Matara, salvara, saqueara, restituíra. Mas o que vai fazer agora, nunca havia feito.

Nunca.

Ergueu-se da cadeira como se comandasse uma tropa de cavalaria. Seu pescoço se retesou na vontade do momento. Num canto do quarto, havia uma mesa. Arrastou-a para perto do fogo com uma facilidade que não condizia com a sua própria sensação de velhice. A mesa estava gasta, marcada. Ele passou a mão espalmada pela madeira, sentindo, estranhamente, as palavras impressas ali ao longo de décadas de cartas, diários, anotações pessoais. Tânger era um porto. Quantas almas já tinham circulado por ali? Fenícios, romanos, vândalos. Cristãos e muçulmanos. O mar de Tânger vira de tudo.

Mas aquela mesa leria seus segredos.

Giuseppe puxou a cadeira. Tirou de uma pequena gaveta um maço de folhas, a pena, o vidro de tinta. A pena era leve e elegante entre seus dedos calejados. Esta seria a sua espada agora, ele pensou com um sorriso, sentando-se com as costas eretas, experimentando a pena, buscando a estrada que o levará de volta no tempo. Desde quando?

"*Da cuando?*", ele se perguntou.

Então, seus ouvidos ouviram os gritos dos homens, os quero-queros em polvorosa sob o céu plúmbeo, os bois mugindo, mugindo, agitados pela ansiedade. A madeira rangeu, os homens exultaram, o céu reluziu no azul frio do inverno do pampa gaúcho perdido nas suas memórias mais queridas. Sob as imensas rodas de madeira, o *Farroupilha* e o *Seival* darão um longo passeio até a barra do Tramandaí.

Giuseppe Garibaldi fez as contas mentalmente, desfiando o novelo do tempo.

Junho de 1839.

O fogo crepitou na lareira, chispas subiram no ar como pequenas, minúsculas estrelas vermelhas.

Primeiros dias de julho de 1839, quarto ano da Revolução Farroupilha. Arredores do rio Capivari, Rio Grande do Sul

Giuseppe Garibaldi andava de um lado para outro, fiscalizando o trabalho dos seus homens. O acampamento fervilhava na faina do trabalho. Fazia frio, um frio de lâminas pequenas, que penetrava na pele, atravessando o poncho de lã. Mas o sol brilhava no céu, imprimindo voláteis desenhos à superfície verdacenta do rio. A chuva seria um grande transtorno nestes últimos dias, quando estavam finalizando a montagem das carretas para tirar os barcos da água.

Era um plano audacioso o seu.

Bento Gonçalves tinha lhe pedido exatamente isso: audácia.

A Revolução Farroupilha ia pelo quarto ano, e a República Rio-grandense precisava de um porto: estrangulada no Rio Grande depois de incontáveis peleias contra o império brasileiro e com os cofres esvaziados, ela viria a fenecer se os republicanos não buscassem com urgência uma saída para o mar, uma comunicação com o mundo e uma porta de comércio. As navegações na lagoa dos Patos, quando Giuseppe Garibaldi e seus corsários atacaram barcos imperiais, requisitando cargas e armas, tinham sido um incômodo para o governo, mas não eram a solução do problema de comunicação que dificultava a vida dos rebeldes gaúchos. O jeito era levar a República para Santa Catarina, onde tinham amigos, simpatizantes.

A ideia do general Bento Gonçalves era tomar a freguesia de Laguna e lá instalar o primeiro porto republicano. Mas, para tomar um porto, eram necessários barcos. Depois de muitos encontros, um plano fora traçado meticulosamente a partir do sonho audacioso de Giuseppe Garibaldi. Teixeira Nunes e seus Lanceiros Negros iriam por terra,

Davi Canabarro e suas tropas também. A tarefa de Garibaldi era levar seus barcos até Laguna.

Mas, se seguisse por água — o que era o natural no caso de dois barcos —, a pequena frota republicana precisaria passar pela embocadura do Rio Grande, controlada fortemente pela Marinha imperial. Garibaldi tinha noção das limitações dos seus barcos, portanto, fora fundamental achar uma saída para aquele impasse.

Giuseppe passara uma noite em claro, pensando, pensando. Ele gostava de desafios. Ao amanhecer, na luz fria da alvorada, tivera então uma ideia... Aquilo já havia sido feito em outros tempos — na guerra entre o Brasil e as províncias do Prata, Fournire e Soriano haviam executado façanha idêntica. Sim, ele estudava. Era um homem que sabia coisas.

Soriano tinha levado trinta barcos pequenos como canoas. Ele levaria duas naus, mas bem maiores. Cruzaria o pampa gaúcho puxando o *Farroupilha* e o *Seival* em imensas carretas de bois.

Seu plano causara espanto aos republicanos, mas Bento Gonçalves não tinha alternativa melhor, e confiou no marinheiro italiano. As carretas estavam sendo montadas naquela manhã no acampamento à beira do rio, escondido sob a densa vegetação.

Mais de vinte homens trabalhavam por ali, tentando fazer o máximo silêncio. Ele tinha espalhado vigias em postos avançados, caso os imperiais tivessem alguma ideia de última hora e viessem dar por ali. Mas as gentes do lugar eram republicanas, e Garibaldi era um homem que confiava no povo.

O trabalho silencioso e febril enchia os seus olhos. Ele parecia estar em todos os lugares, empurrando, martelando, orientando, erguendo, explicando. A forja não parava, a madeira ia e vinha sob as ordens de Joaquim de Abreu, o carpinteiro de confiança de Giuseppe. Era preciso saber escolher a dedo as companhias, principalmente quando se faz uma loucura.

— Poucos são os loucos capazes — ele disse, rindo baixinho, para si mesmo na manhã gélida.

Eduardo Mutru chegou-se, trazendo uma tora de lenha que seria cortada para o aplainamento do terreno na beira do rio.

— Duzentos bois — disse Mutru, mãos na cintura, um sorriso no rosto. — Duzentos bois juntos fazem um bom alarido, os homens estão se esforçando para cuidar dos bichos. Será que nenhum imperial vai desconfiar, Giuseppe? Às vezes, acho que a coisa toda pode ser ouvida lá da Estância da Barra.

Giuseppe Garibaldi sorriu para o amigo e desviou os olhos ao ouvir a menção à estância.

Ele estava orgulhoso, feliz, disposto. Mas tinha uma dor no coração, como um espinho. Despedira-se de Manuela havia três dias, na casa de dona Ana, antes de sair com os barcos pela lagoa até o Capivari, onde tinham montado acampamento para a segunda parte do plano. Manuela derramara grossas lágrimas. Garibaldi não era um homem de lágrimas, mas o espinho... O espinho ardia e picava. Tinha sido breve com ela. Era um corsário republicano e deveria ir onde quer que a república o necessitasse.

Mutru cutucou:

— *Capisce*? Está me ouvindo, Giuseppe?

— *Ecco*, Eduardo. Os bois são difíceis — respondeu Garibaldi. — Mas é no lombo destes bois que está a força que precisamos para cruzar o pampa até a barra do Tramandaí. Vamos cuidar dos bichos com paciência.

Acompanhando o olhar de Garibaldi, um pouco turvo, talvez preocupado, Eduardo Mutru viu um grupo de homens carregando uma das enormes rodas, das doze que tinham sido confeccionadas para a empreitada. Eram discos maciços de madeira dos arredores, constringidos com aros de ferro. Cada uma das rodas, para descer até a praia de areia onde tinham roçado a mata da região e terminavam de montar um plano inclinado de madeira por onde subir os barcos, precisava de dez homens para ser movida. Pesavam como a morte, pensou Mutru. Os gemidos, o cheiro do suor, a algazarra efervescente e máscula coalhava o ar.

Eduardo Mutru sorriu da cena.

— Só você mesmo, Giuseppe. *Pazzo*.

Garibaldi passou a mão pelos cabelos dourados. Seus olhos luziram um leve orgulho, mas ele deu de ombros, respondendo:

— Não sou o primeiro louco. Outros o fizeram antes de mim.

Luigi Carniglia achegou-se aos dois, trazendo consigo o americano John Griggs, enorme, benevolente, exausto. Estavam ambos sem camisa apesar do frio intenso, suados do esforço de carregar uma das rodas.

— Faltam ainda três rodas — disse Carniglia, respirando fundo.

Giuseppe aquiesceu:

— Vou ajudar agora. Acabei meu relatório para o Canabarro, a forja está quase terminada, as peças de artilharia e os canhões foram acomodados na carroça, que escondemos sob galhos e vegetação. Temos que estar com tudo pronto hoje. — Ele abre os braços, num gesto largo. — Amanhã sairemos para o nosso pequeno passeio, senhores.

Luigi Carniglia fez uma reverência ao seu comandante:

— São os loucos e os sonhadores que fazem o mundo girar, Giuseppe. Vamos tomar aquele porto por causa desta sua ideia maluca, e depois contarão nossa façanha nas aulas de história do Continente.

Giuseppe sorriu, os dentes brancos na manhã de um azul pálido.

— Sou um homem de ações, Luigi. Aliás, prefiro que falem de mim enquanto estou vivo.

Mutru cutucou-o com afeto:

— Mas sonha com suas ações à noite, meu bom Giuseppe. Um homem de ação sempre deve começar no sonho.

Garibaldi olhou-o com humor, e percebeu que Eduardo ainda tinha o mesmo rosto da infância, era ainda aquele garoto com quem correra pelos cais de Nizza. Estranho, pois ele mesmo, quando se olhava no pequeno espelho que D. Antônia deixara para sua toalete, não via mais o *Peppino* que queria sair pelo mundo num barco. Aquele que se jogara no mar para salvar um garoto, aquele que fugira no barco do pai aos 10 anos de idade.

John Griggs interrompeu suas lembranças, dizendo:

— Logo estaremos prontos para colocar o *Farroupilha* na carreta.

— Dezoito toneladas — disse Garibaldi, com orgulho. — Vamos arrastar por aí um barco de 18 toneladas.

Griggs estendeu-lhe a mão branca, bonita, sem calos.

— Achei que era uma loucura isso, Garibaldi. Você só tem a água. Tudo o mais, improvisou. Agora, meu caro, eu acho que vai dar certo.

— Vai dar certo — disse Carniglia, eufórico. — Eu quero que falem meu nome nas escolas do próximo século. Nem que me chamem "o ajudante de Garibaldi".

Mutru riu. Garibaldi deu de ombros, divertido.

— Deus fez o mundo em sete dias — disse Garibaldi. — Eu apenas tive uma ideia, aproveitando o que Ele fez por aqui. Temos a lenha, o pampa e a lagoa que desemboca no mar. Temos os homens, a forja. Mas, segundo meus cálculos, se tudo der certo, precisaremos de oito ou nove dias para chegar à Tomás José e colocar nossos barcos na água.

— Deus foi mais rápido do que você, Giuseppe — riu Mutru.

— Nunca pretendi competir — respondeu Garibaldi, tirando a camisa e o poncho. O torso nu, de musculatura firme e pele branca, brilhou ao pálido sol do inverno gaúcho. — Agora vamos, senhores. Nosso bebê pesa 18 toneladas, e temos que acabar com isso até o cair da tarde.

As horas correm. As rodas, fixadas na carreta, gemem quando são empurradas para a água. O *Farroupilha* espera na beira do rio, paciente como uma mulher.

Garibaldi dá ordens, os homens empurram a enorme carreta, submergindo-a com cuidado nas águas frias do rio Capivari, enquanto alguns botes circundam o grande corpo de madeira e metal do barco. Com o auxílio de cordas e com a força dos marinheiros, a quilha do *Farroupilha* é acomodada sobre a base da carreta.

Os homens soltam urras. Esquecem-se dos imperiais, do silêncio. A alegria é buliçosa. Garibaldi, com um sorriso no rosto, levanta a mão para o alto. É preciso calar. Os imperiais têm ouvidos por todos os lados; se chegam a descobrir seus planos, a república estará em maus lençóis. Os homens reorganizam-se, entram na água sob o comando de Mutru. Garibaldi tira as botas negras e, ordenando, incentivando, exortando, entra no rio também. Seu corpo sente o abraço gélido do Capivari, mas a água é um energético, é o seu elemento.

Ele conclama:

— Vamos, marujos. Vou contar até três e força!

Uno, due, tre.

Os homens empurram. Músculos desenham-se sob as peles, braços rijos, rostos vermelhos, todos juntos funcionam como um único corpo.

O *Farroupilha* avança lentamente sobre a carreta submersa. Os pássaros gritam na galhada das árvores, assustados com tamanho rebuliço. Giuseppe evoca o pampa sem fim, o vento, as estradas alagadas do inverno sulista... Uma coisa de cada vez, é preciso manter a calma. Os homens empurram o navio, Garibaldi exorta-os com sua voz quente, luminosa. Ele sente uma emoção, um orgulho.

São os seus soldados, são "os seus patos".

Com um último solavanco, criando uma onda que desce pela superfície da água escurecida até se misturar com o torvelinho, o *Farroupilha* encaixa-se no lugar certo sobre a carreta submersa.

Garibaldi vê, ali na margem, Carniglia e Griggs trazendo a cordoalha. Metros e metros de cordame grosso com o qual prenderão o barco, que será atrelado às parelhas. É preciso subir o *Farroupilha* pelo plano inclinado que Joaquim Abreu construiu. Quando o barco alcançar a terra, as enormes rodas vão levá-lo pelos caminhos do pampa conforme ele traçou meticulosamente junto com Canabarro, até a margem da lagoa Tomás José e, daí, para o Tramandaí.

Depois disso, se tudo der certo na traiçoeira desembocadura do Tramandaí para o mar, então Laguna será deles.

Garibaldi confia. Tenho boa estrela, ele pensa.

Os homens não param. Os bois são presos ao engenho; de cada lado das juntas, postam-se cavaleiros armados com longas varas. São os seus ajudantes, fazem tudo sem pestanejar, obedecem às suas ordens com bravura, pensa Garibaldi, coordenando o movimento. O sol vai escorregando no céu agora, e faz um tênue, levíssimo calor, porque não sopra o vento frio do inverno. Mas seus pés, embarrados, descalços, sujos, são duas pedras de gelo na terra úmida da orla.

— Vamos, força! — Quem grita é Carniglia, coordenando os cavaleiros. Garibaldi corre de um lado a outro, é preciso manter o barco estável. Os homens empurram a nave, os bois puxam, puxam, puxam; as cordas se retesam, o madeirame estrala. Em pequenos arrancos, a coisa avança.

Vai dar certo, pensa Garibaldi. Esta é a parte mais complicada: tirar os barcos da água.

E então, num solavanco vigoroso, várias cordas se rompem ao mesmo tempo. Os bois mugem de espanto pelo inesperado alívio, e o barco tem um tremor quase humano, vergando para o lado, como que a tombar.

Garibaldi corre, os homens correm, reequilibram o corpo do *Farroupilha*, seguram as rodas, que descem e afundam maciamente no lodo escuro e pegajoso da praia. O barco está salvo, mas voltou ao seu elemento, desceu com a carreta até quase estar submerso outra vez no

Capivari. O sol, amarelo, macio, lanceia as águas, e o rio parece rir deles, do esforço daqueles homens, da ambição desmedida de levar um navio por terra por tantas léguas. É como se quisessem voar.

Todos olham para Giuseppe Garibaldi.

Mas ele não se deixa abater, e grita:

— Vamos lá, refaremos a cordoalha. O centro de *gravitá* estava mal calculado. Com as novas cordas, faremos outra amarração.

Griggs se aproxima.

— Não acabaremos hoje — diz o americano.

Giuseppe sorri:

— Não se perturbe, meu amigo. Como eu tinha lhe dito, Deus fez o mundo em sete dias. Em sete dias, nós estaremos quase na lagoa Tomás José.

Mutru vem correndo em direção a eles e avisa:

— Teremos nova cordoalha amanhã ao alvorecer, Garibaldi.

— *Ecco* — responde Giuseppe. — Vou recalcular o centro de *gravitá*. Junte dez homens para refazer os moirões do plano inclinado; alguns se soltaram no solavanco que o barco deu. Os outros todos vão trabalhar na cordoalha rota. — Ele olha seus pés brancos enfiados na terra e sorri para Mutru: — Amanhã teremos os dois barcos na terra. Agora vou lavar os pés e calçar as botas. Um homem do pampa sem botas não impõe respeito a ninguém.

Griggs e Mutru trocam sorrisos quando ele se afasta.

— Este italiano é espantoso — diz Griggs.

Mutru responde, limpando as mãos sujas de limo nas calças de sarja:

— Desde pequeno ele era assim — diz, piscando um olho.

E os dois se afastam para redistribuir as ordens do capitão Giuseppe Garibaldi.

Naquela noite, Giuseppe dormiu pouco.

Sonhou com Manuela sem saber que seria um dos seus últimos sonhos com a bela sobrinha do general Bento Gonçalves. Logo a vida lhe traria novas surpresas. Revirou-se sob o poncho, sentindo a umidade nos ossos como um desassossego constante.

Acordou antes do raiar do dia. Uma mancha rosada e palpitante insinuava-se no horizonte. A água já chiava no fogo; aceitou um mate que um dos homens lhe ofereceu, enrolou-se no poncho e pôs-se a examinar seus cálculos.

Nada podia dar errado. Queria partir logo depois de tirar os dois barcos do Capivari. Quanto menos ficassem ali na orla, melhor. Greenfell não era nenhum tolo, se os imperiais viessem a dar por ali, seria um problema. Estavam desprotegidos, toda a munição e todas as peças de guerra eram vigiadas por apenas três homens. Ele olhou o céu, a mancha rubra ganhava matizes dourados e se estendia lentamente. Nem um sinal de chuva, e isso já era uma ótima notícia.

Trabalharam com as cordas, preparando nós, puxando, amarrando, calculando a tração com mais cuidado, pois não podiam se dar ao luxo de um novo erro. O *Farroupilha* deixou-se amarrar, rebrilhando sob o sol manso da manhã invernal.

Pelo meio-dia, está tudo pronto.

Homens, bois, cavalos, a cordoalha esticada, tudo espera por um sinal de Garibaldi.

— Começamos? — pergunta Mutru, impaciente.

Garibaldi examina as parelhas, corre os dedos pelas cordas grossas, aperta, sente, pressente. E então, levantando o braço no alto, dá um sinal:

— *Andiamo* — ele diz. — Puxem com força!

Animais e homens num único esforço. As cordas gemem, os bois avançam, o *Farroupilha* lentamente emerge das águas cinzentas do Capivari, bem instalado nas costas da carreta enorme, possante, ensopada.

Por todos os lados, ouve-se um urra. Os homens aplaudem sem se importar com o barulho. Garibaldi olha tudo tranquilamente. Tinha refeito seus cálculos. Um sorriso nasce no seu rosto: Greenfell vai dar com os burros na água, esperando com suas naus na barra do Capivari, enquanto ele e seus homens seguirão pela planície, cruzando o pampa até a lagoa Tomás José.

Quando o *Farroupilha* está seguro, em terreno plano, eles começam a preparar a cordoalha e as amarrações no *Seival*, cuja carreta, menor, um pouco mais leve, já havia sido submergida no dia anterior.

Sanguíneo, alegre, luminoso, Giuseppe Garibaldi comanda seus soldados, sabendo que agora sim, agora seu plano vai ser um êxito, o *Seival* é um barco menor, subirá com menos dificuldade do que o *Farroupilha*. Em quatro horas, ele quer iniciar a marcha até a lagoa. Tem vários piquetes preparados para sair, abrindo espaço e fiscalizando o caminho, caso alguma tropa imperial tenha a maldita ideia de se meter em seu trajeto até a lagoa.

Depois do esforço para tirar da água o barco maior, o *Seival* se deixa levar quase com mansidão, como uma mulher apaixonada segue um homem para a cama.

Sob as ordens de Giuseppe Garibaldi, os homens começam a desmontar o acampamento nas margens do Capivari.

Nove dias.

Uma viagem infinita quando a carga são dois navios cruzando o pampa. As poucas gentes que os viram passando paravam, quase sem acreditar, como se estivessem vendo uma estranha, fabulosa miragem.

Dois navios cortando o pampa gaúcho, os altos mastros assustavam os pássaros, e era como se quisessem furar as pesadas, densas nuvens de chuva. Trinta e cinco parelhas de bois. Quarenta cavaleiros e um italiano loiro à frente, dando ordens aos seus homens numa língua melíflua.

Nove dias por terrenos alagadiços, pontilhados de pequenas lagoas, cruzando o verde que era uma vegetação rasa, carapinhenta, depois os campos molhados, cheios de atoleiros nascidos das chuvas do inverno gaúcho. E o vento sempre, sempre. Um vento frio, úmido, que revolteia ao redor dos cavaleiros, que traz a chuva, a furiosa chuva, incansável chuva de inverno.

As carretas encalham. Os marinheiros de Giuseppe são agora sapadores improvisados, cavando a terra com pás e enxadas, tapando buracos, empurrando os barcos por terrenos impraticáveis. As juntas de bois avançam com extrema dificuldade. Mais atrás, seis ou sete vaqueanos trazem as juntas descansadas, que Garibaldi alterna para não perder nenhum dos valorosos bois na difícil empreitada pelo pampa alagado. Carniglia, John Griggs e Mutru desdobram-se às suas ordens. Estão todos molhados, recobertos de barro, cansados, mas eufóricos e risonhos.

— Isso é que é vida — diz Carniglia, numa manhã sob a tempestade, o vento furioso levando sua voz para longe. — Estamos enganando o Império sob as suas próprias barbas. Não me importo de me molhar por isso.

Giuseppe, enrolado no grosso poncho de lã, montado num zaino, ri alto sob a garoa fina.

E o comboio avança.

Aos poucos, o pampa vai ficando para trás; o terreno torna-se mais arenoso, estão aproximando-se da orla. Sob o vento que não dá tréguas, já se pode ouvir o rumor contínuo e distante do oceano.

Giuseppe pensa num búzio enorme. O eco do mar nos seus ouvidos é bonito, mas também é um aviso de perigo. Ele sabe que a barra, nesta época do ano, é assolada por violentas tempestades. Como era mesmo o nome do vento? *Carpinteiro*. Tinham-lhe dito, o vento que gosta de brincar com o madeirame dos naufrágios.

Ele sente um arrepio percorrendo seu corpo, um fio de eletricidade que lhe desce pelas pernas para morrer no solado das botas grossas. Tentando fugir do mau agouro, Giuseppe sai a galope até a frente do comboio. Seus olhos vasculham o horizonte. Ao longe, para o leste, já se divisa o contorno indefinido das dunas de areia.

Se apurar seu olfato de marinheiro, ele pode sentir o cheiro das águas salobras da Tomás José.

Canabarro espera por Garibaldi e seus homens na beira da lagoa. Quando chegam lá, o vento parece um açoite que levanta a areia fina. É uma paisagem desolada, pensa Garibaldi, mas é a única porta que a república tem para Laguna. Ao longe, ele avista algumas palhoças, um punhado delas, o único povoado das redondezas. Seus ossos doem quando ele pensa que terão de dormir nas barracas por mais uma noite. Mas um bom churrasco seria quase um consolo.

— Estamos carneando uns bois pra comemorar a façanha — diz Canabarro, apertado no seu uniforme, quando Giuseppe, exausto e molhado, apresenta-se.

— O senhor parece que leu os meus pensamentos, coronel — responde Giuseppe. — Estamos todos precisando de um bom churrasco.

Canabarro abre um sorriso torto. É um homem sem atrativos, baixo, pesado. Mas seus olhos brilham quando ele diz:

— Vosmecês merecem, capitão. Chegaram até aqui. Eu tive dúvidas.

— Eu disse que poderia ser feito, coronel — retruca Garibaldi, estendendo-lhe a mão.

— Le dou meus parabéns. Mas a parte mais difícil do plano vem agora. Este vento está encapelando o mar lá na barra, parece que vai engolir o mundo. Mandei dois homens, voltaram preocupados com a situação.

Garibaldi sorri:

— Amanhã eu cumprirei minha palavra. Chegamos até aqui, não é mesmo, coronel?

Neste momento, Eduardo Mutru surge:

— Tudo pronto, Giuseppe.

Garibaldi vira-se para Canabarro:

— Com sua licença, vamos botar nossos bebês na água.

E os homens observam os barcos deslizarem para a lagoa, como pássaros alçando voo. Em seguida, as peças de artilharia e a munição são levadas em pequenas viagens de lancha, e os marinheiros prendem os canhões aos navios com a cordoalha usada no içamento. Gastam nisto a tarde toda, e a tarde toda Giuseppe Garibaldi dá ordens, inspeciona, gesticula e sorri como se falasse com alunos de escola pelos quais tivesse um grande carinho.

Canabarro observa tudo com seu binóculo, sempre pensando que não sabe. Não sabe se gosta deste italiano, mas admira a sua energia. Não sabe se tamanha maluquice dará certo, mas acredita que uma república só se faz com certa dose de loucura. Ele fica ali, olhando a agitação organizada dos homens de Garibaldi, até que a fome começa a inquietar as suas entranhas e a tarde cai, engolida por um crepúsculo ventoso, carregado de nuvens pesadas e agourentas.

Jantaram o lauto churrasco. O tempo piorou à noite. Uma terrível tempestade desabou sobre o acampamento, fustigando as barracas e os animais. Relâmpagos faziam desenhos no céu, ribombavam, furiosos. No cercado improvisado, os bois mugiam de medo, encolhidos sob a chuva.

Na sua barraca, Giuseppe Garibaldi dormiu pouco e teve pesadelos. Ao alvorecer, vestiu-se e foi para a beira d'água. Caía uma chuva fina, e o vento tinha diminuído consideravelmente, mas o céu era intimidador e trazia maus presságios.

Sentiu alguém atrás de si, virou-se.

Era Griggs.

— E então? — perguntou o americano alto, com ares de padre e olhos doces. — As nuvens anunciam tempestade, capitão.

— *Ecco*, mas vamos assim mesmo — disse Garibaldi. — Nesta época do ano, pode levar dias para o tempo melhorar. Não é possível esperar aqui, John. Você comandará o *Seival*; Mutru, o *Farroupilha*, levando Carniglia como seu imediato. Eu serei o comandante de toda a expedição, irei com Mutru.

— Entendido — disse Griggs. — Vou avisar os homens.

Minutos depois, o acampamento adquiria uma vida efervescente e ansiosa. Os homens recolhiam as barracas, guardavam suprimentos, olhando de soslaio o céu ameaçador, raios e relâmpagos fugazes riscavam o horizonte. A saída da barra era assolada por ondas que explodiam umas contra as outras, procelosas, nervosas como deuses enciumados.

Mas vai ser hoje, pensou Garibaldi, caminhando com firmeza para a sua pequena barra, enquanto os homens corriam ao seu redor. Eu tenho a minha estrela. Vai ser hoje.

Suspenderam as âncoras e lançaram-se ao mar. A manhã ainda incipiente, a luz coalhada pelas nuvens densas, do seu lugar no mastro do traquete, Giuseppe viu o areal ficando para trás. Fazia frio e ventava. As ondas eram altas, nervosas, peleavam com os dois barcos. A saída da barra era rasa, e os navios batiam no fundo do canal, davam pulos feito cavalos xucros, o tempo passava e as naus não conseguiam adentrar o mar aberto. Giuseppe, do seu posto, preparava-se para a possibilidade cada vez mais real de o *Farroupilha*, que era maior e mais pesado, encalhar naquelas águas turbulentas.

Mas então o mesmo vento que os assustava também empurrou-os para o oceano. Garibaldi, no mastro do *Farroupilha*, percebeu que tinham vencido a perigosa barra, o navio subitamente pareceu deslizar, outra vez no seu elemento, depois de quase três horas de labuta.

— Conseguimos! — gritou ele no vento.

Do convés, Mutru, Carniglia e os outros soltaram urras. Logo atrás, o *Seival* acompanhava-os como um irmão mais moço.

Na praia com o binóculo, Canabarro abriu um sorriso de satisfação, quase de orgulho. Agora era seguir por terra até Laguna e levar a república a Santa Catarina. Greenfell e seus homens ainda deviam estar dormitando na barra do Capivari, à espera da pequena esquadra farroupilha. Pensou em Garibaldi. A loucura tinha lá as suas vantagens.

Depois de duas horas navegando, o vento aumenta ainda mais, levantando as ondas escuras, espumantes. Raios riscam o céu nebuloso como joias numa caixa, envoltas em algodão. A tormenta avança com seu coração elétrico bem em direção ao *Farroupilha*.

Carniglia aproxima-se de Garibaldi, que desce rapidamente do mastro com o rosto contorcido de preocupação.

— Temos problemas aí em frente, capitão.

Garibaldi troca um rápido olhar com o amigo de infância:

— Talvez possamos tentar alcançar a barra do Araranguá, Luigi. Vá para o leme e fique firme.

Segundo as ordens de Garibaldi, as peças de artilharia recebem novas amarrações, e os marujos vão de um lado a outro, preparando-se para a tormenta que encapela o mar. O vento agora uiva nos mastros, joga os homens pelo convés. A maioria deles vomita, segurando-se a esmo. Garibaldi, Mutru, Carniglia e Manuel Rodriguez trabalham por todos os outros trinta. Mas a briga é dura: as ondas crescem como monstros feitos de água, violentos, cruéis. O *Farroupilha* é jogado de um lado para outro, um brinquedo nas mãos da procela violenta, da fúria de Netuno.

Garibaldi volta para o seu lugar no mastro e, lá de cima, vê as descargas elétricas riscando o céu em absoluta desordem. Ele pensa em Greenfell e na sua frota. Há coisas maiores do que um Império. Agarrado ao mastro, Giuseppe Garibaldi sente que o barco não vai resistir. Lá embaixo, Carniglia e Mutru fazem o seu melhor. O *Seival* ficou para trás, perdido entre as ondas, sujeito ao seu próprio destino.

E então vem a onda. Uma cordilheira de água desaba pesadamente sobre o *Farroupilha*, fazendo o navio virar a estibordo. Garibaldi é arremessado ao mar, o barco se perde num turbilhão cinzento, aquoso, terrível, infinito.

Giuseppe mergulha fundo, levado no empuxo do barco. Seus pensamentos alucinados misturam-se à agua salgada, quase maligna. Guiara o *Farroupilha* através do pampa por 80 quilômetros. Vencera o campo, as inundações, o areal movediço. Eles tinham realizado um milagre. Tinham brincado com os deuses.

Mas os deuses são vaidosos.

Carniglia. Mutru. Manuel.

Ele quer dizer os nomes. Move os lábios, e a água entra-lhe pela boca, pelos olhos. Garibaldi tranca os pulmões. Não, não pode lutar contra o oceano. Não pode lutar contra os deuses.

Vai até o fundo, depois sobe rapidamente, impulsionando-se com os braços. Ao seu redor em meio às ondas, objetos espalhados, gritos de terror, pedidos de socorro. O *Farroupilha* já não existe mais, está afundando rapidamente, apenas um pedaço da popa se sobressai da água, repleto de homens que se agarram ao madeirame. Garibaldi pensa rápido, começa a reunir objetos que possam servir de boia aos companheiros. Grita para que pulem. Afundarão com o barco. Entre braçadas vigorosas, chama os homens ao mar. Mas eles têm medo. Giuseppe é bom nadador. Quando jovem, salvara um menino do afogamento. Salvara um negro do mar. Ele salvará seus marujos, e, pensando assim, junta tábuas, caixões, pedaços de madeira.

Então, Giuseppe vê Eduardo Mutru a poucos metros lutando contra as ondas. Ele parece estar submergindo, como se não soubesse nadar. Mas Mutru é bom nadador, desde pequenos nadavam juntos em Nizza. Giuseppe dá algumas braçadas, e compreende então que as mãos de Mutru estão presas a uma enxárcia que caíra de algum mastro. Com força, joga-lhe uma tábua para que se agarre nela. Que não largue, não largue. Não largue, Eduardo!

Gritos chegam aos seus ouvidos em meio ao turbilhão da tempestade. É Carniglia. Garibaldi deixa Mutru com sua boia improvisada e nada com violência até onde Carniglia pede socorro. Ele está perto da popa do *Farroupilha*, dos poucos metros de popa que ainda se mantêm fora da água. Luigi partira da lagoa usando um grosso casaco de astracã que agora lhe tolhe todos os movimentos, Luigi sempre sentiu muito frio no Rio Grande. Garibaldi leva no bolso um pequeno punhal e, com gestos precisos, agarrado a um pedaço de madeira, começa a cortar o casaco de Luigi Carniglia. Neste momento, uma onda enorme estoura sobre os restos do *Farroupilha*, jogando o barco contra Garibaldi e Carniglia. Eles mergulham no violento vórtice de água, mas Carniglia ainda está preso ao casacão e submerge na espuma cinzenta.

Garibaldi mergulha atrás dele, vence o redemoinho de água, mas não o encontra. *Luigi, Luigi*. O amigo que lhe salvara a vida numa batalha no rio da Prata. *Luigi*... As lágrimas de Garibaldi misturam-se ao sal do mar, e ele nada para os lados da praia, nada em direção à orla varrida pelo vento, onde vê Mutru avançando pelas ondas com suas últimas forças, as mãos ainda presas à enxárcia.

Garibaldi nada como um louco, como um desesperado. Ele vai salvar Mutru, vai arrastá-lo até a areia. Mas os deuses são tenazes. Uma última onda ergue-se, violenta, descomunal, avançando contra a praia. E, na sua fúria, no véu espumoso da sua passagem, Eduardo Mutru desaparece, é engolido pela água. Garibaldi grita por Mutru, grita de fúria, de ódio, de horror.

A mesma onda que leva Mutru misteriosamente joga Garibaldi em direção à areia fria. Ele arrasta-se como pode, fraco, exausto, tentando salvar a própria vida. Fora do mar, o vento açoita a praia deserta. Faz muito frio, a tarde vai pelo meio, escura e pesada, uma tarde tumular.

Sem forças, Giuseppe Garibaldi deixa-se cair de costas na beira d'água. Está sozinho ali naquela praia triste. O *Farroupilha* foi para o fundo do oceano e, com ele, Mutru, Carniglia, todos os seus homens, os seus marujos, os seus *patos*. Com eles, reinara nas águas da lagoa; com eles, cruzara o pampa levando as naus farroupilhas. Não sabe o que foi feito do *Seival* e de Griggs, mas acredita que também estejam no fundo do mar.

Ele fecha os olhos, sentindo o frio amortecer seus membros. Um pouco de descanso, é disso que ele precisa. Dormir aqui seria a morte, mas ele está muito cansado, muito cansado.

Então, sobre o vento, sobre o latejar do sangue nos seus ouvidos, Giuseppe escuta uma voz fraca:

— Capitão! Capitão! Acorde, capitão.

Ele abre os olhos. Ergue o tronco com sacrifício, senta-se na areia, enregelado. Seus olhos apagados veem um vulto avançando para ele contra a tormenta. É o catalão Manuel Rodriguez!

Giuseppe ergue-se, comovido, triste, enregelado.

— Manuel! Pelo bom Deus... — ele diz. — Mutru, Carniglia e os outros... Todos os outros, Manuel.

Manuel Rodriguez faz o sinal da cruz e depois estende o braço, indicando a Garibaldi um pequeno grupo de homens deitados na praia, meio desfalecidos de cansaço e de frio. Garibaldi quase não pode acreditar no que vê.

— Os homens! — ele exclama. — Quantos? Cinco, seis?

— Com o senhor, somos oito, capitão! — responde Manuel, tiritando de frio.

Súbito, o sangue parece voltar a correr pelas veias de Giuseppe Garibaldi. Ele olha ao redor e vê um pequeno barril de aguardente encalhado na areia molhada. Corre até ele e, com os dentes, feito um cão, tenta abri-lo. É para aquecer os homens. Os *seus* homens.

— Impossível — ele diz para Manuel. — E eu perdi meu punhal no mar. Reúna os marujos. Vamos correr, Manuel, senão morreremos congelados aqui nesta maldita praia.

Giuseppe Garibaldi olha para o oceano proceloso ainda uma vez, as ondas atropelam-se em festa, espumando feito bichos, brigando com os raios que desenham cacos no céu cinzento. Ele começa a correr, atrás vêm Manuel Rodriguez e os outros.

E eles correm, correm.

Correm pela vida. Correm em direção ao meio-dia.

Nunca contou quanto tempo correu naquela tarde, contra o vento, contra os deuses, contra o Império. Correu até a beira de um rio de águas escuras, que depois soube se tratar do Araranguá, um rio que serpenteava paralelamente ao mar. Cansados, aquecidos, ele e seus homens seguiram caminhando ao longo da margem por um longo tempo. Garibaldi não olhava para trás. O mar tinha sido muitas coisas ao longo da sua vida. Agora, era também um túmulo. Perdera dois amigos em um único dia.

Quando já haviam trilhado algumas milhas, Giuseppe viu o vulto de uma casa contra um punhado de árvores. A noite caía, o frio aumentava, o vento descabelava a ramada do arvoredo. Ele fez um gesto, indicando a casa a Manuel Rodriguez.

— Olha lá.

— E se forem inimigos? — perguntou o catalão.

Giuseppe abriu um pequeno sorriso:

— Toda a parte meridional de Santa Catarina está sublevada, Manuel. Vamos até a casa e damos ciência de que somos revolucionários, eles vão nos receber.

Disse aquilo com uma pontada de medo.

A sua boa estrela, naquele dia, parecia apagada.

Na casa, foram recebidos por um velho, a mulher e o filho adolescente. Giuseppe Garibaldi identificou-se como capitão da República Rio-grandense, e disse que tinham sofrido um naufrágio a poucas milhas dali. Precisavam se aquecer, comer alguma coisa, descansar à noite.

— Eu me chamo Balduíno — disse o homem. — E sou republicano. Temos pouco, mas o que temos, dividiremos com vosmecês.

Garibaldi agradeceu com um aperto de mão. Disse que, no dia seguinte, partiriam ao encontro das tropas republicanas que vinham por terra.

Balduíno ofereceu-se para seguir com eles, pelear pela República. E então fez o pequeno grupo entrar, acomodando-os em pelegos perto do fogo, enquanto a mulher esquentava um caldeirão de sopa.

Garibaldi sentou-se defronte às labaredas e achou que elas eram como ondas vermelhas, tão furiosas quanto o mar da barra do Araranguá. Tirou o poncho ainda úmido e fechou os olhos. Tinha consciência de que vira a morte de perto. Vira, e não gostara da morte. Se não morri é por algum motivo, pensou ele, já embotado pelo sono. E este pensamento foi seu último laivo de consciência, e foi também um consolo. Não acordou com a sopa, nem com o choro nervoso do catalão Manuel Rodriguez, que teve pesadelos a noite toda. Dormiu como um anjo, era o que diria sua mãe, Rosa Raimondi, se por acaso ela andasse por aqueles pagos esquecidos.

Fevereiro de 1850, Tânger

Garibaldi largou a pena e recostou-se na cadeira. Era uma cadeira desconfortável, estreita demais para suas costas largas. Na lareira, o fogo crepitava com alegria, lembrando-lhe aquele outro fogo, quase onze anos atrás, em Santa Catarina, na casa do republicano Balduíno.

Tinha sido um dos dias mais terríveis da sua vida. O naufrágio acontecera a 28º 43', perto da pedra do Campo Bom. Nunca esqueceria essas coordenadas. Ali, tinha perdido Eduardo Mutru e Luigi Carniglia... Seus amigos tão queridos. A solidão devastara-o por muitos dias, sentira-se sozinho no mundo.

Ele olhou pela janela e viu a rua estreita. Sozinho, como agora em Tânger. Apartado dos seus entes queridos e também dos seus sonhos de liberdade e igualdade, tendo deixado a Itália como um fugitivo, falava com Mutru e com Carniglia frequentemente. Como se estivessem juntos uma vez mais. Lamentava não ter podido dar-lhes um túmulo. Mesmo para um marinheiro, morrer no mar era triste. Imaginava o fundo do oceano, escuro e frio como o Tártaro. Mas seus dois bons amigos mereceriam tal castigo divino? De qualquer modo, como os gregos, ele acreditava que as almas de Mutru e Carniglia agora se tinham misturado ao cosmos, faziam parte do tudo que era o universo.

Poderiam, portanto, estar ali com ele.

Naquele quarto, ao seu lado.

Ouvindo a sua voz...

Começou a cantar uma canção de Béranger:

— *Il était un roi d'Yvetot... Peu connu dans l'histoire. Se levant tard, se couchant tôt, Dormant fort bien sans gloire, Et couronné par Jeanneton, D'un simple bonnet de coton, Dit-on. Oh ! oh ! oh ! oh ! ah ! ah ! ah ! ah ! Quel bon petit roi c'était là ! La, la...*

Calou-se subitamente.

Um rei sem glória, pouco conhecido na história. Ele abriu um meio sorriso que iluminou sua face bem-feita, cofiando a barba que tinha um tom um pouco mais avermelhado do que o do seu cabelo, tão loiro, que Anita adorava.

Remexeu-se na cadeira. Sim, ele afrontara os deuses. Rebelara-se contra eles como contra um império. Talvez Mutru e Carniglia estivessem em paz, talvez estivessem ali com ele, voando no vento que soprava lá na praia, no farol.

Mas ele, Giuseppe Garibaldi, ele vivia uma prisão. Tânger não fora uma escolha, fora uma alternativa. Uma das poucas. Seus dias eram agora uma sucessão de grades. Estava fechado naquela estalagem, o inverno lá fora, mais um inverno, não tão frio ou úmido quanto os invernos antigos passados lá no Continente de São Pedro do Rio Grande. Mas triste, muito triste.

Sua mente vagou outra vez, percorrendo as coxilhas do tempo até aquela noite, após o naufrágio no qual perdera seus amigos Mutru e Carniglia. Dormira por várias horas à beira do fogo na casa de Balduíno. Eram oito os náufragos, contando com ele. O *Farroupilha* estava no fundo do mar, com mais dezoito almas. Quatro outros tripulantes apareceriam vivos em pontos diferentes da costa nos dias subsequentes, sendo recolhidos pelos republicanos. Do *Seival*, não tivera qualquer notícia, mas nada havia que pudesse indicar que o barco comandado por Griggs não tivesse encontrado o mesmo destino trágico do *Farroupilha*.

Ao alvorecer, fora acordado pelo dono da casa.

— Capitão, capitão!

A voz de Balduíno penetrara com dificuldade no seu sono, e ele abrira os olhos. O fogo ainda ardia com vivacidade — como ali, na pousada, naquela tarde apagada de fevereiro —, prova de que seu anfitrião tinha cuidado do conforto deles durante toda a noite.

— Capitão — o homem repetira. — Encontraram o outro.

— O outro? — indagara ele, confuso.

Os olhos de Balduíno luziram.

— O outro barco! O *Seival*! Inteirinho, com todos os homens, canhões, tudo!

Ah, ele se lembrava bem da emoção que o arrebatara ali, entre os pelegos daquela casa simples. Seu sangue começara a correr rápido nas veias, tudo nele se acendera. Sentara-se de súbito. Ao seu lado, o catalão Manuel abrira os olhos, curioso, pressentindo a boa-nova.

— Onde? — ele perguntara.

— Numa enseada aqui perto — tinha dito o homem. — Por ser menor, ele resistiu à tempestade. Tem um homem que fala inglês lá, o tal do comandante.

Garibaldi ainda podia escutar a própria voz, tantos anos depois:

— Griggs! Ele está vivo!

No alvorecer cinzento, a esperança voltava-lhe de chofre. Não tinha comido nada na noite anterior, mas a esposa de Balduíno servira-lhe leite e um pedaço de pão enquanto ele se preparava para partir. Era preciso seguir adiante! A tomada de Laguna não estava perdida.

Fizera planos ao pé do fogo:

— Você vai comigo, Manuel. Os outros seguem depois. Temos que encontrar o Teixeira Nunes e o Canabarro na barra do Camacho. Griggs já deve estar lá.

Balduíno dissera:

— Eu les dou dois cavalos, capitão. E ao final da manhã sigo a pé com os seus homens até o Camacho. O senhor vai na frente.

Uma hora mais tarde, sob a luz leitosa de uma manhã opaca e muito fria, ele e Manuel Rodriguez cavalgaram no rumo do noroeste para encontrar a vanguarda de Teixeira Nunes.

Iam tomar a cidade de Laguna e fundar a República Juliana.

Escreveu na folha em branco, caprichando na letra, que sempre fora boa. Em Montevidéu, nos primeiros tempos, para sustentar sua família, trabalhara no colégio de Paolo Semidei, dando aulas, entre outras matérias, de caligrafia.

Ele olhou a linha negra, cortando a folha em branco pelo meio. Gostava de tópicos, era um jeito de organizar as suas ideias, sempre tão revoltas quanto o oceano.

La Reppublica Giuliana.

Ficou um longo tempo mirando as três palavras como se elas fossem uma espécie de senha. Uma passagem no tempo. Os republicanos tomariam Laguna, encontrando finalmente o seu porto para o mar.

Mas ele...

Ele iria encontrar Anita.

E não teria sido ela o seu único porto nesta vida?

Anita

Eu era apenas mais uma de tantas, e as nossas pegadas se perdiam nos pátios, quintais, quartos de serviço, nas salas finas e nos corredores das casas humildes.

Vocês sabem de mim o que lhes foi contado, nem uma única palavra minha.

Giuseppe me deu alguma voz.

Giuseppe, meu José.

Lembro do te-déum... Corria o ano de 1839. Eu o enxerguei de longe na manhã ensolarada, usando aquele poncho de seda branca. Seus cabelos brilhavam como a carne suculenta das mais belas romãs. Assim que eu o vi, logo soube. Porque aprendemos a conhecer as silenciosas verdades desta vida. Desde pequenas, nos ensinam. A ouvir, a nunca falar. A pescar nos desejos masculinos as pistas do nosso futuro.

Parada na rua, com meu vestido cinzento, puído, vi quando ele entrou na igreja. Eu estava sozinha, o tio na lida, Manoel, meu marido, tinha partido para a guerra. Ele estava cercado pelos outros. Eram muitos. Havia um alto, magro, de óculos pequenos. Hoje, eu sei que aquele era Rossetti. Um outro, bonito como ele, mas com cores diferentes e um olho afiado feito navalha, era o chefe dos Lanceiros Negros, Joaquim Teixeira Nunes. Havia Griggs, o americano tão bom! E havia aquele gordo, nunca gostei dele... Diziam que era excelente comandante, mas em Laguna meteu os pés pelas mãos, porque só entendia de tropas e de guerra. Seu nome era Davi Canabarro, e até o final da revolução ele esteve envolto em intrigas.

No meio deles todos, atrás do padre Vilela e do outro, o padre Cordeiro, depois dos mandatários de Laguna, veio ele.

O italiano. Giuseppe Garibaldi.

Ele não me viu naquele dia.

Eu estava longe... Mais longe do que estou agora.

Hoje, eu vivo misturada ao tudo, como Giuseppe falou. Ele amava os gregos, os antigos romanos e os seus deuses. Amava-os, e sobre eles contou-me histórias por noites sem fim, no lombo do cavalo através dos pampas gaúchos, nas noites escuras de Montevidéu sitiada e fustigada como Troia, sob a luz das estrelas, no nosso terraço perto do mar.

Giuseppe contou-me dos deuses.

Eu acreditava que ele era um deles — a boa sorte que ele tinha! Nunca se esquivara de um único tiro em toda a sua vida. E, assim, quando me amou, eu o imitei naturalmente na sua coragem, porque em mim ela também existia, apenas estava adormecida por anos de sins, de obediência e de silêncio.

Eu me vi nele, naquela manhã, no te-déum.

E, depois disso, quando a hora chegou, tudo aconteceu de um modo fácil para nós dois. Fácil como devem ser as coisas que já estão escritas pelos deuses.

Eu morri em Mandrioli, na região de Ravena, à beira do Adriático. Então, como é de praxe, ofereci minha moeda a Carontes. Ela estava comigo, sempre a trouxe junto de mim, desde que encontrei Giuseppe em Roma na Villa Spada.

Porque eu sabia, eu pressentia.

Depois de entregar ao barqueiro a minha moeda, eu passei pelos quatro rios, mas não cruzei o Lete, o rio do esquecimento, e por isso estou aqui.

Sou esta voz e me lembro.

Eu agora estou no Cosmos, ele sou eu e eu sou ele... Agora eu tenho voz na chuva, eu tenho voz no vento...

Eu grito com os trovões e ceifo com os raios e derramo-me com o mar.

Ouçam no vento a minha história.

Final do mês de julho, 1839, arredores de Laguna, província de Santa Catarina

A pequena vila de Laguna ficava a centenas de léguas de Santos, perdida nos areais que, aos poucos, vinham sendo povoados na província de Santa Catarina, ao Sul do Império brasileiro. Em verdade, Laguna funcionava como elo importante entre a rota de São Vicente, no Rio de Janeiro, e o rio da Prata. Cinco mil almas viviam em Laguna, e a maioria delas era simpática aos ventos republicanos.

O plano de tomar a vila e estender a República à província vizinha, era, então, quase óbvio para os rio-grandenses. A questão era a frota imperial de Greenfell fechando todas as saídas dos farrapos para o mar. Mas este problema, a grandiosa artimanha de Giuseppe Garibaldi — cruzando o pampa com os lanchões em gigantescas carretas por nove longos dias — tinha solucionado.

— Estamos agora apenas com o *Seival* — disse Garibaldi, abraçando Griggs, quando finalmente se encontraram no acampamento de Canabarro, depois do naufrágio do *Farroupilha*. — Estou feliz por revê-lo, John. Eu não suportaria perder mais um amigo. E você foi um comandante artificioso.

John Griggs estava emocionado com a perda do outro barco e dos marinheiros. Disse em voz baixa:

— O *Seival* é menor e mais leve, capitão... Mas resistiu por pouco.

Havia uma grande agitação no ar. As tropas estavam reunidas para um ataque por terra, mas era preciso levar o *Seival* da barra do Camacho até o rio Tubarão e, de lá, para o mar. Os imperiais vigiavam o porto de Laguna com suas tropas no alto do morro da Glória. No morro, tinham uma visão panorâmica de toda a região. Nas águas mansas da baía, sete naves imperiais aguardavam calmamente, vigiando o porto.

— Eles têm sete naus e um grande poder de fogo, mas estão de olho apenas na barra — disse Canabarro, aproximando-se de Griggs e de Garibaldi. — Qualquer embarcação grande só pode vir mesmo por lá.

Canabarro olhou o italiano. Ele estava abatido, com manchas escuras sob seus belos olhos cor de avelã. Perdera seus conterrâneos no naufrágio e quase pusera o plano todo a perder. Canabarro conteve sua ira; era dado a iras súbitas, espumantes, violentas.

Garibaldi sustentava o seu olhar, calmamente. Sabia lidar com as suas tristezas discretamente.

Forçando um sorriso, Davi Canabarro perguntou:

— Vosmecê tem algum plano, capitão Garibaldi?

Garibaldi respondeu:

— Andei olhando os mapas, coronel. Existe um jeito. Entramos pelo outro lado, pelo rio Tubarão. Dali, para o oceano, e então chegaremos pela barra. Por onde os imperais menos esperam.

— Mas a travessia é complicada, é rasa, feita de canais. Impossível — disse Canabarro, irritado.

— O *Seival* é menor e mais leve — respondeu Garibaldi, repetindo as palavras do americano, que lhe piscou um olho. — As chuvas têm sido fortes aqui na região nos últimos tempos. Além disso, temos os nossos patos.

— Patos?

— *Ecco* — disse Garibaldi. — Se preciso for, meus marinheiros e eu levaremos o *Seival* nas costas.

O sorriso de John Griggs aumentou até quase dividir seu rosto pálido ao meio. Este italiano é louco mesmo, pensou Canabarro, enquanto Giuseppe Garibaldi e John Griggs se afastavam, falando e gesticulando, para colocar em ação os seus planos malucos.

Griggs tinha conseguido um prático da região, o João Henriques. Ele ajudaria os republicanos a guiar o *Seival* através do emaranhado de pequenos canais até o mar.

Pouco tempo depois, ainda ao final da manhã, uma chuva grossa começou a cair, aumentando até se transformar numa dócil cortina de água, abafando o resfolegar da cavalhada, encharcando os homens, abrindo um sorriso no rosto de João Henriques. A chuva estava do lado deles.

Garibaldi olhou para o céu acolchoado de nuvens escuras. Eram nuvens quietas, paradas, sonolentas. A sua sorte tinha voltado. Com toda aquela água, os canais que levariam o *Seival* até o rio Tubarão ficariam mais cheios, facilitando a travessia. Apesar dos contratempos, do terrível naufrágio do *Farroupilha*, a morte de Carniglia e de Mutru não fora vã: os republicanos atacariam Laguna por terra e por mar.

Pouco depois, ao terminar um mate na tenda improvisada sob a chuva, ele recebeu um comunicado de Teixeira Nunes. O capitão Giuseppe Garibaldi tinha a ordem de marchar por terra com uma tropa, deixando o *Seival* ao comando de John Griggs. Giuseppe reúne seus homens e, não sem algum pesar, pois a água é o seu elemento, dá as instruções. Vai por terra, e Griggs, pelo mar.

Ao entardecer daquele dia, ainda sob a chuva grossa, John Griggs lançou-se ao canal, dando velas ao *Seival* e seguindo as orientações do prático João Henriques.

Toda aquela chuva aumentara o volume das águas, e o *Seival* pôde avançar sem dificuldades, mas não por muito tempo: a meio caminho, num traiçoeiro baixio, o barco encalhou. Não longe dali, estava a flotilha imperial com suas dezenas de bocas de fogo preparadas para dizimar qualquer inimigo. Se a presença do *Seival*, preso no fundo arenoso do canal, fosse percebida pelos marinheiros do coronel imperial Villas-Boas, seria o fim do avanço farroupilha.

Garibaldi vinha por terra, depois de quase duas léguas de marcha: saíra do acampamento ao final da manhã com a sua coluna, quando percebeu que, na entrada da barra, o *Seival* encalhara num baixio. Se não agissem brevemente, o *Seival* seria alvo fácil para as tropas imperiais e sua flotilha.

Ele pensa rápido. O tempo é pouco, o tempo já foi. Então, manda seus homens seguirem ao encontro das tropas de Teixeira Nunes e, num ímpeto, encontra um pequeno bote ancorado na areia da praia deserta.

Toma o bote e lança-se ao mar. O mar é o seu elemento.

Vai salvar o *Seival*. Sabe que precisam dele.

Giuseppe rema com fúria. Cruza por uma nau imperial, vê os marujos que o observam, pasmos. Quem é este que cruza por entre dois navios da flotilha de Villas-Boas? Os imperiais fazem fogo. Tiros passam por ele e caem na água. Em desespero, remando, remando, remando furiosamente, Garibaldi alcança o *Seival*. Os homens já o conhecem: esperavam por ele. Manoel Rodriguez joga-lhe uma corda para que suba ao navio. Em dois segundos, Giuseppe Garibaldi está na proa do *Seival*, como se tivesse se materializado ali por encanto.

Ele ordena aos seus homens, como antes ordenara nas águas da lagoa, lá em Camaquã:

— À água, patos!

Sua voz ecoa, forte, determinada. E, então, ele mesmo pula como um gato, do mastro para a proa e, dali, para a água.

Estão todos na água. Dezenas de braços enrijecem-se, rostos contraem-se num esforço hercúleo de erguer as 12 toneladas que o *Seival* pesa. Garibaldi, na proa, é um dos mais corajosos: se os imperiais atacarem, uma das primeiras balas será para ele. Mas nunca exigira dos seus homens nada que ele mesmo não pudesse fazer de coração aberto, e a causa da República lhe é cara. Ali, nas águas do canal, com o casco de um navio às suas costas, lutando contra o Império do Brasil, Giuseppe pensa na sua Itália, subjugada e dividida, a Itália que ele deixara para trás com a cabeça a prêmio. Um dia voltará. Um dia, derrubará o poder papal, os reis, a França, a Áustria. Agora, Giuseppe urra num derradeiro esforço, agora a sua luta é contra o Império brasileiro.

— *Uno, due, tre...* — E ele grita: — Força, homens!

Como por milagre, o *Seival* é erguido do chão lodoso. A bordo, os marinheiros mais leves ajudam no desencalhe, empurrando o barco com compridas varas. O *Seival* flutua novamente, como por encanto.

Garibaldi, exausto, abre um sorriso. Não, ele não iria perder o seu outro navio. Seu pequeno e adorado *Seival*.

Rapidamente, os homens pulam de volta para o barco, as velas são reerguidas, e o *Seival* segue viagem, surgindo algum tempo depois nas águas que banham a vila de Laguna sob o alvorecer pardacento, em que alguns raios de sol teimam em furar o bloqueio de nuvens.

Enquanto isso, por terra, as duas colunas farroupilhas atacam as tropas lagunenses. Os rebeldes chegaram de surpresa! Todas as guarnições imperiais entram em ação.

No sul da enseada, estão os Lanceiros Negros, comandados por Teixeira Mendes, que tinha tomado o caminho por Lages. As bocas de fogo acomodadas na areia cospem suas balas com violência. Uma cortina de fumaça sobe para o céu, escondendo os frágeis raios de sol do amanhecer invernal.

Os barcos imperiais *Itaparica* e *Lagunense* respondem ao fogo inimigo com violência. Outros navios da frota imperial aproximam-se para ajudar na defesa da vila. O fogo cruza os céus do alvorecer, mas os imperiais têm uma evidente vantagem sobre Teixeira e seus homens.

No entanto, Villas-Boas não contava com uma surpresa: da enseada, surge, por entre as nuvens de fumaça, o vulto misterioso de um navio com a bandeira republicana.

É o *Seival*, novamente comandando por Giuseppe Garibaldi.

Não há tempo para maiores espantos. Os imperiais, cercados por terra e água, começam a fazer fogo contra o inimigo inesperado. Giuseppe guia corajosamente o *Seival* na direção das naus adversárias. Na praia, os farroupilhas urram de alegria. Em algum lugar da areia, protegido pela infantaria, o coronel Canabarro abre seu sorriso torto.

Italiano louco. Louco.

A batalha cresce em violência, espantando a calmaria da manhã recém-nascida. A chuva foi embora de repente, e alguns raios de sol fraco desenham luzes por entre a fumaça e os pedaços do barco imperial *Santanna*, que chegou para prestar ajuda, mas foi logo bombardeado por Garibaldi.

O pânico instala-se entre os imperiais quando a tripulação do *Santanna* começa a se jogar ao mar. Garibaldi sorri do alto do mastro do traquete, vendo o espetáculo que protagoniza. *Una belleza, una belleza!* Era por Mutru, era por Carniglia. Ele conseguira!

E ordena uma e outra, e outra vez:

— Fogo! Fogo! Fogo!

O comandante da nau imperial *Catarinense* reconhece a premente derrota e incendeia o próprio navio. A confusão aumenta entre os imperiais. No seu lugar, atrás do binóculo, o coronel Villas-Boas sente um arrepio de desgosto. O que dirá ao imperador? Mas como? Como? Súbito, ele ordena a retirada das naus e o abandono da vila de Laguna. Não sabe, mas acaba de reservar o seu lugar na corte marcial.

No alto do traquete, Garibaldi abre um sorriso ao ver a retirada intempestiva dos inimigos, comandada pelo bergantim *Cometa*, que iça as velas e consegue sair do porto a toda velocidade.

Na praia, Teixeira Nunes ordena um último tiro e depois observa a *Catarinense* ardendo em fogo, as velas soltando-se como as asas de um gigantesco pássaro ferido em pleno voo. Do alto do morro onde observa a batalha, Davi Canabarro também sorri. Foi fácil, ele pensa. Italiano louco, ele pensa.

Para Giuseppe Garibaldi, não.

Para Garibaldi, foi difícil.

Jamais, jamais esquecerá o naufrágio na barra do Araranguá. Mas, agora, Laguna é deles. Com seu artifício de enveredar pelos canais, ganhou um porto para a República Rio-grandense.

Garibaldi desce do mastro com elegância e rapidez e procura o prático Henriques, que está recolhendo parte da cordoalha na popa.

— A fortuna esteve conosco — ele diz para John Griggs. — Colocamos a frota imperial para correr.

John Griggs faz o sinal da cruz.

Também tinha sido Deus, pensa Griggs. Ele era um americano devoto.

Dois dias depois, Laguna era deles. Os imperiais perderam dezessete vidas, os republicanos, apenas um soldado de infantaria. Tinham apreendido quatro escunas, catorze veleiros de pequeno porte e quinze bocas de fogo. A minha estrela voltou, pensou Giuseppe Garibaldi quando entraram na vila sob ovação popular, os sinos soando na manhã festiva.

Era o dia 22 de julho de 1839.

Três dias depois, a República Juliana foi proclamada. Marcaram-se eleições provisórias para escolher um presidente. Davi Canabarro foi feito comandante em chefe em Santa Catarina. Garibaldi, promovido a comandante da Marinha. Luigi Rossetti chegou a Laguna como segundo-tenente da Marinha, mas sua função real era a redação dos boletins e das ordens do dia, como um braço direito de Davi Canabarro. A chegada inesperada de Rossetti trouxe alegria a Giuseppe Garibaldi. Um amigo, um amigo italiano outra vez ao seu lado. Toda a noite, ele sonhava com o naufrágio do *Farroupilha*. Com o punhal que caíra na água sem que tivesse conseguido libertar Carniglia do seu casaco de astracã.

Rossetti foi visitar Garibaldi na escuna *Rio Pardo*, na qual ele tinha montado o comando da esquadra republicana. Eram seis os barcos da República agora: além da *Rio Pardo*, havia a *Caçapava*, aos cuidados de Griggs; o sobrevivente *Seival*, comandado por Valerigini; Bilbao chefiava a canhoeira *Santanna*; João Henquires, o prático que os guiara pelos canais até Laguna, recebera o comando da escuna *Itaparica*; e Rodriguez, o da canhoeira *Lagunense*.

Rossetti subiu a bordo e encontrou Garibaldi fazendo planos para o conserto da sua esquadra.

— Vim saber como vai, amigo — disse Luigi Rossetti. — Vejo que tem uma boa frota sob seu comando.

Era alto e magro, usava óculos. Garibaldi sorriu ao vê-lo ali, quando em verdade deveria estar atrás de uma mesa, cercado de documentos e mata-borrões. Era um homem de ideias.

— *Più bene*! — bradou Garibaldi, abraçando o velho amigo dos tempos do Rio de Janeiro. Tinha sido por ele que se alistara nas tropas republicanas, quando Bento Gonçalves ainda estava preso no forte de Santa Cruz. Ele o levara até o conde Zambeccari, secretário pessoal de Bento. — Os homens trabalham e eu coordeno os trabalhos. Mas não gosto do porto, você sabe. Sou uma criatura do mar aberto.

Rossetti sentou-se num caixote e recusou o mate que Giuseppe lhe oferecera.

— Perdoe as instalações da Marinha — disse Garibaldi com um sorriso. — Estamos nos organizando por aqui.

Rossetti contou-lhe tudo o que fizera nos últimos tempos. As matérias do jornal *O Povo*, as viagens ao lado do general Bento Gonçalves. Por um momento, junto com as notícias do Rio Grande, veio à mente de Giuseppe o rosto bonito, os olhos verdes de Manuela Gonçalves da Silva.

— Estou aqui para ajudar Canabarro — disse Rossetti. — Ele é um homem das batalhas. Se ficar aqui sozinho, vai fazer tolices. Dê-lhe uma tropa e ele será bem-sucedido. Dê-lhe uma pena e... Bem... — Rossetti deu de ombros. — Foi o próprio Bento Gonçalves quem me mandou vir.

— Não se pode usar uma pena como uma espada — disse Garibaldi.

Rossetti riu e completou:

— Nem uma espada como uma pena, não é mesmo?

Garibaldi acabou de sorver o mate a que o outro negaceara.

— Então, posso dizer, cá entre nós, que vosmecê veio como uma ama-seca? — perguntou ele rindo.

— Como uma ama-seca — disse Rossetti. — Exatamente.

Garibaldi deixou seus olhos vagaram pela enseada. Poucas casinhas, simples como choupanas, espalhavam-se pela praia de areias brancas, com os morros verdes por trás. Havia um silêncio macio, coalhado pelo piar dos pássaros. Gaivotas cruzavam o céu preguiçosamente. Ele estava ali havia três dias sem nada para fazer, sem absolutamente nada para fazer.

Olhou o amigo:

— Davi Canabarro é um homem truculento, Luigi. Veja pelo lado bom: você estará ocupado. Vai ter de meter o dedo em tudo, apartar o coronel Canabarro dos padres, dos vereadores... Aquele lá, basta ver um boi que já o carneia. Mas, embora eu diga isto, não menosprezo os seus conhecimentos militares. É um bom guerreiro. Quanto a mim... — Deixou os braços caírem ao longo do corpo, num gesto de enfado. — Bem, estou aqui, olhando as nuvens. Não tenho nada para fazer. Talvez eu saia por aí atrás de incomodar um ou dois navios imperiais. Não se deixa um comandante assim, de botas para cima.

Havia certa tristeza nos olhos bonitos de Garibaldi. Rossetti o conhecia bem: o marasmo era como um veneno para ele.

— Lamentei muito por Carniglia e Mutru — disse, baixinho.

Giuseppe virou o rosto.

— Eu tentei salvar os dois. Mas não consegui salvar nenhum... Nenhum. Perdi Mutru a 15 metros da praia. E agora fico o dia todo lembrando isso — disse, a voz trêmula.

Apesar do céu azul, um vento frio vinha do oceano. Luigi fechou o casaco escuro de lã e pôs-se de pé. Quem saberia o que o Canabarro andava aprontando na vila? Vivia batendo de frente com Teixeira Nunes, e agora tinha ainda dois padres com os quais criar caso, o Vilela e Cordeiro. Ele precisava voltar.

— E vosmecê, Giuseppe?

Garibaldi fez um gesto:

— Eu estou preso aqui, a barra está cercada pelos imperiais. Vou deixar eles se entediarem um pouco por lá.

— Enquanto vosmecê se entedia por aqui... — riu o outro.

— Ordens são ordens — retrucou Garibaldi.

Rossetti desceu do barco, pulou para o pequeno bote que o tinha trazido a bordo e seguiu remando até a praia. O sol fraco clareava o mar, pintando-o com diferentes tons de verde. Era um dia ameno de inverno. Enquanto remava, Rossetti pensou em Garibaldi. Não era bom que ficasse assim, inativo. Certamente, ele se meteria em encrencas.

Naquele mesmo dia, ao cair da tarde, Giuseppe Garibaldi perscrutava a barra com seu binóculo, tentando ver se os imperiais se animavam a voltar à peleia. Mas estava tudo calmo.

Calmo demais.

Uma gaivota riscou o céu num bailado elegante. Giuseppe Garibaldi acompanhou-lhe o suave voo. Viu quando ela pousou na praia, perto de uma choupana. Viu, também, uma jovem morena parada à beira-mar. Magra, bem-feita de corpo, peitos salientes, longos cabelos ondulados pela brisa que dançava ao seu redor. A mulher olhava para o *Itaparica*, olhava firmemente. Como se não estivesse escondido atrás do binóculo, separado por 300 metros de distância, Giuseppe Garibaldi sentiu que seus olhares se encontraram. Um fogo correu-lhe o corpo todo. Como um aviso, um estranho aviso. Como um relâmpago.

Ele não pensou duas vezes, gostava de averiguar as estranhezas de perto. Bem de perto. Gritou por alguém. O negro Procópio apareceu. Garibaldi disse-lhe:

— Vou à praia esticar as pernas. Não sei quando volto, caso perguntem por mim.

Procópio apenas aquiesceu, vendo o comandante pular como um gato para o bote que estava amarrado ao lado do *Itaparica*. Lá dentro, Giuseppe desatou a cordoalha e começou a remar. Remava tão forte e com tanta ânsia quanto se estivesse fugindo das balas imperiais.

Anita

Nunca tive vida fácil, nunca mesmo. Meu pai, Bentão, morreu cedo, logo que meu último irmão nasceu. Éramos dez filhos, e a pobreza, grande.

Depois que o pai morreu, fomos viver na Carniça numa casa de pau a pique a alguns metros do rio Tubarão. Eu gostava daquela vida, eu sempre gostei da vida. A pobreza a gente engana. Ou, até melhor, a pobreza liberta-nos de muitos enganos.

Nunca fui moça dócil, dizem que puxei o temperamento do meu pai, que resolvia querelas na faca. Não gosto de brigas, mas nunca tive medo de armas, de faca afiada, de lança ou carabina. O pai me ensinou a atirar nas caçadas, e sei destripar qualquer bicho, não sou de nojos. Das nove irmãs, era eu a que mais dava trabalho à mãe. Isto porque ela não me deixava viver, viver como uma criatura qualquer — e não como uma escrava de saias, sempre baixando os olhos para os machos, sempre naquela faina de dizer que sim, que por favor, que obrigada.

Minha irmã mais velha, Felicidade, casou cedo com um calafate da armada e se mudou para a Corte. Eu sempre adorei a Felicidade, até pelo nome que tinha — tão mais bonito do que o meu: Ana Maria de Jesus! Eu só fui mesmo gostar do meu nome depois que ele apareceu, Giuseppe...

Mas, depois que ele apareceu, a vida ganhou outras cores.

Ele chamou-me de Anita.

E este virou o meu nome...

Eu tornei-me Anita — dentro de mim, já o era...

Quando ele veio, a coisa toda foi tão simples, era como se eu me tivesse virado do avesso, e o avesso de mim fosse a minha natureza mais profunda.

Mas, antes daquele dia na praia, aconteceu muita coisa.

Minha mãe era uma mulher cansada das lidas — criara dez filhos com sua tesoura e agulhas. Não tinha paciência para as minhas descon-

formidades. Se tomavam de audácia comigo, eu exigia meus direitos. Porque mulher também tem direitos, e, como tem o direito de se calar, também pode colocar a boca no mundo.

Aconteceu numa tarde o episódio que decidiu o meu destino. Oh, não reclamo do meu destino — se as coisas não tivessem sucedido exatamente daquele jeito, um fato encadeado no outro até o fato derradeiro — que foi Giuseppe, meu José —, talvez eu não virasse a esposa dele, a sua companheira.

E ser a companheira de José era a minha sina.

Tudo começou numa manhã de domingo...

Eu tinha 14 anos e ia a Laguna para assistir à missa. Ia a cavalo, apreciando o dia. Encontrei, então, a estrada fechada por uma carroça e uma junta de bois que alguém tinha atravessado pelo caminho. E lá estava o Jonas, um rapaz que crescera comigo e que vivia a me importunar desde há muito tempo. Pedi que liberasse a estrada, pois eu perderia a missa. E ele, rindo, deixando um pouco de baba escorrer-lhe dos beiços vermelhos, retrucou que não moveria uma palha. Eu que tirasse os bois, caso quisesse passar.

Não deixei por menos. Com o rebenque, aticei meu cavalo por sobre os bois, que, assustados, pobres bichos, abriram caminho atordoadamente para minha passagem. Mas o Jonas enfureceu-se com aquilo! Onde já se viu mulher resolver as coisas no rebenque? De um pulo, ele agarrou as rédeas da minha montaria, quase me jogou ao chão. Queria me beijar, o maldito! Quando pôs a mão em mim, ergui o rebenque bem no alto, estalando-o na cara dele, que ficou ali na beira da estrada. O rosto marcado deixava escapar um filete de sangue, e ele, furioso, jurou que se vingaria de mim.

No mesmo dia, antes da missa terminada, Jonas deu queixa ao subdelegado, que foi ter com a minha mãe. Eu estava protegendo a minha honra, mas Maria Antônia Bento, minha mãe, eu já disse, era uma mulher cansada. Não aguentava mais do que cerzir e remendar, e cerzindo e remendando a sua própria vida é que tocava adiante. Enfureceu-se comigo, embora concordasse que Jonas fora atrevido demais — mas precisava eu marcar a cara do moço de rebenque?

Naquele domingo mesmo, a mãe decidiu casar-me. Passaria a brasa ardente para outro coitado qualquer. Apareceram-me dois pretendentes, o sargento Padilha, que era jovem e bonito, e o Manuel Duarte, que era sapateiro e tinha muitos mais anos do que eu. Era um homem alto, magro e calado, apaixonado por cachorros. Não sei por que a mãe se encasquetou de me casar justo com o Manuel, e, quando vi, estávamos noivos. Acho que ela pensou que um homem mais velho, de espírito pacato como o dele, saberia levar melhor uma moça intempestiva feito eu, Ana Maria de Jesus.

Casei aos 15 anos sem reclamar, visto que era a panela ou o fogo. Eu não queria jamais viver com alguém que não amasse, Padilha ou Manuel, tanto fazia. A mãe me passava adiante, e até de vestido branco alugado eu entrei na igreja... Entrei na igreja de sapato de salto grande demais para os meus pés, que sempre foram miúdos, e soprei meu sim para Manuel, com quem nunca consegui chegar a um único consenso!

Meu marido era um homem de alma fraca, um imperial mais por adesão do que por convicção, que essas, nem as tinha! Uma criatura que mastigava silêncios e que mais se dava com os cães do que comigo. Eu só esperava a oportunidade de fugir daquela vida odiosa à qual minha mãe me amarrara, e acho que ela mesma coseu seus arrependimentos mais tarde, em silêncio, ao ver minha cara de infelicidade constante, e meu ventre sempre liso, seco, porque graças ao bom Deus e ao destino, a semente do Manuel nunca se enganchou nas minhas carnes.

E então, como se a roda do destino começasse subitamente a girar, tudo aconteceu muito rápido...

Veio a Revolução, e o Manuel foi chamado a lutar com as gentes do Villas-Boas. Quando os republicanos ganharam a batalha em Laguna, Manuel seguiu com as tropas para o morro dos Cavalos. Nos despedimos com um abraço, meu coração cheio de alívio. Não o achava capaz nem de morrer na guerra, pensava que ele partia por uns tempos, logo voltando. Prometi cuidar dos seus cachorros, juntei minhas poucas coisas, e fui pra casa do meu tio, pois não era bom uma mulher ficar sozinha em tempos de guerra. Meu tio Antônio vivia perto da praia depois que umas tropas imperiais tinham-lhe incendiado a casa de Lages. Era um viúvo republicano, gostava dos cachorros de Manuel e se ocuparia deles por mim.

Fui para a casa dele com a alma leve. No fundo de mim, sentia-me à margem de alguma coisa. Não sabia bem do quê.

Laguna toda estava em polvorosa com os republicanos. Eu também. À saída do te-déum, foi que vi meu José pela primeira vez... Eu estava em companhia de Maria Fortunata, minha amiga. Juntas, costurávamos para fora. Naquele dia, deixamos as costuras de lado e fomos pra rua ver os republicanos. Eu, que nunca gostei de imperadores, sentia no ar uma coisa boa.

Foi então que o vi... Ele não me viu, havia povo por todo o lado, e eu não fora convidada à missa, como as moças ricas da cidade, com seus vestidos de rendas, muitos dos quais Maria e eu cosêramos.

Ele não era muito alto. Tinha as costas largas, espadaúdas. Um rosto bonito como uma pintura, lembrou-me um Cristo loiro, mas sem aquelas tristezas do Cristo. Ah não, ele era alegre, uma chama cintilava naqueles olhos de fogo.

Naqueles olhos que não me tinham visto.

Não ainda.

Os barcos da esquadra imperial ficavam ancorados em frente à casa do meu tio. Eu passava um bom tempo sentada por ali, olhando-os de longe. Em algum daqueles barcos, estava ele.

O italiano.

O italiano tornou-se um pensamento fixo para mim.

Maria Fortunata, que vinha com as costuras, dizia-me que eu estava de fantasias. Era uma mulher casada, para o bem ou para o mal. E o italiano era um comandante revolucionário. Eu sabia o que ela pensava: por que aquele homem, tão garboso e coberto de louros, haveria de se interessar por mim? As moças da vila o adoravam. Diziam que era convidado para bailes e tertúlias. Decerto que não lhe faltavam pretendentes.

Mas eu ficava cosendo, um olho na costura e outro nos barcos.

À noitinha, quando tio Antônio saía com a cachorrada de Manoel, eu me punha à frente da casa. Olhava, olhava, olhava. No fundo da minha alma, chamava-o com meus olhares.

Um dia, ao cair da tarde, ele veio ter comigo.

Digam o que quiserem, mas ele ouviu meu chamado...

Chegou num bote, remando ele mesmo. Seus cabelos loiros, levemente encaracolados, pareciam condensar os últimos resquícios de luz solar. Era um homem tão estranho, tinha uns jeitos de me olhar! De fato, ele olhava o mundo todo de forma diversa das outras gentes, era um predestinado.

Baixou do bote e acercou-se a mim, sempre me mirando nos olhos, fixamente, como que a me hipnotizar, ou hipnotizado, não sei bem...

— Vi vosmecê — ele disse — da coberta do navio.

Senti um alvoroço por dentro, pois ele estendeu a mão e tomou a minha entre as dele, que eram quentes, fortes, marcadas do trabalho no mar.

Olhei-o nos olhos e respondi:

— É que eu moro aqui. Nesta casa, com meu tio.

Dentro de mim, tudo se agitava. Então, aquilo era o amor? Aquela angústia, aquele não pensar, um êxtase de confusão, medo e delícia? Lembrei-me do marasmo ao lado de Manuel, dos dias apagados, seus beijos com gosto de cinza fria, insossos, da língua feito um pano de chão a cavoucar-me a boca.

O italiano puxou-me para perto dele e disse, de supetão:

— Deve essere mia.

Nunca falei nenhuma língua que não o português de Laguna. Mas eu o entendi, porque nos entendíamos pelos olhos. Aquilo tudo era uma grande loucura! Minha mãe, minhas irmãs, até mesmo meu tio, o que diriam? Eu era uma mulher casada, não confiava que Manuel morresse — estavam os imperiais entocados em algum lugar, vigiando a frota republicana, vigiando o italiano que segurava minha mão, comendo-me com aqueles olhos de melaço.

Odiei Manuel como nunca, porque até a sua ausência era um empecilho para mim. Mas José não estava preocupado com nada que não fosse nós dois. Apenas me olhava, como se tomasse ciência de que era aquilo, sim, era aquilo que ele tinha de fazer, era o fado, o destino, o avesso do naufrágio do Farroupilha.

Então, ele me abraçou.

Meu rosto tocou seu peito quente, que cheirava a mar. Seus cabelos macios me atraíram, passei meus dedos por eles, sentindo-os como a mais bela das sedas, como o manto do rei que ele era.

José então me afastou um pouco, olhando-me nos olhos, e disse:

— Amanhã, à mesma hora, venho ter com vosmecê.

Eu aquiesci.

Ocorreu-lhe então perguntar-me:

— Como é o seu nome, carina mia?

— Ana — eu disse. — Ana Maria.

— Anita — ele pareceu corrigir-me. — Io ti chiamerò Anita. Amanhã eu voltarei, Anita.

Davi Canabarro foi promovido a general da República. Seus brios e seu temperamento belicoso inspiravam medo nos vereadores de Laguna, que o cumulavam de atenções e de reverências. Por outro lado, a queda da vila de Laguna repercutira em todo o Império, e os legalistas chamaram o marechal José Soares Andrea para reverter o tenebroso quadro. O almirante Francisco Mariath assumiu o lugar de Villas-Boas, e trouxe tropas e navios para a região do Desterro.

O padre Cordeiro, Presidente da República, dava-se muito mal com o turbulento Canabarro, e Luigi Rossetti viu-se obrigado a fazer o papel de algodão entre os cristais, resolvendo pendengas, acalmando as desavenças constantes entre o general irado e o austero religioso que usava luvas de pelica e era tão cheio de manias quanto uma velha dama, evitando até mesmo expor sua pele branca ao sol. Os silêncios do padre eram preenchidos pelas crises de raiva de Canabarro, cada vez mais furibundo com a pasmaceira do povo e com a falta de fundos do erário público da pequena Laguna, elevada à categoria de cidade por decreto republicano.

Embora tratassem de manter um clima de alegria na vila, repicando os sinos todas as tardes e rezando missas solenes, as coisas não iam bem nos meandros do governo republicano catarinense, a máquina emperrava apesar dos árduos esforços de Rossetti.

No seu escritório, Canabarro berrava aos sete ventos:

— Lugar de gente inútil, de cofres vazios! Não se faz uma guerra com bananas e com peixe defumado! As tropas estão em andrajos, precisamos comprar armas, os imperiais esperam apenas uma chance para nos atacar!

Padre Cordeiro tratava de fazer o sinal da cruz e voltava aos seus sermões em latim. Quando lhe perguntavam, não negava o fato de considerar o general Canabarro um homem detestável. Em seu gabinete, gozando de relativa paz, listava os pecados do comandante em chefe para Luigi Rossetti:

— Ira, luxúria, soberba, gula... Além de vaidade, é claro. Pois Davi Canabarro é o homem feio mais vaidoso que já me foi dado conhecer.

— Mas ele é um grande militar, senhor Cordeiro — retrucava Rossetti calmamente.

— A guerra é apenas uma pequena parcela desta vida, meu caro Luigi. Um homem de governo precisa ter fleuma, boa educação, estudo. E não ser dado à vulgaridade, evidentemente. Isto é coisa da caserna. E quando bebe? As coisas hediondas que diz e que faz! *In vino veritas*, Luigi.

Luigi Rossetti suspirava e tratava de cuidar dos seus afazeres. O fato é que ele vinha carregando a pequena República nas costas, enquanto o padre rezava suas missas, e Canabarro se envolvia em orgias noturnas intermináveis e em pendengas políticas desimportantes.

No seu minúsculo gabinete com vistas para o morro, Rossetti escrevia diligentemente cartas e mais cartas, pedindo aos republicanos no Rio Grande que lhes mandassem algum dinheiro, tropas, provisões. Um empréstimo que fosse. O governo de Laguna andava em maus lençóis. Enquanto isso, os imperiais reforçavam as saídas da barra. Soares Andrea enviara mais uma escuna para guarnecer Laguna, mas Giuseppe Garibaldi traçava seus planos para furar o bloqueio imperial e acabar com a pasmaceira que a República Juliana vivia. Se conseguisse iludir o cerco imperial, a notícia correria por todas as bocas, chegando até o Rio de Janeiro, aos ouvidos do próprio Imperador. Giuseppe Garibaldi queria que falassem dele, que vissem que um homem do povo, munido de boas intenções e algum raciocínio, poderia pelear contra o poder imperial e vencê-lo. Fora da barra de Laguna, havia um intenso transporte de cargas, além dos navios de guerra e de munições que muito viriam a calhar para os republicanos catarinenses, com seus cofres vazios.

Certa tarde, Giuseppe Garibaldi irrompeu no gabinete de Davi Canabarro. Embora fosse inverno, o dia estava abafado. Canabarro mordia uma maçã com dentadas vorazes, os pés sobre a mesa. Quando o italiano entrou, ele falou de boca cheia:

— Sucedeu algo, comandante Garibaldi?

— *No* — disse Garibaldi — Mas sucederá, general. Amanhã vou furar o bloqueio imperial.

O outro apertou seus olhinhos escuros. *Italiano louco. Furar o cerco?*

— Não me parece boa ideia, comandante. Empenhar-se num combate com forças tão superiores não pode ter um bom desfecho, e isto é tudo o que nós não precisamos nesta maldita republiqueta falida.

Garibaldi puxou uma cadeira e sentou-se. Pelas janelas abertas, entrava um suave alvoroço de ruas cheias, a cantilena dos vendedores e uma voz feminina cantarolando uma canção. Ele sorriu, a música sempre o emocionava.

— Evidentemente, vou furar o bloqueio com uma artimanha, general. O senhor verá, caso me autorize, é claro. Não quero dar um único tiro de canhão.

Davi Canabarro pensou por um momento. *Louco, muitas vezes louco. Mas também genial.* Achou que devia arriscar. Engoliu o último pedaço da maçã e disse:

— O senhor tem a minha autorização, capitão Garibaldi.

O sorriso de Giuseppe Garibaldi alargou-se. Da rua, a canção findou subitamente.

Anita

Naquela noite, tive estranhos sonhos. Sonhei com José, com meu pai, com Manuel...

Tudo se misturava numa miríade de vozes, imagens perdidas no tempo. O rebenque estalando no rosto de Jonas. O delegado com seu olhar furibundo, dedo em riste. Meu pai numa caçada em Lages, eu seguindo-lhe os passos por entre o arvoredo da floresta cerrada e úmida. Felicidade admoestava-me, era um escândalo, eu tinha dois maridos! Mamãe chorava, o padre, horrorizado, mandava que eu rezasse duzentos pais-nossos, mas sempre que eu me ajoelhava em algum lugar, ofendiam-me, xingavam-me. Eu caía em prantos e, então, inesperadamente, os braços de José me salvavam daquilo tudo, eu estava segura no seu abraço de fogo.

Acordei ao alvorecer, exausta.

Vesti-me ainda à luz baça de uma aurora pálida; o sol nascendo por detrás do morro ainda não chegara até a casa do tio. Saí para o pátio, os cachorros de Manuel olhavam-me como se soubessem, quietos, encolhidos nas suas enxergas.

Mal comi o dia inteiro. Cuidei dos meus serviços com desleixo, fui repreendida por Maria, e meu sonho parecia misturar-se à realidade. O tio trouxe notícias da vila: Xavier das Neves, que tinha sido eleito presidente da República Juliana, bandeara-se para o lado dos imperiais. O padre Cordeiro assumira seu lugar. Meu tio cuspiu no chão: um padre presidente! O Canabarro aprontava umas brigas, vivia cercado de mulheres de vida fácil, dava festas que faziam as beatas se benzerem. Mas a República era um fato, as coisas se ajeitariam com o tempo, dizia o tio, sumindo-se no quintal.

A tarde caiu finalmente, lá se foi o bom Antônio com os cachorros de Manuel. Rezei que se demorassem, ajeitei meus cabelos, pus um vestido limpo, e fui para a frente da casa a tempo de ver o pequeno bote que avançava nas águas calmas. Uma densa névoa subia do chão, o dia tinha sido cinzento, nublado, com ares de chuva. Parecia que José flutuava para mim sem esforço, apenas vindo, vindo...

Ele pulou com agilidade do bote, os cabelos como um halo. Os cabelos que eram um sol que ele levava sempre consigo.

Estaquei, parada entre a fímbria do gramado e a areia da praia, sentindo a umidade que subia do chão. Eu usava umas tamancas feitas por Manuel, e aquele pequeno vestígio seu enojou-me subitamente. Joguei as tamancas numa sarça e avancei descalça em direção a José.

Ele sorriu para mim. Abraçou-me.

Deves ser minha, ele tinha dito. Eu já era dele desde sempre, e aquilo me espantava. Beijou-me ali mesmo na frente da casa sem se importar com a vizinhança. Atrás de nós, o morro fervilhava de pequenas choupanas. Imaginei os olhos que nos viam, e logo os esqueci também, mergulhando no mar que era a boca de José.

Depois de algum tempo, ele puxou-me para um canto. Sentamo-nos perto do poço, escondidos pela ramada de uma árvore.

— Vosmecê sabe que eu sou comandante da armada republicana, não é mesmo, Anita?

Eu sorri pra ele.

— Sei sim, José Garibaldi.

Ele sorriu.

— Somos pobres, você e eu, Anita. Mas o dinheiro nada mais é do que um grilhão.

— Tenho orgulho da minha pobreza — eu respondi. — E também me orgulho da República. Nunca tive simpatias imperiais.

Ele sorriu como a dizer que já sabia. Que só poderia ser daquele jeito. Correu seus dedos pelos meus cabelos escuros, elogiou meus olhos, minha boca. Seu olhar desceu até os meus peitos, e eu soltei uma risada.

— Sabe que não preguei o olho essa noite? Por vosmecê, pensando em vosmecê.

— Eu também não pude dormir... — Eu tinha de contar-lhe, era preciso. — É que tem uma coisa que preciso lhe dizer, José.

Ele sorriu pra mim.

— Desde o primeiro momento em que a vi, eu soube. Diga-me, Anita. Entre nós não pode haver segredos.

— Sou casada há quatro anos. Um casamento arranjado pela minha mãe... Meu marido, Manuel, alistou-se nas tropas do Villas-Boas. Quando vocês tomaram a cidade, ele partiu. Não sei onde anda agora. Não quero saber, nunca o amei.

José não perdeu a calma. Olhou-me longamente, segurou a minha mão. Ao longe, nas águas mansas da baía, a flotilha republicana parecia zelar por nós.

— Vosmecê me ama, Anita? — foi a pergunta que ele me fez.

— Sim — eu respondi, e nunca uma palavra foi tanto.

Ele sorriu e disse:

— Vou partir dentro de um dia, precisamos quebrar o cerco dos imperiais. Vou até Santos fazer o corso por estas águas. Venha comigo, seja minha mulher. As convenções do homem nunca serviram para mim. Não devem servir para vosmecê também, Anita mia.

Ah, como José sabia ser diferente...

Ele parecia inventar o mundo a cada instante, e ali, sob aquela velha árvore, perto da casa do meu tio, cercada pelas choupanas da vizinhança que eu conhecia desde menina, um mundo todo novo, maravilhoso, abria-se para mim. Por que viver a vida que me tinham imputado, se eu poderia seguir com José, aquecer-me nos seus braços, nadar na sua boca, viver com ele, morrer por ele, lutar com ele?

José esperava uma resposta minha.

— E então, Anita? — insistiu ele.

— Sou mulher o bastante para isso, José.

— Eu sempre soube — foi o que ele disse, num sorriso. — Amanhã, quando a lua subir no céu, esperarei por você no convés do *Rio Pardo*. Aguiar virá buscá-la num bote.

— E eu irei.

Ele ergueu-se. Precisava voltar, ainda havia muito a ser feito nos barcos, os reparos não estavam terminados.

— Faremos o nosso mundo, e o que há de errado consertaremos juntos, *Anita* mia.

Depois de um beijo, ele partiu.

Enquanto o bote vencia a pequena distância até o Rio Pardo, uma lua grande, bonita, saiu no céu entre as nuvens. Parecia uma moeda brilhando pra mim.

Mas, por enquanto, o barqueiro que me levaria seria ele mesmo, Giuseppe Garibaldi. Era o começo de uma longa viagem.

Depois de servir a janta ao tio, recolhi-me ao meu quarto. Fiquei olhando pela janela as luzes baças dos barcos lá na baía. Um choro estranho tomou conta de mim. Eu abandonaria tudo, tudo. Não que fosse muito, mas era o que eu conhecia. A mãe, as irmãs, o tio, Fortunata, a enseada, a vila de Laguna.

Fiquei ali, encostada à parede, olhando o mundo lá fora, que me parecia tão igual. Bateram à porta, só poderia ser o tio.

— Entre, tio Antônio — disse eu, secando as lágrimas.

Ele entrou, envolto na luz do lampião.

— Já botei os cachorros no cerco — falou.

— Obrigada, tio.

Ele aproximou-se de mim. Sempre nos tínhamos dado bem e, depois da morte do meu pai, ele assumira-lhe o lugar junto ao meu coração. Devia ter visto que eu chorara, pois meu rosto ainda estava congestionado, e os olhos, úmidos. Mas nada comentou, disse apenas:

— A comida estava salgada hoje, Aninha.

Eu ri como uma criança. Ele riu também. Então, subitamente, pôs-se sério, passou a mão gasta pelo meu rosto e falou:

— Aninha, estão comentando na vila. Boatos correm, vosmecê deve saber.

— Comentando o quê, tio?

Ele pousou o lampião sobre a pequena mesa ao lado da minha cama de campanha. Era um quarto pequeno, simples, as paredes exibiam desenhos feitos pelo mofo dos últimos invernos.

— Você e o italiano.

Baixei os olhos, envergonhada. Mas havia tanto a dizer ao tio. Eu precisava contar a ele, ao menos a ele. Para mamãe, melhor não dizer nada. E Felicidade acabaria sabendo por carta lá na Corte.

O tio ergueu meu rosto delicadamente. Era um homem baixo, atarracado e feio. Mas tinha um coração de menino.

— Aninha? — ele sussurrou. — É verdade?

— Sim — respondi.

Tio Antônio aquiesceu calmamente.

— Você nunca foi igual às outras. Eu sempre disse ao Bento: Aninha é diferente.

— Anita — eu o corrigi. — É assim que José me chama. É assim que quero ser chamada de agora em diante.

O velho sorriu:

— Esta vila vai se fritar na sua própria gordura. De Manuel, ninguém sabe. A guerra ainda vai longe, minha filha. — E então, com a voz meio embargada, ele acrescentou: — Seja feliz, Anita.

Com um sorriso no rosto, puxei um embrulho da gaveta do armário.

— Toma, tio — entreguei-o a ele. — São as minhas tesouras de costura. Peço que as entregue a Maria Fortunata. Diga-lhe que, no mar, com José, elas não me serão de muita serventia.

O tio segurou o pacote, emocionado.

— Vou comprar um pano e pedir que Fortunata lhe faça um vestido. Um vestido de noiva, mas não branco. Como eu disse, vosmecê não é igual às outras.

Depois, ele saiu do quarto em silêncio, deixando-me com a alma mais leve.

No dia seguinte, quando a lua subiu no céu, peguei a minha pequena trouxa de roupas e fui ao encontro de Aguiar na praia. Ele me esperava tal como fora combinado, e a noite era o seu próprio esconderijo, tão escura era a sua pele.

Sem uma palavra, pulei para o bote. Dei, ainda, um último olhar à casa do meu tio. Ele tinha saído com os cachorros de Manuel, e não nos despedíramos. Melhor assim, eu pensei, enquanto Aguiar começava a remar, cavoucando a água verdacenta da baía em direção ao Rio Pardo. Eu era uma noiva, e o barco de José era o altar do meu casamento.

Na manhã seguinte, depois de ter passado uma venturosa noite com Anita na sua minúscula cabine, o comandante Giuseppe Garibaldi despachou uma sumaca para os portos do Norte. Os imperiais, ancorados na saída da barra de Laguna, parados havia dias, caíram no pequeno ardil de Garibaldi e saíram em perseguição à sumaca republicana.

No porto de Laguna, na manhã que nascia azul e dourada, Giuseppe reuniu seus homens e fez a apresentação que tinha ensaiado ao alvorecer, ainda tonto dos amores, enroscado nas pernas fortes de Anita.

— Esta é a minha esposa, Anita. Ela viajará conosco — ele disse para os homens.

Seus olhos brilhavam de orgulho.

Nenhum dos marujos presentes demonstrou espanto com a situação inusitada. Na noite anterior, o comandante era um homem solteiro. Mas eles tinham acompanhado as súbitas escapadas para a praia, os suspiros, a bonomia que se instalava quando Garibaldi retornava daqueles misteriosos passeios. Só podia ser uma mulher, todos pensavam.

E ali estava ela.

Miúda, morena, de faces agradáveis e com um olhar agudo, a moça sorria-lhes calmamente, perfeitamente dona da situação. Anita, dissera Garibaldi. E eles não precisavam saber de mais nada.

Anita foi aceita pela tripulação, que sequer sonhava o quanto aquela mulherzinha ágil, teimosa e cheia de coragem faria por todos eles ao longo dos próximos meses. Ali, na coberta do *Rio Pardo*, ela ainda era a súbita, misteriosa esposa do comandante.

Com um aceno de Giuseppe Garibaldi, os homens dispersaram-se pelo convés. Havia muito trabalho a ser feito antes de saírem para mar aberto. Garibaldi dissera que esperariam ali: quando as naus imperiais estivessem longe, à caça da sumaca que ele despachara, é que fariam velas e sairiam a toda velocidade de Laguna.

Griggs, que subira ao *Rio Pardo* para os últimos acertos antes de se lançarem ao mar, abriu um sorrisinho divertido, aproximando-se de Garibaldi depois que a tripulação voltou ao trabalho, e Anita foi inspecionar as bocas de fogo e os armamentos, inquirindo os homens sobre tudo: cordoalha, velas, mastros. Ela era curiosa, enchendo os marujos de perguntas.

Griggs achava que aquele italiano era maluco mesmo, um maluco iluminado, quase divino. John Griggs circulara um pouco pela pequena Laguna, o bastante para ouvir as histórias que corriam feito fogo na palha seca. Ana Maria era uma mulher casada com um sapateiro que tinha simpatias imperiais, arregimentando pelo Villas-Boas. E Laguna era um lugarzinho sórdido, pequeno, de gentes fofoqueiras. As gentes entrariam em polvorosa com o escândalo. Garibaldi agira como um pirata, levando consigo uma moça da cidade.

Anita voltou ao convés, onde Garibaldi e Griggs estavam. A mulher demonstrou especial curiosidade pelas bocas de fogo, principalmente pelo *Lavavasseur*, um canhão de fabricação inglesa que se carregava pela culatra ou pela boca, a joia do *Rio Pardo*.

— José, como funciona? — ela quis saber.

John Griggs viu Garibaldi explicar à moça como se fazia fogo e o modo correto de carregar o *Lavavasseur*. Anita correu os dedos pelo metal negro com cuidado, como se ele fosse um bicho de estimação, um cãozinho. Seus olhos brilhavam, animados.

Olhando a cena, sem se conter, Griggs riu alto.

Garibaldi foi até ele.

— Estou apaixonado, John.

John Griggs bateu levemente no ombro de Garibaldi, tocando a camisa branca, larga, que ele costumava usar.

— Ela combina com vosmecê, Giuseppe — piscou um olho. — Não há como negar isto. Aliás, é a primeira mulher que eu vejo acariciar um canhão como se ele fosse um amante. Que Deus nos perdoe!

Fez-se um silêncio divertido entre os dois homens. O alto, sério e afável John Griggs disse então:

— Há algo, porém... Creio que Anita era comprometida.

Giuseppe manteve fixo o seu olhar, encarando Griggs com calma. O americano era uma cabeça e meia mais alto, mas ele não se incomodava com isso. Pouca coisa incomodava-o. Até mesmo aquele comentário, levemente intempestivo, mas feito no calor na amizade, poderia ser relevado. Prova disto era o calor que se emanava dos seus belos olhos cor de mel, quando Giuseppe Garibaldi respondeu a Griggs:

— Só o amor verdadeiro é válido aos olhos de Deus, meu caro John... De qualquer forma, o marido dela está desaparecido há meses, pode ter morrido em alguma batalha, como sabemos bem.

Neste instante, um dos espias que Garibaldi mandara ao morro chegou ao navio, subindo pela escada de corda.

— Os inimigos seguiram atrás da sumaca, comandante — disse o homem. — Não se vê uma única vela imperial na saída da barra. O caminho está livre.

Garibaldi abriu um sorriso de satisfação. *Ecco*, a sua estrela brilhava outra vez.

— Era tão óbvio... A sumaca ser uma isca — disse Griggs. — Parabéns, meu amigo.

— O óbvio quase nunca se percebe — respondeu Garibaldi. — Reúna os homens, vamos partir enquanto os imperiais se distraem com a nossa sumaca, o nosso ratinho. Você segue no *Caçapava* e o Valerigini comandará o *Seival*. Vamos no rumo sul-sueste.

Imediatamente, a agitação fez-se no convés. Anita, que era esperta e aprendia rápido, ajudava os marujos com a cordoalha. Enquanto Giuseppe ia no leme do *Rio Pardo*, as velas abertas para o vento, as outras duas embarcações seguiam-no de perto.

A noite já tinha caído quando cruzaram a barra de Laguna.

Uma noite cheia de estrelas, fria e pálida, que anunciava a bem-aventurança da primavera. O mar era uma linda surpresa para Anita. Ela nunca saíra da barra de Laguna, nunca tinha visto aquela massa de água, infindável como o próprio tempo, prateada pela luz lunar. A sua vida, antes de Giuseppe, o seu *José*, não passava de um rascunho malfeito.

Parada na proa, ela pensava: isso aqui é que é vida. O ar fresco e doce entrando pelos seus pulmões, o *Rio Pardo* cortando as águas, célere. Giuseppe no seu lugar, tão lindo quanto uma pintura. E o mar imenso, verde, doce, abrindo-se em filetes de espuma branca. Como um véu, um gigantesco véu de noiva. Pois aquele, aquele era o seu casamento.

O seu verdadeiro casamento.

Aquele era o seu *sim*.

Apoiada à amurada do navio, Anita pensava estas coisas, sentindo-se livre, viva. Deixava o pensamento vagar. Nada de cachorros ganindo por comida, do martelar monótono de Manuel na sua lida, dos seus modos frios, secos, tolos. Manuel era um homem que sequer sabia sorrir!

Ela olhou para Giuseppe. O vento dançava nos seus cabelos, brincando com a lua entre as melenas loiras. Giuseppe — *José*, ela disse baixinho — parecia atrair a luz da lua para si mesmo como uma espécie de imã, como um deus. Ah, o dia em que o vira pela primeira vez, perto da igreja... Nunca haveria de esquecer o fulgor que dele se emanava, nem a sua própria ansiedade. Parada na rua cheia de gentes, olhando os dignatários da nova República, ela sentira-se como que fulminada por um raio. Não houvera dúvida. Aquele homem era o seu destino. Aquele homem era o fogo onde ela se imolaria.

Manuel não passava de uma sombra no seu passado. Nem sequer tinha remorsos, obrigada que fora àquele casamento. Por isto, não mandara nem um bilhete à mãe. Finalmente, tomava as rédeas da sua vida.

Anita riu.

As rédeas, não... Finalmente, ela tomara o leme da própria vida.

E agora navegava de velas soltas rumo ao seu destino. Não fora talhada para uma existência pacata, mulher de um sapateiro cuja maior alegria era passear com seus cães numa noite de lua cheia. Ela amava aquele barco, amava seus canhões, sua liberdade, seus marujos. Ela amava, acima de tudo, mais do que qualquer coisa sob o céu, aquele homem de cabelos loiros e barba arruivada.

Giuseppe Garibaldi.

Mas, na cama, agarrada aos seus cabelos, Anita chamava-o, simplesmente, *José*.

Anita estava ali na coberta do barco, perdida em devaneios. Lembrando-se da noite anterior, um sorriso desenhou-se no seu rosto. Foi então que sentiu a aproximação de Giuseppe. Ele deixara o leme aos cuidados do Negro Aguiar e viera ter com ela.

Abraçando-a, perguntou:

— *Te piace*? Vosmecê gosta do mar, minha Anita? O mar é a minha casa.

Ela acarinhou seus cabelos loiros. Eram mornos como se guardassem resquícios do sol.

— Então também é a minha casa. Na noite passada, casamos. O mar é a nossa casa e a nossa igreja, José.

Ele beijou-a. Ela tinha uma boca cheia, a pele bronzeada de sol, dois olhos enormes, castanhos e luminosos. Tinha um corpo bem-feito, uma cintura fina, peitos macios, pálidos e quentes. Era pequena e ágil como um bicho silvestre, e era dele.

— Anita... — ele sussurrou. — Estou muito feliz, quero que vosmecê saiba disso. Mas fico pensando... A vida num navio é dura, é difícil. Uma rotina de privações e de insegurança.

Ela disse:

— Se você soubesse como estou contente, não me olhava desse jeito. Não vou ser um estorvo no *Rio Pardo*. Quero aprender a lutar, quero lutar ao seu lado, José. Sinto que nasci para estar aqui.

— Vosmecê tem certeza?

Ela piscou um olho:

— Sou mulher o bastante para isto também.

— Não tenho a menor dúvida — Giuseppe respondeu, abraçando-a e olhando o mar que se abria diante deles.

Não havia sinal dos imperiais. Mariath não era tão inteligente quanto diziam, pensou Garibaldi naquela noite, avançando no rumo de Santos sem um único barco inimigo pelo caminho. Eles seguiram por um dia inteiro sem ser incomodados. Com o vento a favor, chegaram nas vizinhanças de Santos na tarde do dia seguinte. Fazia sol e o tempo estava calmo, sereno. Fizeram âncora, esperando que alguma embarcação imperial passasse por ali e pudessem fazer uma abordagem de corso.

Apesar da felicidade por Anita, Giuseppe Garibaldi sentia uma estranha angústia em seu peito — na véspera de deixar Laguna, logo depois de seu encontro com Anita, Luigi Rossetti viera até o *Rio Pardo* ter com ele. As notícias não eram boas. Com Soares de Andréia no Desterro, os imperais se preparavam para recuperar Laguna. De fato, Rossetti achava que havia grandes chances de Laguna voltar ao Império sem muito esforço. A República estava torta. O padre Cordeiro não era um homem de decisões, o governo republicano estava parado e sem dinheiro nos cofres. Canabarro agia como um louco, dizia que os catarinas estavam se preparando para derrubá-lo, que o padre Vilela agia por detrás dos panos. Canabarro tinha metido na sua cabeça dura que mandaria prender o Vilela! A coisa estava muito complicada em Laguna, e Luigi Rossetti não tinha bons pressentimentos.

Giuseppe prometera-lhe voltar com mais barcos e com boas cargas. Ficaria duas semanas fora fazendo corso. Os amigos tinham se despedido nestes termos. Garibaldi não tivera coragem de dizer a Rossetti que sairia em viagem levando Anita com ele. Melhor não... Cada coisa ao seu tempo, foi que o pensou. Mas ele sabia que as notícias do desaparecimento de Anita correriam, céleres, pela pequena vila.

Agora estavam ali, à altura de Santos, esperando por suas presas. Anita andava pelo navio com tal naturalidade, como se ele fosse mesmo a sua casa. Muito dona de si, tratando os marujos com uma atenção doce e diligente, ela parecia aprender as coisas com extrema facilidade. Além disso, tinha uma curiosidade incrível: nenhum detalhe lhe escapava, os homens atendiam-na com afeição, e o Negro Aguiar a seguia como um servo. Era uma mulher notável. Havia outras mais bonitas, talvez; mas nenhuma como Anita.

Aguiar tinha improvisado num canto do navio um tiro ao alvo para que Anita treinasse. Ela segurava o pistolão com firmeza, disparava, errava o alvo, ria, os cabelos castanhos balouçando no ar da manhã. Tentava novamente. Garibaldi impressionara-se de ver que, depois de duas horas, Anita podia acertar o alvo com tranquilidade, como se, em vez de manejar suas tesouras de costura, tivesse usado armas durante toda a vida. Causou-lhe um grande divertimento quando ela, em vez de mirar o alvo, erguera o pistolão pro céu.

— Está louca, mulher? — ele gritara, rindo. — Quer matar a quem? Deus?

Anita não respondera, concentrada em alguma coisa. Depois, veio o tiro. *Bum*. Garibaldi fechara os olhos. Ao abri-los, viu aos pés de Anita uma gaivota mortalmente ferida, e ela sorrindo, coquete, retrucou-lhe:

— Ora, José. Cansei de treinar com alvos imóveis. Os imperiais não farão o obséquio de ficar parados para que uma dama republicana como eu acerte-lhes uma bala nos miolos, não é mesmo?

Aguiar e os homens que estavam por perto começaram a rir. Giuseppe, sem saber por que, ficou ruborizado. Talvez fosse orgulho. Ele caminhou até a mulher e disse, baixinho:

— Largue este pistolão um pouco e me dê um beijo. Depois, prometo que vou lhe ensinar a usar uma carabina.

Eles namoravam na coberta, com os marujos por testemunhas. Era uma vida livre.

Naquela mesma tarde, Anita já tinha aprendido a usar a carabina, e angariara alguns voluntários para uma luta no convés, depois de vestir um par de calças que achara no depósito do barco. Parecia estar no seu elemento, era uma coisinha viva, inquieta e petulante.

À noite, deitados um ao lado do outro na cabina minúscula, Giuseppe deu-lhe um beijo e disse:

— Você não é mesmo mulher para um sapateiro. Nasceu para estar com um corsário, um homem como eu. Sabe, Anita, um dia eu voltarei à Itália, e lá vou fundar uma república, como os gaúchos fizeram aqui.

Anita enroscou-se nele feito um gato e respondeu:

— Neste dia, estarei com vosmecê, José.

No dia seguinte, as naus republicanas encontraram uma sumaca carregada que seguia para o sul. Griggs e Bilbao foram encarregados de abordá-la no *Caçapava*. Tomaram a carga e renderam a tripulação facilmente. Quando fizeram velas para continuar a viagem, Anita estava parada ao convés observando a movimentação, uma densa nebulosidade baixou sobre o mar, e o *Rio Pardo* e o *Seival* perderam de vista o *Caçapava* e a sua presa. O vento mudou subitamente, Garibaldi ordenou que a esquadra retornasse ao sul, deixando o *Caçapava* momentaneamente para trás.

Os imperiais, depois de terem caído no engodo de Garibaldi, colocaram vários barcos à procura dos corsários. As naus republicanas navegavam sem incômodo descendo para a ponta da Jureia, com Anita praticando tiro ao alvo nas gaivotas, quando foram avistados pela corveta inimiga *Regeneração*.

— Os imperiais! — gritou Garibaldi do mastro do traquete.

Os homens tomaram seus postos; Anita, carabina em punho, foi para perto dele.

Garibaldi coordenou os movimentos das suas duas naus, posto que Griggs e Bilbao ainda não tinham aparecido. Ordenou que os barcos navegassem mais perto da costa, enquanto a *Regeneração* fazia fogo. Os republicanos responderam com seus pequenos canhões, mas a corveta imperial estava muito bem armada, disparando uma chuva de balas em direção ao *Rio Pardo* e ao *Seival*. Na coberta do *Rio Pardo*, ao lado de Giuseppe, Anita não demonstrava nenhum medo.

— Vamos ter que seguir para a costa — disse Giuseppe para Aguiar e Anita. — É cheia de baixios e recifes, os legalistas não vão se aventurar por lá. Pelo fogo que fazem, devem ter, pelo menos, quinze canhões naquela maldita corveta.

— Pústulas — gemeu Anita com raiva, arrancando um sorriso de Giuseppe.

Navegavam com velocidade para a praia, perseguidos pela corveta que, prevendo o perigo de um naufrágio, abandonou a luta quando a noite já caía. Os imperiais esperariam os revoltosos em mar aberto, eles teriam de deixar a costa mais cedo ou mais tarde.

Assim, o *Rio Pardo* e o *Seival* passaram a noite ao largo da orla, vigiados pelos imperiais. Anita aguardava o confronto ao lado de Giuseppe, que traçava planos com Valerigini, analisando mapas e cartas de navegação.

— Estou preocupado com Griggs e com Ignácio Bilbao. Talvez tenham sido capturados pelo inimigo — disse Garibaldi. — Mas não podemos ficar aqui esperando por eles. Amanhã, sairemos com toda a vela, distanciando-nos dessa corveta imperial o mais que pudermos.

Anita aproximou-se dos dois e disse:

— Quero lutar, José.

Valerigini e Garibaldi trocaram um sorriso. Garibaldi puxou-a para si e falou ao companheiro:

— Não a menospreze, Valerigini. Tem boa mira. Não deve ter sobrado uma única andorinha para os lados de Santos. — E olhando para Anita, disse: — Amanhã, acho que você vai lutar, minha Anita. Agora vamos dormir, os vigias ficam de olho. Teremos um longo dia.

Valerigini despediu-se e voltou para o lanchão *Seival*. Anita recolheu-se com Giuseppe. Aquelas eram as suas núpcias, ela pensou, quando se despia para deitar com o seu italiano adorado. Eram as suas núpcias, e ela estava apreciando cada momento. Aquilo sim, aquilo é que era viver!

Ao alvorecer, caiu um forte aguaceiro. Apesar disso, vários tripulantes foram à terra juntar provisões de bordo com alguns plantadores da região. No final da manhã, duas sumacas cruzaram pelo *Rio Pardo* e pelo *Seival*. Garibaldi abordou-as e confiscou-lhes a carga. Guarneceu-as com homens de sua confiança e, mais animado, enquanto a chuvarada dava mostras de ceder, partiu com seu comboio para o sul, nos rumos de Laguna. Passadas já algumas semanas da viagem, ele sentia que precisava retornar. Teixeira Nunes e Rossetti estavam em Laguna, o que lhe dava certo alívio, mas como andariam os desmandos de Davi Canabarro? Não tivera mais notícias da situação da República Catarinense, e temia pelo pior.

Ele levaria para Laguna todo o arroz que apresara das sumacas imperiais, e a República teria assim algum dinheiro em caixa. Seria um bom modo de levantar os ânimos dos catarinenses e a confiança dos republicanos.

Seguiram a toda vela sem encontrar sinais da *Regeneração*. Poucas milhas depois, Garibaldi avistou mais um barco mercante que ia para o sul.

— Tomem o navio! — gritou Garibaldi.

Seus homens procederam facilmente à abordagem do iate *Formiga*. Garibaldi pulou para a nau inimiga para fazer um levantamento da presa: não havia uma grande carga, a não ser algumas sacas de café e de milho. Mas, ao descer ao porão do barco, com grande espanto, encontrou os homens do *Caçapava*. Estavam todos postos a ferros, loucos de sede, padecendo terríveis dores por causa da imobilidade prolongada. Garibaldi, Valerigini, Aguiar e mais dois marujos libertaram John Griggs, Bilbao e os outros. Serviram água e pão para os homens e, depois de algum tempo de repouso, Griggs teve condições de contar a sua tenebrosa aventura.

Tinham tomado facilmente a sumaca, e o mestre e a marujada do barco haviam se mostrado submissos. Mas, logo que a neblina os fizera se perder do *Rio Pardo* e do *Seival*, a tripulação amotinara-se numa violência sem tamanho. Apontaram uma arma para a cabeça de Bilbao. Mataram um dos marujos, e colocaram os outros a ferros. Todos padeceram horrores, sem água ou comida.

— Eles nos levariam ao Desterro, onde seríamos entregues às autoridades portuárias. Provavelmente, meu destino seria a forca — disse o americano Griggs, com um sorriso fraco.

Garibaldi sentiu a raiva crescendo dentro dele. Nunca maltratara um inimigo. A marujada tinha sido presa, levada ao porão do *Seival*.

— Não lhes passo todos pelo fio da espada porque sou homem justo. Mas eles terão o mesmo destino que dariam a vosmecês. Vamos entregar esta matilha à sanha do Canabarro. Ele que lhes decida o futuro.

Ajudou Griggs e Bilbao a caminhar pelo convés, recuperando suas forças, e depois os transportou para o *Rio Pardo*, pois precisavam seguir viagem, agora com cinco naus, na direção de Laguna. No *Rio Pardo*, Anita cuidou pessoalmente de John Griggs. Não cozinhava, pois havia decidido que não assumiria os encargos femininos tradicionais. Não, ela era livre ali, naquele barco! Mas, pelo americano, desceu à cozinha e fez uma sopa com os legumes apresados na ilha. Deu-lhe as colheradas à boca, contando histórias da sua primeira viagem de corso.

— O comandante é um homem de sorte — disse Griggs. — A senhora é uma fada.

Anita riu alto, os belos olhos castanhos cintilando.

— Uma fada? Pois saiba que sou melhor com um pistolão do que jamais fui com as tesouras de costura ou com as panelas, meu caro John.

— As fadas são criaturas múltiplas e surpreendentes — ele abriu seu sorriso largo, doce, paciencioso. — Como a senhora.

Depois, pegou seu enorme bastão, que usava como apoio e como arma nos combates, e saiu a caminhar pela coberta do navio, sentindo-se quase recuperado.

Por um dia inteiro, navegaram sem cruzar com os imperiais. À noite, fundearam junto ao morro das Conchas, bem na entrada do Paranaguá. Havia um antigo forte na ilha. John Griggs ofereceu-se para descer com mais dois homens em busca de provisões, e baixou à terra numa lancha. O comandante do forte viu o barquinho se aproximando. Joaquim Barbosa estava havia anos naquela decadente e esquecida fortaleza militar. Aproveitou-se da novidade e mandou um sargento examinar a lancha. Qual não foi o seu espanto ao saber que a embarcação era republicana e comandada por um americano.

— Um americano capitão de presas? — bradou, andando pelo corredor do velho forte.

O que fazer? Se quisessem, os revoltosos tomariam o forte e a pequena vila, mas o seu dever era reagir. Chamou um tenente e mandou-o à cidade em busca de reforços.

Griggs permaneceu calmamente em sua lancha. O forte era uma ruína perdoada pelo tempo. Do que podia ver, uma única boca de canhão o guarnecia. Esperou. A paciência era um dom divino, pensou com um sorriso. Ademais, queriam apenas água e algumas provisões para seguir viagem.

Meia hora mais tarde, veio um bote e um oficial com a resposta do comandante Barbosa:

— Ou vosmecês se rendem e baixam a bandeira republicana, ou abriremos fogo — disse o tenente, olhando, apavorado, as cinco naus que balouçavam suavemente no mar tranquilo de primavera.

Era uma noite bonita, de céu estrelado. Griggs respondeu que levaria a notícia ao seu comandante e voltou ao mar aberto com seus marujos. No *Rio Pardo*, todos riram muito. Havia alguma graça até mesmo na guerra, pensou Anita, vendo aquilo tudo.

— O comandante é um homem honesto. Sendo um forte imperial, faz o que deve fazer— disse Giuseppe Garibaldi.

Depois, chamou Aguiar e falou-lhe:

— Baixe a terra e informe ao comandante que a nossa bandeira seguirá hasteada. Queremos apenas água e alguma provisões para retomar nossa viagem.

Meia hora depois, Joaquim Barbosa disparou contra os republicanos com a sua única peça. O tiro ecoou na noite silenciosa, atravessou o ar com seu rabo de fogo, e foi cair na água a alguns metros do *Seival*.

Para o espanto de Barbosa, após disparar a sua primeira bala, o velho canhão do forte desabou sobre o socalco de pedra onde havia sido montado. Era o fim da sua única boca de fogo. Das naus de Garibaldi, alguns tiros foram disparados em resposta. Pareceu a Barbosa que tiroteavam quase alegremente. Depois, os republicanos levantaram âncoras, içaram velas, e foram sumindo na noite bonita, no rumo do sul.

Quando os poucos reforços imperiais chegaram da vila, Joaquim Barbosa estava ao lado do seu canhão desmoronado com um sorriso feliz no rosto. Ele cumprira seu papel. Afinal de contas, tudo tinha sido a contento.

Ao amanhecer do dia 2 de novembro, Giuseppe e Anita Garibaldi navegavam com bom vento de popa no rumo de Laguna. Na altura da ilha de Santa Catarina, surgiu-lhes pela proa o brigue *Andorinha*. Olhando pelo seu binóculo, Garibaldi não podia acreditar nos seus olhos.

— *Maledetto*! — blasfemou. — Mariath não perderia mesmo esta chance. Vamos ter combate feio.

O *Andorinha* era um verdadeiro navio de guerra, com armas a bombordo e, no convés, Garibaldi pode contar sete peças de artilharia. O *Rio Pardo* era uma velha galeota mercante, e o *Seival*, um simples lanchão. Aquele era o encontro mais azarado que já tivera na sua vida de corsário. Respirou fundo, calculando o quanto poderiam se aguentar com um único canhão no alto do promontório e três barcos mal equipados.

Anita veio correndo pela coberta, carabina a tiracolo.

— O que foi, José? — perguntou.

Garibaldi indicou-lhe o grande vulto que se aproximava pela proa.

— Os imperiais capricharam. Está preparada para luta, minha Anita? Ainda há tempo de vosmecê se refugiar na mata — ele disse suavemente. — Eu ficaria bem mais tranquilo.

— Nem pense nisso, José. Você está, eu estou — respondeu a mulher, mostrando a sua arma.

— A peleja vai ser feia — concordou Giuseppe, tristemente.

Depois, saiu correndo pela coberta, espalhando ordens ao vento. Bilbao deveria levar os navios apreendidos até a enseada de Imbituba, permanecendo ali até que a batalha estivesse terminada. Cabia ao *Rio Pardo* e ao *Seival* fazer frente ao *Andorinha*. Griggs deveria assumir seu posto, Valerigini iria com ele. No *Rio Pardo*, ficariam o mouro, Rodriguez e parte da tripulação.

Como num estranho balé, todos tomaram seus lugares. Anita sentia o coração bater forte, e um misto de euforia e de medo corria pelas suas veias junto com o sangue. Na batalha, seu José era ainda mais garboso. Um semideus. Ela gostava de pensar nele assim, invencível. Conferiu se sua arma estava carregada, e tomou lugar atrás de alguns barris de mantimentos guardados no convés.

Assim que os navios partiram, Garibaldi e Griggs abriram fogo simultaneamente. O Andorinha respondeu com seus canhões potentes, rebrilhando na manhã a chama dos seus disparos. Logo, o ar estava pesado de fumaça, o sol forçava passagem pela neblina da batalha, e um longo canhoneio espantou as gaivotas que passeavam no céu. As balas e tiros de canhão pipocavam furiosamente de um lado para outro.

De repente, um vento furioso nasceu, vindo dos lados do leste. Era como se o canhoneio tivesse acordado a natureza. O clima subitamente mudou. Nuvens escuras avançavam céleres pelo céu, trazendo promessa de temporal. O vento aumentava, soprando com raiva, encapelando o mar. As ondas cresciam, cobrindo parte dos navios republicanos, cujas baterias de boreste estavam agora frequentemente submersas.

Do seu lugar no mastro do traquete, Garibaldi viu que, apesar da violência do vento e das águas, aquela intervenção da natureza favorecia os revolucionários, pois nenhum combate poderia ter resultados definitivos num mar tão encapelado. A maioria dos disparos dos canhões do *Andorinha* agora ia dar no fundo do oceano.

Anita, no convés, disparava tão bravamente quanto os outros marinheiros, alheia aos feridos e ao cheiro de pólvora que fazia sua garganta arder. Uma bala de canhão passou zunindo ao seu lado. O barco foi sacudido como se fosse um brinquedo de criança. Anita atirou-se ao chão, esperando pelo pior. Mas, quando ergueu os olhos, a bala inimiga perfurara apenas uma das grandes velas do *Rio Pardo*.

Garibaldi desceu do traquete e correu para ela:

— Vosmecê está bem, Anita?

A mulher ergueu-se. Descabelada, as saias do vestido arregaçadas para facilitar seus movimentos, ela abriu um sorriso:

— Creio que acertei dois ou três homens deles, José!

Garibaldi abraçou-a. Como podia ser tão ousada? Como não tinha medo? Vira homens fortes fugirem de peleias muito menos encarniçadas do que aquela. Mas Anita, pequena e frágil, parecia um gigante lutando ao lado dos marinheiros como se tivesse feito aquilo durante toda a sua vida. Como a encontrara naquela pacata vila catarinense?

Não teve mais tempo para pensar nos mistérios do destino, pois percebeu que o *Andorinha* se preparava para interceptar os três navios republicanos em fuga. Os tiros imperiais desesperaram as sumacas republicanas, que não tinham sequer uma boca de fogo. Garibaldi viu uma delas dar à costa. Pouco depois, o capitão da outra se rendeu. Mas Ignácio Bilbao conseguiu escapar, seguindo célere, cortando as águas no rumo de Imbituba.

Garibaldi pensa em Bilbao, na sua coragem. Pega seu pistolão e dispara quando vê um imperial distraído na coberta do *Andorinha*. O homem cai. Nesse momento, o brigue faz fogo em direção ao barco comandado por John Griggs. O *Seival* é atingido por um tiro, que desmonta seu canhão. O lanchão começava a fazer água. Garibaldi percebe que a situação vai se tornando crítica. O *Rio Pardo* perdeu uma vela e está com o costado avariado, um dos seus canhões foi destruído. Já estão combatendo há duas longas horas. Homens feridos estão espalhados pelo convés; Anita, descabelada, luta com ardor.

E então, com o cair da noite, o vento muda subitamente. Ainda sopra com violência, mas agora os republicanos não têm condição nenhuma de seguir no rumo de Laguna.

Na escuridão que, de repente, se instala, Garibaldi consegue iludir o comandante do patacho, e as duas naus corsárias fogem do alcance dos seus tiros seguindo no único caminho possível, a enseada de Imbituba.

A enseada de Imbituba é um lugar agreste, pouco afeito à defesa. Formada por uma pequena concavidade na praia, segue como um contraforte ao sul, atingindo aí a sua altura máxima para depois cair violentamente até o mar. Varrida pelos ventos, tem águas profundas e livres de rochedos. Havia na enseada apenas os restos de uma antiga baleeira do século passado, serenamente exposta às intempéries e ao passar do tempo.

Ali, Garibaldi e Griggs encontraram Bilbao e seus homens. O barco deles estava intacto. O *Rio Pardo* e o *Seival* tinham sofrido graves avarias.

Na coberta, Garibaldi traçou um plano rápido. Precisavam agir com celeridade: ao alvorecer, o *Andorinha* deveria buscar reforços.

— Aqui, seremos presa fácil para os imperiais — disse Garibaldi, a camisa rasgada, os olhos luzindo sob a luz do lampião. — Mas não temos escolha. Amanhã, eles voltarão com reforços. Mariath não perderia essa oportunidade.

Todos concordaram. Griggs adiantou que as avarias do seu canhão poderiam ser consertadas em algumas horas. Garibaldi aquiesceu. Em pé na coberta, disse:

— Senhores, eu tenho um plano. Será preciso preparar a melhor defesa possível, embora estejamos em condições mui adversas.

Garibaldi explicou rapidamente as suas intenções a Manuel, Griggs e Bilbao. Sob suas ordens, a marujada trabalhou a noite toda, construindo, com pedras tiradas das ruínas da baleeira, um muro escondido na densa mata que cobria o morro do contraforte. O canhão avariado do *Seival* foi consertado às pressas e levado para o alto da elevação, no parapeito do promontório. Manuel Rodrigues foi encarregado de comandar a bateria do contraforte. Os barcos foram posicionados em lugares-chave da enseada, e depois só lhes restava esperar o ataque imperial.

Garibaldi subiu ao *Rio Pardo*. Olhou o céu. As nuvens tinham ido embora. Pelas estrelas, calculou que eram perto de duas horas da manhã. A enseada estava calma, pois o vento cessara subitamente depois de uma chuva rápida. Estava tudo pronto. Ele sentia fome e cansaço. Sentia um pouco de frio também, pois sua camisa estava em tiras.

Encontrou Anita com um prato de sopa, esperando-o. Ela trazia o seu poncho sob o braço também. Sem trocar palavras, sentaram-se na coberta aproveitando aqueles momentos de paz. Depois de comer sua sopa, Garibaldi abraçou-a.

— Veja, minha Anita, que belo espetáculo é o céu. Ele conta todas as histórias do mundo. É também um mapa para aqueles que sabem ver.

Ele mostrou a ela as constelações.

Órion, o caçador. O Cruzeiro do Sul...

— Para os gregos — disse Giuseppe —, o Cruzeiro pertencia à constelação do Centauro. Mas os europeus transformaram-no numa constelação única, e a chamaram assim, Cruzeiro do Sul. Ela é de grande ajuda aos navegantes, pois o eixo maior da sua cruz aponta para o polo sul celeste.

Anita ouvia-o atentamente.

Com cuidado, ele baixou-se uma das alças do vestido de mangas, desvelando-lhe o ombro esquerdo. Então, disse:

— Há algumas noites, encontrei aqui no seu ombro o Cruzeiro do Sul, minha Anita.

Ela sorriu. Estava de cabelos soltos, e seu vestido, rasgado em vários lugares. Mas Giuseppe nunca a achara tão bonita quanto naquele momento.

— Eu tenho uma constelação nas costas, José? E o que isso quer dizer?

— Quer dizer, *carina mia*, que vosmecê estava destinada a um marinheiro como eu.

Giuseppe beijou-a sofregamente. Então, de súbito, afastou-se, fitou seus olhos e disse:

— Anita, vosmecê lutou bravamente hoje. Os homens ficaram impressionados, e eu, mais do que todos. Mas a refrega amanhã será sangrenta. O comandante do *Andorinha* vai voltar com reforços, e estamos com poucas bocas de fogo, presos aqui. Vamos resistir até o fim, vosmecê já me conhece.

Anita sorriu sob as estrelas.

— José, eu o conheço desde sempre.

— Eu gostaria que vosmecê desembarcasse, Anita. Que se escondesse na mata, onde é mais seguro. Para que expor inutilmente a sua vida a um risco? Eu ficaria mais tranquilo com a mulher que eu amo a salvo.

Anita encheu os pulmões de ar, ruborescendo-se um pouco. Seu rubor foi mais um pressentimento para Giuseppe do que uma certeza, pois a luz da noite não dava para tanto. Anita ofendera-se, ele sabia. Mas sua voz, quando ela finalmente falou, foi clara e límpida:

— Isso nunca. Correrei os mesmos riscos que vosmecê. E, por favor, não se preocupe comigo mais do que se preocuparia com... — Ela pensou um pouco: — Com John Griggs!

Giuseppe soltou uma gargalhada:

— Mas eu não amo o Griggs! É um bom amigo, um bom soldado apenas!

— Eu sei me cuidar sozinha — Anita respondeu, amofinada. — Agora vamos dormir um pouco que o dia não tardará a clarear. E, com ele, teremos os imperiais.

Giuseppe desistiu de demovê-la. Estendeu uma colcha leve sobre a coberta e os dois se deitaram. Abraçou Anita, buscando seu calor e aquecendo-a também. Como ela era corajosa! A mais corajosa dos seus homens, ele sorriu. Desejava que Carniglia a tivesse conhecido!

Ao alvorecer, Giuseppe Garibaldi, Anita e os outros marinheiros vislumbraram três barcos imperiais vindo em direção à baía com suas velas enfunadas pelo vento. Eram o brigue *Andorinha*, o patacho *Patagônia*, e a escuna *Bella-Americana*. Verdadeiras naves de guerra, seus compridos mastros elevavam-se até o azul pálido da manhãzinha, espetando o dia. Entre os fiapos de nuvens e a difusa neblina carregada de maresia, as três naus formavam uma visão assustadora.

Passando a mão no rosto para espantar os últimos laivos de sono, Garibaldi sussurrou:

— Mariath caprichou na surpresa... — E, então, gritando, saiu correndo pela coberta do *Rio Pardo*, clamando pelos seus homens: — Todos a postos, todos a postos. *Ecco*, o baile vai começar! Não gastem munição à toa! Que a sorte esteja conosco!

Em poucos instantes, a correria instalara-se, uma furiosa ebulição de gentes. Anita tomou seu lugar, à proa do navio, fazendo pontaria com a sua carabina. Griggs, Bilbao e Valerigini estavam a postos. Lá em cima, no promontório entre as pedras, Rodriguez já tinha carregado o canhão.

O vento fraco que soprava da terra para o mar permitia bons movimentos aos imperiais, e eles avançaram sobre a pequena esquadra republicana abrindo fogo, canhoneando fortemente os três navios. Em pouco mais de uma hora, o *Rio Pardo* já sofrera várias avarias. As carabinas disparavam de todos os lados. Na coberta do navio de Garibaldi, vários homens já tinham caído, e o sangue manchava o chão. Anita pulava por entre os corpos sem cessar seus disparos. Quando via algum ferido grave ainda consciente, dizia-lhe umas palavras alentadoras, depois voltava à batalha, sempre fazendo pontaria, pois sabia que a munição que tinham não daria para muito.

Os navios imperiais estavam agora tão perto que o combate era quase homem contra homem. Enxergava-se o inimigo na coberta dos barcos, e as vozes e gritos misturavam-se ao fragor da batalha. No *Seival*, John Griggs, enorme e incansável, lutava com o seu cajado, ao qual acoplara uma enorme bola de metal. Todo o imperial que tentava subir na coberta do seu barco era recebido com os balaços de Griggs. Sua religião, ele era quacre, não lhe permitia o uso de armas de fogo. Sempre que matava um inimigo, dizia as palavras: *"Accipe adhuc illum, Domine."*

Senhor, recebe mais este na Tua misericórdia, suas palavras se perdiam no fragor da luta. Os marinheiros já o conheciam de outras refregas. Cada um matava ao seu jeito, era o que eles diziam do americano.

Do alto do morro, Manuel Rodriguez conseguiu atingir uma boca de fogo do *Patagônia*, mantendo-se firme no contra-ataque. Foi um pequeno sucesso, mas a luta seguia encarniçada, violenta, atroz. Embora estivessem acuados, o tombadilho do *Rio Pardo* empapado de sangue, as velas esfarrapadas e os cabos cortados pelas balas, os republicanos não davam sinal de se entregar.

Garibaldi esperava uma abordagem imperial a qualquer momento. Os marinheiros do *Andorinha* já preparavam seus ganchos. Correndo pela coberta, sem camisa, metendo-se nos lugares de maior perigo, ele insuflava os homens:

— Lutem, lutem, companheiros. *Cedere no.* Vamos resistir!

De tempos em tempos, seus olhos buscavam Anita na coberta semidestruída do navio. Lá estava ela, compenetrada em atirar, imune às balas, sem nenhum sinal de desespero. Ao seu redor, os feridos choravam e soltavam imprecações.

(Do outro lado, o comandante do *Andorinha*, também vê a mulher. No primeiro instante, pensa que é uma ilusão. Então, reconhece suas saias ajuntadas à altura dos quadris, os longos cabelos já despenteados pela refrega. Entre dois marinheiros prestes a perder a coragem, ela atira, fuzil no peito, vigorosa como uma Atena. Quem é esta criatura que despreza a morte com tamanha coragem?

Neste momento, um tiro de canhão vindo da *Bella-Americana* acerta o *Rio Pardo*. O comandante do *Andorinha*, do seu lugar no convés, vê a mulher ser arrojada para longe, juntamente com dois marinheiros, que ficam estendidos, mortos. Uma gritaria geral alastra-se pelo *Rio Pardo*, e então a fumaça negra sobe como um véu. O comandante fica ali, torcendo pela boa sorte daquela criatura quase mítica, de longos cabelos escuros que esvoaçam na brisa da manhã. Ele sussurra uma prece por ela, antes de seguir para a popa, onde clamam por sua presença. Notícias do Desterro estão chegando agora, novas ordens para os imperiais.)

No horror da hora, Giuseppe corre até onde Anita caiu com a certeza de que ela morrera. Anita está no tombadilho, inconsciente, recoberta de sangue. Ao seu lado, os dois marinheiros terrivelmente mutilados não precisam de mais nenhum socorro.

— Anita! Anita! — clama Giuseppe, ajoelhado, segurando-lhe a fronte. — Ela está viva!

A voz de Giuseppe parece sobrepor-se ao fragor da batalha, despertando-a de um estranho, denso pesadelo. Anita abre os olhos, confusa.

— Está ferida, *carina*... Muito ferida — as lágrimas brotam dos olhos de Giuseppe.

Ela devia ter ficado em terra. Devia. É o que ele pensa.

Num instante, Anita parece recobrar a noção do tempo. O canhoneio, o tiro. Os corpos dos dois homens sobre ela. Então, ela senta-se, muito ereta, mostrando a sombra de um sorriso em seu rosto pálido:

— Não estou ferida — responde, passando a mão pelo rosto, pelos braços, limpando-se no vestido enegrecido, em farrapos. — Este sangue todo é daqueles pobres coitados... — Ela fixa seus olhos no homem ao seu lado: — Seria uma péssima ideia morrer na minha viagem de núpcias, José.

Diante da expressão do companheiro, Anita se ergue, ajeitando-se como pode.

— Agora vosmecê vai para o porão — diz Giuseppe Garibaldi. — Vai ficar lá em segurança, Anita.

A mulher sustenta-lhe o olhar por um instante, enquanto as balas espocam no ar do final da manhã já acinzentada pelo canhoneio, uma manhã opaca de fumaça, tomada por um cheiro horripilante de pólvora e de sangue.

— Eu vou descer ao porão, José — responde Anita. — Mas é para afugentar os poltrões que lá foram se esconder!

E ela sai a passos largos até o porão, contornando os rombos no navio e desviando dos mortos caídos na coberta. Volta em poucos instantes com dois marinheiros acovardados, abestalhados de medo e de espanto, e deposita-os em frente ao comandante da esquadra republicana.

— Aqui estão — ela diz, com orgulho. — Vou procurar o meu fuzil. Com a sua licença, José.

A batalha segue por pouco tempo, com as forças republicanas cada vez mais enfraquecidas. É então que, sem avisos, os legalistas fazem os primeiros movimentos para se retirar da enseada. Na coberta semidestruída do *Rio Pardo*, Garibaldi não acredita naquilo que vê. As naus imperiais estão fazendo vela no rumo do oceano. Levam vários mortos e numerosos feridos, entre eles, um oficial.

Anita, suja de sangue e sorridente, aproxima-se de Giuseppe:
— Acabou?
Ele a abraça, dizendo:
— A *fortuna* sorriu para nós, Anita. Eles estão partindo, decerto em busca de reforços. Mas, quando voltarem, não estaremos mais aqui. Vamos enterrar os mortos, despachar os feridos por terra, e recolher nosso canhão. Ainda esta noite quero navegar no rumo de Laguna.

Anita pensa em Laguna e sente um estranho arrepio correr-lhe o corpo. Mas já é noite e faz frio na baía.

Anita

As minhas primeiras batalhas...

Tudo o que vieram a falar sobre mim, todas as histórias que foram contadas nasceram daqueles dias, na volta de Santos até o porto de Laguna, quando usei pela primeira vez uma carabina e aprendi a manusear os canhões do Rio Pardo.

Eu aprendia rápido, o amor fazia milagres em mim.

Éramos um só, e a luta de José era também a minha.

Durante anos, na vida pacata que levei em Laguna, sob os cuidados da mãe, e depois no casamento estéril que tive com Manoel, as minhas simpatias pela República, pelos mais fracos, a minha luta contra a opressão e a humilhação sempre foram vistas como um desacerto. Resumiam-me de forma nada lisonjeira: eu era uma moça difícil.

Em José, encontrei tudo. Dividíamos as mesmas ideias, mas José tinha estudos, tinha vivido muitas coisas, atravessara oceanos e nações. Tinha lutado batalhas, vencido e perdido, peleado unicamente por amor à liberdade e à igualdade. O amor que eu sentia por ele não cabia em mim. Extravasei-o com meus atos de coragem, com a firme obsessão de ser como ele, de ser igual a ele. Sem sabê-lo, estava virando uma lenda... Uma história recontada pelos anos e séculos afora. Naquele tempo, como até a minha morte, eu de nada desconfiava.

Agora que estou aqui, que sou o aqui, mas também sou o amanhã, o futuro... Bem, agora eu posso ver. Posso ver-me no mármore das estátuas espalhadas pela Itália, pela Europa, no Brasil. Os museus, as bibliotecas, os livros onde meu nome está escrito — eu, que só fui aprender a escrever meu próprio nome aos 20 anos por obra e paciência de José.

Naqueles primeiros tempos, naqueles dias da primavera de 1839, a engrenagem da minha vida começava a rodar...

Eu vivia um amor como poucas mulheres conheceram. Era um amor de espantos, de sobressaltos, de desassossego e de violento ardor. De repente, José virou tudo para mim. Absolutamente tudo.

Quando estava no alto do traquete, parecia um deus olímpico, um daqueles cujas fantásticas histórias ele me contava ao entardecer, sentados, nós dois, na coberta do navio.

O vento soprava em volta dele como um cão.

Quando José falava, parecia condensar o mundo nas suas palavras. Tudo e todos o ouviam, até os relógios paravam por ele.

Creio que era filho de Poseidon, deus dos oceanos, e os seus favores é que mantinham José incólume, pois se arriscava como se fosse um imortal, e eu o segui até na sua temeridade, como o seguiria pelos anos, mares, países e caminhos...

No seu exemplo foi que me inspirei. Como sua esposa, eu não poderia ser menos do que ele. Eu tinha coragem, e não temia a morte... Depois dos anos de pasmaceira, do nada que fora a minha vida até o dia em que José apareceu na praia em frente à casa do tio Antônio, arriscar-me ao seu lado era a maior das felicidades à qual eu poderia almejar.

Minha coragem impressionava-o. Eu era diferente de todas as outras, ele pensava. Das damas da Corte, das moças finas das famílias abastadas, como Manuela — sim, José falou-me também dela, certa vez. Falou-me de Manuela com alguma emoção, mas era por mim que o seu fogo se acendia. Ao lado dele, na cama estreita da cabine, jurei a mim mesma que o seguiria por toda a vida. Nem os impérios, nem os reis, nem o inimigo, as hordas de soldados na euforia sanguinolenta das batalhas, nada me separaria de José.

Eu seria como a sua sombra até que o barqueiro me viesse buscar.

Eu seria o seu avesso, a sua porção feminina.

As leis do homem não nos interessavam; o nosso destino tinha sido traçado e era um só. Eu não sabia até quando, porque nenhuma criatura neste mundo de Deus conhece de antemão a hora da sua própria morte. O que eu sabia, tão certo quanto o ar que respirava, era que apenas a morte me alijaria de José Garibaldi.

Apenas a morte, e nada menos do que ela.

Sentindo seu perfume de ondas, deitada sobre seu peito largo, eu fiz o juramento: as guerras de José seriam as minhas guerras, os dias dele seriam os meus. Éramos nós contra os reis, o papa, os imperadores, os monarcas do Céu e da Terra. Eu podia ver, no fundo dos seus olhos, os louros que o esperavam.

Era um predestinado.

Mas também o aguardavam os padecimentos, as injustiças... Porque José haveria de padecer as mais profundas dores. Giuseppe Garibaldi — meu José — seria traído, odiado, perseguido, difamado.

Até mesmo a minha morte, anos mais tarde, seria-lhe imputada — oh, pobre marido, o quanto sofreu por isto!

Mas ele seria ainda mais amado...

Por José, flores cairiam como chuva das varandas romanas, homens deixariam suas casas e famílias por toda a Itália e também na América. Por José, reis perderiam o sono e o seu reinado. Mulheres suspirariam de amor, seguindo-o pelas esquinas da América e da Europa.

Eu podia lutar contra os reis e contra o papa, eu podia padecer de fome, de miséria e de frio. Tudo isto era conta pequena diante da maravilha que a vida me tinha dado — vir a ser a esposa de José Garibaldi. Não havíamos estado diante de um padre jurando a Deus os nossos votos de amor e de dedicação. Eu tinha feito as minhas promessas sob a luz da lua, naquela noite antes de levantarmos âncora em Laguna, logo que deixei a casa do meu tio.

Na riqueza e na pobreza, na saúde e na doença.

Eu tinha dito as palavras, meus lábios quase colados aos dele.

José as repetira com seu português surpreendentemente claro. Éramos esposos e eu não temia nada. Porém, antes da terrível batalha contra o patacho imperial Andorinha, *ancorados os barcos perto da antiga estação baleeira, no silêncio pontuado do cri-cri dos grilos e pela suave arrebentação das ondas, eu senti medo de perder José.*

Ele coordenava os homens, preparando a defesa para o dia seguinte. Todos o obedeciam sem pestanejar, era um líder. Trabalhava-se na dura faina de levar o canhão do Seival *para o morro que dominava a baía. Os homens, sob as ordens de José, construíram uma barreira com troncos de árvores da região e pedras tiradas dos muros da antiga baleeira. Labutou--se por horas, e mesmo que ele insistisse que eu deveria desembarcar e me esconder na mata, estive lado a lado com os marujos.*

Eu seguia-o por todos os lados, reconhecendo a sua grandeza excepcional, pois ele era um líder. Este desígnio estava escrito na sua testa, como um verso numa página. Era tão fácil de ver! Seria disputado por homens e por mulheres, um daqueles seres que deixam sua marca no mundo, para o qual os favores femininos são tão naturais quanto o sol e a chuva.

Se José um dia me deixasse por outra, não importando em qual circunstância, eu jogaria minha moeda para Caronte, atravessando o mar subterrâneo e os rios que levavam ao outro mundo. Só valia viver por causa dele, ao lado dele.

Este juramento eu fiz sozinha, naquela noite antes da batalha de Imbituba, pronunciando as palavras com a minha alma — eu seria a sua mulher e a sua mais fiel companheira. Seria mais do que qualquer outra mulher jamais poderia ser.

Até o final.

Haveria muitas dificuldades para nós.

E nem todas as batalhas seriam travadas no ardor dos canhões e das baionetas. Ao chegar em Laguna, depois da minha primeira saída de corso ao lado de José, depois da atroz peleja que travamos com o Andorinha, o Patagônia e o Bella-Americana, eu experimentaria os primeiros sofrimentos. Das batalhas de ferro e fogo, eu não tinha medo. As intrigas da sociedade e os jogos políticos me assustavam muito mais.

Ruas de Tânger, 1850

Giuseppe Garibaldi caminhava ao longo da muralha olhando o bulício do porto de Tânger. Homens de pele escurecida pelo sol e pela intempérie vestidos em longas túnicas andavam de um lado a outro, atarefados em comprar e vender mercadorias. O porto, coalhado de pequenas embarcações mercantes, vibrava na manhã fria de céu límpido. A cidade de Tânger era um importante porto da África por causa da sua privilegiada posição no Estreito de Gibraltar.

Garibaldi trabalhara no comércio marítimo naqueles primeiros tempos em Montevidéu. Precisava sustentar a família, e as aulas no colégio de Semidei eram insuficientes. Napoleone Castellini, seu querido amigo, arranjara-lhe, então, um trabalho de fiscal no porto. Arriscara-se no comércio também, auxiliando Castellini. Ah, mas ele não tinha nascido para aquilo. A moeda, como coisa, enojava-o.

Andando por entre as gentes que buliam na agitação da alameda que circundava o porto, abraçada pelas milenares muralhas de pedra, ele abriu um sorriso. Todos os seus familiares tinham trabalhado com o comércio marítimo. Seu pai, Domenico, criara os filhos com o fruto das suas viagens comerciais.

Ele, Giuseppe, amava o mar. O mar corria nas suas veias como o sangue dos Garibaldi. Mas a atividade de comerciar enfadava-o quase ao ponto de morrer. Era uma criatura de energia e de ação, mas nunca, jamais voltaria ao comércio. Os homens ali pareciam conectados numa energia viva, eletrizante, sensual. Barganhavam, discutindo em árabe, em inglês. Eram uma única coisa, uma massa humana agitada e febril.

Porém, a ele, Giuseppe, só importavam as naus.

Vinha até o porto para observar o velame contra o céu, os altos mastros, traquetes, quilhas, correntes, a cordoalha. Ver os barcos despertava seus olhos, o coração elétrico dos seus sonhos, fazia-o reviver por alguns momentos. Os vultos gigantescos das embarcações que ali ancoravam depois de atravessar oceanos e vencer procelas seduziam-no como belas mulheres. Vinha para matar a saudade do mar, dos navios...

Só se sentia em casa num navio. Mas ele agora estava preso em Tânger.

Andando entre o povo, perdido nos seus devaneios, sequer percebia o quanto a sua figura destacava-se da multidão morena, com seus mantos coloridos, os pés calçados em chinelas de couro. Ele, um italiano de pele clara, olhos da cor da areia dos desertos, os cabelos de sol, a barba ruiva. Não deixava jamais de usar um dos velhos ponchos que trouxera da América. O branco, de seda, o vermelho, de lã de ovelha. Castellini fizera-lhe o obséquio de enviar-lhe de Montevidéu mais dois ponchos novos, embalados em fino papel.

Giuseppe Garibaldi encostou-se na muralha, sentindo a umidade das pedras, a sua força quieta. Ele recebera com grande surpresa a encomenda de Napoleone ainda naquela manhã, na estalagem. Viera com um bilhete curto, Napoleone não era um homem de palavras. *Per voi, il tuo amico N.* Apenas isso. Duas frases curtas, e seus olhos marejaram-se de lágrimas. Seus olhos, que já tinham visto quase tudo! Ah, como se sentia solitário à beira do furioso rio das suas memórias, batido, cansado, estéril. Mas com que alegria ele vestira o poncho vermelho, novo, macio — lembrando as caminhadas com Castellini pelo porto de Montevidéu, as águas plácidas, plúmbeas do Rio da Prata banhando-lhes os pés — e saíra da pensão neste estado de espírito para a sua caminhada matinal.

Agora estava ali.

Outro porto, outra cidade, outro continente.

Só ele, Giuseppe, era o mesmo. No entanto, também era outro. Um homem reflexivo, e isso ele nunca fora. Caminhou mais rápido, deixando para trás a algaravia do porto, subindo com celeridade uma das escadarias que levava à cidadela. Era muito ágil para os seus quarenta e tantos anos. Ao chegar no alto, apoiou-se num degrau e ali ficou, mirando o horizonte.

Tantas guerras. Tinha visto muitos amigos morrerem. Tinha visto Anita morrer. Ela morrera nos seus braços, e aquele tinha sido o pior, o mais terrível momento da sua vida.

Agora pensava muito em Anita... Era como se ela estivesse por perto, acompanhando-o no seu exílio em Tânger.

Mas também pensava nas guerras. Elas esperavam por ele. Sim, Giuseppe Garibaldi voltaria à sua Itália para terminar o que havia começado. Faria isso pelo seu povo, pelos seus filhos, até mesmo por Anita. Afinal, a história do homem era a história das suas guerras. Olhou as grandes, invencíveis muralhas de Tânger. Vinha estudando a história daquele lugar. Lia livros, escrevia suas memórias, fazia planos e caminhava. Nisto se resumiam os seus dias até que pudesse seguir adiante.

As muralhas fascinavam-no, triunfando sobre os séculos e sobre os homens, perenes como o tempo, quase míticas. Mítica também era a história de Tânger. Teria sido fundada por Sufax, um gigante que morrera pela espada do próprio Hércules numa noite em que ele estivera em Tânger obrando um dos seus doze trabalhos. Giuseppe sorriu, pensando que até mesmo o grande Hércules trilhara aquelas muralhas, olhara aquele mar de um verde escurecido, oleoso, cismando no seu passado e no seu futuro, como ele fazia agora.

Um vento úmido soprava do mar, e Giuseppe Garibaldi entregou-se ao vento. Anita, ele lembrava, dizia sempre que o vento era como seu cão, que rodopiava em volta dele.

Anita.

Ainda podia vê-la lutando furiosamente no convés do *Andorinha*, a mais corajosa dos seus marujos. E, depois, depois ela tivera muita coragem também, ao retornar a Laguna. Diziam que ela "tinha sido raptada pelo pirata italiano", e eles riram disso nas primeiras noites: eram paupérrimos, eram estranhos, mas eram felizes. Mas, quando voltaram à cidade, depois da viagem de corso, da terrível batalha em Imbituba, com os navios estropiados, a carga perdida, exaustos e feridos, as coisas estavam muito mal paradas.

Para a República Juliana. E para Anita.

Na pequena vila, viravam-lhe o rosto. Falavam dela nos quintais por sobre as cercas, na igreja. Chamavam-na de nomes injuriosos: Anita tinha deixado o marido, um pobre coitado que sofria nas fileiras imperiais, um filho da terra, pelo corsário italiano. Aquilo era uma infâmia. Foi xingada até mesmo no púlpito. A mãe só aceitou vê-la em segredo e por pouco tempo. Maria Fortunata, sua melhor amiga, visitou-a na calada da noite, na casa do tio Antônio. Anita, tão corajosa nas batalhas, resistira também àquela terrível provação. Giuseppe sentira-se furioso por ela. Queria bater, queria surrar. Mas apenas sorria. Que falassem.

Do alto da muralha, olhou o porto de Tânger lá embaixo. O movimento humano, visto lá de cima, parecia um quase nada. O mar levava as vozes, ficava apenas o azul profundo, o silêncio salgado e coalhado de andorinhas.

Assim era a vida. Nas horas difíceis, era preciso tomar o devido distanciamento. Anita era uma mulher sábia, embora, quando a conhecera, não soubesse sequer escrever o próprio nome. Tinha lhe ensinado muitas coisas. Sobre a Europa, Mazzini, a Giovine Italia, Cuneo. Mas também lhe contara dos deuses gregos, dos romanos, fenícios e egípcios. Falara-lhe de Castiglione, Petrarca, Maquiavel e Da Vinci. Ensinara-lhe as letras, geografia e cartografia. Ela bebia as suas palavras como se fossem água fresca.

Giuseppe fechou os olhos por um momento, lembrando-se de Anita no convés do *Rio Pardo* cosendo suas camisas, cantando baixinho, a carabina ao lado, que era como se fosse seu bichinho de estimação.

Ah, Anita!

Laguna, novembro de 1839

A diáfana luz da manhã descia sobre a coberta do barco, fazendo estranhos desenhos, escorregando sobre destroços, vãos, pedaços mutilados da nau republicana, heranças de Imbituba. Aqui e ali, enormes buracos deixavam ver as gastas entranhas do Rio Pardo. Sob o comando de Manuel Rodriguez, um grupo de homens martelava, pregava e carregava tábuas e pedaços de metal retorcido numa complicada cirurgia de reconstrução.

Precisavam recuperar o *Rio Pardo*, e logo. As tropas imperiais estavam se armando para um contra-ataque. Mariath não tardaria a invadir Laguna, era o que se dizia em boca pequena. Garibaldi, sem camisa, pregava tábuas no piso, no lugar onde o canhão quase matara Anita. Tomara a decisão de consertar o rombo pessoalmente. Às vezes, era assim, meio supersticioso. O sol queimava-lhe as costas, pois tinha a pele branca, frágil, tão diferente do tom moreno que Anita exibia.

No canto oposto da coberta, ele viu subir um vulto. Largou o martelo, secou o suor do rosto e esperou. Vestido de preto, destoando do tropical colorido do dia, da manhã azul de primavera tão alheia aos dissabores republicanos, Rossetti pulou para a coberta do *Rio Pardo*.

Garibaldi sorriu ao reconhecer o amigo. Luigi, com seu capote negro, parecia um arauto da tragédia republicana em Santa Catarina. Mas Giuseppe sabia que Rossetti estava tentando segurar a coisa toda. Se não fosse ele! Luigi Rossetti atuava entre os desmandos de Canabarro e os chiliques do padre Cordeiro. Escrevia ofícios, redigia cartas, reunia-se com os vereadores. Mas não fazia milagres. Os habitantes de Laguna expressavam grande descontentamento com os republicanos, e as suas menores requisições pareciam-lhes abusos horríveis.

Giuseppe caminhou até Luigi Rossetti estendendo-lhe os braços. Era sempre bom rever o amigo.

— *Buenas* — disse, abraçando-o. — Veja que sobrou pouco do nosso *Rio Pardo*... A coisa toda foi um fracasso como corso, e eu perdi a mercadoria. Mas voltamos vivos, a maioria de nós. Os feridos, eu despachei por uma tropa do Teixeira Nunes, não tinha condição de trazê-los por mar. Estamos agora em plenos consertos. Não podemos perder nenhum barco desta nossa pobre, pequena frota.

Rossetti sorriu por um momento.

— Giuseppe, é bom rever vosmecê. É quase um alívio, confesso. As coisas aqui estão de mal a pior. A administração do Cordeiro é um fracasso. Canabarro vê traição por todo o lado. Vim por isso — ele disse. — O general Canabarro quer estar com vosmecê. Tem um plano. — Sua voz soou pesada quando acrescentou: — Ou melhor, tem uma tarefa para vosmecê.

— Estarei lá — disse Giuseppe.

— Amigo... — atalhou o outro, baixando a voz: — E a moça?

— Anita?

Rossetti olhou-o no fundo dos olhos. Reconhecia no outro aquela fibra, e uma coragem para a batalha que ele, um homem de ofícios e de palavras, jamais teria. Mas Giuseppe podia fazer coisas estranhas. Coisas perigosas.

— Você não me contou nada antes de partir, Giuseppe.

Garibaldi fitou-o nos olhos:

— Um homem não precisa dar conta dos seus assuntos íntimos, Luigi.

— Falou-se de tudo por aqui. As gentes de Laguna despejam sobre você e a mulher a sua raiva, a sua insatisfação com os desmandos do Canabarro, com a pobreza. Um porto precisa de comércio, mas o cerco imperial nos sufoca. Mais fácil para eles ficarem blasfemando contra o pirata italiano. Falam em rapto, falam em afronta imperdoável.

Giuseppe deu um soco no ar, irritado.

— Uma república não pode viver de intrigas amorosas!

— As gentes daqui são assim — disse Rossetti.

— Eu resisti a três naus de guerra, Anita lutou como a mais corajosa das almas. De volta a Laguna, não preciso ouvir fofocas de sacristia!

Luigi desviou os olhos. Ao fundo, na popa, viu o vulto da mulher recortado contra a luz da manhã. Morena, miúda, os longos cabelos escondiam-lhe o rosto. Não parecia nem tão bonita, nem tão corajosa.

Voltou-se para Garibaldi:

— Sossegue, meu amigo. Logo teremos problemas mais concretos do que este. Vim le trazer o recado do Canabarro: hoje, no começo da tarde, vá ver o homem. Talvez vosmecê não aprove os planos dele, Giuseppe. Eu desaprovo inteiramente, mas estou aqui pelo bem da República.

Despediram-se com um aperto de mãos. Um escaler esperava por Luigi Rossetti, que desceu pela escada de corda, acomodou-se no barco, e deixou seu olhar perder-se na enseada verde e azul. Quase podia ouvir o burburinho das vozes, das blasfêmias, das queixas. Mas o único sim que chegava aos seus ouvidos era o dos remos cavando a água, *platc, platc, plact*.

Garibaldi ouviu a ordem da boca de Davi Canabarro: destruir Imaruí. Eles tiveram a empáfia de hastear a bandeira do Império! A pequena vila de pescadores revoltara-se e precisava de um corretivo, um corretivo exemplar. Um corretivo que calasse a boca das gentes! A cólera de Canabarro fazia injetar seus olhos, as palavras saltavam da sua boca como pedras.

Imediatamente, ele dissera. Que Garibaldi levasse os barcos que fossem necessários, os homens mais violentos. Imaruí deveria ser entregue ao saque da soldadesca.

Giuseppe Garibaldi avançava pelas ruas com o coração pesado. Ignorava os olhares que caíam sobre ele, misto de repulsa e de atração. As moças do lugar o admiravam, as matronas excomungavam-no nas suas rezas.

No cais, juntou os homens. Não deu muitas explicações a Anita, que foi para a casa do tio, proibida de acompanhá-lo na viagem a Imaruí. Preparado o barco, fez-se ao mar e desembarcou a três milhas do pequeno povoado à beira do morro, pegando as gentes de Imaruí de surpresa. O que se sucedeu a seguir povoou-lhe os pesadelos por muitos anos. As ordens tinham sido dadas, e os soldados avançaram sobre a vila com a faina e o desespero dos muitos meses de privação. O lugarejo estava fartamente abastecido de víveres e álcool. Ignorando as ordens de Garibaldi, os homens atiraram-se à bebedeira. Viraram bichos. Correram soltos pelas ruas estreitas, derrubando portas, violando mulheres, cortando pescoços. Colocaram fogo num sobrado, tiros derrubaram pais de família, mataram velhos indefesos.

Garibaldi revoltou-se, sacou do seu sabre, empunhando-o contra seus próprios homens. A cobiça e o álcool os enlouqueceram. Um sargento alemão da tropa republicana foi morto a esmo, por um tiro disparado não se sabe se por algum marinheiro bêbado ou por um dos defensores da vila que conseguira escapar ao assédio. Garibaldi mandou que recolhessem o corpo, pisoteado na faina do saque, em meio aos gritos, horrores, às labaredas. Ele mesmo ajudou a tirar o corpo do homem do meio da praça. Depois, aos brados, auxiliou os moradores de Imaruí a escapar para a mata. Atrás deles, o povoado ficou completamente destruído, ardendo em chamas, placidamente, na noite que caía, bonita e estrelada.

Na volta para Laguna, Giuseppe Garibaldi recolheu-se ao mastro do traquete, longe dos homens, que agora lhe pareciam animais. Sentia um violento asco, uma vontade de vomitar. A noite era suave, e o mar, calmo. Dentro dele, ardia o inferno. Corpos de homens, mulheres violadas, crianças em desespero, fogo, saque, horror. Odiou Canabarro com todas as suas forças. Era um desgraçado! Blasfemou lá no alto, perto das estrelas. Pediu perdão a Deus. Não era por aquilo que lutava. Sentiu-se envergonhado e sujo.

Ainda estava Garibaldi recolhido quando ouviu uma risadaria geral lá embaixo, na coberta do barco. Alguma coisa acontecia com os homens. Melhor averiguar. Seus marinheiros estavam bêbados, descontrolados. Mas ele, ele bebia apenas água e o mate dos rio-grandenses. Ele estava são.

Garibaldi desceu do mastro, caminhou pela coberta até a escada que levava aos compartimentos internos do navio. Quando chegou à porta, viu o cadáver do sargento alemão estendido sobre uma mesa. No seu ventre liso, alguém tinha acomodado uma garrafa vazia com uma vela de sebo presa ao seu gargalo. Esta luz, bruxuleante, avermelhada, dançava pelo compartimento, iluminando os rostos de dez soldados bêbados, com olhos baços. Eles jogavam cartas, gritando blasfêmias, depositando seus jogos sobre o morto! Apostavam o butim de Imaruí.

Garibaldi sentiu o sangue latejar-lhe nas têmporas. Nem sequer pensou, saltando como um bicho por sobre um dos homens, deu-lhe um soco tão violento que sua cara explodiu em sangue e alguns dentes saltaram-lhe da boca, indo esconder-se entre os sacos de mantimentos roubados à gente de Imaruí.

Os outros jogadores calaram-se. Não houve reação. A morte brilhava nos olhos do corsário italiano quando ele bradou, sacando a espada da bainha:

— Recolham tudo, tapem o cadáver. Se mais alguém aqui fizer uma barbaridade, vai passar pelo fio da minha espada!

Chegaram a Laguna já era madrugada. Garibaldi não foi até a casa perto do morro buscar Anita. Deitou-se na coberta do navio, precisava ficar sozinho por algumas horas. Precisava limpar sua alma de tudo o que tinha visto e permitido.

Nos dias que se seguiram a Imaruí, as coisas pioraram em Laguna. Canabarro mandou prender setenta pessoas acusadas de traição, entre elas o padre Vilela. A situação deteriorava-se a olhos vistos: parte da população abandonara a cidade, antevendo as terríveis batalhas que viriam com a aproximação da esquadra imperial ancorada na enseada de Imbituba, cujo número de navios só fazia crescer.

A desordem nas ruas era completa. A soldadesca e o povo misturavam-se, uns carregando seus pertences, outros, armamentos, munição, pedras, paus, tudo aquilo que pudesse ajudar na defesa do porto. Anita andava pela cidade sem atinar na confusão, nem mais lhe faziam caso as matronas que outrora a xingavam rudemente. Salvar a própria vida era mais importante do que blasfemar contra a volúpia do corsário italiano.

Em seu gabinete, Canabarro fazia planos para as tropas, preparando a defesa por terra. A vanguarda da infantaria deveria postar-se em Campo Bom. Teixeira Nunes preparava seus homens; os negros afiavam suas lanças e tocavam nos seus tambores as canções ancestrais da guerra. Os republicanos disporiam mil e duzentos atiradores de primeira na linha da praia, acompanhando a sinuosidade quase feminina do canal. Garibaldi teve a ideia de fechar a barra com grossas correntes de ferro para atrapalhar o avanço da esquadra inimiga, e Canabarro aceitou o seu projeto. Também guarneceram a costa com seis canhões, tencionando dispará-los à queima-roupa caso os imperiais adentrassem mesmo a barra da Laguna.

Numa tarde, dois dias antes do começo da batalha, Maria Fortunata partiu, despedindo-se brevemente de Anita:

— Venha conosco — Maria pediu à amiga. — É perigoso ficar.

Anita abraçou-a com carinho. Tinham sido tão íntimas, mas, agora, sentia como eram diferentes em tudo. Disse-lhe simplesmente:

— Ficarei aqui e lutarei ao lado de José.

— Mas por quê? — quis saber Maria Fortunata.

Anita sorriu para ela, invejando-a por um átimo. Quem saberia o que o destino reservava para ela? Talvez, Maria viesse a ser mais feliz. Vendo a azáfama de guerra, Anita pensava que talvez a morte a estivesse rondando. Quem saberia? Um tiro, uma bala de canhão... Ela tinha escolhido aquele destino, e seguiria com José até o final, mas era uma vida perigosa, uma vida teimosa, que se oferecia à morte com constância.

Maria Fortunata olhava-a, confusa. Por que não partia, se bastava retornar quando tudo tivesse se acabado?

— Sou mulher o bastante para ficar — disse Anita, piscando um olho. — Eu, de fato, gosto das lutas, Maria.

Maria Fortunata sacudiu a cabeça pesarosamente.

— Deus a proteja, Aninha — respondeu a outra, antes de subir no carroção.

— Aninha não. Sou Anita, não se esqueça.

As duas trocaram um último abraço. Nunca mais se veriam. Depois, Anita voltou à cidade em busca de notícias. Soube que os legalistas já tinham recuperado Lajes, e agora o inimigo se encontrava a poucas horas de Laguna. Mariath e o marechal Andreia planejavam forçar a barra e atacar de frente os republicanos. Seria o fim da República Juliana, diziam todos, cheios de pavor.

Anita persignou-se ao escutar aquelas barbaridades. O tempo era pouco para preparar uma defesa condizente. Do Rio Grande, não tinham chegado os reforços esperados. Ela voltou correndo à praia, a tempo de ver a esquadra republicana assumindo seus lugares. A *Itaparica* atestaria com o inimigo, ficando bem à frente das outras naus. Depois vinha o *Rio Pardo*, em seguida, o *Caçapava*, aos cuidados de Griggs. Valerigini comandaria o *Seival*. Atrás, estavam as canhoeiras *Lagunense* e *Santanna*, com Rodriguez e Bilbao. Depois, cinco lanchões com atiradores.

Garibaldi comandava aquela imensa orquestra náutica e ainda organizava a passagem das tropas republicanas para o outro lado da baía. Ele cruzou o canal uma, dez, vinte vezes.

Incansável como um deus.

Mais uma vez, ali na areia, as naus cortando o mar azul e manso, Anita sentiu orgulho do seu amado José. Ele não fugiria nunca, ele era valoroso. Voltara de Imaruí com os olhos apagados, ferido por dentro. Não fizeram amor por dias. Anita ouvira alguns boatos, mas tomara o cuidado de não comentá-los com José, pois sabia o quanto ele sofrera para seguir as ordens de Davi Canabarro. Após Imaruí, nas noites quietas da cabine, apenas fizera ninar o seu homem como se ele ainda fosse um menino.

Anita

No dia 15 de novembro daquele ano de 1839, a esquadra imperial surgiu diante dos nossos olhos, tomando posição na entrada da barra de Laguna. Eu contei 22 naus. Algumas embarcações eram de pequeno porte — isso provava que eles haviam aprendido alguma coisa com o comandante Garibaldi acerca das águas rasas...

Vinham por mar e por terra.

Espias trouxeram a informação de que as tropas legalistas avançavam por terra em marcha acelerada, perfazendo um total de dois mil soldados de infantaria bem armados.

Eram duas da tarde quando o alarma soou. O sol brilhava alto no céu. José subiu correndo o morro para ver ele mesmo o tamanho do problema. Depois de alguns momentos a olhar o mar, mandou que chamassem Canabarro. Ele mesmo deveria ver aquilo.

Canabarro subiu o morro a cavalo, bufando no calor da tarde.

— E então, Comandante — disse, enfiado no seu uniforme. — O que temos aqui?

— Eles vão forçar a barra.

Canabarro abriu um sorriso de esguelha, duvidoso. Sempre achou que o meu José era dramático demais, que aumentava as coisas, as vitórias, os combates.

José estendeu-lhe o binóculo:

— Veja o senhor mesmo, general.

Canabarro olhou por alguns instantes através das lentes.

— Talvez eles forcem pelo flanco, com as forças do Fernandes por terra. Querem apenas nos assustar.

— Eles vão atacar a barra — garantiu José. — Mas João Henriques está a postos. Vai encarar um inimigo três vezes mais forte, e depois todos nós entraremos neste baile.

— Então, que suceda de uma vez — disse Canabarro, esporeando seu cavalo e descendo o morro a galope.

José olhou-o partir com uma sombra de angústia. Não confiava naquele homem. Mas a luta estava por começar. Por fim, desceu o morro também e tomou o seu lugar no Rio Pardo, onde eu o esperava, arma em punho, à proa.

Quando os navios legalistas começaram a avançar no rumo da barra, o forte irrompeu com furioso canhonaço. A linha de tiro era firme, determinada, e os navios imperiais demoraram mais de meia hora para cruzá-la. Primeiro, passaram as três canhoneiras, depois, quatro lanchões. Por último, dois brigues, dois patachos e duas escunas. As outras naus permaneceram mais atrás, esperando a sua hora.

A batalha iniciou voraz, com o fogo à queima-roupa, canhonaços, explosões. Os navios inimigos avançavam sob o fogo cerrado, começando a transpor o canal, enormes, impávidos, furiosos. Arautos das más notícias.

Mas nós também éramos furiosos!

Griggs, Bilbao, Valerigini, Rodrigues e José tinham animado vivamente os seus homens. Pela liberdade, gritavam! Pela República! Eu gritava com eles, atirando, correndo pelo convés de um lado a outro em meio àquele terrível espetáculo de guerra. Com o foguetório, as velas do Itaparica incendiaram-se, as labaredas subiram para o céu azul, e os homens apagavam o incêndio como podiam. Os imperiais abordaram o navio republicano, pulando para o Itaparica, e o convés se transformou numa massa humana que se engalfinhava e se matava. A carga dos canhões imperiais aumentava sempre, abrindo imensas clareiras nos atiradores espalhados pelo morro. Os artilheiros eram substituídos e outra vez dizimados pelas naus que passavam pelo morro, e avançavam mesmo avariadas, deixando um enorme rastro de destruição atrás de si.

A batalha então se estendia para todos os barcos. Eu disparava feito uma louca. José comandava seus homens, fazia troar os canhões, tropeçando em cabeças decepadas, escorregando no sangue que se acumulava em poças sobre a coberta do Rio Pardo.

Eu estava no meio do sangue...

Eu estava e, de certa forma, ainda estou lá.

Posso contar como foi o desenrolar de cada hora daquele tenebroso dia de novembro...

Mariath apostou todas as fichas na retomada de Laguna: a batalha é sangrenta, diabólica, voraz. Vai engolindo tudo e todos. Um a um, os barcos republicanos vão sendo explodidos, incendiados, destruídos. Seus comandantes — nossos amigos tão valorosos —, Bilbao, Griggs, Valerigini, Rodriguez, Henriques, caem feito peças de um horrendo tabuleiro de xadrez.

José, protegido pelos deuses, desesperado, segue lutando como um doido. Parece estar em todos os lugares, corrigindo, ordenando, disparando as bocas de fogo. Ao lado dele, sinto-me também tocada por esta benção divina, eu não vou morrer aqui... Agora tenho certeza. Tomada desta faina, preenchida por tal assombro, corro a animar a marinheirada. À luta. Vamos! Fogo! Resistam! Grito com todas as minhas forças, disparo, subo nas pilhas de cadáveres para melhor fazer pontaria, minhas saias estão empapadas do sangue alheio.

Mas sei que é impossível resistir por mais tempo. À nossa volta, tudo é morte e fogo e destruição.

José se aproxima, gritando:

— Anita, toma um bote e busca reforços.

Eu viro-me para correr ao bote amarrado ao costado o barco, mas ele segura meu braço:

— E fique lá, por Deus — me diz José.

Não perco tempo em lhe dar uma resposta. As balas passam zunindo por nós. Um mastro do Rio Pardo é atingido, cai, partindo-se em dois como um lápis de fogo. Eu baixo no bote com um marinheiro que rema e chora e rema e chora.

— Pare de chorar — eu ordeno.

Mas minha voz se perde no fragor do furioso canhoneio.

Eu vou até terra. A vila é uma confusão geral. Mortos estão espalhados pelas ruas. Tropas correm para lá e para cá. O general Canabarro está ocupado em despachar as tropas para as saídas da vila, pelos caminhos do morro, porque os dois mil homens da infantaria imperial chegaram a Laguna. Ele não tem reforços para José. As suas ordens, terríveis, cruéis, entalam na minha garganta. Eu corro até a praia. O meu bote está ali, ancorado, perdido na névoa pesada de pólvora, mas o marinheiro que me trouxe já desapareceu. Deve ter fugido para a mata.

Eu empurro o barquinho para a água e remo e remo. As balas cruzam por mim, zunem nos meus ouvidos. Eu remo como se cortasse o pano das águas com a minha antiga tesoura de costuras. Mais à frente, está o Rio Pardo, *atingido de todos os lados pela artilharia inimiga.*

Quando subo à coberta, José surge de repente, olhos de louco, e me indaga:

— Vosmecê voltou, mandei ficar na terra!

Respondo-lhe:

— O Canabarro mandou atear fogo aos nossos navios. A batalha está perdida, José.

Ele olha para os lados, poucos homens restam vivos, ele mal consegue fazer frente ao canhoneio. Atear fogo ao Rio Pardo, ao Seival? Per Dio, ouço--o dizer, os olhos marejados. Ele agarra dois homens que passam por ali.

— Anita, vá com eles — *fala José.* — Encha o bote com as munições que ainda temos. Vamos salvar o que for possível. Vamos! — *grita pros homens.* — Ajudem a minha mulher!

E é isso o que eu faço a seguir, enquanto o inferno aumenta. Até hoje não sei como sobrevivi, correndo pela coberta ensanguentada do Rio Pardo, recolhendo munições, pistolões e carabinas sujas de sangue. Uma bala imperial arrancou-me uma mecha de cabelos, mas meu rosto não teve um único arranhão.

Fiz a viagem não uma, mas doze vezes. Além das armas, levei comigo os feridos que ainda tinham esperança; sou uma mulher piedosa e sei que os homens precisam sempre de uma mãe que zele por eles.

Os marinheiros, apavorados pelo tiroteio, encolhiam-se no bote. Eu ia em pé, ereta, louca, rindo da minha própria loucura. Subi à coberta do Rio Pardo *treze vezes, escalando as enxárcias, o vestido em frangalhos, vermelho de sangue. Trezes vezes fui dar à praia onde outrora eu namorava José de longe sem nunca ter provado o gosto da sua boca. Treze vezes! Não me digam que este é um número azarado, não me digam...*

Após a última carga, voltei para recolher José no Rio Pardo já em chamas e levá-lo aos navios aos quais precisava atear fogo conforme a ordem do general. Remávamos, José ia de facho em punho, escalava o costado dos barcos e fazia o trabalho. Primeiro, fomos ao Itaparica. Lá no alto, ele encontrou o valoroso João Henriques com um rombo no peito, uma metralha de ferro trespassando-lhe as carnes. José escolheu o lugar certo de atear fogo ao navio e pulou lá do alto, caindo na água.

Nós o recolhemos no bote, naquele momento, e o Itaparica *explodiu com violência, cuspindo fogo feito um vulcão, engolindo o que sobrara do velame e dos mastros.*

— Meu Deus do céu — eu gritei.

José tocou meu braço:

— Ateei fogo ao paiol de pólvora.

Ele preparou outro facho e remamos para o Caçapava, *já totalmente tomado pelos imperiais. José outra vez escalou as enxárcias. Quando seus olhos pousaram no tombadilho, o coração quase lhe saltou da boca: lá estava o americano, o doce John Griggs. Seu corpo fora partido em dois pedaços por uma bala de canhão, o busto forte e vigoroso permanecia apoiado à amurada, talvez olhando as águas do outro mundo, enquanto suas pernas estavam caídas em uma poça de sangue na coberta.*

Horrorizado, José ateou fogo ao Caçapava. *O Seival tinha encalhado na praia, e ali o deixamos como uma testemunha do nosso tempo e da nossa história. Os outros barcos da flotilha republicana foram destruídos pelos imperiais, poupando ao meu marido o trabalho de fazê-lo.*

Pela última vez, fiz a viagem até a praia. Atrás de nós, o clarão dos incêndios subia ao céu numa cena de verdadeiro horror. Para os lados do morro do Camacho, as tropas de Davi Canabarro também batiam em retirada. Carregando sobre cavalos os feridos que não podiam andar, nos juntamos a eles, avançando pela mata no escuro da noite morna de primavera. Exaustos, apavorados, imundos. Já ia a lua alta no céu quando Teixeira Nunes e os seus Lanceiros Negros vieram juntar-se a nós.

Nas matas que circundavam Laguna, ficaram alguns dias descansando da tenebrosa refrega. Havia um clima de animosidade no ar. Garibaldi sofria a morte dos seus homens e a perda de Laguna, mas a companhia de Anita e de Luigi Rossetti ajudava-o a manter uma certa serenidade.

Anita sentia crescer a tensão entre os revolucionários, misturada ao cansaço dos soldados, à trabalheira com os feridos, dos quais ela cuidava atentamente, embora não tivessem quaisquer medicamentos. Tratava-os com as ervas da região, como aprendera com sua mãe. Cantava-lhes velhas canções. Sabia ser maternal quando os homens ao seu redor precisavam.

— É tão boa com as ervas quanto é com a carabina — disse-lhe, certa noite, Giuseppe, enroscado a ela sob as árvores.

Não tinham conforto, não tinham nem ao menos privacidade. Deitavam-se apartados do grupo, mas as tropas estavam ali, espalhadas na noite. Centenas de homens ressonando, e o cheiro destas centenas de homens pairando no ar como uma outra coisa, como uma entidade, enquanto os dois faziam amor em silêncio, segurando os gemidos sobre a enxerga fina, à luz das estrelas. Ela podia sentir os insetos caminhando nas árvores, as cobras escondidas no mato, sibilando na noite. Ouvia tudo como se estivesse misturada à mata: as onças que rondavam o acampamento, os cães que comiam os ossos do churrasco e que uivavam à noite para a lua, numa cantoria angustiosa.

Era o que tinham, pensava Anita. E, para ela, estava bem assim.

Certa noite, já estavam ali havia uma semana, a crise que se anunciava no ar materializou-se. À beira do fogo, depois de comerem, Teixeira Nunes olhou Davi Canabarro no fundo dos olhos e disse, subitamente, com voz clara e macia:

— General, vosmecê cometeu barbaridades em Laguna. Matou inocentes. Uma república não se faz com tais desmandos.

Davi Canabarro pousou no outro os seus olhinhos miúdos e de forma surpreendentemente calma:

— Fiz o que foi necessário, coronel.

A voz dele era uma adaga fria e afiada, pensou Anita, olhando os dois chefes republicanos. Fez-se um silêncio ao redor do fogo. O *Gavião*, era assim que chamavam o comandante dos Lanceiros Negros, ergueu-se, mirando o gordo Canabarro de cima. Teixeira Nunes era um homem alto, bonito, de longos bigodes, cordial e culto. Lutava como um guarani, manobrando com mestria o cavalo e a lança. Parecia ser dois, pensava Anita: aquele homem refinado e íntegro, versado em salões, e um outro, meio bicho, meio índio, furioso nas refregas.

— O padre Cordeiro foi assassinado — disse Teixeira Nunes. — E o major Barreiros foi castrado! Castrado, general! Eu encontrei os corpos na intendência. Isto são práticas da nossa república?

Davi Canabarro olhou-o com desprezo, fazendo um muxoxo com os lábios ainda gordurosos do churrasco. Quem era o Gavião? Ele que lutava com os negros, que lutava como um índio! Mas nada disse. Com raiva, jogou um graveto no fogo, ergueu-se e se recolheu num silêncio acintoso.

Apesar de a discussão ter sido rápida, um clima de eletricidade, de tormenta, instalou-se entre eles. Seguiram as tropas juntas por mais dois dias. No terceiro, reuniram-se os chefes numa clareira.

— O que faremos? — perguntou Teixeira. — Creio que ainda podemos reaver Laguna.

— Os catarinas não valem uma moeda — disse Canabarro, cuspindo no chão. — Eu volto para o Rio Grande com meus homens. Quero chegar a Torres.

Teixeira Nunes aquiesceu. Ele tinha os Lanceiros sob seu comando. Anita via centenas deles reunidos ali: quietos, obedientes, olhos vivos, esperavam a decisão do seu chefe. Seguiriam o *Gavião* até o inferno se preciso fosse. Joaquim Teixeira Nunes, montado no seu baio, disse na manhã nebulosa:

— Pois eu vou reconquistar Lajes. E, depois, Laguna.

Rossetti e Garibaldi tinham Joaquim Teixeira Nunes em grande conta. Ele era um guerreiro corajoso, era um abolicionista como eles.

Não houve dúvidas: eles seguiriam com o *Gavião*. Anita ficou feliz. Sempre detestara o Canabarro. Ele tinha mandado José para Imaruí. E José chorara noites seguidas sem nunca lhe contar uma palavra. Nunca. Mas ela podia imaginar o que José tinha visto e consentido.

Depois de uma rápida reunião, a coluna traçou seus planos, decidindo que subiriam o planalto, seguindo até a serra do Mar, de forma a alcançar Lajes. Teixeira Nunes acreditava que, se a serra estivesse garantida, poderiam os republicanos tentar a retomada do litoral catarinense, expulsando os legalistas de Laguna. Giuseppe Garibaldi deixava o mar, transformado agora em comandante da infantaria da expedição, acrescida dos marinheiros que tinham sobrevivido à luta na barra de Laguna.

— *Te piace?* — perguntou José, quando Anita montava no seu cavalo, para começarem a subida da serra.

Era estranho, mas se compreendiam. O italiano de José soava-lhe límpido, claro. Era como se ela mesma tivesse falado aquela língua em uma outra vida.

Olhou-o nos olhos:

— Onde vosmecê for, eu vou, José. Ademais, eu nunca gostei do Canabarro. Laguna era a minha terra. Os lagunenses, embora mexeriqueiros e intrigantes, eram a minha gente.

Seguiram viagem por vários dias, embrenhando-se na mata fechada, misteriosa, quase mineral. Pedras despontavam do caminho, agudas, cinzentas, como que esquecidas por algum gigante distraído, caídas a esmo pelas picadas. Era um mundo diferente, todo novo para Giuseppe, acostumado às praias, ao horizonte azul e às procelas. Anita sentia-se feliz. Ela pouco se importava com a fome, com o único vestido, rasgado, lavado à beira de uma sanga, com os cabelos soltos, a falta de um teto. Estava ao lado de José, montava como um homem e lutava como um homem. Sabia que uma mulher podia ser igual a um homem. Acreditava, também, que um homem podia ser igual a uma mulher. José chorava às vezes os amigos mortos... Carniglia, Mutro, Bilbao, Valerigini, Griggs... Tivera-o uma noite em seus braços como se ele fosse um filho seu, e não o seu marido. Admirava-o por isto. Dono da coragem de um deus, seu coração era bom e piedoso.

— Você não sentirá falta do mar, José? — perguntou-lhe Anita, certa feita, por entre os caminhos íngremes da subida da serra.

O italiano respondeu:

— O mar sempre estará esperando por mim.

Agora era Anita quem se sentia em casa.

Tinha crescido na boca daquela serra, antes de sua família mudar para Laguna. A vida vegetal, os caminhos tortuosos, a umidade, a aspereza das picadas, o sol coalhado pelas ramagens, aquele era o seu mundo. Havia perigos e havia mistérios. Trilhas que davam no nada, jogando o vivente no despenhadeiro branco e mortal. Era uma aventura agreste e emocionante, quase íntima. Dois cavaleiros perderam-se numa picada e não foram mais encontrados. Era como se a serra fosse viva e cobrasse o seu tributo.

Eles avançavam em silêncio, desbravando o verde, espantando os animais a espreitá-los do alto das árvores imensas, que engoliam o sol. Enquanto cavalgavam, Anita ensinava a Giuseppe sobre as plantas, as cobras e os pássaros da região. Era a primeira vez que lhe ensinava alguma coisa. Ele a ouvia com prazer, quase com orgulho. Olhava-a seguindo pelos caminhos, montada no seu cavalo cinzento, e pensava: Anita cavalga bem. O cavalo é, para ela, o que um barco é para mim.

Seguiram assim por vários dias.

Embrenhando-se cada vez mais na mata cerrada.

Subindo, subindo.

Subiam centenas de metros como se quisessem chegar ao topo do mundo. Havia o verde e os paredões de pedra. Às vezes, o planalto rompia-se abruptamente em muralhas de pedra, lisas e inexpugnáveis, talhadas a prumo.

Era uma marcha acidentada, mas eles não temiam seus perigos. Depois de tantos combates, o silêncio da serra entrava pelos ouvidos de Anita como um bálsamo. Ela ouvia os pios dos pássaros, o dançar das ramagens, o gemido cristalino dos córregos. Avançava cavalgando por horas, a fome enrodilhada no estômago, porque precisavam economizar os víveres. Ela alimentava-se do verde e do silêncio.

Certa tarde, foram surpreendidos pela viração. A neblina tomou o mundo subitamente, apagando tudo. José estava ao lado de Anita, mas, de repente, ela não podia vê-lo. A serra inteira tornara-se um lugar branco e úmido, cheio de ruídos. Cavalos e homens esperaram por horas.

Quando a viração cedeu, reviram a picada e as altas árvores e a montanha escarpada, o grande bloco do planalto.

José começou a achar que aquele lugar era mágico. O oceano tinha seus deuses e suas fúrias. A serra também, podia pressenti-los. Gostava daquilo. Cavalgava enchendo os pulmões com o ar cálido, pesado de aromas novos. Tinha certo receio de que cruzassem com imperiais. Uma luta naquelas picadas seria mortal. Temia os despenhadeiros com um horror que nunca sentira pelas procelas marinhas.

Depois de vários dias de marcha, atingiram o planalto catarinense. Era dezembro, fazia um calor úmido, aplacado pelo arvoredo. Avançavam pelas chapadas, encontrando as primeiras gentes em propriedades quase perdidas do mundo. Buscavam outras tropas revolucionárias. Ficaram sabendo que as estâncias dos simpatizantes da república tinham sido atacadas por piquetes imperiais comandados pelo major Cândido Alano.

— Eles estão por aqui — disse Giuseppe Garibaldi para Anita. — Fique bem atenta.

Temia que algo acontecesse com ela. Desconhecia por completo o terreno, a região. Não se afastavam um do outro. Anita estava diferente, como que multiplicada, via tudo à flor da pele. Ouvia mais, sentia mais. O toque de José incendiava seus instintos.

— Me sinto bem aqui — disse ela. — Na serra. É meu chão.

Giuseppe acariciou-lhe os cabelos escuros.

— Eles vão surgir em breve, tenho o instinto — e cutucou o cavalo, marchando ao lado de Teixeira Nunes. — Estão por aqui, coronel.

Teixeira Nunes abriu um sorriso sob o bigode negro:

— Como vosmecê sabe?

— Eu posso farejá-los — disse Garibaldi, piscando um olho.

Teixeira olhou-o de soslaio:

— Eu também. Aprendi com um índio guarani.

Luigi Rossetti sentia dores nas costas. Nunca cavalgara por tanto tempo. E agora, os imperiais! Era um homem da pena e das ideias, mas, ao pensar nos imperiais, levou a mão à garrucha carregada. Lutaria. Sabia lutar.

No dia seguinte, a coluna de Teixeira Nunes encontrou as tropas republicanas de Inácio Oliveira e de Mariano Aranha. Engrossaram suas fileiras em cento e vinte homens, e seguiram em frente mais confiantes. Mariano Aranha garantiu que os legalistas estavam pela mata, no planalto, em algum ponto.

— Um informante me passou. Acamparam por aqui sob o comando de Francisco Xavier.

Avançavam atentamente, os Lanceiros levavam as armas em punho, olhando para os lados, vigilantes como animais acossados. Surgiram pântanos aqui e acolá. Terra de cobras, pensava Anita, com arrepios. Seu pai, Bentão, comia cobras assadas depois de arrancar-lhes a cabeça, e ela tinha pesadelos com aquilo em criança.

Os pântanos cediam lugar aos descampados verdes, matizados de flores; depois, subitamente, surgiam outra vez. Tudo era belo e brutal, pensava Garibaldi, montado no seu cavalo, farejando, farejando como um lobo.

A três léguas do passo de Santa Vitória souberam do inimigo. Teixeira Nunes armou acampamento. Naquela noite, sob a luz das estrelas de dezembro, porque não queriam chamar a atenção dos legalistas com fogueiras, traçaram uma estratégia.

— Pelas notícias, são quatro vezes mais gente do que nós. E conhecemos pouco o terreno — disse o Gavião. — Um grupo avançará sob o comando de Inácio Oliveira. Vão fingir que se esquivam da peleia, os imperiais os seguirão até um local combinado, e então daremos cabo deles.

No dia seguinte, conforme o plano, Inácio Oliveira avançou com seus homens, trocando tiros com a vanguarda imperial. Depois de breve tirotear, fazem a volta e se metem num vasto pinheiral, onde o grosso dos republicanos aguardava-os de armas prontas.

Os imperiais seguiram-nos por entre as árvores, quando surgiram os Lanceiros Negros tapando-lhes a saída por um lado. Xavier da Cunha não se fez de rogado, estavam em franca maioria. Para além dali, havia um enorme muro de pedras que se fechava como um curral. Atrás daquele muro, Xavier da Cunha tinha postado parte da sua infantaria. As tropas legalistas seguiram para lá, entrincheirando-se convenientemente. Os Lanceiros avançaram sobre o inimigo, lanças em riste, lâminas ao sol. Depois, na violência da refrega, saltaram dos seus cavalos, combatendo os legalistas no mano a mano.

É um combate furioso, com os republicanos presos naquela espécie de curral de pedras. Logo depois das primeiras lutas, Garibaldi e seus infantes avançam numa segunda onda.

A fuzilada ecoa pela mata.

No seu lugar, escondida no pinheiral, Anita ouve tudo em desespero. Não a tinham deixado entrar em combate tão desigual, no corpo a corpo. Os ruídos ecoam, os tiros irritam-lhe os tímpanos. Ajoelhada no capim úmido e fofo, ela chora de desespero e de raiva.

— Não de medo — ela diz baixinho para as árvores. — Não de medo.

Os ruídos atrozes da luta aumentam. Ela sabe que os republicanos peleiam com garra. Muitos morrerão, é a sina deles. E fica ali, esperando por horas que lhe parecem intermináveis, até que os primeiros homens começam a voltar. Chega Rossetti, com um corte no sobrolho, o braço ferido, malparado na montaria. Anita ajuda-o a baixar, acomoda-o no chão macio, acarinha-lhe os cabelos castanhos.

Rossetti vê nos olhos dela a angústia.

— Garibaldi está bem — ele diz. — Foi uma luta braba. Morreram muitos. Mas os Lanceiros do Gavião lutaram como demônios, matando na adaga mesmo. Os imperiais fugiram. Parece que o tal Xavier tomou um tiro no quadril antes que pulasse para a garganta do outro lado do muro e sumisse na mata. Deixou um rastro de sangue; aquele não dura muito.

Já é noitinha quando as tropas voltam com dezenas de prisioneiros. Levarão todos para Lajes. Anita abraça José, examina-o como a uma criança. Não, ele não tem um único arranhão. Os deuses, ela pensa. De longe, o Gavião vê a cena e sorri. É um homem de batalhas, mas entende o amor. E também quer o amor, se sobreviver a esta guerra.

Durante a noite, Anita ocupa-se dos feridos. Trabalha animadamente, limpando, costurando, dando de beber àqueles que têm sede. Ao alvorecer, lavando-se à beira de um córrego, sente uma estranha vertigem. É o cansaço, a falta de boa comida, ela pensa.

Então, um súbito engulho revolta-lhe as entranhas. Anita arqueia o corpo e vomita na água uma bile clara, que desaparece no redemoinho límpido do riacho. Ela está cansada, precisa dormir um par de horas antes de seguirem viagem.

A fragorosa derrota da Divisão da Serra abriu para os republicanos as portas de Lajes, garantindo-lhes o controle também de Vacaria e Cima da Serra. Depois de se recomporem, as tropas marcharam para Lajes, onde entraram em triunfo. O Gavião ia à frente, acenando para o povo, com seus bravos Lanceiros de armas em riste. Depois, Garibaldi e sua infantaria, e Anita, montada no seu cavalo, sonhando com uma cama, uma banheira, talvez. E comida fresca, ela pensava sorrindo.

Giuseppe e Anita foram acomodados numa casa da vila. Os donos, imperiais, tinham fugido. Não havia luxos, nem excessos de coisas nos armários, levaram quase tudo na fuga. Assim como tinham levado, Garibaldi contou-lhe depois, todo o erário da prefeitura, deixando os cofres públicos às moscas.

— Por sorte, quem está a cargo aqui é o Teixeira — disse Giuseppe, sorrindo ao ver a banheira cheia de água quente.

Anita preparara tudo enquanto ele estava fora, tomando providências. Ele sorriu para a mulher, com seu vestido ainda estropiado.

— Se fosse o Canabarro no comando, teríamos outra Laguna.

Anita desabotoou-lhe a camisa com dedos ágeis.

— Vamos, a água esfriará.

— Preparou-o para mim? — perguntou Giuseppe, tirando a roupa com rapidez, deixando ver a pele branca, pintalgada no peito largo, na base dos braços fortes.

— Para nós — responde Anita, com um sorriso maroto, puxando o próprio vestido pelo pescoço.

— Melhor assim, *carina*.

E ficaram ali dentro, sozinhos, limpos, felizes. Primeiro, famintos, eufóricos, vasculhando seus corpos, reconhecendo-se depois de tantas noites de amor feitas ao relento, no escuro, vestidos e às pressas. Depois, suavemente, com gestos lânguidos, a voz pesada do cansaço da longa jornada, disseram-se coisas, bobagens que os amantes se dizem. E riram, e calaram-se por fim. Quando a água esfriou completamente, Anita falou:

— Temos uma cama limpa, lençóis passados a ferro. Se dormirmos um pouco, poderemos assistir à missa.

— Missa? — perguntou-lhe Giuseppe, confuso. — Vosmecê quer ir à missa, Anita?

Ela saltou da banheira e enrolou-se na toalha. Secando os cabelos escuros, olhou-o com bom humor e falou:

— A Missa do Galo, José. Hoje é dia 24 de dezembro, noite de Natal. Mesmo no planalto, nas serras esquecidas pelo homem, o tempo também passa.

E Giuseppe e Anita assistiram à Missa do Galo naquela noite sentados na terceira fila da nave onde, 25 anos antes, os pais de Anita tinham contraído matrimônio.

Não houve tempo para largos descansos. Ao entardecer daquele dia de Natal, enquanto Teixeira Nunes despachava com Rossetti as primeiras correspondências dando conta da tomada de Lajes ao presidente da República, Bento Gonçalves, um morador das redondezas veio avisar aos revolucionários que o coronel legalista Antônio de Melo Albuquerque, o *Melo Manso*, avançava pela região à testa de uma tropa de quinhentas almas. Tinham contornado a vila de Lajes pelos Campos Novos, esperando encontrar no caminho a divisão do imperial Labatut para engrossar as suas fileiras.

Rossetti ouviu a notícia com serenidade.

— Não se faz uma revolução com ofícios — disse o Gavião, num suspiro. — Mande chamar o Garibaldi, Rossetti. Temos planos a fazer. Melhor que não nos ataquem de surpresa.

— *Ecco* — respondeu Rossetti, saindo às pressas.

Reuniram-se ao almoço. Enquanto trinchavam um frango assado, sentados em volta de uma mesa com toalha, pratos e copos, cientes de que aquele luxo simples estava por se acabar, decidiram o que fazer:

— Vamos nos dividir em duas colunas — disse Teixeira, fazendo desenhos com a ponta do dedo na toalha clara. — Não sabemos por onde o inimigo atacará. O Aranha vai com parte da tropa para os lados de Vacaria. Eu comandarei a outra parte, e vosmecê, amigo Garibaldi, vai comigo levando seus infantes. Marcharemos para este lado, no rumo de Curitibanos, porque acho que os legalistas podem vir por ali, a fim de tomar-nos Lajes.

— Partimos quando? — perguntou Garibaldi.

— Após a sobremesa — respondeu Teixeira, com um sorrisinho nos lábios.

De volta à casinha que ocupara com Anita, Giuseppe deu-lhe as notícias. Queria que ela esperasse por ele ali, em segurança, com um pouco de conforto. Não houve jeito:

— Vou junto — disse ela, tirando o vestido novo, presente de uma família republicana de Lajes, e colocando o velho vestido, remendado. Olhou-se num espelho que ficava perto da cama. — Não vou estragar aquele outro, tão bonito.

Giuseppe riu daquele raro momento de coqueteria da mulher. Aproximou-se dela, beijando-lhe a testa:

— Me espere aqui, *carina*.

Os olhos escuros de Anita luziram:

— Vosmecê quer se livrar de mim por acaso, José? Onde for, eu vou. Já não demonstrei meu valor?

Giuseppe desistiu. Derrotaria uma tropa de imperais com mais facilidade, pensou, rindo.

— *Va bene*. Então, é hora de partir. Os homens já estão se reunindo na entrada da cidade. Vamos.

Sob a noite de verão, vendo as estrelas por entre as ramagens do pinheiral, seguiram os dois pelas ruas silenciosas de Lajes. Voltariam? Perguntou-se Anita. Com um suspiro, deu-se conta de que isso não lhe importava. Olhou para o lado e viu o vulto elegante do seu companheiro, o perfil grego desenhado pela luz da lua, os cabelos de prata. Sua vida era estar ao lado de José.

Marcharam por três dias. Eram quinhentos homens armados, contando aí a infantaria de Garibaldi. Havia uma certa desordem nas fileiras republicanas, os homens estavam cansados das várias pelejas. Teixeira Nunes e Garibaldi insuflavam-lhes ânimo. A tropa finalmente acampou, quase às margens do rio Maromba. A noite caía, bonita, estrelada. Mais uma noite de verão no alto da serra. Parecia mesmo que a lua estava mais perto deles, vigiando-os como uma ama-seca.

Teixeira despachou um homem em busca de notícias. Ele voltou rápido, esporeando o cavalo.

— Estão perto, coronel. E são muitos. Estão cruzando o rio uma milha para cima daqui.

A agitação espalhou-se pelo acampamento. Garibaldi ordenou aos seus infantes que pegassem suas armas, que entrassem em posição. Estavam em condição de inferioridade, o melhor seria pedir reforços a Aranha, talvez ainda fosse possível juntar as duas fileiras republicanas. Mas Teixeira Nunes queria a batalha:

— Se chamarmos reforço, damos a eles o tempo de fazerem o mesmo, Garibaldi. Vamos ao ataque assim que alvorecer.

Os imperiais situaram-se no alto de uma elevação, em posição vantajosa. Quando o sol surgiu por entre a bruma da montanha, os republicanos puderam constatar que aquele era um terreno acidentado, cheio de declives, perigoso. Acompanhado de dois soldados, Garibaldi chamou Anita:

— Vosmecê fique aqui. Deixo a munição da infantaria ao seu cuidado. Estes dois soldados estarão com vosmecê levando a munição para as posições avançadas, *ecco*?

Anita aquiesceu. Sabia que José não a queria lá na frente, fuzil em punho, naquela floresta cheia de furnas, de buracos, onde a tropa imperial poderia preparar toda a sorte de arapucas.

O tiroteio começou.

Os republicanos atiraram-se à carga. Cavalos, homens, gritos, fogo. Sob o comando do Gavião, os Lanceiros Negros formaram uma linha única, sólida, um corpo que avançava entre os pinheirais. A passarada levantou voo em desespero, sumindo no céu de um azul muito claro, quase diáfano.

Garibaldi esperava o avanço da cavalaria. Num dado momento, ergueu a espada no alto e gritou para os seus homens:

— *All'attaco!*

Seu grito se perde na mata. A infantaria corre, aos gritos, em uníssono, como se o barulho de suas vozes fosse também o motor do seu avanço. Fuzis disparam. Os imperiais avançam, os Lanceiros Negros fazem a sua dança terrível e mortal. O primeiro ímpeto republicano é repelido pelos legalistas, em posição vantajosa no alto do morro. Homens caem mortos, os feridos são recolhidos. Anita despacha mais munição para as tropas. A segunda carga prepara-se para o ataque, enquanto o sol já vai alto no céu. A manhã de janeiro, límpida e quente, espera o desfecho da batalha.

Os farrapos voltam à carga, desta vez com mais violência. Cavalos e homens. Teixeira Nunes voa no lombo do seu baio, espada em riste, um brilho de prata que o sol captura por um momento, antes que ela se crave no peito do inimigo. Sob fuzilaria cerrada, os republicanos avançam com fúria numa arremetida pertinaz, violenta. Estamos nos vingando por Laguna, pensa Giuseppe, no lombo do seu cavalo, gritando para os homens, matando, esquivando-se dos tiros, derrubando um inimigo, dois, três, quatro. Por Laguna, por Griggs, por Bilbao.

Então, subitamente, os imperiais começam a recuar, embrenhando-se na mata de volta ao rio Maromba. Teixeira Nunes é tomado de fúria. Ele é o Gavião, é o Gavião e quer a sua presa! Galopando, faz sinal para que os Lanceiros o sigam e inicia a perseguição aos inimigos num ímpeto brutal.

— Vamos! Atrás deles!

Garibaldi e seus homens juntam-se ao grupo que avança numa velocidade atroz por entre as árvores; quase às cegas vai a tropa republicana na perseguição dos imperiais que fogem. Anita e seus dois soldados ficam para trás, numa clareira da mata, esperando o desfecho da batalha.

Por 15 quilômetros, a cavalaria republicana persegue os imperiais naquela manhã de janeiro, trocando golpes de sabre, disparando seus fuzis, atacando com adagas, derrubando o inimigo dos seus cavalos. Alcançado o rio Maromba, a vanguarda legalista começa a passar a cavalhada para a outra margem. Lá, tinham assentado uma grossa fileira de fuzilaria, que esperava, sorrateira, o avanço republicano.

Quando Teixeira Nunes e seus Lanceiros chegam perto do rio, a descarga inimiga é atroz. Cai toda uma leva de homens, e outra, e outra. Teixeira Nunes escapa do tiroteio por milagre, dando-se conta, subitamente, de que o recuo não passara de uma emboscada dos legalistas. Ele caíra na armadilha! Na mataria, outro contingente de homens do Melo Manso surge, de repente, atirando, separando Teixeira e seus homens da infantaria de Garibaldi, que vem mais atrás, já ouvindo o tiroteio, já antevendo a situação.

Os olhos esbugalhados, o peito em chamas, Gavião conclama aos seus homens:

— Vamos resistir, vamos nos defender!

Ajuntam-se em forma de defesa, lutando como podem, morrendo como bravos, até que Garibaldi e seus infantes finalmente surgem no alto de uma elevação, fazendo frente ao corpo legalista. A fuzilaria de Garibaldi atira-se ao chão e dispara, derrubando uma fileira de imperiais. A luta ganha equilíbrio, mortal, violenta, delirante.

Com o apoio de Garibaldi, Teixeira Nunes e seus homens conseguem recuar para um capão, cerca de um quilômetro da margem do Maromba. Ali, entrincheirados, os republicanos resistem por horas. Muitos homens estão mortos, o inimigo agora é cinco vezes superior a eles. A cavalaria legalista ataca em sucessivas cargas, e a munição dos republicanos, que ficara lá para trás com Anita, vai rareando. Em meio à peleja, ocupado em matar e em manter-se vivo, alguma coisa estranha, um pensamento, escorregadio como um peixe, corre pela mente de Garibaldi. Ele não sabe bem o que é. Os feridos estão por todos os lados. Um soldado agoniza aos seus pés. Teixeira Nunes têm os olhos vermelhos, injetados de sangue. O sol cai no céu. Giuseppe sente náuseas, sente fome, sente medo. As horas passam até a chegada da noite. Agora economizam munição, defendendo-se apenas, resistindo como bravos.

Quando a noite desce, cerrada, os imperiais arrefecem a sua investida. Pela primeira vez em horas, os republicanos respiram, tocam seus corpos, pensam. O capão abriga setenta e poucos homens. Antes, eram quinhentos. Garibaldi deposita sobre uma pedra a sua carabina ardente. E, então, súbito como um raio, o pensamento que o rondava ganha uma face e um nome:

— Anita!

Anita não está ali. Tinha ficado com os homens, cuidando da munição. Avançaram muito! Garibaldi não atina o que fazer. Está escuro, mas vai procurar por ela, vai retroceder sobre o avanço de horas atrás, sobre os corpos mutilados, os cavalos mortos, os inimigos escondidos na mata.

Neste momento, sente uma mão pesando no seu ombro. É Teixeira Nunes:

— Garibaldi, vamos voltar no rumo de Lajes. Temos que aproveitar a cobertura da noite — diz o Gavião, com voz espectral. — Se ficarmos aqui, é morte certa.

— Anita sumiu — ele responde. — Tinha ficado lá atrás com os soldados, cuidando da munição.

Teixeira Nunes fita-o com os olhos vagos. Muita coisa pode ter acontecido. Os dois homens dividem os mesmos pensamentos. Se Anita foi pega pelos imperiais... Não, Anita não se entregaria, ela teria resistido, todos já a conhecem bem. Ou perdeu-se na mata cerrada do planalto?

— Amigo — disse Teixeira —, temos que ir agora. É uma longa marcha até Lajes.

Garibaldi não atina o que fazer. Seus olhos, sempre luminosos, estão perdidos nos pinheirais. Ele retorce as mãos, já negras de pólvora, sujas do sangue dos seus fuzileiros. Mais uma vez, resistiu incólume a uma batalha voraz, mortal, tenebrosa. Os deuses o favorecem. Mas Anita não está aqui. Parado na noite morna de janeiro, na borda de um capão cercado pelo inimigo, seus pensamentos correm como a água do rio Maromba, a poucos metros dali. Ter perdido Anita é uma outra morte. Uma outra morte.

A voz macia de Teixeira corta escuridão:

— Vamos nos retirar, capitão Garibaldi. Se Anita caiu prisioneira de Melo Manso, negociaremos com eles. Precisamos alcançar Lajes o quanto antes.

Garibaldi não se move, mas a voz sai-lhe trêmula dos lábios:

— E... E se ela não caiu prisioneira? O tiroteio foi terrível... *Per Dio*.

Gavião espera um instante antes de responder:

— Se ela não caiu prisioneira, não há mais nada a fazer.

Começam a retirada em silêncio. Seguem abaixados, armas em punho. A última fileira resiste aos imperiais, trocando tiros esporádicos enquanto o grosso das tropas, já totalmente lapidadas, escapa pela mata densa, coalhada de luar.

A marcha de volta a Lajes leva quatro dias. Quatro longos dias de fome. Só comem raízes de plantas pelo caminho. Uma chuvarada de verão, longa e intensa, leva os últimos brios dos republicanos que recuam, carregando seus feridos, exaustos, trêmulos, encharcados. Garibaldi caminha entre os homens, mas sua alma está longe dali.

Anita

Houve um momento, naquele dia da batalha de Curitibanos, que pensei em fugir. Em refazer, com os dois homens que me acompanhavam, o caminho que tínhamos feito com Teixeira Nunes e os outros. O Gavião e José tinham se embrenhado na mata, desaparecido no fragor da batalha com todos os seus soldados. Só se ouvia o tiroteio bravo.

Mas e se as tropas precisassem da munição que eu guardava? Como deixar meu José sem o cartucho que poderia salvar a sua vida?

Não.

Eu fiquei.

Montada no meu cavalo, levei munição para os homens da última linha, que avançavam na perseguição às tropas do Melo Manso. Quando percebi, os dois soldados, eu e a nossa carga de munição estávamos cercados por um piquete imperial. Resisti, incitando os dois homens à luta, fuzil erguido, rompi numa carga de tiros para ver se conseguia atravessar a tropilha inimiga no rumo da mata cerrada.

— Renda-se, mulher — gritou o chefe deles, lança em punho.

Tinha um sorriso no rosto, o desgraçado.

Tinha dito mulher como teria dito: menino.

Disparei meu fuzil contra eles. Depois de um instante de espanto, como se aquilo não fosse de todo possível, o soldado que comandava o piquete ergueu a arma e disparou contra nós. Éramos três almas contra umas quinze, mas eu tinha aprendido com José a lutar em desvantagem.

No entanto, não tínhamos abrigo. Os barris de pólvora eram um perigo a mais, e eu não podia usá-los como proteção. Uma bala passou de raspão sobre a minha cabeça, arrancando uma mecha dos meus cabelos. Um dos homens que estava comigo foi ferido, caiu entre gemidos, rolando no chão da mata com um tiro na perna. O outro chorava, desesperado.

Sobre meu cavalo, pensei em arremeter contra o inimigo. O soldado deve ter entendido a minha intenção, pois descarregou um pistolão na minha montaria, que desabou, jogando-me ao chão.

Dois braços agarraram-me no lusco-fusco do anoitecer.

— O que fazemos?

— Vamos levá-la ao coronel Melo — disse aquele que chefiava a tropilha. — Eu sei quem ela é. É a mulher do italiano. O Garibaldi.

Cuspi no chão, urrando de ódio. E levaram-me ao acampamento legalista do outro lado do rio Maromba, cerca de dois quilômetros para dentro da mata cerrada. Conduzida pelo soldado que me guiava de arma em punho, olhando-me com uma estranheza que era misto de assombro, ouvi fiapos de conversas dos legalistas. Tinham ganhado a batalha. Os republicanos haviam sido dizimados. O curral de pedra, a beira do rio, a fuzilaria. As palavras flutuavam no bulício do acampamento. Num canto, alguns homens assavam a carne para a tropa. O cheiro de comida alcançou minhas narinas, senti um soco no estômago. Mas segui adiante, impassível, embora minha fisionomia se perdesse na noite aqui e ali iluminada pelas fogueiras.

Fizeram-me entrar numa tenda.

Estava lá o coronel Antônio de Melo Albuquerque, conhecido pela alcunha de Melo Manso, um homem de meia idade, voz macia, bons modos. Ele olhou-me com respeito, indicou-me uma cadeira.

— Ficarei em pé — respondi.

— Como queira, senhora. Creio que sua tropa deixou-a para trás. Agora é nossa prisioneira.

Mantive-me calada. José jamais me deixaria; a emboscada não permitira que voltasse por mim. Eu pensava nele, nos seus olhos, no seu sorriso, em pé no meio da tenda. Conversas sussurradas vinham de um canto. Então, do escuro, brotou um vulto. Sua voz foi como um tapa na minha cara:

— Pois não é a Ana Maria de Jesus?

Virei o rosto com espanto para ver o dono daquela voz pegajosa, quase de deboche. Estava ali na tenda o Padilha. Anos atrás, pedira-me a mão em Laguna. Era ele ou o Manoel, e minha mãe decidira-se pelo Manoel. Talvez, achasse que era mais calmo e teria mais paciência com aquilo que ela chamava de "meu temperamento", e José chamava de "minha coragem".

Padilha, que todos chamavam de Padilha Rico, aproximou-se de mim, ignorando o respeito que devia ao seu superior, o coronel Melo Manso, e disse:

— Seu homem não anda le cuidando bem. Parece que le deixaram para trás. Eu não faria isso com uma esposa minha. — E então, com veneno, acrescentou: — Mas também, seu marido era outro, ao que me consta. O tal sapateiro, o Manoel. Como mudam as coisas, não é, Aninha?

Senti meu sangue fervendo, apertei meus dedos em busca de um rebenque que eu não tinha. Os soldados haviam-me despojado de todas as minhas armas, do contrário, eu o teria matado ali mesmo como quem mata um cão raivoso para evitar que o veneno se espalhe.

O coronel Melo pareceu incomodado com a cena. Avançou em minha direção trazendo uma cadeira e disse:

— Faça o obséquio de se sentar um pouco, senhora. — Olhando para o Padilha, mudou a voz: — Falo com o senhor mais tarde, mando chamá-lo. Agora saia, sargento Padilha.

Padilha Rico titubeou por um segundo, depois saiu. No instante seguinte, trêmula, sentei-me. Melo Manso puxou outra cadeira e acomodou-se à minha frente. O soldado que me trouxera permanecia na tenda, armado, à espreita.

— Tenho respeito pela senhora. Uma catarinense de valor. Uma mulher de fibra, de coragem ímpar — disse Melo Manso. — Já ouvi dos seus feitos... Escute-me, portanto. As coisas hoje não saíram bem para o vosso marido, para os republicanos.

Olhei-o de frente. À luz dos lampiões, seus olhos escuros, quase bondosos, miravam-me. Eu sabia reconhecer aquele olhar. Eu já o vira milhares de vezes, e ele tinha a ver com a morte. Mas o capitão nada falou sobre mortos ou feridos, apenas acrescentou:

— A senhora não é uma prisioneira aqui, é uma hóspede. O Nunes vai levá-la a uma tenda, onde deve repousar e comer um pouco. Vê-se que está abatida, que precisa descansar, limpar-se da terrível batalha de ainda há pouco.

Dito isso, ele ergueu-se, fez uma mesura e saiu da tenda.

Fui levada para um canto do acampamento onde me tinham preparado um remanso, uma pequena tenda de campanha. Fizeram-me entrar; depois disso, o soldado saiu, deixando dois guardas armados à porta. Lá dentro, havia uma cama simples, quase uma enxerga, água morna numa tina e uma mesa de campanha com carne e mandioca cozida. Agradeci mentalmente ao coronel a gentileza daquele gesto. Comi como um bicho, mas ninguém podia me ver. Depois, tirei os restos do meu vestido, que eu usara sobre uma calça masculina, arregaçada, e assim, nua da cintura para cima, eu me limpava com um pano que mergulhei na água com sabão da tina.

Estava nisto, os cabelos soltos, úmidos, os peitos à mostra, pensando em José, na premência de vê-lo, quando, sem avisos, à entrada da tenda surgiu o Padilha.

Olhou-me ali, ajoelhada na enxerga, nua da cintura para cima. Seus olhinhos claros, que outrora eu chegara a admirar, luziram, gulosos. Eu sustentei-lhe o olhar, segurando a vontade de cobrir meus seios com as mãos. Fiquei ali, semidespida, fria, a mirá-lo.

— Aninha — disse, com a voz rouca.

Nunca perdoara o fato de ter sido preterido pelo Manoel. Era um homem voluntarioso, orgulhoso e raso. Avançou para mim. Eu ali, parada, não me movi. Uma coragem estranha impelia-me a encará-lo sem um único gesto. Não me escondi, não me esquivei. Meus mamilos brilhavam sob a luz do lampião, como brilhavam-lhe os olhos.

Padilha Rico estendeu sua mão de dedos brancos, minerais, e tocou-me o peito esquerdo. Olhava-me nos olhos, e eu sustentava o seu olhar. Dois guardas estavam lá fora, pensei. Decerto, se eu gritasse, eles entrariam. Se o Padilha tentasse alguma coisa, eu o atacaria com meus dentes, minha única arma.

Calmamente, ele retirou a mão do meu seio. Então, sem conter uma certa euforia, disse:

— Vim le dar uma notícia, Aninha.

— Anita — respondi, escandindo as sílabas. Meu nome era Anita.

— Anita, se vosmecê prefere... Vim le dar uma notícia. Chegou ainda agora ao acampamento. — Então, mirando-me nos olhos, ele falou: — É sobre o Garibaldi, seu... marido. Parece que ele morreu.

Dito isso, escorreu seus olhos ainda uma vez pelo meu corpo, lentamente, lascivamente. Senti que as lágrimas me nasciam. Eu parada ali, quase nua. Sozinha. E José? José tinha morrido?
Padilha Rico bateu continência, debochado.
Depois, virou-se e saiu da tenda.

Fiquei lá um longo tempo, chorando, gemendo em mudo desespero. Não queria que nenhum imperial testemunhasse minha infinita tristeza. E ninguém veio por mim. José, José... Eu só pensava em José. Não conseguia acreditar. Mas tinham morrido tantos, mais da metade da tropa, era o que se dizia pelo acampamento inimigo. Teriam os deuses descuidado dele, teria o vento deixado de soprar lá fora porque José já não vivia?
Vesti-me. Ajeitei-me o melhor possível. Penteei os cabelos. Alguém deixara ali um xale branco, claro e bonito, cobri-me com ele para estar mais bem engendrada. Então, saí da tenda. A madrugada ia alta. Uma lua pálida e viçosa brilhava no céu. Os dois soldados que me guardavam se adiantaram.

— *Quero ver o coronel Melo* — *eu disse.*
Alguma coisa na minha voz fez com que me obedecessem. O coronel estava debruçado sobre uns mapas quando entrei na tenda com um soldado ao meu lado. Ele ergueu os olhos pisados de cansaço para mim.
— *Senhora?* — *perguntou.* — *Desejava ver-me? Deveria estar descansando da dura batalha de hoje.*
— *Quero o corpo do meu marido* — *eu lhe disse.*
— *Como?*
— *O corpo do meu marido José* — *respondi.* — *Se ele morreu, quero o corpo dele.*
Melo Manso balançou a cabeça, pesaroso.
— *Impossível. São centenas de cadáveres espalhados pela mata... É madrugada. Impossível, senhora.*
— *Procuro nos campos próximos. Quero vê-lo. Vou sepultá-lo eu mesma.*
O coronel Antônio de Melo Albuquerque olhou-me com espanto. Então, num suspiro, aquiesceu.
— *Embora seja uma ideia terrível deixar uma senhora assim no meio dos cadáveres... Bem, não le posso negar tal pedido...* — *E fez um gesto para que o soldado me acompanhasse.* — *Chame dois homens, Nunes.*

Que ajudem a senhora na sua busca. Uma mulher tem o direito de se despedir do esposo.

Virei as costas e saí pela abertura na tenda. A noite estava fresca, iluminada de estrelas. Como agradecer ao homem cujas artimanhas tinham tirado José de mim? Porém, nunca consegui odiar o coronel Melo de verdade. Talvez, por isso, não o tenha esquecido, e ele assombrou as minhas madrugadas com aqueles seus dois olhos gentis, fundos, piedosos, por muito tempo.

A mata coalhada de cadáveres. Sentados, caídos de borco na terra úmida. Jovens ainda imberbes. Negros de pele alabastrina misturando-se à noite, os soldados valorosos do Gavião. Rostos congelados em pleno grito, bocas fixas de espanto, olhos arregalados para o nada. Um cheiro de sangue e de merda e de verde, úmido e macio — de vida que se sobrepunha à morte —, entrava-me pelas narinas, enquanto eu andava, os dois soldados legalistas atrás de mim. Eles temiam aquele cemitério a céu aberto, eu quase podia ouvir seus corações acelerados. Não havia ufanismo naquilo, nem coragem, nem brilho. Era só a morte, crua e fátua.

Por um instante, revolvendo com o pé um manto que cobria um rosto, pensei em Caronte. José contara-me do barqueiro. Deveria estar com sua bolsa cheia de moedas, porque eram centenas de cadáveres. Cavalos também, caídos na terra, grandes, pálidas montanhas de carne morta à luz lunar.

Um a um, conforme a cor dos cabelos e a estatura, os dois soldados reviraram os mortos a um sinal meu. A cada rosto, um instante de angústia, um pulo no vazio. E depois, o alívio. Não, não, não e não. Nenhum daqueles era meu José.

Nenhum.

Ave Maria cheia de graça. As palavras saltavam-me da boca como quando eu era pequena e queria muito alguma coisa. Bendita sois vós entre as mulheres.

Mais à frente, outra leva de mortos, caídos entre os pinheirais úmidos de sereno. Este e aquele e aquele ali, de camisa branca. Bendito é o fruto do vosso ventre, Jesus. Não e não, também não. Santa Maria, mãe de Deus.

Eu pulava os corpos. Já um leve bafio se evolava de alguns. Estaria José ali? Os rostos se misturavam. Bocas, olhos, narizes afilados e pequenos.

Bigodes, barbas, dentes, entranhas. Rogai por nós, pecadores, agora e na hora de nossa morte. Escorreguei numa poça de sangue. No escuro da floresta, onde a luz não chegava, o sangue se misturava à terra como água.

Como uma esteira, os corpos se multiplicavam. Fazíamos o caminho inverso da refrega, adentrando a mata. Pios de coruja, o vento farfalhando nas copas dos pinheirais. Alma penada, disse um dos soldados. O outro persignou-se. Eu só pensava em José.

— José, José, José —dizia.

E cada rosto, cada torso que não era o dele, cada morto que ficava para trás me deixava mais aliviada, amém. Ao entrar naquela mata de horrores, eu estava quase tão morta quanto aqueles coitados. Sem José? O que eu faria? Trilhamos por quase três horas. De cadáver em cadáver. Os dois soldados, pálidos de tudo, já quase não podiam mais. Então vi, caído de borco perto de um córrego, um homem de cabelos loiros, compridos. A luz leitosa de um alvorecer ainda muito tímido parecia dançar naquele corpo morto. Senti um súbito tremor, enrolei-me no xale de lã.

Corri até ele, pisando pernas, sangue, vísceras.

Com as duas mãos, agarrei-lhe os cabelos. Era pesado, gemi. Os soldados fizeram menção de me ajudar.

— Não! — gritei.

Se fosse José, somente eu deveria tocá-lo. Tirando de dentro de mim uma força que era um parto ao contrário, revirei o morto. Dois olhos azuis, baços, surgiram diante de mim na manhãzinha.

Eu sorri de alívio.

— Não — disse. — José não está aqui. Ele está vivo. Podemos voltar. Voltamos repisando os mortos, mas eu estava feliz. José estava vivo. Esta certeza iluminava-me como o sol que alvorecia entre fiapos de nuvens. E, se José estava vivo, eu precisava encontrá-lo.

Eu precisava fugir.

Passei o dia seguinte à espreita. Trataram-me com educação pelo meu provável luto. Se o Padilha Rico voltasse, eu teria lhe arrancado os seus dois olhos com estes dedos. Estes dedos que já não são do mundo, mas que outrora acarinharam Rosita até que ela se finasse de doença. Estes dedos que serviram para o amor e para a guerra.

Mas ele não voltou.

A certeza de que José vivia me insuflou coragem.

Tentei pensar com clareza. De dia, não, Anita. Fuja de noite. A voz de José parecia chegar até mim como um sopro. De noite. Não havia dúvida, esperei que a luz se escoasse. Esperei que a madrugasse fosse alta. Esperei que o silêncio reinasse lá fora. Vesti minha velha roupa, as calças da batalha, e tomei o cuidado de amarrar o xale claro, tão bonito, às minhas costas, de modo que não se estragasse na fuga.

Então, deixei a tenda. Eu me arrastava pelo chão sem fazer ruídos, sentindo o cheiro mineral da terra. O soldado que tinha sido posto de vigia dormitava calmamente. Passei por ele, respiração suspensa. Longe, um cavalo relinchava. Avancei. Ao largo, umas macegas balançavam frouxamente, levadas pela brisa. Uma sentinela passou por mim. Vi a sola das suas botas, esperei. O homem sumiu-se na noite. Segui adiante no rumo dos pinheirais. Depois, era o campo dos mortos, e era naquele rumo que eu deveria ir.

Os republicanos tinham recuado para Lajes. Alguém dissera isso sem cuidado, perto da minha tenda. Lajes, eu pensava, arrastando-me no chão como um bicho, empurrando meu corpo com os pés, exausta de medo. Um pouco mais, eu podia ver os pinheirais recortados contra a lua lá na frente. Respirei fundo, prossegui. Um pouco mais, por mim, por José.

Ruídos na noite. Um tropel ao longe. Congelo de medo. E, então, o silêncio outra vez, puro e leve e macio, o silêncio prateado da madrugada me envolve. Eu avanço até o abraço da mata cerrada, e o frio úmido da floresta me protege. Choro de alívio, o rosto colado à terra. Respiro. Agradeço. Ave Maria. Ergo-me com dificuldade. Agora um tremor convulsiona o meu corpo. O medo brotando feito suor escorre pela minha testa, empapa os meus cabelos.

E, então, eu corro.

Corro por quinze, vinte minutos, passo pelos mortos revirados, tropeço neles. Ninguém há de me buscar aqui. Não aqui. Não agora. Depois de algum tempo, as estrelas são encobertas, a luz se apaga. Relâmpagos cruzam o céu. Um temporal de verão abre sua bocarra sobre mim despejando uma chuva grossa, limpa, que afaga os mortos, lava os meus cabelos e desfaz as minhas pegadas.

Agora, nenhum imperial há de encontrar o meu rastro, eu penso, enquanto avanço por aquela floresta gigantesca, brutal, magnífica, mais antiga do que os deuses dos quais José me contava.

Alguma coisa da sorte de José beneficiou-me naquela noite, tenho certeza disto. Pois, caminhando pela densa floresta encharcada de chuva, evitando os moirões, os buracos, despenhadeiros escondidos por trepadeiras floridas, deparei-me, numa clareira, com um belo cavalo branco de crinas cinzentas. Ele estava ali parado como o próprio Pégaso.

Estendi-lhe a mão, avançando lentamente. Se estava ali, era por mim, era isso que eu pensava no meu desespero, na minha esperança, na minha exaustão. O animal ergueu os olhos e me viu. Parada ali, molhada. Uma mulherzinha miúda como um fantasma na noite.

Foi fácil. Segurei-lhe as crinas, afaguei seu flanco quente, palpitante, e pulei por sobre ele como uma menina ainda pequena, sentindo o conforto daquela outra vida, depois de tanta morte, tanto medo, tanta solidão.

— Eita — eu lhe disse, cutucando-lhe a anca com a minha bota.

O cavalo avançou no rumo de uma picada, depois engrenou um trote macio, que foi se aquecendo, seguindo por um caminho denso e misterioso como se o conhecesse de outras vidas. Pensei que talvez o cavalo fosse uma assombração naquela mata que era um cofre de mortos.

Talvez, talvez eu mesma fosse uma assombração.

Talvez apenas José estivesse vivo, forte, bravo, à frente da sua tropa em algum lugar longe dali, e tudo aquilo não passasse da minha própria morte. Da minha passagem pelo Campo de Asfódelos, onde eu deveria permanecer mil anos até ser julgada por todos os erros cometidos.

Neste delírio, segui até o amanhecer, quando me deparei com uma casinhola na floresta. Apeei, amarrei meu cavalo ao tronco de uma árvore, e bati à porta. Uma velha senhora surgiu, enrolada numa colcha. Olhou-me com espanto.

— Não posso receber um homem — ela disse, vendo as minhas calças, as botas negras.

Não titubeei. Abri o xale, a camisa velha, mostrei-lhe meus peitos. Dois peitos de mulher, grandes, pesados, que tinham feito o Padilha Rico salivar de desejo. A velha soltou um risinho.

— Estranhos modos de se vestir, minha filha.

— Sou republicana. Preciso de um pouso. Me perdi do meu marido, que luta com os rebeldes. Uma enxerga e um copo de leite. Não lhe peço mais do que isso, boa senhora.

— Entre — disse-me a velha. — Nunca neguei pouso a uma mulher, se é que alguma me chegou por aqui... Nem me lembro mais — ela riu um riso desdentado.

Deu-me uma caneca de leite morno, pão e uma enxerga à beira do fogo, onde me aqueci, dormindo por algumas horas. Quando despertei, o dia já ia alto no céu. Levantei-me com pressa, ajuntei meu xale. Vi, então, num prego na parede, um poncho branco de seda. O poncho de José!

A velha estava por ali, sovando a massa do pão diurno, quando me aproximei, indicando o poncho:

— Onde a senhora achou isso? — perguntei.

— Junto com os despojos, não muito longe daqui. Uma grande batalha sucedeu há dois dias. — Ela baixou o rosto. — Sou muito pobre, caminhei até o campo, recolhi algumas coisas que os mortos não precisariam mais. Este poncho estava lá, caído na terra.

Toquei-o quase com reverência.

— É do meu marido — eu disse. — José Garibaldi.

A velha arregalou os olhos. As histórias de José já lhe tinham chegado aos ouvidos. Tirei o xale que eu usava e propus-lhe uma troca. Era de boa lã, novo. Eu precisava do poncho para seguir adiante.

— Pode levar, moça — disse a velha, aceitando a troca.

Vesti o pala e saí para a mata. O cavalo esperava-me, pastando mansamente. A velha ficou vendo-me da janela enquanto parti a galope. Cavalguei um dia inteiro, o poncho de José era um sinal. Eu estava no caminho certo.

Decidi que não correria mais riscos, evitando toda a casinhola que cruzasse dali em diante. Eu farejava o ar, eu reconhecia as picadas, eu seguia o meu instinto, pois José era como um norte para mim. Choveu boa parte do dia, e cavalguei na chuva pelos caminhos alagados. Eu buscava o rio Canoas, o burburinho das suas águas, e à noite o alcancei. Na margem cerrada de pinheiros, volumoso, descendo em volutas luminosas, subindo sobre si mesmo num reboliço de águas, o rio recebeu-me.

Mas eu não era a primeira a dar ali.

De longe, vi dois guardas imperiais. Mais além, um piquete. Os guardas estavam de vigia. Eu não podia voltar atrás. Respirando fundo, *pensando em José, José, José, José, agarrei as crinas e aticei o meu cavalo. Passamos pelos guardas em disparada, a luz da lua desenhando-se no costado branco do animal, na seda luminosa do pala de José — eu era uma coisa tão voraz e mutável quanto o próprio rio em cujas águas atirei-me.*

Um dos soldados disparou um tiro. Passou de raspão por mim.

O outro disse:

— É um dos espíritos da floresta, não faça fogo!

E suas vozes subitamente se perderam no turbilhão de água gélida, que venci no lombo daquele animal magnífico.

Depois de oito dias de viagem, entre mortos, tempestades, piquetes e delírios, encontrei as tropas republicanas, que ainda permaneciam em Lajes, mesmo após serem informados de que Bento Gonçalves não poderia lhes enviar reforços para defender a cidade de um provável avanço das tropas do coronel Antônio de Melo Albuquerque.

Na cidade, ainda acuados e temendo um ataque imperial, reduzido que estava o seu contingente, os chefes revolucionários planejavam um jeito de manter a república respirando em terras catarinenses. Avancei pela rua principal de Lajes montada no meu cavalo branco, desgrenhada e sorridente, pálida de fome, pois que eu me alimentara de parcos frutos e de raízes durante toda aquela estranha e misteriosa jornada.

Por onde eu passava, o silêncio se fazia. Um silêncio de reverência, de espanto. Apeei em frente à intendência e um soldado, boquiaberto, ofereceu-se para tomar conta da minha montaria. Ele estivera na peleja de Curitibanos, quase não podia acreditar que me via ali, viva.

Entrei correndo pelo sobrado que servia de quartel-general de Teixeira Nunes. Ao fundo, numa sala grande, as portas abertas para o calor da tarde, vi José sentado com Teixeira Nunes e Rossetti. Tinham um mapa aberto pelo meio sobre a mesa de pinho e falavam gravemente. À cabeceira, vestido de preto e com seus óculos enfiados no meio da cara, Rossetti foi o primeiro a me ver, e isso o emudeceu. Seu silêncio súbito chamou a atenção de Teixeira Nunes, que também levantou o rosto para mim. Foi então que José me mirou...

Seus olhos de melaço estavam tristes, mas se acenderam subitamente quando me viu, como se não pudesse acreditar. Mas era, era eu. José ficou ali, parado, as mãos apoiadas à mesa, sem ação, como que preso a um daguerreótipo desses que existem hoje em dia, onde uma alma se encarcera pela eternidade.

Eu, exultante, avancei sala adentro.

Teixeira Nunes deu um pulo, aproximou-se. Olhou o pala branco, já sujo, meus cabelos desfeitos e baços de pó. Só o que lhe ocorreu perguntar foi:

— Veio como, dona Anita? Desde o Marombas até aqui?

Abri-lhe um sorriso e respondi:

— Ora, coronel. Não sei bem ao certo. Eu vim vindo, vindo... E cheguei.

No instante seguinte, José avançou para mim, agarrou-me forte, prendendo-me entre seus braços. Senti a umidade das suas lágrimas, o mel dos seus beijos. Como um pirata, raptou-me diante dos homens que formavam numerosa plateia a entrar pelos corredores do sobrado, curiosos e pasmos, e levou-me para a casinha que tínhamos ocupado outrora. Lá, na cama cujo conforto eu quase esquecera, saciamos a nossa saudade, demos fim ao desespero que era a dúvida que tínhamos, tanto um quanto o outro, de nos imaginarmos mortos.

— Nem as águas do rio Lete me fariam esquecer vosmecê, José — foi o que eu lhe disse naquela noite.

E ele elogiou-me a memória para as lições que me dava, mas só depois, muito depois de navegar em mim. No meio daquela serra, eu era o mar de José. Ele era o meu feitiço, e disto vosmecês já sabem. Outros contaram, antes de mim. Outros deram nomes aos meus sentimentos, gosto aos meus beijos, voz aos meus soluços.

Mas eu lhes conto agora...

E tudo aconteceu exatamente assim — estes são os nomes, este é o gosto, esta é a voz. A minha voz de vento, sem fim e sem começo. Eterna.

Março de 1850, Tânger

A modorra não lhe fazia bem. Havia noites em que não conseguia conciliar o sono. Caminhava, dava voltas pelo porto, cavalgava até o farol. Nada parecia adiantar. Noite alta, seus olhos abriam-se, espetados de angústia, mirando o teto branco da estalagem, ouvindo as entranhas da velha casa gemer na úmida noite.

Tinha sonhos confusos que o deixavam extenuado. Os ossos doíam-lhe num aviso mudo de que a doença lhe preparava outra crise. Não e não. Tinha suas dores todas em dia. Fiava-as feito uma velha fiava os seus novelos. O estômago pregava-lhe peças, azias, indisposições. Concluíra que era o ócio. Desde os 14 anos, nunca ficara sem ocupação. Os dias inúteis afligiam-no. Não havia no horizonte nenhuma chance de partir. Tinha a ideia de seguir para a América novamente. Mas não para o Sul, para o Norte. O cônsul dos Estados Unidos oferecera-lhe um visto durante a luta em Roma. Não aceitara. Aquela guerra era sua como o coração que lhe batia sob o peito.

Mas agora conjecturava, rolando na cama. Os Estados Unidos eram um país jovem. Ele precisava de juventude. A criada de olhos escuros que o espiava de longe era jovem, devia ter a carne macia, o ventre quente... Ainda não. Revirou-se na cama, como se sentisse o espectro de Anita a mirá-lo no escuro, enciumado. Ainda não, ainda não podia.

Era estranho, quando estavam casados, não lhe fora fiel. As moças ansiavam pelo corsário de cabelos de ouro, jogavam-lhe flores quando passava pelas pequenas cidades italianas. Moças bonitas, loiras, morenas, de olhos negros, verdes, lilases como orquídeas.

Não fazia isso sempre... Uma vez ou outra. Era homem, afinal. E a guerra despertava-lhe uma ânsia de vida, uma tormenta interior que somente o sexo podia aliviar.

E houvera Lucía Esteche. No Uruguai, em Santa Lucía de los Astos. Ela também era loira. Seus pelos pubianos, fartos, pálidos, cheiravam a manteiga e a cravo. Mas Anita quase o matara. A arma engatilhada, os olhos de puma, cercara-o no pátio em Montevidéu.

Lembrando-se daquele dia já perdido no tempo, ele riu na noite africana, riu com gosto. Tinha amado Anita aquela noite, amara-a por sua fúria, seu ciúmes irracional. Anita era um bicho, e ele, Giuseppe, era a sua única gaiola.

Lembrava-se do dia em que Anita voltara de Curitibanos... Tinham-na dado como morta. Ele sofrera grandes padecimentos. Montara um piquete com homens da sua confiança, preparava-se para ir atrás da mulher no acampamento imperial. Depois da tropa dizimada na batalha contra Melo Manso, recuperavam-se em Lajes. Teixeira Nunes queria partir para Vacaria. Mas ele insistia... Anita. Voltaria ao rio Marombas com dez homens. Voltaria para recuperar Anita.

Nos olhos do Gavião, até nos olhos de Rossetti, ele lia a verdade. Anita estava morta. Não havia outra possibilidade plausível. Então, naquela tarde de meados de janeiro, quando discutia sua teimosa sortida até o Marombas, quando argumentava que sem Anita não arredaria pé da serra, a mulher adentrara a intendência como um sopro.

Como uma espécie de alucinação coletiva.

Magra, bonita e suja. Um sorriso exultante pendurado do rosto.

Os homens a olharam como a uma aparição. Ele sentiu o sangue correndo nas suas veias, o membro duro, a saliva na boca. De repente, não havia mais sala, Gavião, Maromba, mapas, Luigi, verão, república. Na frente do seu coronel, ele agarrou Anita pela cintura, meteu-lhe a língua pelos lábios desfazendo seu sorriso de júbilo, e beijou-a com fúria, suas lágrimas misturando-se com a saliva dos dois.

Deitado ali, ele gemeu no escuro, na cama estreita da pensão. Levantou-se, olhou as estrelas no céu frio e plácido. Duas da manhã. Ainda faltava muita noite pela frente. Caminhou pelo quarto, sentindo as juntas, atiçou o fogo, acomodou-se na cadeira, aquecendo os pés descalços na lareira crepitante.

Havia uma fábrica de velas que ficava numa ruela lateral do porto, perto da muralha. Tinha ido até lá cerca de uma semana atrás, oferecera-se para o trabalho.

— Amanhã voltarei— disse como se falasse com Anita, como se ela ainda estivesse ali, pequena, jovem e apaixonada. — Amanhã... — ele repetiu.

Dormiu sentado na cadeira, sentindo o calor bom que lhe subia dos pés.

Era um homem de palavra firme.

No dia seguinte, voltou à fabriqueta. O emprego era dele. Começou a trabalhar pelas manhãs. À tarde, cavalgava, pescava, fazia longas caminhadas. As memórias, que ele escrevia à noite, cresciam. Enquanto caminhava, punha as ideias em ordem, sopesava as lembranças, dissecava os sentimentos. Era estranho que tivesse tempo para dissecar sentimentos quando outrora mal conseguira enterrar os seus mortos. Deixara Anita em Mandriole sem uma cova, e às vezes lembrava-se disto subitamente. Esta lembrança doía-lhe como um soco no estômago.

Algumas semanas passaram-se, e abril amenizou as chuvas em Tânger. Trabalhava com o velame na pequena fábrica de um árabe gordo, mas não pelo dinheiro. O salão onde as velas eram feitas era abafado, desagradável e oprimido por um bafio que cheirava a cola e a madeira lixada. Trabalhava porque, manuseando as velas, correndo seus dedos pelo pano branco e grosso, sentia-se mais perto do mar.

Vela latina, vela quadrada, vela ao terço. Agora o mar era para ele o pano branco, infinito, que rolava em ondas sobre as imensas mesas de corte.

Ele navegava ali.

Navegava as suas lembranças.

Na pensão, com o corpo dolorido e a alma leve, colocava tudo no papel, enquanto a primavera se engendrava lá fora.

Nunca fora bom com a palavra escrita. Em Roma, seus discursos tinham nascido da alma. Dizia-os de improviso, escutando a voz do seu corajoso e torturado coração.

Porém, ali em Tânger, escrever tornara-se imperioso. Lembrava-se de Anita e queria registrá-la no papel. Cometia erros de pontuação, deixava certas frases sem terminar, misturando palavras em espanhol e em francês com o seu dialeto de Nizza.

Tivera muitas línguas na vida... Ainda sabia falar o português com o qual fizera a corte à Manuela de Paula Ferreira, a sobrinha de Bento Gonçalves. Mas, ao escrever, naquelas noites úmidas do porto africano, era em Anita que ele pensava.

Sempre nela.

Embora fosse impossível reviver o passado, o seu coração ainda estava fechado para outras mulheres.

Elas o olhavam na rua. A criada morena sorria-lhe pelos corredores, convidava-o com meneios de quadril ao velho jogo da vida. Talvez, ele pensava, olhando o fogo com as páginas rabiscadas ao seu redor, espalhadas pela mesa em que trabalhava. Talvez, um dia desses... Não era amor. Era apenas a vida que ainda se acendia nele, intermitente, teimosa, como uma bandeira tremulando num mastro velho.

Arredores de Setembrina, primeiros dias de abril, 1840

Dez dias depois da súbita aparição de Anita em Lajes, os republicanos deixaram a cidade, acrescidos do que sobrara das tropas do coronel Aranha, que chegaram na calada da noite depois de algumas refregas com piquetes imperiais espalhados pela serra. A situação era insustentável, e Bento Gonçalves não poderia enviar reforços, visto que as coisas no Rio Grande também andavam malparadas para os republicanos.

Tinham saído de Lajes havia um dia. As picadas serranas, úmidas, resvaladiças, estavam coalhadas de pequenos grupos imperiais. Atacavam de surpresa, e os gritos das refregas perdiam-se, subiam para o céu imenso, ecoando pelos caminhos.

Não tinham comido nada, não havia provisões. Bebiam a água límpida dos córregos gelados, seguiam em frente num avanço difícil. Não passavam mais do que dois cavaleiros por aquelas picadas estreitas como veias, a bocarra da serra abrindo-se de repente, prestes a engolir homens e cavalos e sonhos.

Anita estava cansada, dolorida, faminta. Sua mente vagava para os últimos dias em Lajes, no conforto de uma casa, quando se dera conta — como uma revelação — de que vinha carregando, desde antes da batalha do rio Marombas, um filho de José no seu ventre. Suas regras estavam atrasadas, nem sabia há quanto tempo... A vida tornara-se uma sucessão de refregas, de noites roubadas à morte, cheias de gemidos, gozos, medos, esperanças, planos. As pequenas coisas com as quais contara o tempo outrora — a lua, as regras, a missa na igrejinha de Laguna —, tudo isso tinha ficado para trás. Assim, o filho imiscuíra-se às suas carnes quase em segredo, sem alardes, sem que ela chegasse a percebê-lo.

Um filho!

No lombo do cavalo, vendo o perfil de José, sério, silencioso, recortado contra o verde da mata, a tropa de trezentos homens espremida numa interminável fileira de almas descendo os caminhos ardilosos da serra, Anita acariciava o seu segredo. Antes de partirem de Lajes, José e ela tiveram uma conversa. Ele entrara no pequeno quarto, entrara como um raio, olhando-a de cima e dizendo com sua voz macia, pesarosa:

— O sonho da República Juliana acabou, Anita.

Ela já sabia que a partida era iminente. Olhando-o naquele dia, pensou que José parecia um menino triste, que tomara uma carraspana ou que tirara uma nota ruim na escola. Estava abatido. As últimas derrotas, o seu desaparecimento durante a luta com Melo Manso, tudo contribuíra para que estivesse irritado, inquieto demais.

Cavalgando por entre o matagal, perseguida pelos mosquitos e pela vontade de comer uma fruta fresca, beber um copo de leite, ela ainda ouvia José lhe dizendo:

— A República catarinense virou um peso a mais quando era para ser o respiro que nos faltava, Anita.

Naquele dia, véspera de deixar Lajes, véspera de deixar a sua terra, o lugar onde crescera e vivera até então, Anita pensara em contar a José. As palavras dançaram na sua boca, fazendo-lhe cócegas.

Um filho. Estou grávida, José.

Mas não. Dormiram em silêncio.

Num alvorecer nebuloso, a neblina subindo do chão como a respiração da própria terra, partiram para Vacaria. E ali estavam agora, marchando, marchando. Era uma marcha amargurada. A República Juliana ficara para trás, desenhada e abandonada a preço de sangue.

Depois de três dias, as tropas finalmente alcançaram Vacaria. Lá, carnearam bois e mataram a fome dos homens. Anita dormiu uma noite sentindo o estômago cheio e o peito serenado. Estranhava aquela nova criatura, ainda impalpável, escondida no cofre do seu ventre. As coisas mudavam sutilmente para ela. O vento tinha odores novos, a carne suculenta era como um beijo, o sono era pesado, denso, delicioso.

José olhava-a às vezes. Como se pressentisse.

Anita desviava os olhos, enfiada em novos silêncios. Era sempre a primeira a levantar ao alvorecer, saía da barraca, arranjando ocupação que a fizesse útil, pois temia que a gravidez pudesse apartá-la do seu homem. Agora sou duas vezes dele, pensava, tocando o ventre ainda liso sob a camisa larga, velha, que usava nas cavalgadas sob a calça de sarja.

Em Vacaria, Teixeira Nunes ordenou que Giuseppe Garibaldi e os setenta homens da sua infantaria marchassem para Setembrina ao encontro de Bento Gonçalves. O próprio Teixeira seguiria para lá com a cavalaria alguns dias depois.

Venceram a serra do Espinhaço, seguiram pelos campos. Tudo era um eterno repetir-se para Anita. Cavalgadas, pequenas escaramuças, a fome, o silêncio das noites que começavam a esfriar, José enroscado no seu corpo, a língua quente na sua boca... Depois, o sono denso, macio, vazio de tudo aquilo que não fosse o calor de José.

Anita não contou os dias.

Setembrina surgiu-lhes num alvorecer, pequena vila à sombra de morros baixos, verdejantes contra o céu ainda pálido. O ar úmido dos primeiros amanheceres de outono despertava em Anita a vontade de encontrar um pouso, de se aquietar à espera do frio que logo viria.

Mas ela sabia que era cedo. Sabia que estavam ali por pouco tempo, e acomodou-se na pequena casa de telhas escuras que lhes destinaram sem atentar aos confortos — a cama, o forno de barro, a banheira de lata. Era tudo passageiro, tudo. Enquanto desfazia a trouxa com os poucos pertences que tinham, olhou José tirando as botas enlameadas. Descansaria um pouco antes de ir ao encontro de Bento Gonçalves da Silva, que deixara a presidência da República para Domingos José de Almeida, e agora era comandante em chefe das tropas farroupilhas.

Tudo era passageiro, ela sorriu, encostando-se à parede do quarto. Tudo.

Menos José.

Bento Gonçalves estava parado em frente à mesa na sua sala, usando o uniforme escovado por Congo, um negro que era seu ajudante e também a sua sombra. Embora fosse alto, espadaúdo e bem-apanhado, o estancieiro gaúcho que ousara desafiar o imperador exibia um cansaço que lhe nublava os olhos castanhos. A guerra já levava cinco anos, e cinco anos era muito tempo. Um soldado abriu a porta para o grupo de homens que aguardava lá fora, e Bento Gonçalves aprumou-se serenamente.

Entraram um a um. Canabarro, Corte Real, Antônio Netto, Crescêncio, Lucas de Oliveira, Teixeira Nunes, Rossetti e Garibaldi. Ao ver os seus homens reunidos ali, Bento Gonçalves encheu os pulmões de ar e, parecendo expulsar toda a fadiga com um único gesto, bateu as mãos na mesa, dizendo:

— Senhores, chamei-os aqui porque temos que acabar com esta indecisão da sorte. Precisamos de uma vitória contra os imperiais.

Lá de fora, vinham os sons abafados da manhã de Setembrina. Um sino tocou chamando para a missa, e subitamente Garibaldi recordou-se de que era domingo. Não contava mais os dias, sabia que tinham adentrado o outono.

Os chefes republicanos estavam em torno da mesa de pinho, esperando por Bento Gonçalves. Ele prosseguiu:

— Vejam — disse, correndo o dedo por um velho e manuseado mapa. — O Manuel Jorge, comandante de armas do Império, está aqui, no morro da Fortaleza. Tem 3 mil homens. Fiquei sabendo disto por um informante. Eles acamparam no morro. O plano é esperar as forças do Calderón e fazer uma junção.

Teixeira Nunes adiantou-se:

— Mas com isso serão 6 mil homens, Comandante.

— Exatamente — disse Bento. — Minha ideia é a seguinte: vamos também juntar as nossas tropas por lá. Nos reuniremos nas redondezas e atacaremos antes que eles nos ataquem. É arriscado, mas...

— Mas precisamos de uma vitória — atalhou Canabarro, coçando o queixo.

Garibaldi olhou o outro de soslaio. Tinha matado o padre Cordeiro, tinha ordenado o ataque à Imaruí. Garibaldi dera-lhe vitórias que ele não soubera manter. Respirou fundo, tentando deixar sua raiva de lado e concentrar-se na voz grave de Bento Gonçalves:

— Teremos uma vitória, senhores. Vosmecê, general Netto, vai com suas tropas, reunindo gente pelo caminho. O Teixeira e os Lanceiros o acompanharão. Eu sairei de Setembrina em dois dias, com o Garibaldi, o Lucas, o Canabarro e o Corte Real.

— Está certo, Bento — disse Netto.

— Quanto a mim — prosseguiu Bento Gonçalves — saibam que se eu não le encontrar no morro da Fortaleza dia 25 deste mês, é porque os legalistas me derrotaram. — Pigarreou, e abriu um sorriso: — Se eu estiver lá, nós os derrotaremos.

— Assim, será — concordou Antonio Netto, olhando os presentes com seus límpidos olhos azuis.

Anita tinha acabado de preparar a sopa quando ele entrou. Sentou-se à cabeceira da mesa simples, olhando-a com aqueles olhos de trigo, e todo o vento do mundo que parecia soprar dentro deles. Ela serviu-lhe um prato e colocou a sopa fumegante à sua frente.

— O que queria o Bento Gonçalves?

— Partimos amanhã, *carina* — ele disse. — Vamos atacar os imperiais no Morro da Fortaleza. Para fazer isso, temos que alcançar a colônia alemã e marchar até o Caí.

Anita viu José comer. Ele mastigava com calma, olhando a sopa como se ela pudesse lhe dizer algum desígnio de futuro. Ela também se serviu e comeu. A nova fome que a habitava era caprichosa, rebelde. Depois de cinco colheradas, sentiu enfado e empurrou o prato. José estava estranho.

— O que le passa, José?

Ele olhou-a:

— Vai ter uma eleição para deputados. Mas só votam aqueles que têm renda alta, os estancieiros. Negros, estrangeiros, a soldadesca que faz a guerra, esta não pode votar.

— Bento Gonçalves é homem rico — disse Anita. Não gostava do Bento, mas era por causa da sobrinha. Mas ele era rico, era dono de muita terra, muitos escravos, gado a perder de vista. — Nós somos pobres, José.

José sorriu para ela:

— A pobreza liberta, Anita. Quero uma república para o povo, eu luto pelo povo. — Acabou de comer, recostou-se na cadeira e disse: — Amanhã partimos de qualquer modo. Vosmecê deveria ficar aqui, descansar um pouco.

Anita sentiu o rosto afoguear-se. O tempo passava. Era possível que ele não notasse a mudança, o dilatar do seu ventre, a cintura alargada, a fome? Olhou-o com calma e falou:

— José, estou grávida. Pelas minhas contas, a coisa aconteceu no final do ano, em Lajes. Sei que teremos um filho na primavera. E, com este filho no ventre, eu vou com vosmecê para o Morro da Fortaleza.

Ele olhou-a. Por alguns instantes, permaneceu em silêncio, absorvendo as imagens que aquelas palavras criaram nele. Um filho. Uma criança. Pensou em sua infância à beira do mar em Nizza, com quatro irmãos, pensou no pai e na mãe, Rosa. Anita estava grávida, ele mastigava as palavras. E, como que tomado por um desespero doce, pisado e eufórico ao mesmo tempo, ergueu-se da sua cadeira e abraçou-a com força, pensando que agora não era só a república que importava.

— José... — ela disse. — Um filho.

— Um filho — respondeu José. — As coisas mudam completamente agora, Anita. Vosmecê precisa se cuidar melhor, *carina*, precisa de descanso.

Anita balançou a cabeça, negando:

— Oh, não. Nada vai mudar. Amanhã partiremos cedo!

E, melindrada, nervosa, presa de uma felicidade que também era um medo, soltou-se do homem loiro que a olhava de um modo tão raro, e pôs-se a recolher a mesa, a lavar os pratos. No dia seguinte, viajariam muito cedo, e ela queria deixar tudo como tinham encontrado.

As tropas partiram de Setembrina para alcançar o Caí. A travessia do Vale dos Sinos foi uma marcha de fome. O vale era dividido por alemães que apoiavam a revolução e por outros que eram legalistas. Mas todos estavam imersos na mesma pobreza. Nada havia para comer, e as tropas marchavam com extrema dificuldade, atravessando as lavouras devastadas, as cidadezinhas empobrecidas, onde os colonos se fechavam nas suas casas, receosos de terem de entregar aquilo que não tinham nem mesmo para os seus filhos.

Anita aguentou a fome. Tocava o ventre, levemente dilatado, pensando na criança. Coitadinho, enrodilhado nas suas tripas ocas. Ela sentia uma tontura estranha, quase doce. Garibaldi marchava a seu lado, preocupado, mas sem dizer uma palavra. Se ele a olhava de esguelha, Anita desviava o rosto. Temia que a deixasse, que alegasse que o filho precisava de repouso, de carne e de pão. Nunca se queixava da fome.

Certa noite, viu dois soldados cavando um buraco no chão atrás de tubérculos. O acampamento estava quieto, e Anita, insone, caminhava sob a luz fria das estrelas. Os homens cavaram em busca das raízes, limparam-nas.

— É mandioca — disse um deles.

Riram alto, riam de alegria. Com a adaga, tiraram a casca dura e comeram as raízes daquele jeito mesmo, cruas. Anita, que passava por ali, escutou quando um deles a chamou:

— Senhora, achamos mandioca. Quer um pedaço?

Eram todos gentis com ela. Todos eles, centenas de homens broncos, pobres, que não podiam votar naquela república pela qual lutavam. Anita sacudiu a cabeça, tocada pelo gesto deles. A fome apertava-a, mas não, ela estava bem. Agradeceu-lhes rapidamente e tratou de ir dormir na pequena barraca que improvisara com José.

No dia seguinte, quando levantaram, os dois homens estavam mortos. Anita ouviu dizerem que tinham vomitado sangue durante a madrugada.

— Comeram mandioca-brava — disse um dos soldados.— Morreram envenenados.

Ao seu lado, José cavalgava sem saber o quão perto de morrer Anita tinha chegado naquela noite de silêncios, noite fria de abril. Pois ela quase estendera o braço para pegar um pouco das raízes. Quase. A fome deixava a gente louca, pensou Anita, cavalgando na manhã, no rumo do Morro da Fortaleza, com mais de 2 mil homens avançando pelo Rio Grande.

Naquele mesmo dia, aproximaram-se do rio. Anita ouviu Corte Real dizer para José:

— Cruzar o Caí vai ser brabo.

Ele era moço e bonito. Anita olhou-o outra vez. Havia um estranho halo ao redor da sua cabeça bem-feita, de bastos cabelos escuros. Ele vai morrer, ela pensou. Não hoje, mas nesta guerra. Ele vai morrer. Todos os outros vão morrer. Centenas deles. Mas José seguirá vivo porque os deuses o amam. As balas não tocam a carne de José, ele é imune à guerra.

Agora ela tinha pensamentos estranhos. Às vezes, achava que era a criança, noutras, sabia bem que tudo aquilo não passava de fome. Não aceitava um gesto de gentileza dos homens da tropa, porque não queria ser considerada fraca. Mas tinha receio de Bento Gonçalves. Se ele olhava-a, desviava o rosto com altivez.

Está me comparando com a sobrinha, com a Manuela, a outra.

Cavalgou ao lado de José durante toda a travessia, marcharam pelo Portão e chegaram até a beira do rio Caí. Embora esperassem luta, uma tropa bem armada de imperiais estacionada à margem do Caí, havia ali um piquete de uns sessenta homens, e foi fácil desbaratá-los. Trocaram alguns tiros, os soldados, quase todos alemães recrutados à força pelo Império, sumiram e embrenharam-se na mata cerrada, deixando livres as águas castanhas e turbulentas do rio para as tropas comandadas por Bento Gonçalves.

Numa noite, acampados, chegou um tenente com notícias do inimigo. Veio cavalgando horas sem parar, escondendo-se pelos caminhos para fugir dos piquetes imperiais. O uruguaio Calderón, nome importante nas linhas inimigas, morrera, fulminado por uma apoplexia. Dizia-se entre os legalistas que o homem tinha sido assassinado. Boatos circulavam. Bento Gonçalves cuspiu no chão e disse:

— Os chefes republicanos não usam destes ardis. Eu mesmo me escapei de morrer envenenado no forte de São Marcelo quando fui prisioneiro do Império. Nos acusam?

— Dizem de tudo — respondeu o tenente.

— Vão ver do que somos capazes é na ponta da nossa espada. O Netto e seus homens devem estar chegando. Amanhã estaremos no Morro da Fortaleza. Os imperiais não nos esperam. Que enterrem o velho brigadeiro, o Calderón. Logo, terão outros mortos, centenas deles.

Naquela noite, Anita sonhou com a guerra. Degolas, sangue, gritos. No sonho, alguém lhe depositou um bebê nos braços. Era pequeno, rosado e macio.

Ela acordou sobressaltada, sentou-se no escuro. Giuseppe remexeu-se ao seu lado:

— O que foi?

— Tive um pesadelo, José. Volte a dormir.

— E a criança? — A voz dele era um suspiro.

Anita respondeu:

— Ela ainda não existe, José. Por enquanto, sou só eu. Eu e a minha carabina. E amanhã lutarei ao seu lado.

No dia seguinte, reúnem-se as tropas republicanas no alto do Morro da Fortaleza, perto do rio Taquari, em cuja orla estão os batalhões imperiais. As fileiras de Bento Gonçalves encontram-se em posição privilegiada. São 6 mil almas. Mil homens de infantaria e 5 mil cavalarianos da República Rio-grandense contra os 7 mil soldados do Império sob o comando de Manuel Jorge. A batalha que se anuncia é de uma proporção que nunca se viu no continente do Rio Grande.

As tropas começam a tomar posição de combate. Os soldados de Bento Gonçalves ainda sentem fome e sede depois da difícil marcha pela colônia alemã, mas estão prontos para a guerra. Soam os tambores dos Lanceiros Negros do Gavião, cujas lanças, erguidas para o céu, demonstram o estado de espírito das tropas revolucionárias, sua sede de vitória. Anita está lá, em meio às tropas, de arma em punho, corajosa, nas linhas de fundo, porque mais do que isso não ousa pedir a Giuseppe. Também será dela a tarefa de cuidar dos feridos.

Sempre há feridos, ela pensa, olhando os homens, tão parecidos com meninos na euforia que precede as batalhas, ouvindo o discurso do comandante em chefe, Bento Gonçalves, que conclama todos à luta. Anita também escuta as palavras de Bento. Ele fala bem, mas lhe falta a paixão que José saberá usar anos depois, na Itália. Anita ainda não sabe da Itália, não sabe de muitas coisas... Ela leva a mão ao ventre, discretamente. Terá um filho. Não falta muito, carregará em seus braços o rebento de José. Ela olha as hordas lá embaixo, riscos de cor em meio à vegetação e à luz prateada do alvorecer que dança nas águas do Taquari, e pede com fervor que a morte não venha de lá. Que José siga inviolável, tocado pelos deuses.

Quanto aos outros, centenas, milhares de rostos que a cercam — faces jovens, velhas, marcadas pelo sol e pelo vento, olhos azuis, pretos, indiáticos, peles tostadas de sol ou negras como o ébano, barbas, bigodes, uma amostragem tão farta de feições e de cores e de sorrisos e de esperanças — quanto a eles, haverá de cuidá-los como filhos. Como se fossem todos o seu filho.

Agora ela pensa assim todo o tempo. Os homens a querem bem, Anita sabe disso. Alguma coisa de José ela possui, uma capacidade empática, uma afetuosidade natural, mesmo que não seja dada a sorrisos vãos.

Sim, os homens a querem e a respeitam.

A mulher do italiano, a Anita.

Ela sorri, montada no seu cavalo. Ana Maria de Jesus morreu. Agora ela é Anita Garibaldi.

Bento Gonçalves termina de dar suas ordens. As tropas batem com as lanças no chão.

— À liberdade — ele grita e ergue o braço.

— À liberdade — urram os homens, 6 mil brados no ar.

Os planos para o ataque foram traçados. A brigada dos Lanceiros Negros, sob o comando de Teixeira Nunes, descerá o morro e cairá sobre a direita do inimigo; a infantaria de Garibaldi virá em seguida, fechando-os pelo outro lado. O general Netto deve romper o fogo dos imperiais, que têm três bocas de canhão à margem do rio, atacando bem de frente, avançando pelo arroio. Depois, todo o centro da tropa se lançará sobre os imperiais, num grande, monstruoso movimento de ataque.

As armas reluzem na manhã eletrizada pela expectativa da violenta batalha. Nos olhos dos homens há coragem e há medo. A morte ronda por ali, passeia pelas margens do rio, Anita pode senti-la como sente a vida no seu ventre, palpitando placidamente.

Soa o sinal da corneta. Teixeira Nunes desce o morro com seus homens num grupo cerrado de lanças em riste. Eles não galopam, voam. Teixeira agora é o pássaro cuja alcunha lhe deram — o *Gavião* — avançando célere sobre o inimigo, os gritos ecoando na manhã, assustando o silêncio, espantando o medo.

No alto do morro, Bento Gonçalves e os outros chefes observam o avanço. E então, quando já estão os cavaleiros lá na frente e os primeiros movimentos de embate sucedem — gritos, lanças chocando-se, cavalos em torvelinho levantando terra, tiros, sabres brilhando na luz baça —, os imperiais parecem recuar num movimento único, sincronizado, estranho.

A guerra é uma coisa orgânica, Teixeira Nunes sente-a nas vísceras. Sabe que já está muito afastado da grande massa de republicanos, e não quer ser cercado pelos imperiais como em Curitibanos. Ao recuo das tropas de Manuel Jorge depois de um primeiro embate, ele responde com um recuo também, voltando a galope para o morro, seguido dos homens que resistiram a esta primeira refrega.

Ambos os lados congelam seus movimentos. Os chefes confabulam por um momento, traçam nova estratégia de ataque. Agora é Netto quem avança sobre os imperiais com seus homens em formação fechada, espadas em punho. Outra vez, depois de pequenas escaramuças, há um recuo do inimigo, que vai cada vez mais para perto do rio.

A batalha arrefece, e Netto conduz os homens de volta ao Morro da Fortaleza. Ali, os chefes republicanos confabulam. A maioria é de opinião que se deve atacar com todas as tropas num movimento único e certeiro.

— Se formos agora, podemos vencê-los — diz Canabarro.

— Estamos em excelente posição — acrescenta Lucas de Oliveira.

— Vamos decidir a parada agora mesmo — diz Corte Real, com a sua juventude brilhando impetuosamente na manhã.

Bento Gonçalves titubeia. Ele não tem certeza. Olha os chefes republicanos um a um. A responsabilidade é dele, a decisão é dele.

— Aqui estamos bem — ele fala por fim. — Mas, se descermos para o rio, lutando em meio às árvores, podemos ser esmagados. Eles têm a maioria, e o Manuel Jorge é bicho experimentado. Alguma coisa ele está armando. Devemos esperar até amanhã — finaliza Bento, sério, olhando pelo binóculo a grande mancha azul do exército imperial.

Os homens se revoltam. Vozes erguem-se no ar da tarde. Giuseppe Garibaldi nada diz. Não gosta de batalhas perdidas, mas quando entra numa guerra é sempre para o tudo ou nada. Ele atacaria se fosse o comandante. Ele desceria o morro com as 6 mil almas e lutaria até o último sabre, até o último homem. Mas Bento Gonçalves diz que não, e Bento é o comandante em chefe. Garibaldi vê nos olhos de Netto, nos olhos de Teixeira Nunes, a revolta dos que pensam como ele. Mas todos aquiescem, todos obedecem a hierarquia militar.

A noite cai, despejando um sereno grosso sobre o Morro da Fortaleza. As tropas dormem ao relento, os cavalos relincham inquietos. Anita e Garibaldi têm uma pequena tenda, uma enxerga onde se apertam no calor um do outro. Faz frio, um frio úmido que se condensa numa cerração fechada, que apaga o mundo, que borra o contorno das coisas mais próximas.

Anita espia a noite e diz:

— Não gosto disso... Desta neblina.

— Amanhã poderemos acordar cercados pelo inimigo — responde Garibaldi, aquiescendo. — Bento Gonçalves é um homem de coragem, um chefe honrado. Mas ele não tem sorte.

— Sorte? — pergunta Anita, com um sorriso, voltando-se para o marido.

— É preciso sorte nas batalhas, Anita.

Ela olha José deitado na enxerga, enrolado no poncho de lã vermelha, seus cabelos de ouro pálido formam cachos graúdos, sedosos. Ela sorri, aproximando-se dele, e diz:

— A sorte é um presente dos deuses, José. Não é para qualquer um.
Ele ri, enlaçando-a.
— Só nós temos sorte, Anita *mia* — ele diz, entre beijos. — Só nós.

Na manhã seguinte, a surpresa: durante a noite, sob o manto da neblina, o exército imperial de Manuel Jorge tratou de buscar melhores posições, cruzando o arroio e indo postar-se nas afóras da vila de Taquari, emboscado no arvoredo.

Do alto do morro, não se vê nada. A névoa é densa, cerrada. A notícia, que corre como um rastilho de pólvora pelos homens inquietos, veio de um dos lanceiros de Teixeira, encarregado de espionar as hordas imperiais. Agora, o inimigo está numa posição muito mais privilegiada do que eles, e o ataque exporá o exército republicano. Perdeu-se a chance de uma arremetida no dia anterior.

— Eles seguem recuando, general — disse o negro, batendo continência.

Bento Gonçalves dispensa o soldado.

Teixeira Nunes desvia os olhos. Suas retinas brilham de ódio, ele queria a batalha, ele teria ganhado a batalha. Bento Gonçalves olha o campo em frente. Até perder de vista, tudo está sob um manto de espessa bruma, como um cobertor olímpico cobrindo a região, escondendo árvores, cavalos e homens. Um fiapo do Taquari é o que se pode ver ao fundo, um brilho de água e o azul do movimento da soldadesca imperial. Sob o abraço da neblina, as tropas de Manuel Jorge recuam paulatinamente.

— Malditos — diz Bento, em voz baixa, controlada.

— O que faremos agora? — pergunta Canabarro, sem disfarçar a revolta. — Perdemos a nossa chance de um ataque vantajoso.

Bento Gonçalves olha-o com um desdém quase palpável. Depois, vira-se e entra na sua tenda. Precisa, mais do que qualquer coisa, pensar em paz. Ficar sozinho.

Uma hora mais tarde, a cerração começa a dar trégua. Tinham vindo até ali com extremo sacrifício. Os homens haviam passado fome, sede, uma exaustão tremenda. Precisavam pelear. Fechado na sua tenda, Bento Gonçalves pondera, o peso da República tinge de branco a sua barba bem aparada. O ataque, mesmo que em circunstâncias mais desfavoráveis, é a única alternativa que eles têm. Precisam impedir que o exército de Manuel Jorge atravesse o Taquari e saia ileso da região.

— Vamos pegá-los, nem que seja pelo tornozelo — diz Bento, em voz baixa, erguendo-se de súbito.

O negro Congo, que está num canto, preparando o mate para o general, olha-o de soslaio, quieto como uma sombra.

— Que todos combatam como se tivessem quatro corpos para defender a pátria, e quatro almas para amá-la! — grita Bento Gonçalves, montado no seu cavalo, em frente aos 6 mil homens que vão descer o Morro da Fortaleza no rumo do Taquari.

O sinal é dado. Soam os clarins. Os cavaleiros correm como o vento pela planície recoberta de vegetação baixa. Descem em direção à vila, em direção ao fogo cruzado, ao cuspir incandescente dos canhões imperiais.

A batalha é dura, cruenta, perigosa. O inimigo, superior em número e em armas, faz grandes estragos no primeiro batalhão de infantaria. A floresta enche-se de fogo, de chamas, de fumaça negra e espessa. A floresta enche-se de morte. Árvores são despedaçadas na refrega, e desabam sobre homens e cavalos. Gritos de pavor ganham o ar. Os mortos caem de um lado e do outro, pisoteados pela cavalhada, pelas botas dos infantes, esmagados contra o barro vermelho e vivo. A luta deixa uma trilha de mortos até a ribanceira do Taquari.

O tempo escoa entre adagas e carabinas e lanças em riste. Anita combate nas últimas fileiras. Quando começam a chegar os feridos, ela coloca as armas de lado e assume o papel de enfermeira. A noite subitamente desce sobre o campo e a floresta, escondendo a orla do rio. Manuel Jorge, protegido pela escuridão, ordena que as tropas terminem a retirada, que cruzem o Taquari na maior ordem possível, deixando atrás de si um cenário de destruição.

Os cabelos presos, as mãos doces, Anita cuida dos feridos. São centenas de homens deitados no chão sob o sereno da noite de começo de maio. Ela tem pouco mais do que água para tratar o que lhe aparece. Feridas fundas, membros destroçados. Ela reza com os homens, segurando a mão dos desenganados. Ela reza sozinha, correndo de lá para cá com baldes, ataduras, ervas. Ela reza o tempo todo, como rezou em Curitibanos revirando mortos pela madrugada.

Mas agora José está vivo.

Anita também agradece nas suas orações. Agradece aos deuses que o protegem. A carne de José é como se fosse mármore. José vem e vai trazendo os feridos. Sujo, faminto, tem um pequeno corte na testa como sua única marca da batalha. Falam-se rapidamente na faina de tratar os convalescentes, de enterrar os mortos.

— Mais de mil — diz-lhe José, olhos baixos.

Uns têm sorte, Anita pensa. Outros não. Mais de mil mortos, quinhentos de cada lado, uma conta alta. E as linhas inimigas cruzaram o Taquari e sumiram. Uma batalha tão violenta, ela pensa, e nem se pode dizer que houve um vencedor.

— Os imperiais escaparam. Agora contarão por aí a versão deles — é o que ele diz cuspindo no chão.

Ele jamais colocará em palavras o que sente. Talvez, talvez fale com Rossetti quando as coisas se acalmarem um pouco. A República não vai bem. O futuro é incerto. O ano de 1840 tem sido terrível para os rio-grandenses. Garibaldi acha que Bento Gonçalves titubeou. Um comandante não pode hesitar, não pode! Um comandante é como um deus; ele deve ter as certezas que tem um deus. Recolhendo as armas e os mortos, andando na noite escura e fria, enquanto os imperiais escorrem pelas margens do Taquari, sumindo na noite densa e fria, Giuseppe Garibaldi sente no peito uma nova inquietude, uma angústia que ele ainda não ousa nominar.

Ainda não.

Com a fuga dos imperiais, só restava aos republicanos voltar pelo mesmo caminho de onde tinham vindo e retomar o cerco à capital, Porto Alegre. A capital rio-grandense tinha sido território republicano apenas no começo da revolução; desde então, os farroupilhas faziam-lhe cercos intermitentes, na esperança de recuperá-la do Império.

A manhã tímida de outono ainda não se instalara completamente quando Garibaldi preparou-se para deixar sua tenda, com Anita dormindo. Ela cuidara dos feridos até quase o alvorecer, trocando ataduras, dizendo palavras de conforto, e dando-lhes de beber da água fresca do Taquari. Dormia na enxerga, os cabelos escuros soltos, espalhados em volta do seu rosto como uma auréola.

Ele olhou-a por um instante. Se forçasse o olhar, poderia ver as sutis mudanças da gravidez instalando-se no seu corpo longilíneo: um leve arredondar dos quadris, e os peitos, que eram bonitos, pesados, pareciam maiores. O rosto tinha agora um rubor constante, um brilho. Preocupava-se com Anita em meio àquelas refregas, cavalgando por picadas, comendo mal, pegando em armas... Sorriu no lusco-fusco da manhãzinha. Sabia que era impossível afastá-la das batalhas, a não ser que ele também se afastasse.

Garibaldi caminhava pelo acampamento silente. Homens dormiam espalhados pelo chão. As fogueiras ainda ardiam, lançando chispas no ar frio. Logo o inverno estaria ali. As coisas eram piores no inverno.

Bento Gonçalves estava à sua espera. Tinha os olhos pisados, e um ricto de cansaço marcava sua boca quando ele disse:

— *Buenos días*, senhor Garibaldi. Chamei-o porque tenho ordens especiais para vosmecê.

— Sim, senhor — respondeu Garibaldi, aproximando-se da mesa de campanha.

Congo tinha água quente numa chaleira e estendeu-lhe um mate bem-feito, que ele aceitou com prazer.

Bento Gonçalves foi direto ao assunto:

— Não podemos dar paz aos imperiais, por isso voltarei com meus homens a Porto Alegre. Mas vamos organizar um avanço rumo a um novo porto. A República, o senhor sabe mais do que ninguém, precisa de uma saída para o mar.

— E qual seria, comandante? — perguntou Garibaldi.

— São José do Norte — disse o outro. — Já passei estes planos ao Netto, ao Teixeira e ao Canabarro. Na hora certa, marcharemos para lá. Enquanto isso, vosmecê deve construir novos barcos para a República, capitão.

— E onde?

Bento puxou um mapa, e disse:

— Em São Simão, região de Mostardas. Bem aqui, à beira da lagoa dos Patos. — Olhou-o com um brilho bem-humorado nos olhos: — O capitão conhece bem a região... E temos simpatizantes por lá. Vosmecê vai ocupar uma cabana perto da lagoa. Recrutará homens da região. A madeira é farta por lá.

— Muito bem — disse Garibaldi. — Partirei hoje mesmo.

Bento Gonçalves ergueu-se. Garibaldi olhou-o, e podia jurar que o homem não pregara o olho a noite toda. Mas a mão que lhe estendeu era firme, exalava um calor seco:

— Muito bem, capitão. Leve um piquete, uns seis homens em que vosmecê confie. A um sinal meu, nos reuniremos todos no rumo de São José do Norte.

— Sim, senhor — disse Garibaldi, virando-se nos tornozelos, pronto a deixar a barraca aquecida pelo fogo que Congo preparara, cheirando a picumã e a ervas. Era um reduto de conforto no meio da balbúrdia do acampamento coalhado de feridos.

Abriu a tenda com cuidado, quando ouviu a voz de Bento:

— E cuide da moça, a sua esposa. — A última palavra tinha sido pronunciada num tom mais baixo. Garibaldi virou-se para o homem que comandava a revolução havia cinco anos, e viu-o dizer: — Anita é uma mulher de coragem, capitão. Nunca vi outra como ela.

Garibaldi sorriu.

— Ela está esperando um filho meu, comandante.

A voz do outro era macia quando ele disse:

— Eu sei. Tenho olhos treinados para estas coisas da vida, senhor Garibaldi. Caetana me deu oito filhos, com a graça de Deus.

Giuseppe Garibaldi, Anita e seis homens da infantaria partiram naquela tarde no rumo de São Simão. Deixavam as margens do Taquari com uma sensação estranha. Tinha sido uma batalha cruel, mas sem vencedores ou vencidos. O cansaço pesava-lhes.

Anita estava acabrunhada. Embora tivesse cuidado dos feridos com todo o zelo, não tinha medicamentos e, durante a madrugada, dez homens tinham morrido. Ela fechara os olhos de todos e comandara a abertura de uma grande vala, onde tinham sido enterrados com o respeito que lhes era devido. Mas, agora, montada no seu cavalo, sentia a morte como um esmalte a cobrir os seus olhos. O dia parecia esmaecido, como se tivesse nascido velho. Uma camada fina de nuvens tapava o sol, a luz era baça, a umidade escorria das folhas das árvores, e Anita sentia frio.

Marcharam em silêncio por um longo tempo, vencendo o caminho que tinham feito na ida, e atravessaram o arroio. Dali em diante, quebrariam para o oeste, para o rumo de São Simão. Anita cutucou o cavalo, aproximando-se de Garibaldi, que trotava à frente, silencioso.

— Quanto tempo ficaremos lá, José?

Ele olhou-a por alguns momentos, como se não a reconhecesse de imediato. Agora, não raro, José perdia-se em pensamentos, parecia estar mui longe dali, do Rio Grande, da revolução. Falava da Itália, dos seus amigos, de Cuneo, que estava no Uruguai. Anita sabia que José estava desgostoso, cansado. Ou seria o filho?

Anita chamou-o outra vez:

— José, quanto tempo ficaremos em São Simão?

Os olhos do italiano focaram-se nela quando disse:

— Pelo menos uns três meses. É o tempo mínimo que eu preciso para construir os lanchões que Bento Gonçalves me pede.

— Três meses? — disse Anita, com um suspiro.

Giuseppe riu alto:

— Três meses, sim, senhora. E, pelo que me consta, vosmecê estará com uma barriga deste tamanho — ele fez um gesto largo na cela. — Pretende lutar às vésperas do parto?

Anita deu de ombros.

Não podia cogitar a ideia de deixar José sozinho. Se eles tomassem a tal de São José do Norte no final do inverno, José partiria sem ela. Tinha medo. Levou a mão ao ventre, que começava a se distender. Longe de José! E se alguma coisa lhe acontecesse? Os deuses o vigiavam de perto, mas ela, Anita, sentia-se como uma auxiliar divina, aquela cujos cuidados e orações eram responsáveis por manter José ileso,

Sentiu a mão que lhe despenteava os cabelos, brincalhona. E ele disse:

— Não pense nisso agora, *carina*. Vamos para São Simão, e vosmecê vai descansar das batalhas. Eu estou contente com isso. Além do mais, faz muito tempo que virei capitão da infantaria. Tenho saudades de um barco, tenho saudades da água.

Anita sorriu para ele. A tardinha espessava-se numa luz castanha e fazia frio. Para os lados do horizonte, nuvens escuras acumulavam-se. Pegariam chuva no caminho, talvez ainda naquela noite.

E assim seguiram eles, atravessando o pampa no rumo da grande lagoa. *O mar de dentro*, como diziam os homens que os acompanhavam. Foi uma marcha de três dias, dois deles sob a chuva.

A cabeça de Anita era um emaranhado de angústias. Aquela lagoa, a dos Patos, fazia-a pensar num nome: Manuela. A sobrinha do general. A tal moça de olhos verdes que José amara. Sim, amara. Ela sabia. Cavalgara horas e horas tendo por companhia este medo: como poderia sobrepujar uma moça bonita e rica do Rio Grande? Ela, uma catarinense criada solta, pobre, guaxa. Ela, que casara com Manoel com sapatos emprestados, grandes demais? Um dos sapatos caíra-lhe do pé à subida do altar. Ela, que tinha Manoel no seu passado? Que tinha um filho no ventre, os cabelos que nunca viram uma fita de seda, os quadris que já se alargavam na faina de acalentar a semente de José?

Dormiu mal uma noite inteira. Sonhou com a tal Manuela. Tinha olhos de vagalume no sonho. Acordou exausta, e fez o mate com as mãos trêmulas. Mas não podia perguntar nada a José. Não devia perguntar.

Na manhã seguinte, sob a chuva rala, protegida por uma figueira, limpava a ferida de um dos homens que seguiam com eles para São Simão. Nicolau, um jovem de olhos vivos, bom infante, rápido com a adaga, tinha tomado um tiro de raspão no braço num dos últimos assaltos no Taquari. A ferida evoluía bem. Lavando com água a carne machucada, Anita disse-lhe:

— Já não sangra mais, está fechando. Vosmecê ficará bom.

— Não vai arruinar? — perguntou Nicolau, olhando-a de soslaio.

— Não. Não vai arruinar. Vosmecê vai poder ajudar o José com os barcos.

O rapaz devia ter a idade dela, mais ou menos. Mas tratava-a com o respeito de quem a vira lutar de arma em punho. Ademais, era a mulher do capitão italiano. E todos adoravam o capitão italiano.

Anita baixou a voz e perguntou-lhe:

— Conhece São Simão, Nico?

Ele aquiesceu:

— Passei por lá uma vez.

— É perto de Camaquã?

— Não, senhora. Perto não é. É um ermo à beira da lagoa. Com capões, mata, um casario de gente pobre esquecida por Deus.

Que alívio correu por suas veias! Seus lábios abriram-se num sorriso. De feliz que estava, abraçou Nico. O rapaz envergonhou-se, pareceu que ruborescia. Anita disse que o cumprimentava pela ferida, que estava ficando boa. E só com água! Depois daquilo, serenou. O quão longe era São Simão da tal estância onde a Manuela vivia, isso ela não tinha como saber. Mas sabia que uma dama, dessas moças de família, cheias de regras e zelos, jamais poderia montar num cavalo ou tomar uma charrete, e empreender viagem para ver um amor, um corsário italiano a cargo do seu tio, comandante em chefe.

— Se tivesse que ir atrás de José, já tinha ido — disse ela, em voz baixa, cavalgando no rumo de São Simão.

De longe, Garibaldi viu que Anita sorria, montada na cela, encabeçando a pequena fila de cavaleiros. Achou-a mais bonita, mais viçosa. A estadia em São Simão lhe faria bem. Ela precisava de descanso. Pensou, com alívio, que o Taquari tinha sido a última batalha para ela. Coragem não lhe faltava, isso ele sabia.

Mas, nos próximos meses, a aventura de Anita seria outra.

São Simão era um nada no meio do pampa, às margens da lagoa dos Patos. O vento passava por ali, açoitando as árvores do capão que ficava além da tapera que ocuparam. O vento era a única coisa que passava por ali, dava a volta e ia embora, como se viesse beber água na lagoa. O vento e os Costa, uma família que vivia a uma légua e que recebeu o capitão italiano, sua mulher e os seis homens que tinham vindo com ele.

— Vou precisar de mais uns cinco trabalhadores — disse Garibaldi ao Costa. — Para o serviço com os navios. Onde posso conseguir gente?

Tonico Costa era um homem curtido de sol, que criava bois e tinha largas simpatias republicanas. Cinco homens, ele arranjava. Mandava vir de Mostardas, vilarejo ali de perto. Ferramentas ele também tinha.

Giuseppe e Costa passaram dois dias preparando as coisas, enquanto Nicolau e os outros erguiam um pequeno estaleiro, nada mais do que um teto à beira da lagoa, onde acomodariam a madeira para a construção dos lanchões. Giuseppe fazia planos, anotações, dava ordens, sumia-se no capão por tardes inteiras procurando a melhor lenha.

Nos primeiros dias, Anita ficou nos arredores da tapera. Era uma casinha pequena, de pau a pique, com uma cama, uma mesa e um fogão de barro. Conseguiu algumas coisas com a mulher do Costa — lençóis, pratos, duas panelas, um pelego. Ajeitou tudo da melhor maneira, passou uma vassoura no chão, colheu uns espinilhos que tinham florescido antes do tempo, inventou um vaso. Brincava de cuidar da casa pela primeira vez na vida, pois, com Manoel, em Laguna, as lides do cotidiano eram-lhe como grilhões.

No mais, o que Anita fazia era olhar a lagoa. Era bonita, sem dúvida. Grande como um mar escondido nas carnes do pampa, a lagoa era rosada ao alvorecer e à tardinha. Anita achava que a lagoa era mulher, associava-a à outra, Manuela. A lagoa parecia chamá-la, como se cantasse. Irritada, ela tapava os ouvidos àqueles convites. Passou seis dias sem se aproximar, só olhando aquela água toda de longe, analisando, tentando enxergar seu José num barco, lutando contra os imperiais naquelas águas salobras que não tinham marés, nem repuxo, nem ondas de sal e de espuma — um José que tinha existido antes dela, e que amava outra moça, e que ensaiava frases de noivado. Tentou vê-lo caminhando à beira daquela água parada, fazendo a corte à outra nos domingos festivos.

Anita ficava tentando imaginar o passado naquela outra estância, também lambida pelas mesmas águas. Manuela e ela habitavam margens opostas da mesma massa de água melíflua e fascinante. Sim, pois Anita sentia-se fascinada pela lagoa, mas o caso é que a lagoa a lembrava da outra. Quando precisava buscar água para a comida ou para o banho, pedia a Nicolau.

José trabalhava os dias inteiros, cortando, serrando, e dando ordens aos homens, que, em uma semana, já o amavam. José tinha aqueles jeitos que encantavam as gentes, ela o olhava de longe. Contava para eles de Mazzini, da *Giovine Italia*, de Cuneo, que vivia agora em Montevidéu. Os homens não entendiam nada, mas sorriam. Se era pela liberdade, gostavam. Sim, respondia Giuseppe, era pela liberdade e pela igualdade das criaturas humanas.

Um dia, amanheceu chovendo. A água caía, volumosa, espessa. Um lençol de chuva que achava por onde entrar na tapera, que se espraiava pelo campo, parecendo engrossar a lagoa. José não saiu para o trabalho. A madeira, molhada demais depois de uma noite inteira de tempestades e de ventos, não se prestaria ao trabalho.

Anita preparou um peixe, que Nicolau pescara, fez chá, cozinhou batatas. Quando José se levantou, já no final da manhã, ocupou seu lugar à mesa e comeu em silêncio. A chuva era quase como uma terceira pessoa entre eles. Anita andava pela casinha, olhava à janela. Via a lagoa bebendo toda aquela chuva, parecia que inchava.

José recostou-se na cadeira e perguntou:

— Vosmecê tem alguma coisa, *carina*? Anda estranha.

Anita levou a mão ao ventre, que agora já despontava, pequeno e arredondado, do vestido simples que ela cosera com uma peça de tecido que os Costa tinham trazido de Mostardas. Olhou José. Como sempre, pensou que a beleza dele só fazia aumentar. Sentia-se incomodada com a chuva, como se ela lhe sussurrasse coisas tristes.

— Não há nada — respondeu, forçando um sorrisinho.

Fazia frio, a umidade entrava-lhe pelo corpo; então, pegou um dos ponchos de José, pendurados num prego na parede, e vestiu-o, escondendo o rosto na lã macia por alguns instantes.

— Estou tratando vosmecê mal, Anita? — insistiu José. — Ou é a gravidez? Dessas coisas, não entendo muito.

Anita sentou-se ao lado dele. Não era nada, disse. A quietude, a pasmaceira. Não sabia se gostava dali.

— Dessa lagoa... — ela gemeu.

— A lagoa é tão linda. Quando meus barcos estiverem prontos, vamos navegar.

Então, o nome saltou-lhe da boca:

— Manuela.

José estranhou:

— Manuela? A sobrinha do Bento? O que tem?

— A fazenda, a tal estância da Barra, não é perto daqui, banhada pela mesma lagoa? Vosmecê amou a Manuela, esta lagoa sabe disso e me contou.

José riu baixinho. Terminou o chá, e seus olhos perderam-se no passado por um momento. Um fulgor correu por eles e apagou-se. Então, puxou Anita para perto, sentindo seu corpo de menina, um corpo frágil, rijo, em transformação, quase palpitante. Sentou-a no seu colo, virou seu rosto, olhando-a dentro daqueles olhos escuros, agudos, e disse:

— Anita, *carina mia*, agora só existe vosmecê. Manuela é uma boa moça, mas não era para mim. Vosmecê está aqui, tem o meu filho no ventre. Entende?

José olhou pela janela, a chuva densa caía lá fora, embaralhando a linha do horizonte, e a lagoa parecia borbulhar. Ele continuou:

— Olhe a lagoa, ela parece sempre a mesma. Mas não é. Seu fundo se move todos os dias, mexido pelas marés. Os baixios andam de um lado a outro, só a superfície é que parece igual. Para confundir os incautos. — Ele acarinhou seu rosto bonito. — Assim também é a vida, Anita. Às vezes, as coisas parecem as mesmas, mas já mudaram há muito tempo. Eu já não penso mais em Manuela.

Os olhos de Anita pareciam úmidos da própria chuva quando ela perguntou:

— Não pensa mais nela, José?

— Não... E não quero que vosmecê pense também.

Anita baixou o rosto por um instante. Alguma coisa que antes lhe conturbava o espírito pareceu escorrer nas lágrimas grossas, gordas, que pingaram sobre seu peito.

— Não chore — pediu José, abraçando-a.

— Mas choro de alívio — ela respondeu, com a voz embargada.

E José, segurando-a entre seus braços, sentiu sua juventude trêmula e a amou mais ainda. Beijou-a com cuidado, um beijo macio, ainda quente de chá.

— Vosmecê vai esquecer estes assuntos do passado — ele disse.

Anita mirou-o nos olhos:

— Sou mulher o bastante para isso, José.

E, daquele dia em diante, passou a querer bem a lagoa. Andava por suas margens, sentindo o vento frio que encapelava suavemente as suas águas castanhas. Apreciava-lhe as mudanças de cor, pois, nos dias bonitos, a lagoa do Patos reverdecia; quando as nuvens de inverno cobriam o sol, as águas pareciam turvar-se como o próprio céu, pendendo para um tom acobreado, acastanhado, mais denso.

A lagoa pareceu retribuir a atenção de Anita. O bom Nicolau pescava mais peixes, deixando sobre o alpendre tosco a sua oferenda diária, que Anita limpava, temperava com sal e alho, e cozia. Alimentava-se bem agora. E a barriga crescia na serenidade daquele inverno; às vezes, ela sentia, lá no fundo do ventre, um suave rebuliço, como se uma borboleta voasse nas suas entranhas. Fazia muito frio, mas Anita todo o dia metia-se na água, banhando-se com gosto, como se a lagoa tivesse o poder de limpá-la de tudo, até mesmo de Manoel.

Sem que se apercebesse disso, a quietude de São Simão, a proximidade cotidiana de José e a tranquilidade de algumas semanas longe da violência eufórica das refregas serenou Anita. Ela dormia bem, sonos quietos e sem sonhos, abraçada ao calor de José, enquanto o frio aumentava lá fora.

Depois da lagoa, Anita passou a desbravar a mata. Ia a pé ou a cavalo, gastando nisso suas longas horas vazias enquanto José e os homens trabalhavam nos barcos. Passou a conhecer as árvores do lugar, a reconhecer cheiros, pios, pequenos caminhos que se embrenhavam pelo matagal, levando ao coração vegetal da floresta. Sem saber, estava preparando-se para salvar a sua vida e a do filho que carregava no ventre, já bastante crescido.

Enquanto isso, Giuseppe Garibaldi trabalhava dias inteiros. O pequeno estaleiro improvisado fervilhava. Cortava-se e lixava-se a madeira por horas e tardes sem fim. Costa, que vinha ajudar com muita frequência, conseguira em Mostardas um ferreiro. Montou-se uma ferraria improvisada, e as chispas vermelhas de fogo assustavam o passaredo nas manhãs modorrentas de São Simão.

Os barcos nasciam de pouco em pouco. Não eram parecidos com o *Seival* e o *Farroupilha*, dois lanchões grandes, com bom velame e capacidade para trinta, quarenta homens. Aqueles eram barcos menores, quase canoas a vela, que José pretendia confeccionar em número de vinte. Estavam trabalhando no madeirame, e o tecido para as velas tinha sido encomendado a Rossetti, que o traria assim que fosse possível. Era um trabalho árduo, às vezes interrompido por longos dias de tempestade, quando nada mais havia a fazer do que se quedar à beira do fogo, sonhando. Nascia em Giuseppe uma vontade ainda sem nome, nestas tardes de silêncio e de chuva, quando Anita se recostava ao seu lado na tapera, a barriga cada vez maior, mais bonita, mais vívida. E Giuseppe Garibaldi pensava no filho. Teria um filho, menino ou menina, tanto fazia para ele. Teria um filho, o neto de Domenico e de Rosa. Então, pensava nos pais, no cais Lunell, em Nizza, com seu mar de duas cores, na Itália, sua gente, seus caminhos... Será que seu filho não haveria de conhecer a Itália? Ele olhava para Anita, chegava a escolher as palavras, mas o fogo crepitando parecia convidar ao silêncio, e ele nada dizia.

Nos últimos dias de junho daquele ano de 1840, Luigi Rossetti e dois vaqueanos vieram dar em São Simão. Chegaram numa manhã nublada, de céu pesado. Fazia frio e soprava o minuano, o vento mais teimoso que Garibaldi conhecera. Mas não o mais terrível — nunca se esqueceria do vento na foz do Tramandaí, da violência do carpinteiro, cuja faina levara para o fundo do mar o lanchão *Farroupilha* e seus amigos, Carniglia e Mutru.

Garibaldi esperava que estes barcos tivessem destino melhor do que o *Farroupilha* e o *Seival* — um, no fundo do mar, o outro, semidestruído, avariado, com rombos no casco, fora deixado para trás na batalha de Laguna.

Quando Rossetti apontou por entre o arvoredo, num trote lento, mas firme, Giuseppe Garibaldi estava tirando madeira da mata. Amarrava os lenhos aos cavalos, fazendo grossos nós náuticos, e vinha puxando a parelha pela picada que seus homens tinham aberto, arrastando as grandes toras até o estaleiro à beira da água. Era um trabalho cansativo, entediante e bruto; o chão estava empapado pelas chuvas, e as toras de madeira atolavam constantemente.

Giuseppe estava justamente desatolando um lenho com o Costa quando ouviu o ruído de vozes.

— *Andiamo* — gritou, para os homens, enquanto puxava a parelha adiante. — *Forza*!

Ergueu o rosto suado, queimado de vento e de sol, e viu Anita ao longe. Três cavaleiros acabavam de surgir dentre o arvoredo, e o mais alto deles desceu do cavalo e cumprimentou Anita. A barriga já saliente da mulher rebrilhava na manhãzinha de sol, rebrilhava como a lagoa.

— Luigi — Giuseppe disse com um sorriso.

Entregou o comando dos trabalhos ao Costa e correu até lá. Os olhos de Rossetti brilharam através das lentes quando ele viu o amigo. Abraçaram-se, trocaram palavras em italiano, olharam-se nos olhos.

— Esta criança vem logo — disse Rossetti, depois que Anita entrou na tapera em busca de um mate para os visitantes.

— Acho que chega nos primeiros dias da primavera — disse Garibaldi. E então, puxando o amigo pelo braço, perguntou: — Trouxe o pano das velas?

Rossetti olhou-o gravemente:

— Não, Giuseppe. Vim por outro motivo. Vamos partir para São José do Norte em uma semana, e vosmecê precisa estar conosco. Bento Gonçalves mandou que eu viesse buscá-lo.

— Mas já? Os barcos não estão prontos — disse Garibaldi, olhando a parelha que arrastava os lenhos cortados na tarde anterior. Tenho apenas dez homens para o trabalho, e um único ferreiro.

— Eu sei, meu amigo — puxou Garibaldi pelo braço, afastando-se um pouco dos dois vaqueanos. — Eu creio que esta revolução já está perdida do ponto de vista militar. Estamos muito enfraquecidos, falta dinheiro até para os víveres das tropas. A única saída é a paz.

— A paz com o Império? Vosmecê acha que acabou?

Rossetti abriu um sorriso fraco:

— Acho que vamos dar nosso último tiro, e este tiro será São José do Norte. Com um porto, talvez tenhamos alguma chance. Creio que chegamos ao tudo ou nada, Giuseppe.

— E sem os barcos.

— Sem os barcos — o outro repetiu. — Acontece que o Manuel Jorge e o Greenfell estão guarnecendo todos os portos, aumentando o efetivo das tropas. Bento Gonçalves crê que só teremos alguma chance se agirmos com rapidez. Não podemos esperar os barcos.

— Mas se tivermos o porto... — completou Garibaldi, olhando as nuvens escuras que se apinhavam no horizonte, misturando seus contornos ao verniz das águas.

— Se tivermos um porto, os barcos terão serventia — disse Rossetti.

Anita surgiu, vinda da casa, a tempo de ouvir as últimas palavras de Rossetti:

— Amigo, será uma peleja brava, como dizem os homens daqui. Serão mil homens por terra, e vosmecê vai conosco. Temos que partir hoje mesmo, antes dessa chuva que vem por aí.

No alpendre simples, de madeira tosca, Anita tocou o ventre. Uma peleja das brabas, e ela não iria com José. Sentiu um medo estranho, novo e vagamente escorregadio a dançar nas suas tripas, como se brincasse com a criança que carregava. Giuseppe olhou para a mulher. Pegou a cuia, estendendo-a a Rossetti, que sorveu o líquido quente, amargo. Nunca se acostumaria com aquele negócio amargo, mas era um bom remédio para o frio. Não cruzou seus olhos com os de Anita, não perguntou da criança. Sentia um certo constrangimento de estar ali, sequestrando o marido da moça, com aquele ventre tão inchado que parecia obsceno.

Foi tudo tão rápido que Anita mal teve tempo de pensar direito. Depois do almoço, que ela aumentou com o feijão e o charque que Rossetti entregou-lhe como um presente, Garibaldi juntou suas poucas coisas, chamou os homens, avisando-os de que seguiriam com ele. Os barcos esperariam pela luta no norte. Costa ficaria, ele e a família tomariam conta de Anita até que Garibaldi voltasse.

— Cuidem da minha mulher — pediu Giuseppe, com fogo na voz.

— Fique descansado — disse o Costa.

Depois, Giuseppe Garibaldi abraçou Anita, e recomendou-lhe juízo. Voltaria logo. Era apenas mais uma batalha; eles já tinham tomado tantas cidades, e agora tomariam São José do Norte, o porto que poderia salvar a República. Em um mês, estaria de volta a São Simão. A criança não nasceria antes da primavera, ele disse, passando a mão no ventre dilatado de Anita, como se desse recomendações também ao filho que ali vivia, escondido como um peixe no fundo da lagoa.

Partiram no meio da tarde, e o estaleiro ficou silencioso. São Simão parecia, mais do que nunca, perdida no mundo. Anita caminhou pela beira da água, sentindo a umidade que se acumulava no ar, esperando a chuva que viria, furiosa, persistente. Ela já conhecia as chuvas dali, dois dias de água batendo, lavando o mundo, como se a chuva tivesse a estranha vontade de apagar da face da Terra todas as coisas. Quando os primeiros pingos, gordos, impacientes, começaram a encrespar a superfície da lagoa, Anita correu para a tapera. A criança no seu ventre também estava quieta, como se sentisse a partida dos homens.

Era a primeira vez que Giuseppe ia e ela ficava.

Sentada no alpendre, sentiu um amargor na boca que poderia ser mágoa, mas também, azia. Agora seria mãe. Não conseguiria correr entre as fileiras com aquela barriga enorme. A arma não lhe assentaria sobre o ventre, a culatra apoiada à cabeça do bebê, nenhum fuzil acomodava-se aos seus peitos inchados feito ubres, cheios do leite que alimentaria o filho de José.

Agora estava ali. Por quanto tempo? Julho, agosto? Como mediria o tempo, sozinha naquela imensidão? Olhou para o céu carregado, furibundo como ela. Agora São Simão era a sua cela, a sua sina. Tinha ficado ali. Ela, a criança, a lagoa, o capão e a tapera.

Algum dia de março de 1850, Tânger

Os homens abrem o pano por sobre enormes mesas de madeira, e o tecido ondula, branco, lembrando a Garibaldi um mar. O mar, agora, é para ele uma lembrança. Não aquele mar de um verde oleoso, floreado pela espuma das ondas que quebram contra os molhes, as ondas que vêm morrer na areia. Ele sonha com o mar imenso, azul — o mar sem fim.

Infinito como o pampa que conhecera na América do Sul, mas feito de água... A massa azulada e movente, as gaivotas riscando o céu, e talvez uma nuvem, umazinha só, esfiapando-se para os lados do poente, bebendo, antes de se desfazer, dos últimos raios solares.

Este é o mar dos seus sonhos, o mar das distâncias.

É, também, a sua liberdade.

Ao seu redor, os homens trabalham em silêncio, cortando, medindo, costurando as imensas velas triangulares. Quando toca no pano, Giuseppe Garibaldi pode imaginar o oceano. Mas também pode sentir o vento passando pelos seus dedos.

O sal na boca, o gosto do mundo.

A vela latina é triangular, feita para permitir a navegação contra o vento. Foram os gregos ou os romanos que a inventaram? Giuseppe não sabe mais. Vem forçando a memória noite após noite, na estalagem, entre as páginas que se avultam, centenas de páginas, muitos milhares de frases, linhas cheias com a sua caligrafia inconstante, açoitada pelas memórias, fustigada pela culpa.

Sim, ele se sente culpado pela morte de Anita.

O emprego na fábrica de velas é um alívio; quarenta homens para ocupá-lo das tolices práticas cotidianas. O material que chega, e que deve ser examinado em busca de rasgos, furos, qualquer defeito que possa prejudicar o produto final. As tesouras de ferro, enormes e negras, constantemente afiadas por um velho turco que recita o Alcorão num fio de voz enquanto passa com impressionante velocidade a lâmina pela pedra de afiar.

Tinham sido os gregos a criar a vela latina?

Ele pensa e pensa, mas não tem certeza. Escreverá uma carta a Cuneo, ele deve saber dessas coisas. Se encontrar Leggero, que está exilado em Tânger também, vai perguntar a ele. Leggero é um homem culto. Escreveria uma carta para o pai, se Domenico ainda estivesse vivo. O pai sabia tudo do mar, o pai conhecia um navio como quem conhece a mulher amada. Agora, escrever cartas faz parte da sua vida, como outrora faziam as batalhas.

E o mar.

E o vento.

E a chuva.

Um sino toca no alto do galpão: é o fim do turno de trabalho naquele dia. Os homens agitam-se, caminham para a porta que se abre em duas folhas, falam entre si. Garibaldi examina as velas ainda por cortar, dá as últimas ordens para o dia seguinte, corre as mãos já doloridas pelo reumatismo sobre o pano grosso, de um branco impecável.

Depois, veste seu poncho e sai à rua. Andando por entre as gentes que enchem as ruelas transversais ao porto, caminha pela sombra úmida das muralhas, como sempre faz. O frio já é mais ameno, mas a umidade o incomoda. O poncho velho, de um vermelho sangue, é como um abraço. Hoje, não vestiu o poncho que o bom Napoleone Castellini lhe mandara de Montevidéu. Não, usa o poncho velho, gasto, comido aqui e ali pelas labutas, adagas e pelejas. Tinha usado aquele poncho em São José do Norte. Por isso, vestira-o pela manhã, ao deixar seu quarto.

Giuseppe Garibaldi sobe as estreitas escadas de pedra que levam do exterior da muralha, onde ficam o porto e a praia, até o ventre da cidadela. Mas ele não quer voltar à pensão, não ainda.

Sua cabeça fervilha de lembranças daquele mês de julho de 1840, quando ele partiu com Rossetti, Crescêncio, Teixeira Nunes, Bento Gonçalves e mais mil homens para tomar o porto de São José do Norte. Junto com as lembranças, vem a chuva. A terrível chuva que assolou a marcha de nove dias até São José do Norte.

Garibaldi caminha um pouco, escolhe um ponto da muralha onde ela é mais baixa e, com o pulo digno de um gato, senta-se ali, como outrora se acomodara no traquete do mastro do seu barco lutando contra os imperiais ou contra Rosas, ou nas sacadas da Villa Spada, na guerra violenta que travara em Roma contra os franceses.

Agora, ele sorri tristemente, passando os dedos pela barba arruivada, que aparou com extremo cuidado na noite anterior; agora, a sua guerra é com as lembranças. E também com esta culpa, esta culpa terrível que o assola desde que Anita morreu, grávida do quinto filho deles.

Ele deixou Anita em São Simão para tomar o porto de São José do Norte. Com outros mil homens e duas bocas de fogo, marcham nove dias sob a chuva. O minuano é espantoso, viril e violento. Um inimigo feroz. Têm pressa de chegar e mal descansam à noite. Vinte e cinco milhas por dia, caminham arrastando as bocas de fogo, cavalos e homens e fuzis e uma esperança que é única e é grande.

Greenfell está de olho no porto de São José do Norte, a bordo do *Cassiopeia*, despachando canhoneiras em várias direções, enquanto eles avançam sob a chuva violenta e hostil. A tosse e a fome grassam, e alguns homens morrem pelo caminho. Os atoleiros engolem as bocas de fogo, e elas ficam para trás, perdidas no pampa encharcado pelo inverno. Nunca uma fogueira, jamais o calor. Sob o poncho pesado de água da chuva, Garibaldi sonha com a tapera aquecida pelo fogo, pelo corpo de Anita.

No nono dia, já podem ver o vulto da fortificação de São José do Norte, desbotado de umidade. São farrapos agora, merecem a alcunha que têm, mil criaturas exaustas, mas com aquela esperança que Bento Gonçalves alarga e expande com sua voz macia de salões, e que Teixeira Nunes infla e incendeia com seus modos de índio e seus lanceiros cujas façanhas — Giuseppe pensa sob a chuva — um dia vai contar ao seu filho. Negros fidalgos, elegantes, negros como pumas, como leões corajosos na adaga e na lança, violentos, mortais, fascinantes.

Eles avançam na escuridão e na chuva, e chegam ao areal que cerca a vila. O mar ruge, furioso, encapelado. O minuano também incomodou o mar, como incomodara Garibaldi. Ele morde os lábios na noite;

a peleja vai ser dura, mas Anita espera um filho. Voltará vivo para São Simão antes que a primavera abra a sua primeira flor.

A uma hora da madrugada, Bento dá a ordem para o avanço. Os republicanos lançam-se no escuro contra as altas trincheiras guarnecidas por sentinelas. Escalam os muros de pedra, pulam para dentro do forte, adagas na boca, olhos de fogo, corações exaltados. Crescêncio, Teixeira e Garibaldi coordenam o avanço dos homens: é um processo quase infantil, uma escada humana, um homem sobe nas costas do outro e pula o muro alto, e assim, sucessivamente, centenas de soldados escorregam para o lado de dentro do fortim imperial, no escuro, silenciosos como sombras. Como mil sombras.

Adagas cintilam. Pescoços são cortados. As sentinelas caem, uma a uma. Os homens avançam para o segundo fortim. De novo, as adagas fazem o seu trabalho. Só se ouve a chuva e os gemidos do mar. Os homens de Teixeira Nunes são como a sombra da própria noite. No terceiro fortim, a resistência aumenta. A luta é encarniçada, mas os republicanos matam os soldados e avançam. Os portões do forte são abertos, rangem na madrugada, deixando passar o grosso das tropas dos farrapos. Os republicanos entram gritando no forte: acabou-se o silêncio na noite salina de São José do Norte.

Bento Gonçalves arroja-se para dentro com a cavalaria, postando-se no centro da vila, de onde comandará a ação. A chuva aumenta com força redobrada, e os homens lutam no escuro. Garibaldi enfia a adaga na carne quente, sente o sangue que lhe escorre pelas mãos, puxa a adaga de volta, empurra o morto para o chão. Escorrega nas pedras molhadas de sangue e de chuva, avança para as entranhas do forte. A adaga volta a fazer o seu trabalho incontáveis vezes. Tomados de surpresa, os imperiais oferecem uma fraca e desorganizada resistência. Lá fora, na noite tumultuosa, os grandes barcos de Greenfell estão em silêncio, não sabem, não veem o assalto republicano rumo às entranhas da cidade.

Enquanto os republicanos avançam, tomando as ruas uma a uma, o capitão imperial João Portela escapa da segunda fortificação e corre no rumo do paiol de pólvora. Em desespero, toca fogo ao paiol, que explode na noite, uma bola de chamas, uma flor da morte, erguendo-se para o céu tormentoso em labaredas vermelhas e volutas de fumaça negra. Na explosão, corpos são lançados ao alto, ardentes, despedações. Garibaldi, que estava por ali, a dois metros do coração da explosão, ainda lembra do infante quase imberbe que lhe cai aos pés, sem os membros inferiores e queimando feito uma tocha. Tinha-o visto no avanço, sob a chuva, numa tarde. Ele perguntou-lhe da Itália. *É bonita, capitão? Sí, sí, é belíssima.* Giuseppe tem um momento de desespero, o fogo cresce, alimentando-se de si mesmo, ardente, furioso, as línguas de fogo querem lambê-lo. Ele sai correndo, pulando corpos, escorregando na chuva. Para num alpendre vazio e respira um pouco para acalmar os seus nervos.

Sentado sobre as pedras escuras de Tânger, polidas pela chuva e pelo vento dos séculos, Giuseppe Garibaldi lembra daquela noite terrível. Assim como Imaruí, o assalto a São José do Norte ficou-lhe gravado na memória.

Com a explosão do paiol, os navios ancorados na praia despertam do seu sono. Começa o canhoneio furioso, dizimando a cavalaria que tomava o porto. Tiros estouram na noite. Gritos, o barulho surdo dos canhões ao longe, e a pequena luz que clareia a madrugada pesada, ele lembra de tudo. Lembra que entrou numa casa, o coração aos saltos. A casa estava vazia, a família decerto fugira com medo do assalto republicano. Um fogo crepitava na lareira, não como o outro, do qual vira saltarem corpos ardentes, desfeitos em pedaços de membros.

Giuseppe volta no tempo e agora olha o fogo na lareira de pedras da casa vazia. Este fogo não é como a flor ardente do paiol... Não, este fogo é bom e manso, e o aquece. Ele pensa em Anita, que bom que ela não está aqui. Ele abre um armário, retira dali um pedaço de pão, não todo o pão, apenas um pedaço, o suficiente para que possa se manter em pé. Engole a comida em grandes dentadas, porque não come há sete dias. Seus olhos se desanuviam, ele sai, fecha a porta da casa com cuidado. Ganha a chuva e a luta outra vez.

Nas ruas estreitas de São José do Norte, descobre que os soldados republicanos, famintos, atiram-se ao saque. As famílias se assustam, deixam suas casas, mulheres e crianças correm pelas ruas em pânico. Garibaldi corre também, mas no rumo de Bento Gonçalves e seus cavaleiros.

Bento diz:

— O comandante do forte, o Paiva, reuniu seus oficiais numa casa a duas ruas daqui. Eles resistem. É preciso que se rendam.

Garibaldi reúne dez homens e parte para lá. No porto, o canhoneio aumenta. Na casa branca, cercada pelos homens de Garibaldi, nasce intenso tiroteio. É coisa pequena perto do que acontece na praia, onde o *Cassiopeia* e mais três lanchões imperiais fazem fogo cerrado contra os republicanos de Teixeira Nunes. Paiva não cede, resiste na casa com seus soldados. A luta se espalha, de casa em casa, de rua em rua. O canhoneio agora rimbomba na noite, a chuva parece ceder, até a chuva tem medo do morticínio que ali se desenrola, pensa Garibaldi, disparando detrás de um muro e acertando um soldado imperial que cai de cara na pedra molhada do calçamento de São José do Norte.

A notícia de que os reforços imperiais estão chegando por terra e por mar é um tapa na cara dos republicanos. Tomaram o forte, que era o mais difícil. O capitão Paiva segue entrincheirado na casa, mas não resistirá por muito tempo. Bento Gonçalves manda uma centena de homens às muralhas. É preciso fazer fogo contra a tropa inimiga que avança pela areia, vinda do Rio Grande, sob o lento alvorecer que nasce.

Garibaldi sente cansaço e sente fome. Seus pensamentos confundem-se com o ruído do tiroteio, e a dor que lhe sobe pela fronte em agulhadas, como se dentro da sua própria cabeça estivesse a flotilha inimiga a disparar. Ele não tem tempo para descanso, logo é chamado outra vez. Os republicanos perderam a primeira fortificação, e Bento Gonçalves manda que Garibaldi a recupere. Some na noite, levando vinte homens consigo. Ele tem uma fúria e uma vontade, pensa em Anita e pensa no filho, e logo está lutando, pula para dentro da fortificação feito uma sombra, e as adagas dançam e as lanças furam a carne, e tudo de novo e de novo e de novo. Do mar, aumenta o tiroteio, um muro desaba, matando um republicano e um imperial. Como um ovo que se abre, estão ali, de repente, Garibaldi e seus homens expostos ao vento e à chuva que voltara, vinda do oceano, e dois lanchões fazem fogo e disparam.

Garibaldi pula do alto da fortificação, joga-se na noite, saltando para fora do fortim um instante antes que ele seja destruído pelo canhão imperial. Corre pelas ruas, seus olhos ardem, sua boca está seca. Já uma luz rosada e macia derrama-se pelos telhados das casas fechadas, pelo reboco marcado de tiros, pelas pedras tintas de sangue. Ele tem consciência da beleza triste daquilo tudo, mas o cansaço, a fome... Lutam há sete horas. Garibaldi não sabe, mas está febril. O corpo é mordido por dores estranhas, enquanto ele avança até onde Bento Gonçalves e Crescêncio estão reunidos, numa casa da vila a um canto da muralha.

Garibaldi entra na casa. Senta-se no chão, zonzo, tentando escutar o que dizem. Crescêncio está em pé, muito sério:

— É preciso colocar fogo na vila.

— Fogo? — pergunta Bento Gonçalves.

— Ao menos nos quarteirões em volta da casa onde os imperiais resistem.

Bento Gonçalves olha para Crescêncio, seus olhos duros e tristes fixos no rosto do homem barbudo, de uniforme chamuscado, que vem lutando com coragem ao seu lado há mais de cinco anos.

— Colocar fogo na vila? E as famílias? — Bento Gonçalves titubeia. — Não — diz. — É um preço muito alto.

As vozes vão e vem. Garibaldi foca os olhos no rosto do comandante em chefe, do homem que conhecera numa prisão do Rio de Janeiro, do homem que desafiara o próprio imperador do Brasil. Ele está velho, cansado. Todos eles estão ficando velhos e cansados.

— Eu não quero matar inocentes — diz Bento, numa voz clara. — Se é a nossa única chance, vamos bater em retirada.

Bater em retirada? A ideia é um choque para Garibaldi. Crescêncio, por sua vez, esmurra uma mesa de pinho, o único mobiliário da peça onde estão. Lá fora, o canhoneio ribomba com fúria. A manhã já se fez, pálida e cinzenta de névoa e de fumaça.

— Avise os homens — diz Bento Gonçalves. — Vamos organizar a retirada.

— Os homens morreram à toa — responde Crescêncio — se deixarmos a vila assim. Viemos até aqui, Bento. Nove dias sob a chuva.

— Avise os homens — repete Bento Gonçalves, a voz seca, áspera, exausta. — Eu não fiz uma revolução para isso. Para matar inocentes.

Garibaldi levanta-se, ainda tonto, e diz que ele mesmo avisará os homens. Sai para a rua em busca de ar. A confusão é enorme, e os saques continuam. Alguns soldados estão bêbados, caídos na sarjeta. Outros passam lutando, gritando, disparando. As defesas na praia, comandadas pelo bravo Teixeira Nunes, recuam para dentro da cidadela, e Garibaldi chama dois homens para perto de si.

— Vosmecê avise o Teixeira; vosmecê, o Rossetti. Vamos sair em retirada. A cidade está perdida. — Ele diz isso sentindo as lágrimas que rolam por seu rosto. Lágrimas de raiva, de desespero e de febre.

Garibaldi ainda se lembra de quase tudo.

Alguns lapsos de vagueza, coisas que se perderam no estupor da doença pulmonar que o acometera por causa da longa marcha na chuva. As tropas republicanas deixaram São José do Norte no meio daquela manhã, recuando, de rua em rua, abandonando mais de duzentos mortos, quase todos soldados e oficiais da infantaria que defendera o porto. Exaustos, trôpegos, desfeitos, os republicanos refizeram o longo caminho que tinham traçado nos dias anteriores.

Não havia nenhum remédio para cuidar dos feridos, que eram centenas. Não havia comida. Quando a noite caiu, a neblina envolveu-os como um cobertor de frio, como o próprio esquecimento, e Garibaldi soube que a República dos pampas estava fadada ao seu fim.

Agora, anos depois, ele olha o mar de Tânger. Os barcos no porto formam uma floresta de mastros onde as andorinhas passeiam distraidamente. Seus ossos dizem-lhe que a primavera vem aí, pois o mês de março escorre para abril. Ele respira fundo o ar fresco, apagando de dentro da sua alma aquelas lembranças doloridas.

Só por agora. Só por agora um pouco de esquecimento, ele pede.

À noite, no quarto, vai colocar tudo em palavras. Vai encher as páginas com o sangue e o medo e a fome e a febre. Pois teve uma febre altíssima durante a marcha de volta, sofreu delírios, perdeu a consciência por um dia inteiro, carregado no lombo de um cavalo como se fosse carga. Quem o tinha cuidado, como a um irmão, fora Luigi Rossetti. E ele nem sabia... Não poderia sequer imaginar que até mesmo aquela amizade, tão cara, tão importante para ele, estava por ter o seu final escrito com sangue.

Olha para o lado, ouve o leve grasnar de um bando de pássaros que corta o céu já violáceo. O muro de pedras onde ele se acomodou, largo, sólido, resistira a incontáveis batalhas, um cerco ou dois. O homem é isso: sempre avançando, sitiando, conquistando. O homem semeia a morte do homem, mas não era nisso que Luigi Rossetti, e mesmo ele, Garibaldi, acreditavam quando se haviam engajado nas lutas pela república de Bento Gonçalves. Eles lutavam pelos povos oprimidos, eles lutavam pela igualdade. Eles lutavam pela causa universal dos direitos dos homens.

Se tivessem tomado São José do Norte, talvez a República Rio-grandense ainda existisse.

Talvez... Ele não pode saber, ele não tem como saber.

Achava, já tinha dito isso a seu amigo Cuneo e até mesmo ao próprio Rossetti, que Bento Gonçalves era um chefe militar que titubeava. Ele não tinha sorte, e sorte era coisa fundamental para um comandante. Mas, sentado ali, sob as últimas luzes do dia em Tânger, exilado da sua terra, longe dos filhos e viúvo, Giuseppe Garibaldi simplesmente não consegue culpar Bento Gonçalves por não ter ateado fogo à cidade de São José do Norte.

Últimos dias de agosto de 1840, arredores de São Simão, Rio Grande

Eles cavalgaram nove dias outra vez, costeando o oceano por boa parte do caminho. O vento tinha soprado, e a chuva tinha caído como se o mundo fosse acabar. Garibaldi ardera em febre, Rossetti temera por ele. Durante quatro noites, sem uma proteção que o apartasse do vento ou da chuva, Garibaldi delirara. Falava na Itália. Chamava por Rosa, pelo pai, Domenico, por Anita. Falara no navio *Constanza*, na Turquia, em Mazzini. Lugares e pessoas misturavam-se aos seus delírios, enquanto Rossetti o acalentava, envolvendo-o com o poncho úmido, alimentando a fogueira perto da qual acomodara o amigo, dando-lhe alguns goles de água e da sopa rala que tinha preparado. Rossetti achou que Garibaldi poderia morrer. Pensou em Anita, lá em São Simão, sozinha naquele avançado estado de gravidez. Se algo acontecesse com Giuseppe, Anita não poderia voltar jamais para Laguna. As mulheres lhe virariam a cara, até mesmo as beatas, que eram as piores de todas.

No sétimo dia de viagem, quando deixaram o areal para trás, embrenhando-se nos caminhos que levavam e à lagoa dos Patos, Garibaldi pareceu recuperar-se um pouco.

— Onde estamos? — perguntou, a certa altura.

O grande corpo do mar, como um manto encrespado pelo minuano, era um borrão castanho no horizonte. Tinham deixado a linha da praia e seguiam no rumo da lagoa, em direção a Mostardas.

— Estamos indo para Mostardas, Giuseppe. De lá, Bento Gonçalves segue para Setembrina. Eu vou com ele.

— Anita... — disse Garibaldi, os olhos brilhantes. — Que dia é hoje?

— Agosto vai pelo meio — respondeu Rossetti. — E Anita espera por vosmecê em São Simão. Está tudo bem com ela. Ficou ao cuidado dos Costa, lembra?

Garibaldi aquiesceu. Estava mais magro, pálido, e seus belos olhos saltavam-lhe das órbitas, úmidos dos pesadelos que ainda pareciam rondá-lo. Rossetti aprumou seu cavalo, trotando ao lado de Garibaldi. Por dias, Giuseppe tinha seguido como que meio morto sobre a cela, mas agora sua espinha endireitava-se de pouco em pouco. Logo, ele recobraria a sua realeza. Rossetti riu da palavra tola que lhe ocorrera. Mas sim, Giuseppe tinha ares de príncipe.

— Príncipe dos pobres — disse Rossetti, na tarde ventosa.
— Quem?
— Você, Giuseppe... — Aproximou-se e disse: — Esta República está condenada. Estes homens corajosos, todos eles, vão ter de fazer um acordo com o Império. Não temos condições para fazer frente às tropas e armas dos legalistas. Um acordo me parece o único caminho viável.
— Não — disse Garibaldi, tristemente. — Os barcos estão inacabados em São Simão.
— Prometa-me, Giuseppe, que vosmecê não vai desistir. Desistir do nosso sonho de justiça. Vosmecê não pode morrer — ele disse.

Garibaldi olhou-o com espanto:
— Estou vivo, não morri.
— Eu sei — respondeu Rossetti. — Eu sei. Cuidei de vosmecê dia e noite. E tudo o que eu pensava era: Giuseppe não pode morrer, ele é o escolhido, está nas mãos dele o futuro da Itália.
— A Itália está longe agora, meu amigo — disse Garibaldi, olhando o areal, o mar distante, as árvores que subiam contra o céu escurecido de nuvens ao longe. — E eu vou ter um filho. Acho que será um *ragazzo*.
— Prometa-me que, na hora certa, você vai voltar para a Itália e lutar pelos nossos sonhos, pelas ideias de Mazzini.

Garibaldi abriu um sorriso:
— Prometo, Luigi. Mas vosmecê vai comigo.
— *Ecco* — respondeu Rossetti, mas, no fundo do peito, não acreditava naquilo.

Seguiram viajando em silêncio, sentindo que o cheiro de sal se dissipava no ar, e um lustro salobro, mas doce, parecia emergir do chão, avisando que se aproximavam da grande lagoa.

No dia seguinte, Garibaldi despediu-se das tropas e seguiu para São Simão. A ordem era terminar os barcos que deixara inacabados por lá.

Bento Gonçalves lhe mandaria um aviso quando precisasse dele. Dos seis homens que levara consigo para tomar São José do Norte, apenas um voltava vivo, ao seu lado, pela estrada alagada das chuvas torrenciais daquele inverno. Nicolau, o bom amigo de Anita, morrera na praia, lutando ao lado dos Lanceiros de Teixeira Nunes.

Encontrou tudo como antes. As embarcações, sob o pequeno estaleiro improvisado às margens da lagoa, estavam do mesmo jeito que as deixara, um mês e meio atrás. Espantou-se da precariedade de tudo, da choupana simples, do madeirame que recobria os barcos ainda não nascidos; tudo parecia tão frágil, tão ilusório como tinha sido o avanço a São José do Norte.

Desceu do cavalo, os homens em silêncio atrás dele. Sentia que estava começando a se deixar dominar pelos fracassos da revolução. Estava cansado, e o cansaço não era bom conselheiro.

Então, Anita surgiu, de repente, no alpendre. Estava enrolada no xale, os longos cabelos soltos ao vento, e seus olhos escuros como ônix cravaram-se nele, luminosos. Tudo estava igual, e tudo lhe parecia precário, mas a barriga de Anita tinha crescido, avultava-se sobre o vestido cinzento, redonda e plena e fulgurante, dona de um futuro, pensou Garibaldi.

Ela veio correndo até ele, abraçaram-se com força.

— José, José...— a voz dela tinha uma maciez de acalanto.

Beijou-a, seus cabelos cheiravam a picumã, ela era morna. Abraçado a ela, sentiu-se finalmente relaxar. Tinha voltado do inferno, se o inferno tivesse charcos e o vento terrível e a chuva interminável de todos aqueles dias.

— Anita, *carina*... — a voz dele soou emocionada.

Ela afastou-o com os braços; ainda assim, a barriga tocava-o de leve, grande, estendida, uma ponte entre ambos.

— José, você está mais magro, abatido... O que le aconteceu?

Atrás deles, os homens desmontavam. Giuseppe virou-se e indicou-lhes a tapera ao lado do estaleiro, que fossem para lá, dessem de beber às montarias. Depois, receberiam comida. Os homens seguiram em silêncio, Anita cumprimentou-os com um olhar macio, dando-se conta de que Nicolau não estava entre eles. Reconheceu o outro, que lhe tirou o chapéu com um sorriso.

Voltou-se para Giuseppe:

— O que le aconteceu, José? — repetiu. — Cadê Nicolau?

— Fiquei doente, Anita — respondeu ele. — Perdemos São José do Norte. Nicolau morreu tentando tomar o porto.

Anita persignou-se. Não acreditava em Deus, acreditava nos deuses, aqueles outros, os deuses parecidos com os homens, que cuidavam de José e o protegiam de destinos como o do bom Nicolau. Mas o sinal da cruz era um hábito que não perdia, desde menina, como uma proteção, um véu entre a maldade do mundo e seus desejos.

Abraçou José, sentindo o presente que era o seu retorno. Correu os dedos por seus braços, pelo seu torso, pelos cabelos, examinando-o como alguém que recebe uma mercadoria valiosa, longamente esperada. A barriga atrapalhava-a um pouco para todas as coisas, e agora parecia querer mantê-la afastada de José, quando abraçou-se de lado a ele, dizendo:

— O tempo custou a passar aqui... Sonhei com vosmecê, achei que tinha morrido. A solidão faz coisas ruins com a gente.

— Voltei vivo — disse — mas muitos morreram. Perdemos a chance de um porto, Anita.

Caminharam abraçados até a casa. Embora fosse uma casinha simples, o calor inundava os dois cômodos, com um fogo alto na lareira. Giuseppe jogou-se sobre o pelego perto do fogo, sentindo-se realmente vivo pela primeira vez em vinte dias.

— A criança cresceu bastante — ele disse.

Anita olhou a barriga como se olhasse um animal de estimação:

— Cresceu. A criança chuta, se move — suspirou. — Ao menos, é uma companhia.

Ficaram quase o dia todo ali, conversando, redescobrindo-se, mergulhando no silêncio do vento que vinha, enrodilhado no nada, atravessando a lagoa quieta, provocando pequenas marolas na água castanha, fazendo cantar as frestas do telhado como se a casa fosse uma flauta que ele tocava.

Jantaram à luz de um lampião que os Costa tinham deixado ali. Ele tinha comido pouco, forçado os bocados. Depois dos vinte dias de fome e da febre, a refeição causara-lhe mal-estar.

— A República está mal das pernas — disse José, quando foram deitar-se, depois da comida.

— Sem um porto... — disse Anita. — Sem um porto outra vez. Estão correndo atrás do próprio rabo. Quais são os planos?

— Seguiremos com as guerrilhas. Mais do que isso, não podemos. Falta tudo ao exército republicano. Bento Gonçalves voltou a Setembrina, vai continuar o cerco à capital. Tenho de terminar os barcos, depois veremos.

Ele levou a mão ao ventre cheio, quente. Sentiu que, lá dentro, a criança se mexia como se reagisse ao seu contato.

— Falta pouco agora, José — sussurrou Anita. — Sabe que tenho medo?

Giuseppe sorriu no escuro, as labaredas faziam estranhos desenhos nas paredes nuas, desenhos moventes, cálidos. Ele sentia o torpor tomando seus membros, um cansaço de guerra e de doença, os ossos reclamavam da umidade, da terra, do frio. Aproximou-se da mulher, colando-se ao calor do corpo dela. Anita parecia um braseiro ardente, o sangue refluindo e correndo na faina de fazer aquele filho escondido nas suas carnes.

— Quando a criança nascer, vai se sair muito bem.

— Esta é uma batalha que nunca travei — disse Anita, num sussurro.

Giuseppe sorriu no escuro, sorriu das palavras da mulher. Pensar que a vira por acaso, naquela tarde tediosa em Laguna... A vida tinha lá as suas estranhezas. Alguns segundos depois, ele estava dormindo. Anita sentiu a sua respiração ritmada e compacta. Também fechou os olhos. Depois de tantas noites de solidão naquele ermo, com as visitas dos Costa, que vinham lhe trazer mantimentos, e nada mais que enganasse o silêncio, o corpo de José ao seu lado era como um porto.

Duas semanas depois da chegada de Giuseppe, o estaleiro já funcionava outra vez a pleno vapor. Costa tinha mandado vir de Mostardas um novo ferreiro e mais cinco homens para o trabalho. Garibaldi tinha um cronograma a cumprir, queria estar com os barcos feitos até o final de outubro.

A Anita só restava a espera. Cozinhava para os homens, mantinha a casa em ordem, e ficava no alpendre ou passeando pelo terreno, prisioneira daquela gestação. Era um sentimento dúbio, misterioso, aflitivo. Às vezes, ansiava pelo filho, por ver seu rosto. Noutros momentos, pensava na guerra, na violência ardente das batalhas, na euforia das viagens, sentia falta do mundo, de cruzar caminhos, portos, sentia falta até do seu próprio corpo, cada vez mais escravo daquela criança ainda não nascida.

Numa tarde de modorra, tomou o cavalo de José e saiu a galope pela beira da lagoa, correndo pelos campos de vegetação baixa, de pastagens ralas, pobres. Aqui e ali, um casebre, uma casinha maior, nem mesmo as famílias de posses viviam bem por ali: era tudo uma simplicidade, a lagoa, o areal, a modorra, o vento... Anita cavalgava cada vez mais rápido em busca de algo. Do quê, não sabia. Talvez fugisse das chuvas. Dia sim, dia não, o céu despejava água por tudo, deixando a paisagem ainda mais desolada. Ela sentia-se inquieta. O retorno de José apartara-a um pouco desta angústia, mas logo, depois que ele se recuperara da doença, tivera de voltar ao barcos. Os trabalhos eram infinitos: cortavam mastros, lixavam, a madeira era ruim, vergava. José absorveu-se na faina de preparar os barcos como se eles pudessem salvar a República, embora não passassem de dez barquinhos pequenos, necessários, talvez, para cruzar a grande lagoa, o mar de dentro, mas incapazes de vencer o Atlântico daquelas paragens, sempre furioso, com suas tempestades, suas procelas invernais.

Passou por alguns bois que pastavam preguiçosamente. Viu carneiros, cavalos, uma família ao longe na faina de consertar o teto da tapera. Gente simples, gostava deles, mas eram tão silenciosos! Como se a lagoa tivesse comido suas línguas, como se suas línguas fossem peixes perdidos, nadando no fundo enlameado daquelas águas.

E Anita avançava, avançava, seguia no rumo da floresta. Precisava de movimento, do vento no rosto. Precisava das árvores, do cheiro do mato, da sensação de estar longe da terra, no alto, solta no ar.

Giuseppe cerrava umas tábuas, pensando em Rossetti e na República. O imperador D. Pedro II, ainda um menino, tivera sua maioridade proclamada. E, em Setembrina, chegara um próprio, vindo de Porto Alegre, trazendo a notícia de que Soares de Andrea tinha substituído Saturnino no governo da província e no comando das armas imperiais. Decerto, o Império preparava alguma coisa, pois Andrea era homem violento, voluntarioso, um homem de pulso de ferro. As tropas republicanas não estavam em condições de travar uma grande batalha, e os barcos estavam a meio caminho, talvez só em novembro pudesse entregar meia dúzia de embarcações para Bento Gonçalves... E, ainda assim, pensava ele, aqueles barcos pequenos lutando contra as grandes naus imperiais e suas bocas de fogo?

Um dos homens entrou no galpão e chamou-o.

— Que passa? — perguntou Garibaldi.

— Dona Anita saiu a cavalo — disse o outro. — A galope, capitão. Num galope de dar medo.

Garibaldi atirou a serra no chão, furioso. Anita! Mulherzinha teimosa! Estava quase parindo, a barriga parecia querer rasgar-se ao meio, abrir-se como uma laranja madura!

— Para onde ela foi?

— Aí pelas margens, depois parece que seguiu para a franja da mata. Será que aconteceu alguma coisa, capitão?

Garibaldi abriu um sorriso matreiro:

— O problema é o oposto. Falta de acontecências. A senhora Anita é uma mulher muito briosa. Vou por ela antes que se meta em problemas.

E saiu correndo atrás da primeira montaria. Admirava aqueles humores da esposa — sim, considerava-a sua esposa legítima, e não era um papel escrito por um homem igual a ele que mudaria os fatos. Pensou, já no galope, sentindo o vento no rosto e seguindo pelos lados que o outro lhe indicara, que Anita era uma mulherzinha louca, insensata. A criança tinha mais uma semana ou duas, estava por chegar. O que diria sua mãe, Rosa Raimondi, se visse a nora com aquela barriga, enfiada nas velhas calças do filho, galopando pela floresta? Riu alto. A mãe correria ao padre, pedindo-lhe ajutório! Anita tinha passado ventando por ali, disse-lhe um homem do lugar.

Como se fugisse de uma tropa de imperiais. Como tinha feito em Curitibanos, pensou Garibaldi, cutucando as ancas do seu cavalo, atiçando-o no rumo da floresta, onde o capão adensava-se numa cobertura verde, úmida, vegetal.

Os homens do estaleiro ficaram vendo a cena, curiosos. O italiano, diziam, era corajoso feito um deus. Mas a mulher, a catarinense, era maluca. Nunca tinham visto uma mulher de barriga montar um cavalo daquele jeito, riscando a tarde como um sopro.

— Será que chamamos o Costa? — perguntou um deles.

O ferreiro largou a forja e disse:

— De que adianta? Não tem um único médico a milhas daqui, se acontecer alguma coisa com a senhora, o assunto será com Deus mesmo.

Garibaldi adentra a mata.

Dá para ver os vestígios da passagem de Anita. Galopa, abrindo caminho entre o arvoredo, sabe que Anita passou por ali, pode sentir, pode ver as marcas das patas do cavalo, as ramagens mexidas, quebradas. A vida de guerrilhas com os rio-grandenses ensinara-lhe muitas coisas. Antes, o mar não lhe guardava segredos; agora, sabe locomover-se pelas florestas, picadas e serras.

E, seguindo seus instintos, é que encontra Anita, caída no chão, deitada de lado, a barriga saliente como um outro corpo, e ela geme baixinho.

— Anita! — ele pula do cavalo e atira-se à mulher.

Anita abre os olhos:

— Uma cobra... — ela geme. — Assustou o zaino. Ele se embrenhou na mata.

Garibaldi examina-a rapidamente para ver se tem algum ferimento.

— Esqueça o cavalo, Anita. Ele voltará. — Olha-a nos olhos, ela esboça um sorriso dolorido: — Vosmecê está bem?

Anita aquiesce, leva a mão à barriga.

— A barriga me dói, José.

— Psiu, *carina*... — ele diz, acalentando-a. — Vamos para casa agora. Eu levo vosmecê.

Acomoda a esposa com cuidado na sua própria cavalgadura e volta caminhando, trazendo o animal pelas rédeas, cruzando as entranhas da floresta a passo, olhando as árvores, tentando aquietar o coração, porque não tem certeza se Anita está bem, se a criança está bem. Ela geme baixinho, olhos fechados, e Giuseppe só consegue cantar uma canção da infância, *lalalari, larilalá, larilalá,* como fazia Rosa quando ele estava doente e não podia ganhar o porto nas brincadeiras com os amigos em Nizza.

Meia hora depois, está em casa, e Anita, na cama. Ela sente dores, incômodos. A esposa do Costa vem. É o mais perto que eles têm de um médico, aquela mulher citrina, seca de carnes, olhos duros, que já pôs sete almas neste mundo. Aida, a esposa do Costa, apalpa a barriga de Anita, examina os recônditos do seu corpo, séria, atenta, e então diz:

— Tem de fazer repouso até o nascimento. Anita está bem, mas a criança pode ter quebrado alguma coisa.

Giuseppe, ansioso, chega perto da mulher:

— Mas a criança está viva?

— Viva e se mexendo — responde Aida. — Agora, capitão, segure sua esposa nesta cama.

Giuseppe fica olhando quando Aida parte enrolada num xale grosso, escuro, andando contra o vento que zune nas telhas e nos vãos das janelas. Começa a chover outra vez, a chuva miudinha, persistente, que o irrita e o enoja.

— *Per Dio!* — geme.

Na verdade, está nervoso. É um tipo de nervosismo diferente, que nunca sentira numa batalha. O que ele pode fazer por Anita ou pelo filho? Só esperar. Agora que Aida se foi, não há mais nenhuma resposta para suas inquietações, apenas o tempo. Ele senta-se numa cadeira ao pé da cama e fica ali. Duas horas mais tarde, Anita abre os olhos. É noite. Giuseppe atiçara o fogo, as labaredas sobem, altas como línguas de ouro, iluminando a peça pequena, fazendo desenhos nas paredes de madeira e barro.

— A criança está bem, José? — é a primeira pergunta que Anita faz, numa voz fraca, cansada.

— *Sí, bene.* Mas vosmecê vai ficar nesta cama. Não falta muito pra ela nascer, Anita — ele diz, numa voz macia, doce.

E então se aproxima da mulher, senta-se à beira da cama. Vê que ela está magra, os ossos salientes, os olhos enormes, luzidios, em que o fogo dança em minúsculas chamas bailarinas. É quase uma criança, tão jovem, e a barriga parece esmagá-la, sugar dela a sua energia vital. Sente pena, mas não a entende.

— O que deu em você? Sair daquele jeito... Podia ter morrido. Ou ter matado a criança.

Lágrimas gordas descem pelo rosto de Anita. Ela diz baixinho:

— Oh, me desculpe... Eu não sei, José. Não sei o que deu em mim. De repente, precisei correr, precisei sumir, sentir o vento. — Ela se cala um minuto, e então diz numa voz confusa: — Era como se a floresta me chamasse. Eu precisava, tive de ir.

Giuseppe olhou-a; estava, talvez, delirando um pouco. Tinha de ir à floresta? Ele sorriu na semiescuridão. Era melhor deixá-la em paz. Uma mulher às vésperas do parto... Pobre Anita, talvez estivesse simplesmente com medo.

— Dorme agora — falou. — Dorme. Depois vou esquentar uma sopa pra vosmecê. A Aida vem de novo amanhã. Tudo ficará bem.

Anita aquiesceu e fechou os olhos. De repente, estava com medo. Sim, tivera de ir à floresta, como se fugisse, como se daquilo dependesse a sua própria vida e a vida do filho. No entanto, por causa daquela loucura, quase morrera, quase matara a criança que trazia no seu ventre. A criança... Ela já a amava. Antes, tinha pensado que só poderia amar uma criatura na vida: José. Agora não, agora também amava o filho deles. Depois disso, desta certeza, Anita mergulhou no sono profundo.

E tudo ficou bem.

Duas semanas mais tarde, no dia 16 de setembro daquele ano de 1840, nasceu o filho de Anita e de Giuseppe Garibaldi. Anita pariu-o sozinha, na cama, acalentada pelo fogo. Giuseppe correu até a casa dos Costa, pedindo ajuda. Mas, quando Aida Costa chegou com uma velha tesoura de ferro e suas rezas ancestrais, só restava mesmo cortar o cordão umbilical que separava a mãe do menino.

Sim, era um menino.

Giuseppe pegou-o no colo. Era uma coisinha curiosa. Vermelho, enrugado, gritão. Giuseppe riu da fúria nervosa da criança que, no ninho das suas mãos enormes, derramava seus primeiros vagidos. Tinha o temperamento da mãe, foi o que pensou. Não era bonito. Era quase como uma larvinha, enroscando-se em si mesmo, os cabelos escuros ainda sujos de uma gosma amarelada feito cera, os olhinhos negros, que ele abria e fechava em espasmos, olhos como os de Anita, a mirá-lo com raiva e espanto. Raiva e espanto, por causa dele, do frio, do mundo e da chuva que ainda chovia lá fora.

— Deixe-me vê-lo melhor — pediu Anita, pálida. — Deixe-me segurá-lo, José.

— Vamos chamá-lo de Menotti — disse Giuseppe, entregando o filho à mulher. — Como Ciro Menotti, que liderou uma insurreição na minha Itália e foi executado por Metternich.

Anita aquiesceu com um sorriso. Sabia que José daria um nome ao filho. Se fosse um homem, claro. Se fosse uma menina, haveria uma mártir que ele quisesse honrar? Uma mulher lutadora, guerreira, que tivesse brigado contra a insanidade dos poderosos do mundo?

— Vamos chamá-lo Menotti — ela concordou, feliz.

Aida recolhia os panos ensanguentados, limpava a tesoura da sua bisavó. Pensava que aquela era uma gente estranha, com falas estranhas. *Menotti, insurreição*. A Itália ficava longe demais, e ela só tinha visto italianos numa viagem com o marido para a boca da serra, alguns anos atrás. Olhou-os, sorridentes, apaziguados, o italiano, o capitão, tinha longos cabelos de um loiro de trigo. Ela gostava deles, pensou, limpando as mãos numa toalha que tinha trazido de casa, pois a tapera dos Garibaldi era muito pouco sortida. A criança não tinha roupas além de duas cobertas que ela mesma tecera no inverno e um velho cueiro que tinha sido do último dos seus filhos, e que achara perdido no fundo da gaveta da sua cômoda.

Aida aproximou-se com um pano e limpou a cabeça do menino. Ele calou-se como se gostasse do toque da água morna sobre sua pele quase translúcida, avermelhada de esforço.

— Vejam — mostrou ela. — Ele tem uma ferida na testa, ainda está aberta, sangra um pouco. Foi do tombo... Aquele dia na mata. Vamos ter que cuidar para que não arruíne.

Anita olhou o filho, era um menino cabeludo, mas, por sobre a linha de fios escuros, tinha mesmo um corte fundo. Bentão, seu pai, teria ficado orgulhoso do neto. Mas ela mesma, ela sentia uma dor, uma culpa. A ferida na testa do filho era por conta daquela loucura que a tomara.

— José... Eu poderia tê-lo matado — disse Anita, lágrimas nos olhos, acalentando a criança, que estava quieta agora.

— Ele está vivo, *carina*. É um belo menino. Forte como um touro.

Anita sorriu. Aida sorriu. Aquelas cenas sempre a emocionavam, e a velha mulher viu-se chorando quando a outra levou a criança ao peito cheio feito um ubre. Instintivamente, o bebê agarrou-lhe a teta, sugando com força. Fome não passaria, pensou Aida.

E disse:

— É um terneiro, senhora Anita. Vai mamar bem e crescer forte. Mas, capitão, ele não tem roupas. Vão vestir este menino com o quê?

Giuseppe sentiu o sangue correr pelo seu rosto. Roupas? Ele pensava em barcos, pensava na República, pensava no acordo de paz com o Império, que Rossetti vinha defendendo a largos brados. Mas nunca tinha pensado em roupas para o filho!

Anita olhou-o como se aquela fosse a primeira vez que o assunto lhe ocorresse também.

— Roupas, senhora Costa? Mas a primavera está começando. Achei que ele usaria fraldas, que ficaria enrolado nas mantas que vosmecê teceu para mim.

Aida Costa riu:

— Ora! Não vai querer criar seu menino como um índio... Ademais, o inverno aqui custa a passar. Só teremos calor lá pelo finalzinho de outubro, quando as chuvas forem embora. A criança vai precisar de roupas.

— Vou até Setembrina na semana que vem — disse Giuseppe. — Comprar um enxoval para o Menotti.

E dizer aquele nome, *Menotti*, encheu-o de um orgulho, de uma felicidade que antes desconhecia. Olhou o menino no peito de Anita. A vida era estranha, cruel e maravilhosa. Ele sorriu. Tinha visto Anita pela primeira vez naquela tarde em Laguna, ainda chorando a morte de Cuneo e de Carniglia. Depois do naufrágio do *Farroupilha*, sentia-se só no mundo, um homem sem eira nem beira, como diziam os continentinos. Agora estava ali, onze meses mais tarde, e tinha uma mulher e um filho. Era um pai de família. Ele! Um revolucionário e pai de família.

Aproximou-se de Anita e beijou seus cabelos.

— Queria que minha mãe estivesse aqui. Dona Rosa Raimondi adoraria conhecer o neto.

— Vai conhecer um dia, José — disse Anita.

— *Sí, ecco*. Vai conhecer. Um dia, vamos pra Itália.

Aida aproximou-se, sorrindo:

— Um dia, vão para a Itália, mas agora vão comer um pouco. Preparei feijão e guisado, vou mandar o Costa trazer pra vocês.

Dito isso, saiu com a trouxa de panos. A vida, para nascer, fazia sujeira. Ganhou o campo. A lagoa, cálida e dourada, brilhava sob o sol fraco da manhãzinha de setembro. No estaleiro, os homens trabalhavam. Os barcos tinham de ficar prontos em outubro, era ordem do capitão Garibaldi. A vida seguia no Rio Grande. Falava-se de um tratado de paz, mas a família Costa achava que ainda teriam muita guerra pela frente.

Quando Menotti completou 10 dias, Garibaldi aprumou-se para seguir no rumo de Setembrina. O filho tinha instigado pensamentos conflitantes. Por um lado, sentia-se renovado. A vida que fluía no minúsculo corpo, os olhos como ímãs, o calor nos seus braços, Anita... Mas também havia aquele cansaço. A guerra já durava cinco anos. Ele estava ali havia dois. Suas mãos, mãos grandes, hábeis, nodosas, tremiam nas manhãs frias do Rio Grande. Tinha visto tantas mortes, perdido todos os amigos. Agora, só tinha Rossetti. O sonho da República era uma miragem.

Iria comprar roupas para o filho; também se encontraria com Rossetti na pequena capital republicana, precisavam conversar. Os boatos de um armistício corriam pelo pampa, tinham chegado a São Simão. Assim como chegara às suas mãos um exemplar do jornal republicano *O Povo* de algumas semanas passadas. A pena de Luigi Rossetti perguntava "Será porventura desonroso para o governo imperial tratar conosco por meio de uma convenção em que reciprocamente se estipulem condições segundo as quais deva pacificar-se o País?". Agora tinha um filho, família. Cuneo estava no Uruguai. Garibaldi pensava que era hora de deixar a revolução. Terminados os barcos, talvez devesse seguir o seu caminho.

Chovia na manhã da partida. A chuva era quase um hábito do mundo por ali, e os pássaros estavam quietos na galhada das árvores. O tempo não dava mostras de melhorar, os caminhos alagados eram dificultosos, charcos sem fim aumentavam o sofrimento dos viajantes. Mas Giuseppe estava decidido a seguir até Setembrina.

— Tome cuidado — Anita pediu à hora da partida.

Giuseppe abraçou-a.

Lá dentro, enrolado na manta de lã, Menotti dormia acalentado pelo fogo. Parada no alpendre, Anita rogou-lhe que voltasse logo. Não queria ficar sozinha com o menino por muito tempo.

— Os Costa cuidarão de vosmecês — disse Giuseppe.

Anita afastou-se, mirando-o nos olhos. Aqueles olhos luminosos feito o sol de Laguna nos meses de novembro. Aqueles olhos estavam cansados, ela sabia. Sentiu um desconforto. Não era medo, era uma ansiedade. Dentro da sua barriga, o menino parecia mais seguro. Agora, eram dois. Não havia cordão que os unisse, e Anita sentia o peso de uma outra vida atrelada à sua. Olhou o marido, que vestia o poncho vermelho, o chapéu a lhe esconder parte das melenas de leão, e disse:

— Venha logo, José. Eu lhe peço.

— Assim que resolver as coisas em Setembrina.

Em passos largos, ele caminhou até o estaleiro, deu as últimas ordens aos homens, montou no seu cavalo e, com um esporear, partiu.

Anita ficou vendo o vulto que contornava a lagoa a trote, até que ele foi se apequenando, como que engolido pela chuva fina e persistente. Depois, entrou na casa. O filho dormia, a testa, cuja ferida ela limpava três vezes ao dia, começava finalmente a cicatrizar.

Giuseppe Garibaldi cavalgou por algumas horas, vencendo o terreno encharcado, de vegetação rasteira, pontilhado de capões. Nuvens escuras passeavam pelo céu, o vento descabelava a chuva fina. Os caminhos inundados eram difíceis, os campos sumiam por sob um manto de água, aqui e ali, e ele precisava fazer grandes manobras para avançar.

Na Roça Velha, encontrou um piquete republicano e reconheceu o coronel Máximo. Tinham lutado juntos em Laguna e em São José do Norte. Garibaldi aceitou comer um churrasco com os homens, ouviu as últimas notícias da revolução, e seguiu adiante, embora Máximo insistisse que deveria dormir na Roça.

— Vem chuva grossa por aí. Amanhã vosmecê avança — disse o coronel dos Lanceiros. — Os caminhos estão praticamente desfeitos em água.

— Só paro quando chegar a Setembrina — respondeu Garibaldi.

— Vosmecê é quem sabe.

O capitão não tentou demover o italiano, conhecia-o bem. Vira-o incendiar seus próprios barcos em Laguna. Vira-o com a adaga na boca, escalando as muralhas de São José do Norte como uma sombra.

Despediram-se. E, então, Máximo viu-o partir pela estrada alagada, num trole largo. Para os lados do poente, as nuvens pesavam, cheias de presságios. A noite seria de aguaceiros.

Garibaldi não tinha cavalgado sequer uma milha quando ouviu, lá atrás na estrada, um tiroteio cerrado. Viria de onde? Preocupou-se por Máximo e seus homens, mas voltar seria perigoso. Estava sozinho, tinha deixado todos os outros trabalhando no estaleiro. Se cruzasse com uma tropa imperial, a coisa ficaria feia. Na Estância do Brejo, com a ajuda do cozinheiro, defendera suas instalações do ataque de Moringue e de mais cem homens. Mas, ali, no meio do pampa alagado, era presa fácil. Incitou o cavalo num galope forte e avançou, deixando a picada e embrenhando-se no meio de um capão.

Chegou em Setembrina no dia seguinte e encontrou Rossetti contrafeito. A revolução estava sem futuros, o povo sofria. Não havia dinheiro nos cofres, as tropas estavam em farrapos.

— A nossa luta está terminada, Giuseppe. Eu acho que a única saída é a paz. Mais dia, menos dia, o Brasil adotará o sistema republicano, mas não será agora. Já se perderam muitas vidas.

Estavam à mesa. Na casa de Rossetti, a mesa era repleta de livros, de antigos exemplares de *O Povo*. Uma negra, a quem Rossetti pagava pelos serviços domésticos, preparava-lhes o jantar.

— Eu sei — disse Garibaldi. — Tenho me sentido preso, isolado em São Simão. Um nada, Luigi. Um nada... Longe do mar, da Itália, dos amigos. De amigo, aqui, tenho apenas vosmecê. — Olhou-o calmamente: — Se vosmecê partir, iremos juntos. Vim lhe fazer esta proposta.

— Eu fico — disse Luigi Rossetti, ajeitando os óculos no rosto afilado. — Dei minha palavra ao Bento Gonçalves. Embora esteja sofrendo grandes injustiças aqui desde que assumi o papel de paladino da paz. Lucas de Oliveira, Domingos de Almeida... tenho feito desafetos, vosmecê deve ter ouvido falar.

— Somos italianos — disse Garibaldi. — Somos estrangeiros, eles são todos rio-grandenses, Luigi. Isso aconteceria... Perder uma guerra longa como esta incendeia os ânimos. Desde que Anita teve o filho, tenho pensado. Perdemos Laguna, perdemos São José do Norte. Os republicanos nunca conquistarão a capital. Porto Alegre é imperial. E o mundo é grande, Rossetti.

Rossetti aquiesceu. A negra começou a recolher os livros para arrumar a mesa. Rossetti olhava-a de soslaio, não por ser bonita, o que não era. Preocupava-se com seus livros.

Garibaldi sorriu, dizendo:

— Vosmecê devia era arrumar uma mulher. *Una donna.*

— Constituir família como você, Giuseppe? Isto não é para mim.

Giuseppe deu uma gargalhada:

— E é para mim? Um homem do mar como eu? Vou lutar pela liberdade dos povos, pelo progresso do homem, levando de arrasto Anita e o menino. — Baixou o rosto, olhando o piso de tábuas, as ranhuras da madeira que a negra encerara. — É uma vida dura para Anita.

— Sua Anita parece bem satisfeita.

— Deixei ela e o menino lá naquela tapera. Eu me preocupo, Rossetti.

— E por que veio? Para discutir o futuro da nossa República? Vosmecê sabe que ficarei até o fim.

— Vim pra comprar coisas para a criança. E também precisava ver vosmecê, Luigi. Devemos partir.

— Partir? Para a Itália? Impossível. O rei quer a sua cabeça e a minha também.

Giuseppe olhou-o:

— Para Montevidéu, talvez. Temos amigos lá, vosmecê sabe. Italianos, mazzinianos, gente que acredita na liberdade. Como Cuneo... Mas não agora. Ano que vem, talvez.

A negra serviu o jantar em panelas de barro. Os dois homens calaram-se, olhando a comida nos pratos, pensando no futuro, nos sonhos perdidos. Tinham sido anos de lutas. Os rio-grandenses eram homens de fibra rara, orgulhavam-se deles. Desafiar um império era para poucos, mas um punhado de tropas desvalidas isoladas no interior jamais venceria aquela maldita e imensa guerra.

Comeram calados. Quando Rossetti abriu o vinho, Garibaldi disse:

— Eu não bebo, vosmecê sabe. Tenho mudado muito nos últimos tempos, mas nisto continuo igual. Vou aceitar um copo de água e, depois, um mate.

— Nem vinte anos no Rio Grande me farão gostar desta beberragem amarga — disse Rossetti, rindo. — E o vinho, aprendi a bebê-lo no seminário. Com a benção de Deus.

Garibaldi bateu na mesa:

— As maiores barbaridades do mundo foram cometidas com a benção de Deus, meu caro Rossetti.

No dia seguinte, depois de reunir alguns recursos com os amigos — pois não recebia soldo do governo republicano —, Garibaldi comprou o necessário para Menotti. Despediu-se brevemente de Rossetti, e pôs-se no caminho de São Simão.

À saída de Setembrina, recebeu a notícia de que o Moringue, o maldito capitão imperial, tinha atacado as tropas do coronel Máximo a poucas léguas de Mostardas. Máximo e seus homens tinham sido feitos prisioneiros. Seu coração inquietou-se. Se Moringue estava nos arredores de São Simão, Anita e o menino corriam perigo. Talvez já tivessem sido capturados pelo Moringue. José Pedro Abreu, o capitão imperial, odiava-o desde o ataque ao estaleiro na estância de D. Antônia. Tinha sido ferido gravemente no braço esquerdo e perdera os movimentos da mão. Atiçou o cavalo, nervoso, tocando a galope pelos caminhos alagadiços. A viagem era comprida, seu coração pesava. Anita e o menino... E Moringue era um homem rancoroso. Ansiava ardentemente pela tapera ordinária, pelo calor de Anita, por segurar Menotti nos braços. Mas, por mais rápido que cavalgasse, só chegaria a São Simão no dia seguinte.

Anita

Sou esta voz e me lembro.

As coisas vêm até mim como se estivessem se sucedendo uma vez mais, exatamente como outrora. Quando nos unimos ao todo, o tempo é um novelo infinito de memórias.

A minha voz é o vento lá fora, e mesmo que poucos me escutem, eu conto as histórias, as gentes e as batalhas, o brilho das adagas e os sorrisos de medo, a coragem e o leite morno, o frio das manhãs e o calor do pão no forno — tudo, tudo isto voeja por aí, acontecendo uma vez, e outra, e outra...

Para sempre, infinitamente.

Eu vejo São Simão com estes olhos que já não tenho, e os últimos dias de setembro escoam-se. Menotti, meu primeiro filho, não passa de um bebê de poucos dias... Doze — exatamente doze dias o separam do meu ventre.

Os gritos romperam na tarde, mas, de certa forma, eu já esperava por eles. As sensações multiplicavam-se em mim como choques nervosos. Desde que José partira para Setembrina, eu pressentia o perigo. Olhava a lagoa, quieta como um espelho, a chuva fina, a floresta ao longe. Cada árvore e cada moita, eu as conhecia de cor. Tudo estava igual, os homens trabalhando no pequeno estaleiro, o corpo dos barcos que nasciam, deitados sobre o capim ralo, um bando de pássaros que cortava a manhã leitosa, úmida. O mundo ali fora era exatamente o mesmo, mas eu sabia.

Dentro de mim, eu já ouvira os gritos, o tropel...

Foi num sonho.

Abri os olhos na noite, uma noite antes de José seguir para Setembrina. No sonho, eu tinha visto o capitão imperial. Diziam dele que tinha uma cabeça enorme, desproporcional ao corpo. Mas maior ainda era o seu ódio por José.

Os gritos — eu já lhes disse com esta minha voz de vento — romperam na tarde de São Simão. Eu amamentava Menotti sentada na cama. O fogo crepitava, a lagoa, que dormia, despertou com o súbito ruído. Alguns tiros espocaram. Não sei bem o que pensei, a gente sabe coisas que não nomeia, e mesmo a terra continuaria sendo terra e fazendo brotar as sementes se lhe tivessem dado um outro nome.

Agarrei o menino, enrolei-o na manta. Atei as pontas, amarrando Menotti ao meu peito ainda nu. Eu só usava as velhas calças de José. Puxei o xale do prego na parede, e saí correndo na tardinha, dei a volta na tapera, os pés descalços sentindo a água empoçada no chão.

Os cavalos ficavam atrás do estaleiro. Peguei um deles, o zaino. Tinha ido comigo à floresta naquela tarde. Talvez, ocorreu-me num raio, eu já soubesse desde aquele dia... Pulei no lombo do cavalo, meu filho amarrado a mim.

Um dos homens veio gritando lá de dentro:

— Fuja, dona Anita! Os imperiais!

Saí galopando para os lados da mata, deixei a lagoa para trás. Eu não seria feita prisioneira outra vez, não com o meu Menotti. Os deuses eram generosos com José, os deuses o amavam. Eu cortejaria os deuses, os presentearia com meu filho, o menino com a marca na testa, e nós seríamos salvos.

Cavalgamos no rumo do coração vegetal da mata de São Simão. Menotti e eu poderíamos ter morrido lá, naquela outra tarde, antes do parto. Agora, a floresta nos salvava. Ali ficamos, protegidos da chuva pelas ramagens das árvores.

Os gritos aumentavam, tiros perdiam-se na tarde, apagados pelo ar pesado de chuva. Pensei no estaleiro e nos barcos, nos homens, na família Costa. A tapera, única casa de Menotti, Moringue provavelmente a destruiria.

Mas nós estávamos ali, no ventre úmido da floresta.

O menino vagiu. Era tão pequeno, tão quieto. Era como eu.

Olhou-me com aqueles olhos escuros — ambos, ele e eu, vivíamos à sombra de José.

— Psiu... — pedi. — Não chore, Menotti.

E dei-lhe o peito, sentindo o leite descer, quente e volumoso, para a sua pequena boca rosada que chupava o meu mamilo. Ele serenou-se, e ficamos ali, enredados um ao outro, a noitinha descendo, aplacando os gritos, o tropel dos cavalos, os tiros.

Logo estava escuro, o silêncio se tinha feito uma outra vez. Mas permanecemos ali a noite toda. Eu conhecia o frio e conhecia a fome, e não os temia. Abracei o menino e cantei baixinho, o cavalo amarrado a uma árvore. A chuva parou, o ar coalhou-se de bruma. Ainda lembro da névoa prateada que se enredava nas árvores

— Não se preocupe — pedi ao meu filho num sussurro.

Ele já dormia, saciado do leite, colado ao meu corpo, cujo calor o sustentava. As horas custaram a passar, os ruídos da floresta assustavam-me, mas eu sabia que ali, exatamente ali, onde tinha caído do cavalo havia um mês, eu estava segura. Moringue não nos encontraria. Não ali, no coração verde da floresta.

No dia seguinte, José apareceu.

Assim como me achara no outro dia, achou-nos então.

— Anita!

A voz dele despertou-me de um sono sem sonhos. Vi apenas os cabelos loiros em volta da sua cabeça como um halo. E depois senti seu hálito, seu calor de homem.

— Ela está queimando em febre! —disse ele.

Ouvi vozes. Levantaram-me. A criança, enregelada, estava quieta. Menotti sempre fora um menino quieto, porque ele sabia todas as coisas. Nunca lhe expliquei, nunca lhe contei nada... A morte de Rosita e a minha própria morte estavam naqueles olhos escuros, olhos de velho. Menotti não era agraciado pelos deuses como o pai, era um condenado à sabedoria atávica — ele conhecia todas as coisas que já tinham se passado e todas as coisas que viriam.

Eu soube naquela noite, na floresta.

Tinha sido ele, justamente ele, que me soprara desde o ventre: cavalgue, embrenhe-se na mata, ache um lugar. Este lugar será a nossa salvação. Tinha sido ele.

José carregou-me na montaria até a tapera. Amarrara Menotti ao seu próprio corpo para aquecê-lo melhor. Lembro-me da claridade nos meus olhos quando saímos da floresta.

— Anita —sussurrou José —, vosmecês escaparam de um ataque do Moringue e de mais trinta homens... Anita, vosmecê é uma mulher mui corajosa.

Olhei ao redor. A febre agulhava minha fronte, eu via as coisas misturando-se umas às outras, chão e céu. Mas a lagoa estava lá, impávida, cintilando na manhã. Fiz força para que minha voz saísse e respondi a José:

— Não fui eu... Foi o Menotti.

Estávamos em frente à casa, ele entregou a criança a um dos homens, acho que era o velho Costa. Pegou-me em seu colo com cuidado, e então disse:

— Está delirando de febre.

Depois, colocou-me na cama.

Eu dormi o resto do dia. Quando acordei, soube que Aida tinha alimentado meu filho com o leite de uma vaca. Por causa da febre. O menino estava em seu colo. José tinha ido enterrar os mortos. Moringue dera fim em três homens do estaleiro, os outros tinham fugido.

— Meu marido e eu fugimos também — disse Aida. — Mas ele não queria nenhum de nós, queriam mesmo era levar a senhora de prisioneira.

— Ele não procurou na floresta? — perguntei, com esforço.

Aida chegou-se perto de mim, tocou minha fronte.

— Procurou — disse ela. — Mas vosmecês não estavam lá.

— Sempre estivemos na floresta...

Aida deu de ombros:

— Ele não os achou. Esta floresta é mágica, dona Anita. Mas acho que vosmecê já sabia disso, não é?

Giuseppe Garibaldi lixava um mastro, compenetrado no trabalho, no vaivém sobre a superfície da madeira clara. O sol de fevereiro escorria pelas suas costas nuas. A lagoa rebrilhava na manhã de verão, quieta como um cão velho. Os barcos aprontavam-se com enorme atraso. Tudo contribuíra para complicar a situação. No último novembro, o deputado Álvarez Machado fora nomeado pelo Império o novo presidente da província do Rio Grande. João dos Santos Barreto comandaria as tropas contra os rebeldes. Houve uma tentativa de paz: Álvarez Machado enviara larga carta ao general Bento Gonçalves propondo um acordo. Os líderes revolucionários tinham achado as condições infames. Os negros que lutavam ao lado da República não seriam libertos, mas comprados pelo Império. As brigas no comando republicano aumentavam, os cofres estavam vazios, as confabulações estenderam-se até meados de janeiro. A paz não fora assinada, e ele, Garibaldi, deixava rolar os meses à espera do material necessário para confeccionar as velas dos seus barcos.

Agora, estava ali.

Tinha recebido, finalmente, o tecido para as velas. Não daria para todos os barcos. Ele respirou fundo, apreciando o dia bonito. O chão, regozijado no calor, deixava brotar minúsculas flores, cobrindo os arredores da lagoa com botões amarelos que as suas botas esmagavam nas andanças pelo terreno. Sorriu, bocejou, seus dentes brancos cintilaram na manhã. Com os barcos prontos, não tinham um porto para tomar. A República estreitava-se, confinada ao pampa e à serra, onde as tropas rebeldes ainda lutavam pelas cidades mais importantes.

Apesar disso, sentia gosto em viver. Principalmente, pensou, numa manhã como aquela. Diáfana. Sim, diáfana era uma boa palavra. O calor suave, apaziguado. As árvores verdejando contra o azul, a lagoa cintilando como um espelho. Ele afagou a madeira com seus dedos compridos, como se acarinhasse uma mulher no ato de fazer amor. Quando estava ali naquela faina, até se esquecia dos problemas, sonhava com a maresia, com as ondas, a largueza azul do oceano.

Na casa, mais ao longe, Anita cuidava do menino. Com cinco meses, Menotti era uma criança franzina, magra. A gestação difícil da mãe deixara-lhe marcas. Garibaldi olhou a lagoa azul. Talvez, talvez zarpar num barco... Partir com Anita e a criança, partir para longe. Tinha escrito nova carta a Rossetti.

Andiamo via, Luigi, o mundo é grande. Se vosmecê vier comigo, seguiremos para Montevidéu. As ideias de Mazzini serão compreendidas por lá, há muito a ser feito na América antes que possamos voltar para a Itália. Mas não aqui, não mais. Não por nós dois, esta agora é uma batalha de brasileiros, por coisas que não nos dizem mais respeito.

Mandara a carta por Costa, que tinha ido até Mostardas havia dois dias e, de lá, despacharia a correspondência para Setembrina por um chasque. Ergueu a cabeça, olhando uma nuvem pequena, desfeita, que passeava distraidamente no azul da manhã. E, então, viu o cavaleiro que se aproximava. Era Costa, voltando de Mostardas.

— Bons dias — disse Garibaldi, secando o suor do rosto.

O Costa apeou, e veio caminhando até ele. A cara não estava boa, pensou Garibaldi.

— *Buenas* — disse o velho.

Costa viu o italiano, o perfil bem-feito, lapidado. Aida costumava contar que a dona Anita sentia ciúmes da beleza do esposo. Sentia ciúmes de uma sobrinha do general Bento Gonçalves, uma moça de nome Manuela, que vivia para os lados de Camaquã. Mas, em São Simão, aquele fim de mundo, só havia ela para apreciar o perfil do comandante italiano.

Giuseppe já conhecia o velho Costa:

— Que le passou, amigo?

Costa achegou-se. Desviou os olhos para a lagoa por um instante, olhando a formosura luminosa daquele outro mar, o mar doce, e então falou:

— Bento Gonçalves deixou Porto Alegre para seguir no rumo da serra, comandante. Faz uma semana isso. Foi um recuo estratégico, o senhor sabe como estão as coisas para os republicanos.

— Mui mal estão as coisas para a República, seu Costa.

— Pois então, comandante. Eles seguiram em duas colunas. Primeiro, o Canabarro. Depois, o Bento e seus homens, com o Teixeira e os lanceiros. Foi justamente a coluna do general Bento Gonçalves que cruzou com a tropa do Moringue... Dizem que o Moringue queria pelear com o senhor, que le procurava pelos pagos.

— Temos as nossas rixas — disse Garibaldi. — E o Moringue é um homem teimoso. Mas como se passou a coisa?

— Foi um ataque surpresa... Vim le dizer que o seu amigo, o Rossetti, foi morto nesta batalha. Dizem que a lança que o varou ao meio era do próprio Moringue.

Costa abaixou os olhos, envergonhado de dar aquela notícia ao italiano. Todos no Rio Grande sabiam que o corsário Garibaldi, o mais valoroso dos marinheiros, tinha se engajado na revolução pelas mãos de Luigi Rossetti.

Garibaldi sentiu como que um soco no peito. A beleza da manhã desapareceu diante dos seus olhos incrédulos. Sentou-se numa pilha de toras ainda não lixadas. Olhou as suas mãos. Sujas, machucadas do trabalho... Eram mãos de um homem do mar, sentiam saudade das enxergas, do cordame, das velas, das gaivotas. Em São Simão, não havia gaivotas. Ele ergueu os olhos, e olhou o céu de um azul translúcido. Não viu nenhuma gaivota naquele azul.

— Luigi... — gemeu.

Luigi Rossetti tinha morrido. Fazia três meses que tinham estado juntos. Se Luigi tivesse aceitado partir para Montevidéu... Olhou ao seu redor. Viu as árvores ao longe, a casa pequena, o mato em tufos, cintilando sob o sol. O tempo daquilo se acabara.

— Eu sinto muito, comandante — disse o Costa, o rosto contorcido.

— Nem despachei sua carta. Está aqui, tome.

Garibaldi aquiesceu, pegou o envelope, enfiou no bolso da calça. Depois, ergueu-se, como que tomado de súbita vontade.

— Vou lá falar com a Anita — disse.

Costa tirou do bolso da calça outra carta. Estava timbrada com o selo da República Rio-Grandense. Estendeu a mão para o italiano. O envelope, branco, meio sujo de terra, surgiu diante dos olhos condoídos de Garibaldi.

— Tenho mais uma carta comigo, comandante — disse o Costa. — É do general Bento Gonçalves, e traz as ordens para os próximos movimentos.

Próximos movimentos. Aquilo lhe soou um acinte. Enfiou a carta no bolso junto com a missiva que escrevera para o amigo morto e seguiu a passos largos para a casa. As coisas misturavam-se dentro de si. Sonhos, vontades, memórias. Rossetti tinha morrido, como morreram Carniglia e Mutru. Pior, Rossetti tinha morrido pelas mãos do maldito Pedro Abreu, o Moringue.

O sol, que antes era morno, agora parecia cegá-lo. Pisava forte, enfiando as botas na grama verde. Imaginou Rossetti morto. Os olhos sem vida. A boca muda. Pensar em Rossetti morto comoveu-o. Ele venceu a distância entre o estaleiro e a casa chorando como um menino. Se Rosa Raimondi, sua mãe, estivesse ali, o teria admoestado, como na infância, quando ele se metia no barco do pai às escondidas, ou quando corria pelo porto com os amigos do cais, e voltava para a casa com os joelhos rebentados, *Ho detto, figlio, é pericoloso.. No, no, questo andrà male...*

Ele entrou na casa.

Anita estava parada perto do fogão, mãos na cintura, olhando o menino que brincava no chão. Parecia que o esperava. Parecia, pensou Garibaldi, que ela já sabia da morte de Rossetti.

Dois dias mais tarde, segundo as ordens do general Bento Gonçalves, Giuseppe Garibaldi, Anita e o pequeno Menotti partiram de São Simão. Tinham ficado sete meses lá. Uma eternidade para Anita. Ela deixava a casa à beira da lagoa com alívio, sabendo que iriam se juntar às tropas de Davi Canabarro. Depois de quatro longos anos, os republicanos levantavam definitivamente o cerco a Porto Alegre e iniciavam a marcha para a serra, embrenhando-se nas carnes do Rio Grande, a fim de garantir o controle das cidades da campanha.

A alegria de Anita durou pouco. Logo nos primeiros dias, ficou claro para todos que a marcha seria exaustiva. O outono anunciava-se chuvoso; soprava um vento frio, que vinha dando voltas desde a Argentina, enregelando os caminhos neutrais. As tropas estavam em farrapos, dignas do malicioso apelido que os imperiais lhes tinham dado. Famintos, exaustos, os soldados republicanos encaravam a chuva como um deboche divino.

Homens desertavam na calada da noite, levando consigo cavalos e mantimentos. Numa madrugada, Teixeira Nunes matou um desertor, e depois chorou na frente dos outros chefes. Subiam a serra por caminhos alagados, o moral baixo, a fome silenciosa. Os chefes previam um encontro com o imperial Labatut, e a tragédia antecipada de uma batalha naquelas condições pesava sobre todos.

Por causa do outono chuvoso, o rio das Antas transbordava em redemoinhos de água castanha, pérfida. Perderam três cavalos, uma criança morreu afogada. Atrás das tropas, seguiam famílias de republicanos numa marcha desenganada de futuro. Os arroios estavam inchados, alagando os campos. A febre levou mais crianças. Anita seguia com Menotti amarrado ao peito. O filho do corsário italiano era franzino, mas ainda assim precisava mamar. As canseiras da marcha e a alimentação precária fizeram o leite de Anita secar. A criança começava a sentir fome. Mas, até esfaimado, Menotti era quieto: vagia na noite gélida um sopro de lástima, nada mais do que isso. Giuseppe pegava o menino, envolvendo-o nos seus braços fortes, alentando-o. Anita tirava o peito do vestido, o menino sugava algumas gotas. Mais, não havia.

— Ele entende — dizia Anita. — Por isso, não chora.

Giuseppe olhava a mulher. Seus olhos estavam envoltos por sombras cinzentas, como nuvens de inverno. Achava que ela não estava bem. Nunca reclamava, sua coragem era exemplar. Mas, às vezes, via-a chorar olhando o menino. Giuseppe sentia culpa, e a culpa era pior do que a fome. Ele avançava com o peito em brasa. Caminhava, cedia o seu cavalo a Anita. Caminhava enfiando os pés no barro, pensando que a família precisava de um pouso, de um futuro.

A chuva não arrefecia. As fileiras republicanas minguavam; durante as madrugadas, os homens embrenhavam-se nas picadas, desapareciam na noite refestelada de chuva. Os órfãos aumentavam, seguindo atrás dos soldados, sujos, pequenos e exaustos. Os órfãos faziam Anita chorar, e ela chorava em silêncio, levando Menotti no colo, o fuzil no ombro, pelas picadas estreitas.

Eles subiram aclives e venceram a selva bruta. Um pesadelo de dias e de noites.

Com a fome e a chuva, os enterros multiplicavam-se, rápidos, sem orações. Anita pensava no menino. *Vai ser o próximo. Nem chora mais.* Olhava José com desespero mudo. Ele sabia, certas coisas não precisam de palavras. José abraçava-a:

— *Carina*, ele vai aguentar.

Anita não dizia nada. Viver já era custoso demais, não faltava ficar inventando ilusões. Tirava o peito, oferecia-o ao menino. Mas ele sugava cada vez menos, sua força diminuindo milha a milha.

— Isso vai acabar — disse Giuseppe uma manhã. — Eu prometo.

— Eu não pedi nada — responde Anita.

O italiano olha a mulher nos olhos. Está magra, os zigomas parecem querer furar sua pele.

— Não pediu, mas está chorando, Anita.

— Chorar ainda posso.

Seguem a marcha.

As araucárias, enormes, tapam o céu com seu clamor de folhas e de galhos. Eles avançam, entrando no ventre da serra. Talvez não saiam nunca mais de lá. Nunca mais, pensa Anita. *Mas estou aqui. Onde José for, eu vou.* Porém, existe o pequeno Menotti. Que culpa ele tem daquele amor? Pobre menino, tinha nascido sabendo de todas as coisas. Por isso, ele nunca chora. Quando se sabe demais, o silêncio é um esconderijo. Anita dá o peito ao filho. O leite pinga com dificuldade na boca da criança. Menotti olha a mãe com seus olhos de velho. Seus sábios olhos de velho. Depois, resvala para o sono. Agora Anita tem medo quando o menino dorme. O sono é vizinho da morte. Ela sabe que Menotti vai morrer dormindo, como morrem os velhos.

Giuseppe pressente o medo de Anita. Pega o menino para si, prende-o ao seu pescoço com um lenço, aquecendo-o com os vapores da sua própria respiração. Cada hora é uma batalha, Giuseppe sente o leve pulsar do coração do filho e pensa, *a República está acabada*.

Ele avança em direção a Canabarro. Diz-lhe que vai mandar a mulher na frente, Menotti já não suporta mais o frio e a chuva. Canabarro olha o italiano com o menino preso ao pescoço, uma excrecência de carne pálida, quieta, mansa.

— Pegue um dos homens para seguir com ela. É mais seguro — Canabarro fala. — As gentes do Labatut podem estar por aí, escondidos nesta mataria sem fim.

— E dois cavalos para cada um — completa Giuseppe, sério. — Assim, Anita troca a montaria, e pode ir mais rápido.

Canabarro aquiesce. Os olhos do italiano são duas pedras de âmbar. Se o menino morrer, Garibaldi perderá a cabeça. E os republicanos precisam de todos os seus cérebros, pois já estão fracos, fracos demais.

Giuseppe aproxima-se de Anita:

— Vá em frente com Menotti e com este vaqueano. — Ao seu lado, um tipo indiático toca no chapéu à guisa de cumprimento. — A viagem é lenta, avançamos devagar por estas matas. Vosmecê vai na frente com o menino, não pare nunca. Ele tem pressa de viver, Anita.

Dito isto, o italiano desata a criança do seu peito. Anita prende o filho contra o próprio corpo, como o prendeu em São Simão na tarde em que Moringue atacou o lugar. Ela dá um beijo rápido em José. Não quer se separar dele, mas Menotti... Menotti precisa. Anita sabe que o menino não vai aguentar muito mais. Na manhã úmida, pelas gretas da serra, Anita parte com o vaqueano e quatro cavalos. Eles alternam a montaria nas subidas barrentas, escorregadias, perigosas. Eles não trocam palavra. Eles não param nunca, nunca olham para trás. O menino, cada vez mais etéreo, já nem choraminga. É uma alma velha, e sabe que não pode desperdiçar energia. Nem um vagido. O que existe é apenas o ruído dos cavalos ofegando pelas sendas movediças da floresta.

Depois de um dia e uma noite, Anita e o vaqueano encontram a saída, a picada que leva a Vacaria. Num viés do caminho, sentem um cheiro curioso pairando no ar. Cheiro de carne assada. Uma tropa de milicianos da República acampa por ali. Eles reconhecem a esposa do comandante italiano, eles a viram lutar em Laguna. Anita chora de alívio quando vê os homens esperando por ela, a fogueira acesa, a carne espetada em varas verdes, pingando uma gordura que estala e chia.

Menotti está salvo.

(As tropas republicanas não encontraram Labatut na serra. O comandante imperial seguira para Passo Fundo com suas fileiras. Canabarro chegou a Vacaria, e lá recebeu a notícia de que os revolucionários finalmente tinham assumido o controle da região das Missões. Apesar dos sofrimentos e penúrias aos quais se submetiam os homens de Bento Gonçalves, o grande tabuleiro da guerra seguia em movimento. De Vacaria, Teixeira Nunes, Garibaldi, Anita e parte das tropas que tinham vencido a serra rumaram para São Gabriel, onde Bento Gonçalves, agora outra vez no cargo de presidente da República Rio-grandense, estabeleceu o seu quartel-general.)

Encontraram uma casa para o presidente, uma casa simples e ampla, onde pode se reunir com seus chefes, traçar planos, organizar estratégias. O negro João Congo cuida dos três serviçais que mantêm a casa funcionando, e faz questão de ele mesmo preparar o mate e de engraxar as botas do presidente. Joaquim, o filho mais velho de Bento, também está ali ao lado do pai. A casa vive mergulhada em febril atividade, enquanto as tropas, centenas de homens sem uniformes decentes, estão instaladas em tendas de campanha nos arredores da cidade.

— Virão engenheiros — Bento diz ao filho, na sala acalentada pela lareira grande. — Virão engenheiros e construirão galpões para os homens. Como vamos pagá-los é outra história.

— Eu sei que é duro, pai, mas temos que aumentar os impostos — diz Joaquim, olhando o campo lá fora coalhado pela chuva de maio.

Um cavalo surge no seu campo de visão. Joaquim reconhece o cavaleiro, sente a sua presença como um incômodo. Era um homem bom, um soldado valoroso, mas o italiano tinha roubado a alma de Manuela, sua prima, e isso ele não lhe podia perdoar.

Da sua cadeira, os pés sobre a mesa, com ares cansados, Bento responde:

— Não pode ser assim, meu filho. Esta gente já está sofrendo demais. Estamos no sexto ano da guerra. Não tem uma família que não chore um morto, uma mãe que não pranteie um filho. O Rio Grande está triste e pobre — ele diz, sentindo o peso dessa responsabilidade. Então, suspira e acrescenta: — As tropas estão em farrapos, os cofres, vazios. Precisamos de uniformes, cavalos.

— E como vamos fazer isso, pai?

Bento Gonçalves mira os olhos do filho. É um homem elegante, honesto. Tem orgulho de Joaquim. E é com orgulho que ele diz:

— Vosmecê vai partir para Estância da Barra. Vai falar com sua mãe. Diga a Caetana que precisamos vender uma ponta de cavalos, que preciso de dinheiro para dar comida aos meus homens. Eu sou o presidente desta República, Joaquim. Que seja eu a pagar parte da conta.

Joaquim pensa nas estâncias da família. Anos de guerra também tinham lapidado o patrimônio do pai. Mas ele entende Bento Gonçalves, seus brios, seu coração. Então, diz:

— Partirei amanhã mesmo.

Neste instante, o negro João Congo entra com o mate e a chaleira. Depois de ajeitar tudo sobre a mesa, avisa:

— Presidente, tem um homem querendo ver o senhor.

— Quem é, Congo? — pergunta Bento.

Joaquim, já se preparando para deixar a sala, responde ele mesmo ao pai:

— É o italiano. O Garibaldi.

Os dois homens encontraram-se no corredor sombreado. Olham-se nos olhos. Sem palavras, entendem que esta será a última vez que se cruzam pelos misteriosos caminhos desta vida. Um momento depois, Congo convida Giuseppe Garibaldi a entrar no escritório do presidente:

— Ele le espera — diz o negro, com sua voz de tenor.

Garibaldi tira o chapéu e entra na sala quente, de piso de madeira encerado, com cortinas grossas tapando as paredes, cortinas que parecem separar a sala do mundo lá fora e das suas tolices e pendengas. Fazia muito tempo que Garibaldi não entrava numa sala com cortinas, é isto o que ele pensa, parado em frente à mesa atrás da qual Bento Gonçalves o fita com seus olhos escuros.

— Queria me ver, senhor Garibaldi?

Ao ver o italiano ali, Bento Gonçalves pensa em Rossetti. Gostava muito de Rossetti, como outrora gostara do conde Zambeccari, seu secretário pessoal. Os italianos tinham contribuído enormemente para a causa republicana. Acha que deve dizer algo mais, pois Garibaldi, parado no meio da sala, continua em silêncio, olhando-o com aqueles seus olhos de salteador, brilhantes, agudos. Bento perdoava Manuela por ter amado aquele homem. Ele podia entender que Garibaldi provocava nos outros sentimentos estranhos, transformadores.

— Sente-se — pede, indicando uma cadeira. — Antes de qualquer coisa, quero eu mesmo le dizer que lastimei muito a perda do nosso valoroso Luigi Rossetti.

Garibaldi senta-se, cruza as mãos no colo. O nome de Rossetti provocou-lhe um tremor involuntário que arqueia seus ombros largos.

— Rossetti foi um bravo, general. Um homem de ideias, um coração que pensava no bem dos povos. A morte dele é irreparável para a causa da liberdade.

— Nos últimos tempos, Rossetti foi um arauto da paz. Angariou alguns inimigos porque os gaúchos têm um temperamento por vezes incontrolável — diz Bento Gonçalves. — Infelizmente, foi impossível chegar a um consenso com os representantes do Império, o senhor deve saber. Eu me esforcei pessoalmente por isso, com a ajuda do nosso amigo Rossetti. — Cala-se. Lá fora, um trovão ecoa na tarde, ribombando como um cavalo de chumbo. — Mas imagino que o senhor não me veio ver para falar da memória de Luigi.

— Não — diz Garibaldi. — Eu não vim falar do passado, general Bento. Vim falar do futuro.

De um certo modo, Bento Gonçalves já sabia. Não se espanta quando o outro prossegue:

— General Bento Gonçalves, chegou a minha hora de partir. Se o senhor me der a vossa permissão, evidentemente.

Bento espera. O italiano tem mais a dizer. Até seus olhos parecem cheios de palavras.

— Vim para o Rio Grande para servir na Marinha de Guerra da República, mas já faz mais de um ano que não há Marinha. Meus compatriotas estão todos mortos...

O general olha o italiano. Lá fora, a inquietude do céu dá lugar a uma chuva pesada, que canta nas telhas de barro, alaga o quintal e os campos. Bento lembra-se de São José do Norte e desvia os olhos para o chão por um instante. Depois, ergue o rosto magro, bem escanhoado, e fita Garibaldi:

— O senhor lutou como um bravo pela nossa causa, eu o desobrigo dos compromissos que assumiu com a República.

O italiano não sorri quando diz:

— *Grazie mille*, general Bento Gonçalves.

Como um sopro, a imagem da jovem Manuela, com seus olhos verdes e os cabelos de um castanho tão escuro quanto o tronco da canela-preta, passa pela mente de ambos os homens. Bento Gonçalves negou a sobrinha ao italiano, mas não lhe pode negar a coragem e os serviços.

— Senhor Garibaldi, o senhor nunca recebeu soldo. Nunca aceitou a parte que lhe cabia do fruto dos corsos que fez para a República. O senhor precisa de dinheiro, de um modo de subsistir.

Um leve rubor subiu ao rosto do italiano quando ele disse:

— Penso em alcançar meus compatriotas em Montevidéu. Preciso chegar até lá com Anita e o menino.

Bento Gonçalves ergueu-se. Vestido no seu uniforme impecável, estendeu a mão ao corsário italiano, de quem Zambeccari lhe falara ainda na prisão, no Rio de Janeiro, *é o homem de que precisamos para conquistar um porto*, e lhe disse:

— Vou falar hoje mesmo com o Almeida, ver o que podemos lhe dar. A República está de cofres vazios, mas sabemos honrar um homem como o senhor.

Giuseppe Garibaldi pegou seu chapéu, pensando que, com ele, levava também o seu orgulho, e saiu da sala onde a lareira crepitava mansamente. No corredor, despediu-se de João Congo e ganhou o quintal, sentindo a chuva bater furiosamente no seu rosto quando montou no cavalo e partiu para o acampamento, onde Anita e o menino o esperavam.

Março de 1850, Tânger

As páginas acumulam-se sobre a mesa como dunas de papel sopradas pelo vento da memória. A criada, que vai por ali uma vez ao dia recolher o urinol, ajeitar a cama e varrer o chão, tem a sabedoria de não tocar em nada. As palavras assustam, ele sabe.

Garibaldi olha o volume branco, a montoeira de papel que vem preenchendo com a sua letra irregular noite após noite, às vezes até o alvorecer, imerso numa febre de palavras, como se as lembranças açoitassem-no feito o vento das procelas. Derrama-se ali, ele, um homem das ondas, um marinheiro que se guia pelas estrelas, perdendo-se em frases e parágrafos. Estranhamente, o exercício da escrita tem se mostrado um bálsamo. Quando deita na cama fria e solitária, depois das horas de trabalho na fábrica, das caminhadas pelo porto e dos escritos febris, sonha com Anita. E sonhar com Anita acalma-o.

O sonho é um mundo paralelo, morno, sem espinha vertebral, livre do tempo. As coisas vão e vêm como as marés. Numa das noites, a voz de Anita veio do outro lado do rio Aqueronte, a voz de Anita ainda macia e viva e cheia de amor dizendo: *não chore mais por mim, José*.

Ele abre os olhos no escuro, assustado com aquelas palavras que ainda lhe soam aos ouvidos. Palavras cálidas, vagas palavras que parecem morrer no fogo que arde na pequena lareira do outro lado do quarto. Inquieto, sai da cama. As palavras tinham atravessado o sonho e estavam ali com ele. Desperto, calça as chinelas, pois a pedra fria do chão provocava seu reumatismo. Caminha até a janela, vê a lua que brilha no céu africano, cheia e branca.

Quando Anita morreu, em Mandriole, quando ele fugiu às pressas com o coronel Leggero, os austríacos nos seus calcanhares, a lua estava lá também. Vendo tudo, sempre.

Ele ouve passos no corredor. Algum dos hóspedes voltando das tabernas, é o que pensa. A noite em Tânger é melíflua, sensual, vulgar. Mas não. Os passos param subitamente, como uma respiração em suspenso. Ele nota o toque sutil na sua porta e, depois, o rangido suave das dobradiças de ferro.

O vulto surge diante dele. Ele descobre que é ela, a criada. Os olhos dela brilham como os de um gato na semiescuridão movediça do fogo.

— *Syd...* —diz ela, baixinho.

Oferecendo a sua carne ali, no meio da madrugada, ela chama-o *senhor*.

Sorri no escuro.

Sente que ela se esgueira, aproximando-se dele, tocando seu corpo com dedos leves como pombas, provocando-lhe aquela velha sensação, quase uma dor, que ele considerava perdida no tempo.

Num gesto súbito, inesperado, como um vulcão que desperta em arroubos de terra e de violência, puxa-a para si com força, enfiando sua língua ávida naquela boca morna, macia. Suas mãos correm pelas costas esguias, descendo pelo volume das nádegas, pequenas, rijas. Crava seus dedos naquela carne, ouvindo o gemido abafado que morre no seu pescoço, sentindo o palpitar daquele outro corpo, delgado, colado ao seu.

Com único gesto, baixa as alças do vestido que ela usa, e imagina, mais do que vê, os dois peitos pesados, imponentes, os mamilos escuros, redondos feito moedas.

Desce o rosto, a língua. Ela geme baixinho.

E então, quando a dor é tão forte que lanceta a sua virilha, subitamente, para seu espanto mais do que sua vergonha, ele começa a chorar. A jovem criada afasta-se com delicadeza. A lua está à janela, derramando uma claridade leitosa. A moça olha-o com seus olhos felinos, enxergando seu rosto de feições contorcidas. Com um instinto quase maternal, ela segura-lhe a cabeça trêmula, correndo seus dedos pelas longas melenas loiras, e diz no escuro com uma voz morna:

— Shiu, shiuu, *naqib*...

Capitão. Capitão, ela repete.

E leva-o para a cama como quem acomoda uma criança enferma num leito. Leva-o para a cama, onde não fazem amor, mas onde ele dorme abraçado a ela, como um náufrago num oceano sem fim.

Sonhou com a travessia.

No sonho, que se misturava à memória, não atravessava nenhum mar. As ondas que vencia eram verdes, imóveis, infinitas no subir e descer das coxilhas. Junto com Anita e seu filho ainda pequeno, cruzavam o Rio Grande, através do pampa sem fim, no rumo de Montevidéu.

Cinquenta dias.

Uma jornada inglória. No sonho, como na vida, o tempo custava a passar; era como o pampa, monótono, largo, invencível. Levavam novecentas reses, o pagamento do governo republicano pelos seus préstimos de quatro anos na luta contra o Império do Brasil. Novecentas reses, que mugiam e andavam e se atravancavam e perdiam-se como um corpo em desarmonia, disparando pelas coxilhas em súbitos arranques, desaparecendo, uma depois da outra, como se o pampa tivesse uma boca invisível.

Anita dizia que era a Teiniaguá que engolia as reses. Tinha vivido tempo suficiente no Rio Grande para conhecer a princesa moura que se travestia de salamandra.

— Tem a cabeça fosforescente como um carbúnculo. Dizem que leva um rubi na testa.

A Teiniaguá engolia as reses porque tinha fome, uma fome ancestral de mais de mil anos. Garibaldi sorria, olhava o céu que se tingia de cinza, trazendo a chuva no vento, trazendo o inverno com seus perigos e dificuldades, e pensava que Montevidéu era longe, que ele era um marinheiro, não entendia de reses ou de coxilhas ou de princesas encantadas. Como tropeiro, foi um desastre. No sonho, enlaçava uma res, que dava um pinote, soltando-se e correndo a mugir, enfiando-se nas chusmas de mato, revoltada. Anita e os homens que viajavam com eles riam, riam dele. As reses eram bichos burros, mas ele era mais burro ainda com o laço e a corda. Anita não, Anita conhecia os animais. Seu pai, que era pobre, nunca conseguira juntar novecentas reses, uma vida inteira de trabalho não lhe dera para tanto. Ela ensinava-o, nas tardes sem fim, a fazer o nó e, depois, a girar a corda no ar, numa dança breve, definitiva.

Aquela travessia era uma outra guerra.

— Como em Laguna, José — dizia Anita, rindo.

Ele preferia lutar contra homens. Ele preferia as estrelas, o corso, as guerrilhas. Aqueles malditos animais eram bravos, arredios, magros, teimosos. Reses são como mulas, dizia Anita. No sonho, as dificuldades permeavam-se de alegrias, de esperança. Depois dos anos de guerra, da morte, da fome, Montevidéu se abria para eles como uma nova porta, uma chance de recomeço. O mundo era grande e, do outro lado do mar, estava a Itália. Em Montevidéu, havia um pouco da Itália. Cuneo, Castellini. Os amigos esperavam-nos. Ele tinha amigos no Uruguai.

Deitado na cama, de olhos fechados, gemia.

Ao seu lado, a criada velava-lhe o sono. *Naqib, Naqib...* Se estivesse desperto, teria visto o seu sorriso de dentes muito brancos. As mulheres o amavam, era uma regra simples. Havia pouco a ser feito sobre isso, as mulheres o queriam, precisavam dele e davam-lhe seus préstimos, todos os seus préstimos, com aquele mesmo sorriso da criada na noite de Tânger.

Para além dos gemidos, está o pampa.

Contratara dez tropeiros para a viagem, mas os tropeiros não tinham se saído melhor do que as reses. Dois homens fugiram, levaram com eles uma dezena de cabeças de gado e dois cavalos. Um terceiro abandonou a tropa no meio do caminho. Os outros eram folgados, preguiçosos. Perderam cem reses numa travessia, os animais, engolidos por um rio avultado pelas cheias, sumiram em volteios de patas e mugidos. Anita, com Menotti no colo, chorou vendo aquela cena.

— Preferia a Teiniaguá — disse.

A viagem prosseguiu. Dias e noites amontoavam-se num sem-fim. Dormiam ao relento, faziam amor em silêncio. Menotti sorria quando os quero-queros gritavam no pampa. As vacas seguiam, a contagem diminuía. Vinha a chuva, o sol voltava. Raios riscavam o céu. O minuano trazia o frio nos seus dentes.

Menotti, com 9 meses, parecia cada dia mais resignado. O filho mais resignado do que as reses, pensava Garibaldi, vencendo léguas, tocando os animais, enredando-se nos laços que Anita sabia fazer com facilidade.

No sonho, como no pampa, ele avançava sem parar.

Outra vez, Anita era Anita.

Ela sorria-lhe, os cabelos, castanhos e soltos, dançavam no vento. Sua boca larga, de dentes brancos, era macia e doce. Ela era tão extremada quanto o oceano de calmarias e procelas, e ele a amava.

Amava Anita quando ela sabia das coisas, e amava Anita quando ela se calava. Amara-a em Lajes, amara-a na guerra, arma em punho no convés, comandando os homens contra o inimigo.

Anita...

— Anita — ele gemeu na cama, na estalagem.

A criada abriu um sorriso que era mais um esgar. Ela sabia. Uma mulher. *Naqib* sozinho ali, uma mulher... A criada entendia, uma mulher inalcançável como tantas. Talvez outro homem, talvez a morte ou a distância. O *não* tinha muitas formas.

Olhou o sono conturbado do capitão loiro. Diziam que era famoso, que suas façanhas corriam o mundo, que derrubara papas e reis. Que a morte não o tocava. Mas no sonho, ela pensou, correndo as mãos por suas melenas leoninas, no sonho todos os homens eram iguais.

Giuseppe sonhava com Anita.

Dias e noites naquela faina, tocando as reses. Certa vez, deitado sobre o pelego, abraçado a ela, disse que era corajosa, a mais corajosa das mulheres. E ele só poderia amar uma mulher corajosa. *Não tenho medo da fome ou do trabalho, José. Só não podemos viver sem esperança.*

A resposta dela ecoou nos seus ouvidos, vinda de longe, pálida de sonhos, de distâncias. Ela já tinha dado sua moeda ao Caronte, o velho barqueiro.

Caronte remava no pampa ao lado deles, remava na relva, pacientemente. Esperando a sua vez. Tinha a eternidade ao seu lado, o velho Caronte, com seus olhos de fogo.

Mas eles tinham esperança... Montevidéu era a esperança.

Cinquenta dias durou aquilo. O pampa sem fim. Obravam, sofriam, andavam, tocavam a boiada, dormiam em turnos, tão esfarrapados quanto outrora nas hostes republicanas, nos tenebrosos avanços pelas selvas da serra, com seus abismos e picadas secretas e paredões de pedra milenar.

Eles lutavam com as reses. E o inimigo era, ao mesmo tempo, a sua fortuna. Novecentas reses malditas. Ele não apreciava paradoxos. Novecentas reses que, dia após dia, diminuíram como a farinha para a viagem. Novecentas reses que viraram oitocentas, depois setecentas, depois quinhentas...

Na travessia do rio Negro, já na fronteira com a República Oriental do Uruguai, mais de cento e cinquenta reses desapareceram, engolidas pelo turbilhão de água. Do outro lado da fronteira, o pampa era o mesmo. As reses tinham diminuído para quatrocentas e poucas cabeças. Os vaqueanos tinham ido embora.

Resolveram carnear as reses. A última parte da travessia, era isso que faltava. Levariam somente os couros e os venderiam em Montevidéu. O sangue escorria pelo campo como água, um outro rio, agora vermelho. Anita cravava a longa faca na carne palpitante, Anita ensanguentada em meio ao abate.

No sonho, o sangue alcançava-lhe os joelhos. Ele procurou Menotti, mas o menino mergulhou naquele sangue espesso, de um vermelho-acastanhado. Anita gritando, a faca em punho, o sol batendo na lâmina.

Secaram os couros. Pagaram os peões que ajudaram no abate, dois vaqueanos uruguaios que se sumiram na planura com sua cota de couros amarrada aos cavalos. Viajaram com trezentos couros.

— Menos da metade — disse Anita, preocupada.

Mas eles tinham amigos em Montevidéu. Castellini esperava-os, Cuneo esperava-os. Trotando no rumo da capital uruguaia, com seus prédios e ruas e seu porto atravancado de mastros, ele pensava numa coisa, numa coisa como um segredo. Para além dos amigos, dos couros, da esperança, em Montevidéu ele reencontraria o mar.

O velho, o soberbo mar.

Acordou no meio da manhã. O sol ia alto no céu, desenhando um quadrado de luz no piso de lajotas. Olhou para os lados. Estava sozinho no quarto; o fogo, revigorado, crepitava calmamente, estalava os segundos. A criada tinha partido.

Puxou a colcha de lã escura, farejou-a. Nenhum vestígio do cheiro almiscarado daquela pele. Ainda lembrava do olor, do gosto dos mamilos escuros, rijos, da língua semovente como um molusco misterioso. Sua cabeça, confusa do sono, do sangue, da travessia, latejava um pouco. Como se tivesse bebido. Ele, logo ele, que nunca tocara em álcool. Um marinheiro, um soldado, um capitão não deveria beber jamais.

Ficou em pé, tentando lembrar-se da noite anterior...

A criada entrara no quarto, ele sonhava com Anita. O corpo, os beijos, os seios nus palpitantes. E, então, o choro convulso, a tristeza que ainda o habitava feito um fantasma de outras vidas. Caminhou até a janela. Viu a rua estreita, silenciosa. Um minarete recortado contra o céu de um azul pálido, um burro puxando uma carroça carregada de mantimentos. Estavam entre os salás, e o mundo lá fora cumpria seus deveres cotidianos.

Sobre a mesa, a pilha de folhas esperava-o. Do sonho, as palavras escoavam feito água, pingando, pingando. Arrastou a cadeira e sentou-se. Na boca, o gosto da noite maldormida, o gosto da criada e o gosto de Anita misturavam-se numa coisa só, numa angústia que o fez pegar da pena e começar a escrever.

Parte 2

A noite no olhar

A deusa Nix

Eu sou Nix, a Noite.

Sou a filha do Caos, a sobrinha do Amor. Sou a mãe do Destino, da Fatalidade, da Morte, do Sono, do Sonho, do Escárnio, da Miséria, das Moiras que regem o fado, do Engano, da Vingança, da Amizade, da Velhice e da Discórdia. Sou a mãe de todos os sofrimentos que vêm no escuro, que assomam na pele das noites eternas. Sou aquela que tem o controle da vida e da morte, sou a domadora do destino sem fim. Deuses e homens devem-me respeito, pois posso tirar do mais poderoso dos deuses a sua imortalidade. Eu sou a mãe de Caronte, o barqueiro do Hades, aquele que carrega as almas dos recém-mortos sobre as nebulosas águas do rio Estige.

Eu estou em todos os lugares, e todos os lugares estão em mim.

Eu sou Nix, e venho contar-vos daqueles dias...

Venho porque a minha voz é a voz das Musas, e eu posso desvelar o que está encoberto; eu posso nomear o oculto, eu trago à vida cada coisa pronunciada. Acreditem-me: as palavras têm poder, a palavra dita não é senão a manifestação real daquilo que ela nomeia. As palavras dão a vida, é preciso muito cuidado com as palavras.

E, quando eu digo daqueles dias, daquele tempo, eu os trago de volta à vida. Tudo... O pampa, as reses carneadas, a longa marcha de miséria e de sonho. Eu trago à vida a fronteira nua, o verde úmido dos campos de inverno, eu trago à vida a estrada de pedras cujos pés exaustos pisaram, eu trago a mulher morena, o homem loiro, a criança quieta — todos eles e tudo ao redor deles revive sob o som imortal das minhas palavras.

Dias e homens têm em mim o poder de reviver.

Porque eu sou Nix, o começo e o fim.

Eu sou Nix. Antes da luz, eu já estava aqui. Antes dos deuses, antes mesmo de Zeus. Eu sou o começo de tudo; de mim surgiram mares e estrelas e palavras e sonhos de liberdade e de poder.

E eu vaguei com aqueles três — homem, mulher e criança — durante semanas e anos, entre continentes e esperanças e batalhas incontáveis. Acompanhei-os, travestida de madrugadas; por eles, escondi-me sob o manto mágico da invisibilidade, pisei em lugares terríveis, venci procelas e tropecei em cadáveres — tudo isso por causa daqueles três.

Que depois viraram seis, mas cuja conta foi paga em almas. Uma conta alta, como são as dívidas dos ousados. A ousadia, desde sempre, teve seu preço, o oculto cobra o seu pedágio de carne e de destino. Vejam, por exemplo, ele...

Vós sabeis de quem eu falo.

Como outros, perdidos no tempo e na história, ele cruzou fronteiras incontáveis, travou tenebrosas refregas, desembainhou a sua espada pelo bem das gentes. Ele, que vocês conhecem como Garibaldi, que se autodenominou Borel lá nos primeiros tempos da sua luta na Itália.

Ele, que era descendente de Eneias, o fundador da própria Itália. O homem que levou de Troia o futuro, assim como ele — Garibaldi — estava fadado a fazer. Pois tinha o signo dos corajosos, marcado com fogo e ferro na alma.

Se ele não morria, se as balas inimigas não o feriam e a lâmina das espadas não tinha o poder de cortar a sua carne, era porque eu estive ao seu lado, enquanto quis assim o destino.

Ela sabia, ela dizia que os deuses o amavam — ela, Anita, estava certa. Era sábia como o são poucas das criaturas humanas, embora não soubesse registrar seu próprio nome numa folha de papel. Ela dizia que os deuses amavam o italiano loiro, o corsário. E era mesmo verdade — tão amado era por todos os poderosos seres do mundo divino que pôde lutar incontáveis guerras e seguir incólume, adiante pelos dias, dono da confiança dos seus iguais. Lutou por quase todos os continentes, honrou e matou e jurou e cumpriu e amou e zelou. Ele entendia-se com a Morte, com o Escárnio, com a Miséria e o Sonho. Ele falava com a Velhice e a com Discórdia.

Ele, vocês sabem, era Giuseppe Garibaldi, filho de um comerciante navegador e de uma boa mulher de Nizza.

Eu, Nix, venho e vos digo e conto porque estive lá com meu capuz mágico que me fazia invisível. Sob o manto do meu nada, vaguei pelas cidades de pedra dos homens e conheci seus filhos e seus medos mais recônditos. Eu, que sou a mãe do Sonho e do Sono, preciso descer ao chão humano e conviver com eles, com os homens, os sonhadores. É minha tarefa, e assim é que eu educo os meus filhos. Sou a senhora de todos os destinos, e as Moiras cardam e fiam o fio das histórias que eu lhes conto.

Eu estava lá — em Montevidéu — quando chegaram...

Os dois e o menino.

O menino tinha dado trabalho. Tive de cuidá-lo pessoalmente. O Sono e a Morte brigaram por ele, mas eu intervi — não, não era o tempo. A cidade de Montevidéu esperava-os, a cidade murada, acossada por Rosas, a cidade cercada de água.

Talvez vós não conheçais o lugar, pois não podem, como eu, vagar por todos os recantos, baixar sobre o mundo na escuridão das sombras e na luz das estrelas. Portanto, eu vos contarei.

A cidade murada...

Ela tinha mais de trezentos anos, o que, para mim, é apenas um sopro, um soluço na eternidade. Mas, para os homens...

Esta é uma história de homens; portanto, a palavra que eu uso é a palavra deles. E Montevidéu era um pequeno triunfo humano.

Ela fora disputada por portugueses e espanhóis ao longo dos séculos. Foi um governador de nome Zabala quem decidira murar a grande planície, de forma que os espanhóis a pudessem vigiar da cupidez alheia, que era muita. Mesmo murada, a bela cidade continuou a ser cobiçada pelos portugueses e até mesmo pelos ingleses — dos quatro lados de Montevidéu, três eram banhados por água. Ah, os homens sempre precisaram da água para ir e vir e para comerciar e para viver, posto que eles mesmos não passam de carne e de água em partes desiguais, mas apenas isso.

Montevidéu foi muito disputada por suas margens... Os ingleses a dominaram e, depois, ela foi incorporada ao Império do Brasil com o *nome de Província Cisplatina por mais de uma década. Foi em 1828 que a cidade passou a ser capital de um estado independente, a República Oriental do Uruguai. Vejais, os mortais brincam com o seu chão assim como nós, imortais, brincamos com eles...*

Mas assim sucedeu, exatamente assim. Está tudo registrado em livros e atas e memórias para que os dentes do tempo façam o seu silencioso trabalho.

A cidade murada cresceu rapidamente, vazando dos muros de pedra, inchando com a chegada de estrangeiros que vinham pelo mar de muitos lados, milhares deles, impulsionados por sonhos, na maioria vãos. Eles vieram e fincaram pé e ali ficaram. A cidade transformou-se, grande parte das antigas muralhas foi derrubada — o que foi um erro! —, valas acabaram aterradas, ruas nasciam do dia para a noite como se fossem vontade divina. Obrou-se incansavelmente por lá: pontes foram derrubadas, calçaram-se com pedras cinzentas as novas ruas empoeiradas, e ergueram-se casas com miradores para o mar, e prédios com açoteias e pátios internos onde as flores viçavam na primavera. As cidades dos homens mudam, transformam-se, viçam e fenecem como frutas. E assim foi com Montevidéu no tempo em que Giuseppe e Anita por lá chegaram.

Era em meados do mês de junho de 1841...

Fazia frio, e soprava o vento que chamavam de minuano. A baía estava coalhada de barcos, mastros riscavam o céu. Montevidéu era uma cidade de estrangeiros, e seu comércio atraía os genoveses, os galegos, os franceses, os ingleses que amavam comerciar. Tinham vindo da Europa os modistas para enfeitar as damas, tinham vindo os marinheiros para a navegação nas águas do Prata. Lá viviam também alemães, espanhóis e súditos do império do Brasil. Velhos, homens, mulheres e crianças circulavam pelas ruas de pedra, entravam e saíam de armazéns, olhavam o Prata, que banhava a cidade numa mistura de água doce e salgada, um pouco de rio e um pouco de mar, assim como Montevidéu era um pouco de tudo, de passado e de presente, de sortilégio e de destino, de esperança e de tragédia.

Foi nesta cidade ao sul do Sul do mundo que eles chegaram, maltrapilhos e esfaimados, naquela tarde de junho de 1841. Eu parei as Moiras e aplaquei a Fatalidade para que aqueles dois pudessem viver e amar e fazer filhos e sonhar um pouco, afinal de contas.

Ah, claro, as lutas esperavam por ele.

Pois Giuseppe era um homem da espada pela liberdade, assim como era um homem do mar. E Montevidéu, naqueles anos, ansiava pela liberdade. Ansiando assim também — sem sabê-lo — por Giuseppe Garibaldi. Ele lá chegou porque estava escrito — era esperado por italianos, por maçons. Fructuoso Rivera, o presidente da pequena República, esperava-o. E ele vinha, um pé na frente do outro, por léguas e léguas sem fim, até que entrou na cidade. E quem o visse não saberia que ele era um herói, posto que parecia um mendigo. Todos eles, os três... Sujos, cansados, esfarrapados e felizes. A batalha que exauria Montevidéu era uma guerra diferente para eles — depois dos anos nas guerrilhas pelo pampa, até o próprio inferno da guerra pode ter uma hierarquia.

Montevidéu tinha homens e mulheres e largas hortas e belíssimos parques de verde intenso; era uma babel de idiomas, mas era também um lugar de perigos. Açoitada pelas tropas de Rosas, vigiada pela sua poderosa Marinha, os tiros ecoavam na tarde, cortavam o ar azul. As balas misturavam-se ao vento, à névoa, ao silêncio das madrugadas... Foi por isso que eu acordei, porque as minhas noites, vilipendiadas pela guerra sem fim, pela cobiça do ditador argentino, já não eram noites de paz.

Tudo palpitava em Montevidéu naquelas noites do cerco...

Meu filho Caronte trabalhava lá, indo e vindo através das águas do Prata, que também era as águas do Estige, levando os incontáveis mortos daquela guerra sem fim. Onde a Morte está, está também este meu filho.

Pois, vós que me ouvis, vós, para quem as minhas palavras recriam um tempo e um mundo já finito, vós sabeis bem que Montevidéu era uma outra Troia por dez anos subjugada, vilipendiada por Rosas, o tirano de olhos azuis. E, como em Troia, como na história do homem sempre aconteceu, quando uma cidade vive uma guerra, os deuses baixam à terra e distribuem seus favores, suas benesses, seus ódios e os vereditos incontornáveis do destino.

Eu, Nix, estive em Montevidéu por eles... Eram uma pequena família — nada mais do que três, se é que a criança, franzina e quieta, poderia mesmo valer por uma alma. Eram três, e Caronte vigiava um deles — não o menino, pois nunca a vida é óbvia, portanto, nem a morte pode sê-lo. Um menino adoentado e um herói que lutava de peito aberto no convés *dos seus navios, contra imperadores e tiranos e reis e papas... Qualquer um daqueles dois poderia ter o fio da vida cortado por Átropos, a morta. Mas Caronte, meu filho eterno, tinha em sua conta a mais improvável daquelas criaturas.*

"Não ainda", eu lhe disse, quando a pequena família cruzou os muros de Montevidéu. Anita tinha 19 anos e um menino no colo, Giuseppe tinha 34, e avançava pelas ruas trazendo consigo 2 cavalos exaustos e 300 peles mal curtidas.

"Não ainda" — repeti para Caronte.

Ele que fosse buscar as suas moedas em outro lugar. E estendi minha mão divina de estrelas por sobre suas cabeças.

Eu, Nix, estive por eles.

Despachei Caronte, aplaquei as Moiras, fiz dormir a Fatalidade; eu sereno as forças indomáveis com o toque dos meus dedos eternos. Não vos espanteis, vós que me ouvis, pois eu posso ser boa e ser má, conforme meus desejos, eu posso ser tudo, assim também como vós.

Os três eram esperados em Montevidéu, e isso não foi um favor meu. Os homens de bem se reconhecem e se ajudam. Numa casa grande, próxima à aduana, viviam Napoleone Castellini e sua esposa, Catarina. Lá, também, reuniam-se italianos simpáticos à causa mazziniana, como os irmãos Antonini e os Risso, todos eles diziam-se italianos — antevendo o sonho que o próprio Giuseppe acalentava. Lá, também, ia com frequência um ex-abade de nome Paulo Semidei. Tinha, este homem nascido em Bástia, na Itália, um colégio para meninos, o Instituto de Las Buenas Letras. Tinha, também, como nosso corsário, limitações burocráticas que o impediam de voltar à sua terra natal por conta de um livro que ele publicara, apontando as irregularidades do clero na terra papal.

Ah, não vou aqui entrar no mérito do homem e da sua mesquinha religião, esta que apagou o brilho dos grandes deuses. Eu, Nix, uma das divindades mais poderosas de todo o mundo humano e mítico, eu rio dos cultos jesuíticos e das suas promessas tolas de uma eternidade de gozos em troca de uma vida de misérias. Quem pagaria adiantado tão vultosa conta?

Mas vós que vedes este meu mundo resgatado do esquecimento dos séculos, vós que enxergais a jovem Anita entrando na casa dos Castellini depois de cinquenta dias e noites ao relento, pisando o chão encerado, olhando os espelhos de cristal, provando o pão recém-assado e o vinho e a cama limpa, vós que a escutais responder em um claro italiano, pois aprendera com o marido a sua língua — que modesta de raciocínios ela não era, embora pobre e inculta —, vós a podeis ver, fechada no quarto que Catarina lhe designou, tirando a roupa dura e empoeirada, sentindo o frio limpo do piso na sola dos pés, seus olhos perdidos na água morna da banheira... Vós a vedes: ela solta os cabelos, e os fios opacos de sujeira caem-lhe pelas costas. É uma mulher miúda, de seios grandes, com auréolas escuras. Ela sorri. Menotti, deitado na cama, quieto como sempre, parece dormir no sossego daquela casona. Apenas entram ruídos da rua, e Anita cerra as venezianas.

O quarto está na penumbra. Lá fora, na grande sala onde bebem vinho, seu Giuseppe é o centro das atenções. Ele conta das últimas batalhas, da morte de Rossetti pelas mãos do maldito Moringue. Os homens fazem perguntas; Castellini, que ajuda os republicanos contrabandeando-lhes armas pela fronteira com o Uruguai, diz que aquela guerra está perdida, e que ali, em Montevidéu, é que se começa outra injustiça cruel. Que as injustiças movem o mundo à custa do sangue dos inocentes. Houvera uma declaração formal de guerra entre o general Fructuoso Rivera e Rosas. Este último, belo como um potro e cruel como uma harpia, um homem que degolava seus inimigos e mandava esfaquear seus amigos, uma criatura soprada pelo próprio Hades em carne e sangue e ambições — Rosas tinha fechado os rios Paraná e Uruguai. O largo horizonte do rio da Prata coalhava-se aos poucos de naus inimigas, e o comércio fenecia.

Anita tinha ouvido todas aquelas coisas. Conhecia Giuseppe. José, ela o chamava. Eu o chamo de filho de Eneias. Ela o conhecia bem, e podia intuir que seu homem se manteria longe da guerra por pouco tempo. Dinheiro tinham muito pouco. As trezentas peles não dariam para mais do que mantimentos, alguns móveis e roupas para o menino. Por enquanto, ficariam na casa dos Castellini.

Ela entrou na água, sentindo a sua calidez, com o sono tomando-lhe de assalto os pensamentos. Seus confortos eram tão poucos quanto os seus medos e, por isso, eu a protegi, desfiando o fio da sua vida pelo máximo de tempo possível. Ela era, à sua forma, uma deidade feminina, capaz de obrar e esperar e trabalhar no escuro pelo bem dos seus, mas também tinha coragem suficiente para dar a cara ao mundo e levar o tapa de cabeça erguida, como o fizera em sua terra natal, Santa Catarina. Na história do homem, contada pelo homem para iluminar o homem, mulheres como ela eram esquinas, eram miradores para o futuro.

Eu, Nix, abençoava-a todas as madrugadas, ainda quente do amor com Giuseppe; eu a tocava com meus dedos de eternidade. Naquela noite, deitada na banheira, Anita dormiu sob o som macio dos homens bebendo vinho e cantando o hino da Giovine Italia. Ela sabia, escorada na louça branca, submersa na água morna, que Giuseppe não bebia daquele vinho, apenas a água, a água límpida e pura dos sonhos que ele sonhava.

No dia seguinte, Paulo Semidei voltou à casa dos Castellini com uma proposta para o corsário que tinha vindo do Rio Grande, deixando para trás aquela outra guerra, a Revolução Rio-Grandense. Ah, como meus filhos labutam na esteira das ambições humanas. Dos campos do Rio Grande, eu ainda recebia notícias dos meus rebentos, Quer, a Fatalidade, Tânato, a Morte, Oizus, a Miséria, e Queres, a Morte na Batalha, trilhavam as coxilhas rio-grandenses havia já seis anos, recolhendo os seus espólios, assim como Caronte, que tirava as suas moedas da boca dos mortos ainda frescos nas pelejas contra o Império do Brasil. Com a guerra em Montevidéu, a labuta divina dos meus filhos engrandecia-se. Eles iam e vinham, eles esperavam, posto que nem todas as almas têm o mesmo peso para os deuses, mas as almas dos grandes homens e das mulheres de fibra valem muito mais.

Assim, quando Paulo Semidei chegou com um convite para Garibaldi, senti meus queridos rebentos suspirarem de desinquietude. Eu trabalhava contra eles naquela façanha, pois eu os queria, eu abençoava aqueles três. Semidei oferecia um emprego ao esposo de Anita — ele ficaria longe da guerra por enquanto. Giuseppe tinha sido educado por um frade, posto que sua mãe, Rosa Raimondi, devota destas religiões tristonhas nas quais o céu é o único lugar onde uma criatura pode almejar a felicidade, e não a vida — com seus gozos, risos, beijos —, Rosa Raimondi deu ao filho a melhor educação que lhe foi possível. Ao contrário dos seus irmãos, Giuseppe Garibaldi aprendeu caligrafia, matemática, história, mitologia greco-romana, astronomia e geografia. Seus conhecimentos, segundo Semidei, eram mais do que suficientes para que ele pudesse se agregar ao corpo docente do seu pequeno colégio montevideano.

E então, de corsário da República Rio-Grandense, de capitão da frota revolucionária, de comandante da artilharia, Giuseppe Garibaldi virou, de um dia para o outro, um professor de escola.

Ganhava uma pequena renda, mas aquilo era já uma chance de recomeço. Foi um interlúdio breve na sua vida de guerreiro; os homens precisam cuidar da família e dos filhos pequenos. Menotti estava por completar 1 ano... Miúdo, franzino, não tinha ainda aprendido a caminhar. Gostava de ser levado a passeios pelo porto, de olhar as gaivotas e as gentes na cidade grande, que causava alguma apreensão à Anita, cuja vida transcorrera toda na pequena Laguna. Era a maior cidade que os dois já tinham visto, mãe e filho. Mas Giuseppe conhecia-a bem. Antes mesmo de aportar no Rio Grande, mas já como corsário da República do general Bento Gonçalves, ele trilhara os caminhos uruguaios. Então, após as aulas, saía com o filho e a mulher, passeando pelas ruas adjacentes ao porto, olhando o movimento das naus que vinham do outro lado do rio da Prata, trazendo os soldados de Rosas e o medo. Giuseppe não tinha medo.

Certa tarde, enquanto eu vagava ao lado deles, escondida pelo meu manto de invisibilidade, houve um grande combate a poucas milhas do porto de Montevidéu. A goleta General Rivera tinha sido destroçada por um navio de guerra argentino. Eu vi Caronte na sua faina, recolhendo os mortos ainda frescos, e vi Queres ceifando vidas, jogando corpos ao mar. Os deuses agiam como uma orquestra, com as sobras das maldades e ambições humanas eles podiam criar uma melodia terrível.

Parado num canto do porto, vendo a goleta à beira de um naufrágio, Giuseppe sentiu seu coração acelerar, o sangue bombeando forte, a voz das batalhas clamando por ele. Em seu colo, o pequeno Menotti olhava o fogo no mar. Tinha sido criado em meio à morte e às retiradas, mas longe do mar.

"A goleta vai naufragar", disse Anita.

Giuseppe suspirou fundo. O vento da primavera trazia a fumaça ardida da peleja, mas também brincava nos seus cabelos, indeciso entre espalhar a morte ou o amor.

"Se eu fosse o capitão daquela goleta, não haveria naufrágio algum", foi a sua resposta.

Giuseppe Garibaldi era um bom marinheiro, o melhor de todos — creio que Netuno o amava também, assim como eu, pois Netuno sempre concedeu favores aos valorosos homens do mar. Mas ele não era comandante de nada, apenas um professor de escola que tinha passado largas horas ensinando latim e geografia aos pequenos. Dico, dicis, dicit, dicimus, dicitis, dicunt, ele dizia. As crianças repetiam em coro. Meninos de pele alva e olhos castanhos, vestidos com aventais azuis. Ele dizia, e dizia com sua voz de comandar navios e de ordenar avanços de infantaria. E as crianças repetiam, obedientes como soldados.

Ele não era mais capitão de nau alguma e, naquela noite, voltou infeliz à casa dos Castellini e narrou a batalha naval com poucas palavras, bebendo seu costumeiro copo de água. Anita, deitada em sua cama, com Menotti pegado ao corpo, sonhou com as guerras passadas, com o rio de sangue no convés do Itaparica, com o fogo engolindo os lanchões, com o corpo de John Griggs cortado parcimoniosamente ao meio. Acordou no escuro, o escuro dos meus olhos de noite, e, ao estender a mão para o lugar onde Giuseppe deveria estar, sentiu a cama vazia.

Ela soube, então, quieta na noite perfumada de azaleias de Montevidéu, que a guerra rondava outra vez o seu homem. Ela soube e, sozinha com Menotti naquele quarto de cortinas brancas, na cama de madeira lavrada que não era sua, na rua quieta de gente trabalhadora e fiel ao Cristo, ela soube que Giuseppe logo estaria comandando navios e peleando contra Rosas. Montevidéu era uma nova página de batalhas para o corsário italiano amante da igualdade, mas não para ela. Para Anita, Montevidéu seria um berço e um fogão a lenha e um pátio de pedras com cisterna, e uma varanda para o mar.

No dia seguinte a esta madrugada, deixaram a residência dos Castellini e alugaram dois cômodos na casa de número 81 da Calle 25 de Mayo, conhecida pelas gentes de lá como a "calle del Portón".

Dois quartos com camas, uma mesa e três cadeiras, uma cômoda, um tapete parcialmente desbotado adquirido numa loja de segunda mão. Estes eram os seus bens, isto e mais o obséquio que Catarina Castellini — que agora ela já ousava chamar de Nina — mandou-lhe no dia seguinte à mudança: uma caixa com lençóis e toalhas, pratos, talheres e xícaras.

Era uma casa. A primeira casa da sua vida com José. A proprietária, uma senhora de sorriso fácil chamada Felícia Villegas, fizera-lhes um preço especial, pois simpatizava com a causa italiana. Anita andava pelos quartos, passava a mão nas paredes, dizia uma velha oração que sua mãe falava quando queria benzer os filhos. Queria benzer o lugar, transformá-lo num lar para o marido e o filho pequeno.

Nessas andanças, ela olhava pela janela, via a rua lá fora. Analisava as gentes que passavam na calçada, as mulheres com vestidos coloridos, os homens de chapéu. Havia ruído e havia vida. Cavalos, vozes, o movimento dos transeuntes apressados, os carregadores que subiam do porto. Aquela era uma rua comercial bem-apanhada, perto do mar. O aluguel tinha sido uma pechincha, José dissera-lhe. A casa, embora malcuidada, era grande e tinha o pátio interno e o terraço. Ficava encravada numa parte nobre da cidade. A rua era conhecida de todos. Havia um café onde os homens se reuniam à noite. Modistas tinham ali as suas lojas, tecidos de mil cores exibiam-se em pequenas vitrines. Quando saía à rua com Menotti, ele sorria ao ver o colorido sedoso, uma cachoeira de panos. Tudo era novidade para o pequeno Menotti, tudo era novidade para Anita. Às vezes, passeavam por horas. Ela voltava para casa exausta como se tivesse travado uma batalha. Ela e o menino, passeando pela cidade, soltos naquele mundo novo, efervescente, palpitante de progresso e de guerra. As ruas estavam cheias, mas, nos olhos de todos, o medo das ameaças do caudilho Rosas era uma sombra, era o silêncio entre as frases, a pressa da senhorita e o olhar perdido do cavalheiro fumando o seu charuto.

Anita ficava muito tempo pensando agora. A vida tinha dado uma guinada extraordinária. Sentia-se quase feliz. Feliz não, não era tola de acreditar que pudesse aceitar o regaço da felicidade para além do seu amor por José. E havia José e a guinada extraordinária que ele mesmo dera na sua vida. Ele, um soldado, um marinheiro. Pois, agora, José tinha um emprego — isso soava-lhe impressionante e um pouco, um pouco assustador. Ele saía bem cedo, usava um abrigo escuro, de botões de osso. Os cabelos loiros penteados pareciam querer soltar-se no vento das pelejas, mas José enfiava-os sob um gorro, continha-os, como se, controlando sua indomável melena, pudesse conter seu próprio espírito. Anita olhava-o: alto, forte, os belos traços, a boca de sorrir, as mãos duras de longos dedos acostumados ao velame e à cordoalha. José agora segurava uma pena, ensinava os meninos de Montevidéu a dizer os verbos. Ele, que avançara sobre impérios e reis, que navegara por todos os oceanos!

José não parecia triste, mas estava calado. À tardinha, quando chegava em casa, passando pelo pátio interno, que compartilhavam com a outra família — Manuel Pombo, um comerciante, sua esposa, Marie, duas meninas pequenas e uma índia para os serviços —, Anita podia ouvir a voz dele ecoando, subindo pelas paredes, evolando-se até o terraço, lá em cima, de onde se podia ver o mar. Anita sabia que a voz de José, ao chegar no terraço, saía voando feito um pássaro para o mar, assim como seu pensamento.

José trabalhava pelas manhãs e às tardes. Apesar dos novos silêncios, ele falava com alegria dos meninos quando Anita o questionava ao jantar:

— *Sono piccolini*, 10, 11 anos. Eu queria levá-los num navio para lhes dar uma aula sobre as constelações. Todo homem deve conhecer as constelações, elas são o mapa do céu. — E, dizendo isso, pegava Menotti em seus braços, brincava com ele, usando uma voz macia: — Centauro, Cruzeiro do Sul, Escorpião. Vosmecê precisa conhecer as constelações, *bambino*.

E Anita via o menino rir.

Menotti, que era tão quieto, que passava o dia sentado num canto do pátio com os velhos brinquedos que os Castellini tinham-lhe arranjado, ria e ria e ria nos braços fortes de José. Ria por causa da presença, da companhia do pai. Seu riso era uma cascata, corria pelo chão, fazia Anita rir também, enquanto lavava os pratos.

José tinha aquilo, ela não sabia dizer. Era como um imã que atraía as pessoas. Sua luz, seu viço... Ele era como as constelações que dissecava nas noites frescas, quando, depois do trabalho, os dois subiam ao terraço que dava para o mar, sentindo a brisa salgada e macia que vinha do porto, a brisa como uma carícia, e fingiam, simplesmente fingiam como duas crianças, que estavam num navio.

— Olhe, Anita... Olhe Órion lá em cima — ele contava-lhe histórias nestas tertúlias noturnas. — Órion foi um caçador amado pela deusa Ártemis. Mas Apolo, irmão de Ártemis, não gostava de Órion, e mandou um enorme escorpião para matá-lo. Quando o jovem caçador fugia do escorpião, Apolo desafiou Ártemis a fazer pontaria com seu arco. A pobre deusa atingiu Órion sem querer. Ártemis ficou desesperada e, no seu desespero, pediu a Zeus que colocasse seu amado morto entre as estrelas... Para que Órion pudesse viver para sempre.

Disse aquilo e calou-se, olhando o céu como quem lia um livro.

— Cada estrela tem uma história? — quis saber Anita.

Ele acarinhou os seus cabelos e disse:

— *Sí, carina*. Cada estrela tem uma história, assim como nós.

Eram os melhores momentos... Os dois lá em cima, perto do céu e do mar. Quietos. Menotti dormia em sua caminha sob as cobertas. A família Pombo recolhia-se cedo, e parecia-lhes que a casa era somente deles dois. A rua também se aquietava, com as lojas e ateliês de moda fechados, um gato ou outro caminhando pelos muros, miando no escuro, um bêbado cortando a noite com alguma canção arranhada de soluços. Às vezes, podiam ouvir o canhoneio que se aproximava angustiosamente do porto de Montevidéu.

— Eles avançam um pouco a cada dia — disse José certa noite. — Estão fechando o cerco.

A voz dele fremia de emoção. Ela alertou-se instintivamente, conhecia aquela voz, aquela febre acalentando as palavras. Olhou José nos olhos e disse:

— José, esta guerra não é sua. Estamos em paz agora. Não vá entrar na batalha contra os argentinos. Nós chegamos aqui há dois meses. Você tem uma família.

O homem suspirou no escuro. Estavam, ambos, sentados no chão de ladrilhos, encostados à parede de pedras. Ainda não tinham cadeiras para o terraço, o dinheiro era curto. Anita controlava a comida, anotava os gastos num caderno meticulosamente. Mas o terraço vestia-se de estrelas e de mar, também era bom daquele jeito.

José disse, finalmente:

— Anita, a minha luta é a luta dos homens de bem. O Uruguai é um pequeno país assolado por um ditador cruel. Vosmecê não sabe o que dizem de Rosas, as histórias que contam... Ontem, ontem mesmo, eu estive com Cuneo. Vosmecê sabe que nós dois, Cuneo e eu, somos mazzinianos. Assim como Castellini e o vizinho da rua, o Stefano Antonini. Todos da *Giovine Italia*.

— Eu sei, José. — Ela sentia medo. Um país estrangeiro. Menotti tinha 1 aninho. Sorria só quando o pai estava em casa. Teriam os deuses os acompanhado até ali? — Eu sei... Mas a Itália está longe, do outro lado do mar. Aqui é o Uruguai.

— A causa uruguaia é tão justa quando a italiana, *carina*. Eu vejo que os orientais não sabem, simplesmente não sabem como lutar contra Rosas. E eles têm navios. São poucos, mas têm. Na nossa República do Rio Grande, eu fiz muito mais com muito menos.

— Mas você entrou nesta guerra, José?

Ele segurou suas mãos no escuro, o brilho lácteo do céu apenas iluminava o contorno dos seus cabelos longos, volumosos. Ali, na noite, os fios claros pareciam feitos de prata.

— *No*, Anita. Eu sou um professor. Amanhã, acordo cedo, visto meu jaleco, e vou dar aulas à frente daqueles trinta meninos endiabrados. Se eu fosse lutar contra Rosas — ele riu, alegre, fazendo uma careta —, levaria aqueles meninos comigo. Aí sim, o Manuel Rosas veria como a vida pode ser difícil.

Anita suspirou aliviada.

Ela sabia que aquilo não era um *não*. Era apenas um *ainda não*. De qualquer modo, seu coração serenou-se. Aspirou o ar fresco, levemente salgado. Sentiu um toque de flores. A casa tinha uma trepadeira de rosas no jardim interno, e à noite elas deixavam no ar o seu sutil aroma. Ela gostava daquilo.

Levantou-se, sentindo em cheio a amplidão que se abria diante do pequeno terraço da casa na Calle 25 de Mayo. Tomou a mão de José, apertando seus dedos num chamado mudo. Antes, no começo, no convés dos barcos, nas picadas serranas cheias de mosquitos, em meio às tropas que ressonavam na noite exausta de morte e de sangue, antes, apesar da sujeira e do desconforto, eles sempre achavam um jeito. Agora, tinham uma casa, um quarto, lençóis que ela passara a ferro. Agora tinham um lar.

Anita sentiu o calor subindo pelo seu ventre. José ergueu-se como se tivesse tomado um choque, olhando-a. O terraço era quadrado, tinha grades negras, retorcidas em pontas. José encostou-a contra a parede, enfiando sua língua quente, macia, sua língua de dizer frases em latim para os meninos, dentro da boca de Anita. O calor que lhe tinha nascido no ventre correu como um corisco, espalhando-se por todo o seu corpo.

— Vamos descer, José.

As mãos dele nos seus cabelos, puxando, exigindo. A língua no seu pescoço, navegando sua pele, correndo pelos sinais que ela tinha no ombro. *As suas estrelas*, dizia José.

— *No* — sussurrou ele no seu ouvido. — Não vamos descer. Vamos ficar aqui... Perto de Órion, perto do mar.

E puxou-a para o chão, cobrindo seu corpo miúdo com o dele. Mãos e dedos e língua e cabelos. Ela parou de pensar. Só viu as estrelas lá no alto, cintilando no seu silêncio de séculos.

A primavera cobria a cidade de flores. Anita gostava de sair levando o menino a passeio. A rua onde viviam tinha de tudo, um largo comércio de moda, joalheiros que produziam anéis com pedras de muitas cores. Um anel, pensava Anita, caminhando pela rua com o menino e com Catarina Castellini. Nunca tivera um único anel em toda a sua vida, a não ser a aliança fina que Manoel lhe dera na igreja, e que ela deixara na casa do tio, numa gaveta. Ao seu lado, Catarina usava um vestido elegante. Os Castellini tinham uma boa renda, provinda do comércio marítimo. Nina, que era miúda, de sorriso fácil e língua afiada, usava anéis nos dedos e também bons vestidos. Mas ela e o marido eram devotos da *Giovine Italia*. Todo o italiano que estivesse em dificuldades encontrava na casa dos Castellini um prato de comida, uma cama, uma roupa quente, um conselho. Atravessaram a rua, uma ao lado da outra. Em seu colo, Menotti pesava pouco.

— Veja, Anita — disse Nina, mostrando a vitrine da loja Domergue e Gallino. — Veja que lindo chapéu! Que flores delicadas. Ideal para um passeio como este.

Anita aquiesceu. Era lindo mesmo. Mas ela jamais saberia usá-lo. Em casa, limpava e cozinhava, costurava e cerzia. A renda de José era pouca como professor de Semidei. Viviam economizando velas, iluminando um cômodo de cada vez. Mas, Nina estava ali, rosto colado ao vidro, segurando a bolsinha cheia de moedas.

— Vamos comprá-lo, Anita. — E então, olhando a amiga, viu seus olhos castanhos, o brilho claro de seus olhos bonitos, e entendeu. — Oh, perdoe-me.

— Não tem problema, Nina.

Catarina Castellini abraçou-a na rua em meio aos transeuntes. Um velho apregoava os mais belos leques da Espanha; ao longe, um oriental oferecia suas luvas de seda. Para além do porto, os brigues argentinos fechavam as saídas de Montevidéu, pacientemente, sonhadoramente, ancorados no mar azul e quieto, enquanto as gaivotas cortavam o céu de outubro. Não parecia uma guerra, era silencioso demais.

— Tenho uma ideia — disse Nina. — Eu comprarei dois chapéus. Um para mim, outro para você. Quero lhe dar um presente.

Anita apertou Menotti. A vergonha ruborizou seu rosto jovem, deixou-a mais bonita. Não, ela quase gritou. Não queria o chapéu. Precisava de outras coisas, tantas outras coisas mais importantes.

Nina subitamente aquiesceu, segurou-a pelo cotovelo, impelindo-a a seguir o passeio.

— Me desculpe, Anita. Eu também não quero o chapéu, não quero mesmo. Vamos até o porto. Dizem que já se pode ver a frota argentina ancorada para além da barra. Que os navios aumentam a cada dia, grandes naves de guerra com seus canhões.

Nina olhou a amiga. Anita tinha lutado no Brasil. Os homens falavam muito disso, mas Anita, ela nunca. Nem uma palavra.

— Como é um canhão? — perguntou Nina, subitamente.

Anita riu:

— É grande, causa estrago. Mas, na violência das batalhas, age-se por instinto. Meu pai me ensinou desde menina a manusear uma arma. Ele dizia que eu tinha o sangue buliçoso, que devia aprender a me defender.

Nina parecia impressionada. O pai dela lhe dava bonecas, vestidos, pequenos regalos que comprava dos comerciantes italianos da cidade.

— Eu nunca usei uma arma — disse Nina.

Anita deu de ombros e respondeu:

— Eu nunca usei um chapéu. Agora vamos. Menotti gosta de passear no porto, de ver o mar e as gaivotas.

E as duas seguiram, descendo as três quadras que as separavam do porto, onde a balbúrdia era outra e a tarde cheirava a maresia e areia, e os barcos, ancorados, quietos, proibidos de sair para alto-mar, lotavam o píer: um emaranhado de mastros contra o céu claro, como se quisessem enredar alguma nuvem distraída.

Caminharam um pouco, quietas. O menino olhava os barcos com olhos sonhadores. Anita sorriu do filho, acarinhou seus cabelos escuros, muito lisos. Não, Menotti não tinha os cabelos do pai. O garotinho era como ela, comum e cotidiano. Um menino doce e silencioso. Anita beijou-o. Nina apontou um banco de ferro com sua mãozinha enfeitada de anéis. Sentaram-se ali. A tarde era de uma doçura macia, o sol escorria para o mar, deslizava nas pedras cheias de limo do molhe. Anita pensou em José na sua sala de aulas, nos trinta meninos, na falta que sentia de ter algum dinheiro sobrando, para as roupas, para um carrinho em que pudesse levar Menotti a passear pela cidade. Ele era leve, mas seus braços já doíam, cansados do esforço de carregar a criança.

— Vou costurar para fora — disse, de repente. — Em Laguna, era isso que eu fazia. Eu era costureira. Trabalhava com uma amiga, a Maria Fortunata.

Nina sorriu-lhe docemente.

— Acho um trabalho muito digno, Anita.

— Você queria me comprar um chapéu ainda há pouco... — falou Anita, olhando o mar.

— Ainda quero. Um presente pra você.

Anita virou-se para ela. Olhou-a nos olhos e falou:

— O chapéu eu não preciso, Nina. Não sou mulher de usar essas coisas — ela riu. — Mas aceito o dinheiro para comprar tesouras, linhas e agulhas. Depois eu devolvo tudo, prometo-lhe.

No dia seguinte, escondido sob a cama, estava o embrulho grande com as tesouras, linhas, tecidos e agulhas. Nina fizera questão de comprar as coisas com ela, e ainda lhe encomendara o primeiro vestido. Faria-o de graça, seria parte da paga, pensava Anita.

Quando José chegou, vindo do trabalho, cansado e um pouco tristonho do dia, ela pensou em mostrar-lhe o embrulho. Sentia-o como um tesouro, uma alegria secreta. Estava cheia de vontades. Mas, ao ver José parado no pátio, o jaleco azul pendurado no ombro, os olhos cansados, sem aquele brilho, aquele brilho que era dele, desistiu de contar-lhe a novidade. Ainda não. Amanhã... Não sabia por que, mas beijou-o na boca, erguendo-se na ponta dos pés como fazia sempre, e chamou-o para o chá e para o pão, que ela havia tirado do forno e ainda estava quente. Não disse uma palavra sobre o embrulho com o material de costura. Começaria o trabalho nas suas tardes livres, enquanto Menotti brincava no pátio interno com as duas meninas da família Pombo.

José comeu em silêncio, enquanto ela dava a sopa para Menotti. A noitinha já espalhava suas sombras pela peça, enquanto, lá fora, a índia que fazia o serviço dos vizinhos trabalhava no fogão, cantarolando. Anita pegou o menino no colo e deixou-o no chão com seus brinquedos. José empurrou o prato, tirou da bolsa um caderno de pauta, um lápis. Olhou-a, como se estivesse amadurecendo uma ideia. Ela conhecia aqueles jeitos do marido, o brilho que nascia nas retinas.

— Venha aqui —disse José.

Abriu o caderno sobre a mesa. Anita aproximou-se.

— Sente-se — pediu.

Ele ergueu-se, foi até o pátio onde a índia trabalhava no fogão a lenha, e voltou com uma brasa ardente. Acendeu a vela, e jogou a brasa na bacia de lata cheia de água para a limpeza da louça. Ela ouviu o crepitar da brasa sendo apagada pela água, morrendo num suspiro.

— Sou um professor — disse José, sentando-se ao lado dela. — Quando eu era um corsário, era o melhor de todos.

Anita sorriu-lhe:

— O melhor — ela repetiu.

— *Entonces*, como dizem por aqui... Tenho de ser um bom professor. O melhor. Agora, vou ensinar vosmecê a escrever o seu nome. Se eu ensino aqueles trinta meninos, posso ensinar a minha mulher.

Anita ruboresceu. Ela não sabia escrever. Na Carniça, onde morara na infância, e em Laguna, que virara sua casa após a morte do pai, essas coisas não eram importantes. Verbos, palavras, cadernos. Aprendia-se a plantar, a cozinhar, a costurar. Nunca tinha ido à escola.

— José... — sussurrou. — Sou muito velha para isso.

Ele olhou-a. A luz movente da vela fazia desenhos no seu rosto de moça, tão jovem ainda, os olhos redondos, grandes, quase negros como a noite que se instalava lá fora.

— *No* — disse. — *La mia moglie* deve aprender a assinar seu nome. Vosmecê é muito inteligente, Anita. Entende de política como nenhuma outra mulher que eu conheci na vida. As letras são coisa fácil. Elas não mudam, não enganam a gente.

José pegou o lápis e escreveu com cuidado: A N I T A.

— Veja. A-n-i-t-a. — E, depois, ao lado, caprichando nos volteios: — Garibaldi. — Ele sorriu: — Você é Anita Garibaldi. Agora vou ensiná-la a escrever seu nome.

Ela olhou as duas palavras, as letras que se seguiam, formando aqueles dois nomes. *Garibaldi*. Sentiu orgulho. Houvera um tempo em que era Ana Maria de Jesus Ribeiro.

Aquele tempo tinha ficado para trás.

Agora era *Anita Garibaldi*. Pegou o lápis da mão de José e, diligentemente, como se cosesse um tecido caro e delicado, tentou imitar o volteio das linhas, uma a uma, trabalhando como se o lápis fosse uma agulha, e o caderno, o tecido.

Sob a cama, na peça contígua, as tesouras e linhas esperariam. Ela agora estava aprendendo a assinar o nome de José. O nome que também era seu. Nunca tinham se casado, nem pela lei de Deus, nem pela lei dos homens. Eles tinham as suas próprias leis.

— *Beníssimo!* — disse José, quando ela acabou. — Agora, vamos fazer tudo de novo, uma vez mais.

(No dia seguinte, Anita mostrou suas costuras a Garibaldi. Embora se proclamasse favorável aos direitos da mulher, e fosse um libertário e um sonhador, ver Anita costurando para fora enfureceu-o. Recolhendo os panos espalhados sobre a mesa, num dos raros acessos de fúria que jamais teve, ele mandou que Anita devolvesse todo o obséquio para Nina.

— Mas José! O dinheiro que vosmecê ganha na escola de Semidei mal dá para a comida da casa! — argumentou a mulher.

— Arranjarei outro emprego! Mas não quero vosmecê fazendo serviços de costura para fora, Anita!

E o assunto encerrou-se. Anita guardou os tecidos e as agulhas, e desde então costurava às tardes somente para a família. *Conhece-se o marinheiro somente na tempestade*, era o que ela pensava. Embora corajoso e generoso, no fundo José era parecido com todos os outros homens. Queria Anita apenas para ele. Não aceitava que mulher também trouxesse dinheiro para a casa da Calle 25 de Mayo.)

A deusa Nix

Eros sempre quis a prerrogativa do início.

Do início de tudo, de todas as coisas.

Mas o tudo, meus caros mortais, só poderia surgir do próprio nada, assim como Anita só foi Anita por causa de Giuseppe, e creio que Giuseppe foi o que foi também porque ela cruzou-lhe o caminho, luminosa e intrépida como um cometa, antes que Átropos cortasse o fio da sua vida, e Caronte remasse pelas águas do esquecimento a fim de buscá-la, como sempre soubera que haveria de fazer num determinado tempo — um tempo bem mais curto do que o da maioria das outras criaturas humanas.

Deixo que Eros ande por aí se pavoneando de ser o deus mais importante; afinal, o amor tem poderes que eu respeito e admiro. Mas a vida e a morte pairam acima do amor, ou, ao menos, podem ceifá-lo naquilo de palpitante e de humano que ele tem.

Tudo se acaba na noite, na noite eterna em que todos eles — os homens — vão um dia repousar suas cabeças cansadas de sonhos. Todos voltam a mim, mais cedo ou mais tarde, conforme meus desejos e vaidades. Ah, os desejos de uma deidade são violentos, destroem civilizações com a mesma naturalidade com que um homem esmaga um formigueiro.

Os homens são cruéis, mas queixam-se dos deuses sem cessar. Qual seria o alcance das maldades humanas se pudessem ultrapassar o Éter deste mundo palpável que os abriga? Se Rosas, que estrangulava o Uruguai, fosse Zeus à frente das suas naus de guerra? Se Metternich, que pisava sobre as gentes italianas com suas tropas, fosse Hades?

Tristes jogos seriam estes.

A raiva humana é quase divina na sua fúria, assim como o amor. E talvez nisto, apenas nisto, Eros mereça a sua vaidade. Mas deixemos Eros de lado e baixemos ao mundo dos homens. É preciso que eu vos explique como eram as coisas naquele tempo em Montevidéu. É preciso que eu vos mostre o panorama dos fatos que cercavam Anita e Giuseppe, ambos na cozinha, à luz de uma única vela, brincando com as letras e com o amor, enquanto os deuses da guerra se pavoneavam, e o próprio Hades glorificava a figura de Juan Manuel de Rosas, disposto a encher de almas o seu reino morto.

Juan Manuel de Rosas era o grande caudilho argentino. Contar-vos-ei a sua história, para que entendais o que ele representava naqueles tempos vividos por nossos dois valorosos amantes... A um dado momento, deixando suas incomensuráveis terras aos cuidados de gente de sua confiança, Juan Manuel de Rosas, ainda muito jovem, ingressou nas milícias de Buenos Aires. Era um homem bonito, de pele muito branca e olhos de um azul da cor das violetas. Sua beleza escondia uma alma pérfida, afeita ao lucro e ao sangue. Era, sem dúvida, o maior latifundiário da Argentina — tinha suas próprias instalações para salgar o charque — que era seu, feito do abate das suas reses; tinha o seu próprio porto, e eram seus os navios que levavam o charque para países distantes e para o Império do Brasil. Seu dinheiro crescia e, com ele, a sua lendária ganância. Depois de algum tempo, não apenas comandava a venda de charque para as grandes fazendas até dos Estados Unidos, como monopolizou totalmente o comércio argentino. O país ficava pequeno para seus planos, e o caudilho comandante dos exércitos começou a sonhar com a invasão da Bolívia e do Peru. Imaginava os países vizinhos como uma extensão das suas próprias estâncias, e o povo, como serviçais ao seu dispor.

Enquanto Rosas expandia seu comércio e seu poder, o pequeno Uruguai alimentava-se de rixas internas entre blancos *e* colorados, *numa briga capitaneada por Manuel Oribe, que era* blanco, *e Fructuoso Rivera, que era* colorado *— ambos se tinham sucedido na presidência da pequena república austral. Em 1836, com Manuel Oribe na presidência, Fructuoso Rivera assumiu o comando das tropas uruguaias, e a briga entre os dois chefes quase descambou para a peleja, posto que as gentes do sul nunca foram de demorar muito para puxar a adaga nos acertos de contas, fossem políticos ou pessoais. E depois, bem... Ah, depois são os deuses que se deixam levar por desejos, por poderes e por fantasias irracionais.*

Mas Rosas não era tolo. Do alto da sua fortuna e da sua ambição, esperava um momento adequado para agir diante das rixas políticas do pequeno país vizinho. Assim, quando Oribe se rebelou contra Fructuoso Rivera, destituindo-o do comando das tropas, Rosas não tardou a mandar seu exército em ajuda a Oribe na sua peleja contra Rivera. Tais reforços fizeram com que Fructuoso Rivera e seus homens perdessem aquela primeira batalha, indo refugiar-se no vizinho Rio Grande, que era simpático aos colorados. Dois anos depois, com as tropas reorganizadas, Fructuoso Rivera — que as gentes conheciam por Don Frutos — sitiou sua própria cidade, Montevidéu, e tirou Oribe do poder.

Rosas mandou seus homens à luta outra vez — o que ele queria mesmo era garantir seu pleno controle sobre as águas do rio da Prata e seu comércio lucrativo. Mas, para isso, disfarçava-se de apoiador de Oribe. Suas tropas, incendiadas pela fúria do ditador, fizeram um banho de sangue na região de Corrientes, ceifando a vida de dois mil uruguaios das fileiras de Fructuoso Rivera — meu filho Caronte trabalhou como nunca naquela batalha, e Hades esfregava suas mãos sanguinolentas numa alegria assustadora. Minhas filhas Tânato e Queres vagaram dias sem fim pelo pampa devastado, recolhendo mortos, a maioria deles por degola — sim, os homens de Rosas não faziam prisioneiros, passavam suas facas pelas gargantas do inimigo e seguiam adiante. O Campo de Pago Largo, na pequena província de Corrientes, coalhou-se de cabeças de colorados, e o sangue vermelho tingiu a terra por muitos meses.

A terrível vitória das tropas argentinas insuflou no espírito do ditador novos planos — em poucos meses, mandou ao Uruguai um novo exército à caça dos colorados de Fructuoso Rivera. Eram oito mil homens hábeis na degola contra três mil uruguaios. Creio que houve alguma intervenção divina naquele dia, no largo campo de batalha onde onze mil almas pelearam: apesar da superioridade numérica e da fome de sangue, os homens de Fructuoso Rivera, talvez apenas por ódio, para vingar o assassínio de seus colegas de armas, lutaram como monstros e venceram as tropas de Rosas. Foi o suficiente para levar o ditador às raias da loucura — como Hades disparando raios no seu mundo subterrâneo, diz-se que Juan Manuel Rosas degolou cachorros e mandou matar os pássaros e encheu as masmorras de prisioneiros acusados de traição.

Mas nada disso acalmou-lhe a ira. Ao contrário, ela cresceu em tamanho e violência; mas Rosas não era despojado de sabedoria: se não venceria os colorados na ponta da adaga, venceria pela palavra. E o que fez? Em 1841, ano em que Giuseppe e Anita chegaram a Montevidéu, Juan Manuel de Rosas baixou um decreto no qual só permitia a navegação de barcos de bandeira argentina nas águas do Prata — águas estas que banhavam largamente o Uruguai, e eram sua única e larga comunicação com o mundo. Riquíssimo, furibundo e mau, Rosas montou uma frota de guerra, entregando o seu comando ao almirante irlandês Guillermo Brown. Seria ele o algoz dos uruguaios, cerceando suas saídas para o mar, seu comércio, seu futuro e seu cotidiano.

Estava aí armado o grande tabuleiro do cerco a Montevidéu — tão largo quanto o cerco dos gregos a Troia, a história mais contada da humanidade, e a mais bela e a mais triste também. Acontece que — como Homero vos contou — Troia era rica em heróis, o belo Páris, o corajoso Heitor, o sábio Eneias, a quem atribuo o começo da geração que viria, um dia, a produzir Giuseppe Garibaldi. E aqui as coisas confluem: estando Garibaldi em Montevidéu no começo do cerco realizado por Juan Manuel de Rosas, e sendo que sua fama de corajoso comandante, de guerrilheiro intrépido e inteligente, de chefe sagaz e determinado, acompanhara-o também ao Uruguai — pois um homem pode perder seus bens, como Giuseppe perdera suas reses, mas nunca, jamais, o seu passado e o seu destino, fio que fia a cada instante sem sabê-lo —, pareceu natural a Don Frutos, óbvio até, acercar-se do famoso corsário italiano, irmão de lutas dos seus companheiros rio-grandenses, e chamá-lo à frente da pequena frota que tinha condições de construir para lutar contra o cerco argentino.

Aqui, temos uma história, meus caros...

E eu, Nix, que sou o começo e o fim de todas as coisas, posso contar todas as histórias do mundo, e as conto à revelia. Cabe aos outros deuses, oh, pobres coitados trabalhadores da vida e da morte, limpar a sujeira dos palcos para que novas representações tenham lugar...

Quanto a mim, uma das deidades primordiais, eu apenas me deleito. E, às vezes, torço e obro e desequilibro as coisas em favor de um ou de outro mortal. Como concedi benesses durante largos tempos para Giuseppe Garibaldi e para Anita.

Mas as histórias não bastam ser contadas. É preciso que existam em carne, sonho e sangue. É preciso que ganhem vida, que se desdobrem por si próprias, já que as boas narrativas crescem de si mesmas. Então, voltemos ao fio da meada, como diriam as Moiras, que também são minhas filhas. Eu, Nix, a grande mãe, a patrona das bruxas, a rainha dos astros diurnos e dos segredos noturnos, a domadora de homens e de deuses...

Eu, Nix, também sou uma domadora de histórias.

Giuseppe Garibaldi aceitou um trabalho no porto para aumentar a renda da família. Sua vida agora se desdobrava em vários caminhos. Envolveu-se com os maçons uruguaios, participava das reuniões com Cuneo, trocava correspondências com Mazzini, que o incitava a entrar na guerra contra Rosas. Anzani, um italiano que tinha lutado com os farrapos sob o comando de Antônio Netto, deixara o Rio Grande e também estava em Montevidéu, trabalhando com os irmãos Antonini no comércio de atacado. Garibaldi e ele saíam à noite, caminhavam pelo porto, falavam das saudades da sua terra, das lutas pela liberdade, do exílio que começava a pesar para ambos.

Ele sentia-se cansado, pois a escola ocupava boa parte do seu dia, e depois era preciso ir ao porto, fiscalizar navios, cargas. Era *corretor de carga para navios*. Gastava horas naquilo, preenchia papéis, listas. Seu trabalho era exaustivo, mas também havia uma alegria: encontrava italianos, seus conterrâneos, marinheiros recém-chegados de Roma, de Nizza, da Sardenha, de Nápoles, de todos os recantos da Itália. Giuseppe bebia as novidades como água. Muitos homens filiados à *Giovine Italia* movimentavam-se nas sombras contra a tirania dos reis e do clero.

Giuseppe esperava. Seguindo devagar pelos dias, cumprindo tarefas, colocava o dinheiro em casa, pagava as contas da família com dificuldade. Ao mesmo tempo em que amava Anita e o menino, sentia-se deslocado, perdido. À deriva.

Um pouco antes da virada para o ano de 1842, Giuseppe chegou em casa mais cedo, entrando pelo pátio do número 81 da Calle 25 de Mayo com o peito em brasa. Seus olhos estavam pisados, ardidos. Anita, que preparava o jantar no fogão coletivo, sozinha àquela hora, olhando o entardecer de verão em fogo no céu, deixou rapidamente suas coisas de lado e foi ter com o marido.

Encontrou-o deitado na cama, completamente vestido. Pálido. Silenciosas lágrimas rolavam pelo seu rosto, já outra vez queimado de sol pelas largas horas que passava nos trabalhos de fiscalização no porto.

— O que houve, José? — perguntou Anita, sentando-se ao seu lado.

Ele soergueu-se, apoiando-se num braço. Anita viu seus olhos tristes. O brilho que sempre o tangia estava apagado, fosco. Mesmo as últimas réstias de sol, que entravam em vermelhos e dourados pela janela, não conseguiam acender a luz dos seus cabelos. *Que os deuses não o tenham abandonado*, foi o que ela pensou.

— Meu pai morreu, Anita — a voz dele soou pesada.

Ela suspirou. Vinha tendo estranhos pressentimentos, sonhava com a guerra, com os navios em fogo. Agora, o marido vinha dizer-lhe que seu pai estava morto. Sorriu com doçura para José, mas sentia-se intimamente aliviada. Como se o abandono dos deuses pudesse chegar com avisos. O pai dele tinha morrido, aquela era a lei da vida. Lá, na distante Itália, Domenico Garibaldi morrera de um achaque. Já não era moço.

— Meu pai... — José repetiu. — E sua morte ocorreu em março, Anita... Em março! Estamos quase terminando o ano. E eu não soube de nada, de absolutamente nada até hoje. Foi um marinheiro de Nizza quem me contou, um marinheiro que já tinha trabalhado com meu pai. Minha pobre mãe, meus irmãos... E eu não me despedi de meu pai.

— José...

Anita aproximou-se. Abraçou-o como abraçara os moribundos em Lages. Como acalentara os feridos no Taquari. Abraçou-o como abraçava Menotti quando ele estava triste.

— Faz oito anos que não vejo a minha gente — disse José, num desafogo. — Sangue do meu sangue. Meu pai morreu e eu estava em algum lugar do Rio Grande construindo barcos para uma república que também vai morrer.

Seus olhos fundos, pequenos, ardidos, olhavam as paredes brancas como se vissem nelas uma sucessão de imagens. Anita deixou que José recordasse, que se lembrasse. Segurava sua mão, acariciava-lhe os cabelos bastos. Era seu homem, mas também, um pouco, seu filho. Seu próprio pai, Bentão, morrera quando ela ainda era uma menina. Lembrava ainda da tristeza, do gélido horror que a tomara, como uma garra apertando seu pescoço por dias e dias.

Olhou o marido. Era um homem feito, mas chorava como um menino.

— Onde está Menotti? — perguntou ele de repente, como se pensar no pai tivesse evocado nele o próprio filho.

— Nina levou-o a passear, José.

— Menotti perdeu o avô sem nunca conhecê-lo... Meu pai foi um homem bom. Tudo aquilo que eu sei sobre um barco, sobre o mar, foi Domenico Garibaldi quem me ensinou.

— Ele vai seguir em você — disse Anita com sua voz mais macia. — Meu pai morreu há anos, José. Eu ainda era uma menina. Mas, em Laguna, a cada vez que eu disparava minha arma naquela guerra, sabia que ele estava comigo. Porque o velho Bentão acreditava nos republicanos. Ele teria orgulho de mim.

— O meu pai não teria orgulho de mim. Me queria por perto, trabalhando nos seus dois barcos em Nizza.

Anita sorriu-lhe:

— Ele estava com vosmecê em todos os momentos. Quando vosmecê levou os lanchões pelo pampa. Quando entrou em Laguna. Quando incendiou seus barcos porque a batalha estava perdida e não deveríamos deixar nenhuma nau para o inimigo. A cada gesto de coragem, seu pai estava ao seu lado. Vosmecê pensa que tais notícias não chegaram a ele, como chegam até nós, mesmo que tão atrasadas? Ele teve orgulho de você, José. Eu tenho certeza.

José olhou-a com gratidão. Seus olhos de trigo, os olhos de um menino.

Ficaram ali ainda algum tempo. Já era noitinha quando Nina Castellini chegou trazendo o pequeno Menotti. Nina comprara-lhe um carrinho de passeio, e o garotinho dormia a sono solto, cansado, a cabeça caída, os cabelos castanhos desfeitos.

Depois que Anita ajeitou o filho na sua cama, ela e Nina ficaram sozinhas. José estava descansando no quarto maior. As duas foram para o terraço apanhar a brisa da noitinha, que subia do mar trazendo o cheiro salgado do oceano misturado às flores das açoteias que pontilhavam Montevidéu.

Anita contou à Nina sobre a morte de Domenico. Contou-lhe também que a proprietária da casa, doña Felícia, tinha estado por ali, ainda naquele mesmo dia. Era uma mulher boa, perguntadora e religiosa.

— Ela pediu-me nossa certidão de casamento, acredita? — disse Anita à amiga, num sussurro. — E não temos! Sou viúva, tenho certeza de que o pobre Manoel morreu nas batalhas em Laguna, mas José e eu não nos casamos!

Nina riu baixinho. Ela sabia muito bem que eles não eram oficialmente casados. Mas e se a velha Felícia espalhasse a notícia? E, pior, se os colocassem pra fora da casa? Um casal com um filho natural, sem as bênçãos de Deus e dos homens?

— Nunca precisamos de bênçãos — disse Anita. — Sempre nos valemos de nós mesmos.

— Mas isso pode atrapalhar José. O governo está sondando os italianos para que entrem na guerra, vosmecê sabe.

— Outra guerra — gemeu Anita.

— O governo uruguaio é mais exigente com os seus comandantes... Mais exigente do que os republicanos do Sul do Brasil — disse Nina. — Vosmecês precisam casar, é o melhor para todos.

— Mas como? E José lá no quarto, chorando a morte do pai. Além disso, não tenho a certidão de óbito de Manoel... Ele sumiu na guerra, deve ter sido enterrado numa vala comum, que Deus o tenha, pobre coitado. Nem sequer gosto de pensar nele, Nina.

Nina sorriu na semiescuridão. A noite agora tinha se espalhado por tudo. Uma noite clara, de lua. Quente e bonita. Deu uma batidinha na mão de Anita, confortando-a:

— Só a morte não tem solução, Anita. Vou falar com o padre da paróquia aqui perto. Sempre demos contribuições para a igreja dele, de modo que nos deve alguns favores. E vocês se amam, têm um filho. É justo que possam casar.

Desceram juntas até o pátio, e Nina saiu pela rua, arrastando a saia do seu vestido de verão. Anita fechou o pesado portão de madeira que separava o pátio interno da rua. Depois, entrou nas peças que ocupavam. Era um bom lugar, um lugar excelente. Não podiam correr o risco de ser despejados. A casa estava quieta, às escuras. As janelas da frente, abertas. Ao longe, como uma presença incorpórea, o mar rumorejava suas histórias, oscilando na praia. Pensou no mar, na calma do mar. Devia colocar suas ideias em ordem.

Foi até o quarto, o menino dormia. Na peça ao lado, estava José. Abriu a porta devagar; se Menotti chorasse, ele ouviria, e atenderia o filho. Depois, saiu para o pátio, abriu o portão outra vez, ganhou a calçada. Alguns transeuntes apreciavam a noite e a lua. Ela correu até a praia. Precisava de um pouco de liberdade. De areia nos pés. Às vezes, sentia-se engolfada pela vida nova, cheia de regras, conversas políticas, planos, problemas, proibições. Agora, mais aquilo: a morte do sogro, o casamento que se tornava uma urgência.

Ela riu, descendo rapidamente as duas quadras que a levavam até o porto, cruzando os caminhos até a areia fresca, macia, perolada na noite cheia de estrelas. Já se casara uma vez, anos atrás. Não tinha boas memórias daquilo. O vestido emprestado, os sapatos que Manoel alugara, grandes demais para seus pés finos. Um deles caíra à entrada da igreja, ela tropeçara à subida do altar, sentindo os olhos da mãe nas suas costas. Os olhos temerosos da mãe, que anteviam a sua fuga da igreja. Nunca quisera casar com Manoel, nunca. Mas, aos 14 anos, tivera de obedecer à família.

Andava pela areia. Tudo aquilo fazia tanto tempo... Ela não era mais a mesma garota daquela tarde na igrejinha branca em Laguna. Mudara demais. Deixara tudo por José, abraçando as causas que ele acreditava. Não via sua mãe havia três anos, e não sentia sua falta.

Gostava de ficar ao ar livre. Em Montevidéu, fazia caminhadas. Mas não era a mesma coisa de Laguna, de Lajes ou de São Simão. Ela riu, às vezes sentia falta de São Simão. Da lagoa dos Patos, das horas silenciosas a perder de vista, do rumor do vento no arvoredo do capão. O mar suspirava para além dos molhes, uma massa de água prateada. Ao longe, viu os vultos dos navios de Rosas, recortados contra o céu de estrelas, como um aviso de um futuro canhestro. Sentou-se numa pedra do molhe. Se precisava casar com José, casaria. Dariam um jeito. Sabia que Nina arranjaria as coisas, ela tinha muitos contatos na cidade. Vinha no horizonte outra guerra... Rosas não voltaria atrás nos seus planos. Os homens falavam, as notícias enchiam os jornais. Cuneo incitava José às tratativas com o presidente uruguaio, Rivera, eles precisam de um comandante à altura de Brown, o homem de Rosas. Todos sabiam que este comandante era seu marido. Era Giuseppe Garibaldi, o italiano. Todos os italianos da cidade viam nele a figura certa para a empreitada terrível. As conversas cresciam, deixavam de ser ilações para virar possibilidades viáveis, discutidas nos encontros noturnos na casa dos Castellini e dos Stefanini. Embora seu coração doesse de medo, olhando os navios de guerra ao longe, enormes como edificações pairando sobre o mar, Anita também sabia: o homem certo para fazer frente ao bloqueio de Juan Manuel de Rosas era o seu José.

Giuseppe andou muitos dias triste por causa da notícia da morte do pai. Escreveu longa carta à mãe, despachando-a para a casinha do Cais Lunel número 3. A Itália pesava nele como uma dor. Em algumas horas da noite, acordava ouvindo o dobre de finados. Sentava-se na cama, no escuro, com Anita ressonando suavemente ao seu lado, mas só o silêncio esperava por ele. Esforçava-se por dormir novamente, e então sonhava com Rosa e com os irmãos, Angelo, Felice, Michele... Era como se ele fosse a sua própria carta, viajando pelos oceanos nas entranhas de algum navio mercante, sentindo o cheiro do mar sem fim, balançando-se de lá para cá, suspenso num tempo sem vida e nem morte. Sonhava com o passado também. A mãe sovando a massa na pequena cozinha da casa da infância. Ele navegando para Roma com o pai, sua primeira viagem à cidade dos seus sonhos... Roma! Pensava nela como se pensasse numa mulher amada, ao lado de Domenico na coberta do *Santa Reparata*, singrando as águas azuis... Acordava exausto destas noites de memória. Comia pouco, saía para trabalhar no cais levando dentro de si aquela angústia como uma chaga.

As aulas no colégio de Paolo Semidei estavam suspensas por causa das férias de verão. Seguia trabalhando como coletor de cargas, mas tinha mais tempo livre. Estranhamente, não se afastava muito do porto. Ali, sentia-se mais perto da sua Itália, da sua gente. Os navios diminuíam agora, por causa da grande linha de naus no mar lá fora, para além dos limites do porto. A esquadra de Rosas fechava-se sobre Montevidéu como um torniquete mortal. Ele podia sentir, andando pela cidade, a tensão invisível. Ou aquilo tudo estava dentro dele mesmo? Já não se reconhecia. Talvez a vida dos últimos meses o tivesse amolecido, pensava. Um homem na guerra é como o ferro. A vida de professor enfraquecia seus músculos, confundia seus pensamentos.

Mas, de fato, quando andava pelas estreitas ruas da cidade velha, Garibaldi notava já uma grande falta de mercadorias no comércio. Os preços aumentavam. À tardinha, quando o violento sol de verão suavizava, as famílias montevideanas aglomeravam-se nos miradores e açoteias em busca da fresca, mas também curiosas pelo tétrico espetáculo dos navios ao longe, ancorados para além do porto... A enorme frota de Rosas vigiava a cidade, mantinha suas bocas de fogo dirigidas para os restos das antigas muralhas como uma ameaça muda.

Alguns pequenos confrontos aconteciam. Um navio uruguaio fora afundado a algumas léguas dali. Às vezes, trocas de tiros varavam o silêncio noturno, espocando ao longe, como os sinos de finados dos seus pesadelos. A guerra era uma sombra pairando sobre o verão platino.

Giuseppe deu a volta no porto, conversou com alguns marinheiros, examinou uma carga. Não havia muito a fazer. O calor da manhã de janeiro era azul e violento. Do mar, não vinha nenhuma brisa. As flores, exaustas, deixavam-se arder sob o sol. Ele tinha um livro no bolso, mas faltava-lhe a vontade de ler e um lugar agradável também. Em casa, no pátio, às vezes lia por horas. Menotti brincando aos seus pés. Mas até mesmo a casa incomodava-o ultimamente. Havia a história do casamento, Nina Castellini e Anita faziam planos. Era importante, ele sabia, dar seu nome ao filho que ainda não fora batizado. Queria também regularizar a situação de Anita, pobre moça. Amava-a. Com que energia ela assumira as lides da casa, os cuidados com o menino. Mas, quando via as duas confabulando na pequena peça que fazia as vezes de sala, tinha vontade de gritar. *Meu pai morreu. Domenico. E eu não me despedi dele.* Um homem de luto não podia pensar em cerimônias de casamento.

Atravessou o porto e subiu a rua, deixando o mar às suas costas e as gaivotas gritando no céu sem nuvens. Montevidéu tinha dias de um azul quase terrível. O calor era como um deus cruel e vingativo, violento, com sua mão de fogo açoitando todas as coisas.

Afundou na cabeça o velho chapéu que trouxera do Rio Grande, escondendo-se sob sua aba de couro. Não era professor. Não era coletor de impostos. Como o pai e o avô, era um marinheiro. Precisava do mar, das estrelas, das marés. Seus pés o levavam ao pequeno escritório onde Giovanni Cuneo redigia seu jornal. Mais uma vez... Ele sorriu, acelerou o passo. Agora, ia quase diariamente até Cuneo, para ouvi-lo, para escutar suas verdades e sonhos de futuro. Giuseppe andava sedento de futuro. Liam as cartas de Mazzini. Desde Londres, Mazzini escrevia para Cuneo, falavam da luta da pequena república platina contra Rosas e Oribe, dois homens despóticos que caíam de dentes sobre uma cidade cansada, de cofres arruinados, sem dinheiro para contratar bons defensores. Mazzini era um homem sensível às injustiças.

E foi isto que Giovanni Cuneo lhe disse naquela manhã calorenta quando entrou no pequeno escritório. Ele estava em mangas de camisa, os cabelos negros penteados para trás, a barba cerrada, bem aparada. Seus olhos eram oblíquos, de um azul escuro como o mar para além do porto.

— Eles precisam de vosmecê, Giuseppe! — bradou Cuneo, mostrando-lhe a última carta de Mazzini. — Devemos ajudar *questa gente*, os uruguaios. Um mazziniano à frente da frota de Fructuoso Rivera será uma grande notícia também para os italianos lá da Itália!

Giuseppe sentou-se, sorrindo para o amigo. Pensar na Itália era um refrigério para sua alma. O pai tinha morrido quase sem notícias dele. Nunca lhe contara sequer de Anita. Menotti tinha nascido e ele não lhe escrevera.

— Eu sou um professor agora, Giovanni — disse Giuseppe. — E um coletor de impostos portuários. Não tenho tempo para um terceiro turno de serviços.

Giovanni Cuneo soltou sua larga risada:

— Estou falando muito seriamente, Giuseppe.

— Eu também. Gostaria agora, se pudesse, de voltar a Nizza e rever minha mãe.

Do outro lado da mesa, Cuneo fitou-o:

— O caminho de volta à Itália se abrirá na hora certa, meu amigo. O primeiro passo agora é entrarmos nesta guerra do lado que nos necessita. Somos muitos italianos em Montevidéu. Temos de nos posicionar contra o ditador argentino. Ele personifica tudo o que odiamos, tudo aquilo que queremos banir da sociedade do futuro. Giuseppe, vosmecê é o homem ideal para comandar os italianos daqui.

Giuseppe não respondeu. Lá fora, o calor aumentava como uma espécie de tortura. Mudaram de assunto. Falaram do Teatro Italiano, que levaria uma montagem caseira de Verdi. Falaram da Casa das Comédias. Cuneo vivia um romance com uma atriz do lugar. Falaram de mulheres. Então, olhando a rua, Giovanni Cuneo perdeu-se em pensamentos por um instante. Lá fora, um vendedor começava a apregoar laranjas e pomelos.

Cuneo virou-se para Giuseppe e disse de repente:

— Nina Castellini veio aqui ontem. Ela contratou uma mulher do Teatro Italiano.

— Uma atriz, para quê?

Cuneo abriu um sorriso:

— Parece-me que Anita precisa de uma testemunha de que nunca foi casada. Alguém que a conheça desde sempre, como a mãe dela, por exemplo.

Giuseppe deu uma gargalhada. Nina tinha contratado uma atriz para representar o papel de mãe de Anita?

— E quando será a função? Sou o noivo, e aquelas duas não me informam das coisas.

— A sociedade do futuro será regida pelas mulheres, meu caro — disse Cuneo. — Anote o que eu digo. Admiro Anita... Ela é uma mulher corajosa. Não porque luta, isso me parece relativamente fácil numa situação onde se deve escolher entre matar ou morrer. Mas pelo que ela enfrentou por vosmecê.

— Agora ela quer o casamento — disse Garibaldi, piscando um olho. — Aqui se faz, aqui se paga.

— Anita está certa. Além do mais, Giuseppe, legalizar a situação de vosmecês é um passo para que Rivera o chame, tenho certeza. Vão comemorar a boda?

— Essas coisas são com Anita e Nina. Como vê, elas pensam em tudo. Mas acho que devemos comemorar esta capitulação à lei dos homens. Uma capitulação por amor, mas, ainda assim...

— A vida é feita de acordos — disse Cuneo rindo. — Que dia será o casório?

— No final de março.

Giuseppe levantou-se. Precisava voltar ao porto e examinar uma carga. Giovanni acompanhou-o à porta. Abraçaram-se. Antes que saísse, Cuneo disse:

— Tenho mais uma coisa a contar. Os italianos de Montevidéu trouxeram-me uma carta. Nesta carta, elegeram Garibaldi como seu representante junto ao governo uruguaio. Querem que comande um dos navios da pequena frota de Rivera. E eu recebi informações de que o próprio Florencio Varela, que comanda a comissão uruguaia para a guerra, gostaria de encontrá-lo. Eles têm uma oferta a lhe fazer, amigo.

Giuseppe aquiesceu.

— Quando falaremos sobre isso?

— Vou amadurecer o assunto junto aos italianos. Vosmecê, primeiro, se case com Anita. Depois, fecharemos todos os acordos necessários.

— Este não será o presente de casamento que Anita espera, tenho certeza.

— Eu confio em Anita — disse Cuneo. — Ela entenderá.

— Vosmecê não lhe conhece o temperamento, Giovanni. Ela vai ameaçar-me com suas tesouras quando souber que voltarei à guerra.

Cuneo riu.

— Se Anita for tão boa com as tesouras como contam que era com uma carabina, será melhor você tomar cuidado. Os italianos de Montevidéu o querem vivo, meu caro amigo.

Vozes surgiram no corredor semiescurecido. Os dois italianos despediram-se brevemente. Giuseppe desceu as escadas com passos largos, ligeiros. Quando chegou a rua, o calor do dia acertou-o como um soco. Ele respirou fundo, colocou o chapéu na cabeça, e começou a descer em direção ao porto. Não havia um sopro de brisa no ar. Ah, se estivesse num navio... As botas apertavam seus pés, inchados pelo calor. Mas o fiscal da aduana esperava-o em sua sala. Acelerou o passo, seguindo pela rua ofuscada de sol.

Anita

José e eu casamos no dia 26 de março na paróquia de São Francisco de Assis. Era um Sábado de Aleluia, e eu mesma costurei ponto por ponto do meu vestido. Naquele dia, entrei na igrejinha branca usando sapatos que serviam perfeitamente em mim, presente de Nina Castellini. Não tropecei, nem perdi o sapato no degrau da igreja, mas entrei com a cabeça erguida ao lado de José, o meu noivo eterno.

Apesar disso, meu casamento foi uma espécie de farsa...

Ora, vejam, no que concernia à minha relação com José, eu já tinha me casado com ele desde a primeira vez em que nos beijamos. Nossas núpcias tinham sido na cabine do Rio Pardo, à primeira saída de corso que fiz com José sob a bandeira da República Rio-Grandense, ainda lá em Laguna, onde até hoje as línguas venenosas relembram o escândalo que meu amor pelo corsário italiano causou na cidade.

Tudo o que veio depois, tudo o que sucedeu após a primeira noite na estreita cabine do Rio Pardo, eu já considerava parte da minha vida de casada. Até meu nome eu tinha mudado.

Anita.

Eu era Anita desde aquele dia 20 de outubro, quando entrei no barco de José, e ele me apresentou à tripulação como "sua esposa". As coisas eram fáceis para ele, só precisavam ser honestas. Assim, amando-me, casou-se comigo diante da própria tripulação, e suas palavras breves foram as bênçãos que nossa união recebeu.

Ana Maria de Jesus Ribeiro morrera naquele dia.

Nascia ali Anita Garibaldi.

Mas foi apenas em Montevidéu, naquele ano de 1842, que a lei de Deus e dos homens reconheceu formalmente o nosso amor. Era mais uma imposição, uma necessidade, do que um desejo nosso. Mas confesso-lhes, aliviou-me a alma da culpa e de uma vergonha, que era pequena, mas latente... Uma vergonha como um espinho cravado fundo na pele. A vergonha de ter tido Manoel Duarte de Aguiar na minha vida.

No dia em que entrei na igreja de São Francisco de Assis, sob a égide do cura-reitor Lorenzo, um padre progressista e simpático à causa italiana, amigo íntimo de Nina e de seu marido, eu livrei-me daquela maldita culpa. Manoel, o sapateiro com o qual me casara por insistência de minha mãe, morreu de vez naquele dia, no começo do outono, em Montevidéu.

E era um dia azul, ensolarado e fresco.

A manhã ia pelo meio...

Poucos amigos estiveram presentes, sentados nos primeiros bancos da igreja sombreada, desenhada das luzes coloridas que vinham dos vitrais, e os proclamas não foram publicados em nenhum jornal, mas Cuneo depois escreveu no seu L'Italiano *que o corajoso ex-comandante da esquadra da República Rio-Grandense, Giuseppe Garibaldi, contraíra núpcias em Montevidéu com Anita Ribeiro.*

Junto conosco, entrou Menotti, todo vestido de branco. Tínhamos tratado com o cura que, após nosso casamento, ele batizaria o menino. Vinham também Nina e Napoleone, Paulo Semidei e doña Feliciana, nossa senhoria, que, decerto, viera ver com os seus próprios olhos a nossa redenção religiosa, e assim tranquilizar-se sobre o direito que tínhamos de seguir vivendo naquelas três peças do número 81 da Calle 25 de Mayo.

O que doña Feliciana não sabia — nem o pároco, e nem mesmo Paulo Semidei — é que a distinta senhora que entrou conosco, de braço dado com José, não era D. Maria Antonia, minha mãe, mas uma atriz do Teatro Italiano a quem Nina Castellini pagara uma boa porção de patacões em troca de uma decente, até emocionante, interpretação à hora da boda. A mulher, cujo verdadeiro nome nunca vim a saber, visto que entrou na minha vida naquela manhã, saindo dela ao entardecer, sempre foi e será para mim "Maria". Preferi chamá-la deste modo, até mesmo para que não cometesse nenhum erro diante do cura, colocando todo nosso casamento a perder.

Era uma boa atriz, não o nego. Deu a sua fala com dignidade, anunciando em boa voz que eu era a terceira dos dez filhos que tinha posto neste mundo, nascida em 1821, em Laguna, do seu casamento com Bento Ribeiro da Silva, e que nunca antes eu contraíra matrimônio, estando, portanto, totalmente desimpedida para casar-me com Giuseppe Maria

Garibaldi, natural de Nizza, filho de Domenico Garibaldi, já falecido, e de Rosa Raimondi. Falou tudo isso numa voz sem sotaques, alta e clara, usando algumas palavras do português em meio a um espanhol titubeante, que parecia mesmo ensaiado para o casório.

Por tais préstimos, Nina Castellini pagou à mulher cento e vinte patacões, o que foi para mim uma das coisas mais bonitas que aquela mulherzinha esperta, de nariz arrebitado e cabelos louros fez, das muitas gentilezas com a qual me agraciou enquanto estivemos em Montevidéu. Nina e seu esposo, Napoleone, apadrinharam nosso pequeno Menotti logo que nós recebemos a bênção do cura. Como era lei naquele tempo, Menotti precisava ter um nome católico, de modo que o nominamos Menotti Domenico Garibaldi, em homenagem ao seu avô morto lá na Itália, o que muito agradou a José.

Comemoramos tudo com abraços. Nós, os noivos, trocamos um beijo. José fez uma saudação à causa italiana, o cura-reitor rezou uma Ave pelos italianos e por sua pátria tão dividida, Menotti chorou um pouco quando a água benta tocou-lhe a testa, embora fizesse calor naquela manhã, mesmo dentro da igreja coalhada de luzes e de sombras. A atriz do Teatro Italiano enfiou a mão no bolso do seu vestido azul-escuro de senhora bem-comportada e afagou seus patacões, e Nina até derramou umas lágrimas emocionadas, de forma que foi em tudo e por tudo um casamento até bem digno, embora farsesco. José teve de pagar os préstimos do padre, que fez vista grossa ao depoimento da minha "mãe", correndo os proclamas em apenas vinte e quatro horas, quando a coisa toda costumava levar três dias inteiros, a fim de que nenhum outro cura mais bisbilhoteiro pudesse intrometer-se nos nossos planos. Como não tínhamos dinheiro além do estritamente necessário para viver, José quitou as duas cerimônias com um relógio de prata que tinha herdado de seu pai, Domenico. Naquele momento, seus olhos encheram-se de lágrimas, pois era aquela a última relíquia que guardava do pai adorado.

Ao final, todos devíamos assinar os papéis da boda. Em casa, já tínhamos tratado disto — cada detalhe da pequena farsa sobre minha mãezinha fora pensado por Nina, que tinha boa cabeça para estas coisas, talvez por ler aquelas novelas francesas cheias de intrigas amorosas. O caso é que uma assinatura falsa era sempre uma prova constituída. Assim, Nina decidiu que não devíamos, nem eu, nem a minha "mãe", assinar os documentos da igreja. Diante do cura Lorenzo, tanto eu quanto a atriz que fazia as vezes de D. Maria Antonia Bento, alegamos que não sabíamos escrever, muito embora José tivesse passado longas horas ao meu lado, em casa, após as aulas com Semidei, ainda na última primavera, ensinando-me pacientemente a caligrafia e a grafia do meu nome.

E assim, casei com José Garibaldi naquele Sábado de Aleluia. Garanto-lhes que foi o único casamento válido da minha fugaz existência — uma farsa paga com o dinheiro dos Castellini e com o relógio do meu sogro —, a verdadeira e fundamental união que tive, pois José sempre foi o meu destino, meu porto de partida e de chegada.

Depois da cerimônia, fomos todos, alegres e ungidos, para nossa casa na Calle 25 de Mayo. Os amigos — os Castellini, os Stefanini, Anzani, Cuneo, nossa senhoria, e até mesmo a família Pombo — reuniram-se na nossa casa humilde. Todos levaram garrafas de espumante fresco, e Nina encomendara doces, que servimos numa mesa de madeira no pátio interno. Foi um dia feliz...

Como o tempo sem fim ao meu redor, tudo se mistura em mim, que sou e já não sou, mas ainda posso ver a boa atriz que se dizia D. Maria em largas charlas com Feliciana, nossa senhoria, que bebeu várias taças de espumante e riu às largas das histórias inventadas por "minha boa mãezinha", a qual, no outro dia, subitamente, voltou correndo para Santa Catarina, onde os netos e as filhas a esperavam com muita ansiedade.

À noite, como um casal recém-casado, navegamos na nossa pequena cama. Eu sabia, eu pressentia, que nossos dias de paz e de serenidade, com os horários comuns a uma família — o café da manhã, o almoço, o jantar — estavam por findar-se. As conversas entre os italianos ganhavam corpo, e faltava muito pouco, muito pouco mesmo para que meu José assumisse um compromisso com o governo de Fructuoso Rivera.

Não me enganei...

O outono passou rápido por nós, trazendo seu vento frio que dava voltas nas esquinas do bairro, levando os chapéus das senhoras e a terra das calçadas. Em junho, já com o tempo cinza do inverno dos pampas descendo sobre todos, o minuano volteando nos pátios e arrancando as folhas que ainda sobravam nas árvores, o mar encapelando-se em súbitas e furiosas tormentas, José anunciou-me que estava de partida como coronel comandante da esquadra uruguaia.

A deusa Nix

Eu sou Nix, a noite. Sob meu manto de negror, escondem-se todas as criaturas e todas as histórias. O que vem à luz tem a sua raiz na escuridão da terra, que é o ventre da noite. Conto-vos, pois, dos fios ocultos, conto-lhes do que não é aparente, daquilo que está por trás das coisas que moveram a engrenagem que levará nosso Garibaldi outra vez aos campos de batalha e ao comando dos homens.

Giuseppe estava, como sabemos, cansado já da pasmaceira de uma vida para a qual não fora jamais talhado, uma rotina de dias e horas de ir e vir, tarefas, papéis, paciências, filas, verbos, linhas cheias e desenhos à mão livre. Ah, pobre Giuseppe! Ele amava aqueles meninos do colégio de Semidei como amava toda a gente — sempre haveria de amar ao próximo.

Ele amava o outro, mas amava a ação, a luta, o gesto. Esta sua vontade latejava dentro do peito, dia a dia, naquele primeiro ano de marasmo passado em Montevidéu com Anita e seu filho. Era também um homem de ação, e sua generosidade virou lenda... Conto-vos apenas uma rápida passagem a respeito da sua bondade nata. Certa feita, em Montevidéu, voltava para casa do porto sem camisa. Quando adentrou o pátio, naqueles trajes curiosos para uma cidade grande como aquela, Anita logo o inqueriu: "Onde está sua camisa, José?", ao que ele respondeu alegremente:

"Hoje, no porto, vi um carregador com uma camisa em farrapos, pobre homem. Tirei a minha e dei-a ao rapaz, que ficou muito feliz. Vosmecê poderia pegar outra camisa para mim, Anita?".

A mulher olhou-o, entre severa e divertida, e respondeu dando de ombros: "Mas aquela era a tua única camisa, José!"

Tiveram ambos de cortar do cardápio a carne por alguns dias, e assim comprar uma nova camisa para o nosso bondoso herói. Mas voltemos... Quero narrar-vos de antes.

De como tudo isto começou na vida de Giuseppe Garibaldi — este sonho de igualdade, de uma sociedade do futuro em que os homens vivessem em condições dignas, onde a liberdade de ação e de opinião fosse um baluarte.

Tudo iniciou com um genovês dois anos mais velho do que Garibaldi. Seu nome é — vós supondes — Giuseppe Mazzini. Este homem de ideias liberais e revolucionárias causou extremos dissabores a reis, príncipes e até ao papa; irritou chefes de governo e tirou o sono de condes e de outros nobres europeus. Não tinha a beleza clássica de um herói, como nosso Garibaldi. Ao contrário, era alto e magro, pálido a ponto de parecer enfermo, mas também eloquente como uma tempestade e — nas palavras do próprio chanceler austríaco, Metternich, inimigo dos italianos revolucionários — Mazzini era ardente como um apóstolo, astuto como um gatuno, desenvolto como um comediante, e infatigável como um enamorado.

Imaginai, pois, este baluarte do pensamento livre num tempo em que o poder era de poucos. Giuseppe Mazzini foi o transtorno dos poderosos da Europa, mas começou sua vida de maneira discreta, como quase todos os grandes personagens da história do homem. Seu pai era professor universitário em Gênova; sua mãe, uma mulher que acalentava ideias republicanas, e que plantou no filho a semente do seu pensamento liberal. Mazzini saiu à mãe. Estudou Direito, preparando e afiando suas palavras e ideias. Aos 23 anos, fundou um pequeno jornal revolucionário, que durou pouco e não causou muitas celeumas. Depois disso, escreveu em discretas revistas literárias, e juntou-se aos carbonários da Europa. Sonhava já com a unificação da Itália, e, por conta disso, entrou para a maçonaria, chegando a ser grão-mestre. Mazzini, naquele tempo, já causava alguns transtornos ao poder vigente, e um dia foi preso, e, depois disso, expulso do país.

Em Marselha, Mazzini finalmente fundou a Giovine Italia. E começou a fazer planos para um levante armado... Em 1834, calculou mal as coisas, acreditando que bastava pouco para deflagrar o Norte da Itália. Planejou então a invasão de Savoia, plano que pretendia levar a cabo junto com seus amigos carbonários. Mazzini levantou o dinheiro, juntou os voluntários, e achou um genovês disposto a comandar a luta — pois Giuseppe Mazzini era um homem de ideias, não tinha a voz de comando, a fleuma, a empatia de um Garibaldi. Sua primeira escolha foi um tal de general Ramorino, o genovês.

Os planos, que pareciam perfeitos, logo começaram a desandar. Os carbonários afastaram-se, os voluntários para a luta passaram a abandonar as fileiras. Como a coisa demorava, a polícia suíça — pois os voluntários reuniram-se nas montanhas suíças — chegou a prender um bom número deles. A tropa de Mazzini ficou anoréxica, e o general Ramorino negou-se a seguir os planos com aquele grupo condenado ao fracasso. A tão grande lábia de Mazzini, cantada até por Meternich, pouco lhe serviu diante do caráter pétreo do general Ramorino, e a coisa toda foi por água abaixo.

Inconformado, pois achava que havia grande chance de uma rebelião na Itália, Giuseppe Mazzini voltou suas energias para os marinheiros de Gênova, que tinham sido escalados para rebelar a guarnição da cidade quando o ataque de Ramorino acontecesse. E é neste ponto, exatamente, que dois destinos se uniram — um dos marinheiros de Gênova era, ninguém mais, ninguém menos, do que Giuseppe Garibaldi.

Garibaldi fora arregimentado para cooptar adeptos entre os tripulantes e oficiais inferiores da marinha de guerra a fim de reforçar as fileiras da Giovine Italia. Junto com ele estava seu amigo Eduardo Mutru, um dos marinheiros que morreria, anos depois, no naufrágio do Farroupilha, quando o barco atravessava a barra do rio Tramandaí para entrar no oceano Atlântico, no destino de Laguna. Mutru acabou nos mundos aquosos de Netuno, mas, antes disso, viveria diversas aventuras ao lado de Giuseppe Garibaldi. A coisa toda estava começando exatamente ali para os dois.

Garibaldi e Mutru não eram discretos no seu trabalho, efusivos, na alegria fácil da juventude, conclamavam marinheiros por todos os cantos sem muito cuidado. Em pouco tempo, suas conversas subversivas chegaram a ouvidos infiltrados no movimento, e ambos foram delatados ao governo. A polícia começou a buscar os dois jovens marinheiros e mais uma lista de conspiradores que falavam mal do rei Carlos Alberto. Os quatro cantos de Gênova agora eram vigiados por homens do rei. Mas Mutru e Garibaldi seguiam seus trabalhos, alheios à polícia que lhes fechava o cerco.

Depois de alguns dias de intensos movimentos, Garibaldi e Mutru receberam a notícia de que o movimento de Mazzini junto com o general

Ramorino havia fracassado, e que eles, os marinheiros, deveriam acelerar a insurreição genovesa. Todos deveriam se encontrar na grande praça de Gênova, segundo o informante lhes dissera.

E lá se foram os dois jovens, Mutru e Garibaldi.

Ao chegarem na praça, com muito espanto, viram-na vazia. Não havia qualquer ajuntamento, nenhuma multidão, apenas o vaivém cotidiano de uma praça italiana no final de uma manhã comum. Mas eles encontraram um outro marinheiro, que lhes contou que a polícia estava efetuando prisões por toda Gênova, a rebelião vazara, chegando aos ouvidos do rei Carlos Alberto. A única chance era fugir, disse-lhes o marinheiro.

Giuseppe Garibaldi e Eduardo Mutru saíram da praça o mais rapidamente, sem chamar atenção. Tiveram muita sorte, pois quando estavam numa rua acima, ainda puderam ver que tropas do governo chegavam, cercando a praça e interrogando todos os que ali se reuniam. Os escolhidos sempre têm sorte, e este é o favor dos deuses para os homens.

Garibaldi e Mutru ficaram andando pelas ruazinhas genovesas por horas, tentando armar um plano. A tarde caía, sentiam fome e cansaço. De repente, talvez mais pelo estômago do que pelo raciocínio, pareceu-lhes que já era seguro voltar à estalagem onde tinham se hospedado no dia anterior. Foram recebidos pelas criadas, que desvelavam grandes gentilezas aos dois belos jovens marinheiros, e ofertaram-lhes canecas de vinho. Mutru bebeu duas, e logo estava com sono. Garibaldi, que só tomava água, sentiu-se inquieto demais e, enquanto Eduardo Mutru dormia um pouco nos braços macios do deus Baco, Giuseppe obrigou-se a sair e caminhar mais um pouco pelas ruas para ver se obtinha alguma notícia.

Foi a sorte de Garibaldi — a sorte aí, mais uma vez, girando a roleta do destino. Uma hora mais tarde, quando voltou à estalagem, Giuseppe soube pelas criadas que Mutru havia sido preso pela polícia. Giuseppe Garibaldi queria ajudar o amigo, mas as criadas alertaram-no de que deveria partir com celeridade. Ele era um jovem de uma grande beleza, como sabemos, e sua beleza atraía a simpatia feminina por onde passava. Mas já se teve notícia de um semideus feio? Ah, creio que não... O fato é que uma das criadas escondeu Giuseppe na sua casa durante dois dias. Depois, ele partiu de Gênova usando um vestido feminino da própria moça, e carregando uma cesta de pães. Assim, andou pelas ruas genovesas sem que o notassem, e partiu para fora da cidade.

Garibaldi caminhou por dez dias, só parando para dormir algumas horas à noite. Na viagem, comeu os pães que levava na cesta, até os que estavam duros demais para serem mastigados. Usava a Cassiopeia como guia, vencendo sem dificuldade trinta quilômetros diários. De tanto andar, e sábio que era sobre as estrelas e constelações, sem nunca se perder do seu caminho, chegou a Nizza e foi ver seus pais. Explicou à mãe que tinha se metido em problemas, mas só porque acreditava na liberdade e na igualdade dos homens, sonhando com uma Itália unida e livre. Rosa Raimondi escutou-lhe todo o discurso bonito e sincero, e soube ali mesmo que apenas começavam seus calvários e sofrimentos pelo mais amado dos seus filhos. Giuseppe Garibaldi partiu de Nizza no dia seguinte, e só voltaria à sua cidade natal quatorze anos depois, já casado com Anita.

Estas são as voltas do destino na vida de Giuseppe, meu Eneias.

Ele deixara a Itália com a cabeça a prêmio, viajara pelo mundo, e viera dar no Império do Brasil, onde lutara na causa da República do Continente do Rio Grande do Sul por três anos. Em Montevidéu, como sabeis vós todos, ficou um ano escondido sob a pele de um inocente professor de caligrafia, matemática e latim. Mas seu passado era grande demais, e seus feitos, já conhecidos por toda a gente.

A guerra chamava Giuseppe Garibaldi outra vez com sua voz sedutora de mulher, a guerra era vida e era sangue, tudo girando, girando, girando no grande túnel sem fim do tempo, em que nunca é dia, nem nunca é noite.

23 de junho de 1842

Foi nomeado coronel do Exército e comandante da esquadra imperial. É um título de pompa, ele sorri parado no cais na manhã nebulosa de junho, sentindo a garoa fina lamber seu rosto. Ele olha a sua frota. Apenas três barcos. São navios velhos, precários. Os recursos bélicos são antigos, e sabe que Rosas tem uma frota moderna, numerosa, com bocas de fogo potentes. Rosas tem dinheiro e poder. Fructuoso Rivera tem esperanças e vontade.

Giuseppe observa o vulto da corveta *Constitución* ancorada a alguns metros, imóvel e serena sob o manto de nuvens escuras. Agora o chuvisco é inquieto e vem de todos os lados, mas faz bem à corveta, que rebrilha na manhã cinzenta como uma velha senhora ainda orgulhosa dos seus dotes. Fructuoso Rivera luta pela liberdade da sua gente, pelo livre comércio nas águas do Prata. É uma boa causa, ele pensa, uma causa pela qual pode dar o seu sangue.

Este país. Esta gente.

Foram bem recebidos no Uruguai.

Dona Bernardina Rivera foi pessoalmente à sua casa, ainda outro dia, levar seu abraço à Anita. *Quando o seu marido estiver na guerra, venha me visitar. Quero que me faça companhia.* Foi o que ela disse. Anita assustou-se, mas garantiu que iria. Muitas senhoras visitavam dona Bernardina, que arrecadava fundos para a defesa da cidade. *Para conservar a mais indispensável e preciosa de todas as joias, a liberdade*, dizia dona Bernardina quando pedia dinheiro aos ricos uruguaios. Ela arrecadava ouro e prata entre as mulheres dos grandes estancieiros. Aquela guerra era de todos.

Giuseppe imagina a cara de Anita diante da esposa do presidente. Anita não tem ouro e nem prata. Anita gosta da guerra e da peleia, mas as gentes de Rivera querem apenas ele, José, como ela diz. Anita ficará com Menotti em Montevidéu, e ele parte para a guerra ainda hoje. Nesta manhã fria e feia, com três navios de *mala muerte*, como dizem os uruguaios.

Houve choro e gritos à saída de casa. O dia nem bem havia amanhecido, e Anita fez um escarcéu. Estava um frio de renguear cusco. Enfiado sob o poncho de lã, calçando as meias e as botas de couro, viu a mulher gritar e esbravejar com a tesoura na mão, andando pelo quarto como se estivesse numa gaiola. Que se comportasse!, gritava ela. As uruguaias eram belas. Eram ousadas e mais vividas do que as moças do Sul do Brasil: as uruguaias eram escoladas nos salões, tinham cultura. Anita brandia a tesoura diante do seu rosto. Ele apenas a olhava, com a sombra de um sorriso no rosto. Gostava de vê-la assim, furiosa, como um potro novo ainda não domado. Gostava. Mas não havia tempo para o amor. Precisava seguir para o porto. Anita continuava o seu monólogo, alimentando-se da própria raiva. Sequer importava-se com a família Pombo, ali do outro lado do pátio. Ela gritava pelo quarto. Se soubesse, se soubesse de alguma coisa, qualquer coisa, deixaria Menotti com Nina Castellini e iria atrás dele. *Está ouvindo, José? Vou atrás de vosmecê com esta tesoura em punho. E corto os seus cabelos. Seus lindos cabelos de ouro. Qualquer coisa, um único boato que seja!* Depois disto, atirara-se na cama, aos prantos. Não era justo. Ela era boa na peleja. Sentia saudades dos navios. De seguir com ele, como outrora.

Antes de partir, tirou do cesto uma caixinha com um anel. Era fino, mas de ouro. Tinha-o comprado para a mulher. Sabia que Anita sofria por não poder pelear ao lado dele. Lembrava-a, carabina em punho, nas serras de Lages, na proa do seu barco. Deu-lhe o anel sem dizer nada. Anita quedou-se pasma por um momento.

— Nunca tive um anel, José.
— Agora tem.

Ela sorriu, franzindo o cenho no momento seguinte:

— Sabe que eu preferia uma arma e um lugar no navio.

Ele riu alto. Abraçou-a ao final, ignorando as ameaças todas que ela lhe fizera, e solidarizando-se com a sua vontade de pelear. O inverno estava lá fora, e o frio subia do chão mordiscando seus tornozelos. Os homens que recrutara, uruguaios e italianos, deviam estar saindo de suas casas sob a chuvinha rala, congelante. Anzani, Agostini, Pocarobba e outros. Bons italianos. Homens do mar. Tinham entrado na guerra com ele.

— Vosmecê tem que ficar, *carina* — disse, beijando os cabelos de Anita, macios, escuros como a noite. — Tem que ficar e cuidar do Menotti. Eu voltarei em breve.

— Vai para onde, José? — perguntou, já serenada, a tesoura esquecida no chão, a voz ainda rouca de pranto, o anelzinho no dedo.

— Não sei — respondeu ele.

Anita olhou-o com aquele brilho nos olhos outra vez, a descrença luzia nas suas retinas negras. Ele garantiu, não sabia. A missão era um segredo. Receberia instruções apenas no porto, antes de embarcar. Anita agarrou-se a ele, não queria deixá-lo. Com gentileza, ele afastou-a, mandou que se enfiasse sob as cobertas, era muito cedo.

Deixara-a na cama, olhos arregalados de tristeza, cravados como punhais nas suas costas. Menotti ainda dormia, apenas espiou-o do corredor. Era parecido com a mãe, mas muito sereno. Ele sorriu, ganhando a rua sob o poncho e o chapéu. A manhã incipiente era cinzenta e coalhada de névoa. Caía aquela garoa fina, gélida e atroz. Sentia-se leve por ter deixado Anita em casa com o menino. Anita segura, protegida, aos cuidados de dona Bernardina Rivera. Sabia que a esposa estava odiando aquilo tudo, mas estava quase calmo quando desceu a rua em direção ao porto e o vento súbito o pegou de surpresa, estourando no seu rosto como um soco.

Agora estava ali.

Examinava os últimos detalhes.

Sua frota compunha-se de três barcos. Já tinha comandando mais naus, mas também já tinha comandado um único navio. Havia a corveta *Constitución*, de 250 toneladas e com 18 canhões, sob o seu comando direto. Havia o brigantino *Pereyra*, 166 toneladas, 4 canhões, construído no Brasil. Nomeara o uruguaio Manuel Urioste para o seu comando. Quanto à galeota sarda *Procida*, pesava 71 toneladas e levava apenas 5 canhões. Seria comandada pelo genovês Agostini, seu amigo de encontros na casa dos Castellini. Este barco era de propriedade dos irmãos Antonioni, que tinham cedido a galeota para a República depois que Fructuoso Rivera nomeara Garibaldi comandante da frota nacional.

Os homens nos barcos arrumavam a cordoalha, verificavam o velame, guardavam as provisões. Havia uma euforia quase elétrica no ar. A energia masculina, aguda, que vencia o frio e a chuva. Giuseppe sorriu. Era sempre um bom começo. Depois, tudo mudaria. Três naus para lutar contra a enorme frota de Rosas. Para lutar contra o almirante Brown, o irlandês famoso em todos os continentes.

Zarparam pelo meio da manhã. Os barcos sob a chuva fina, escabelada de vento. O porto estava vazio, a não ser por uns poucos carregadores e fiscais. A frota de Brown fechava a boca do Paraná, impedindo que navios ingleses e franceses entrassem em Montevidéu. A tarefa de Garibaldi era justamente levar seus barcos pelo Paraná, subindo a corrente. Quando estava tomando as últimas providências para a partida, um oficial do Exército chegou-se a ele, no porto. Trazia correspondência de Fructuoso Rivera.

— Para ser aberta somente depois que os navios passarem pela ilha de Martín Garcia, comandante — disse o homem, entregando o envelope largo, alvíssimo.

Garibaldi tinha agora no bolso o envelope dobrado em dois, escondido sob as dobras do poncho. Na proa do navio, olhando o rio escuro e inquieto, pensava nos uruguaios. Instruções para serem abertas no caminho, era uma *finesse* que chegava a ser tola, que soava como desconfiança. No Rio Grande, improvisavam sempre. Lutas, guerrilhas. Faziam planos na terra com a ponta da adaga. Tinha aprendido a lutar com os homens daquela República, o jeito deles era o seu, o código deles era o seu. Tocou o envelope e ficou pensando que maluquice Rivera escrevera ali com sua rebuscada letra de gabinete. Partiram na hora combinada. O homem de Rivera ficou no cais olhando os barcos avançarem na neblina, talvez para ter certeza, pensou Garibaldi com um sorriso.

Tinham bom vento inflando as velas, e os marinheiros ocupavam-se de seus postos. Tudo funcionava a contento. Ele sabia que assim que entrassem no Paraná, a frota de Brown lhes fecharia a passagem. Os argentinos tinham o dobro de bocas de fogo, centenas de homens. Mas Garibaldi tinha aquilo que aprendera com Netto, com Bento Gonçalves, com Teixeira Nunes. Também tinha aquela força, ele a sentia, como um sol dentro de si. Andava apagada havia meses, como se vivesse numa semiobscuridade interior, doentia. Agora não: à proa da *Constitución*, o coração batia-lhe forte no peito, vivo outra vez. Um calor bom protegia-o da chuva furiosa que vinha engrossando, transformando-se em neblina como se o mundo estivesse coberto por uma camada de algodão.

A ilha de Martín Garcia era um tosco pedaço de rocha que mal se elevava do mar, mas constituía um ponto fundamental para o controle da navegação da área. Garibaldi sabia bem que os argentinos tinham instalado um ponto de bocas de fogo na pequena ilha. Soprava o vento a favor, inflando as velas contra o céu cinzento, e a pequena frota avançava rio acima. Garibaldi subiu no mastro do traquete, olhou pelo binóculo, já podia ver o vulto granítico, o perfil lânguido e apático da ilha.

— Atenção, homens! — gritou lá de cima. — Bocas de fogo preparadas! Armas em punho. Quando passarmos por lá, eles vão disparar chumbo grosso sobre nossos barcos.

A *Constitución* vai na frente, atrás, a galeota sarda, e, por último, o *Pereyra*, com seus quatro canhões armados, para fechar a passagem com maior poderio de fogo. O canhoneio começa, e a pequena ilha parece explodir de fumaça e pólvora e gritos. Os navios de Garibaldi respondem. Uma bala de canhão fura a vela da *Constitución*, cruzando a cabeça de Garibaldi como um pássaro ardente. Ele sorri. Já sentia falta de tudo isso, seu coração é quente e ávido. A guerra é o seu elemento, ele não tem medo e não se espanta com o milagre.

Ele grita:

— Disparem! Fogo nessa cambada!

O tiroteio é furioso dos dois lados, mas os navios vão passando, um a um. O *Pereyra* recebe um balaço na proa, que se abre como uma flor de madeira. Um homem morre, o capitão fica ferido sem gravidade. O canhoneio prossegue, mas agora as balas argentinas caem na água, afundam no leito arenoso do Paraná sem deixar vestígios.

Eles passam a ilha de Martín Garcia. Do alto do traquete, Giuseppe Garibaldi ouve os urras dos homens na coberta. A ilha vai ficando para trás, apequenando-se outra vez sob a chuva. Garibaldi desce do traquete, escorregando feito um gato. Lembra-se dos meninos do colégio de Semidei. A uma hora dessas, estão dizendo os verbos latinos, as classes em fila, os olhos cheios de sono. *Amo, amās, amat, amāmus.* Ele tinha crescido num barco, viajando com o pai. Agora, sente de novo o pai, como se ele estivesse ali, o velho Domenico, na coberta sob a chuva e a neblina. Anita tinha razão.

Tira do bolso o envelope. *Vamos ver as ideias de Don Frutos.* Arranca o lacre vermelho de cera com a ponta da unha e abre o papel elegante. As instruções são simples: deve navegar até a província de Corrientes e fazer contato com os aliados argentinos do governo uruguaio. Entregar provisões e trazer armas. Garibaldi guarda a carta no bolso. Instruções simples, mas tarefa perigosíssima. Ele sabe que o exército oriental está em San José, às margens do Uruguai, e o de Oribe, em La Bajada, capital da província de Entre Ríos. As gentes de Corrientes seguem dispostas a ajudar os orientais mandando armas. Imagina qual será o armamento tão importante que receberá, posto que o presidente manda que suba com seus três barcos por 600 milhas entre 2 rios inimigos, coalhados por uma frota 4 vezes maior do que a sua. Parece um teste, uma brincadeira de Don Frutos.

Olha à sua volta com o binóculo. As águas plúmbeas, volumosas, inchadas pela chuva, estendem-se até perder de vista à sua frente. Ao longe, à direita, pode ver o vulto borrado da margem com suas árvores desbotadas pela neblina. Seguem rio acima no silêncio da tarde; os homens conversam, comem em turnos, servem o café como um bálsamo para o inverno úmido. Garibaldi aceita uma xícara de café. O líquido quente escorrega para o seu estômago. O calor bom. A chuva é tão fina que parece não molhar agora, mas tudo está escorregadio e gelado. Ele bebe o café com pressa, apreciando o queimor nos lábios.

E, então, sente um solavanco em seus pés. O navio titubeia, como que agarrado por uma mão gigante. Um banco de areia! O rio é traiçoeiro, e suas correntes dançam, fazendo a areia mover-se de um dia para o outro, criando e recriando baixios. A *Constitución* encalhou.

Garibaldi sabe que estão em zona inimiga, e ficar ali muito tempo é perigoso. A neblina espessa dá-lhe a ilusão de que estão sozinhos, mas sabe que não. Brown espalhara sua frota ao longo do rio.

Reúne os homens na proa:

— O navio encalhou. Não podemos ficar aqui. Vamos retirar as bocas de fogo para o *Pereyra*, transferir os mantimentos para a *Procida*, e tentar o desencalhe.

Uriosti e Agostini ancoram os barcos ao lado da *Constitución*. Os homens começam a trabalhar diligentemente sob a chuva fina. Urioste pula para a *Constitución* e conta a Garibaldi que o italiano Pocarobba morrera no ataque de Martin García.

— Uma bala de canhão arrancou sua perna — diz o uruguaio de olhos azuis. — Morreu na hora.

Garibaldi ordena que joguem o homem ao rio assim que seguirem viagem. Era um bom marinheiro, o Pocarobba. Encontravam-se na casa dos Castellini. Seu sonho, como o de todos, era voltar à Itália. Ele olha as águas do rio, voluptuosas e escuras. Se um dia morrer em combate, não quer ser jogado às águas, ser comido pelos peixes. Quer um túmulo, um lugar onde Menotti possa rezar por sua alma. Acredita nas rezas. A mãe, Rosa, reza por ele lá na Itália.

Enquanto transferem os canhões, Garibaldi ordena que cuidem dos feridos. São dez homens, mas nada de grave, a não ser a morte do pobre Pocarobba. Depois, reúne vinte homens fortes na coberta.

— Vamos pular na água e empurrar a *Constitución*. A maré está vazante, é o único jeito.

Um dos marinheiros diz:

— Morreremos congelados, comandante.

Garibaldi sorri na chuva:

— O inferno é quente. Se vosmecê quiser esperar aqui os argentinos, vai se acalentar rapidinho.

Os homens riem alto e pulam na água. É fria e escura como a terra. Garibaldi, à frente, grita, ordena, empurra. As pernas parecem anestesiadas, mas, aos poucos, a força, a dor, tudo isso desperta seu corpo. Os homens trabalham como se fossem um só, empurrando, forçando, gritando. Já fizera isso outras vezes na lagoa dos Patos, já fizera isso nos arredores de Laguna. Pensa nos amigos que ficaram por lá. Carniglia, Mutru, Rossetti, Griggs.

— Força, homens. Força!

A voz dele ecoa na tarde. Quando a *Constitución* dá o primeiro solavanco é que ele vê os vultos ao longe, misturados à neblina, quase como num sonho. Os navios argentinos!

— Vejam! *Per Dio!*

Ele sente o perigo como um arrepio descendo pela sua espinha. Pula de volta para o barco, sobe no mastro com o binóculo na mão, um rastro de água atrás de si. Lá em cima, pode ver melhor, apesar da cerração pesada. Conta sete navios. Sete! E, na frente, comandando a esquadra, pode adivinhar o *Belgrano*, o navio do próprio Guillermo Brown.

Garibaldi grita para os homens que voltem ao navio, que armem os canhões. A luta será desigual, terrível. A *Constitución*, agora sem suas bocas de fogo, é cercada pelo *Pereyra* e pela *Procida*. Os homens pegam seus fuzis, preparam as bocas de fogo. O *Belgrano* já dispara, avançando a toda vela. É um barco imponente, seus mastros altos parecem furar as nuvens cinzentas que recobrem o céu baixo, inchado de chuva.

Garibaldi dispara seu fuzil. Pensa em Anita. A situação é grave. Estão presos ali, serão cercados por sete barcos. A sua primeira viagem. Fizeram isso de propósito, é uma viagem de suicídio através dos rios tomados pela tropa argentina. Se morrer, o que será de Anita e do menino? Mas não vai morrer. Os pensamentos se sucedem. Uma bala de canhão arrancou-lhe alguns fios de cabelo. Se fosse para morrer, tinha sido boa hora. Sabe que tem sorte, que é agraciado pelos deuses sem voz nem corpo. Mira seu fuzil e acerta um argentino na testa. O homem cai.

Tiros espocam de ambos os lados. E então, parado à proa, fazendo nova pontaria, Garibaldi percebe que o *Belgrano* parara de avançar a uns 500 metros. Também havia encalhado num dos baixios do rio.

— *A la puta madre*! — grita perto dele um dos marinheiros.

Garibaldi sorri como se soubesse. Ele manda os homens se jogarem à água:

— Vamos terminar o desencalhe da *Constitución*, rápido! Os outros sigam defendendo as embarcações!

Ele pula na água com seus patos. Novos patos. Agora, uruguaios e italianos. Todos forçam e gemem. Braços e cabeças na neblina que se adensa cada vez mais. Garibaldi sente a sua sorte voltando, um sopro no seu pescoço. E a cerração descendo como um pano, como um presente divino. Já não enxergam uns aos outros.

Sob o vulto de névoa, conseguem soltar a *Constitución*. Garibaldi sabe que os argentinos terão mais trabalho, seus barcos são mais pesados, mais carregados de canhões. Ele se aproveita desta súbita vantagem. Com o barco livre, sobem todos para a coberta.

— Zarpar! — grita.

A *Constitución* avança rio acima, seguido da *Procida* e do *Pereyra*. A frota argentina, escondida sob a névoa, dispara cegamente, enquanto tenta soltar seu navio principal das areias inquietas e lodacentas do rio Paraná.

Eles seguem viagem por três dias sem transtornos. Já os canhões voltaram à *Constitución*, e ele comanda a pequena esquadra no rumo de Corrientes. À altura de La Bajada, às margens do rio da Prata, encontram as forças de Manuel Oribe, que disparam contra eles. O brigantino *Pereyra* comanda o canhoneio uruguaio. As balas afundam no rio da Prata, deixando um rastro de fumaça no ar. A luta será difícil. Garibaldi pensa isso, parado na proa, olhando através do binóculo a frota inimiga. Ainda chove, a garoa é como um pranto sem fim. Sente falta do sol. O sol é uma xícara de café no seu estômago.

Garibaldi ouve gritos à sua direita. Um dos homens aponta para a margem oposta. Ele fixa o olhar com seu binóculo e vê que, da névoa, surgem quatro barcos. São reforços dos seus aliados argentinos de Corrientes. Vê a bandeira tremulando, como um aceno pessoal. Ele sorri.

Oribe cessa fogo agora que está em desvantagem, e eles avançam mais um dia, com apoio de quatro lanchões, armas, homens e mantimentos. Mas tudo parece um sonho em meio à neblina pastosa. As coisas vão e vêm. Os homens aquecem-se como podem. Sopra o vento do pampa, cortante e persistente.

Outra vez, como num pesadelo, a *Constitución*, mais pesada, encalha nas misteriosas águas do rio. Tudo se repete. Brown surge no encalço da frota uruguaia algumas horas depois, quando Garibaldi e seus homens estão na água tentando desencalhar a corveta *Constitución*. Agora o irlandês não fica preso em nenhum baixio, avançando contra o vento numa velocidade lenta, mas perene. Garibaldi entende que a luta é iminente, desigual. É preciso organizar suas forças. Ele sobe para a coberta e chama os marinheiros encharcados:

— Vamos, homens, de volta ao barco! Temos que achar uma posição de luta.

Eles voltam um a um à *Constitución*. Garibaldi dá ordens, quer seus barcos à margem esquerda do Paraná, atrás do baixio onde sua corveta encalhou. Uriosti e Agostini ancoram os barcos em ângulo reto à costa, os lanchões aliados no meio, o *Pereyra* no centro, a *Constitución* mais à esquerda, ainda presa no banco de areia, fechando a bateria uruguaia, mas mais perto das naus argentinas, porque tem bocas de fogo mais potentes.

A corrente é forte, puxa os barcos, que são leves. Sopra o vento. Os homens empregam todas as âncoras para manter a posição. Garibaldi tem duzentos marinheiros e trinta e cinco canhões. As notícias que recebeu são de que Brown tem setecentos homens e mais de cinquenta canhões, vários deles giratórios. Mas os argentinos também lutam com a corrente e não conseguem subir o rio. Do alto do traquete, Garibaldi vê que Brown despachara boa parte da tripulação à terra, para que puxassem os barcos com cordas, vencendo as barrancas.

— Atirar! — grita Garibaldi.

Seus canhões fazem fogo contra os marinheiros em terra, causando muitas baixas. Mas Brown tem homens: substitui os mortos, e seguem o trabalho. Novos tiros de canhões.

Garibaldi vê os marinheiros da frota inimiga caírem no chão, sob a chuva. O tiroteio vem forte do lado argentino. Eles revidam. A luta é ferrenha. Por três dias e três noites, os dois inimigos peleiam naquele trecho de rio entre baixios. A chuva vai e vem, como se estivesse curiosa demais do desfecho para ir embora de vez. A neblina aumenta, apaga-se como um sopro, volta a baixar sobre o mundo girando sobre si mesma.

Brown não tem ainda condições de fazer uma abordagem, mas, no terceiro dia, aumenta o fogo sobre os navios, causando muitas baixas a Garibaldi. Sob pesado tiroteio, a *Constitución*, a *Procida* e o *Pereyra* resistem, já com o velame parcialmente destruído. À manhã do quarto dia, Agostini sobe na *Constitución* e anuncia:

— Garibaldi, a nossa munição acabou. Temos cartuchos, mas não temos pólvora. Uriosti manda dizer que a sua situação é a mesma.

Garibaldi também está com pouca munição. Mas as tropas de Brown parecem abastecidas com folga, o tiroteio nunca diminui. As baixas aumentam. Garibaldi já havia contado quinze mortos. Os feridos estão numa cabine recebendo os cuidados básicos. O próprio Agostini tem uma bandagem ensanguentada a envolver-lhe a testa.

— Vamos juntar tudo o que temos — diz Garibaldi. — Avise o Uriosti. Correntes, cravos, aldravas. Vamos disparar os metais que encontrarmos. Assim, resistiremos pelo menos até a noite. Vou tentar ter uma ideia enquanto isso.

Agostini aquiesce e pula para a água, de volta ao seu navio.

Durante todo o dia, cospem todo o ferro e todo o cobre que encontram sobre as naus inimigas. Brown vê o armamento curioso do comandante italiano e sorri dubiamente. Primeiro, quer que a batalha acabe logo. Já se vão quatro dias ali naquele frio tenebroso. Mas também sente orgulho, gosta de adversários à sua altura, gosta das histórias que já ouviu sobre o italiano que puxou barcos pelo pampa. Agora ele tem a sua história também — cravos, aldravas e correntes disparadas dos canhões. Um oficial cai aos pés de Brown com uma aldrava encravada na testa. Ele deixa de sorrir e grita ordens de contra-ataque.

A noite finalmente chega, fria, estrelada. A chuva cedera. Garibaldi preferiria a névoa. Tem um plano. Um plano desesperado, mas agora tudo é desespero e sorte. Muitos homens morreram, os barcos estão completamente avariados, acabou-se a munição.

Manda que preparem jangadas com os mastros dos navios. As jangadas são baixadas ao mar. Garibaldi desce também e, com cuidado, ateia fogo às jangadas, e deixa que a corrente as leve em direção à frota argentina. Quentes como xícaras de café do inferno. Ele sorri no escuro da noite.

Mas Brown é um homem esperto. Sabe que Giuseppe Garibaldi não deve ser subestimado. Já ouviu histórias de Greenfell. Brown não dorme, ele vigia. Quando vê as jangadas incandescentes vindo em direção ao *Belgrano*, acorda os marinheiros aos gritos:

— Água, água! Vamos, molengas! Joguem água nas jangadas. O italiano pensa que vai nos despachar para o inferno na véspera.

E o plano de Garibaldi é frustrado.

Da coberta da *Constitución*, Garibaldi vê o movimento argentino. Aquela era a sua última chance de reverter a situação. O dia amanhece aos poucos, rosado e gélido. Ele olha ao seu redor, os barcos estão destruídos, o velame furado, queimado. Os mastros viraram cinzas, há buracos enormes no convés. Perdeu mais da metade dos seus homens, mas não tem um único arranhão. Pensa em Anita e na mãe, rezando por ele. Está exausto, mas não vai se render. Deixará os barcos, os mortos, as provisões, mas levará embora os homens que restaram. Levará também a sua honra intacta.

Reúne os dois comandantes. A ordem é despejar toda a aguardente nos três navios e atear-lhes fogo o mais depressa possível, antes que a manhã se instale a pleno. Os marinheiros, exaustos, apavorados, derramam a aguardente, mas também a bebem. Garibaldi vê os homens embriagando-se no desespero da rendição iminente.

— Parem! — grita. — Despejem a aguardente na coberta, não bebam! Vamos seguir por terra até Corrientes. Não vamos nos render!

Sua voz se perde na manhãzinha gélida. Alguns homens caem de bêbados pela *Constitución*, é uma cena triste. Garibaldi dá um soco no ar. Manda que abandonem o barco. Carrega aqueles que não podem caminhar. Sabe que a cena se repete no *Pereyra* e na *Procida*. Nos lanchões enviados por Corrientes, a coisa é igual. Uriosti e Agostini baixam ao rio os marinheiros que ainda conseguem andar. Alguns ficam, caídos, anestesiados nas cobertas quando o fogo começa, espalhando-se com inusitada ferocidade.

Na areia, Garibaldi vê as chamas consumindo a sua frota. Sabe que cinco ou seis bêbados ficaram para trás. Persigna-se por eles. Depois, se vira contra o vento e começa a longa retirada a pé até Corrientes. Seu poncho está encharcado de água do rio. As botas pesam como chumbo. Mas ele avança, eles avançam na manhã. Todos juntos, carregando os mantimentos que sobraram, as armas e os fuzis.

É uma marcha terrível. Garibaldi sempre se lembrará dela. A sorte esteve ao seu lado, e depois o deixou sem avisos. A sorte era uma dama volátil, voluntariosa. E Brown era um oponente que ele podia admirar.

(Chegou a Corrientes no final de setembro, ficando lá por doze dias. Em meados de outubro, foi chamado a encontrar Fructuoso Rivera em Montevidéu. Voltou para a capital sem seus barcos, sem a maioria dos homens, mas levando a sua honra. Tinha combatido os argentinos com bravura, e a história da sua resistência no rio Paraná chegara aos ouvidos de toda a gente na capital uruguaia.)

A deusa Nix

Os anos em Montevidéu foram anos de batalhas, de espadas e fuzis e navios e tormentas de fogo. Detendo-se, às vezes, a guerra dava espaço a Giuseppe para o amor. Foi assim que, na volta de Corrientes, nos primeiros dias do ano de 1843, enquanto Oribe avançava com seus homens para Montevidéu, Anita engravidou de sua primeira menina.

Vida sem memória não existiria. Vida sem vida, seria isso talvez...

Os homens, mais do que os deuses, precisam lembrar, desfiar o tempo, suspender os ponteiros dos relógios da morte que sempre chega. Oribe parecia trazer a morte na sua cavalaria. Os velhos e fortes muros de Montevidéu haviam sido derrubados anos antes, e com a ameaça por terra foi preciso improvisar fortificações e construir baterias avançadas para além da cidade, onde soldados vigiavam dia e noite. Velhos canhões dos tempos dos espanhóis foram trazidos da escuridão de depósitos muito antigos, e levados para estas fortificações — de volta à luz, eles eram a promessa de uma segurança frágil, provisória.

A invasão pelo Prata era mais complicada, pois grandes tropas não poderiam desembarcar no porto. Os navios inimigos, feito sombras negras nas tardes quentes do verão, fechavam a passagem de comércio, mas não podiam cuspir a soldadesca com a qual Rosas e Oribe ameaçavam a cidade e seus habitantes. Muros brancos e janelas pintadas de azul rebrilhavam de medo nas tardes de janeiro e fevereiro, esperando a promessa de um ataque.

Garibaldi viajava e voltava sem avisos, entretido nos jogos de guerra, nas longas reuniões de Estado, nos planos de unir todos os italianos sob uma única bandeira naquela luta contra o terrível caudilho uruguaio.

Anita, em casa, com seu menino, esperava. Presa na teia do destino, como centenas de outras mulheres, via-se atada às tarefas cotidianas, rotineiras; obrava uma vida comum quando tinha sonhado em seguir ao lado de José nos navios, à frente dos homens, fuzil em punho. Sabia pouco de José, pois ele não parava em casa suficiente tempo. Deveria bastar-lhe que voltava incólume das batalhas e canhoneios. Trazia marcas nos olhos, fumaças de dias de sofrimento e de morte, mas a guerra era rotina para ele. Assim como, outrora, tinha sido também para Anita.

Naqueles tempos montevideanos, somente o terraço a aproximava do esposo. Ficava horas por lá, deixando-se olhar a água sem fim, o mar misturado ao rio da Prata, salobro, imenso, tão largo quanto o próprio tempo, era o fio da adaga que cortava os dias, dividindo o ano em épocas nas quais seu José estava na casa, enchendo de algaravia o pátio interno, as peças pequenas de poucos móveis, seu ventre, seu espírito, seu sorriso. E havia outros tempos, largas semanas de solidão com Menotti, a passar as horas entre costuras para ajudar no esforço de guerra — sim, tinha sido reduzida a uma mulher como as outras, ela costurava, usando a agulha quando antes usava o fuzil, tão corajosa quanto seu próprio José. Agora só podia cerzir e cortar e emendar panos, como cerzia, cortava e emendava a sua própria paciência, a sua esperança, o seu medo.

Pois José angariava paixões.

Era um homem como um deus, eu já vos disse isto.

Ele trazia o êxtase e espalhava a sua luz. Falavam dele nos salões, na casa de dona Bernardina Rivera, esposa de Don Fructuoso, onde Anita ia, arrastada por Nina, tomar o chá e comer docinhos tão pequenos quanto as unhas de um homem adulto. As mulheres falavam, enchiam os olhos de brilho sempre que o assunto era Giuseppe Garibaldi.

Anita engolia em seco, por mais de uma vez quase verteu o chá quente no colo pálido de uma dama que sorria demais, que suspirava demais à simples menção do nome do seu esposo, perdido para os lados de Corrientes, de Salto, de Arroio Grande. Os nomes sucediam-se, Nina e ela compraram um mapa para acompanhar as andanças dos italianos. Anita conseguia entender a geografia e imaginar os lugares onde o marido se batia com os inimigos, mas controlar seus ciúmes era-lhe bem mais difícil, oh, pobre Anita.

Chamavam José de "o herói Garibaldi". Anita enfurecia-se, mas era obrigada a aquiescer, a ouvir os elogios quase amorosos que a ele dedicavam as senhoras naquelas reuniões sociais. Preferia voltar para casa mais cedo, alegando que Menotti precisava de sua companhia, ou então *que as costuras para o serviço de guerra lhe tomavam muito tempo, e saía altiva, pensando em suas tesouras fincadas naqueles rostos angelicais, pensando em desejos esfarrapados e unhas e tapas, e então voltava para sua casa na Calle 25 de Mayo e chorava lágrimas amargas que o pequeno Menotti não conseguia decifrar.*

E assim passavam-lhe os dias.

As noites eram cheias de pesadelos. Sonhava, não com canhões ou navalhas no pescoço, ou fuzis disparando à queima-roupa, mas com sedas e jovens mulheres atirando flores para José. E sonhava com José, cada vez mais galante, os cabelos de trigo, o perfil grego, a boca radiosa a beijar outras bocas que não a dela. Acordava-se no escuro, chorando lágrimas de rancor.

Ela viu o silêncio com seus mesmos olhos que tinham visto a guerra, pobre Anita. Era mulher, tinha destinos de mulher, embora peleasse sua sina com a mesma faina que peleara contra os imperiais. O ventre crescia-lhe então, de pouco em pouco, porque era mulher magra, enxuta de carnes. Com o ventre, cresciam as histórias sobre seu marido. Que não era apenas amado pelas damas, mas respeitado pelos homens, até mesmo pelos inimigos, os quais o viam como uma figura heroica, de rara coragem.

De fato, vos digo, os grandes homens se reconhecem e se admiram. Não se ofendem uns com os outros. Talvez, neste ponto, sejam mais nobres do que os deuses, cegos de orgulho e soberba. A mortalidade deve trazer-lhes alguma sabedoria que nós, os eternos, desconhecemos.

Muitos admiravam Garibaldi — e o maior dos seus admiradores era também seu maior oponente, Guillermo Brown. Assim, deixemos Anita um pouco quieta, sentada em seu terraço com uma costura no colo, o vento correndo por seus olhos, enchendo seus pensamentos de travessias antigas, e voltemo-nos um instante para a história que vos quero contar — eu que sou a narradora de todas as histórias desde a noite fundamental do homem. Contar-vos-ei como me aprouver, indo e voltando no tempo que eu posso desfiar como um novelo. Não vos confundais, vos peço.

Pois que, durante quase cinco anos, após esta primeira batalha que acaba de acontecer e na qual Giuseppe incendiou as suas próprias naus, ele lutará contra William Brown, nascido em Foxford, no condado de Mayo, no reino da Irlanda, mas naturalizado argentino sob o nome de Guillermo Brown. Brown lutou muitas guerras, mas destacou-se na guerra contra o Império do Brasil, depois da qual foi nomeado brigadeiro-general da Marinha. E, mais tarde, fez fama mundial comandando as naus de Manuel de Rosas no cerco a Montevidéu... Depois desta famosa batalha no rio Paraná, após quase seis dias de luta acirrada contra um inimigo de poderio muito menor, mas com tamanha gana que não lhe permitira uma noite inteira de sono sequer — foi o próprio Brown quem salvou a armada argentina de um incêndio, quando Garibaldi soltou maré abaixo as suas jangadas em fogo.

Brown espantou-se com os ardis do italiano, e tanto que sucedeu o seguinte: conta-se que, ao final da dita batalha, após Giuseppe Garibaldi incendiar suas naus, seguindo com os marinheiros sobreviventes por terra, um dos soldados argentinos sugeriu a Brown que baixasse alguns escaleres e que perseguissem Garibaldi e seus homens até a capitulação final.

Parado ao convés do *Belgrano*, Guillermo Brown abriu um sorriso de orelha a orelha e, com a voz cansada das noites insones, respondeu ao seu subordinado:

"*Déjenlo escapar. Ese gringo es un valiente!*"

Tinha orgulho de lutar contra homens do quilate de Garibaldi, e achava que ele merecera grandemente a sua fuga. Ademais, marinheiros lutavam no mar, e ele não iria buscar o italiano em terra após o combate findo. Pois este mesmo comandante, tendo abandonado o serviço de Rosas ainda antes do término da guerra, pronto para se retirar à sua quinta em Barracas, foi até Montevidéu por vontade própria, procurando a casa da Calle 25 de Mayo número 81, onde bateu no portão enorme, de madeira, e foi atendido por Anita.

Viera ver o Giuseppe Garibaldi, comandante da frota inimiga, de perto. Anita confundiu-se um pouco, e foi salva pelo próprio Giuseppe, que veio lá de dentro com uma das crianças no colo — posto que, naqueles tempos (sim, avisei-vos que iria e voltaria nos anos, conforme me agradasse e conviesse ao caso), Rosita e Teresa já tinham nascido. Ao ver o corajoso italiano, Guillermo Brown abraçou-se a ele com criança e tudo, dizendo que o queria como a um filho, pois todo o homem corajoso merecia não apenas o seu respeito, mas o seu amor.

Depois, se afastou de Garibaldi e, olhando sua esposa boquiaberta a mirá-lo, disse para Anita:

"Minha señora, por muito tempo eu lutei contra o seu marido. Sempre sem êxito. Eu batia-me para vencê-lo e fazê-lo meu prisioneiro, mas ele sempre resistiu e sempre me escapou. Houvesse eu tido a sorte de aprisioná-lo, e ele teria recebido antes toda a estima que lhe dedico. Por isso, vim aqui hoje. Antes de retirar-me para a minha quinta, precisava dizer isto pessoalmente ao senhor Garibaldi."

E, depois de comer o pão simples dos Garibaldi e aceitar um copo de vinho, que Giuseppe não tomou, Guillermo Brown foi-se embora pela rua com um sorriso no seu rosto barbado, elegante e discreto. E os passantes cruzaram por ele sem imaginar o grande homem, o famoso almirante que ele era.

Anos depois, Greenfell — que fora adversário de Brown na guerra do Brasil, e com quem o próprio Garibaldi batera-se durante a Revolução Farroupilha, encontrou o velho almirante irlandês e disse-lhe que muito sofria, pois as repúblicas eram sempre ingratas com seus leais servidores. Ao que Brown, já muito velho, contestou com secura:

"Senhor Greenfell, não me incomoda ter sido útil à pátria dos meus próprios filhos, mesmo que a paga tenha sido pouca para os meus esforços e sacrifícios. Eu considero supérfluas todas as honras e riquezas quando bastam seis palmos de terra para que descansemos de tantas fadigas e dores."

Ah, estes homens... São fracos e frágeis, se vendem e se compram...

Mas alguns, alguns deles merecem a minha voz e a minha admiração. Muitos séculos, no entanto, são necessários para que os mortais produzam criaturas assim tão divinas quanto Brown, Garibaldi ou a própria Anita, nossa jovem agora grávida, tecendo no seu terraço a vida nova e a roupa para o soldado sem nome.

Por isso eu vos conto deles, por isso eu ressuscito-os da noite dos tempos, e vanglorio-os e toco-os com meus dedos eternos, para que nunca sejam esquecidos, grãos de ouro na poeira que é a maioria das vidas mortais.

Anita

O ano de 1843 foi o verdadeiro começo da guerra para nós que vivíamos em Montevidéu. Oribe marchara com milhares de homens para invadir a cidade, enquanto Fructuoso Rivera estava na fronteira com o Rio Grande, organizando suas tropas dilaceradas pelos últimos combates.

José voltou das suas primeiras batalhas. Voltou magro, cansado, mas cheio de vida. Esperei-o ao portão por muitos dias; diariamente, eu sovava o pão para o seu jantar, pois as notícias do seu retorno eram sempre "para o dia". Ele demorou-se, perdido em terras sem nome que eu nunca conheci, estâncias e cidades que me foram subtraídas naquela guerra de homens. Nas reuniões em casa de dona Bernardina Rivera, eu era um bicho curioso, a mulher que tinha lutado uma guerra. Aquelas senhoras, cheias de rendas, leques e suspiros, olhavam-me com um misto de curiosidade e de inveja. Não por causa das batalhas que travei e dos homens que matei, pois preferiam seus balcões e açoteias e miradores, de onde viam o porto; preferiam coser para o esforço de guerra e rezar nos seus oratórios em quartos frescos, ajoelhadas em pequenas almofadas de cetim. Olhavam-me com inveja por causa de José, que era meu marido.

Naqueles tempos, o ciúme doía-me mais do que a guerra. José estava se tornando um homem conhecido em Montevidéu e em todo o Prata — e sua fama de herói, a sua beleza máscula, fazia aquelas mulheres suspirarem de angústia. Quando José finalmente voltou, atirei-me à nossa cama com ele por várias horas. Ele era meu, só meu. E tanto eu acreditava nisto que, enquanto ele dormia, ciosa de que seus cabelos eram também parte de seu poder, cortei-lhe as melenas com a minha tesoura de costuras. Ele se remexia, perdido em sonhos, enquanto a lâmina negra fazia o seu trabalho. Um a um, recolhi seus cachos num saco de pano e guardei-os com minhas roupas no baú.

Quando José acordou, ouvi que me chamava, nervoso. Deixei a comida de lado, e dei de cara com ele, em pé, ainda belíssimo, mas com seus cabelos de ouro reduzidos à altura das orelhas.

— Anita, o que aconteceu com meus cabelos?

Ele olhava-me, incrédulo, uma ponta de fúria brilhando no fundo dos seus olhos castanhos.

— Cortei-os — disse.

— Mas como, Anita? E por quê?

— Um homem como você não precisa dessas melenas, José — ocorreu-me dizer. — Com a guerra, os piolhos, vosmecê sabe. Cortei-os para o seu bem. Para o nosso bem.

Ele segurou-me pelo braço. Ergui meu rosto para sustentar seu olhar furioso:

— Anita, eu não admito — foi o que ele disse.

— E nem eu — respondi. — Ainda sei usar uma pistola muito bem. Se eu continuo ouvindo essas mulheres dizerem o que dizem de vosmecê, José, volto à casa da senhora esposa do presidente e faço um estrago tão grande quanto aquele que fiz na coberta do seu navio, matando gaivotas para melhorar meu alvo.

José riu. Ele era assim, ria das minhas fúrias.

— Cortou meus cabelos por ciúmes, Anita?

Soltei-me dele. Precisava voltar ao fogão, lá fora, onde a índia que trabalhava para os Pombo também estava às voltas com o jantar.

Antes de sair, virei-me e disse:

— Agradeça que lhe cortei somente os cabelos. Se eu souber que cedeu aos favores de uma dessas damas, José...

E saí correndo para o pátio, deixando-o atrás de mim, às risadas.

Por um momento, quando entrara furioso na peça, achei que me bateria. Mas José era um homem gentil e divertido. Aceitou que lhe tosara as melenas como um Sansão, e por dias chamou-me de sua Dalila quando estávamos nós dois no quarto. Acho que foi num destes interlúdios que engravidei pela segunda vez.

No dia 16 de fevereiro, um dia de calor pesado, de nuvens negras pairando sobre o porto, fomos acordados com a notícia de que o exército de Rosas estava diante da capital, preparando-se para a invasão. As casas foram fechadas com tábuas de madeira às janelas, o comércio não abriu. Do porto, ouvíamos o disparar de alguns canhões. José vestiu-se rapidamente, saiu para a rua, e deixou-me com a recomendação de ficar em casa com Menotti até que ele retornasse. Diziam-se coisas horríveis dos soldados de Rosas, que degolavam os homens e que estupravam as mulheres, que levavam as crianças para suas estâncias, onde trabalhavam como escravas.

Ora, eu não tinha medo. Mas obedeci a José, visto que a invasão, se ocorresse, teria em mim mais uma defensora da cidade. Depois que ele saiu, tranquei o portão com o cadeado, ouvi que a señora Pombo chorava de medo, enfiei a cabeça na janela, e disse-lhe, calmamente:

— Não tema. Se os soldados de Rosas chegam aqui, terão de se haver comigo. Já matei meia centena de inimigos, e estou armada.

Tirei das saias a minha pistola, que eu sempre mantinha limpa e preparada para o tiro, e mostrei-lhe. Ela soltou um gritinho de regozijo e persignou-se como se eu lhe mostrasse meu órgão sexual ou coisa assim, tal o seu escândalo. Mas sei que se sentiu segura, pois, à tarde, mandou que a índia me entregasse uma torta salgada como um presente.

Passei o dia com a arma ao alcance da mão, contando para Menotti as histórias das lutas em Laguna e no Rio Grande.

— Mamá, *fale mais* — ele pedia, andando atrás de mim como uma pequena sombra.

— *Eu disparava o canhão, Menotti... E bum... Os inimigos saltavam no ar como bonecos!*

Estávamos no terraço, observando o porto onde pequenas escaramuças eram travadas. Não tínhamos como ver para os limites de Montevidéu, onde se dizia que estavam as tropas de Rosas. Às vezes, ouviam-se tiros espocando na tarde quente, mormacenta, com ares de tempestade. Menotti, extasiado com as histórias, esquecera o medo dos ataques. Deixei que segurasse entre suas mãozinhas a pistola com muito cuidado.

— Um dia, você vai lutar como o seu papai e a sua mamãe — eu lhe disse.

— Lutar por quê?

— Pelo que é justo, pelo que é certo. É por isso que lutamos. Mas a paz é muito melhor, Menotti.

Ele sorriu:

— *É mesmo. Se não tem guerra, posso passear pelo porto com a tia Nina.*

Ficamos ali no terraço boa parte da tarde. José não voltava, e não tínhamos notícias. Ao final do dia, os Castellini mandaram um bilhete — eu já sabia ler então, com alguma dificuldade, mas perfeitamente bem. Dizia que Oribe tinha ficado acampado com suas tropas a 10 quilômetros de Montevidéu, e que esperava engrossar suas fileiras antes de atacar a cidade, o que ele faria, sem piedade dos cidadãos montevideanos, em breve.

José voltou tarde da noite. Encontrou-me à mesa, cerzindo suas roupas, com a arma ao alcance da mão. Tinha a chave do cadeado, e entrara sem fazer ruído. Era um homem como uma sombra, tinha aprendido a "desaparecer" nas guerrilhas do Rio Grande com os negros de Teixeira Mendes.
— *Anita...*
A voz dele soou atrás de mim. Dei um pulo, segurei a pistola. José arregalou os olhos, dizendo:
— *Nem bem vosmecê cortou meu cabelo, já quer me dar um tiro? Eu estava com Castellini e os outros italianos. Garanto que não toquei em uma única dama uruguaia, minha senhora.*
E riu alto. Riu como se não houvesse guerra. Deixei a arma na mesa, irritada:
— *Vosmecê me deu um susto, José. Eu poderia ter atirado.*
Ele sentou-se numa cadeira, arrancou um naco do pão que estava sobre a mesa, cheirou a torta que os Pombo nos haviam mandado e disse, mastigando:
— *A minha esposa é mais brava do que o maldito Juan Manuel de Rosas. E olhe que a notícia que tenho é a de que Oribe vem degolando e matando qualquer uruguaio que lhe passe pela frente. E os estrangeiros também. Os estrangeiros, ele fuzila. Vai ter muito trabalho, visto que aqui no Uruguai temos milhares de italianos e de franceses.*
Olhei-o com calma.
— *Eu também sou estrangeira. Sou brasileira. E Menotti também é.*
— *Estamos todos mui mal vistos pelo ditador Rosas e seu colega, Oribe* — *ele riu.* — *Quem fez esta torta, vosmecê?*
Deixei minhas costuras de lado.
— *Não, foi a índia dos Pombo. Eles me mandaram de presente, depois que lhes mostrei que estava armada e garanti que aqui os soldados de Oribe não entrarão.*

José riu alto.

— Tenho absoluta certeza, Anita.

— Ainda sei usar uma arma.

Ele deixou a comida de lado, achegando-se a mim:

— Não duvido nem por um segundo. Sei que gostaria de pelear ao meu lado.

— Imensamente — falei

— Mas não posso. As tropas de Fructuoso não são como as dos nossos amigos do Rio Grande.

— Eu sei — respondi. — Além do mais, estou grávida, José.

Ele quase se engasgou com o pão que tinha na boca. Puxou-me num abraço.

— Grávida? Vamos ter outro filho?

— Ou filha.

— Com cabelo nas ventas como sua mamá *— ele riu, beijando-me.*

— Eu espero que sim. De mulheres para enfeite, o mundo já está cheio, não é mesmo? Não tenho a menor intenção de engrossar a lista de convidadas de dona Bernardina para o chá da Sociedade Filantrópica das Damas Orientais — falei, rindo.

— Oh, não. Creio que não precisamos fazer isso. Talvez ela possa lutar por aí com sua mamá.

— Não seria má ideia. Vou ensiná-la a atirar, e ao Menotti também.

E, naquela noite, por algumas horas, esquecemos a guerra e as tropas de Oribe aquarteladas às portas da cidade, milhares de homens sedentos de riquezas, de espólios e de vingança.

Oribe cercou a cidade e por lá foi ficando, e os meses se passaram. O outono chegou a Montevidéu, e os álamos douraram as ruas, estalando suas folhas nas manhãzinhas de brisa, como uma música suave que nos acompanhasse os pensamentos.

Os cabelos de José recomeçaram a crescer. Ele agora se reunia com os italianos, organizando um movimento de apoio ao governo de Fructuoso Rivera. Oribe lançou um decreto que fez espalhar por Montevidéu, igualando uruguaios e estrangeiros e avisando que, quando invadisse a cidade, todos correriam o mesmo risco de vida e o confisco de bens. Os estrangeiros revoltaram-se, e saíram às ruas em apoio ao governo uruguaio e contra Rosas. Reuniram-se aos milhares na praça da Matriz, com bandas de música francesa e italiana.

José levou-me a mim e a Menotti para ver o evento. Havia no ar uma alegria que não combinava com a guerra. No alto de um palanque, vários homens discursaram enaltecendo a França, a Itália, a República Uruguaia e a liberdade. O povo na praça revidava com gritos de "Morra!" para Oribe e Rosas.

Ao final, José também subiu ao palco, conclamando os italianos a se unirem numa legião sob os auspícios da Giovine Italia, dizendo que deveriam todos pegar em armas e combater até a morte por aqueles que lhes haviam oferecido seu país e sua hospitalidade. Houve festa e fogos de artifício. Menotti riu e brincou em meio às gentes. José era abraçado por todos, recebia vivas, era assediado por moças. Eu permaneci o tempo todo ao seu lado, atenta. Meu ventre já tinha crescido um pouco, e embora eu usasse um vestido discreto, cinzento e alargado, Nina Castellini garantia-me que todos sabiam que eu estava esperando outro filho de meu esposo.

Foram dias agitados.

As legiões agora eram o assunto.

Os franceses organizaram a sua legião com 2.800 almas. Meu José encabeçava a organização dos italianos, formando batalhões com a ajuda de seu amigo Francesco Anzani. As dificuldades eram inúmeras, e muitos dos homens que se alistavam queriam apenas conseguir fortuna fácil. Também não havia tantos italianos dispostos à guerra como os franceses, pois eles eram mais pacatos, e em Montevidéu viviam de cuidar suas hortas, de serviços de cabotagem e de artesanato, e não queriam deixar seus pequenos negócios para se entregar à luta. Não havia muita disciplina nas fileiras italianas, era disso que José se queixava. José encarregou Anzani da chefia militar da legião, e ele foi rígido e duro com os desobedientes. Anzani era um bom homem, e era também bonito, alto, forte, de rosto bem-feito, tinha os mesmos brios de meu marido, e formavam uma boa dupla. Oh, pobre Anzani... Teria o mesmo destino que eu, morrendo de doença ainda muito jovem, logo da sua chegada à Itália. Foi um verdadeiro amigo para meu José e, se estivesse vivo quando eu mesma fui chamada a atravessar o rio no barco *de Caronte, eu teria ido com a alma muito mais leve... Ao contrário, quando Átropos cortou o fio da minha vida, parti em desespero, sem saber quem cuidaria de meu José.*

Mas não vamos misturar os tempos... Estávamos em abril de 1843, e a legião italiana crescia sob os cuidados de José e de Francesco Anzani, e até um negro vindo do Rio Grande, que lutara com José nos pampas durante a revolução, engajara-se como legionário. Chamavam-no "El Negro Aguiar", e às vezes vinha dar com José à nossa casa, e eu lhe servia o pão e a sopa.

Não havia soldo para os soldados, o governo uruguaio contava com escassos recursos, e o bloqueio argentino piorava em muito a situação econômica do país. José acertou-se com o governo, e os soldados da legião começaram a receber rações de pão, vinho, sal, farinha e óleo. Quando a guerra acabasse, suas viúvas, os órfãos e os soldados sobreviventes receberiam terras e gado como pagamento pelos seus serviços. Enquanto isso, Oribe e 12 mil homens esperavam para invadir Montevidéu. Escaramuças ocorriam todos os dias. Às vezes, dava para ouvir o tiroteio do terraço. Os barcos no porto também disparavam a esmo. Agora, já acordávamos com alguns mortos pela cidade, e dizia-se que pequenos bandos de argentinos entravam à noite, degolando quem lhes cruzasse o caminho, e depois se sumiam para os lados do Cerrito, onde estavam acampadas o grosso das tropas inimigas.

As gentes de Montevidéu e a própria legião trabalhavam na defesa da cidade, erguendo barricadas nos pontos mais frágeis. Esses trabalhos às vezes terminavam em tragédia, com mortos e feridos, mas sempre seguiam adiante. O engenheiro de guerra uruguaio era o coronel Echevarrio, a organização das tropas era do general Paz, e Pacheco y Obes era o ministro da Guerra, enquanto don Fructuoso comandava as tropas, pois era um homem das lutas, assim como meu José.

No final daquele mês de abril, José saiu da capital para a peleja: foi escolhido para ir até a ilha das Ratas, que ficava em frente a Montevidéu, levar reforços de armas para a guarnição que ali tinha resistido a uma pesada investida do almirante Brown. Bati pé e fui com ele. Eu precisava sair um pouco, precisava ver a guerra mais de perto, não aquela guerra de comadres, medida pelo preço da farinha nos armazéns, mas a vida que havia na guerra: a euforia, a tensão, a bravura.

— Vou junto.

— Anita — ele olhou-me, viu a barriga levemente arredondada, pequena. — Vosmecê está grávida, deixe de tonterias.

Puxei minha arma do baú, mostrando-a a ele:

— Vou. Não me obrigue a ficar aqui. Menotti está com os Castellini, eu posso ir. Eu quero ir.

— E se Brown e seus navios aparecerem? Vamos numa chalupa quase sem proteção.

— Eu confio em nós, José.

E olhei-o com tal determinação que ele não se pode negar a levar-me naquela sortida. Atravessamos o porto à noite junto com Anzani. Fazia um grande silêncio, só quebrado pelo espocar de tiros a esmo. A chalupa era pequena, ágil, e cortava as águas com celeridade. O ar frio da noite era como a própria vida para mim. Senti que meu sangue se agitava de alegria, e até a criança em meu ventre parecia mais viva. Olhei as estrelas, o vulto de José recortado de lua. Estava cansada do pátio interno, do terraço, das gaiolas da minha vida.

Mas eu teria outro filho. Era bom e era ruim. Sentada na chalupa, senti meu rosto molhado de lágrimas. José olhou-me. Tinha os olhos de um animal da floresta, via tudo, tudo entendia.

— Está chorando? — perguntou. — Com medo?

Cruzávamos os barcos inimigos, ocultos pela própria noite.

— Estou é feliz, José. Queria lutar ao seu lado.

Ele segurou minha mão. Atravessamos o bloqueio sem que nenhum dos navios argentinos se desse por conta da nossa passagem, e em uma hora chegamos à ilha. A guarnição tinha lutado bravamente contra seis navios inimigos, e havia muitos feridos. Cuidei deles enquanto José descarregava os armamentos e se reunia com os chefes da defesa.

Todos os feridos estavam deitados em enxergas numa sala grande, úmida. Pareciam meninos num colégio. Dei-lhes os remédios que tínhamos trazido, escutei-lhes os gemidos, prometi avisar os pais de um jovenzinho que tomara um tiro na perna, mas que se recuperaria. Eu era, mais uma vez, mãe. Mãe de todos aqueles homens feridos pelo fogo cruzado com Brown. Eu gostava. Sentia-me útil, distribuía atenções, rezas, palavras de conforto. Dentro de mim, uma vergonha crescia, não era justo que eu ficasse atrás dos portões do número 81 da Calle 25 de

Mayo, quando tantas criaturas precisavam de um consolo, um curativo, um conforto.

Mas, depois de um dia de cuidados, voltamos para Montevidéu protegidos pela madrugada. No barco, Anzani e José planejavam o estandarte da legião italiana: sobre um tecido negro, pintariam o Vesúvio, o vulcão que era o símbolo da Itália. Pediriam a Gallino, um dos soldados da legião, que também era pintor, que desenhasse o vulcão.

— E Anita pode costurá-lo — disse José, na chalupa. — Podemos contar com você, carina?

Eu garanti-lhes que faria a bandeira. Nina Castellini ajudaria-me decerto. Mas senti um nó no peito... E, em breve, lá estaria eu de novo de volta às linhas e agulhas. O destino de mulher era também uma prisão da qual eu ansiava escapar, sempre e sempre, para estar ao lado de José nas batalhas e nos perigos. O destino de mulher era uma roupa apertada demais para mim.

Agosto 1843, Montevidéu

A criança agora é uma realidade. Sob o vestido de lã, seu ventre cresce todas as noites. É isso o que Anita sente, que sua barriga aumenta durante o sono, na lisura das madrugadas, quando o espocar dos tiros para os lados do limite da cidade a acordam, e ela busca uma nova posição, tentando voltar a dormir. Às vezes, José está ao seu lado, noutras, não.

Ele viaja bastante, combate às portas da cidade, vai para o interior juntar-se a Fructuoso Rivera, depois retorna, exausto, trazendo feridos. O almirante Guillermo Brown fizera nova investida contra a ilha das Ratas havia alguns dias. Para lá, seguiram Garibaldi, Anzani e quatrocentos homens da legião italiana. Lutaram três dias sob a chuva de inverno, combatendo 600 inimigos mais bem armados, com suas naus repletas de canhões giratórios. A luta foi ferrenha, mas seu marido voltou inteiro e coberto de glórias — tinham capturado mais de cem argentinos e matado cento e cinquenta marinheiros de Brown. A legião perdera apenas seis homens, e tivera uma dezena de feridos.

Anita está na cama. O dia recém amanheceu, e uma luz plúmbea entra pelas frestas da janela. Geou à noite, ela sabe. O ar está coalhado pelo frio, e lá fora sopra o vento. José dorme a sono solto sob os grossos cobertores. Anita escuta o seu ressonar no silêncio da alvorada.

Ela se lembra muito bem da volta da legião italiana depois da batalha na ilha. Foram recebidos triunfalmente no porto. A população enchia as ruas, jogando rosas à passagem de José. Montada num cavalo, mais atrás, com Menotti na sua montaria — pois fizera questão de receber o marido vitorioso —, Anita viu as belas senhoras nos balcões, as morenas, as loiras, as ruivas, todas as mulheres da capital gritando vivas entusiásticos para Garibaldi, o herói de Montevidéu. Anita segurou seus ciúmes e, exibindo sua barriga como um troféu, apertava Menotti contra o corpo, sentindo o coraçãozinho latejante do filho, orgulhoso da euforia que seu papá causava nas gentes.

Ela muda de posição com cuidado, suas costas doem, mas não quer acordar o marido. Os cabelos de José já cresceram e espalham-se, loiros e sedosos, sobre a fronha branca que Anita lavou com sabão e depois passou a ferro. Cuneo agora escrevia longas matérias no seu jornal sobre Garibaldi. Seus feitos já eram comentados na Itália, diziam os italianos.

E ela, o que ela é? Esta pergunta a persegue. Agora, fechada nesta casa, à mercê de uma nova gestação, ela é apenas uma mulher — nem a mais bela, nem a mais educada de todas. É a mais corajosa, sem dúvida. Mas de que isto lhe adianta? Passa a mão pelo ventre palpitante, agora ela é aquele ventre. Gostaria de alistar-se na legião, ser a única mulher da legião italiana e lutar ao lado de José e dos outros. Nisso ela é a melhor. A mais corajosa, a mais abnegada das mulheres. Recorda-se das mulheres nos balcões com suas rendas, seus chapéus, chamando o marido: *"Don José Garibaldi! Don José!"*. Quase pode ver as mulheres ali, enchendo a alcova fria com suas vozes cheias de admiração e desejo.

Anita olha o quarto quase vazio, a não ser pela cama, pelo baú, pela mesa com a bacia de folha e a jarra de louça. É um quarto simples. Um pelego fica ao lado da cama, perto do marido. As cobertas, quentes, de plumas, são encapadas com retalhos que Anita juntou. Ela não tem poltronas de cetim, nem cortinas de seda, nem cristais, joias, chapéus. Tem José e tem o menino, e agora tem esta outra criança no ventre, que ela sabe, pressente, é uma menina. Nem o nome da criança pode dizer que foi ideia sua, pois José falou-lhe que, sendo menina, chamar-se-á Rosa como a avó, a mãe de José que vive em Nizza. Rosa Raimondi.

Anita toca o ventre, sente o seu próprio calor. *Rosa. Rosa.* Ela experimenta o nome baixinho. É um bom nome. Faz tudo o que José lhe pede, absolutamente tudo. Mas não suporta aquela euforia, o violento interesse feminino que seu marido desperta nas damas uruguaias. Ela ouve histórias, ouve elogios quando vai ao mercado, ao porto, ao teatro. Ouve e cala. Queixa-se apenas para Nina, que é sua amiga e confidente. Nina vem vê-la quase diariamente, leva Menotti a passear, traz doces e pequenos presentes para a criança que vai chegar.

Anita ainda tem nos ouvidos a sua última conversa com Nina. Estava sentada no pátio com um crochê para a criança, aproveitando umas réstias do sol invernal que se espalhava nas lajes cinzentas. O pátio de altas paredes a protegia do vento. Nina tinha voltado com Menotti e acomodara-o na cama. José estava para os lados da Fortaleza com seus homens, na faina das pequenas escaramuças contras as tropas de Oribe, estacionadas havia meses às portas de Montevidéu, atacando em pequenos grupos numa tática de guerrilha.

Nina aproximou-se, arrastou um banco para o lado da amiga, e acomodou-se. O sol clareava ainda mais seus longos cabelos loiros. Estavam sozinhas ali, a família de vizinhos tinha ido para uma quinta no interior, com medo das tropas argentinas e de um possível assalto à cidade.

— Ao menos, agora tenho um pouco de paz e o fogão só para mim — disse Anita. — Mas Menotti sente falta das duas meninas. Eles brincavam juntos.

— Ele vai ganhar uma irmãzinha — disse Nina. — Ou um irmão. Espero que não fique muito enciumado, pobre Menotti.

Nina adorava o afilhado. Ela não tinha filhos, tentava tê-los havia anos, mas não conseguia manter uma gestação. Era uma mulher boa, afetuosa, discreta. Preocupava-se com Anita e sua gravidez, e não sentia nenhum laivo de ciúme.

— Se Menotti puxar a mim, será ciumento. José diz que tenho fogo nas ventas. Que vejo coisas absurdas... Mas, Nina, vosmecê esteve comigo em muitas das reuniões na casa de dona Bernardina Rivera. Vosmecê sabe como as mulheres falam do meu marido.

— Oh... Sei muito bem. São todas umas tolas, Anita. José não conseguiria viver ao lado de nenhuma delas.

Anita correu os olhos pelo pátio quadrado, viu o poço, a cozinha comunitária ao fundo, os bancos de madeira tosca, e disse:

— Eu acho que a maioria delas é que não conseguiria viver aqui nesta casona sem confortos, amassando o pão e fervendo os lençóis no fogão a lenha. Quando chove, a chuva apaga o fogo, porque a cozinha é aberta demais, tem apenas o telheiro. E, à noite, vivemos no escuro. A legião não dá velas na sua ração mensal para nenhum dos legionários, e nos falta o dinheiro para comprá-las.

Nina suspirou:

— Anita... Eu já me ofereci. Podemos ajudar. Trarei as velas.

— José devolveria tudo ao Napoleone.

Anita olhava seu trabalho manual sem vê-lo, os olhos perdidos no chão de pedras recoberto de fina poeira. Começou a contar à amiga o que lhe tinha sucedido havia alguns dias e, enquanto contava, sentia as lágrimas descendo por seu rosto, lágrimas gordas de raiva, quentes de revolta. José voltava a cavalo todos os dias do Comando da Fortaleza, onde coordenava a legião italiana nas lutas contra Oribe. Pois Anita descobrira que algumas senhoras seguiam-no a cavalo, exibindo-se para ele em belas roupas de amazonas. Aquilo a tinha enfurecido, e José não lhe dissera uma única palavra a respeito dessas visitas equestres.

— Então, consegui um cavalo e fui esperá-lo à saída da Fortaleza. Naquela tarde, Menotti estava justamente com vosmecês. Fui assim, grávida... Cavalguei até quase o parto do Menotti, e não tenho medo destas coisas — disse Anita. — Lá estava José à saída da Fortaleza, eu me atrasei um pouco e o encontrei cavalgando ao lado de uma mulher... Conversavam e sorriam.

Nina suspirou ao seu lado. O sol já baixava, diminuindo a sua presença no pátio, e fazia frio. Anita agasalhou-se num xale que trazia ao colo.

— Continue — pediu Nina. — O que aconteceu depois?

— Lá estava ele, Nina! Acompanhado daquela loira alta. Quando me viram, José avançou para mim, cumprimentando-me com carinho. Mas a mulher... A mulher deu-me um frio olá. E seguiu ao nosso lado por um longo tempo. Era tardinha, como agora... E, então, ao passarmos por um caminho banhado de sol, a mulher ousou dizer a José que seus cabelos eram belíssimos! "Ah, que cabelos belíssimos tem o senhor, general" — Anita imitava a mulher, revirando os olhos.

Nina riu alto.

— Oh, Anita!

— Foi exatamente desse jeito! Fiquei quieta na hora, mas cheguei em casa furiosa. E José e eu tivemos uma terrível briga. Ele pegou a minha tesoura e pediu-me que eu lhe cortasse os cabelos outra vez!

— Mas os cabelos do general mal cresceram! — disse Nina, rindo alto.

Anita agora já ria um pouco, as lágrimas apagando-se do seu rosto quando ela falou:

— Juro que quase os cortei novamente. Gritei com José por muito tempo. Ele acusou-me de estar tendo um ataque, que era um marido honesto, mas sei que ele gosta desses deslizes femininos, Nina. Sei que ele é alvo de investidas de toda a ordem. As mulheres querem-no nas suas camas! E eu aqui, grávida, cozinhando e limpando e cuidando do Menotti!

Ela chorava novamente, secando as lágrimas no xale. A amiga abraçou-a. Não era fácil ser a esposa de Garibaldi. Mas que Anita mantivesse a sua fibra, a sua coragem.

— Essas mulheres não valem a comida que vosmecê come, minha nobre Anita. E José sabe disso muito bem. Ele é um homem sábio.

— Tenho minhas dúvidas. Eu virei uma dona de casa. Queria era estar na guerra ao lado dele, como em Laguna. Lá sim eu fui feliz.

Nina ouviu-a ainda um bom tempo, até que Menotti acordou, surgindo em ceroulas no pátio gelado, e as duas entraram com o menino. O crepúsculo anunciava-se lá fora em cinzas e vermelhos, e Anita sentia seu coração apertado de tristeza.

É isto que ela recorda, sentada na cama, olhando os cabelos de José espalhados pelo travesseiro, luminosos como um halo. Ela sabe, ela pressente. São muitos favores, e José é um homem. Um homem falível. Ele mexe-se, abre os olhos na semiescuridão, e sorri para ela.

— *Buon giorno* — diz, a voz ainda embargada pelo sono.

— Bom dia, José.

E esta simples resposta, esta intimidade, que lhe é tão cara e tão frágil, enche seus olhos de lágrimas. Ela sabe que pode lutar contra reis e contra imperadores, mas nunca contra aquele amor. Escorregando na cama, acomoda a barriga de lado e encosta-se a José, bebendo do seu calor e do morno cheiro do seu corpo dourado. Lá fora, os primeiros raios de um sol fraco furam a teia de nuvens. Outro dia começa. Logo, José seguirá para a Fortaleza, talvez para o interior do país, com seus homens e barcos. Ela não quer saber de nada disso.

Em voz muito baixa, pergunta:

— José, vosmecê me ama?

Ele ri dos modos da mulher. Mal amanhece, e ela já tem a cabeça sempre cheia de ideias, pensamentos e dúvidas.

— Amo vosmecê, Anita. Agora durma mais um pouco, ainda é muito cedo.

E ela se deixa ficar ali, de olhos fechados, sozinha com José na alcova, neste torpor que é mais doce que o melhor dos sonhos.

A primavera dá um novo alento ao mundo. A cidade de Montevidéu, fustigada pelo cerco, sobrevivendo à falta de víveres e à carestia dos preços, está colorida de flores. As buganvílias e as três-marias descem dos terraços, espalham-se pelas açoteias, dão às ruas uns ares de festa, de coragem luminosa. Montado no seu cavalo, seguindo para as aforas da cidade onde a Legião Italiana faz vigia num posto avançado, Giuseppe Garibaldi aprecia a beleza simples, delicada. Gosta de flores. Gosta das buganvílias que caem em cachopas coloridas pelo terraço da casona, como enfeites nos cabelos de uma bela mulher.

Ele aspira fundo o ar morno e doce. Mesmo na guerra, a beleza persevera, e isso é bom. Gosta de procurar a beleza. Em Menotti, a beleza são seus pequenos olhos escuros, dois botões de luz no rosto sereno. Em Anita, a beleza é o seu ímpeto. Sua mulher anda irritadiça, arrastando pela casa a barriga muito crescida, como um escravo que levasse a sua corrente. Sente-lhe pena, mas sabe que, nascida a criança, outra vez aquele ímpeto de leoa brotará em Anita, e ela voltará a ser feliz, rodeada das suas crias. Quanto a ele, estão um pouco afastados agora devido à gestação. As crises de ciúmes da mulher incomodam-no, mas costuma manter o bom humor, única forma de acalmá-la quando ela o ameaça com a tesoura ou com a pistola que guarda sob a arca de roupas de cama. É preciso saber lidar com as mulheres, todas elas. Ele sabe lidar com o sexo feminino, é natural, fácil para ele. Sabe, também, que as damas o querem, que basta um olhar mais longo, um toque... Muitas das mulheres de Montevidéu ofertam-lhe favores. Ele nem sempre diz não, mas é muito criterioso.

Aproximando-se do acampamento, ouve um tiroteio leve para os lados do Cerrito. Incita o cavalo a um galope mais rápido. A legião vigia um ponto avançado bem diante das tropas de Oribe, milhares de homens parados há meses às portas de Montevidéu.

A manhã já termina; no ar, um cheiro de carne assada. Giuseppe vê alguns homens recolhendo os restos do almoço. Mais à frente, um grupo de soldados grita, dispara suas carabinas contra os argentinos. Alguma pequena escaramuça, das muitas que se sucedem, acabara de acontecer. Giuseppe avança até lá. O fogo não é violento, tiros esparsos e gritos. Dois soldados italianos fazem mira num grupo ruidoso que parece arrastar alguma coisa para um capão atrás do qual as tropas de Oribe montaram acampamento.

— Que passou aqui? — pergunta Garibaldi, pulando do cavalo e entregando o animal a um soldado.

O Negro Aguiar diz:

— Levaram o coronel Meira, general.

— Levaram? Como assim, homem?

O coronel Meira, um espanhol que lutava com a legião, tinha avançado com dois vigias até a linha inimiga. Um dos assediadores de Oribe fizera mira, e acertara o coronel do alto de uma árvore.

— Um tiro no peito. Ele caiu na hora, mas não sabemos se está morto — responde Aguiar.

Garibaldi olha em volta. O cavalo de Meira está ali junto de um grupo de soldados. Mas onde está o coronel espanhol?

— Os argentinos pegaram-no, general Garibaldi.

— Como?

— Como um bicho, arrastaram-no para o capão.

— *Per Dio*! — diz Garibaldi. — Apossaram-se do cadáver de Meira? Mas isto é vergonhoso!

Garibaldi sente a ira crescendo como um queimor violento. Os argentinos foram longe demais. Ele e seus homens comparam Montevidéu a Troia sempre que querem se alegrar. As histórias gregas são as mais belas do mundo, os troianos, os mais corajosos guerreiros. Mas, transformar Meira num Heitor ofendido e mutilado pelos inimigos, isto ele jamais permitirá! Toma providências com dois ou três oficiais, reúne uma centena de seus melhores soldados. Anzani organiza as fileiras, Aguiar está lá na frente, montado no seu cavalo, um dos mais ansiosos para invadir o campo inimigo. O churrasco terá que esperar até que recuperem Meira das mãos dos assediadores de Montevidéu. Armam-se, montam e fazem formação.

Giuseppe sente dentro de si uma fúria que não combina com o céu azul sem nuvens, com a primavera que até pouco o embevecia e serenava como um bálsamo. Os homens já estão nos seus lugares. Os cavalos resfolegam, ansiosos. Anzani aproxima-se, alto e elegante na sua montaria:

— *Siamo pronti, generale.*

— *Ecco* — responde Garibaldi, e toma seu lugar à frente dos legionários. Olha o campo do Cerrito, ao longe, o acampamento inimigo, e, mais à frente, o capão onde os argentinos esconderam o cadáver do seu oficial. Sente a raiva e a coragem, este fogo que o açula. Ergue a espada bem alto, um raio de sol cintila no metal, ele grita com voz limpa:

— Ao ataque!

Avançam, galopando pela manhã. A distância entre os dois acampamentos é curta, e logo estão entre os argentinos, que, surpresos, mal reagem à súbita invasão dos legionários. Os assediadores correm de um lado a outro, pegam suas armas, preparam uma reação confusa. Tiros espocam. Garibaldi enfia a espada no peito de um homem de ceroulas, arma em punho, olhos arregalados. Entraram na casa do inimigo. Invadiram suas fileiras.

Os argentinos veem a legião avançar sobre eles, violenta, compacta, furiosa. Os gritos ecoam em uníssono, assustando os pássaros do capão. Os soldados correm, buscam as armas, seus cavalos. Um coronel de Oribe ordena a formação em quadrado, que resistam, que lutem! Os italianos avançam, atirando, pisoteando com seus cavalos os homens que faziam a sesta, ainda confusos de sono. Um cerco é sempre feito de sestas e de longos almoços e de rápidas escaramuças. Mas o avanço dos italianos é violento, é uma força da natureza.

À frente dos seus homens, o general loiro, de longos cabelos que esvoaçam no ar, a espada em punho.

Ele grita, grita alto:

— Meira, nosso Heitor!

Os oficiais argentinos organizam uma rápida resistência, os homens formam fileiras, a cavalaria se prepara. Os italianos estão dentro do capão. Garibaldi vê o corpo de Meira caído no chão, perto de uma árvore. Vê seu cabelo negro, escuro como a noite, seu rosto manchado de sangue, esfolado, Arrastaram-no pelo chão como um bicho. Está morto. Mas ainda é um dos seus, um dos corajosos defensores da cidade de Montevidéu. Prefere lutar por um herói morto do que ficar indiferente à tragédia de um companheiro.

— Peguem-no — diz. — Acomodem-no sobre um cavalo e voltem para o nosso lado!

As ordens são para Anzani. Sabe que Anzani vai levar Meira em segurança até a fortificação enquanto ele peleja. Entraram no acampamento inimigo com a vantagem da surpresa. Agora estão cercados, os assediadores se organizam, fecham as saídas. Anzani avança com o corpo de Meira e mais vinte homens. Trocam tiros, atravessam a linha e galopam para os lados do Cerrito onde estão as tropas italianas.

Giuseppe Garibaldi e seus homens estão cercados agora. Eles lutam furiosamente. Os italianos fazem formação compacta em torno de Garibaldi. Aguiar vai à sua frente protegendo-o com o próprio corpo. O general seria um troféu e tanto para Oribe. O combate agora é generalizado. Tiros, espadas, lanças. Garibaldi organiza a formação dos homens para que se defendam no capão. Os argentinos vêm em levas. O tiroteio é feroz. As horas passam. Os mortos aumentam de ambos os lados. No meio da luta, Garibaldi lembra que não almoçou, a carne ficara nos espetos. Suas entranhas reclamam, faz calor. Ele tem um corte no sobrolho. Acabou de acertar um argentino no pescoço e o sangue jorra, é um dia bonito para se morrer. Vai dar a Meira uma cova digna, uma cruz de madeira. Morrer é o destino dos homens, receber uma cova é um direito dos corajosos. Ele nunca enterrou Mutru e Carniglia, o mar engoliu seus amigos. Mas vai dar uma cova a Meira, e enterrar o espanhol é também dar um destino às almas de Carniglia e Mutru. Ele ataca e avança em meio ao mar de argentinos. Atrás dele, vêm as tropas, a luta é furiosa, mas de palmo em palmo, de metro em metro, conseguem deixar o capão e ir de volta às linhas de defesa de Montevidéu. O caminho vai ficando coalhado de cadáveres.

Do alto dos muros da fortificação, Anzani já organiza as linhas de tiro, dando cobertura à retirada de Garibaldi. Os argentinos recuam de pouco em pouco. Tiveram muitas baixas. Ambos os lados tiveram muitas baixas, a tarde vai pelo final, dourada e cálida, e já com uma brisa que apaga os restos do fogo em que os espetos de carne tostaram à espera dos homens que pelejavam pela vida.

À noite, Garibaldi enterrou o coronel Meira sob as orações dos italianos. Parado em frente à cova, disse uns versos de Homero, o domador de cavalos, com sua voz de barítono, clara e limpa, elevando-se na noite de primavera:

"Filho de Zeus, se te apraz, este aqui deixaremos, sozinho. Fique ele junto da célere nau, porque assim no-la guarde. Mas a nós outros conduze até o sacro palácio de Circe."

Os homens emocionaram-se, trocaram abraços. O Negro Aguiar depositou uma flor sobre a tumba. Os rituais da honra, da vida e da morte precisavam ser respeitados. A vida e a morte, pensou Garibaldi, olhando cobrirem a cova com a terra macia, as enxadas como ondas na noite. Os argentinos tiveram centenas de baixas. A Legião Italiana perdeu quarenta e cinco bravos. Cavou-se uma cova coletiva para os mortos do dia. As honras foram feitas a todos os mortos.

— Nossos heróis — disse Giuseppe Garibaldi para os homens, ao final. — Todos heróis. É pela honra e pela liberdade que nós lutamos aqui, *amici*. Nós lutamos aqui pelo Uruguai, mas também lutamos pela nossa Itália.

Anzani ergueu o braço como se quisesse agarrar a Itália no ar, como se a Itália fosse um pássaro noturno. As estrelas brilhavam no céu. A lua, atrás do cerro, parecia querer alçar-se no céu para melhor ver o grupo de homens reunidos ao redor das duas covas, a grande, e a pequena.

— Pela Itália! — gritou Anzani.

— Pela Itália — repetiu Garibaldi.

Os homens urraram na noite. Seus soldados valorosos, seus legionários. Ele sorriu. Amanhã faria promoções, faria novos oficiais. A fome ainda era um buraco nas suas tripas, mas agora ele se sentia em paz. Para os lados do capão inimigo, reinava o silêncio total.

No dia seguinte, voltou para casa. Anita estava deitada na cama, muito cansada, os olhos eram pequenas nuvens escuras. O parto aproximava-se, dava para ver. Nina Castellini estava por ali, e tinha trazido com ela uma outra mulher. Uma basca de corpo roliço, baixota e sorridente.

— Esta é Catalina — disse Nina, indicando a Garibaldi a mulher que dava comida a Menotti num canto da peça.

Giuseppe cumprimentou-a com educação, depois chamou Nina até o pátio.

— Quem é, Nina?

— Uma ama, Giuseppe. — Nina olhou ao redor, como que procurando subterfúgios para o que viria a dizer: — Veja, Anita não pode ficar aqui sozinha com as duas crianças. O parto é para breve. Vosmecê está envolvido nas lutas, quase nunca está aqui.

Giuseppe olhou a mulher loira, miúda e bonita. Era agradecido aos Castellini, que tinham sido como uma família em Montevidéu, mas às vezes Nina intrometia-se onde não era chamada. Tocou seu braço com carinho, baixou a voz e disse:

— Nina, eu não posso pagar uma ama.

Nina olhou-o nos olhos:

— General Garibaldi, vosmecê luta pela nossa cidade, luta pela Itália, eu nasci aqui, mas a Itália é a terra do meu esposo, dos meus pais. Napoleone e eu queremos dar esta pequena ajuda em troca de tudo o que vosmecê tem feito pela nossa pátria e por este país que nos acolheu. — Ela abriu um sorriso doce e completou: — Espero que aceite, por favor.

Giuseppe soltou um longo suspiro, enredado nos ardis de Nina, pois sabia perfeitamente bem que Anita não poderia ficar sozinha com as crianças. Além do mais, era perigoso. O cerco estava transtornando a rotina da cidade. Assassinatos noturnos. Os barcos de Rosas disparavam do porto durante as madrugadas, e corpos amanheciam pelas ruas, estirados nas calçadas estreitas, mortos de morte sem dono. Ele tinha recebido uma comunicação de Fructuoso Rivera de que em breve deveria partir para Salto com seus legionários.

— Está bem — disse, por fim. — Aceito pelos meus filhos, por Anita. Mas um dia hei de pagar todos os favores que vosmecês têm me feito.

A moça abraçou-o de leve, como uma pomba delicada, soltando-o no instante seguinte para brindá-lo com seu riso.

— Ah, Giuseppe. Sou a madrinha de Menotti. Nunca terei como agradecer este presente a vosmecês. Agora vamos entrar? Tenho certeza de que Anita quer a companhia do marido.

Ele a segurou um instante:

— Como ela está? — perguntou. — Achei-a muito abatida.

— Acho que vai nascer a qualquer momento — disse Nina. — Vou mandar que Catalina busque a parteira assim que as dores começarem.

As dores começaram naquela madrugada, 11 de novembro de 1843. E quando a manhã alvorecia sob a cantoria dos pardais, nasceu a pequena Rosa. Era uma menina gorducha e corada. Sua cabecinha redonda recobria-se de uma fina penugem loira que fazia lembrar as melenas de Giuseppe, foi o que Nina pensou quando segurou a criança no colo.

— Puxou ao pai — ela disse.

Deitada na cama, Anita abriu um sorriso exausto. Se era parecida com Giuseppe, seria uma menina belíssima. Desejava muito uma filha loira e de traços delicados, uma mulher tão bonita quanto as damas montevideanas, mas à qual ela insuflaria coragem e determinação.

— Traga-a para mim — pediu Anita.

Giuseppe aproximou-se para ver a criança. Menotti dormia na peça ao lado, cuidado por Catalina. A parteira limpava seus apetrechos, e os primeiros raios de sol iluminavam a alcova pesada de odores. Anita segurou a menina nos braços. Olhou seu rostinho redondo, como um botão de rosa ainda fechado. Era a promessa de um Giuseppe de saias. Sorriu, o coração acalentado naquela certeza.

— É a cara do papá —disse ela. — Tão linda quanto vosmecê, José.

Ele olhou a menina. Sentia uma emoção estranha, diferente da do nascimento de Menotti, que tanto o assustara. A menina era bonita e parecida com ele. Amou-a instantaneamente, como que atingido por um raio, e disse:

— Rosa, Rosita... É a menina mais bonita do mundo.

— Quando crescer, vou ensiná-la a cavalgar e a usar uma arma — disse Anita, feliz.

Nina soltou uma gargalhada:

— A menina tem uma hora de vida e vosmecê já planeja transformá-la numa guerrilheira! Primeiro, merece umas bonecas e uns vestidos de renda...

— Oh, sim — respondeu Anita. — Isto também. Quero que ela tenha tudo, que seja melhor do que eu nos salões, não é mesmo, José?

Giuseppe beijou a testa da mulher. A criança, tão clara, destoava de Anita, com sua pele amorenada, os cabelos escuros e fartos. Mas as duas ali o enchiam de emoção, e tudo o que ele disse foi:

— A mãe é o melhor exemplo que ela pode ter, *carina*. — Depois riu: — Mas mantenha suas tesouras longe de Rosita. Não quero mais uma mulher furiosa ameaçando cortar-me os cabelos!

E ficaram ali, quietos, observando a criança que dormia serena, até que a manhã se fez alta, a rua começou a alardear seus ruídos e vozes, e Giuseppe anunciou que precisava voltar para o acampamento dos legionários nos limites da cidade. Despediu-se da mulher, da criança e de Nina. Foi até o quarto de Menotti. Ele brincava por ali cuidado pela basca. Permitiu que a mulher distraísse seu menino e, ao deixar a peça, pediu:

— Cuide bem de Menotti e de Anita. Eu voltarei dentro de alguns dias.

— Sim, senhor general — respondeu ela, com timidez.

Ele atravessou o corredor estreito e saiu para o pátio. O sol era quente, escorria suas luzes pelas buganvílias que desciam do terraço. Sentiu o cheiro das flores, da água, do mar lá embaixo. Aprumou-se, tinha dormido muito pouco por causa do parto de Anita, mas era preciso voltar ao seu posto. Quando estava no portão soltando o cadeado, encontrou um homem a esperá-lo. Vestido de negro, parado à rua, o desconhecido olhou-o com respeito, anunciando que lhe trazia uma carta.

— E posso saber da parte de quem? — perguntou-lhe Garibaldi.

Mulheres andavam com roupas para lavar, um vendedor de limões e pomelos passou empurrando sua carroça, acenando ao general. Tirou um pomelo redondo e perfeito do alto da pilha de frutas e jogou-o para Garibaldi, que o agarrou no ar.

— *Un regalo*, general! — gritou o homem, seguindo seu caminho.

Garibaldi cheirou a fruta, focou seus olhos no desconhecido, esperando.

— A carta é da parte do próprio Juan Manuel de Rosas — respondeu finalmente o outro. — Talvez o general queira entrar e ler a missiva com mais privacidade na sua própria casa. Eu esperarei aqui pela resposta... O tempo que for necessário.

Se ficou espantado, Giuseppe Garibaldi não deixou transparecer nada, foi o que o desconhecido pensou. Viu-o pegar a carta, e abrir o lacre com suas mãos queimadas de sol. Viu-o ler o conteúdo, passando os olhos pelo papel elegante, alvíssimo, no qual podia adivinhar a caligrafia do governante da Confederação Argentina, e depois fechar o papel, dobrando-o ao meio displicentemente.

— *Bene* — disse Giuseppe Garibaldi. — Não vou fazê-lo esperar muito, meu amigo. Diga ao homem que o enviou até mim que eu jamais aceitaria uma oferta como esta, e que minha espada estará sempre do lado da liberdade dos povos.

O emissário de Rosas viu Giuseppe Garibaldi fazer-lhe um gesto de adeus, e depois sair andando pela rua. Com sua faca, abriu ao meio o pomelo e, chupando-o distraidamente, seguiu sob o sol da manhã de primavera. As pessoas saudavam-no pelo caminho, e ele atendia a todas com rápidos apertos de mão. Os ambulantes tocavam-no como se fosse uma coisa rara, cuja boa sorte pudesse ser compartilhada. Garibaldi sorria, dizendo alguma brincadeira, e então avançava no seu caminho. Era esperado pelos seus homens, não poderia se atrasar muito.

(Garibaldi iria até o porto, onde tomaria seu cavalo para seguir com Anzani até as guarnições da legião. Caminhava na manhã límpida, ainda espantando com a missiva que recebera do ditador argentino. Em poucas linhas, tomara ciência da fortuna em coroas de ouro que Rosas lhe oferecia caso quisesse bandear-se, com ou sem os seus legionários, para o lado argentino. Para comandar a frota de Rosas ao lado de Guillermo Brown.

Ele riu alto. Aquilo tudo não deixava de ser engraçado. Jamais engrossaria as fileiras de um ditador cruel como Rosas, cujas ambições eram apenas monetárias e pessoais. Ele, Giuseppe Garibaldi, acabara de recusar todo aquele dinheiro, mas a ama-de-leite que trabalhava em sua casa seria paga pela generosidade dos Castellini.)

Anita

Com Rosita nos braços e Menotti agarrado às minhas saias, recomecei a vida em Montevidéu. Nina Castellini tinha mandado a basca Catalina para trabalhar conosco, e, graças à sua ajuda silenciosa e firme, eu podia dormir por algumas horas após o almoço, enquanto ela distraía Menotti e embalava a menina, cuidando também da roupa e da comida. Rosita chorava muito nos primeiros meses, parecia saber que seu tempo entre nós seria curto, e reclamava, exigia seus direitos. Queria colo, era um bebê que jamais podia ser deixado sozinho, ao contrário de Menotti, cuja discrição e calma sempre me espantaram. Menotti atravessara as terríveis florestas da serra sob a chuva e o frio, quase morrera de fome amarrado ao pescoço de José por dias e noites sem fim, e nunca soltara sequer um vagido.

Com Rosita, era preciso paciência e amor. Eu a amava, e como! Uma menina nascida do meu ventre e tão parecida com José! Pensava que seria uma linda criatura, como as mulheres que às vezes eu invejava — as mulheres loiras, de pele muito alva, de longos cabelos cacheados, que andavam pelas ruas sob suas sombrinhas rendadas. Rosita tinha também os olhos macios de José, de um tom de ouro velho. Menotti gostava da irmã, como gostava de todos. Ficava-lhe ao pé do berço de palha, olhando-a como outrora olhava a rua, vendo passar pelo rosto da criança as suas primeiras emoções.

Fiquei muito fraca nos primeiros tempos após aquele parto. Alimentava-me regularmente; embora, na nossa casa, não houvesse comida farta, também não chegava a faltar. Deixei sempre os melhores bocados para meus filhos e para José, quando ele estava conosco. Era aquela uma fraqueza que viria me ver mais adelante — eu a recebia como uma parenta, como se entendesse, já naquele tempo, que seríamos amigas íntimas, e que eu deveria aprender a conviver com ela da melhor forma possível. Ao longo dos anos que Láquesis fiou para mim, fiz tudo o que me estava destinado — cuidei da vida dos meus filhos (e da morte também, no caso de Rosita), trabalhei, viajei o mundo, lutei, pari, cavalguei e matei, sempre levando aquela inusitada fraqueza dentro de mim, silenciando-a, porque sabia que José haveria de usá-la para me afastar do campo de batalhas toda a vez que eu lá aparecesse.

Depois do nascimento de Rosa, Nina chamou um médico para ver-me quando achou que minha palidez era já demasiada, e que os meses passavam e eu não me recuperava de todo. Veio o homem. José estava para os lados do Cerro com os seus corajosos legionários. O médico disse-me que meu sangue era fraco, e que eu precisava comer carne diariamente. Ora, em nossa casa quase não havia carne! Ela não constava da ração da legião italiana. Recebíamos do governo, todos os meses, 11 onças de pão, 6 de arroz, 6 de feijão, favas, grão-de-bico e lentilhas, 1/2 onça de banha, um pouco de toucinho e uma certa quantidade de lenha para o fogo, e com isso eu deveria administrar a casa. José às vezes trazia peixe das suas viagens, e o assávamos no forno lá fora, o que sempre era uma festa e agregava outros legionários, tão pobres quanto nós, como Anzani, e o Negro Aguiar, cujo falar de brasileiro sempre me enchia os ouvidos de alegria, Casana, Sacchi e Gallino, o pintor que depois fez meu único retrato sem cobrar qualquer moeda de meu marido. E o médico de Nina me pedia carne!

Recostada na cama, olhei o bom senhor e lhe disse:
"Pois não sabe que sou a esposa do legionário Garibaldi?"
Ele olhou-me por sob as lentes dos seus óculos e respondeu:
"Sei sim, cara senhora. É uma grande honra para mim ajudar a família de um homem como ele! E por isto me preocupo com a sua boa saúde."
"Então, saiba que meu marido, José Garibaldi, não tem uma única coroa em casa. Há alguns dias, voltou-me da rua sem a camisa. Tinha-a dado a um dos seus legionários ainda mais desprovido de condições do que nós. Entrou casa adentro e falou: Anita, me dê outra camisa! E eu lhe respondi: José, vosmecê bem sabe que tinha uma única camisa, e agora já não tem nenhuma, pois deu-a!".

O médico arregalou seus olhinhos escuros:

"Oh, minha senhora! Mas devemos pedir ao governo que lhes forneçam camisas e também uma boa ração de carne e de ovos, já que a senhora está muito fraca. Talvez os granjeiros italianos possam contribuir com algo..."

Nina, que estava num canto do quarto, desatou numa risada alegre e intrometeu-se:

"Não se preocupe, doutor, Anita está a lhe contar invencionices. Eu trarei carne para ela todos os dias."

E levou o bom médico embora com alguns tapinhas nas costas. Depois, voltou ao meu quarto e me repreendeu:

"Anita, se Garibaldi escuta o que vosmecê contou, ficará furioso! Sabe bem do seu orgulho!" E, depois, piscando um olho: "Mas quem lhe arranjou outra camisa, afinal?".

"Anzani. Ele comprou uma camisa nova e trouxe-a outro dia, bem cedo, para José. Temeu que o general fosse comandar a flotilha uruguaia com o peito descoberto", respondi, rindo. "Acho que as senhoras teriam adorado."

"A carne, trarei eu. Vamos pedir que Catalina a prepare com um molho grosso, bem forte. E logo vosmecê estará melhor. Acho que Rosita lhe mama todas as forças."

Olhei a menina que dormia milagrosamente quieta no seu berço e respondi:

"Ela é como o seu papá."

"Não lhe vá cortar os cabelos quando ela crescer. Agora tem em casa mais uma criatura para que você se enciume."

"Meu ciúme de José, vosmecê sabe, Nina, é por causa das outras mulheres."

"José é um homem fiel, Anita."

Eu ri, recostando-me nos travesseiros:

"José é totalmente fiel à causa da liberdade. Entenda isso como vosmecê quiser. Mas sim, ele é um bom marido. Talvez o problema seja eu... Não sou uma boa mulher, como as mulheres daqui. Gosto de política, de batalhas, de sair cavalgando em pelo. Sou boa mãe, vosmecê sabe, mas queria estar lá no Cerro com José, lutando contra os homens de Oribe. Não nesta cama, enrolada em xales como uma relíquia."

"*Coma toda a carne que lhe trarei, e logo vosmecê estará comandando os legionários. Eu lhe prometo. Garibaldi ainda cederá as legiões à sua esposa...*" *E saiu, rindo, para a cozinha, onde pretendia dar alguma ordem a Catalina sobre a sopa do jantar.*

Aos poucos, eu fui recuperando as minhas forças. Rosita tinha tirado alguma coisa de mim, da minha energia vital. Pobre Rosita, fadada a morrer tão cedo... O seu desaparecimento quase me pôs louca. Era como se eu já soubesse, desde o princípio, que a menina não estaria por muito tempo comigo. Recuperei as forças, mas não a serenidade. Eu vivia com Rosita por perto, ao alcance dos meus olhos. Menotti aceitou aquela urgência com a sua costumeira doçura. Sei que diziam que a menina era a minha preferida por ser a cara do pai, mas o fato é que eu sabia, sempre soube... Não era uma certeza que eu poderia nominar, não era mesmo. Era mais como um espectro, um avesso de mim, uma outra mulher que andasse rondando pelas peças, pelo pátio, pela Calle 25 de Mayo, a espiar pelas janelas, ansiosa da hora em que poderia se apoderar daquela minúscula alma, da menina dourada e inquieta, e levá-la para o reino dos mortos rumo ao tudo que vem depois.

Estes pensamentos inquietavam-me naqueles tempos em Montevidéu. Eu não dizia nada deles a José quando ele vinha para casa. Pois José estava no auge da sua forma física e do seu poder de comando. Os legionários colecionavam vitórias para Fructuoso Rivera. Eram saudados nas ruas. Às vezes, quando José saía a passear comigo aos domingos, das janelas e balcões, as gentes jogavam-lhe flores. Ele era sempre amável com todos, um tantinho a mais com as mulheres, é claro. Era um herói nacional, falavam dele nos jornais do Uruguai, e Cuneo escrevia longas histórias sobre suas vitórias, e então a fama do meu marido atravessou o Atlântico e foi fazer ninho na Europa, onde as gentes já o conheciam — o legionário italiano, o general Garibaldi! —, e por ele ansiavam, ainda em segredo, nas pequenas cidades e povoados italianos subjugados por reis estrangeiros.

E assim, entre meus surtos de fraqueza, meu amor alucinado pela pequena Rosita, meus ciúmes de José e os trabalhos cotidianos na casa, os meses foram passando, e o ano de 1843 terminou sem muitas novidades. Um pouco antes dos festejos dos Reis Magos, José e seus legionários interceptaram um navio que levava tecidos para um matadouro argentino, centenas de metros de panos vermelhos, e então, com tais panos — pois o tesouro uruguaio não tinha dinheiro suficiente para vesti-los — mandou fazer o uniforme da Legião Italiana, as camisas vermelhas que ficariam famosas pelo mundo, e que seguiriam até a Itália na luta pela sua unificação.

Lembro dele entrando no pátio com Negro Aguiar e Anzani, traziam uma carroça carregada de panos, depositaram toda a carga perto da tina de lavar, interditando os caminhos da casa, criando montanhas vermelhas nas quais Menotti brincava de subir e descer, até que conseguissem juntar mulheres suficientes, entre as esposas dos legionários e outras almas caridosas, para a confecção das camisas. Nina, eu e Catalina trabalhamos por tardes incontáveis, cosendo as blusas que vestiriam os bravos homens de José e de Anzani e, naqueles tempos, meus sonhos eram vermelhos, e o mar onde eu navegava à noite era feito de ondas daquele pano encarnado que meus dedos trilharam por semanas a fio.

Em meados de fevereiro de 1844, os legionários estavam uniformizados lutando no Cerrito, e ganhavam elogios até do ministro da França em Montevidéu, que mandava informes a Paris sobre a sua bravura. Crescia ainda mais a fama de José, e ele começava a construir, quase sem sabê-lo, a sua própria história de homem do mundo, de senhor das liberdades e defensor dos oprimidos.

Oh, mas quanta poesia há nisso!

Creio que vosmecês, que hoje escutam a minha voz, que hoje — tantos anos depois, — conhecem um pouco de mim, conhecem de mim para além das pinturas, das gravuras e bustos sem vida que da minha pessoa se fizeram e que são exibidos por aí, ao redor do mundo, creio que vosmecês podem entender que esta grandeza, que esta beleza toda de viver num lugar em guerra, ao lado de um herói como meu esposo, bem... Tudo isto só ganha esta dimensão épica porque é visto de longe.

Hoje, no tempo em que todos nós viramos poeira de estrelas e nada mais — hoje, quando já não existe Menotti, nem Rosita; Teresita nasceu e viveu e morreu, e o mesmo aconteceu com Ricciotti, comigo e até mesmo com José, que sempre nos pareceu a todos invencível...

Hoje, quando meus restos — tão vilipendiados restos, levados de um lado a outro pela Itália — repousam num mausoléu construído em *minha homenagem pelo ditador Benito Mussolini, hoje tudo isso parece gentil e luminoso. Mas, àquele tempo, as coisas não foram fáceis. Eu era feliz, porque tinha José e meus filhos. Porém, cada dia e cada hora exigiam de mim um esforço sobre-humano. A vida era dura e tediosa. Não tínhamos dinheiro nem para alumiar a casa à noite. Não tínhamos velas, posto que não constavam da ração que o governo uruguaio cedia aos legionários. Às vezes, quando estava na cidade, José reunia-se com Cuneo, Stefano Castellini, Anzani, e o pintor Gallino lá em casa, e, para que pudessem ao menos adivinhar os rostos um dos outros enquanto discutiam política e o futuro do Uruguai e da Itália, subiam ao terraço e lá ficavam, falando à luz das estrelas.*

A vida não era difícil apenas lá no número 81 da Calle 25 de Mayo. A comida escasseava conforme Rosas apertava o cerco a Montevidéu. Durante a noite, era comum ouvirmos salvas de canhões. Os tiros ecoavam pelas madrugadas, acordando Menotti e fazendo Rosita desatar em choradeiras. Eu ficava lá com as crianças, pensando onde estaria José, se no meio do canhoneio, das balas do inimigo, se protegido pelos deuses aos quais eu o encomendava todos os dias... Pela manhã, quando Catalina saía às compras, voltava sempre contando dos mortos achados pelas ruas: alguns eram soldados; outros, gente do povo que aparecia degolada pelos homens de Rosas que se aventuravam pela cidade, furando as linhas da legião.

A cidade toda mudava, transformava-se para se adaptar à guerra cotidiana. As árvores da linha central na parte nova da cidade agora estavam circundadas por tropas de soldados dos postos avançados. Os batalhões de negros patrulhavam todos os recantos, e a legião italiana ficava no Cerrito e nos barcos da flotilha uruguaia, sempre sob o comando de José e de Anzani, que era seu braço direito em todas as coisas. Às vezes, quando os italianos ancoravam no porto, subindo à noite para casa, era possível escutar suas canções que se evolavam no ar quieto da cidade sitiada, e um certo calor de alegria e de conforto tomava nossas almas quando eles passavam perto da nossa janela. Além disso, exigia-se das mulheres de Montevidéu um trabalho constante para o esforço de guerra: todas trabalhávamos nos uniformes dos soldados, e muitas costureiras eram contratadas pelas senhoras ricas para que produzissem a sua cota de uniformes — não como lá em casa, onde eu e Nina passávamos horas entre agulhas e linhas.

José ausentava-se cada vez mais. O Negro Aguiar às vezes vinha bater-me à porta, já muito tarde da noite, para dar notícias de meu esposo, que não aparecia por quatro ou cinco dias, ocupado nas pelejas no Cerrito ou, então, saindo com a flotilha para atacar de surpresa, na calada da noite, a frota do almirante Brown — o escuro era a única vantagem dos uruguaios, com seus navios pequenos e poucas bocas de fogo, contra o violento poderio militar inimigo. Os italianos batiam-se como loucos, eram sempre os mais corajosos, e destas aventuras em que cortejavam a morte, o Negro Aguiar me fazia resumos. Assim, fiquei sabendo da batalha de La Boyada, quando José resolveu partir atrás dos homens de Oribe, atacando seu corpo de observação às entradas do Cerrito, um pouco além de Montevidéu. Para tanto, atravessaram um riacho enlameado, andando submersos na lama até o ventre. Quando estavam no meio da travessia, o inimigo abriu-lhes violento fogo do alto de um monte. Mas os italianos ignoraram a metralha, seguiam avançando, alguns caindo mortos na lama sangrenta, mas sempre em frente os que podiam avançar, rumo a um combate terrível que durou seis horas.

"Morreram muitos, dona Anita", disse-me Aguiar, ele mesmo ferido no braço. "Mas o general Garibaldi é um bravo entre os bravos. Expulsamos os argentinos para uma linha bem além dos limites da cidade, mas perdemos cem homens naquele tiroteio no meio da lama."

Eu imaginava-os, todos eles... Vinham à nossa casa, dividiam o nosso pão, traziam seus poucos víveres para compartilhar conosco. Tinham sonhos de igualdade e discutiam a situação na Itália com a mesma gana com que se batiam pelos uruguaios. Imaginava-os morrendo em meio à lama, no escuro, sozinhos, cada um com a sua morte.

"Oh", disse para Aguiar. "Eles bateram-se como tigres, não é mesmo?"

"Sim, senhora, dona Anita. Como tigres. Eu estava lá, vi e lutei. Mas asseguro a vosmecê que todos nós fomos comandados por um leão, o seu marido."

E, então, ele se calou, como se seu silêncio, na noite montevideana às vezes pontilhada de tiros, fosse a maior homenagem que poderia prestar a José.

Eram assim aqueles dias — a glória que houve neles ficou, mas a fome, a tristeza, o medo e a minha saudade de tantas coisas, tudo isso se perdeu nos anos... Para tanto, creio, serve o tempo, para apagar os erros e iluminar os acertos, para que reste, de tudo o que foi vivido e dito, apenas aquilo que vale a pena. Como aquela conversa, altas horas, aos sussurros, que tive com o valoroso Negro Aguiar... Ainda me lembro dele, alto, forte, corajoso, devotado a José de toda a alma. O Negro Aguiar morreu nas batalhas de Roma, um pouco antes de mim.

Agosto de 1844, Montevidéu

A noite é fria, de ar estagnado. O frio parece emanar das altas estrelas que brilham, pálidas, no céu de Montevidéu. Os três barcos da esquadra estão ancorados no porto depois de uma saída de assalto à frota do almirante Brown. Giuseppe está na sua cabine tomando um copo de chá, olhando a noite. Ainda ecoam nos seus ouvidos os tiros da metralha, e seus olhos veem o brilho vermelho dos canhões. Causaram pequenos transtornos a Brown, atacaram uma corveta argentina que agora está ancorada no porto, enquanto Anzani faz um levantamento da carga que os legionários apreenderam.

Ele está cansado. Tantas coisas corroem seu pensamento. Na Itália, os irmãos Bandiera foram fuzilados pelo governo. Eram ativos participantes da *Giovine Italia*, mazzinianos como ele. Contaram-lhe que ambos os irmãos, Atílio e Emílio, morreram cantando seu amor à pátria em frente ao pelotão que lhes tirou a vida.

— *Chi per la patria muori, vissuto è assai* — canta Giuseppe baixinho.

Quem morre pela pátria, viveu o suficiente, ele repete. A história chegou-lhe aos ouvidos por marinheiros italianos, os mesmos que levam à Europa as notícias dos feitos da legião em Montevidéu. A morte dos Bandiera doeu-lhe como uma punhalada. Sabe que a Itália precisa dele. Mas ainda não pode partir... Mazzini e Cuneo dizem que não é a hora. Ele acabou de ser nomeado comandante supremo das forças de defesa de Montevidéu. Ganhou um aumento de salário, o que veio a calhar. Ele sorri. Já pode pagar Catalina, a ajudante. Ainda bem, pois faz algumas semanas que soube que será pai novamente. Anita está grávida do terceiro filho. E ele pensando na Itália, pensando nos irmãos Bandiera.

— Ainda não é a hora — diz, pondo-se em pé no exato momento em que Anzani entra na cabine com um sorriso alegre no rosto.

— Garibaldi, fizemos uma presa grande, *amico*!

Francesco Anzani é um homem alto e bem-apessoado, de cabelos escuros e sorriso luminoso. Um filósofo que pega em armas pela pátria. Garibaldi sorri. O chá aquece-lhe o estômago. Anzani vai até a mesa e serve-se de um copo de canha. Só Garibaldi é que não bebe. Pensa em Rosa Raimondi e sorri. A mãe sempre dizia que o álcool era a língua do diabo.

— Diga-me, o que tinha na corveta? —pergunta ele.

— Trezentas sacas de farinha...

— Tem gente que ficará sem pão. Vou distribuir a farinha aos nossos homens. E tinha algo mais? Algo de valor real?

Anzani olha-o nos olhos. Com a voz quase doce, responde:

— Cem mil coroas de ouro, Garibaldi. Cem mil!

Giuseppe assobia baixinho. Desta vez, os legionários tiveram sorte. O espólio, por acertos com o governo, é sempre deles. Garibaldi repete a soma: cem mil coroas de ouro.

— *Beníssimo*. Onde está o dinheiro?

— Na coberta, numa caixa — responde Anzani. — O que faço?

Garibaldi pega seu poncho, enfiando-o pela cabeça, escondendo a camisa vermelha dos legionários. Faz frio, um frio seco, que arde na pele. Vira-se para Anzani:

— Reúna os homens na coberta. Vou distribuir o espólio.

Anzani sai rapidamente. Eles nunca conversam sobre dinheiro. Ambos pensam da mesma forma. Garibaldi sabe o que vai fazer. Anzani sabe que Garibaldi já está decidido.

Meia hora mais tarde, Garibaldi está em pé em frente aos cem voluntários da legião que lutaram. A noite vai alta, a lua cintila, crescente no céu. As sacas de farinha estão empilhadas para além do molhe, em montes de três. Os homens aguardam, esfregam as mãos, batem os pés na coberta para espantar o frio. Anzani chega com a caixa cheia de ouro. É mais dinheiro do que Garibaldi já viu em toda a sua vida. Ele abre a caixa, olha as moedas sem paixão. Rosas ofereceu-lhe cinco vezes isso para que se bandeasse para o lado argentino. Jogaria este dinheiro no mar sem remorsos, mas sabe que ele pode ser útil em muitos lugares.

Antes de virar-se para os homens, recolhe um punhado de patacões e mete num saco de couro.

— Anzani — diz. — Para as viúvas dos legionários. Faça chegar a elas, por favor. E diga para Negro Aguiar que amanhã cedo leve uma das minhas sacas de farinha para a viúva do coronel Meira. — Ele abre a caixa onde estão os patacões e tira duas moedas — Mande que Aguiar entregue isto também.

Francesco Anzani aquiesce com um sorriso. Garibaldi vira-se para os homens e diz:

— Vou distribuir o espólio que arrecadamos hoje na nossa pequena investida contra a frota argentina. Três sacas de farinha para cada um de vocês.

Os homens vibram. Todos são pobres, ganham a ração esquálida do governo uruguaio, que também é pobre e resiste ao cerco argentino que já dura mais de dois anos. Garibaldi puxa a caixa de coroas de ouro, diz aos homens:

— Façam uma fila e venham falar comigo de um em um.

Como meninos num colégio, os legionários organizam-se na coberta, Avançando cada um a seu tempo. Giuseppe Garibaldi faz algumas perguntas aos homens. Tem filhos? Paga aluguel? Algum doente na família? E assim, rapidamente, distribui uma pequena parte do dinheiro, a parte que lhe cabe como comandante de toda a esquadra. Aos mais necessitados, deu duas moedas. Ninguém discute suas ordens, nenhum dos cem homens questiona a partilha. Aos poucos, silenciosamente, abandonam o navio e vão para suas casas. Alguns levam as sacas de farinha nas costas, andando na noite quieta com passos pesados de cansaço.

Garibaldi e Anzani ficam na coberta do navio, olhando os marinheiros que partem. O frio parece aumentar a cada momento. A água batendo no casco do navio é como um bálsamo aos ouvidos de Giuseppe. Ele vira-se para Anzani. Aos seus pés, está a caixa quase cheia de dinheiro.

— Guarde-a em lugar seguro, Anzani. E amanhã mandamos para o presidente Rivera. Deus sabe que o governo precisa de subsídios. Este dinheiro agora é do povo uruguaio.

Anzani aquiesce. Garibaldi segura-o pelo braço gentilmente. Dá um sorriso, como se tivesse esquecido alguma coisa.

— Pegue a sua parte antes. Cem moedas para vosmecê, *ecco*.

Francesco Anzani vive numa pobreza orgulhosa em certa casa de cômodos perto do porto. Ele aceita parte das moedas, pois precisa comprar um casaco quente, botas, cobertores e remédios. Tem um problema pulmonar, uma tosse intensa que não se cura com nenhum emplastro de ervas. É o frio, as investidas noturnas, as batalhas na chuva ou no calor hediondo do verão pampeano. Uma vida dura, mas ele é feliz ao lado de Giuseppe Garibaldi. Sabe que Garibaldi é diferente de todos os outros. Às vezes, discutem por alguma coisa. Garibaldi é generoso demais com os soldados que o desobedecem, com os inimigos. Anzani tem certeza absoluta de que ele foi o escolhido por Deus. O escolhido para unir a Itália e os italianos contra a tirania que a domina. E, neste dia, quando Garibaldi voltar à Itália para cumprir o seu destino, Francesco Anzani quer estar ao lado dele. Anzani guarda as moedas. Depois pergunta, bem-humorado:

— E vosmecê, Giuseppe? Não vai pegar a sua parte? Anita e as crianças precisam de roupas, brinquedos, comida.

Giuseppe fecha a caixa e passa-lhe o pequeno ferrolho. É uma caixa pesada, de boa madeira.

— A minha parte foi aquela que eu distribuí entre os nossos homens, Francesco. Agora me ajude... Pesa como o diabo. Precisamos guardar lá na cabine até que você faça chegar este dinheiro ao nosso presidente.

— *Ecco* — responde Anzani, com um sorriso.

A caixa é pesada mesmo, pensa Anzani, fazendo força. Mas sua alma é leve. Sua admiração por Giuseppe só faz crescer. Caminham pela coberta com passos trôpegos, carregando a caixa recheada de ouro. Lá longe, quieta como uma montanha, a frota argentina dorme na sua vigília de anos.

Rosita chora alto, seus gritos invadem a manhã, abrindo-a ao meio como uma fruta cortada em dois. Anita abre os olhos com dificuldade. A nova gravidez trouxe-lhe um sono perene, interminável. O cansaço brota dela mesma como se crescesse junto com a criança no seu ventre. Outro filho. Esta certeza pesa na sua alma. Menotti tem 4 anos, Rosita mal completou o seu primeiro ano de vida. E agora mais esta criança. Vê tão pouco o marido, José está sempre com os legionários, no Cerrito, nos barcos, em viagens e pelejas pelo território uruguaio. Paysandú,

Colônia, Costa Brava, Salto. Os nomes multiplicam-se na sua cabeça em meio ao choro da menina. José em todos os cantos, menos ao seu lado, na cama.

Ele veio uma vez apenas nos últimos dois meses. Depois, saiu em viagem com a legião italiana, em batalhas cujos resultados ela ouve de bocas alheias, ou então por meio das cartinhas de dona Bernardina Rivera. Cartas em papel macio, perfumadas, entregues por um chasque particular. Anita lê as cartas com dificuldade, lê porque José ensinou-a a ler. Depois, rasga aquelas cartas e, com elas, alimenta o fogo na cozinha do pátio. Sente raiva. José veio e quedou-se uma semana. E ela de barriga. Amaram-se rapidamente, entre os choros de Rosita e as visitas dos oficiais uruguaios, sempre buscando José para algum acerto de última hora. Seu marido é um homem importante. Olham-na na rua como um troféu. Tem vontade de gritar para os curiosos: eu lutei com ele em Laguna. *Eu atravessei o mar coalhado de navios imperiais, eu resisti aos tiros, salvei homens, matei homens.* Mas a única coisa que diz é *gracias, buenos días, buenas tardes.* Virou uma mulher educada, como diz Nina, rindo-se dela. Uma mulher educada que tem duas pistolas sob o colchão.

A criança não para de chorar. A manhã incipiente derrama um veio de luz cinzenta que se espalha pelo quarto através da cortina barata de algodão. Anita senta-se na cama, o torpor como um verniz sobre seu corpo. A menina está em pé no berço, olhando-a aos gritos. Como é bonita, corada e dourada. Como chora, que energia ela tem. Vai acordar Menotti.

Sai da cama com esforço. Tem sentido enjoos matinais. Ah, como se meteu nisso? Ela não sabe. Olha Rosita, lágrimas gordas descem-lhe dos olhos de mel. Olhos de José. Rosita de José. Até o nome da filha é o nome da mãe de José.

— Psiu... — ela diz, docemente. — *No chores más...* A *mamá* está aqui, Rosa. Rosita...

Pega a menina no colo, sente seu corpo quente e macio, cheirando a leite. Beija-a. Rosita para de chorar, abraça-se à mãe como que serenada.

— Vem pra cama comigo — diz Anita. — Faz muito frio. Todos dormem ainda, Rosita.

Como se as palavras de Anita tivessem despertado alguma coisa misteriosa no dia, tiros ecoam lá fora ao longe. A frota argentina está intensificando o cerco. Falta comida, o pão está racionado. A criança arregala os olhos, inquieta-se com o espocar dos tiros como se os entendesse. Tem vontade de dizer a Rosita que não é nada, que o *papá* está lá fora lutando. Mas sabe que José viajou para Corrientes. Que volta em um mês se tudo correr bem. O que ele fará em um mês? Um mês inteiro longe de casa, longe dos filhos, longe de Anita. Ela toca o ventre ainda pequeno, arredondando-se. Esta casa é uma prisão. O terraço é sua única liberdade. Esta gravidez é um grilhão. Um mês longe de José. E todas as mulheres bonitas, todas as damas uruguaias cheias de agradecimentos por seus esforços, por sua coragem cantada aos quatro ventos... Ah, um mês! Ela aperta a criança nos braços. Rosita, irritada, recomeça a chorar, agora um pranto fraco, cansado, sem vontade.

— Fique quieta — pede Anita.

Quer pensar, quer deixar seus pensamentos correrem até José. Fecha os olhos. Cantarola alguma coisa. *Foge, foge cavalinho ligeiro. Foge, foge para o Rio de Janeiro.* Ela canta baixinho, a menina parece sossegar aos poucos, aquietando-se, colada à mãe. Anita também se cala e tenta dormir. Mas tudo o que vê é José. José na sua fragata, o vento nos seus cabelos, os olhos perdidos no mar. Ela quer tocá-lo, mas uma onda surge do nada e engole o navio num redemoinho de água e de violência. Abre os olhos assustada, está no quarto. A manhã é de uma luz baça, fria. Ao seu lado, a pequena Rosa dorme, tão pequena que parece um bichinho, pensa Anita, acarinhando-lhe os cabelos amorosamente.

Ela vira o rosto, olhando o quarto simples, pouco mobiliado. Sobre o criado-mudo, tendo um seixo como peso de papel, estão alguns documentos de José. Anita estica o braço, puxando com cuidado a primeira folha, abre-a, e lê as linhas escritas à mão. Procura a assinatura, lá embaixo, vê-se: *Pierre-Jean Lainé*. Anita sabe quem é o remetente, o comandante da esquadra francesa. Ele viera à casa deles ainda durante a última visita do marido. Era noite. Como sempre, estavam às escuras, pois não tinham lume, tampouco lhe sobrava, com a carestia de tudo e o minguado salário de José, dinheiro para comprar velas. Colocava as crianças na cama logo que anoitecia, depois ia para o terraço, quando o tempo era ameno, aproveitar-se da luz das estrelas. Mas, naquela noite, havia frio e umidade e, quando Lainé chegou, estavam lá para dentro, no escuro. Assim que entrou, o francês esbarrou numa cadeira, pois nunca tinha ido até a casa da Calle 25 de Mayo. Anita ainda se lembrava da exclamação do homem:

"*Merde!*"

E depois um risinho baixo, tímido.

"Será inevitável sair destroncado de uma visita ao senhor Garibaldi?"

A voz dele fez-se ouvir. José, que estava ao pé do fogo na peça que era cozinha e sala ao mesmo tempo, ergueu-se de um pulo, chamando por Anita:

"Mulher... Tem alguém na sala. Acende o lume!"

Anita, no quarto, respondeu simplesmente:

"Como vosmecê quer que eu acenda o que não se tem em casa, José? Não sabe que não temos um único patacão para comprar uma vela?"

O marido respondeu filosoficamente:

"É verdade."

Então, pôde sentir que ele se movimentava, caminhando no escuro pelo corredor conhecido até o lugar de onde viera a voz de Lainé. Estendendo a mão, chamou o almirante francês:

"Por aqui, por aqui", guiando-o com a sua voz até a cozinha, onde havia, ao menos, o rebrilhar inquieto do fogo.

Anita, com extremo cuidado, deixou o quarto e foi atrás dos dois. Teria acontecido alguma coisa? Lainé, confuso com a casa às escuras, tratou de identificar-se:

"Sou eu, Garibaldi. O comandante da legião francesa."

Seu marido, à luz bruxuleante do fogo, parecia levemente divertido, mas, também, um pouco envergonhado da penúria na qual viviam. José era um homem orgulhoso — como a maioria dos homens. Podia ouvir José respondendo ao francês:

"Almirante, o senhor me perdoará pela escuridão na qual nos encontramos. Quando fiz o trato com a República de Montevidéu, eu me esqueci de especificar, entre as rações que nos são devidas, uma parte de velas."

"Entendo", disse o outro.

"Como disse Anita, a casa fica às escuras quando não nos sobra um patacão para as velas, o que acontece quase sempre." Ele riu. "Por sorte, creio que vosmecê veio para falar comigo, e não para me ver."

Anita escutou o ruído de uma cadeira sendo arrastada. Lainé e Garibaldi começaram, imediatamente, a discutir detalhes de uma ação de rechaço aos invasores que bloqueavam o rio da Prata. Ela, cansada, já sentindo os dissabores do começo daquela nova gravidez, foi para o quarto e dormiu. No dia seguinte, muito cedo, antes que José partisse, bateram-lhes ao portão. Era um chasque que trazia um envelope do general Pacheco y Obes, ministro da Guerra. José abriu-o ainda no pátio e franziu o rosto ao ver seu conteúdo.

"O que há aí?", perguntou Anita.

"Cem patacões e um pequeno bilhete. O general nos manda esta soma para que possamos comprar velas. Lainé deve ter saído daqui ontem e ido diretamente ao governo dar conta da nossa penúria."

Anita tinha aberto um sorriso, pensando nas noites iluminadas que teriam, mas o marido a olhou de um modo estranho e foi logo dizendo:

"Aceitei o envelope por cortesia com o general Obes e com Lainé... Mas vou guardar aqui em casa apenas 10 patacões, Anita. Use-os para comprar velas, mas só as acenderemos no dia em que outro homem do governo procurar-me aqui."

"E o resto do dinheiro?", ela perguntou, amofinada.

"Vou distribuir aos órfãos e às viúvas da legião. Eles precisam disto mais do que nós, *carina*."

E, dito e feito, o marido saíra para a rua, distribuindo o dinheiro às viúvas do bairro. Do portão, Anita viu os abraços que recebia, e o quanto ele era adorado pelas gentes de Montevidéu. Era sempre o primeiro a defender um inocente, um injustiçado, e dividia o pouco que eles tinham com qualquer um que lhe parecesse mais necessitado. O idealismo do marido era um dos motivos do seu grande querer, mas ele viajava sempre, e quem ficava no escuro com as duas crianças era ela.

Anita pensa nisso agora, não sem uma pontada de orgulho. No fundo, é exatamente como José. Só aceita alguma ajuda de Nina Castellini porque entende que a amizade delas é superior a tudo. A pobreza é também a sua liberdade. O dia em que eu quiser partir daqui, pensa, levarei apenas as crianças e a nossa roupa do corpo. Olha ao redor, vê outra vez o quarto pequeno e mal mobiliado na luz da manhã de inverno, e pensa: nada disso é meu, nada disso me importa mais do que um único abraço de José.

Levanta-se então. Já devem ser oito horas pela claridade que vem da rua. Na peça ao lado, escuta o ruído de Catalina com a vassoura, *tiss, tiss, tiss.* Já é hora de começar o dia, de acordar Menotti e dar-lhe o leite. Na cama, enrolada nas cobertas, Rosita ainda dorme. Anita abre um sorriso ao ver a menina tão quieta, mergulhada em sono profundo. Igual ao pai, Rosa faz o seu dia e os seus horários. Sobre a roupa de dormir, ela coloca um grosso casaco de lã que já viu tempos melhores, enfia as chinelas e sai do quarto pisando manso. Fica pensando onde andará José numa hora daquelas, e a saudade dele é como um espinho encravado sob a sua pele, incomodando sempre, sempre.

A deusa Nix

Os dias e as palavras agitavam-se como o aço das espadas. A guerra desdobrava-se em amplas frentes, exaurindo os cofres já quase vazios do governo uruguaio. Mas o inimigo era batido e combatido sem trégua por todos os lados, por terra, pela água, lá iam os legionários atrás dos homens de Rosas e de Lavalleja. Garibaldi estava no seu elemento e brilhava. Seus comandos e comandados eram comentados nos bailes e nas estâncias, viravam lenda habilmente explorada pela pena do jornalista Giovanni Cuneo, que exportava seus textos para a Europa plantando a semente de um futuro muito próximo. Garibaldi era o escolhido, diziam todos os italianos. Garibaldi era o escolhido, anunciava Cuneo ao contar sua saga na América do Sul. Entrementes, como sói acontecer aos escolhidos, a vida não lhe dava tréguas, e Giuseppe Garibaldi vivia-a com a intensidade de um furacão, ele lutava em Colônia, em Paysandú, em Gualeguay — onde caiu-lhe às mãos o hediondo Don Leonardo Millan, que outrora, ainda antes de Garibaldi chegar ao Rio Grande e lutar com os revolucionários farroupilhas, fizera-o prisioneiro por várias semanas, impondo-lhe terríveis sofrimentos que quase o mataram. Mas ele agiu com seu inimigo com uma magnanimidade que servia para engrossar a sua fama de grande homem. Soltou o malvado Leonardo Millan sem impor-lhe um único castigo corporal, exigindo de Gualeguay um alto pagamento em armas e dinheiro, provisões estas que mandou enviar a toda pressa para Montevidéu. Giuseppe Garibaldi era um homem como um sopro. Estava em todos os lugares, expunha-se à morte como se não a temesse, tratava seus homens como irmãos e, aos seus inimigos, com justiça. Atrás dele, iam centenas de legionários com sua energia incansável, pelejando, matando, libertando, saqueando, mas nunca impondo ao inimigo o peso de qualquer vingança de sangue.

Entre tantas viagens, Giuseppe Garibaldi chegou até Corrientes e, de lá, nas suas voltas por caminhos e campos, encontrou-se num pequeno povoado de nome Santa Lucía. Era um lugar pacato, onde as tropas argentinas não tinham chegado ainda, mas sim as notícias sobre a coragem do general Garibaldi, de modo que, estando na cidade, ele foi recebido com muitas honras pelo estancieiro mais rico do lugar, Don Antonio Esteche.

Don Esteche mandou carnear seis bois e abrir os barris de vinho para receber os legionários, e qual não foi seu espanto ao ver o general, alto, loiro, bonito como um Teseu, tomando água à cabeceira da grande mesa onde se espalhavam os comensais, todos ávidos por uma prosa sua, uma história, a narração de uma única batalha que fosse. Então era verdade que o comandante italiano não bebia álcool? Que não tinha medo da morte? Que as balas não entravam no seu corpo fechado? Todos queriam fazer-lhe perguntas, ouvir suas histórias. Era mesmo fato que Giuseppe Garibaldi avançara sobre as hordas inimigas em Tres Cruces apenas para recuperar o corpo de um seu oficial de nome Meira? E tinha ele incendiado seus próprios navios em Corrientes? No Rio Grande, lutara com uma tropa de centenas de negros libertos pelos republicanos? Garibaldi levara por terra seus navios até o rio Tramandaí e, de lá, para o oceano? Eram lendas ou verdades tantas histórias que o cercavam, ele que parecia um mito entre os homens, um homem cujas aventuras o precediam pelos campos e veredas, pelos povoados e cidades? Tinha vencido procelas e escuridões de toda laia? Matara homens e perdoara inimigos cruéis? As perguntas volejavam na noite de primavera na grande casa colonial de Don Esteche, as perguntas corriam como corria o vinho, e Garibaldi, à vontade como um bicho no seu curral, narrava a todos as suas mirabolantes histórias, as suas aventuras desde a Itália, quando deixara a pátria com a cabeça a prêmio apenas seguindo as estrelas, quando se vestira de mulher para escapar das tropas do rei. E depois viera dar no Rio Grande, na valorosa República dos homens de Bento Gonçalves, e lá vencera nove dias pelo pampa puxando seus navios com cem parelhas de bois, e lá lutara contra Moringue e sua centena de soldados unicamente com o cozinheiro da sua tropa recarregando as armas, ambos escondidos num velho galpão de campanha.

Num canto da grande mesa cheia de convivas animados — porque toda a guerra precisa dos seus momentos de descanso, das suas noites de ócio, do vinho e do riso eternos —, espantada e jovem, estava Lucía. Era a filha única de Don Antonio. Moça de beleza clara, de cabelos de ouro e olhos cor de avelã, tão bonita quanto o mais bonito dos pesadelos de Anita — Lucía Esteche fitava o general como que hipnotizada: a voz, o rosto de estátua grega, os cabelos fartos. De tudo o que ouvira falar do italiano, nada se comparava à sua presença, ao som do seu riso, ao sol do seu olhar. Um olhar que, volta e meia, ia pousar sobre ela, observando-a com intensidade, com desejo, com volúpia. Um olhar que lhe contava segredos, que antecipava instantes, horas, noites inteiras de amor. Entre uma tia e um velho estancieiro do lugar, Lucía Esteche soube com a certeza de um raio que aquele homem estaria na sua cama ainda naquela noite. Soube como se sabe que amanhã haverá chuva, ou que as frutas amadurecerão na semana — soube porque era destino, e o destino manda seus sinais inequívocos aos olhos de quem sabe vê-los.

Naquela madrugada, muito tarde, quando, da festa só restavam os copos e os ossos do assado e as últimas brasas apagando-se na grande fogueira lá fora, Lucía Esteche remexia-se na sua cama sem conseguir conciliar o sono. Não dissera para ninguém uma única palavra, a alegria acesa nela como um lume; penteara-se e limpara-se com esmero, usando perfumes e a camisola mais bonita da sua arca, e depois simplesmente ficara a esperá-lo como uma noiva.

A casa era grande e tinha muitos caminhos e corredores, muitas portas e quartos e saletas de guardados, mas, como um caçador atrás da sua presa, como o destino dando o ponto com a sua agulha de fatalidade, Giuseppe Garibaldi subiu degraus e virou por corredores, pisando leve e aspirando fundo em busca do perfume de margaridas que a filha de Don Esteche exalava. Não pensava, nem por um instante, que se arrastar pela casa do seu anfitrião às escuras, passado já da terceira hora da manhã, poderia ser uma insolência, não mesmo! Garibaldi sabia, como sabem os ressuscitados, que tudo o que tem de acontecer não é espanto nem vergonha, é apenas sina. Ele atingiu o segundo andar do grande casarão e, como um barco atravessando águas perigosas, caminhou com cuidado contando as portas até a quinta. Soube então que ali estava ela, a moça de ouro e porcelana cujo olhar lhe incendiara as carnes. Abriu a porta com um gesto lento, cuidadoso, determinado. E, sobre a cama, iluminada pelo candelabro de sete velas, lá estava Lucía, sorrindo para *ele em suas rendas. Garibaldi fechou a porta atrás de si e mergulhou naquela cama, naquele corpo, naquela boca, como se voltasse ao porto da sua infância em Nizza, e lá ficou até o alvorecer.*

Eu sou Nix, eu vejo tudo e tudo sei. Não faço julgamentos porque a vida apenas é. Eu sou Nix, a noite eterna. E tudo o que acontece nas horas noturnas é também a minha história e o tecido do meu corpo.

Por isso, eu vos conto. Porque eu estava lá...

Vós sabeis que a paixão tem lá as suas artimanhas, e que até mesmo a maior devoção amorosa às vezes se distrai e deixa espaço vago para o destino. Assim foi com Garibaldi e Lucía Esteche, naquela noite de começo de setembro de 1844.

Bem longe dali, na casa de número 81 da Calle 25 de Mayo, Anita gestava seu terceiro filho e fiava o tempo em desespero, porque pressentia. Presa entre as altas paredes do pátio interno, Anita erguia a cabeça para o alto em busca das estrelas. Subia até o terraço, olhando, lá de cima, o porto e o vulto dos grandes navios de Rosas, como fantasmas flutuando na noite. Dizia-se agora que os ingleses e franceses avançavam com sua frota para liberar o comércio na região do Prata, unindo-se aos uruguaios para dar algum respiro a Montevidéu. Logo, as batalhas acirrariam-se. Talvez José voltasse, talvez.

Ela esperava, esperava — dia e noite, esperava. Crescia nela uma certeza, como crescia a criança no cofre de seu ventre. José estava enamorado. Sonhara com isto. Sonhara muitas noites. Depois de cinco anos, era a primeira vez que seu casamento corria um perigo real, as outras todas tinham sido passageiras. Mas, agora, em algum lugar, José amava... De onde tirava esta certeza, a nossa Anita? De todas as coisas... A mão pousada sobre a mesa dizia-lhe de José. O livro, o fruto, o lençol estendido no varal do pátio, tudo contava-lhe da moça loira, bonita como uma princesa, venenosa como o oleandro; a ausência do marido era um tapa, a saudade era o travesseiro frio, a noite era uma prisão, o ciúme era uma sede impossível.

Quando Nina vinha vê-la, Anita contava-lhe seus temores. Coisas de grávida, dizia Nina, devaneios. Mas olhava-a com um silêncio longo e pensava, juntava coisas. Alguns legionários tinham voltado do interior havia semanas. Mas não o general. Ele ficara. Diziam que estava ocupado em casa de Don Esteche, que traçava planos com os homens da região em busca de um possível acréscimo de soldados na sua luta contra Rosas. Mas diziam também que havia festas e danças, e noites de música e de fogueiras, e que a linda filha de Don Esteche andava sempre por perto, sempre às voltas com o general, e que formavam uma linda pareja nos bailes da estância. Destas coisas, Nina não contava nada à amiga. "Não se meta", pedia-lhe o esposo. "Um casamento é também um sítio prolongado. Forças que se medem, que se equilibram. Deixe-os." E Nina calava-se. Apenas ouvia das tristezas de Anita, dos mal-estares da gestação, do cansaço que voltava ainda mais forte do que quando nascera Rosa. Menotti crescia feliz entre as mulheres da casa, e Rosita era sempre uma alegria ou um espanto ou lágrimas e gritos, uma criança ativa que vivia na barra da saia da mãe. Havia ocupação cotidiana constante na casa dos Garibaldi e, às vezes, depois de muitas parlamentações, Nina convencia Anita a que fossem tomar o chá vespertino com dona Bernardina Rivera.

"Far-lhe-á bem", disse-lhe Nina, certa tarde, depois de abrir o convite lacrado com cera. "Vamos rir, ouvir tolices, saber do esforço de guerra, das novidades de Don Frutos. Todos esperam vosmecê por lá."

Anita queixou-se de que não tinha um bom vestido, de que a barriga estava pesada, de que se sentia cansada, mas um a um foram refutados os seus argumentos, e eram três horas da tarde quando as duas damas se dirigiram numa caleche alugada à residência dos Rivera.

Ah, o quanto a pobre Nina se arrependeria daquela ideia... Mas como poderia sabê-lo? Como poderia adivinhar que, andando pelo pátio florido da grande casa de Bernardina Rivera, num rincão entre os jasmins-do-céu e as rosas vermelhas, Anita ouviria da boca de uma senhora a notícia do ruidoso caso de amor do general Garibaldi com a moça de Santa Lucía, a filha de Don Esteche. Todos falavam daquilo!, dissera a velha mulher a uma amiga, sem perceber a presença da senhora Garibaldi no jardim. O próprio Don Esteche aceitara aquele romance pecaminoso, posto que achava uma honra o italiano se deitar com a filha! Era uma vergonha, era um absurdo, um abuso que devia ser punido por Deus, seguiam dizendo as duas senhoras, e Anita correu daqui para o outro lado, correu tropeçando nas saias, sentindo as lágrimas brotarem dos seus olhos.

Ela quedou-se entre as flores, parada na alameda cheia de sol, como que atingida por uma flecha. Ruidoso caso de amor, o general italiano! Olhou ao redor e viu que toda a serenidade do jardim desaparecia, como que sugada pelo frio que lhe nascia nas veias, correndo pelo seu corpo como o minuano gelado dos pampas. José com uma moça, José na cama de uma dama uruguaia, longe dela, longe dos filhos há semanas, meses. A tempestade rugia dentro dela com o sopro de todos os ventos do ciúme; amor e fúria misturavam-se numa lava incandescente.

Anita titubeou, presa de uma súbita tontura. Uma criada que passava por ali a amparou. Disseram depois que foi um mal-estar, que a tarde estava quente em demasia. Levaram-na para casa com sais e leques e remédios caseiros. Nina, numa angústia sem palavras, cuidava-a, servia-lhe água e acarinhava seus cabelos. Mas não existe doença neste mundo cuja sintoma seja unicamente o pranto, a não ser a doença de amor. Assim, Nina recomendou à babá que cuidasse das crianças, que deixasse Anita descansar em seu quarto o quanto lhe apetecesse, e voltou para casa com o coração partido, sabendo que as aventuras de Garibaldi tinham extrapolado os limites do portão da casa 81. Até que tinha demorado muito, mas, um dia, era certo, Anita haveria de sabê-lo. O caso de Garibaldi era comentado já em muitas rodas, sem que ninguém freasse o pecaminoso assunto.

Por uma semana inteira, Anita chorou lágrimas de sal. No oitavo dia, quando Nina Castellini veio vê-la, encontrou-a de rosto seco. Mas, sobre a sua cama, havia duas pistolas.

"O que é isso?", perguntou Nina, alvoroçada.

"Minhas pistolas. Uma para José, outra para a mulher. Eu sempre o avisei que o mataria."

A voz de Anita era dura, um pouco fora de si.

Nina quedou-se desesperada. Argumentou que os homens eram bichos mais instintivos, que os amores, para eles, eram passageiros, que Garibaldi voltaria para casa assim que fosse a hora, e que seu envolvimento com Lucía Esteche não passava de uma aventura de guerra, cuja história feneceria com o tempo, como feneciam as rosas ao final de um verão.

"Vosmecê é a esposa dele. A mãe dos seus filhos. Em poucos meses, vai nascer mais uma criança. E José estará do seu lado."

Anita olhava-a com seus fundos olhos escuros, nublados de tristeza.

"Nós somos iguais. E o que eu devo a ele, José deve a mim também."
"Mas o que vosmecê pensa fazer?"
"Vou acabar com isso", disse Anita. "De um jeito ou de outro."

As coisas precipitaram-se como se corcéis furiosos levassem o tempo nas suas celas, vencendo a poeira dos caminhos, trazendo e levando notícias. Giuseppe Garibaldi e seus homens foram chamados de volta a Montevidéu, a província de Corrientes tinha se sublevado novamente, e o general Paz marchara com seus homens para lá. Fructuoso Rivera necessitava outra vez dos legionários de Garibaldi nos postos avançados do Cerrito, quiçá para uma última e furiosa peleja contra os homens de Rivera, pois era fundamental expulsá-los das cercanias de Montevidéu.

O prumo da juventude de Lucía Esteche tinha se fixado nos olhos de Giuseppe. Ele era um homem amável, um homem amoroso — a bela moça de loiras tranças ocupara um lugar na sua vida e no seu pensamento, mas suas responsabilidades distantes tinham sido iluminadas pelo chamado do presidente: de um dia para o outro, Giuseppe lembrou-se de que tinha uma esposa, que Menotti gostava de brincar de cavalinho nas suas costas, que a pequena Rosita já deveria estar dizendo suas primeiras palavras. Foi com o coração partido que anunciou a Lucía a sua volta à capital. Coisas prementes o chamavam. Era a guerra, eram os desejos de Rivera, era a ameaça do general Pacheco y Obes de se demitir do seu cargo por se negar a permitir a extradição de dois legionários para o Império do Brasil, dois legionários das fileiras de Garibaldi, que Pacheco y Obes protegia às searas da sua própria carreira, visto que os bravos teriam fugido do Exército Brasileiro para pelejarem ao lado dos italianos no Uruguai.

Eram motivos demais, incontáveis urgências, ele disse a Lucía entre beijos sob as frondosas árvores da estância. A moça, que era doce e que o amava com amor profundíssimo, confessou-lhe que, daquelas semanas de ardentes encontros, trazia em seu ventre um filho. Em oito meses, daria à luz uma criança cujo pai era o general italiano. E Lucía disse-o com tal doçura, com tal tranquilidade em relação ao inevitável daquele amor e daquela partida, que Garibaldi a quis ter para sempre, prometendo de coração aberto que voltaria assim que tivesse organizado as coisas, assim que Fructuoso Rivera o liberasse para a viagem.

"Se não chego antes do nascimento da criança, Lucía, e se for uma menina, dê-lhe o nome de Margarida Garibaldi, pois creio que será uma menina parecida com vosmecê."

As despedidas foram tristes. Até mesmo o próprio Don Esteche acompanhou Garibaldi à saída da estância. Mesmo um amor sem bênçãos parecia-lhe um orgulho, posto que um herói é um herói, dizia o velho Esteche para quem quisesse ouvir. E, embora suas promessas tivessem sido sinceras e amorosas, Garibaldi nunca mais haveria de voltar para os braços da bela Lucía, como nunca voltaria para Manuela de Paula Ferreira, que ainda o esperava na estância da Barra, lá no Continente de São Pedro do Rio Grande do Sul.

E, então, ele partiu. Refez os caminhos de ida, voltando por onde passara havia poucos meses. Mas, agora, deixava uma saudade para trás.

Giuseppe Garibaldi chegou na casa da Calle 25 de Mayo nos primeiros dias de dezembro de 1844. Ao ver os pesados portões que davam para o pátio interno, o remorso acometeu-o como uma doença. Tinha ficado longos meses fora de casa. Entrou ventando, chamando por Menotti, trazendo flores para Anita e beijos para Rosita. As crianças acorreram ao pátio e, como quem anda ao sol por horas e encontra uma sombra, jogaram-se nos braços fortes do pai, gritaram, riram e sentiram-lhe o cheiro de muitos lugares, e foram felizes. Mas Anita não apareceu.

Giuseppe quedou-se ali, esperando, estranhando, sentindo que alguma coisa não estava de todo bem. Então, depois de algum tempo, Catalina veio lá de dentro, cumprimentou o patrão e, dando desculpas de que a água do banho estava quente, levou as duas crianças para a peça que servia de cozinha e sala. Giuseppe caminhou sozinho para a alcova que dividia com a esposa. Naquele momento, a saudade que sentia de Anita era sincera e pura como uma rocha ou uma anêmona, existia e isto lhe bastava. Lucía Esteche não estava nos seus pensamentos quando ele abriu a porta do quarto, deparando-se com Anita, os longos cabelos escuros numa trança, a barriga muito saliente de quase sete meses de gestação apontando sob o vestido azul, o rosto fino, magro e cansado, erguendo duas pistolas na direção do seu esposo.

"Anita!", clamou ele, num susto. "Isso são modos de receber um marido que volta da guerra?"

"Estão carregadas, José!", foi o que ela disse. "Estão carregadas há semanas, esperando por vosmecê. Tenho uma para cada um! Uma para cada um!"

E avançou em direção ao marido disposta a dar-lhe um tiro. José entendeu que Anita não brincava. Tinha-a visto em batalhas terríveis, corajosa como uma Palas Atena. Sabia que seu ciúme era poderoso também. O que não sabia, o que sequer desconfiara, é que seu caso de amor com Lucía tivesse chegado aos ouvidos da esposa, e corresse à boca solta pelos salões de Montevidéu.

Os acessos de ciúmes de Anita sempre o tinham divertido. Mas, naquela manhã, Giuseppe Garibaldi saiu correndo para o pátio com a mulher no seu encalço, as pistolas armadas, o rosto contorcido de raiva. Não havia graça na fúria que ela despejava, a mão trêmula tentando fazer mira certeira.

Garibaldi correu até o canto onde ficava o que eles chamavam de "cozinha", um telheiro sobre um grande fogão a lenha de quatro bocas. Estava apagado, era de ferro, ele escondeu-se ali à falta de refúgio melhor.

"Não avance, Anita" — ele gritou, ajoelhado, sentindo o calor que subia das lajotas naquele dezembro ardente. "Não atire!"

"Vou matar você. E depois matarei a ela, José."

Giuseppe soube que ela falava a verdade: estava disposta a matá-lo.

"Não faça uma tolice, Anita. Vosmecê está grávida. Sou o pai dos seus três filhos."

Anita avançava em direção à cozinha, preparando o tiro. Giuseppe fez menção de correr e arrancar-lhe a arma que ela apontava, com o braço erguido. A outra pistola estava caída no chão. Mas era arriscado, ele a conhecia. Com os olhos cheios de lágrimas, Anita fez mira e disparou. Giuseppe atirou-se no chão, sentindo a parede atrás de si estourar em pequenos cacos. Ergueu a cabeça, viu o buraco, os tijolos esfacelados. Anita disparara de perto, abrindo um grande rombo na parede. Com o barulho, Catalina viera de dentro da casa, trazendo Rosita no colo.

"Oh, Dios!, gritava a catalã, em estado de choque. "Dios, no, no... No, señora!"

Anita estava parada, os cabelos desgrenhados, os olhos acesos de fúria. O vestido caía-lhe pelo corpo magro, contornando o ventre volumoso. Ela tremia, chorava. Viu Rosita, que a fitava de boquinha aberta, em estado de choque. Giuseppe arrastou-se detrás do fogão. Seus cabelos estavam cheios de cal e de restos dos tijolos. Anita olhou-o. Chegou a erguer a mão mais uma vez; então, atirou longe a pistola ainda fumegante e, aos prantos, correu para a casa, trancando-se no seu quarto.

Giuseppe pôs-se em pé. Estava pálido, mas forçou um sorriso para Catalina, quando pegou-lhe do colo a pequena Rosita.

"Qué pasó, señor?"

José tocou-lhe o ombro com delicadeza e disse:

"Aqui se faz, aqui se paga, Catalina. Sua patroa tinha razão. Por sorte, o amor não tem boa pontaria."

E entrou com a criança, encontrando Menotti escondido sob a mesa da peça que usavam como sala e cozinha. Agachado, encolhido, o garoto chorava baixinho, morrendo de medo de tudo o que vira. Giuseppe abaixou-se, seu corpo grande dobrando-se até enfiar o rosto sob o vão da mesa e, com voz macia, amorosa, convenceu o filho a sair dali. Estava tudo bem, tudo bem. A mamãe tinha tido uma crise de nervos, mas as coisas agora tinham se acalmado.

"Venha, meu filho. Catalina vai servir o almoço."

Naquela noite, nosso corajoso general dormiu com o filho, posto que a esposa não lhe abriu a porta da alcova, como não lhe abriria por muitos dias, até já entrado o ano novo. Por várias semanas, Giuseppe lutou contra um inimigo mais determinado do que Juan Manuel de Rosas, e batia à porta, e insistia em conversar com Anita. E nem os pedidos de Nina, nem a insistência do marido, nem Anzani, nem Catalina, ninguém a demovia do plano de não receber mais seu José naquele quarto. Estava decidida a parir seu filho e, depois disto, voltar ao Brasil. Laguna ainda era a sua casa, e mesmo que sua união com José tivesse causado escândalo, agora ela tinha os papéis do seu casamento em Montevidéu. Se voltasse a Laguna com as crianças, poderia provar que seus filhos eram legítimos, e reconstruiria a sua vida do ponto onde a deixara.

Como dois exércitos inimigos, Giuseppe e Anita pelearam. O amor sabe ser um violento campo de batalhas, e é sempre uma luta sem vencedores nem vencidos.

Fevereiro de 1845

No calor da tarde densa, ela abriu devagar a porta do quarto. Espantou-se por um momento, não saía da alcova havia mais de cinco semanas. Recebia a visita dos filhos depois do almoço. Nina vinha vê-la pelas manhãs. Via a rua pela janela e sentia falta do terraço e do mar, mas ficara ali todos aqueles dias, uma enfiada de dias, porque não sabia o que fazer. José a traíra com a filha de um estancieiro. Era um fato. Ela passara cinco semanas pensando naquilo. Imaginava a mulher, que seria loira, porque o seu ciúme sempre criava na sua cabeça uma jovem de cabelos claros, levemente cacheados. Esta mulher assolara-a durante dias e noites feito uma assombração. A voz macia. Não tinha olhos, olhava através dela, sempre procurando por José.

Ele não está. Ele não está. Anita repetia esta frase centenas de vezes.

José aparecia intermitentemente. Do outro lado da porta, às vezes ouvia-o falar com as crianças. A voz retumbante, afinada. As músicas que ele cantava no pátio. As palavras em italiano que pingava nas frases como um tempero só dele. Chamava-a do outro lado da porta, pacientemente. E, depois, dias e dias de silêncio outra vez. José voltava ao Cerrito, à linha de defesa da cidade onde as tropas de Oribe se assentavam. Mesmo naquelas tardes quietas, quentes, tardes em que nem uma folha se mexia nas árvores de Montevidéu e as flores ressecavam ao sol ardente, mesmo naquelas tardes mortas, perfuradas por esparsos tiroteios — sim, as escaramuças entre os invasores e os defensores seguiam e se espalhavam pelos limites da capital —, ela não saía do quarto. Não deixava a porta aberta nem para que alguma corrente de ar cruzasse a peça abafada. Tinha medo. E se José voltasse de repente? E se, voltando, ao vê-lo assim, de chofre, o peito se lhe apertasse, a vontade cedesse? Não queria perdoá-lo. Aquele ódio era a sua última trincheira.

Passara horas incontáveis pensando naquele ódio. Não sentia remorsos do tiro de pistola. Teria feito tudo outra vez. José era seu cativeiro e era também o seu algoz. Lembrava-se do dia em que o vira anos atrás, avançando num barco a remo, desde o *Seival* até a praia, como se tivesse baixado à terra apenas para vê-la. *Tu deve essere mia.* Ainda se lembrava. Como um corsário, ele viera buscá-la. José queria tudo. Ah, o quanto aquele amor a iluminara no começo. A liberdade, o ardor, o companheirismo. Se ela fora feliz? Tinha sido feliz como somente os deuses sabiam ser, aqueles deuses sobre os quais José contara-lhe nas largas noites dos barcos farroupilhas.

Mas tudo estava diferente agora.

A enorme barriga, crescendo, crescendo. Sua terceira gestação. Ela toda apertada, a criança chutando sua carne como se quisesse sair. Menotti e Rosita lá fora, rindo no pátio. Tudo aquilo tinha começado naquela tarde de setembro. *Tu deve essere mia.* Ela não falava italiano, nunca tinha ouvido uma única palavra de italiano até aquele dia. Certas coisas ultrapassavam a fronteira da linguagem.

Olhou a peça, o pequeno corredor que ia dar no pátio interno. A casa silenciosa. Tinham saído. Talvez Catalina tivesse levado as crianças até a praia, havia um lugar seguro, longe da linha de navios, onde era possível tomar banho. Fazia muito calor. Menotti temia o mar, pobre menino. Mas a água ali era mansa, o mar misturava-se ao rio da Prata formando praias serenas, de um tom azul-acinzentado. Pensou em Menotti na água, em Rosita correndo pela areia a catar conchas. Sentiu uma estranheza que não chegava a ser saudade. Catalina não a consultara. Com o passar dos dias, aprendera a tomar decisões a respeito das crianças, deixando Anita quieta no seu retiro, escondida do mundo.

Mas o mundo, para ela, era José.

Saiu pisando leve, os pés descalços. Uma frieza sutil subia do chão de ladrilhos pela sola dos seus pés, avançando panturrilhas acima. Já o inchaço da gravidez modificava seu corpo. Faltava pouco. Ela queria parir aquela criança de uma vez, como se o seu nascimento fosse um recomeço para ambas.

Chegou na peça que fazia vezes de sala e cozinha. A mesa de madeira simples, as quatro cadeiras. Um toco de vela sobre um prato de folha. José tinha dado dinheiro para as velas, as crianças sentiam medo do escuro quando estavam sem a *mamá*. Serviu-se de água de uma gamela e bebeu. O silêncio era um bálsamo apenas cortado pelos ruídos passageiros da rua. Um vendedor ambulante que se arriscava no calor das quatro horas da tarde. O ruído das rodas no calçamento, o trotar de um cavalo. E, depois, o silêncio outra vez.

Ela começou a chorar. A moça loira olhou-a de algum lugar da sua mente e abriu um sorriso venenoso. Sentou-se, as pernas abertas acomodando a barriga enorme, e fechou os olhos. Agora, a cada vez que a moça loira aparecia, ela a esfaqueava em silêncio. Sentia o punhal entrando-lhe nas carnes rijas e palpitantes.

Mais uma vez, sentada à mesa, migalhas de pão que Catalina não tinha limpado brilhavam como pequenas pepitas iluminadas pelo sol de verão; mais uma vez, ela enfiou a faca naquela carne de sonho e sorriu.

— Morra — disse, baixinho.

E então, atrás dela, como se ele tivesse se materializado ali naquele exato instante, José falou:

— Anita...

Ao sopro da voz dele, um fogo líquido correu pelo seu corpo. Arrepiou-se de medo e de susto. Cinco semanas de exílio. Ela virou-se com cuidado. José estava parado à porta que dava para o pátio. Sem camisa, seu peito musculoso e liso rebrilhava de suor. As calças coladas ao corpo desciam até as botas negras, empoeiradas. Ele olhava-a placidamente, tinha os olhos macios, emocionados.

Tu deve essere mia.

Ela lembrou as palavras. Mas, o que José disse foi:

— Anita, *mi dispiace*. Me desculpe, me desculpe.

E então, como que ferido por uma espada invisível, ele se ajoelhou nos ladrilhos. Anita olhou-o. O herói nacional, ovacionado nas ruas. Dona Bernardina Rivera, a mulher do presidente, enchia os olhos de lágrimas sempre que falava em Garibaldi.

Garibaldi... José. Ajoelhado ali.

(Ela não diz nada. Não sabe o que dizer. José não se intimida com o seu silêncio, afinal, Anita deixou o quarto. Ele levanta o rosto, olha-a com aqueles olhos de pirata, como se levasse o mar dentro da alma.

— Me perdoe, Anita. Vosmecê é a mulher da minha vida. A única. Eu errei algumas vezes. Só acertei com vosmecê.

O fogo líquido outra vez. Não há saída. A criança remexe-se no seu ventre, como que tomando posição na contenda. Anita suspira, sentindo o ar penetrar fundo nos seus pulmões. Depois, ergue-se. A barriga tira-lhe o prumo num primeiro instante. Sente-se fraca. As semanas no quarto, o calor, o amor. Sempre o amor, aquela doença. Ela caminha até José, enfia os dedos nos seus cabelos de trigo, as melenas sedosas que o fio da sua tesoura já cortara por ciúmes.

José abraça-a, o rosto colado ao seu ventre. Fala baixinho. Ela não escuta direito, tem um zumbido nos ouvidos. Não sabe se fala com ela ou com a criança. Então, sente seus beijos, cálidos, leves. Beijos como borboletas que vão subindo pela sua barriga. Os beijos alcançam seus seios grandes, mal cobertos pelo vestido leve de verão. José toma-a em seus braços. Mesmo com a barriga volumosa, ele pega-a sem dificuldade, e caminha em direção ao quarto onde a sua entrada fora proibida nas últimas cinco semanas.

— Anita, *carina*.

Ela não fala nada. Não existem palavras, nem guerras, nem cerco, nem fantasmas. Só eles dois naquela cidade sitiada, naquela casa alugada, naquele quarto quente.)

Giuseppe Garibaldi está na fortificação. Do alto dos muros, vê o campo ao longe, ressecado pelo calor, amarelado. O sol arde no céu como uma bola de fogo. Os homens procuram a sombra das árvores. Mais ao longe, o acampamento de Oribe. Tudo quieto. O acampamento parece fenecer ao sol como que vítima de algum encantamento. O Negro Aguiar vem chegando. Alto, musculoso. Sua pele escura rebrilha, seus dentes formam uma meia-lua no rosto enxuto.

— Chamou, general?

Garibaldi leva-o pelo braço até um canto perto da amurada. Por um instante, uma brisa passa por eles, um alento. Depois, tudo para outra vez. As árvores lá embaixo parecem cansadas.

— Que calor — diz Aguiar.

— Estamos cozinhando em fogo baixo — responde Giuseppe. — Mas aqui ainda temos água. Vou mandar vosmecê para o interior, Aguiar.

— Sim, senhor, general. E qual é a minha tarefa?

Giuseppe tira um envelope do bolso. Escrevera aquela carta na noite anterior. Para Lucía. Uma despedida. Estende o envelope para Aguiar e diz:

— Leve isso para a senhorita Esteche. Em Santa Lucía, na estância. É de minha parte e particular, entende?

— Claro que sim — responde o Negro Aguiar. — Vou hoje?

— Hoje mesmo.

Apertam-se as mãos. Não como comandante e comandado, mas como dois amigos. Aguiar vai a passos largos, trilhando o caminho da muralha antiga, reconstruída para proteger a cidade. É ali o quartel-general da legião italiana. Dali é que Garibaldi traça planos, sai em avanços e em viagens de corso e de batalha. Parado no alto, contemplando o pampa ardente, Giuseppe sente-se triste. Anita. Lucía. Porque a vida de um homem precisa ser assim? Ele não sabe. Luta por Montevidéu com o mesmo amor que, um dia, lutará pela sua Itália. Mas precisa decidir entre as duas mulheres.

E já se decidiu.

Sai caminhando até as sentinelas. O sol forte queima suas costas, atravessa a leve camisa vermelha. Cadê seu chapéu? Não lembra onde o deixou. As sentinelas usam chapéu e dormitam pelos cantos, entorpecidas de calor. Quando ele passa, se empertigam, envergonhados. Garibaldi sorri. Ninguém vai travar uma batalha pela cidade sob este calor infernal.

Desce as escadas de pedra. Encontra Anzani examinando alguns cavalos.

— *Buenas* — diz Garibaldi.

Anzani está sem camisa, a barba escura marcando suas feições cansadas. Mas seus olhos luminosos sorriem para Garibaldi.

— Bom dia, Giuseppe. Vosmecê viu? Nossos amigos franceses receberam terras em doação. O nosso presidente Rivera abriu mão de parte do seu patrimônio pessoal para recompensar a legião francesa.

— Sim — diz Garibaldi. — Eu soube.

— Os homens estão falando — diz Anzani, numa voz mais baixa.

— Falam sempre. Não lutamos por terras.

— Lutamos pela liberdade — diz Anzani. — Mas os homens estão falando. Vou dar um jeito nisso.

Giuseppe olha os cavalos. Uma partida de animais castanhos e inquietos. Vieram de Corrientes. Precisam de cavalos para a tropa. Fructuoso Rivera quer pelear com Oribe. Quer atacar com todas as forças para decidir o destino da capital. Giuseppe não gosta disso. Não gosta de apressar as coisas. E este calor. Um calor infernal, virulento, de mau agouro.

— Como está Anita? — pergunta Anzani.

Alguns tiros soam ao longe, como que para despertar as sentinelas do seu torpor. Os cavalos relincham, inquietos. As pedras da muralha cintilam ao sol.

— Está nas últimas semanas.

— Vai nascer com saúde — responde o outro. — Anita é forte.

— Ela é forte.

— E tem boa mira. Não o matou porque não queria.

Garibaldi dá uma risada:

— Foi por pouco...

Anzani olha-o nos olhos:

— Uma família é uma pátria, Giuseppe.

Garibaldi corre os olhos pela cavalhada que os homens já começam a levar para um velho curral. É preciso que descansem à sombra. Garibaldi vira-se para Anzani, bate no seu ombro.

— *Ecco*. Uma família é uma pátria. A gente vai, mas volta um dia.

— Um dia. Nem que seja no último dia. Eu ainda voltarei à Itália.

Os olhos de Garibaldi iluminam-se.

— Voltaremos juntos, Anzani. Toda a legião italiana voltará à pátria.

— Vosmecê parece Cuneo. — Ri Anzani.

E os dois seguem sob o calor pesado de fevereiro, enquanto os tiros recomeçam lá longe, para além do muro no campo assolado pelo sol de verão.

Já era tarde, estava tudo escuro, apenas a luz da lua iluminava a peça, entrando pela janela como um jato argênteo. Catalina e as crianças dormiam no quarto. Anita já tinha se recolhido. Giuseppe entrou com cuidado. Sabia que a mulher agora tinha o sono leve. Os últimos dias da gravidez eram-lhe um suplício.

Havia pão, ele comeu em pé, mastigando com calma. Estava cansado, mas sem sono. Olhou ao redor na semiescuridão lunar. E foi então que viu a carta sobre a mesa. Anita pousara um lampião apagado sobre a ponta do grande envelope.

Ele pegou o envelope. Junto dele, havia um bilhete assinado pelo coronel Parodi. *Da parte do presidente Fructuoso Rivera, aos cuidados de Giuseppe Garibaldi.* Examinou o envelope com cuidado. Estava escuro. Ainda havia um pouco de óleo no lampião, que só usavam em último caso. Havia velas também, compraram por causa do parto. A criança podia nascer no meio da noite, era comum as crianças nascerem pela madrugada, a parteira precisaria de luz. Ele acendeu o lampião, olhou o lacre e quebrou-o passando uma faca com cuidado sob a aba do papel encorpado. Abriu a folha e, olhando ao pé da página, reconheceu a assinatura de Fructuoso Rivera.

Puxou uma cadeira, sentou-se, esticando as pernas, e começou a ler.

Senhor,

Quando, no ano passado, dei para a honorável legião francesa uma certa quantidade de terreno, presente que foi aceito, como os jornais publicaram, esperava que no meu quartel-general aparecesse algum oficial da legião italiana, o que me permitiria satisfazer um ardente desejo do meu coração, mostrando a esta legião a estima em que a tenho, pelo importante serviço prestado por seus companheiros à República, na guerra que sustentamos contra força armada de invasão de Buenos Aires.

Para não prolongar mais o que considero o cumprimento de um dever sagrado, anexo à presente — e com o máximo prazer — um ato de doação que faço à ilustre e valorosa legião italiana, como prova segura do meu reconhecimento pessoal pelos eminentes serviços prestados por esta legião ao meu país.

O dote, sei mais do que todos, não se compara nem com os serviços, nem com o meu desejo, mas espero que o senhor não se recuse a oferecê--lo, em meu nome, aos seus companheiros, assegurando-lhes a minha simpatia e o meu reconhecimento a eles e ao senhor, que dignamente os comanda e que, anteriormente, ajudando nossa República, já havia adquirido um direito incontestável à gratidão.

Aproveito a ocasião para vos assegurar toda a minha consideração e profunda estima.

Fructuoso Rivera

Giuseppe Garibaldi fechou a carta com cuidado, e guardou-a no bolso da calça. Dentro do envelope havia também um título de propriedade. Correu os olhos pelo papel: terras ao norte do rio Negro, gado... Pensou um pouco, já tinha passado por lá com a legião. Seu rosto iluminou-se num sorriso, apreciava a generosidade dos poderosos. Era uma qualidade rara, o poder corrompia fácil a alma humana. Guardou os papéis de volta no envelope. Levantou-se e apagou o lampião com um único sopro. Sentia o corpo moído, pesado, precisava dormir. Já passava das três da manhã: o mundo silencioso, pálido e quente, parecia flutuando num tempo sem espaço, à deriva. Foi para o quarto, abrindo a porta com cuidado. Vislumbrou o vulto de Anita na cama, a barriga como um monte, uma geografia viva e palpitante.

O sol ia alto no céu sem nuvens. Mais um dia quente. O calor era um suplício, um inimigo mais cruel do que Oribe. O calor uruguaio sufocando-o, dia após dia, pacientemente. Atravessou o pátio da fortificação com passadas largas, o suor escorrendo-lhe das costas. Anzani reunira os homens ali, conforme seu pedido. Anzani e outros oficiais tinham lido a carta de Fructuoso Rivera, e tomaram a decisão de consultar os legionários. Agora estavam ali. Centenas deles, quietos, atentos sob o sol abrasante. Garibaldi subiu na murada. Anzani estava ao seu lado quando ele falou:

— Meus amigos. Recebi ontem uma correspondência do nosso presidente, don Fructuoso Rivera. — Sua voz evolava-se na manhã. Ao longe, no pampa, os quero-queros gritavam como se respondessem para ele. Garibaldi prosseguiu: — Num gesto de elegante generosidade, Rivera quer fazer uma doação de terras à nossa legião. Estou aqui, portanto, para contar-lhes que Fructuoso Rivera deseja dar-nos uma sua estância às alturas do rio Negro, mais todo o gado e as benfeitorias lá existentes. É um gesto honorável, mas que devemos agradecer com humildade. Nós, legionários, lutamos aqui pela liberdade de um povo, pela honra de uma gente que nos acolheu a todos com dignidade. Eu não luto por terras. — Ele respirou fundo, sentindo o corpo molhado, a boca seca. Os homens ouviam-no calados. Ergueu a voz e perguntou: — Vosmecês, meus companheiros, lutam por terras ou pela liberdade dos povos?

Anzani olhou-o discretamente, depois mirou os soldados lá embaixo. Eram todos pobres, tinham vidas simples, filhos, mulheres e mães. Houve um momento de silêncio, como um hiato de movimento, apenas o sol sobre todos.

Giuseppe Garibaldi repetiu:

— Vosmecês, meus amigos, lutam por terras ou pela liberdade, pela honra?

E, então, uma voz gritou:

— Pela honra!

E outra:

— Pela honra italiana! Por Montevidéu!

Como fogo na palha seca, as vozes elevaram-se na manhã azul, gritos de honra e de coragem. Não lutavam por terras. Lutavam pela pátria, pelos uruguaios, pela liberdade. Anzani abriu um sorriso largo. Do alto, gritou também:

— Pela honra, legionários!

Garibaldi viu os chapéus serem jogados no ar, centenas de chapéus velhos, coloridos, vivos como pássaros. Num gesto largo, emocionado, abriu os braços como se pudesse segurar os chapéus, as palavras, as centenas de homens que abriam mão daquele presente.

— Pela honra —disse ele baixinho.

E, então, virou-se e foi para o depósito que lhe servia de sala de despachos. Precisava escrever uma resposta ao presidente com urgência. Uma resposta digna daquela generosidade. Mas, também, digna da honra italiana.

Excelentíssimo senhor,

O coronel Parodi, na presença dos oficiais da legião italiana, como era seu desejo, me entregou a carta que tiveste a bondade de escrever-me no dia 30 de janeiro, e, anexo a ela, um ato pelo qual o senhor fazia uma doação espontânea à legião italiana de uma parte da terra de sua propriedade, entre o arroio Avernas e o arroio Grande, ao norte do rio Negro, além de um rebanho de gado e de benfeitorias existentes naquele terreno.

O senhor disse que estava doando aquilo como recompensa aos serviços que prestamos à República.

Os oficiais italianos, depois de terem ouvido o texto da vossa carta e tomado nota do ato que ela continha, em nome da legião, declararam unanimemente que, ao cederem suas armas e seus serviços à República, não tinham intenção de receber outra coisa senão a honra de dividirem os deveres e os perigos que encontrarão os nascidos neste país que nos oferece a sua hospitalidade.

Agindo assim, eles obedeciam à sua consciência. Tendo satisfeito o que consideravam apenas o cumprimento de um dever, continuaremos, enquanto o assédio assim o exigir, a dividir os trabalhos e os perigos dos nobres montevideanos, mas não desejamos outro prêmio e outra recompensa à nossa fadiga.

> *Excelência, tenho a honra de comunicar-lhe a resposta da legião, com a qual concordam em tudo e por tudo meus sentimentos e princípios.*
> *Assim, devolvo-lhe o original da doação. Possa Deus conservá-lo por muitos dias.*
>
> Giuseppe Garibaldi

Guardou a carta num envelope. Depois, ergueu-se e saiu em busca de um homem de confiança que pudesse levá-la ao governo. Sentia-se leve, apesar do calor que já começava a apertar o mundo como uma garra. Sentia-se solto, capaz de levitar, de subir ao céu coagulado de luz como se fosse um pássaro.

Anita subiu ao terraço, vencendo os degraus com dificuldade. A barriga cada dia mais pesada. Deixou atrás de si os risos de Menotti, que brincava numa bacia cheia de água. Rosita dormia aos cuidados da empregada. Chegou no alto. O sol era forte, picava sua pele. Venceu os cinco passos até a amurada, a rua estava vazia, todos recolhidos para a *siesta*. Mas ela não conseguia dormir, estava inquieta. José andava para os lados do Cerrito com seus homens. Mal se falavam. Naquela outra tarde, na cozinha, tinham feito amor calados. Mergulhara nele como no mar. Mas não podia olhá-lo nos olhos. Ainda doía como um ferimento fundo, mal cicatrizado, e agora seu relacionamento pontilhava-se de silêncios.

Apoiou-se na amurada, olhando a água ao longe, como um espelho cinzento onde o sol se refletia emitindo cintilações hipnóticas. Como um caminho. Um caminho de partida.

Agora, queria partir. Sentia que Montevidéu tinha sido uma prisão. Aquela casa, os altos muros, as damas da sociedade local com seus bordados, suas conversas tolas e seu francês de salão. Mas José estava mais envolvido do que nunca na luta contra Rosas. Nos últimos tempos, a Europa acompanhava mais de perto a situação drástica dos uruguaios, e a opinião pública era a favor do final do cerco, que já durava quatro anos. A cidade estava empobrecida, o comércio era mínimo. Ela ficou na ponta dos pés olhando a rua lá embaixo. Já quase não se ouviam os ambulantes, que tinham ido embora da capital. Sair à noite era perigoso, os seguidores de Rosas cometiam atrocidades cada vez maiores contra a população.

O sol cegava-a, dourando o mundo e causando-lhe uma tontura boa. Olhou mais uma vez para a rua quieta, e viu uma sombrinha azul que avançava devagarzinho pela calçada estreita. Era Nina, que vinha vê-la. Sua única amiga. Noutros tempos, houvera Maria Fortunata e também a sua irmã, Felicidade. Com Maria Fortunata, nunca mais falara. Trocava esparsas cartas com Felicidade, mas a queria bem...

Uma rajada de vento subiu em torvelinho, vinda do mar, e descabelou-a. Como um afago. Anita abriu um sorriso. Para os lados do poente, um tênue manto de nuvens começava a se formar, avisando da chuva. Ah, a chuva... Ela pensou no frescor, no cantarolar das gotas nas calhas, nas telhas de barro. E então, como se uma coisa estivesse intimamente ligada à outra, as águas do mundo com suas águas internas, sentiu uma súbita fisgada no baixo-ventre, e um líquido quente escorreu-lhe de chofre pelas pernas, chegando a molhar o chão.

— Meu Deus! — Ela soltou um gritinho.

A bolsa tinha estourado. A criança ia nascer. Como um raio, confusa e vivaz ao mesmo tempo, sua mente fez as contas. Que dia era mesmo? Dia 21 de março. Seu filho chegaria com a chuva.

Cuidadosamente, desceu a escada que levava até o pátio, o vestido leve, encharcado no ventre, colando-se às suas pernas. Um pé na frente do outro, respirando fundo, venceu os degraus com muito cuidado. Ao chegar no pátio, deparou-se com Nina e Menotti. Nina ajoelhara-se para afagar a cabeça do menino, que estava dentro da tina de água. Ao ver Anita ali, Nina abriu-lhe um sorriso.

— Vai nascer, Nina... — disse. — A bolsa rompeu. Estou encharcada. E está começando a doer.

Nina deixou Menotti e correu até ela, abraçando-a.

— Vamos lá para dentro. Vou mandar Catalina chamar a parteira. Onde está Giuseppe?

— No Cerrito, com as tropas.

— Vou pedir para o Napoleone mandar um chasque até lá e avisar o Giuseppe. — Acarinhou o rosto suado de Anita, ajudando-a a entrar na casa. — Não se preocupe, ele logo virá.

Anita apoiou-se na parede, sentindo a dor que crescia das costas espalhando-se pelo ventre e pelas pernas. Ofertou a Nina um sorriso triste:

— Oh, não estou preocupada. Esta peleja é minha, sempre foi. José luta as suas próprias batalhas.

— Não fale assim, Anita.

Ela pensou em responder, mas calou-se. Não era como as outras mulheres, que aceitavam as coisas, todas as coisas, como se a aceitação fosse força. A dor voltou outra vez como um soco. Respirou fundo, recobrando a calma. Nina amparou-a. E ela deixou-se levar para cama. Aquela cama onde tinha amado e chorado e parido, que era sua como um berço ou um túmulo.

Naquela noite, sob o temporal de verão que se despejava do céu, nasceu o terceiro filho de Anita. Era uma menina. Pequena, frágil, enrugada. Os cabelos escuros como a noite lá fora. Mas chorava alto, furiosa, faminta. Parecida comigo, pensou Anita ao segurar sua menina nos braços. Carregaria os seus calvários. Quando o marido entrou para olhar a criança, Anita exibiu-a com orgulho. Tinha o sangue dos Bento, embora a pele fosse clara como a de Giuseppe. Mas eram seus cabelos, fartos, grossos, que deixavam Anita orgulhosa.

— Tome, pegue-a no colo, José — disse Anita.

Giuseppe tomou a menina com cuidado, sentindo sua leveza e seu calor. Por um momento, pensou que em breve Lucía também estaria dando à luz um filho seu, mas aquela criança ele não poderia criar, ele não poderia ninar, nem amar.

— Temos que lhe dar um nome — disse Anita.

E viu o marido examinar a menina com cuidado, admirando sua minúscula perfeição em busca de algum sinal, de uma sina.

— Teresa — disse ele. — Vamos chamá-la Teresa. Era o nome da minha irmã.

Deitada na cama, exausta, Anita aquiesceu. Não gostou daquele nome, mas nada disse. Sofrera muito na gestação. De saudades, de mágoa, de ciúmes. A criança era uma sobrevivente.

— Traga-a aqui, José — pediu.

Num canto da alcova, a parteira acabava de limpar a tesoura que usara para cortar o cordão umbilical, e recolhia seus pertences discretamente. Nina aproximou-se da porta, curiosa.

— Entre, Nina — pediu Anita. — Aqui temos mais uma menina nesta casa. Vai se chamar Teresa, como a irmã de José. Mas também é um nome de imperatriz.

Giuseppe olhou-a sem dizer nada. Desde que voltara para casa, as coisas estavam malparadas. Entregou a menina para a esposa, que a beijou de leve. Parecia muito apaixonada pela criança, mais do que das outras vezes. Lá fora, na peça contígua, como para lembrar que ainda existia, Rosita desatou a chorar. Giuseppe disse que ia colocar as crianças na cama, e saiu do quarto atrás da parteira, deixando as duas mulheres sozinhas.

Nina aproximou-se:

— É um lindo bebê, Anita.

— Rosa, Teresa. Estamos reproduzindo a família de José.

— Ora, deixe disso... Você sabe como os homens são. A paternidade é colateral, eles precisam deixar a sua marca de algum modo, não é mesmo?

Anita suspirou fundo, estava cansada, estava exausta. Mas aquele era agora o seu campo de batalha. Entregou a criança à amiga.

— Vou chamá-la Teresita. Afinal, é uruguaia. Nasceu aqui nesta cidade sitiada.

— Agora descanse — pediu Nina. — Você está pálida... Durma um pouco que cuidarei de tudo por aqui.

Anita escorregou na cama, acomodando-se ao travesseiro. A barriga, vazia da vida que a ocupara por longos meses, agora era um cofre sem utilidade. Sentia-se sozinha. Ela e o marido estavam separados pela mulher loira, sem olhos, que a espiava do canto do quarto, como uma medusa ancestral.

Anita

Começava um capítulo novo da minha vida com José. Eu não sabia mais confiar nele. Depois de ter tomado uma moça rica como amante durante meses, e de ter-lhe feito um filho, ele era para mim uma tristeza viva, uma dor que sempre doía.

Era como morrer de sede à beira de um rio...

Eu sabia poucas coisas, então. Se me tivessem dito que a morte me rondava, contando as voltas do relógio para vir estar comigo, talvez tudo tivesse sido diferente, e eu o pudesse ter perdoado com mais brevidade. Porque o amor não amado é a coisa mais terrível que existe. Um fogo que se alimentava de si mesmo queimava-me por dentro, mas eu ficava ali, à deriva de José... Nos primeiros dias da vida de Teresita, ele tentou se aproximar de mim e recuperar a minha confiança. Ele era um homem bom. Mas era também isso — um homem.

Um homem cuja estrela subia. Mazzini, o dono dos ideais liberais que norteavam a vida de meu esposo, agora dizia ver nele a salvação da Itália. Longas cartas de Mazzini começaram a chegar à nossa casa da Calle 25 de Mayo. Nelas, Mazzini desfiava motivos para a sua certeza: José Garibaldi era o homem escolhido para reunir os reinos italianos sob uma única bandeira, e a hora de tal batalha aproximava-se. José deveria preparar-se, dar o seu melhor pelos uruguaios até que fosse chamado a voltar à pátria. Enquanto isso, soldados de Mazzini faziam o seu trabalho, eram homens que lutavam com a pena e a palavra... O mais assíduo era Giovanni Cuneo: escrevia em periódicos no Uruguai e na Europa alardeando as façanhas de José e dos seus legionários. No jornal italiano Corriere Livornese, *Cuneo publicou vários ensaios defendendo José das acusações que lhe fazia a imprensa francesa, que o dizia um revolucionário sem causa própria, a vagar pelo mundo* de luta em luta. José era em si um assunto, uma figura pública. Em Montevidéu, considerado pelo povo como o bastião da resistência, quando andava pelas ruas, era saudado pelos transeuntes, recebia flores e presentes.

Eu era uma sombra na vida deste deus, deste homem ungido pelo destino. Em casa, embora nos amasse a todos com o mais puro dos amores, era uma criatura voltada para suas próprias tarefas, que eram enormes. A guerra não se acabava no portão; ao contrário, quando ele vinha dormir conosco, vinham também os legionários, os homens de Rivera, os papéis, as ordens do dia, Anzani, Cuneo, todo o seu séquito de ajudantes e admiradores. Não havia, então, uma vida íntima para nós. E eu já não podia nem sequer sentar-me com eles, como fizera nos primeiros tempos, quando carregava minha própria carabina e ouvia de política e de liberdade, dava minhas opiniões e retrucava aquelas que considerava impróprias.

Ah, não... No começo do ano de 1845, e por muito tempo ainda, eu estava irremediavelmente perdida para a luta ou a política, engolida pelo turbilhão das infâncias que havia engendrado. Eu, Anita Garibaldi, era uma mãe. Entre fraldas, mamadeiras, sopas e brinquedos, assim eu vivia... Saibam, entretanto, que eu amava os meus filhos. Cada um deles. Amava-os com um desespero sereno. Mas eles também me prendiam como grilhões. Talvez, o amor seja isso, essa impossibilidade em si mesmo — o axioma maior da vida.

Eu amava e sofria.

E quanto mais sofria, mais amava.

Perdida no terrível labirinto do meu amor e sem o fio de Ariadne, eu avançava às cegas naqueles primeiros meses do ano de 1845. O verão ainda queimava a cidade sitiada, mas já uns sopros levíssimos do outono corriam pelas ruas ao anoitecer, trazendo os boatos de que Fructuoso Rivera se bateria em uma grande batalha contra Oribe e as tropas que assediavam a capital. Do outro lado do mar, avançavam as naus inglesas e francesas, dispostas a libertarem o Prata do jugo de Rosas, fazendo coro aos sonhos dos uruguaios e restabelecendo o comércio parado havia tantos anos.

As coisas começaram a acontecer, sucedendo-se umas às outras num furor quase incompreensível. Como se o tempo andasse mais rápido, *prenhe de todas os dramas que gestara na placidez. Ah, eu sempre soube que não se podia confiar na paz. Ela não existe, de fato. É apenas a antessala da tragédia.*

Mas deixem que eu lhes conte. Deixem que minha voz se evole, vinda de longe, dos dias de outono daquele ano de 1845 em Montevidéu...

Embora o plano do governo fosse não aceitar uma batalha decisiva contra os assediadores da cidade — pois as frotas inglesa e francesa avançavam para ajudar os uruguaios —, Fructuso Rivera resolveu antecipar o destino. Ia bater-se contra os inimigos que cercavam a capital havia anos.

A luta e todo o plano de Rivera mostrou-se um desastre colossal, uma escolha terrível. O exército de campanha foi trucidado numa batalha sangrenta que espalhou o temor pelas ruas e bairros de Montevidéu. Mais de 2 mil homens foram decapitados, estrangulados ou enforcados, numa demonstração de violência que chocou o mundo inteiro, conforme as notícias corriam para além-mar. Batido atrozmente no campo de batalha de India Muerta, Rivera não teve mais alternativa do que fugir para o Rio Grande e depois exilar-se, por um tempo, na cidade do Rio de Janeiro. A Guerra Grande vazou para o Império do Brasil, pois Oribe, em represália ao apoio imperial, passou a organizar investidas ao território rio-grandense, roubando gado, assassinando famílias de estancieiros, e degolando peões.

José, entrementes, lutava suas próprias batalhas com os legionários. Sei que ele muito lamentou quando a estrela de Rivera caiu, mas disse-me que a batalha de India Muerta tinha sido um terrível erro tático do esposo de dona Bernardina. José tinha razão. Apenas um mês depois daquela tragédia, as frotas inglesa e francesa chegaram a Montevidéu. Embaladas pelas atrocidades de Rosas e de Oribe, as naus europeias vieram até o Sul da América fazer a justiça que o mundo pedia: libertar o pequeno Uruguai do jugo do ditador argentino. Vinham também por dinheiro, é claro, necessitados que estavam de retomar suas atividades comerciais na bacia do Prata. Chegaram aqui e deram oito dias para que Rosas retirasse sua esquadra dos pontos de bloqueio — tinham naus suficientes para uma ameaça desse porte.

Eu lembro, eu subia ao terraço com Teresita em meu colo, e olhava, ao longe, o movimento cada vez maior dos navios de guerra, formando uma outra cidade lá no horizonte, uma cidade flutuante, poderosa, violenta, arauto de morte e de fogo, mas também de liberdade.

Os argentinos não cederam ao apelo estrangeiro, e houve luta. Durante alguns dias, ouvimos o troar dos canhões dia e noite... José estava lá com seus legionários. Menotti rezava pelo papá, Rosita acordava assustada no meio da noite, a pequena Teresa tinha de dormir em meu colo, onde se acalmava. Lá fora, a guerra era um animal gigantesco a urrar nas madrugadas, acossando o sono e a serenidade dos moradores de Montevidéu. Para se proteger, as gentes taparam portas e janelas, e vivemos quietos, cerrados em casa, privados da luz do sol, por três longos dias de peleja.

José lutou com seus homens, recuperando as posições perdidas durante as últimas batalhas. Estava em terra e no mar, estava em todos os lugares, incansável, imortal. Nunca se feria, embora os homens perecessem ao seu redor. Comandou quinze barcos naquelas batalhas, todos os seus legionários e mais três centenas de soldados uruguaios. Mandava-nos pequenos bilhetes, entregues por soldados em terra, dando conta de que estava bem. Que ficássemos em casa, e nada de subir ao terraço, por causa do violento canhoneio. Por fim, as tropas inglesas e francesas apoderaram-se dos barcos do almirante Brown e dividiram sua frota entre si. Guillermo Brown foi obrigado a voltar para Buenos Aires e dar conta da derrota a Rosas. O passo do Tonelero foi libertado pelas naus, e retiraram as grandes correntes de ferro que fechavam o acesso fluvial ao rio Paraná havia já vários anos. A cidade começava, enfim, a respirar outra vez os ares do mundo, recebendo os primeiros barcos de mercadorias vindas de outros lugares.

Montevidéu voltou à vida, titubeante ainda, mas José seguiu para além nas suas pelejas. Com seus barcos, foi avançando pelo Prata, liberando pontos outrora ocupados pelas naus de Rosas; passou por Colônia, libertou a ilha de Martín García e outras posições que tinham ficado em mãos argentinas. E seguiu em frente.

Livre... José era o mais livre dos homens.

Tomou Gualeguaychú, que ficava na margem direita do rio Uruguai. E assim, avançando com seus barcos e seus homens, dono das estrelas e das águas, José chegou a Salto, que ficava à beira de uma pequena catarata formada pelo rio Uruguai. A cidade tinha sido abandonada pelo comandante argentino Lavalleja logo que a frota de José fundeara.

Lavalleja e suas tropas partiram de Salto, mas obrigaram toda a população do lugar a segui-los, numa marcha forçada pelo pampa. Apesar disso, a cidade fantasma estava cercada de rosistas por todos os lados. Ao entrar com seus legionários em Salto, meu José virava presa fácil do inimigo — poderia ser atacado por qualquer lado, e as tropas de Urquiza vinham com fúria assassina, cruzando o pampa para uma batalha com as forças do famoso comandante italiano, de quem os rosistas queriam vingança havia muito.

Mas a guerra era o elemento de José, e creio que foi um dos grandes comandantes de todos os tempos. Fazia muito com pouco. Seus homens matavam-se de boa vontade por ele. Não morreria em Salto, mas transformaria a cidade fantasma numa fortaleza e bater-se-ia até o final com Urquiza ou qualquer outro comandante inimigo que viesse dar ali.

Novembro de 1845, Salto

Lavalleja e seus soldados acamparam na orla do Arapey, um afluente do Uruguai. Para além das tropas, a população de Salto, obrigada a abandonar suas casas pelo chefe argentino, improvisou um acampamento às margens do rio. A primavera já está no final, mas o ar da manhãzinha é frio, úmido, e atravessa a pele como minúsculas lâminas. Giuseppe Garibaldi, montado no seu cavalo, cruza a praça de Salto e aproxima-se de Anzani, que dá ordens a alguns legionários. Estão preparando uma bateria na praça central. Pedras e troncos são empilhados formando um muro alto, desgrenhado e largo. Os homens vão e vem, trazendo pedras, pedaços de madeira, galhos de árvores. Duas carroças puxam um canhão pela rua deserta, deixando atrás de si um rastro luminoso de poeira. Alguns oficiais dão ordens que se perdem na manhã, as vozes subindo no ar.

— Vou até o Arapey com trezentos homens — diz Garibaldi.

A manhã ainda não nasceu, é apenas uma promessa rosada, uma luz difusa que se espalha no céu acinzentado. A proximidade do rio é um sussurro que Garibaldi consegue perceber como se uma alma penada falasse ao seu ouvido, fazendo promessas.

— De la Cruz vai com você? — pergunta Anzani.

— Vai comandar uma ala da cavalaria; eu, a outra. Vamos expulsar o Lavalleja e trazer os moradores de volta para cidade. — Giuseppe olha ao redor. — Como estão as coisas por aqui?

— Em mais dois dias, teremos a bateria pronta. Quando Urquiza chegar com seus homens, vai ser recebido a bala.

— O feitiço virando contra o feiticeiro — diz Giuseppe. — Acharam que iam nos emboscar. Traga todos os canhões de todos os barcos. E vamos transformar as casas na entrada da cidade em uma trincheira. Colocaremos cinco atiradores em cada casa, e os canhões, aqui na praça.

— Eles que venham — diz Anzani, rindo.

E então, começa a tossir. Uma tosse funda, feia. Faz dias que Francesco Anzani tosse e pigarreia. Desde a partida de Montevidéu, quando vieram nos barcos conquistando as posições no Prata. Garibaldi vê que ele se afasta, cospe na terra. Respira fundo.

— Você expeliu sangue — diz Garibaldi, preocupado. — Seria bom consultar um médico.

Anzani sacode a mão no ar.

— Traga-me um — brinca Anzani. — O Lavalleja levou todo mundo, não é? Até o padre foi obrigado a partir. Se morro aqui, não tomo a extrema-unção.

— Trarei o médico e todos os outros — responde Garibaldi, esporeando o cavalo.

E sai em direção à entrada da cidade, onde o coronel De la Cruz está organizando as duas fileiras para o ataque. Agora o céu é de um tom róseo e delicado. Garibaldi se lembra das duas meninas, Rosita e Teresa. Não sabe bem por quê, mas olhando aquele céu, pensa nelas e sente um aperto no peito. Faz quase quatro meses que está longe de casa.

Atacaram às sete horas. As tropas de Lavalleja não esperavam por eles. A maioria dos homens estava dormindo ou envolvida em afazeres cotidianos quando as duas colunas de legionários saltaram por entre as barracas e fogueiras num clamor de gritos e tiros. Os pássaros fugiram para longe, as crianças, mais além, na margem do rio, começaram a chorar. Os sabres fizeram o seu trabalho, e o sangue jorrou. A luta foi breve, Lavalleja ordenou que seus homens recuassem para um cerro mais adiante ou atravessassem o rio, refugiando-se na outra margem do Arapey, onde tentariam se reorganizar.

Do alto do seu cavalo, Garibaldi observou a dispersão do inimigo. Deixaram cavalos para trás, rações, tendas, bois para o abate. Os legionários fizeram cem prisioneiros. Um dos italianos gritou para Garibaldi:

— Olha o que achamos, *per Dio*!

Giuseppe cavalgou até onde o chamavam. Viu Sacchi, um dos oficiais, descobrindo um canhão negro, enorme, que os argentinos tinham escondido sob as ramagens. Pulou da montaria e examinou a boca de fogo. Era uma obra de fundição italiana, e trazia gravado no bronze o nome do seu forjador: *Cosimo Ceni, no ano de 1492.*

— Que beleza! — disse, correndo os dedos pelo metal liso. — Quando eu voltar para a Itália, vou levar esta criança comigo. Mande pra cidade sem demora. Vamos colocar num ponto de honra, no centro da praça.

Ao final da manhã, Garibaldi, De la Cruz e os homens ajudaram a população de Salto a voltar para suas casas. Tinham partido, em sua maioria, com a roupa do corpo e alguns víveres, mas havia aqueles que haviam levado móveis, cavalos, bois. Era uma massa humana colorida e assustada que seguia marchando pela orla do rio. Quase três mil pessoas desfilaram pelo acampamento, e até o final da tarde os legionários estiveram envolvidos com a reacomodação dos habitantes, pois algumas casas tinham sido confiscadas para a defesa da cidade.

As gentes passavam por Giuseppe, montado no seu cavalo, à entrada da praça. De quando em quando, uma jovem vinha até o chefe italiano e agradecia-lhe a ajuda. Algumas davam flores colhidas pelo caminho. Algumas sorriam, mirando-o nos olhos, num convite mudo. Giuseppe agradecia em seu espanhol perfeito, fazendo mesuras ou distribuindo seus sorrisos. Anzani, que estava às voltas com a organização da defesa de Salto, veio até Giuseppe e lhe disse, rindo:

— Companhia para a noite, vosmecê já tem de sobra. Queria saber se trouxe o meu médico.

Garibaldi riu alto.

— Vou mandar um dos homens buscar um médico. No meio de tanta gente, deve ter vários. — Virou-se e gritou: — Remorini, venha cá!

Um jovem italiano apresentou-se diante dele.

— Sim, senhor.

— Me descubra um bom médico para Anzani. Ele está doente e precisa de remédios.

O jovem bateu continência e saiu. Garibaldi voltou à praça, onde meia dúzia de homens já instalava a boca de fogo italiana que os inimigos tinham deixado para trás na pressa de atravessar o rio Arapey.

Dezembro de 1845, Montevidéu

Anita acomodou Teresa em seu berço. A noite estava escura lá fora. Um céu sem estrelas, encoberto como se guardasse segredos. No silêncio daquela hora, o rugir dos canhões cortou seu pensamento pelo meio, esfacelou a calma da alcova, como quem joga ao chão um objeto de vidro. Era sempre assim, agora. Horas de silêncio, depois, o romper de um canhoneio. Os navios de Rosas tentavam recuperar o domínio perdido do rio da Prata. Atacavam por terra e mar. À noite, era perigoso sair para a rua. O terror espalhava-se com a escuridão. Anita mantinha o grande portão trancado.

Ela fechou as janelas e passou o ferrolho. Como se isso fosse o suficiente, o troar dos canhões silenciou subitamente lá fora. Pegou o lampião a um canto e espiou Teresita. A criança dormia a sono solto, coberta pela colcha leve, os cabelos, escuros e grossos, formando um halo ao redor de sua cabecinha. A menina era parecida com ela, mas José misturava-se repentinamente aos seus traços, como um rio subterrâneo que viesse à tona. Ela respirou aliviada. Era tarde. Estava cansada, abatida. A fraqueza agora ia e vinha. Pensou em José, longe havia meses. E ela ali, presa. Não por causa dos rosistas, porque passava um ferrolho no portão todas as noites e cerrava as janelas. Presa porque tinha aquelas três crianças. Era possível amar tanto e, ao mesmo tempo, ansiar tanto por escapar? A dubiedade dos seus sentimentos a assustava. Não falava muito disso com ninguém. Nem mesmo com Nina, que vinha todos os dias e trazia-lhes mantimentos — cada vez mais caros, alguns deles escassos. Trazia óleo para o lampião, velas. Sem José em casa, a guerra recrudescendo lá fora, o escuro era demais, dizia Nina.

Anita fechou a porta com cuidado e saiu para a peça que fazia as vezes de cozinha. Espantou-se ao ver Catalina numa cadeira, embalando

Rosita. Era muito tarde agora, já passava da meia-noite. Rosita parecia dormir no colo da ama, mas havia alguma coisa sutil, como uma corrente elétrica que, às vezes, fizesse seu pequeno corpo estremecer. A criança tinha completado 2 anos, e ficava cada vez mais parecida com José.

— O que houve? — perguntou em voz baixa. — Por que ela não está na cama com Menotti?

Catalina ergueu os olhos para responder, mas a criança teve um pequeno acesso de tosse.

— A menina está com febre.

Anita aproximou-se. Tocou a testa da criança com sua mão experiente. Sentiu o calor. Tirou a mão rápido como se pudesse queimar-se também naquele fogo.

— Desde quando?

— Não sei. Mas começou a tossir logo que a senhora se recolheu. Hoje à tarde, tossiu um pouco, mas não parecia nada demais. Não estava amolada.

Anita tinha passado a tarde com Nina na casa de dona Bernardina Rivera, que sentia duramente o exílio do seu marido no Rio de Janeiro. Foram até lá para se solidarizar com a pobre senhora. Anita não gostava de ir, não gostava das mulheres que rondavam a esposa de don Fructuoso, as mulheres que cochichavam baixinho quando ela passava, que espichavam olhares para José. Na casa de dona Bernardina só se falava de um escritor francês, Alexandre Dumas, que estava terminando uma novela sobre Montevidéu na qual José era um dos personagens principais, um dos heróis de Guerra Grande do Uruguai.

Anita apagou da mente as tolices vespertinas. Olhou Rosita, mergulhada no seu estranho torpor. Era preciso fazer algo. Pegou uma bacia, encheu de água, e buscou um pano para as compressas e um pouco de aguardente. Enquanto preparava tudo, de súbito, como um soco, lembrou-se do que ouvira em casa da senhora Rivera. Um surto de difteria estava avançando pela capital, e os hospitais de caridade estavam cheios de crianças muito doentes. As condições precárias de Montevidéu aumentavam o perigo de contágio. Era um surto fora de época, pois o inverno já tinha ido embora. Deixou a bacia sobre a mesa. O lampião derramava sua luminosidade fraca, dourada, pela peça. Lá fora, alguns tiros de canhão irromperam na noite. Catalina estremeceu.

— Dê-me a menina — pediu Anita.

A criança foi depositada em seus braços, macia, ardente. Toda ela palpitava como um coração. Era tão bonita! Os cabelos loiros como os de José, o rosto redondo, a boca carnuda. Dos seus filhos, fora a mais difícil, chorava por tudo, era teimosa, indomável. Mas tinha uma beleza que fazia Gallino, o pintor, querer retratá-la sempre que vinha. Só que Rosita não parava quieta. Ainda não tinham o retrato da menina.

— Vai ser uma bela mulher — dizia Gallino.

Anita olhou-a. Os olhos semicerrados pareciam agitar-se. Ela tossiu fracamente. Viu que seu pescoço estava um pouco inchado. Difteria, pensou. A criança devia estar com a doença.

Catalina estava a um canto da cozinha, esperando que Anita lhe desse alguma instrução. Era uma boa mulher. Sabia que ela adorava Rosita. A beleza tinha um estranho poder sobre as pessoas. Como José. Com José, era assim também.

— Catalina — disse Anita. — Esta criança deve estar com difteria. É muito contagioso. Leve o berço da Teresa para o quarto de Menotti e mantenha eles por lá. Ficarei com Rosita aqui. Assim que amanhecer, você vai até a casa dos Castellini pedir ajuda.

Catalina olhou-a com horror:

— Pode não ser a difteria, senhora.

— Pode não ser — disse Anita num fio de voz.

Passou a noite em claro com a criança em seu colo. As compressas adiantavam pouco. O tempo escoava sem pressa, sem avisos, sem certezas. Anita tinha visto a difteria na infância, num surto que devastara muitas famílias lá na Carniça, onde vivera antes de os pais se mudarem para Laguna. Os pescoços inchados, o rosto vermelho de febre, a tosse. Ela lembrava bem. Olhava a menina, a linda menina que saíra a José. A febre não dava trégua. Ela tossia a intervalos, uma tosse fraca e insistente, angustiante. Dava-lhe água em pequenos goles. A criança olhava-a como se estivesse muito longe, num barco que se afastava da costa, olhava-a sem reconhecê-la.

Tinha xingado a maternidade, e tinha culpado a maternidade pela vida que levava. Presa naquela casa, longe de José. Longe, portanto, da sua própria vida, porque só contava como vida o tempo em que passava ao lado dele. José estava em Salto havia meses, lutando contra Lavalleja, contra Urquiza. As notícias chegavam. José e seus legionários tinham libertado Salto e levado a população de volta às suas casas. Eram tratados como heróis.

A criança queimava nos seus braços. Anita queimava por dentro. As noites de sexo com José estavam perdidas nas picadas do rio das Antas, no alto da serra de Lages, nos pampas gaúchos lambidos pelo vento. Seu corpo agora era o corpo dos seus filhos. O leite de Teresa saía dos seus peitos. A mão de segurar Menotti nos passeios pela *calle*. O colo onde Rosita agora ardia em febre. Ardia.

Anita sacudiu a cabeça, tentando afastar José da sua cabeça. Mas ele era a própria matéria-prima do seu pensamento. A criança estava quieta demais. As compressas não baixavam a febre. A aguardente, evolando-se na cozinha fechada, já começava a causar-lhe um estranho torpor de sonho. Ergueu-se com a criança nos braços. Pelas venezianas que davam para o pátio interno da casa, viu as primeiras luzes do alvorecer, pálidos borrões carmins que desciam do céu ainda cinzento, como uma fruta que amadurece de repente.

Rosita não abria os olhos, respirava com dificuldade. Chorou um pouco, era um choro fraco, diferente. Com a criança em seu colo, foi até o quarto onde Catalina dormia e bateu de leve à porta. Um instante depois, a ama surgiu, descabelada, enrolando-se no xale.

— Catalina, por favor, vá chamar Nina. Peça que ela traga um médico, porque Rosita está muito mal.

A mulher deitou um olhar para a menina e levou a mão à boca, como se quisesse segurar o próprio espanto.

— *Sí, sí*! Vou o mais rápido que puder.

— Tome cuidado — pediu Anita. — Ainda é muito cedo, e as ruas estão desertas.

Do quarto de Menotti não veio nenhum ruído. Os filhos dormiam. Ela foi até a sua cama e depositou Rosita ali, e seus braços doloridos relaxaram por um momento. Rosita teve um acesso de tosse. Anita acalmou-a, e depois cobriu a menina e sentou-se ao pé do colchão. A luz da manhã entrava pelas frestas da janela. Uma luz dourada, nova em folha. Queria chorar, mas seu coração estava seco. Ficou ali por um longo tempo, como se ela mesma fizesse parte do silêncio que descia sobre a casa.

*

Nina chegou com o médico no meio da manhã. Viu quando ele examinou Rosita, e viu seus olhos preocupados. A menina estava com difteria, e havia pouco a ser feito. Compressas e rezas. Um xarope para aliviar a tosse.

— Melhor tirar os irmãos da casa — disse o médico. — É bastante contagioso, pelo que se sabe.

Sob as ordens de Nina, Catalina e as crianças foram levadas de caleche para a casa dos Castellini. Menotti saiu alegre como se fosse dar um passeio. Da janela, olhando-os, Anita pensou que o menino tinha perdido aquele instinto de futuro que outrora a espantava e surpreendia. Rosita iria morrer. Ela sabia.

Quando Nina entrou na peça, vinda do pátio onde dispensara e pagara o médico, Anita virou-se para ela. Nina espantou-se com seus olhos pisados e secos. Todo seu rosto parecia convulsionado.

— Você precisa descansar, Anita. Eu cuido de Rosa agora.

— Ela vai morrer.

Nina tomou um choque. Por um momento, ficou como que congelada no meio da peça, estática. E, então, avançou rapidamente, tomando Anita nos seus braços como se ela fosse uma criança que acabara de acordar de um pesadelo.

— Não diga isso... Ela é uma criança forte, vai resistir.

Anita afastou-se:

— Eu sei que ela vai morrer, Nina. Eu sou mãe, eu sei.

E retirou-se para o quarto, para ficar ao lado da criança. Nina ficou parada ali, sem saber o que dizer. Anita estava muito cansada, tinha passado a noite em claro. Depois que dormisse um pouco, sentiria-se mais disposta. Da rua, vinha o ruído dos vendedores ambulantes anunciando frutas, tônicos, refrescos. Quando o sol ia alto no céu, a cidade recuperava de repente o seu viço e a sua ebulição, como se ressuscitasse após cada madrugada de canhoneio feito uma donzela que estivesse sob o efeito de estranha magia.

Rosita morreu ao anoitecer.

Anita estava sozinha com a menina no quarto silencioso, coalhado de uma luz já indefinida. Nina estava na cozinha, preparando uma sopa. Foi fácil, mais fácil do que nascer. Nascimentos eram um espetáculo de gritos, sangue e dor. A menina morreu sem ruídos. Apenas deixou de respirar, de olhos fechados, ainda quente da febre que não a abandonara. Uma hora antes, tinha parado de tossir, como se não tivesse mais força. Abrira os olhinhos, duas retinas apagadas, reconhecendo a cama da mãe e a própria mãe ao seu lado, mirando-a em suspenso, com um sorriso frágil no rosto. A menina não soltara um único gemido, seus olhinhos castanho-dourados não se acenderam ao ver Anita.

Parecia já longe demais. Como um barco, pensou Anita. Outra vez, a imagem de um barco se afastando da costa vinha e a tomava de chofre.

Depois deste último olhar, talvez de despedida, Rosita fechara os olhos e dormira sem inquietações. Apenas a febre, como se a febre a estivesse sugando, sugando por todos os poros, até exauri-la de toda a vida. Então, docemente, Rosita parara de respirar.

Anita soltou um grito alto, agudo, dolorido.

Na cozinha, que ficava lá fora, Nina deixou todos os seus afazeres, a panela fervendo no fogo de lenha, e correu até o quarto. Não precisou perguntar nada. O pavor nos olhos de Anita era a resposta. Entrou na peça semiescurecida. Sobre a cama, estava a criança. Quieta, imóvel. Anita gritava, o seu grito nascia dele mesmo, ia e vinha, subia e baixava até quase ser inaudível, até a rouquidão, era uma queixa que vinha da carne daquela mulher pequena, morena, corajosa.

— Calma — pediu Nina, ela mesma desesperada.

Anita não disse nada. Ficou ali, abraçada a ela, mergulhada em soluços secos. Seus olhos não tinham lágrimas, apenas uma dor avermelhada e ardente que parecia areia incomodando, queimando, lacerando suas retinas.

A notícia da morte da filha de Giuseppe Garibaldi espalhou-se por Montevidéu. Organizou-se uma subscrição para juntar fundos. Em poucas horas, havia muito mais dinheiro do que o necessário para o enterro da criança. Dona Bernardina Rivera doara 50 coroas, algumas damas locais mandaram arranjos florais, Nina comprara o caixão, marcou-se a hora do pequeno séquito, e a criança foi levada através das alamedas do cemitério sob o sol forte da tarde. Anita de mão dada com Menotti. O menino parecia cuidar da mãe, como se ele é que lhe tivesse dado a mão. Alguém lhe trouxera um vestido preto, e um véu que cobriu seus olhos. Catalina tinha ficado em casa com a pequena Teresa, mas precisara de sais, de um calmante para os nervos, porque Rosita tinha sido desde sempre a sua predileta.

Foi um enterro rápido. Anita nunca haveria de se lembrar com exatidão dos acontecimentos daquele dia. Só sabia que José não estava lá. José não estava lá mais uma vez. Era como se suas vidas se tivessem apartado. José já não estava dentro dela. Não estava na sua cama, na sua casa, na família que ele semeara, entre gozos e gritos, no seu ventre fecundo. José não estava.

Durante meses, até mesmo anos, no silêncio mais profundo da sua alcova, no meio das madrugadas de canhoneio ou de temporal, quando a noite vinha soprar nos seus cabelos as memórias de Laguna, ela chegara a desejar que não tivesse tido filhos. Desejava que tudo fosse como antes, apenas ela e José. Um barco, a guerra. As coisas que eles diziam e faziam. Agora, Rosita estava morta.

Parada em frente à cova minúscula, enquanto o padre desfiava o seu sermão, Anita só podia pensar nisso. Ela desejara a liberdade de não ter filhos. Ela desejara estar com José, ser de José como antes. E Rosita estava morta.

Últimos dias de dezembro de 1845, Salto

O silêncio desce sobre a cidade bombardeada. Os legionários já estão há vinte dias rechaçando os ataques de Urquiza. As casas da primeira linha da cidade foram abandonadas, semidestruídas pelo canhoneio. Giuseppe Garibaldi avança sobre os escombros, dando ordens aos seus artilheiros para o ataque noturno.

Ainda é dia, mas a luz se esvai rapidamente, deixando no mundo um ar dourado, uns laivos de vermelho que não combinam com a guerra, mas com algum recanto pacato à beira-mar. Esta é a hora da calmaria. Os soldados de Urquiza atacam durante o dia, mas seus legionários respondem com fogo intenso todas as noites, sem dar nenhuma chance de descanso ao inimigo. Nos primeiros dias do ataque, Urquiza chegou a tomar a primeira linha da cidade, empurrando-os para as quadras de dentro, perto da praça da artilharia comandada por Anzani. Mas a legião atacou com violência, expulsando os argentinos de volta para o campo. Mataram algumas dezenas de homens, e fizeram uns cinquenta prisioneiros, que foram despachados para Montevidéu.

Giuseppe caminha depressa, pensando na moça com a qual esteve ainda ao alvorecer. Depois de seis horas de ataque, o canhoneio riscando a noite de verão, açoitando os ouvidos e os espíritos, ele recolhera-se à sua barraca para um rápido descanso. Quando entrou, ela estava lá. Trazia consigo um pequeno lampião e, sob a luz bailarina e amarelada, sorriu para ele. Não se conheciam, mas, de certa forma, parecia natural que ela estivesse ali. A cidade assediada havia mais de duas semanas sob o canhoneio constante. A vida urgia ser vivida sem muitas regras. Alguns legionários tinham se juntado com moças de Salto, e pensava-se em trazer um padre para oficiar uma cerimônia coletiva.

Giuseppe não disse nada ao vê-la na barraca, o vestido leve de verão, a barra da saia suja de poeira, os cabelos negros e cacheados descendo-lhe pelos ombros claros. Ao aproximar-se, Giuseppe viu que ela tinha uma pele clara, que brilhava como madrepérola. Não houve conversas durante todo o tempo em que permaneceram na barraca. Já se tinham cruzado pela cidade, onde os habitantes tentavam manter uma vida normal à medida do possível. Ele já a vira, mirando-o de longe, enigmática.

Não era a primeira. Elas vinham às vezes. Nem sempre ficavam. Umas traziam presentes, comida, garrafas de vinho que ele não bebia, mas depois dava para Anzani ou para os outros. Apenas elas o interessavam. Ele gostava de mulheres. E Anita estava longe. Ele pensa nisso, vencendo o caminho até a praça. Dois soldados o chamam. Há um ferido de uma pequena contenda da tarde. Garibaldi manda que chamem o médico da legião. Faltam enfermeiras e medicamentos, mas os homens são corajosos. Um vigia surge, vindo das barricadas à frente da cidade, e comunica-lhe que uma parte das tropas está atravessando o rio Arapey.

— Onde? — pergunta Garibaldi.

— Umas 12 léguas pra baixo.

— Chame o Negro Aguiar, mande que cortem a retirada com nossos barcos. Vamos atacar por terra em uma hora.

— *Ecco*, senhor — diz o vigia. E sai correndo para dar as ordens.

Agora, caminha mais depressa. Anzani está na praça carregando os canhões. Giuseppe sente fome. Os mantimentos estão terminando. Na última semana, depois que os argentinos conseguiram roubar boa parte das cabeças de gado destinadas à alimentação das tropas, eles vêm comendo os cavalos mortos em batalha. No entanto, a carne de cavalo é dura, seca, arranha a garganta como se não quisesse descer para o estômago.

Um navio inglês aportou a poucas milhas. Ele mandou cinco homens até lá. Precisam de farinha, carne, medicamentos. Mas, antes de comer ou tratar os feridos, eles atacarão as tropas de Urquiza de frente. Por terra e por mar. Giuseppe Garibaldi avança até onde está Anzani. Mais uma vez, tem consciência de como ele está mais magro. Anzani foi tratado por dois médicos, mas a doença não parece retroceder. Ele precisa de descanso, mas se nega a deixar a legião.

— Urquiza está atravessando o rio para os lados do campo de Concórdia — diz Garibaldi. — Vamos atacar logo e cortar a retirada deles.

— Vou juntar os meus homens — responde Anzani.

— Mandei os barcos tomarem posição, cortaremos a fuga pela água também. E quero recuperar todas as cabeças de boi. Já não aguento mais comer carne de cavalo.

A noite de verão desce suavemente sobre a cidade de Salto. Os pássaros cantam suas últimas melodias nas galhadas das árvores. Anzani olha para o alto como se buscasse reter algo daquela música. Logo começará o troar dos canhões, o tiroteio. Os pássaros voarão para longe, seus ouvidos ficarão vazios outra vez, ensurdecidos pelo barulho da guerra que nunca acaba. A Guerra Grande, como chamam os uruguaios. Então, Anzani parece voltar à realidade ao seu redor. Agora ele tem esses lapsos. Deve ser a febre. Garibaldi ainda está ao seu lado. Ele tira do bolso uma carta e entrega-a ao amigo:

— Giuseppe, chegou um próprio com carta para vosmecê. Também mandaram mais munição. Mas nada de comida.

Garibaldi pega o envelope dobrado ao meio e empoeirado, ainda pensando nas reses roubadas pelos soldados argentinos:

— Tínhamos quinhentas cabeças de gado até Urquiza realizar a sua proeza. Levaram tudo sob as nossas barbas.

— Culpa dos ingleses, não nossa — diz Anzani. — Era o barco deles que estava ancorado perto do curral improvisado. Renderam-se depois de meia dúzia de tiros, os medrosos. Nós estamos aqui há vinte dias sob canhoneio.

Anzani pede licença e vai organizar as tropas para o ataque. Avançarão com três batalhões, disparando nos calcanhares dos argentinos por um lado e cortando a retirada pelo rio.

Parado num canto da praça, Giuseppe corre os olhos pelo lugar. Os habitantes já se fecham em suas casas. A notícia do ataque dos legionários espalha-se rapidamente. Ele busca a moça morena, mas não a vê. Não sabe em que lugar de Salto fica a sua casa. Não sabe nem o seu nome. Mas se lembra do seu cheiro, do seu gosto, e, pensando nisso, sente um choque elétrico correr pelo seu corpo. Ele olha a carta em suas mãos. Serão ordens de voltar à capital? Vira-a entre os dedos. No lusco-fusco da noite, consegue ver que é de Pacheco y Obes.

Sai do meio da praça e busca a iluminação de uma rua mais larga. Sob um lampião, abre o envelope. É preciso ver seu conteúdo sem demora e voltar às tropas. Quer dar o ataque bem no meio da retirada, cortando o corpo inimigo em dois. E então, seus olhos leem:

"Caro Garibaldi,

Sua filha Rosita morreu. Como de qualquer maneira teria de sabê-lo, prefiro dizer-lhe sem rodeios. Queira aceitar meus sentimentos."

Sente uma súbita falta de ar. A brevidade do texto é como um soco no seu estômago. Um tiro. Ele perde o equilíbrio por um instante, um barco balançado pela tormenta. Respira fundo, encosta-se na parede de uma casa e, com medo, relê a breve missiva de Pacheco y Obes.
Rosita morreu.
Faz meio ano que não vê os filhos, que não vê Anita. Rosita morreu.
O texto de Obes é curto demais, seco demais. Mas seus olhos já ardem de lágrimas contidas. Por um momento, olha ao seu redor quase sem entender o que faz ali, naquela cidade, naquele país, naquele anoitecer belíssimo e tumultuoso. Soldados passam por ele. Mulheres cerram janelas e portas. Está na hora de seguir, de comandar seus legionários.
Mas Rosita morreu.
Giuseppe Garibaldi respira fundo, enche o peito com o ar que cheira a madressilvas. Toca na espada, sente o frio metal da sua pistola. E então, limpando a mente de qualquer coisa que não seja a premência da guerra, corre para os lados onde Anzani está organizando as tropas. Vai desbaratar a retirada dos homens de Urquiza. E vai fazer isso por Rosita.

Duas semanas mais tarde, Giuseppe Garibaldi recebeu uma carta de Nina Castellini. A carta veio pelo rio, por portador. Nina contava os detalhes da morte da pequena Rosa, o surto de difteria, a tristeza de todos. E terminava a carta dizendo: "Caríssimo Giuseppe, temo pelo espírito de Anita. Ela tem se mostrado abatidíssima, quase não come, e chora por horas intermináveis. Tenho medo de que enlouqueça ou cometa alguma tolice, sozinha na casa da Calle 25 de Mayo com as duas crianças e a ama. De qualquer maneira, convidei-os para vir passar uns tempos aqui, mas ela recusou-se. Disse que ficaria lá até que vosmecê voltasse das suas incursões pelo interior do país."

A morte da filha doía-lhe na alma, mas ele seguia adiante, sobrecarregado pelas múltiplas tarefas junto aos legionários, e na luta contra os homens de Urquiza. No assalto efetuado quando eles recuavam para o rio, a legião italiana causara centenas de baixas aos assediadores de Salto. As tropas que sobraram, e que não tinham sido feitas prisioneiras, haviam cruzado o rio para os campos de Concórdia, onde tinham acampado à espera de reforços para uma batalha que seria definitiva. Preocupava-se com Anita. Sabia dos meandros da sua alma tortuosa. Era uma mãe dedicada, mas também uma mulher que lhe nutria grande amor. A única forma de ajudá-la a superar aquela perda era trazê-la para o seu lado.

Chamou um prático que o ajudava com os papéis e ordens do dia e deu ordens que lhe trouxesse o Negro Aguiar até a sua presença. Quando Aguiar apareceu, uma hora mais tarde, Garibaldi instruiu-o:

— Aguiar, quero que vosmecê vá até Montevidéu e traga minha mulher e meus dois filhos para Salto. Desça num barco até onde for possível, faça o resto do caminho a cavalo. Depois, suba o rio com eles. Traga-os em segurança.

— Darei a minha vida por eles — disse Aguiar.

— Sei que você fará todo o possível. E, por favor, não descuide de Anita. A perda de Rosa foi terrível para ela. Está precisando mudar de ares. E nós estamos precisando de uma boa enfermeira.

Aguiar partiu no dia seguinte num dos barcos de comércio que estava cruzando o rio Uruguai.

A deusa Nix

Eu sou a Noite.

Vago pelo mundo com meus olhos de ver para dentro... Sou a mãe do Destino e da Fatalidade, da Morte, do Sono e do Sonho. O barqueiro do Hades nasceu da minha carne. As feiticeiras e bruxas zelam pelo meu nome. Das minhas entranhas mais profundas, eu pari as Três Moiras.

Eu tudo vejo e tudo sei.

Meus olhos são os olhos do tempo. Eu controlo a vida e a morte. Estou em todos os lugares, e todos os lugares estão em mim porque sou o ventre de tudo o que há.

Volto a vós porque posso desvelar-vos o que está encoberto, eu insuflo a vida naquilo que já morreu, sou a mãe de todas as lágrimas vertidas no escuro, de todos os gozos que a noite acolheu.

Eu estava lá naqueles tempos, pairando sobre todos, enclausurada no eterno recomeço das madrugadas humanas. E, quando eu vos conto daqueles dois, quando eu os evoco em alma e carne e sonho e lágrima, eles ressuscitam... Eu trago à vida toda a coisa pronunciada.

Eu posso e faço e tudo sei.

Anita, Giuseppe, Teresa, Menotti... Eu os evoco agora. Que voltem da noite eterna donde repousam. Que sejam outra vez, diante dos vossos olhos, carne, sonho e vontade. Que suas vozes falem e que seus corações sofram e amem novamente.

Caíam as primeiras pétalas do ano de 1846. A Guerra Grande arrastava-se no sul do sul da América do Sul. Um cisco no tempo dos deuses, eu sei. Mas os mortais não têm muitos anos na sua conta. Rosita tinha morrido havia algumas semanas, fora levada por meu filho, o barqueiro, para o rio das águas eternas. A própria Anita, naqueles anos, já não tinha muito tempo.

A areia da vida escorria sem cessar. Sem cessar... Sem cessar.

Como, sem cessar, aquele velho barco comercial subia o rio Uruguai, as velas abertas ao vento fraco do verão, brancas de esperança, cruzava ele as águas no rumo da pequena cidade de Salto, levando Anita de encontro ao seu marido. Ela estava triste, muito abatida. A morte da pequena Rosa fizera brotar todo o sofrimento da sua alma. Havia seis anos e meio, largara tudo para ficar com José — era assim que Anita o chamava, e não pelo nome italiano. Tinham passado um ano em meio a batalhas farroupilhas e a sofrimentos sem fim, mas aquele tempo tinha sido o mais feliz da sua vida.

Desde que chegara ao Uruguai, vira-se apartada de tudo — de tudo o que ela considerava vida. Fechada na casa da Calle 25 de Mayo, cuidava dos filhos. Era uma esposa como outra qualquer, mas com um marido que vivia na guerra, cruzando o território uruguaio com seus soldados, recebendo os favores das mulheres por onde passava.

Sim, ela o sabia... As mulheres conhecem a fleuma dos seus homens. Lucía Esteche não tinha sido a única. Talvez, ela pensava, na coberta do navio, vendo a pequena Teresita brincar com Menotti, talvez, naquele momento mesmo, enquanto singravam as escuras águas do rio Uruguai, seu esposo se consolasse da perda da filhinha loira, da bela Rosita, na cama de outra mulher... Ele era amado, era querido por homens e mulheres. Chamavam-no herói. E ele tinha a beleza dos heróis. Era, também, um homem carismático. Sabia falar aos seus soldados. E, um dia, quando fosse necessário, quando chegasse o momento — pois Anita sabia que a hora de José voltar à Itália não tardava muito —, saberia falar às multidões.

A situação política na Itália estava mudando rapidamente, ela não ignorava isso. Os Castellini, os irmãos Antonioni, e até mesmo o próprio Cuneo, mantinham-na informada. Anita sabia que dois irmãos Attilio e Emilio Bandiera tinham sido fuzilados por ordem dos austríacos, e morreram cantando seu amor à Itália. O povo agitava-se, começavam a estourar revoltas aqui e ali. Segundo Cuneo, preparava-se o cenário para a volta de seu marido, e muitos depositavam nele as suas esperanças de libertação dos italianos do jugo austríaco.

Era por este homem que Anita deixara sua vida em Laguna. Para estar ao lado dele. No entanto, tudo acontecera de forma diferente. Tivera três filhos num espaço curto de tempo. Amava José e queria-o na sua cama. Mas os jogos do amor custavam-lhe caro — três gestações! Meses e meses de barriga, partos doloridos, o sofrimento de cuidar daqueles bebês indefesos, que choravam por leite, por proteção. Os filhos a tinham roubado de José.

Sim, eu vos conto. Eu vagava pelo convés daquele barco sob o manto que me torna invisível a todos os olhos. Eu via a pobre Anita... As lágrimas que ela derramava! Sentia-se culpada pela morte de Rosa. Porque, muitas vezes, embora seu amor pelos filhos fosse incontestável, ela também os repudiara. Eles eram o seu grilhão, as paredes que a limitavam, o abraço que a cingia.

Foi com este espírito que ela chegou a Salto, numa tarde de meados de janeiro. Giuseppe Garibaldi esperava-a no cais, pois já tinha sido avisado de que o barco estava por atracar. No velho trapiche, na tarde quente, acenou para ela. Parecia mais bonito. O tempo não lhe deixava marcas.

Com Teresita ao colo, Anita estendeu-lhe o braço. Queria atravessar o azul, queria pular nos braços do homem que amava. O coração saltava-lhe no peito feito um coelho. Ela ria, e rir era um milagre. Menotti também acenava para o pai, pois havia mais de meio ano que não estavam juntos.

O barco finalmente atracou, a família reuniu-se efusivamente.

Teresita nem sequer se lembrava de Giuseppe, que a beijou e abraçou. Menotti foi posto sobre seus ombros, donde viu a pequena cidade de Salto, com sua praça, as fortificações e os campos. Anita colou-se ao marido. E, no beijo que trocaram, buscou o cheiro das outras. A marca, na pele de José, das traições que ele cometera.

Apesar disso, foi um reencontro feliz, eu vos digo. A vida humana é breve, mas a felicidade é uma dádiva que só a vós foi dada, pois os deuses não conhecem a felicidade, apenas o eterno desejo que os queima pela eternidade afora. Que nunca os satisfaz de pleno, pois sempre falta.

Digo-vos, pois, que em Salto não faltaram alegrias para Anita. Giuseppe acomodou a família numa casa perto da praça, a duas quadras de uma rua de nome Daymán. Havia certo conforto. Ademais, o clima da guerra, a euforia das escaramuças agradavam Anita — ela queria as batalhas, o fragor, a liberdade da carreira pelo campo inimigo. Ela queria viver, *descolar-se daquela sensação de morte que a assolava desde que perdera Rosita. Foi incorporada à legião italiana como enfermeira, e passava boa parte das manhãs tratando dos feridos. Menotti e Teresa eram cuidados por uma senhora de Salto quando a mãe estava nas suas funções. Giuseppe era sábio — entendia que Anita precisava de atividade. Deu-lhe um dos bons cavalos da legião, e ela cavalgava pelas tardes nos campos ao derredor, para o lado oposto do acampamento inimigo, que ficava a milha e meia da cidade.*

Aos poucos, recuperou-se do cansaço que sempre a assediava. A tristeza foi definhando, cedendo lugar à vontade de viver. Cuidar dos doentes reanimava-a. Os homens eram bons com ela. Quanto às mulheres, podia sentir, às suas costas, os olhares de inveja, de raiva muda. Com quantas daquelas moças de Salto seu marido já se tinha deitado?

Anita não podia saber. Mas sentia, às vezes, num olhar, que, com esta, sim; com aquela, também... Embora estivesse feliz de novo, seu ciúme nunca a abandonava. Passou a levar uma arma consigo, caso surpreendesse o marido com outra. Aparecia em meio às tropas para ver José. Nas escaramuças contra os homens de Urquiza, acampados do outro lado do rio, nos campos de Concórdia, Anita fazia questão de participar. Ia com o seu cavalo, as armas na cintura, ficava ao longe, olhando o assalto.

Dizia-se então que Urquiza, que era governador da província argentina de Entre Ríos, preparava um grande assalto à cidade. Os legionários reforçavam suas fortificações, preparavam a munição, e veio de longe o coronel Baez, com mais trezentos homens, somar-se aos setecentos legionários de Giuseppe Garibaldi. Dizia-se que os homens de Urquiza chegavam de todos os lados e já somavam 3 mil almas. Salto fremia na expectativa da terrível batalha pela sua posse definitiva.

Até mesmo essa ansiedade, essa euforia da batalha vindoura, ajudava Anita a melhorar. Ela renasceu em Salto. Ganhou cores no rosto, reapropriou-se do marido, tomou gosto por viver outra vez. Estava livre até para dar vazão ao seu ciúme. Certa noite, ameaçou cortar de novo os cabelos do marido. Ele antecipou-se aos arroubos da mulher — tomou-lhe a tesoura das mãos e tosou sua própria barba e seus cabelos. No dia seguinte, o tenente Sacchi estranhou sua aparência, e disse brincando que seu comandante poderia ter escolhido, ali mesmo em Salto, um barbeiro mais cuidadoso. Giuseppe retrucou que cortara os cabelos para aplacar os ciúmes de Anita. A história espalhou-se pelos legionários e ganhou a cidade.

Anita andava armada, diziam, e o mesmo zelo que usava para cuidar dos legionários feridos transformava-se em fúria quando o assunto era o esposo. Algumas raparigas devem ter perdido o sono em suas casas. Mas Anita não cometeu mais nenhum desatino.

Ah, eu vos digo, que o Amor, este deus, quando é muito, pode decidir destinos e tecer tragédias. Pois que Anita Garibaldi morreu foi por amar demais... Mas não vamos acelerar o tempo, deixemos que, por ora, ele avance no seu ritmo, posto que mais uma batalha terrível vem por aí, e a balança dos deuses pode pesar para qualquer um dos lados.

Primeiros dias de fevereiro de 1846, Salto

Embora a manhã esteja apenas começando, o calor persiste. Faz calor há muitos dias. As árvores, cansadas, exauridas, alongam-se para os lados da margem do rio. A cidade está quieta, os moradores decerto estão todos de pé. Porque hoje é o dia. Passaram a madrugada organizando a interceptação das tropas de Urquiza. Engordados por centenas de homens, os inimigos preparam-se para avançar sobre a cidade de Salto.

Montado no seu cavalo, Giuseppe Garibaldi passa a mão pela barba. Sente calor, um calor perene. A seca torrou os campos, que se desdobram como um lençol amarelado. O suor molha a sua camisa. Marchará com seus homens por três léguas até Las Taperas, para interceptar o avanço dos argentinos. Ele olha o céu azul-rosado. Limpo, novo em folha, de uma beleza trágica. Este céu que recobre suas cabeças, mas também as tropas inimigas lá do outro lado do rio Arapey. Ele sabe que esta será a última batalha. Se não conseguir desmontar o ataque inimigo, não terá homens o suficiente para segurar uma nova investida. Tem 900 soldados; Urquiza, 3 mil. Vai deixar Anzani e mais 40 homens na cidade. Anzani, que foi ferido em uma perna na última escaramuça, vai comandar a defesa de Salto, caso Urquiza mande uma tropa à frente. As baterias de canhões da praça estão carregadas. O povo cerrou-se nas casas, trancou portas e janelas. Anita quer lutar ao lado dos legionários que ficam em Salto, mas ele a demoveu da ideia. Terão muitos feridos, as tropas são muito desiguais, precisarão de uma boa enfermeira. Haverá muito trabalho para Anita.

Um soldado infiltrado trouxe-lhe notícias do ataque ontem. Organizaram-se rapidamente. Garibaldi, Medina e seus soldados vão se colocar entre a tropa inimiga e a cidade, numa espécie de escudo de proteção humano. Mancando da perna direita, Francesco Anzani cruza a pequena praça em sua direção. Garibaldi observa-o, sentindo no peito a afeição que o homem lhe evoca.

— Que os deuses da guerra o acompanhem, meu bom amigo — Anzani diz.

Garibaldi sorri.

— E a sorte também. Com inimigo numeroso assim, contamos com os favores da sorte — diz Garibaldi. — Esta pobre gente está cansada de guerra.

Com um aceno, Giuseppe Garibaldi avança, cavalgando para frente das tropas que se alinham na saída da pequena cidade. Vai olhando as ruas quietas, empoeiradas. Anita está em casa com as crianças. Anita, que ontem se abraçava a ele, jurando seu amor. Anita, que o ameaçou com a pistola por causa de uma moça da cidade. Não é um bom marido para Anita, ou talvez seja. Faz o melhor que pode, o melhor que pode... Como agora. Dá sinal de partida. O corneteiro, um jovem ruivo, toca sua música, que sobe para o céu sem nuvens. A tropa avança como um único corpo, galopando no rumo do campo exaurido pelo verão e pela seca de fevereiro. Avançam para Las Taperas, onde o coronel Medina e mais trezentos homens os esperam, deixando atrás de si uma nuvem de poeira.

Anzani fica na praça, olhando a partida de Garibaldi. De braços cruzados, sente a fisgada na perna, sente o peito cansado. Depois, com calma, quase com alegria, vira-se para seus homens. Uma pequena tropa de jovens inexperientes e soldados feridos em batalhas anteriores. Ele diz:

— Homens, se formos atacados, não se esqueçam: os italianos jamais se rendem!

Os soldados batem palmas e gritam na manhã. Alguns rostos espiam por detrás das janelas, nas casas lindeiras à praça. Depois disso, cada um deles toma seu lugar nos postos de defesa e na bateria de canhões.

São onze horas da manhã, e o sol é uma bola de fogo no céu. Do alto da elevação onde se postou com suas tropas, Garibaldi vê o inimigo avançando pelo campo lá embaixo. O sol, com sua luz ofuscante de verão, desenha armadilhas para seus olhos. Ele não tem certeza do que vê.

— Eles vêm vindo — diz Garibaldi para o homem ao seu lado. — São muitos. Maldito sol, quase cegante!

O homem é o coronel Medina. Veio unir-se aos legionários nesta batalha, trazendo as tropas que estavam espalhadas na região. Ele tem um binóculo, pelo qual deita longo olhar no pampa pontilhado de minúsculos cavaleiros.

— Veja, Garibaldi! Cada cavaleiro traz um soldado de infantaria na garupa. Não é o sol. Eles são muitos.

Garibaldi pega o binóculo e olha mais uma vez. Vê os cavaleiros avançando num galope largo e ritmado. A pouca distância do lugar onde está, vê homens saltando dos cavalos como se tivessem se multiplicado. Eles organizam uma marcha em que cavaleiros vão à frente, e infantaria, atrás. Garibaldi vira-se para as tropas e faz seu pequeno discurso:

— Soldados, eles são muitos. Mas nós somos mais corajosos. Vamos abrir fogo e depois avançar sobre eles em duas colunas. Não temam o fogo inimigo, pois somos a honra da Itália!

Os homens saúdam Garibaldi. A um sinal seu, a infantaria se prepara. Os tiros começam, enchendo o ar do cheiro acre da pólvora. O inimigo responde com uma saraivada de seus fuzis. Garibaldi organiza as duas colunas sob o comando do Negro Aguiar e de Caetano Sacchi.

— Vamos! Agora! — grita na manhã azul.

À beira da coxilha, o exército inimigo estaca, assolado pelas balas dos legionários. Giuseppe Garibaldi vai à frente das colunas. Alto, ereto, luminoso, os homens o seguem sem pensar. E ele grita alto, soltando sua voz no dia de verão:

— Ao ataque, bravos legionários! Sigam-me todos!

Avança, cortando o ar com seu cavalo, descendo a coxilha para o meio do corpo inimigo. Vai na frente, comandando o ataque. É sempre o primeiro dos homens, sempre. Em volta de Garibaldi, avultam-se os cavaleiros de Urquiza, disparando a pouca distância. Ele não teme as balas, sabe a vida que lhe cabe. Mas, então, no meio do galope, avançando sobre o corpo inimigo, Garibaldi sente um tranco. O cavalo falta-lhe subitamente. Um tiro acertou sua montaria, que tomba, derrubando-o com ela no chão de relva seca, dura. Ao cair, sua boca enche-se de terra, a poeira cega-o momentaneamente. Os seus homens, que avançam no meio do turbilhão, perdem a ordem por um momento.

Garibaldi caiu! Garibaldi caiu! A notícia alastra-se pelas tropas.

No chão, ainda sob o peso do cavalo morto, ele quer avisar que não morreu. Tira a pistola do coldre e dá um tiro para cima. A luta avança ao seu redor, mas então surge um cavaleiro, e uma mão forte ergue-o no ar. Com um impulso, Garibaldi solta sua perna de sob a montaria, pula como um gato, e se acomoda atrás do corpo firme de Negro Aguiar.

Negro Aguiar avança por sobre os soldados, fazendo o caminho inverso, retornando à elevação de terra de onde a infantaria legionária dispara.

— Não estou ferido — grita Garibaldi.
— Vamos buscar outro cavalo.

Garibaldi limpa o rosto com as costas da mão. Vê a luta intensa, furiosa. O suor escorre em pequenas bagas pelo seu rosto. Junto às suas tropas, toma outro cavalo, puxa sua espada e prepara-se para voltar à peleja. Os homens reúnem-se ao seu redor, esperando que ele diga alguma coisa. E ele diz, com sua voz clara e limpa:

— Os inimigos são numerosos, tanto melhor! Quanto menos somos, mais glorioso será o combate! Vamos lá!

Avançam em ordem novamente sobre o exército mais numeroso, correndo em duas fileiras paralelas ao rio. Pelo canto do olho, Garibaldi divisa a vegetação ribeirinha, uns agrupamentos de árvores ressecadas, do outro lado, o pampa que se estende como um lençol borrado. Não há retorno, não há ponto de fuga, defenderão a cidade até o último dos seus homens.

Espadas batem-se, tiros espocam no ar. O corpo a corpo alastra-se. A coluna inimiga faz uma descarga violenta, toda uma primeira fila de legionários cai, alguns feridos, outros mortos. Garibaldi ordena a reorganização. Novos soldados avançam, cobrindo a infantaria, que agora desceu a elevação e segue atirando, respondendo a uma fuzilada ainda mais mortífera. A guerra alastra-se pelo pampa até as margens do rio, e os pássaros foram embora assustados.

Passam as horas, o calor é forte. Os legionários lutam como gigantes. O inimigo, de tempos em tempos, faz descargas mortíferas sobre a tropa de Garibaldi. Cobertos de feridas, sangrando, os defensores de Salto batem-se com a tropa inimiga num corpo a corpo violento. Garibaldi cavalga por entre as suas tropas, incitando o combate, organizando as linhas. Vê o momento exato em que o jovem corneteiro é ferido por uma lança inimiga. Cavalga até ele, mas o rapaz está morto, caído sobre a montaria. Ele sente o silêncio no ar, recolhe o clarim, não sabe bem o motivo deste seu gesto, mas cavalga agora com o clarim cruzado sobre o peito, a pistola numa mão, a espada na outra, rebrilhando ao sol.

Legionários e argentinos morrendo no dia de fevereiro, por horas e horas. Giuseppe Garibaldi não tem sequer um arranhão: ele coordena a resistência. Num determinado momento, sente que a tropa inimiga começa a retroceder pelo caminho de onde veio para as margens do Arapey. Não alcançarão Salto. Eles defenderão a cidade até a noite, insanos e furiosos, sedentos. A orla do rio está tomada pelos inimigos, não há mais água nos cantis.

A tardinha começa a descer sobre o pampa. A peleja esmorece lentamente com a recuada dos homens de Urquiza. Garibaldi ordena a retirada para a elevação de Las Taperas. Alguns últimos inimigos ainda resistem. Garibaldi diz para seus homens:

— Não os matem. É preciso preservar os bravos. Eles pertencem à nossa raça!

A infantaria suspende o tiroteio, os inimigos debandam, deixando o chão coalhado de mortos. A arenga dos feridos sobe no ar como uma cantilena triste.

— Recolham os nossos — ordena Garibaldi a Sacchi e Negro Aguiar.

No retorno à cidade, levando centenas de feridos, a noitinha pontilhada de estrelas no céu sem nuvens, eles formam um estranho agrupamento. Cantam músicas patrióticas. Os que podem andar caminham atrás dos cavaleiros. Alguns feridos são levados em cavalos. Eles sorriem, os rostos sujos de sangue e de terra, as gargantas secas não deixam morrer seus hinos à Itália e à liberdade.

A noite é alta quando chegam a Salto. Um frescor desce sobre o mundo, atenuando o calor e a sede dos homens. Eles avançam pelas ruazinhas, gentes saem das casas para vê-los. Gritos, urras, aplausos. São recebidos como heróis. Anita surge de uma esquina. Está usando seu avental de enfermeira, sujo de sangue. Ela corre até Garibaldi e abraça-o, pequena, miúda, perde-se no corpo forte do companheiro.

— *Carina* — diz ele —, vencemos.

— Eu sabia, José.

Eles seguem de mãos dadas no meio dos homens. Na praça, por entre os canhões e os soldados, está Anzani. Abatido, abre um sorriso ao ver o retorno de Garibaldi e dos outros legionários. Garibaldi avança até Anzani e o abraça:

— Nos batemos por horas. Muitos morreram, mas Salto está livre.

Anzani conta que Salto também foi atacada. Ele lutou pela cidade com seus poucos homens.

— Éramos poucos — diz Francesco Anzani. — Mas ameacei explodir o paiol de pólvora, levando todos comigo.

Anita olha os dois homens com orgulho.

— José, você salvou Salto uma vez. Mas Anzani a salvou também, pela segunda vez, hoje. Quando os inimigos chegaram, ele lutou como um leão.

— Somos dois leões — disse Anzani.

Giuseppe Garibaldi olhou ao seu redor. Havia feridos, gente aglomerada nas ruas. A noite estava fresca, e ele sentia sede e fome. Sorriu da cena que enchia seus olhos. Tirou a espada da cintura e, erguendo-a no ar, bradou:

— Os italianos não se rendem!

A praça encheu-se de urras.

Naquela noite, carnearam alguns bois. Eles comeram sob as estrelas na praça, entre os canhões, alegremente como se tivessem passado o dia em festa.

Na manhã seguinte, enterraram seus mortos.

Anita

Depois da batalha do dia 8 de fevereiro, Salto voltou à calma. Os assediadores de Urquiza retiraram-se, deixando a cidade livre para retomar a sua rotina pacata. A tensão dos muitos meses de cerco foi se desfazendo. A vida voltou a ter as cores cotidianas, a feira voltou à praça, dividindo espaço com a bateria de canhões de Anzani, as gentes retomaram seus trabalhos e sofrimentos pequenos. Outra vez, a chuva e o sol voltaram a ser assunto das conversas ao pé da janela.

Eu estava lá, eu vivi aqueles dias, aqueles meses.

Em Montevidéu, as coisas ainda seguiam difíceis. Canhoneios noturnos, mortos pelas ruas ao amanhecer, os batalhões que marchavam nos limites da cidade vigiando o inimigo. Nina mandava cartas breves, contando das noites de luta no porto, das janelas tapadas, dos tiros perdidos que às vezes vitimavam uma senhora ou uma criança que se aventurasse demais pelas imediações da cidade. Rivera tinha finalmente voltado do Brasil e reassumira o poder, colocando alguma ordem nas dissidências internas do governo. Nina estava otimista com o desenrolar dos acontecimentos; logo a Guerra Grande acabaria, libertando o país daquele suplício tão prolongado.

Eu respondia a Nina dizendo da rotina de enfermeira, da alegria das crianças na casa em Salto, onde finalmente Menotti pôde apagar da alma a morte da irmãzinha. Durante algumas semanas, trabalhei intensamente no cuidado com os feridos — dezenas deles em estado muito grave. As mortes eram diárias, pois nossos cuidados precários não podiam deter a gangrena e as infecções. Mas o moral das gentes seguia alto.

Alguns legionários, estando já havia muitos meses vivendo em Salto e nos arredores, casaram-se com moças da cidade. José e eu fomos padrinhos de várias uniões deste tipo. Eu ficava lá, olhando a noiva e pensando nos dramas que a esperavam, os meses de silêncio e solidão quando seus homens seguiriam para as guerras, as guerras que sempre se sucedem... E ainda havia o sonho da Itália — aqueles legionários, em sua maioria, queriam seguir José para a Europa quando a hora de partir chegasse. Eu ficava pensando nas moças, filhas do campo uruguaio, numa vida de exílios como a que eu vivia. Saberiam elas o que as esperava? Provavelmente não, assim como eu não soubera quando vi José pela primeira vez, ainda no te-déum em Laguna. Desde então, só pensei nele... Só nele, em cada dia desta minha oficiosa vida de sombras.

Em Salto, eu o seguia dia e noite. Se não fosse de corpo, era com o pensamento. Sabia que muitas moças da cidade o procuravam quando eu não estava por perto. José era o libertador da região. Ele recebia aquelas oferendas com alegria e discrição. Aqueles corpos, os beijos, os sussurros. Lugares, havia muitos. A cidade era pequena, não muito maior do que uma vila. Mas o campo era extenso, cheio de esconderijos e recôncavos. E, perto do rio, as árvores formavam discretos recantos ensombreados, dignos leitos para dois amantes fugitivos e fugazes.

José ausentava-se em treinos com seus legionários; às vezes, voltava muito tarde para casa. Eu buscava nele os rastros de outras mulheres, um olor doce, marcas na pele, sombras no seu olhar... Era um jogo silencioso, o jogo do ciúme e da traição. Doía em mim, feria-me por dentro; mas, de todo o modo, quando ele me chamava a compartir a cama, quando me pegava e me beijava e tirava a minha roupa, eu jamais pude negá-lo. Nunca tive forças para me apartar do seu amor, do peso do seu corpo, da sua boca. Assim, no meio daquele inverno de 1846, descobri que estava grávida novamente. Foi com tristeza e medo que percebi a falta das minhas regras. Outro filho... Eu ainda pranteava minha Rosita, sem saber que meu próprio tempo se esgotava rápido demais. Faltava apenas alguns poucos anos para que chegasse a minha vez de dar um óbolo ao Caronte, atravessando o rio dos mortos para o outro lado, para sempre. Para sempre apartada de meu José.

No final de agosto daquele ano, José, eu e as crianças, seguidos por Anzani e pelo grosso das tropas da legião italiana, finalmente retornamos a Montevidéu.

Sou esta voz e me lembro. Ouçam no vento a minha história.

Outubro de 1846, Montevidéu

O movimento do porto mistura navios de guerra e de comércio. Desde que os ingleses e franceses quebraram o bloqueio, os navios de carga chegam de forma intermitente até Montevidéu. É primavera. Dias de vento fraco, nuvens que rolam no céu, preguiçosamente. Giuseppe Garibaldi caminha em direção à zona mais central da cidade, deixando o porto e seu movimento às suas costas. Os legionários fazem a vigia da região portuária e das zonas limítrofes. Mas a Grande Guerra parece ter passado do seu ápice e segue, vencendo dias e meses como uma espécie de teimosia, como se as gentes se tivessem acostumado a ela.

Garibaldi vai ver Giovanni Cuneo. Deixou Anzani cuidando das tropas, embora Anzani devesse estar em repouso. A doença não cede. Ele tosse, escarra sangue. Mas seus olhos brilham com a mesma luz. Quando Garibaldi preocupa-se, Anzani retruca:

— Até o verão, estarei curado.

Giuseppe Garibaldi segue avançando pelas ruas. Algumas pessoas o saúdam. Ele já se acostumou com isso, com estes gestos de afeto, de aclamação. Mas sempre é gentil, sempre cumprimenta os homens, beija com cuidado a mão das damas. Fala-se dele nos salões. A mulher vai ter mais um filho, as pessoas cochicham à boca pequena.

Sua cabeça está cheia de assuntos. Pensa na ascensão do padre Pio IX em Roma. Pio IX era um homem mais moderado, e suas primeiras ações no poder estavam causando um bom impacto. Dispensara 4 mil soldados suíços do Vaticano, os mais odiados pelo povo. Tinha ampliado liberdades políticas e concedido anistia aos proscritos e exilados. Em teoria, Garibaldi deve crer que seu pescoço não está mais a prêmio na sua pátria. Mas é preciso pagar para ver como as coisas ficarão nos próximos meses.

O pequeno prédio de esquina parece acanhado contra o azul da manhã. Giuseppe Garibaldi entra limpando as botas, e sobe a escada que leva ao escritório de Cuneo. É daqui que o jornalista despacha seus textos para periódicos europeus e uruguaios, Garibaldi crê que ele dorme por ali, quase nunca voltando à pensão onde se hospeda. Bate na porta e abre-a sem esperar resposta.

A sala, pequena, limpa, tem as paredes recobertas de livros. Cuneo e um outro homem estão conversando em italiano à janela, e viram-se quando Garibaldi entra na sala.

— Giuseppe — diz Cuneo, vindo em sua direção. — Eu o esperava à tarde. Mas veio em boa hora. Estou aqui com Medici, nosso compatriota. Ele chegou há poucas semanas da Europa. Está colocando-me a par dos últimos acontecimentos.

Giuseppe abre um sorriso para o homem alto, de cabelos claros e olhos escuros. Apertam-se as mãos.

— Seja bem-vindo — diz. — Mas agora que Pio IX resolveu anistiar os rebeldes, veio por quê?

Medici responde com uma voz clara:

— Vim pela saúde. Os médicos achavam que eu estava tísico, que os ares marinhos me fariam bem. Agora me encontro curado, fosse tísica ou não. E, acredite, vim procurar nosso amigo Cuneo, pois queria pedir-lhe um obséquio. Um obséquio que ele poderia fazer por mim, mas agora que o vejo aqui... Bem, posso pedi-lo diretamente a vosmecê.

— Peça-o — diz Garibaldi. — Farei tudo o que está ao meu alcance para ajudar um compatriota.

— Quero entrar para a legião italiana.

Garibaldi soltou uma gargalhada:

— Então, se é isso, seja bem-vindo. A legião precisa de soldados bravos. De homens de coragem, italianos de coração.

Apertam-se as mãos. Cuneo sorri da cena. Virando-se para sua mesa, diz para Garibaldi:

— Recebi sua carta de meses atrás. Você quer mandar Anita e as crianças para Nizza. Posso pensar um modo de arrecadar fundos. Uma subscrição talvez?

Giuseppe dá de ombros:

— Sou um herói pobre.

— Como convém aos heróis — diz Medici. — Mas a honra não tem preço.

— Infelizmente, não posso pagar a viagem com a minha honra. Embora o almirante Lainé, e também Ousely, que comandam as esquadras francesas e inglesas, sejam meus bons amigos. Lutamos muitas batalhas juntos. — Desvia os olhos, mirando a paisagem da janela pequena, o céu, o mar lá no fundo. — Mas as coisas mudaram, Giovanni.

— Mudaram como? Vosmecê sabe que Mazzini acredita que sua presença na Itália é conveniente. E com a indulgência papal...

— Anita está grávida outra vez. A criança nasce no verão. Agora ela não tem condições de viajar. Precisamos esperar alguns meses.

Cuneo parece irritado, mas senta-se na cadeira de trabalho e respira fundo. Garibaldi tem uma família, perdeu uma filha. Sabe que não pode separá-lo de Anita e das crianças. Com um ar sonhador, diz:

— Nosso mestre, Giuseppe Mazzini, disse que Deus escolheu Roma como a intérprete do Seu desígnio entre as nações. Duas vezes, ela deu unidade ao mundo, e dará ainda uma terceira vez, e para sempre. Garibaldi, é preciso que nos organizemos. Não podemos perder a História. Precisamos derrubar os tiranos, expulsar os austríacos e unir o nosso país.

— E assim o faremos — diz Garibaldi. — Mas ainda tenho afazeres aqui. A guerra não acabou.

Medici avança e se posta ao lado de Garibaldi. Tinha ouvido falar dele, tinha lido sobre ele, mas o homem, pessoalmente, tem um magnetismo impressionante.. Tem um olhar macio e, ao mesmo tempo, petulante.

— Quando vosmecê for, Garibaldi, irei também. Até lá, servirei ao governo uruguaio sob as suas ordens — diz Medici.

— Vamos descer juntos até o porto. Quero que conheça Anzani e os outros.

Cuneo ergue-se, aperta as mãos dos dois italianos. Sabe que o assunto está encerrado por agora. Parece preocupado, tenso.

Garibaldi dá-lhe uma batida leve no ombro:

— Estamos nos organizando, Cuneo. A hora está por chegar, eu pressinto.

Dito isso, segue para a porta, levando Medici consigo. Eles descem a escada lado a lado, e depois ganham a rua cheia de sol.

Últimos dias de fevereiro de 1847, Montevidéu

Outro verão terrível, outro parto iminente. Menotti e Teresita estão com a ama, que voltou para atendê-los logo que chegaram de Salto. Nina cuidou de tudo para recebê-los no retorno. Agora Nina está ali com ela, segue-a de perto. O pátio interno não guarda um sopro de brisa. Um mundo fechado, à parte do mundo. Como o útero que se contrai dentro dela. Como uma sina que se repete, arraigada ao seu sexo, como se toda ela fosse um ventre. Sente o cansaço pelo seu corpo, galopando no seu sangue como um corcel numa peleja em campo aberto.

Está muito cansada, e Nina a ampara.

— O que você tem? — Está passando mal, Anita?

— Vou parir outra vez. A mesma guerra, Nina. A dor já está começando.

Um vento súbito corre por sobre elas, como um pássaro gigante que sobrevoasse a cidade de Montevidéu. É a chuva, que já não vem sem tempo. Nina acomoda-a no banco de madeira tosca que fica no pátio.

— Fique aí. Vou até o terraço por um instante.

Anita também quer o terraço. A porta da gaiola em que aquela casa se transformou. Do terraço, vê o mar, vê o céu. Mas o cansaço não a deixaria vencer a escada íngreme e estreita. Ela se esparrama no banco, sentindo a dureza da madeira nas suas costas doloridas. Toda a sua pele parece estar em carne viva. Toda a sua pele sentindo a tempestade que vem da Argentina, como vieram os homens de Rosas.

Mas agora a guerra acontece no seu útero. Ela sente a dor súbita, as agulhadas à altura dos rins, e um choque no baixo ventre. Dá um grito alto, agudo.

— Anita!

Nina vem correndo, desce a escada segurando as saias. Anita está deitada sobre o banco, gemendo, pálida, como que derrubada por uma onda invisível. Nina sente um espasmo de horror ao baixar os olhos e ver, sob o ventre de Anita, o pano do vestido tingido de sangue rubro, escuro. Como uma cusparada.

Ela sai correndo em direção à pesada porta de madeira que separa o pátio da rua. Estão sozinhas. Garibaldi está com os legionários. Fazem reuniões, agora que a guerra se tornou mais diplomática, falam na Itália e na revolução que vem nascendo por lá. Catalina saiu com as crianças. Napoleone está na loja. Nina abre a porta com esforço; é pesada, e as dobradiças precisam de óleo. Chama um dos vendedores ambulantes que passam sempre pela rua. Todos conhecem Garibaldi e sua família. Um homem de meia-idade para ao seu sinal.

— Por favor —diz ela, muito nervosa —, vá até a loja dos Castellini. Sou Nina, a esposa de Napoleone. Fica na Calle San Carlos, bem ao final. Diga que é de minha parte, e peça para Napoleone mandar um médico aqui com urgência. Fale ao meu marido que Anita, esposa de Garibaldi, entrou em trabalho de parto e está passando mal.

O homem olha o grande tabuleiro de doces que carrega. Nina faz um gesto para que ele entre no pátio e deixe o tabuleiro ali. Ele vê a mulher deitada no banco, o vestido manchado de sangue.

— Vou o mais rápido que puder, *señora* — e desaparece, correndo pela rua entre os transeuntes que se atrevem a enfrentar o calor da tarde.

Nina ergue os olhos para o céu. Vê as nuvens negras, prenúncio de chuva forte, de tempestade, de ventos que varrem o Prata. Depois, vai até Anita e lhe segura a mão. Ela abre os olhos, confusa, e volta a mergulhar em misterioso torpor, só quebrado por uns gemidos esparsos, como o piado de um pássaro estranho que agora habitasse o seu peito.

Já é noite, a tempestade urra lá fora. Dentro do quarto, os gemidos abafados de Anita apenas são interrompidos pelos seus gritos. Há um médico, o médico dos Castellini. Nina ajuda-o, solícita. A criança está sentada, é isso que o médico disse. Por isso, não nasce. Não consegue nascer.

Anita parece um fantasma, a palidez do seu rosto adquiriu um tom lunar. Estão em outro mundo, alheio ao tempo, ao temporal, à cidade. Nina sabe que a ama está com as crianças, que jantaram, que agora dormem. *Mamá* está adoentada, foi isso que lhes contaram. Garibaldi não voltou pra casa. Deve estar lá pelo Cerrito. A tormenta reteu-o. A criança, mesmo sentada, quis vir ao mundo antes do tempo. Apressada, desajeitada. Pobre criança.

— Pobre Anita —diz ela, baixinho.

O médico pisca-lhe um olho. Não é hora de palavras. Nina faz o sinal da cruz. Quer tanto um filho, mas se alguma coisa dessas lhe acontece? Olha Anita. Perdeu muito sangue, os lençóis e toalhas estão imprestáveis. Parece pequena e cansada. Parece que vai morrer. Não, corrige-se Nina, ela não pode morrer!

Anita geme alto. Um novo espasmo varre seu corpo e, com ele, um jato de sangue desce-lhe pelas pernas. Ela grita, grita alto. Seu grito sobe ao céu junto com o urrar dos trovões. Todo o seu corpo, pequeno e exaurido, contrai-se outra vez. Ela abre as pernas, arqueia a costas. A criança não consegue sair. O médico empurra a barriga, fazendo força para expulsar a criança. O sangue já empapa o colchão. Anita está nas suas últimas forças. Ele lava as mãos numa bacia preparada com água, seca-as num pano limpo. Seus óculos estão embaçados pela respiração ofegante, pelo medo de que a esposa de Garibaldi morra nas suas mãos.

Ele chama Nina para perto da janela. A janela aberta oferece-lhes um retângulo do mundo lá fora. Raios, vento, o cheiro doce da chuva, a violência da natureza ali fora, ali dentro, basta olhar a mulher que se retorce e geme na cama.

— Madame —diz ele —, é preciso mandar chamar o marido.

— Napoleone foi até o Cerro buscá-lo, doutor. Mas, com este tempo, as estradas, o vento...

O médico aquiesce. Chegando mais perto, ele diz baixinho:

— Só há uma chance. Vou colocar a minha mão lá dentro, tentar girar a criança. É horrível, não se assuste em demasia. E reze... Tem de dar certo. Ela já não aguenta mais, a criança também está em sofrimento há muitas horas.

Dito isso, ele volta para a cama. Mais uma vez, com muita meticulosidade, lava as mãos na bacia. Nina senta-se ao lado de Anita, segurando seus ombros. Sente o calor da sua pele de fogo, sente o tremor interno que lhe varre o corpo.

O médico posiciona-se em frente às pernas de Anita. A barriga, branca e palpitante, ocupa sua visão por um momento. Depois, com cuidado, com determinação, ele enfia a mão dentro da vagina da mulher. Sente o sangue escorrer, descendo-lhe pelo pulso. Anita solta um grito dolorido, alto. Nina segura-a, tentando acalmá-la com palavras doces, sussurradas, que se perdem entre os gemidos.

Nina vê as mãos do médico desaparecerem dentro do corpo de Anita. Vê seu semblante concentrado, angustioso, registrando o que as mãos encontram, calculando, girando, mexendo na carne viva. Um corpo e outro, unidos pelo cordão, unidos pela sina daquela noite terrível.

De repente, o médico puxa sua mão para fora. Anita grita alto. Um novo impulso arqueia seu corpo. Ela contrai-se, retorcendo-se como um peixe fora do mar. E então, num jorro de carne e sangue e seiva e gritos, a criança começa a nascer. Uma massa cujos contornos Nina não consegue adivinhar. À luz amarelada dos candeeiros, o médico ajuda Anita a expulsar a criança.

— Força —diz ele. — Empurre a barriga, Nina.

Nina deixa a cabeceira da cama e apoia-se na barriga, fazendo força, empurrando, ouvindo os gritos de dor e de medo de Anita. Quatro corpos naquela faina. Os raios lá fora, espocando no céu.

Por fim, a criança sai. Inteira, quieta.

O médico corta o cordão, enfia os dedos na boca da criança, abrindo caminho para o ar.

— Vamos — diz baixinho, numa voz vibrante. — Chore...

E, como se obedecesse à ordem do homem, a criança desata num choro magoado, frágil, lindo.

Lindo, é isso que Nina pensa. A criança! Ela olha, é um menino. Um menino! Vira-se para Anita, exausta, rasgada na cama, cheia de sangue. Ela tem os olhos fechados, parece dormir.

— É um menino, Anita — diz Nina.

Anita abre os olhos, suas retinas nubladas passeiam pelo quarto. Tudo tremeluz como num sonho. Ela ouve a voz de Nina, mas não entende o que ela fala. Fecha os olhos novamente, no rumo da escuridão, da paz.

— Doutor — diz Nina. — A criança está bem, não está?

O médico limpou o menino e o enrolou num xale.

— Está bem. Sofreu, mas está muito bem.

— E Anita?

O médico, corta o cordão e entrega o menino para Nina, que o segura com delicadeza, como se lhe tivessem dado uma estrela, um milagre.

— Dona Anita está muito machucada. Vou costurar, fechar o corte que tive de fazer para tirar o menino. Será uma convalescença delicada — diz ele. E acrescenta: — Vosmecê pode sair agora. Cuidarei da mãe.

Nina deixa o quarto, sentindo a frescura da peça escurecida. Com a criança no colo, acende uma vela, acomoda-se sob o pequeno halo de luz, a embalar o bebê. O médico fica lá dentro ainda por um longo tempo, tratando de Anita.

Quando Giuseppe Garibaldi e Napoleone chegam, está tudo terminado. Anita dorme sob o efeito de um remédio forte. Está febril, fraca, exige extremos cuidados. O menino é acomodado nos braços do pai, nos braços ainda úmidos da chuva, da noite, do mundo lá fora. Giuseppe olha a criança, mas pensa em Anita ali dentro. Foi um grande sofrimento. Uma batalha. Anita... Seu coração se confrange por ela. Quer dar-lhe um pouco de paz, de felicidade. O menino no seu colo parece materializar um futuro mais bonito, mais doce. Giuseppe sente a mornura do corpo do filho, seus olhos enchem-se de lágrimas súbitas, inesperadas.

— Vai se chamar como? — pergunta Napoleone, sentado a um canto da peça.

Giuseppe Garibaldi pensa por um segundo.

— Vai se chamar Ricciotti. Como o mártir Nicola Ricciotti, que lutou contra o rei de Nápoles.

— E foi fuzilado — disse Napoleone, tristemente, olhando para a criança.

Era já madrugada alta, e o temporal zunia lá fora.

— Sim. Foi fuzilado. Mas nasceu de novo aqui, hoje, pela coragem e graça da minha Anita.

A convalescença durou muitas semanas. Abria e fechava os olhos, mergulhada num mundo líquido, de meteoros doloridos, de fogo frio, de vozes lunares. Não sabia onde estava. Não reconhecia nomes nem rostos. A criança que a levara naquela viagem de trevas era para ela um sopro, um cheiro vago, uma esperança tão esgarçada quanto a noite e o dia, que se alternavam na janela, sem avisos, sem tempo, sem nada.

As horas gastavam-se em carne viva. O sono era melhor, povoado de pesadelos em que altas serras verdes, campos queimados de sol e ondas de sal se alternavam numa viagem eterna, num nunca parar em busca de constelações perdidas, atrás dos deuses dos quais José lhe contara em noites já mortas no tempo, quando ambos sonhavam o mesmo sonho e lutavam a mesma luta. Ela acordava, dormia, tornava a acordar para cair novamente no vácuo lunar dos pesadelos. Esqueceu-se da sua voz. Via rostos. Duas mulheres, duas crianças. Um bebê tão delicado... Tocava-o sem sentir a sua pele de seda, o seu calor palpitante, a sua solidão minúscula. Davam-lhe o leite das vacas do Cerro, porque ela não tinha leite na sua dor, na sua febre sem fim, no seu calvário.

Dias e semanas gastaram-se naquela viagem entre as brasas da vida e as pedras da morte. Não sabia onde estava, não sentia fome. Levava o seu fuzil descarregado. A sede era um martírio sem nome. Não reconhecia lugar nenhum, nem ninguém.

Apenas José. Onipresente como uma sina. Como o começo e o fim da sua vida, ele pairava sobre sonhos e pesadelos, dor e febre, dia e noite.

Certa manhã, e já era outono, abriu os olhos e subitamente soube onde estava. Soube quem era outra vez. Sentou na cama, experimentou as pernas frágeis, pisou o chão de madeira, sentindo-lhe a frieza. Era Anita e tinha três filhos; o menorzinho, nem conhecia. Ainda lhe doía o corpo todo como se tivesse tomado uma violenta surra. Levantou a camisola de tecido simples e admirou-se. Estava tão magra, o ventre liso, as costelas sob a pele, salientes. Seus pés pareciam duas flores um pouco murchas, brancas como o leite.

Conhecia o caminho e andou com cuidado, tateando as paredes, até a peça onde as crianças comiam o seu mingau. Chegou ali como num sonho, e viu Catalina com seus filhos. Os dois mais velhos, Menotti e Teresita, sentados à mesa em frente às suas cumbucas cheias. O pequeno, num cestinho perto da janela, dormia placidamente. A sua chegada provocou um espanto silencioso e um sorriso no rosto de Menotti. Ela viu que o menino a amava, porque seus olhos escuros acenderam-se como duas pequenas lâmpadas.

Catalina disse:

— A *señora* está muito fraca para ficar em pé!

— Acho que quero um pouco de mingau também, Catalina — respondeu puxando uma cadeira e sentando-se perto dos dois filhos. — Depois vou pegar o meu pequeno no colo.

— Ele já tem um nome, *mamá* — disse Menotti. — O nome dele é Ricciotti.

Anita espantou-se. Um nome! A criança precisava de um nome. Ricciotti. Ricciotti. Experimentou o nome, um nome italiano, estrangeiro para ela. Um nome tão grande para um bebê tão pequeno... Mas quanto tempo ela ficara mergulhada na sua convalescença? Olhou a luz que vinha da janela, uma luz macia, dourada.

Perguntou a Catalina:

— Que dia é hoje?

— Dia 20 de maio — disse a mulher, servindo-lhe a cumbuca de mingau.

Tinha ficado três meses doente. Fora uma longa, dolorida viagem. Anita provou o mingau. Tinha um gosto doce, de aveia e de mel. Uma fome velha, enrodilhada no seu estômago, surgiu de repente, e ela atacou a porção com gosto sob os olhares espantados das crianças.

— Come o meu também, *mamá* — disse a pequena Teresita, com um sorriso.

Houve risos. Anita beijou a menina, sentindo seu calor, sua doçura. Uma súbita névoa tomou-lhe o espírito quando pensou em Rosa. Afastou a tristeza balançando a cabeça e perguntou para a ama:

— E José?

De todas as saudades, era a mais dolorida. Com a boca cheia de mingau, pensava em José, e uma estranha maré percorria o seu corpo.

— No Cerro — disse a mulher. — Com os outros italianos.

Anita aquiesceu. Deixou a cumbuca de lado e foi até o bebê. Sentia-se um pouco tonta, mas pegou-o com cuidado. A criança dormia na sua maciez rosada, acomodando-se no seu colo como a parte dela que ele era. Tinha cabelos claros como os cabelos do pai, como os cabelos de Rosita, e parecia muito sereno, pacificado.

Outubro de 1847, Montevidéu

Garibaldi e Anzani estavam sentados em frente à mesa tosca que usavam para despachar os documentos e ordens do dia. O escritório não era mais do que uma cabana de madeira crua nos limites da cidade, à beira do cerro, cheia de frestas por onde a luz da primavera entrava, fazendo desenhos luminosos no chão de tábuas não curadas.

As coisas precipitaram-se nos últimos tempos como se a roldana dos dias se tivesse acelerado. Depois de seis anos, Giuseppe Garibaldi sente que está chegando ao fim a sua permanência no Uruguai. Em junho, o governo uruguaio nomeara-o comandante supremo de todas as forças de defesa. Era uma honra, um aumento de salário também. Mas uma parte da imprensa havia considerado a nomeação de um estrangeiro para um posto tão vital uma provocação, mesmo que ele fosse Giuseppe Garibaldi. O cargo também não viera em boa hora para ele. Durante anos, lutara com todas as suas forças contra Rosas. Lutara contra a tirania de um homem poderoso que, por motivos pecuniários e delírios políticos, queria esmagar um pequeno país e sua gente honesta e trabalhadora. Lutara por ideais.

Sentado ali em companhia de Francesco Anzani, naquela manhã silenciosa de primavera, sentindo a brisa fresca que vinha do campo lá fora, ele tinha certeza de que seu coração era um poço cheio até a borda de ideais. Aos 40 anos, tinha uma aparência viril e jovem. Sua alma continuava tão apaixonada pela vida e pela liberdade quanto no dia em que fugira de Marselha com a cabeça a prêmio, guiando-se apenas pelas estrelas até chegar em Nizza e depois à Nantes, de onde embarcaria no rumo do Rio de Janeiro. Certas coisas, certos sonhos, eram a sua essência mais profunda, a sua humanidade vital. O cargo no governo tinha chegado tarde demais para ele. A chamada Guerra Grande entrara num estágio diplomático, e Giuseppe era um homem de ação. Além disso, o cenário italiano dava sinais cada vez mais claros de uma mudança, de uma chance de transformação social da qual ele não poderia deixar de fazer parte. Mais do que isso, queria encabeçar as transformações sociais e políticas pelas quais os italianos tanto ansiavam. Em agosto, depois de apenas dois meses como comandante supremo uruguaio, Giuseppe demitira-se do posto. A guerra parecia-lhe mais uma questão a ser resolvida entre ingleses e franceses e seus volteios diplomáticos.

Olhou para Anzani, que acabava de redigir o documento que eles tinham planejado tão cuidadosamente. Era um passo importante no rumo da Itália oferecer suas armas e coragens ao Papa Pio IX, que tinha se mostrado tão interessado nos desejos do povo italiano. Ele já tomara algumas providências: Anita e as crianças viajariam antes do final do ano para a Europa. Giuseppe ainda tinha compromissos no Uruguai, mas preparava discretamente a sua partida. Com ele, seguiriam os legionários que quisessem tomar parte daquele sonho, daquele momento histórico. Mas ainda faltava muito a ser feito. Castellini e os irmãos Antonioni estavam começando uma coleta de dinheiro para pagar a viagem dos soldados. Os Antonioni tinham até mesmo oferecido um dos seus barcos de comércio à causa da unificação italiana.

Anzani colocou o ponto final da carta, ergueu-lhe os olhos e sorriu. Giuseppe estava perdido em elucubrações. Ele pigarreou e disse:

— A carta está pronta. Acho que ficou excelente.

— Leia para mim, Francesco.

Era uma carta para o monsenhor Gaetano Bedini, núncio apostólico no Rio de Janeiro. Embora tanto Giuseppe quanto Anzani fossem inimigos do poder clerical, as mudanças promovidas por Pio IX faziam-nos acreditar que uma união com um papa que tinha interesses sociais e políticos tão avançados poderia ser proveitosa para todos, embora Cuneo e Mazzini fossem contra esse tipo de associação. Mas Garibaldi achava que o maior inimigo dos italianos era o governo austríaco. Assim, os dois legionários tinham decidido escrever ao homem que poderia aproximá-los do papa. Ofereciam, na carta, os serviços da legião italiana, suas armas e seus homens, na luta pela independência. Anzani empostou a voz e começou a ler o texto:

"Mui ilustre e mui Venerando Senhor,

Ao chegarem-nos as primeiras notícias da ascensão do Soberano Pontífice Pio IX e da anistia por ele concedida aos insidiosos proscritos, nós, com uma atenção e um interesse crescentes, consideramos os passos que o chefe supremo da Igreja avançou pelo caminho da glória e da liberdade. As louvações cujos ecos chegam até nós, do outro lado dos mares, o frêmito com que a Itália acolhe e aplaude a convocação dos deputados, a instituição da Guarda Cívica [...] tudo, enfim, persuade-nos de que há pouco surgiu, do seio da nossa pátria, o homem que, sensível às demandas do século, sabe inclinar-se às exigências deste tempo. [...] Nós, que vos escrevemos, mui Ilustre e Venerado senhor, sempre animados por este mesmo espírito que nos fez afrontar o exílio, somos aqueles que, em Montevidéu, pegaram as armas por uma causa que lhes parecia justa. Reunimos algumas centenas de homens, compatriotas nossos que aqui chegaram na esperança de um encontro com dias menos afligentes do que aqueles padecidos em nossa pátria. Pois lá se vão cinco anos, ao longo dos quais, neste sítio que envolve os limites da cidade, cada um de nós pode dar provas de resignação e de coragem. E graças à Providência e a este ancestral espírito que inflama perenemente o nosso sangue italiano, nossa legião teve a ocasião de distinguir-se: jamais ela se furtou à luta, e — creio ser-me permitido dizê-lo sem soberba — na estrada da honra, ultrapassou todos os demais corpos, os êmulos e seus rivais. [...] No tornaremos venturosos se pudermos vir de auxílio à obra redentora de Pio IX, nós e nossos companheiros, em nome dos quais vos dirigimos esta mensagem, pois não cremos existir mais justo preço que todo o nosso sangue. [...]

G. Garibaldi
F. Anzani
Montevidéu, 12 de outubro de 1847."

Os dois homens acharam que a carta estava de bom-tom. Seria despachada para o Rio de Janeiro no dia seguinte. O que não sabiam é que o monsenhor lhes responderia com gentilezas e vaguezas, e a missiva, despachada para Roma, acabaria sem uma resposta efetiva do papa ou de algum dos homens fortes da Igreja. O silêncio papal não desestimulou os dois italianos, que começaram a preparar o grande retorno para a Itália.

Uma tarde, estando Garibaldi em seu escritório, as vigias alternando-se no cerro sem pelejas ou ataques inimigos, o silêncio cortado apenas pela cantoria das cigarras, Stefano Antonini apareceu para ver Garibaldi. Com um sorriso no rosto, entregou-lhe uma contribuição estupenda: 30 mil liras para ajudar no financiamento da viagem, mais a posse do brigantino *Bifronte*, o barco que haveria de levar os legionários até a Europa.

— Meu coração italiano vai com vocês — disse Stefano. — Sou-lhe grato, irmão, por devotar sua vida à causa da minha pátria. E este dinheiro é o mínimo que posso fazer por tão belo sonho.

— Um sonho que faremos virar realidade — respondeu Giuseppe, abraçando o amigo. — Como convém a todos os sonhos.

Naquela noite, comemoraram. As coisas encaminhavam-se finalmente. Anita e as crianças partiriam no final de dezembro aos cuidados de dois legionários e suas famílias. Rosa Raimondi estaria esperando a nora e os netos em Nizza. O governo uruguaio, como prova de seu agradecimento, mas com os tesouros desvalidos pela longa guerra, doara aos legionários oitocentas espingardas. A fama de Garibaldi crescia, e os italianos esperavam por sua volta como uma promessa. Mazzini publicara num periódico inglês: *Garibaldi é um homem de quem a pátria necessitará no momento oportuno*. O momento parecia estar chegando. Um navio sardo que aportara em Montevidéu no começo daquele dezembro trouxe na memória dos passageiros uma música nova, criada pelo compositor Bertoldi, que, segundo eles, era cantada nos quatro cantos da Itália. *Saibam os nossos garotos, o nome do campeão. Em cada seio palpite o coração de Garibaldi.*

Na casa de número 81 da Calle 25 de Mayo, começavam os preparativos para a longa viagem.

Anita

Partir para a Itália deu novo ânimo à minha alma. Montevidéu acolhera-nos com carinho, mas a cidade tinha sido para mim sempre um lugar estrangeiro, com códigos e regras sociais que eu desprezava e que não me incluíam. Montevidéu fora um palco para a coragem de José, e uma gaiola para mim.

Eu parira três filhos no Uruguai, tendo passado a metade do tempo de barriga, e a outra metade, cuidando das crianças. Ali, também, tinha morrido Rosita. Era uma dor que eu levava, viva, brasa ardente, dentro do peito. Eu queria recomeçar a vida na terra de José, um lugar de belezas — onde a uva crescia nas encostas, onde o mar era azul e verde como uma esmeralda que não se decidia em ser topázio, onde as pequenas cidades eram cheias de cor e de riso e, no verão, um viajante andava pelas aldeias sentindo o cheiro de flores. José contara-me de Roma, a cidade das Sete Colinas, o umbigo do mundo... Contara-me de Eneias, que sobrevivera a Troia para fundar a grande capital dos romanos. A cidade de mil camadas, que guardava o próprio Tempo em seus recôncavos. Na Itália, naquela pátria mística, de mares coloridos e gentes alegres e corajosas, vivia a família de meu esposo — Rosa Raimondi e os irmãos de José. Meus rebentos ganhariam uma família que nunca tinham tido.

Eu... Bem, eu confesso-lhes, não me imaginava assim tão acolhida naquela família. Rosa Raimondi era uma mulher temperamental como eu; porém, muito católica e, nas poucas cartas que trocara com José, quando ele as lia para mim, eu sempre podia ver a sua inquietação, os pequenos silêncios, os respiros forçados de quem pula uma palavra ou outra, de quem engole linhas discretamente... Ela não aprovara a nossa união, o fantasma de Manoel ainda me assombrava, rindo seu sorriso desdentado, perdido no éter do tempo. Mas, quando arrumávamos nossos poucos pertences para a partida, de uma coisa eu estava certa: minha sogra, gostando ou não de mim, seria obrigada a aceitar-me na vida do seu filho — junto com meus poucos vestidos e xales, eu levava, bem guardada numa caixa, a nossa certidão de casamento realizada em Montevidéu e, se ela fora suficiente para o governo uruguaio, haveria de sê-lo, também, para Rosa.

Duas tristezas assolavam minha alma naquele calorento dezembro de 1847 — deixar para trás minha querida Nina, que ficaria com seu esposo tocando a casa de comércio que eles possuíam, e atravessar o mar rumo à Europa sabendo que minha pequena Rosita ficaria enterrada no cemitério de Montevidéu. Nina ajudou-me em todas as tarefas da partida, e a bela notícia, que me consolou a alma, é que aquela boa criatura, aquela mulher de coração de floresta, tão amável quanto a própria primavera, estava finalmente esperando um filho. A gestação, para ela, não era como para mim depois de tudo — sina e carga, uma alegria, mas, também, uma exaustão. Para Nina, que sonhava havia tantos anos com um filho, a semente no seu ventre era o céu. Consolei-me sabendo que, ao levar meus pequenos embora — Menotti, já quase com 8 anos e aprendendo com Nina as primeiras letras, Teresa, com 3, e Ricciotti ainda bebê —, deixaria Nina com a promessa do seu próprio futuro. A ama que durante anos me ajudara na labuta cotidiana com meus filhos, dividindo comigo a pobreza da nossa casa, a escassez da despensa, a falta de luz noturna, o medo cotidiano de que José fosse ferido numa batalha, iria viver com os Castellini, ajudando Nina na sua gestação e nos cuidados com o filho que viria.

Quanto a mim, eu levaria no peito a saudade daquelas duas mulheres e a dor pela perda de Rosita. Mas eu descobrira ter o fado de seguir adiante. Eu era como José, gostava do mundo. Queria ir embora.

Na Itália, eu sentia, haveria alguma felicidade para mim. Além disso, a promessa do mar... Ah, o mar estava em mim como um coração que descia e subia no ritmo das luas, um coração de marés. Depois de anos presa ao meu terraço, eu seguiria nos braços do mar por dias, semanas inteiras mergulhada no azul, andorinha outra vez, livre, livre.

Enquanto eu preparava as coisas para a viagem, um veleiro sardo aportou em Montevidéu trazendo notícias da Itália. Eram boas-novas que deixaram José radiante. Pequenas revoltas eclodiam por lá, o povo estava cansado do jugo austríaco, a hora chegava, era o que dizia José. O rei Carlos Alberto discursara no Congresso: "Se Deus um dia nos fizer a graça de começar uma guerra pela liberdade da Itália, serei eu — eu só — que comandarei o Exército. Que dia radiante aquele que pudermos lançar o grito da independência nacional!".

As notícias incendiaram os legionários. Cuneo veio até a nossa casa já cheia de caixas e pacotes, uma casa que se desfazia, dizer a José que Mazzini lhe escrevera, que era hora de meu esposo colocar-se à frente do movimento italiano. José e seus legionários estavam aflitos para a partida, mas ainda não era o tempo. Ele despachou Medici num paquete, homem de toda a sua confiança, para que seguisse à Europa abrindo caminho para o seu próprio retorno. Dera-lhe instruções precisas, deveria ir ao Piemonte e à Toscana e encontrar-se com vários homens eminentes, de forma a ir organizando o começo da insurreição. Enquanto isso, José ficaria ainda uns tempos no Uruguai, preparando a sua própria partida e o seu desligamento das forças uruguaias.

O dia da nossa partida chegou finalmente...

Uma manhã de dezembro luminosa e seca, azul. Depois que eu fui até o cemitério e depositei flores para minha filha, depois das inevitáveis lágrimas de tristeza compartilhadas com José, ele levou-me a mim e às crianças até o porto. Conosco, iriam as famílias de outros seis legionários. A nossa bagagem era pouca — três sacolas com roupas, meu pequeno retrato pintado por Gallino, e uma carta endereçada ao cunhado de Nina, o irmão de seu esposo, Napoleone, que vivia em Gênova, nosso primeiro destino, e que nos receberia na Itália. Recomendada aos Castellini, eu sentia-me tranquila — na carta, Nina e José pediam-lhe que cuidasse de mim e das crianças, fazendo-nos chegar a Nizza por terra ou mar, depois de alguns dias em Gênova.

No momento de despedir-se do pai e de sua adorada Nina, Menotti chorou. Montevidéu tinha sido a sua casa, meu pobre menino. Ele, que era sempre tão doce, um anjo entre criaturas assoladas pelo sonho, pelo ciúme, pela tresloucada esperança, pela guerra, pelo delírio — ele, que era o mais pacato e sereno de todos —, chorou de tristeza por deixar o Uruguai e seu papai tão adorado. Vendo que o irmão chorava, Teresita também caiu em prantos. José, abraçado aos filhos, sofria terrível flagelo... Era como se os deixasse, como se nunca mais fosse vê-los, e eu, parada em meio ao burburinho do embarque, de braço dado com Nina, cheguei quase a rir.

"José, em poucos meses, estaremos juntos. Você esteve sempre longe, apartado pela guerra. Desta vez, a separação será pouca. Menotti, não chore assim", eu lhes pedia.

Era a Itália que deixava meu esposo tão sentimental. Depois de longos abraços, quando finalmente as crianças se acalmaram, José veio até mim, dando-me recomendações infindas, dizendo que me levaria na alma até que nos reencontrássemos, finalmente, em casa. Em sua casa, eu pensava. E era assim mesmo que tinha de ser — desde que eu o conhecera, sempre soubera que me imiscuiria ao seu destino, como água ao vinho. Eu era dele, e José era da Itália — a Itália era seu verdadeiro e maior amor.

Os passageiros começaram a subir no veleiro, e a hora da partida aproximava-se. Ainda me lembro do nome pintado no enorme casco, Galavowa. Avancei pelo portaló levando Ricciotti em meus braços, ao meu lado, Menotti trazia Teresita pela mão. Meu esposo ficou em terra, e seus cabelos de ouro brilhavam como um segundo sol na manhã quente de verão.

Tudo se transmutava. A vida doméstica acabara-se para mim. Eu não queria mais alvejar lençóis, eu queria as nuvens correndo sobre o oceano largo, azul, infindável... Eu não queria mais a rotina de almoços e jantares, mas a euforia da revolução. A Itália e sua gente estavam nascendo em mim, eu já falava o italiano com razoável facilidade depois de todos aqueles anos com José. Senti que a Itália seria a minha nova terra, que eu gostaria daquele lugar. Só não sabia, não sabia ainda naquele momento, à proa do Galavowa, com meus filhos em volta das minhas saias, acenando para José, para Nina e para Napoleone lá no porto, que a Itália seria, também — e tão brevemente — o meu túmulo.

Oh, mas estou misturando as coisas...

Pois saibam que eu ainda sinto, ainda posso me alegrar e ainda posso sofrer pelas cinzas do passado. Eu não atravessei o rio Lete, eu levei uma moeda a mais para Caronte. Vocês lembram a história, o barqueiro filho de Nix era corrupto desde sempre... Eu posso lembrar tudo, aqueles dias de mar e céu, o rosto dos meus filhos, as conversas no convés, os sonhos. A esperança paira sobre as viagens oceânicas como uma nuvem invisível, *como uma mão que abençoa os viajantes, enchendo-os de visões de um futuro promissor.*

Por isso, viaja-se...

Por isso, o homem muda de pouso sempre, em busca da esperança.

Da esperança, esta estrela interminável, é que nascem as grandes partidas, as aventuras, todos os dramas humanos.

Depois de anos de clausura, atada às regras sociais que impunham às mulheres uma sina miserável feita de tarefas caseiras, de amores de conta-gotas, de sofrimentos comezinhos, lá estava eu outra vez à proa do mundo. Meu coração crescia, inflava-se de sonhos, de novas vontades. Eu já não era apenas um ventre, um par de mãos, um colo. Eu era dona de mim novamente, viajava pelo sonho de José, que também era o meu sonho — a liberdade. Foi, portanto, uma viagem feliz. Dois meses sobre o mar azul, dois meses como uma andorinha, solta entre água e céu. Recuperei minhas forças naqueles dias, jurando a mim mesma que a tarefa do meu ventre estava cumprida neste mundo.

Eu não queria mais filhos.

Eu queria amar José apenas por amá-lo. Seu corpo no meu, livre de futuros. Eu queria a noite sob as estrelas romanas, o beijo à beira do mar em Nizza. Haveria um jeito de não engendrar mais crianças, minhas entranhas exaustas haviam cumprido o seu papel. Foi a jura que me fiz, tão facilmente quebrada pelas leis que nos regem — bichos que somos, feitos de luas, de marés e de sangue. Mas, naquele navio cortando as ondas, rumo à Europa desconhecida e a todos os seus deuses, eu libertava-me de mim mesma. Eu voltaria a ser a mesma mulher que, anos atrás, entrara no barco de José em Laguna, deixando uma vida sem sequer olhar para trás. "Marinheiros, eu lhes apresento a minha esposa, Anita", tinha dito José aos seus homens.

Eu voltaria a ser Anita, aquela outra. A do navio. Aquela que peleava ao lado de José, que sonhava sob as estrelas, que tinha na boca um gosto de sal e, nos olhos, o mar.

A deusa Nix

Como num estranho teatro, os acontecimentos sucediam-se rumo ao seu clímax inevitável. Teriam os homens despertado da sua pasmaceira? Teriam comido do sonho junto com seu pão naquele misterioso ano de 1848, quando a Itália e boa parte da Europa se incendiou nas chamas do seu próprio fogo?

Eu vos contarei tudo, vos contarei tudo o que fez fremir a Itália naqueles dois meses nos quais o veleiro sardo Galavowa gastou para atravessar as profundas águas oceânicas até Gênova.

Eu vos contarei, pois eu estava lá.

Em cada noite, iluminei-os com as estrelas do meu manto. Eu estava sobre a coberta do Galavowa, e estava em meio ao povo nas ruas de Palermo e de Livorno. Eu passeei entre os franceses que bramiam suas armas na rua, e estive ao lado do papa Pio II quando ele acenou ao povo com a insuspeita semente da liberdade de pensamento. Eu estava, eu vi, eu ouvi; os gritos e os tiros atravessaram a minha pele de estrelas.

Primeiro, foram os milaneses que iniciaram uma greve de fumo, buscando reduzir os altíssimos impostos que pagavam aos dominadores austríacos. A greve, tão frágil, gerou arruaças e feridos e mortos, e soprou a semente da rebelião até Livorno, onde grupos de rebeldes obrigaram o governador a deixar a cidade às pressas. O esporão do desassossego chegou até Pavia, onde se iniciou também uma greve de fumo. Em Livorno e em Palermo, o governo reagiu às manifestações do povo, prendendo muitos e matando alguns em plena rua à luz do dia. Essas atitudes geraram terrível revolta das gentes italianas e, em pouco mais de uma semana, panfletos brotavam nas esquinas, nasciam da pedra e do silêncio, conclamando os cidadãos à revolução armada.

Em meados de janeiro, a cidade de Palermo já vivia sob barricadas. Soldados do governo foram enviados às pressas para lá, de forma a rea-

gir aos ataques dos revolucionários, que tinham posto a cavalaria para correr com sua coragem e suas armas improvisadas... Os trabalhadores humilhados, os moradores silenciosos, as gentes esbatidas na pobreza e no silêncio descobriam, aos poucos, o seu verdadeiro poder de polvo de mil braços. E assim, os revoltosos, que cresciam às centenas e aos milhares, apesar dos cavaleiros armados do governo pelas ruas, avançaram, não desistiram, e conquistaram o palácio episcopal de Palermo.

Alarmado com os furiosos acontecimentos em Palermo, querendo ser magnânimo, Ferdinando II concedeu anistia aos presos políticos das Duas Sicílias e anunciou que daria uma Constituição ao povo. Ele foi aclamado nas ruas por uma noite inteira, e pés afoitos pisotearam rosas de sangue rubro no calor daquela alegria, que depois viria a se mostrar traiçoeira e vil.

Seguindo os ventos de Ferdinando II, o rei Carlos Alberto, nos primeiros dias de fevereiro daquele tormentoso ano, também anunciou uma Constituição. Em Nápoles, também foi publicada uma Constituição — elas brotavam das altas esferas políticas como orvalho numa noite de outono. Mas, em Palermo, o povo recusou a Constituição de Ferdinando II, querendo um Parlamento. O papa Pio II fez um pronunciamento em favor da liberdade, eletrizando as gentes nas ruas de Roma e em toda a Itália. Como fogo em palha seca, chegou ao país a notícia de que a França estava vivendo uma revolução, e que proclamara a sua República. O povo saiu para as ruas em muitas cidades e vilas italianas, comemorando a revolução na França e querendo que ela se espalhasse para as terras italianas...

As coisas aconteciam todas ao mesmo tempo, um jogo de espelhos político, uma virada que, feito onda, engolia todo um país, enquanto o navio que trazia Anita Garibaldi para a Itália vencia o seu incontestável destino, cruzando as águas que o levariam até o porto de Gênova.

2 de março de 1848, Gênova, Itália

O porto é contornado por uma alta estrutura em colunas, sustentando um passeio largo, amplo, debruçado sobre o mar azul. Anita nunca viu nada igual. A beleza, o colorido. Centenas de barcos, bandeiras tremulando na manhã de outono, uma manhã azul, límpida e nova em folha. Mas o que mais a espanta é a multidão. Acenam com lenços, jogam flores lá do alto, uma chuva de flores que vai cair no mar. Da coberta do navio, segurando Ricciotti em seu colo, Anita sorri e acena.

— Quem são eles, *mamá*? — pergunta Menotti, impressionado.

— São os italianos — diz Anita.

Ela reúne os filhos ao seu redor. O capitão, um homem severo de meia-idade, aproxima-se com um sorriso escondido na barba grisalha. Lança um olhar benigno às três crianças, e depois diz para Anita:

— *Signora* Garibaldi, podemos desembarcar agora.

Anita está com o seu melhor vestido, presente de Nina Castellini. Usa um chapéu. Nunca, jamais, usaria um chapéu, tinha dito certa vez. Mas a Europa a intimida, é bom ter um chapéu sobre a cabeça, o suave véu descendo pelos seus olhos. *Signora Garibaldi*, e toda aquela gente atirando flores ao mar. Lembra o pátio em Montevidéu, semanas e meses de solidão, o sangue escorrendo-lhe pelas pernas.

— Quem são eles? — pergunta ao capitão.

— São os genoveses — diz o homem. — Eles vieram saudar a família de Garibaldi. É uma grande honra. Nunca vi nada igual.

Anita alinha a coluna, abre um sorriso.

— É uma grande honra. — Ela repete.

Descem pelo portaló sob os gritos da multidão lá em cima. Menotti segura forte a mão de Teresita. Ao final da passagem, um homem e uma mulher esperam por eles. Anita reconhece aquele porte, a boca larga do homem lhe dá um sorriso que ela já viu antes. É um dos irmãos Antonini. Ela respira aliviada, avançando para o homem com um sorriso no rosto.

— Sejam bem-vindos — diz Carlo Antonini. Ele indica a mulher ao seu lado. — Esta é Marina, irmã de Napoleone Castellini.

Anita abraça a mulher. É loira, de olhos azuis, miúda e doce. A cunhada de Nina. É um alívio estar com gente conhecida, enquanto a multidão acena alegremente, grita vivas.

Há uma pequena troca de cumprimentos entre os adultos e as crianças. Ricciotti já dormiu em seu colo, surge um carrinho onde acomodam o menino, Marina pede para guiá-lo, Anita agradece, sentindo os braços doloridos, a alma em polvorosa.

— A multidão veio por vosmecês — diz Carlo Antonini. — Nunca vi tanta gente. — Ele sorri. — Pediram-me que lhe entregasse isso.

Desenrola, então, com muito cuidado e certa pompa, uma bandeira tricolor. Anita reconhece a bandeira da Itália. Carlo entrega-lhe a bandeira presa a uma haste longa e fina. Num gesto inesperado, Anita levanta a bandeira no ar para a multidão, fazendo-a dançar sobre a sua cabeça, espalhando por alguns instantes as suas cores no azul. As gentes que se acotovelam no passeio lá em cima gritam de alegria, um único, ritmado grito de êxtase.

Carlo abre um sorriso. A mulher tem alguma coisa, ele pensa. Não é bonita, de uma beleza refinada. Não. Ao contrário, é indócil, voraz. Os olhos vivos, rápidos, o sorriso amplo. Ela sacode com delicadeza a bandeira italiana. Como um maestro na regência da sua orquestra. O povo aplaude e grita vivas. As crianças e Marina sorriem, espantadas com a simbiose natural entre Anita Garibaldi e aquela gente. Depois de alguns instantes, Anita enrola a bandeira. Acena para as pessoas. Eles começam a andar em direção à aduana, onde os papéis já estão todos resolvidos.

Carlo a leva pelo braço. As crianças e Marina vêm atrás, entabulando uma conversa em italiano. Os filhos de Giuseppe Garibaldi sabem o italiano, assim como Anita. Ela sente orgulho do marido e das longas lições que ele lhe ministrou. Ela sente orgulho de si mesma, agora que os gritos de euforia ficaram para trás.

Enquanto caminham, Carlo Antonioni diz:

— Faz algumas semanas, o conselho municipal de Gênova enviou ao governo um pedido de anistia aos condenados políticos. Todo o povo daqui espera pela volta do seu esposo. As coisas estão mudando rapidamente. A hora está chegando.

— Meu esposo não tardará, tenho certeza. E trará a sua valorosa espada e os seus legionários.

— Com a ajuda de Garibaldi — diz Carlo — unificaremos o país e implantaremos a tão sonhada república.

— Deus está conosco — diz Marina, empurrando o carrinho onde Ricciotti dorme.

Anita sorri para a mulher. Deus, ela pensa. Não conhece Deus. Conhece apenas o amor que queima e a espada que fere, e foi com estas duas coisas que chegou até aqui.

Na alfândega, são recebidos com atenções e cuidados. Chamam-na *signora Garibaldi*. Olham-na com impressão. Sua pele amorenada, seus olhos de breu, seu porte delicado e forte ao mesmo tempo. Ela é diferente das italianas, pequena e intensa, uma brasa incandescente.

Anita segue seus anfitriões. Faz tudo o que lhe dizem: senta, anda, assina seu nome disfarçando o titubeio, fala com os filhos com delicadeza, sorri, responde pausadamente. Não gasta um segundo a mais olhando o grande porto, a calçada elevada, os belos pilares de pedra, gigantescos, que sustentam toda a estrutura. E, depois, na caleche, olhando as ruas, os monumentos que pontilham a cidade, a imponente fachada do Teatro Carlo Felice, ela se mantém serena, contida. Ninguém jamais imaginaria que, em Laguna, sua cidade, a coisa mais bonita que ela vira era a igreja Matriz de Santo Antônio. Ninguém jamais poderia imaginar o que diziam dela quando ela abandonara Laguna como companheira de Giuseppe Garibaldi.

Anita ficou quatro dias na casa de Carlo Antonini. Conheceu Gênova, afeiçoou-se à Marina Castellini. Foi à ópera no Teatro Carlo Felice, viu os afrescos pintados com esmero, os mármores, a galeria para 144 espectadores, os belíssimos camarotes, as gentes em suas roupas de gala, os brilhos e a música. Era um outro mundo. Diferente, tão diferente do silêncio da mata serrana, dos córregos escuros, desvãos minerais, os precipícios em que um vivente poderia desaparecer para sempre sem deixar vestígios. Tão diferente das carreiras, do sangue, do fragor dos disparos, dos homens gemendo, clamando por suas mães, da morte, da fome, do azul dos oceanos, das velas tremulando ao vento, do cheiro marinho de José, da dor do parto, do leite, da fome, das moedas na gaveta, das noites escuras em Montevidéu. Mas também era a vida.

Ela não queria aquilo. Mas era a vida e, naquela noite, usando um vestido azul emprestado por Marina, os cabelos presos cacheados a ferro, pérolas no pescoço e o coração fraco como se tivesse que matar um homem, ela atravessou os corredores acarpetados do teatro, subiu escadas, abriu sorrisos, cumprimentou pessoas, ouviu elogios ao esposo, sentou-se e chorou de emoção ao ouvir a ópera de Verdi. Era uma outra vida, palpitante e frágil como uma pequena pomba que ela segurasse em suas mãos. Na ópera, entre os versos que subiam e dançavam pelo teatro com seu pé direito altíssimo, Anita sentiu uma emoção parecida com o gozo. Uma coisa frágil, volátil, luminescente.

No dia seguinte, ainda tonta de música, ditou a carta para Marina, que a escreveu com sua letra elegante, parelha.

Gênova, 7 de março de 1848

Estimado senhor Antonini,

Tenho o prazer de lhe informar sobre minha feliz chegada a Gênova, depois de uma viagem agradável de cerca de dois meses. Tenho sido festejada pelo povo genovês de modo singular. Mais de três mil pessoas vieram debaixo da minha janela gritando: "Viva Garibaldi! Viva a família de Garibaldi!". E me deram uma bela bandeira com as cores italianas, para que a entregue ao meu marido tão logo chegue à Itália, para que seja o primeiro a fincá-la sob o solo lombardo.

Se o senhor soubesse o quanto Garibaldi é amado e desejado em toda a Itália, principalmente aqui em Gênova! Todos os dias, a cada embarcação que acreditam que venha de Montevidéu, eles pensam que pode ser ele e, se realmente fosse, creio que a festa não teria fim.

As coisas caminham muito bem na Itália. Em Nápoles, na Toscana e no Piemonte foi promulgada a Constituição, e Roma a terá dentro em pouco. A guarda nacional foi instituída em vários lugares, e muitos benefícios obtiveram esses países. Os jesuítas e todos os seus afilhados foram expulsos de Gênova e de todo o Estado, e por todo canto não se fala de outra coisa a não ser unir a Itália mediante uma liga política e alfandegária, e depois liberar os companheiros lombardos sob o domínio estrangeiro.

Tenho recebido mil finezas dos irmãos Antonini. Há alguns dias, estive na ópera e, ontem à tarde, na comédia; visitei os principais lugares da cidade e da vizinhança, e amanhã parto no vapor para Nizza. Ficarei agradecida, no caso de meu marido não ter partido ainda, de pedir-lhe que o faça e dizer-lhe que os últimos acontecimentos da Itália devem fazer com que acelere sua partida.

Saudando-o, pois, afetuosamente,

sua devotada serva,
Anita Garibaldi.

Releram a carta juntas. Estava boa o bastante. Marina selou-a, e Menotti gostou de ver a cera escorrendo, formando uma rosa macia e vermelha. Parecia sangue, pensou Anita.

— Hoje vamos a uma récita — disse Marina. — Vosmecê gosta de teatro, Anita?

Anita abriu um sorriso doce. A italiana era gentil, afetuosa, esforçava-se por cuidar dela e dos meninos. Como explicar-lhe que só assistira ao teatro uma vez em Montevidéu, depois de juntar moedas por semanas?

— Gosto muito — disse.

E desviou os olhos para as crianças, que brincavam sobre o tapete persa, quietos como cãezinhos à beira do fogo. Eles pareciam felizes na casa de Carlo Antonini. Mas partiriam em breve. Anita sentiu um arrepio; a tarde morria lá fora e estava começando a esfriar.

Três dias depois, como num sonho, estava num vapor com os filhos no rumo de Nizza, a cidade de José. Parada na coberta do navio, sentindo o ar fresco e úmido da tarde nublada, alguma coisa inquietava-se no seu ser, uma gavinha de angústia.

Iria conhecer Rosa Raimondi, a mãe de José.

Sabia, no fundo da sua alma — como soubera que nunca amaria Manoel desde que o vira pela primeira vez, ainda aos 13 anos, sentado no banco da igreja —, que nunca amaria Rosa Raimondi, que elas peleariam por José como republicanos e imperiais tinham guerreado no Rio Grande. Anita sorriu no convés. Seu amor era uma adaga que ela levava bem firme entre os dentes. Se tivesse que brigar, brigaria.

Em Gênova, tinha conhecido homens do governo, tinha apertado a mão de dignatários e feito gritar as multidões. Tinha usado pérolas e escrito cartas com a ajuda de Marina. Tinha trocado fraldas e assistido às marionetes no Teatro delle Vigne. Ela era uma mulher versátil. Era uma mulher forte. Agora estava livre, depois de cinco anos criando os filhos em Montevidéu. Agora estava livre. Não seria Rosa Raimondi quem lhe imporia muros e paredes. Não agora. Tinha vindo para a Itália para ficar ao lado de José. E ficaria.

Anita

Nizza, a terra de José.

Durante anos, ele falara daquela cidade, do seu país.

Quando o vapor entrou no porto, vi a cidade com os olhos de José, como se eu o levasse dentro de mim. Tudo aquilo era ele, era José espraiado em água, prédios, embarcações. A cor do sol era a cor dos seus cabelos... A dualidade daquele mar, verde e azul, era também de José, paz e violência, ânsia e desinteresse, fogo e frieza. Era um mar diferente, caprichosamente bonito, como um animal vaidoso.

Mostrei a Menotti e a Teresita que a água do mar de Nizza era verde e azul, terminando na suave espuma de ondas transparentes. As crianças estavam felizes; no meu colo, Ricciotti parecia compreender, tanto quanto os seus irmãos, que chegava em casa, que a Itália tinha sido desde sempre a casa de todos nós. O barco atracou e ficamos na coberta olhando as gentes no porto. Em Nizza, não houve festa para nos receber, mas éramos tratados com dignidade pelas gentes do barco, éramos notados, comentados. La famiglia di Garibaldi.

Apoiada à balaustrada do navio, olhei as dezenas de pessoas na larga calçada que arrematava o porto em frente ao mar. Vasculhava, varria os vultos em busca da minha sogra e do meu cunhado Felice. Em meio às gentes, finalmente vi um homem loiro, os mesmos cabelos do meu José, apenas mais curtos, acompanhado de duas mulheres. Havia nele muitas semelhanças com meu marido, mas não o brilho, não a aura que o tornava excepcional — que fazia com que as pessoas virassem o rosto para olhá-lo. José era tocado pelos deuses, mas aquele homem no porto, mirando distraidamente o nosso barco, era uma criatura comum, cotidiana, não fora obrada com a luz que em José resplandecia como um halo. Era Felice aquele homem, tive certeza no mesmo instante em que o notei. Ao seu lado, havia uma moça e uma senhora magriça, de cabelos escuros mal escondidos por uma touca.

O navio atracou, e alguns passageiros começaram a desembarcar numa alegre balbúrdia, no festivo bulício das chegadas. Do meu lugar, vi que aqueles três avançavam para o navio, acomodando-se perto do portaló. Eram eles, meus parentes por obra do casamento — Felice e sua esposa, Margarida, e Rosa Raimondi. Mostrei-os às crianças:

— Vejam, ali estão sua avó, seu tio e sua tia.

Menotti pôs-se na ponta dos pés para ver melhor.

— Nunca tive uma avó — disse o garoto.

— Não se preocupe. Eu também nunca tive uma sogra. Agora vamos. Temos que descer, é a nossa vez. Eles nos esperam.

Misturamo-nos às gentes que deixavam o navio, e logo estávamos diante dos três. Os abraços foram contidos, tímidos. Eles olhavam-me com uma curiosidade assustada, mas as crianças foram imediatamente bem recebidas. As semelhanças que cada um deles tinha com o pai os aproximaram rapidamente da família italiana, e logo Ricciotti estava no colo do tio, e Teresa, de mãos dadas com Margarita. Quanto a Rosa, minha sogra, recebeu-me com uma consideração titubeante: antes de me abraçar, examinou minha aparência com atenção — meus olhos, minha pele, meus longos cabelos escuros presos num coque desgrenhado no alto da cabeça, meus peitos, minha cintura. Olhava-me como quem examina uma mercadoria pela qual pagou caro demais. Creio que teve imediata certeza de que eu não valia o suficiente para seu mais amado filho, e este titubeio, que não durou mais do que um minuto, marcou o começo das nossas diferenças.

— Seja bem-vinda, Anita.

— Obrigada, mãe.

Eu respondi-lhe como José me ensinara. Chiami la mia madre di madre anchi tu. *Eu chamei-a de mãe.* A pequena palavra provocou na mulher um choque elétrico, ela inteira pareceu tremer diante da realidade de que eu era a sua nora, a mulher de Giuseppe, seu Peppino. Uma criolla americana, a mulher cuja história ela não conseguia aceitar — pois José contara-lhe que eu tivera outro marido antes dele, e que tal homem morrera na guerra.

Depois que nos abraçamos, Rosa Raimondi concentrou-se nos netos, agarrando-se ao menorzinho, como se soubesse que, de todos, aquele era *matéria mais maleável às suas vontades. Ela falou docemente com os três, que responderam em italiano, o que a encantou. José sempre falava com seus filhos na sua língua natal. Vi que Menotti titubeou um instante quando Rosa lhe estendeu a mão para que seguisse com ela. A um olhar meu, ele aceitou aqueles dedos mornos, firmes, resolutos. Margarita e Rosa avançaram com as crianças, e Felice ficou atrás comigo.*

— *Foi boa a viagem?* — *perguntou-me.*

E, em sua voz, percebi o calor da voz de José. Tudo nele parecia mais vago, menos vivo do que no irmão, mas era um homem doce, e gostei dele imediatamente.

— *Fizemos uma viagem muito tranquila. Logo José estará aqui para encabeçar a rebelião nacional.*

Ele me olhou com estupor e, baixando a voz, acrescentou:

— *Mamãe está muito assustada. Não vê Giuseppe há dez anos, e ele chega para lutar contra os austríacos. Falemos deste assunto com cuidado, Anita.*

Seguimos pelo passeio amplo, o sol morno do começo da primavera, as gentes de vestes coloridas, a beleza do lugar, tudo foi entrando em mim, e me senti alegre de repente. A vida parecia encaixar-se, abrindo-se como uma flor. José estava por chegar, teríamos uma casa, uma pátria. Meus pensamentos foram interrompidos por Rosa, que disse:

— *É por aqui*— *ela indicou uma ruela contígua ao porto.* — *Giuseppe cresceu lá na casa onde ainda vivemos. Mostrarei-lhes tudo o que foi dele.*

Enquanto caminhava, imaginei José andando por ali ainda menino, os banhos de mar e seus passeios pelos barcos no cais, a sua segunda casa. José estava comigo sempre. Seguimos lentamente. Felice contou-me que os dois irmãos restantes não viviam mais em Nizza. Michele tinha ido para a França, e Angelo morava na América do Norte. Rosa era uma mulher solitária, amparada por ele e pela esposa.

— *Agora que Giuseppe chega, ela está feliz. Sempre foi o seu filho predileto.*

E uma sombra leve, fugaz, passou pelos seus olhos azuis.

Recebemos um quarto na casa do Cais Lunel número 3. Naquela habitação, eu deveria acomodar-me com as crianças. Era uma casa limpa e simples, com um crucifixo na parede — imaginei José sob aquele símbolo da Igreja que ele tanto desprezava! Rosa Raimondi deu-me todas as orientações para que eu me comportasse segundo seus hábitos — rezavam às refeições, iam à missa pelas tardes, dormiam às oito horas.

Era um lugar triste para mim aquela casa. Nos primeiros dias, arranjei infinitas razões para escapar-me de lá — queria ver o mar, andar pela cidade. Sozinha, eu me sentia bem. Quando eu lhe disse que visitaria o intendente-geral do reino, ela escandalizou-se: uma mulher visitando o intendente sozinha! Ignorei-a, vesti meu melhor traje, e fui ter com o homem. Recebeu-me com honras, eu era a esposa de Giuseppe Garibaldi. Toda Nizza esperava-o, toda a Itália. A cada barco que atracava no cais, as gentes corriam para ver se Garibaldi estava chegando.

— Seu esposo tem sob os ombros uma enorme responsabilidade — disse-me o intendente, com gravidade. — Levar as esperanças de uma gente não é tarefa fácil.

— Ele as conduzirá com perfeição — eu respondi.

E tomamos chá, enquanto ele me contava que nova rebelião explodira em Milão, onde três mil pessoas saíram às ruas. O Exército austríaco intervira, e houvera mortos e feridos. A cidade estava tomada por barricadas.

— O povo milanês chamou auxílio das cidades ao redor, e as pessoas vieram com pás e enxadas e foices — disse, impressionado. — Amanhã, todos os jornais estamparão as notícias, mas conto-lhe em primeira mão, cara senhora Garibaldi, para que saiba o quanto a chegada do seu marido significa para o povo italiano. O rei Carlos Alberto posicionou-se ao lado dos milaneses. E também me pediu, por intermédio dos seus homens de confiança, que lhe oferecesse, como prova da sua simpatia por seu esposo, um filho de Nizza, uma vaga gratuita no Real Colégio de Racconigi. Será uma grande alegria ter o pequeno Menotti estudando lá.

Entendi perfeitamente que o rei queria ofertar-nos a sua amabilidade em troca do apoio de José. Mas onde andaria meu marido? No meio do oceano? Ainda em Montevidéu com seus legionários? A carta que eu lhe despachara permanecia sem resposta, provavelmente não chegara ao seu destino ainda. Agradeci ao intendente a generosa oferta e, embora Menotti, que tinha 8 anos, precisasse de um colégio, eu não podia assinar aquela promissória em branco em nome de José.

— Esperaremos que o próprio José decida a destinação dos nossos filhos, que, caro intendente, são três, aliás. Mas ele se mostrará agradecido

pela grande bondade de Sua Majestade em relação à sua pessoa, tenho absoluta certeza. Assim que José chegue, tratarei deste assunto com ele.

E assim nos despedimos. Saí da intendência de cabeça erguida. Eu era, outra vez, dona de mim. O pátio de Montevidéu, com suas fraldas penduradas ao vento como bandeiras da maternidade, havia ficado para trás. Eu estava outra vez no mundo, e o mundo, naqueles dias, era a Itália incendiada pelas revoltas populares.

10 de março de 1848, Montevidéu

Minha querida Anita,

Alguns incidentes um pouco desagradáveis retardam nossa partida por alguns dias. Anzani foi atacado por sua doença de modo muito violento, e Sacchi foi ferido em uma rótula, de modo que pouco faltou para que perdesse a perna.

Esta encontrará vosmecê em Nizza ou em Gênova e em qualquer parte com minha mãe. Vosmecê decerto cuidará muito bem da minha velhinha, por amor a mim, e fará com que ela se esqueça das suas preocupações. Tem sido sempre tão boa mamãe. Se esta carta lhe encontrar em Nizza, eu desejo ardentemente que esteja contente e que goze prazerosa o lindo rincão que me viu nascer, e que ele lhe seja caro como sempre o foi ao meu coração. Vosmecê conhece minha idolatria pela Itália, e Nizza é certamente uma das mais famosas localidades dessa minha pátria tão desafortunada quanto bela, e que justamente mais quero.

Queira vosmecê também a ela, minha Anita, e lhe serei grato por esse amor. Quando passar pelos lugares que me viram menino, lembre--se do seu companheiro de privações e trabalhos, que tanto lhe ama, e saúda-os em meu nome.

Desejo que vosmecê conheça meu irmão Felice, para que possa julgar se ainda me resta um irmão bom e digno de mim... Abraça por mim Menotti, Cita e Ricciotti; a minha querida mamãe; e pensa no seu invariável amante,

G. Garibaldi

PS: recomendo-lhe todas as senhoras dos oficiais que me acompanham.

*

Terminou a carta e selou-a com cuidado. Lá fora, o crepúsculo de final de verão descia sobre o cerro, derramando no céu suas tintas, seus vermelhos sanguíneos. Já quase não havia mais tropas inimigas para além da fortificação, o grande acampamento argentino secara como um rio sob a estiagem, deixando pequenas coagulações espalhadas pelo largo campo, grupelhos de soldados já distraídos da guerra. Apesar disso, Giuseppe mantinha a ordem das vigias e, ocasionalmente, ocorriam escaramuças como aquela que ferira Gaetano Sacchi havia alguns dias.

Ele olhou ao seu redor, estava sozinho na cabana que lhe servia de escritório de despacho. Anzani estava no hospital, a doença voltara-lhe com súbita violência. Temia que o amigo não pudesse partir com eles no brigue sardo. As últimas providências vinham sendo tomadas para a viagem. Giuseppe pôs-se de pé. Olhou um triângulo de campo através da porta aberta, tomando consciência, por um instante, da beleza daquela hora. Sentia uma emoção antecipada pela volta à pátria. Acalentava-lhe o peito saber que Anita e seus filhos já estavam lá, que pisavam a terra que o vira crescer, que o esperavam, talvez já em casa de sua mãe, Rosa Raimondi.

A noite era uma promessa. Uma noite estrelada, morna. Ele tinha um compromisso, uma coisa muito importante. Não partiria de Montevidéu deixando a pequena Rosita para trás. Levaria-a com ele para a Itália.

Era muito cedo ainda, precisava do manto da noite para realizar seu plano. Olhou, mais uma vez, a paisagem ao seu redor. O céu cambiava-se rapidamente, ganhando o cinza da noite, tatuando estrelas aqui e ali. Voltou para a sala, puxou uma cadeira, recostou-se como pode, apoiando os pés na mesa, fechou os olhos e preparou-se para tirar um cochilo. Fazia um grande silêncio no mundo, só interrompido pelos gritos dos quero-queros lá fora no pampa. Nem um único tiro, ele pensou. Tanto melhor.

Quando acordou, já estava escuro. Tinha fome, tirou de um alforje um pedaço e pão e de queijo, comeu, bebeu água. Num canto da peça, viu a urna de chumbo feita pelo ferreiro da legião. Não tinha havido perguntas quando ele explicou ao ferreiro Valligi o que precisava ser feito. Pegou o poncho cinzento de um prego na parede. Não podia sair com a camisa vermelha de legião, tirou-a, revelando seu dorso bem-feito, magro e musculoso. Enfiou o poncho por cima, sentido o pinicar da lã fina, e saiu para a noite.

Galopou na estrada solitária. Ele e as estrelas. Era raro ficar sozinho agora, centenas de legionários, papeladas, despachos, reuniões com Cuneo, com os Antonioni, com o governo. Entregara seu pedido de afastamento a Rivera. O presidente oferecera-lhe, mais uma vez, dinheiro dos cofres nacionais. Ele negara em nome dos legionários, aceitando apenas a doação de algumas armas e cobertores. Saboreava o ar da noite, seguindo no rumo do cemitério. Cavalgou por uma hora: estava desperto, vivo, o ar entrava pelos seus pulmões como um rio impalpável e fresco. Não vira Rosita morrer. Rosita, parecida com ele. Era um pai distraído, ocupado nos afazeres da guerra. Tentava ser bom com as crianças, mas espraiava-se em milhares de coisas, esquecia-se delas.

Como na vez em que Teresita caíra, cortando a cabeça nas lajes do pátio. Tão pequena ainda ela era. Decidiu-se a comprar-lhe um regalo, deixou-a com a ama, pegou todo o dinheiro da gaveta — era tão pouco! —, e saiu pelas ruas. No caminho, a viúva de um legionário o chamara. Seu filho estava doente, precisava de um médico com urgência. Ele pusera-se a ajudar a mulher, e fora até a casa de dona Bernardina Rivera, que nunca negava auxílio a um necessitado. Conseguira um médico e remédios para o menino. Era noite quando voltou pra casa. Anita estava em lágrimas, alguém roubara o dinheiro da gaveta. Um ladrãozinho qualquer, e as crianças ficariam sem o leite e o pão. Consternado, ele buscara no bolso da calça o dinheiro, devolvendo-o à mulher. Voltara sem o regalo, sem a boneca, e Teresita já dormia em seu berço. Era assim que ele era pai.

Os muros altos de pedra surgiram na noite. Fios de bruma subiam do chão, dançavam em meio à vegetação rasteira como pássaros mágicos. Ele não tinha medo. Deus poderia entender um pai, um pai como ele. Deus era um pai distraído também.

Apeou, amarrou o cavalo numa árvore. Não havia ninguém por ali, só o silêncio e o cantar dos grilos. Desatou a pá da montaria. Era uma noite clara, e ele enxergava bastante bem sob as estrelas. O portão não estava trancado; entrou, e caminhou pelo labirinto de covas. Estátuas, cruzes, flores murchas. Um gato passou correndo entre os túmulos, e havia uma paz silenciosa e estável, como se o cemitério fosse a alcova da noite.

Ele pisava devagar, respeitoso dos mortos. Só queria sua Rosita. Andou, andou. Tinha ido até lá no dia da partida de Anita, conhecia bem o caminho. Viu a cruz de bronze de um túmulo, localizou-se perfeitamente. Virou à esquerda, contou dez covas e parou. Era um túmulo pequeno, simples. A lápide de mármore, presente dos Rivera, exibia o nome da criança e o pequeno hiato da sua vida. Ele não conseguia ler, as estrelas não eram suficientes para isso. Mas pegou a pá e começou a cavar com força, arrancando nacos de terra. Sete palmos, diziam. Ele cavou e cavou até ouvir o barulho oco da pá no esquife. Cavou pelas laterais, ajoelhou-se na terra macia. Tateou a superfície da madeira úmida, as laterais, achou a argola. Deu um puxão forte, seco. O esquife soltou-se da terra como uma raiz. Puxou-o para fora, acomodando-o ao seu lado. Era pequeno, parecia uma caixa de frutas. Era leve também. Sentiu um aperto na garganta. Teresita, sua irmã, morrera de febre aos 3 anos de idade. Ele se lembrava do desconsolo da mãe, dos olhos vermelhos do pai. Não voltaria à Itália sem a filha. Acomodou o esquife sob o braço e, carregando a pá no outro ombro, começou a refazer o caminho de volta. No céu, o Cruzeiro do Sul brilhava, derramando sua luz fria e ambígua sobre o cemitério silencioso.

Acabaram de almoçar, e Anita estava recolhendo os pratos enquanto a sogra tentava ensinar uma oração às crianças.

— São infiéis como indiozinhos! — queixava-se Rosa à vizinha, Maria Luiza Deidery, que sempre ouvia as reclamações da mãe de Garibaldi com um doce sorriso no rosto.

A rotina da casa de Rosa Raimondi incomodava-a profundamente. Sempre que podia, escapava-se dali, levando os filhos ou não. A cidade era grande, bonita. Nizza nunca acabava de ser descoberta. Anita andava pelas ruas, via os barcos na enseada azul, as velas que se multiplicavam, as gaivotas cantoras riscando o céu na sua agonia buliçosa. Gostava de sair à tardinha, na hora em que os postes de iluminação pública acendiam-se, espalhando sua luz granulada na noite ainda incipiente, como promessas amorosas.

Noutros dias, saía pelas manhãs para caminhar na praia de areia fina e clara, ou para ver as lavadeiras que ficavam às margens do rio Paillon, onde, às vezes, ficava horas conversando com aquelas mulheres simples, aprendendo novas palavras em italiano e receitas de *pasta* que, um dia, quando tivesse sua própria casa, longe das regras da sogra, ela prepararia para José. Não gostava de aprender nada com Rosa, que sempre a olhava com aquele ar desconfiado.

— Parece uma itinerante — dizia a sogra ao vê-la preparar-se para sair. — Coloque ao menos um chapéu para esconder os cabelos, Anita.

— Eu não uso chapéus —respondia ela com uma pitada de irritação.

Rosa balançava a cabeça, desalentada. Parecia achar que Anita e as crianças eram um caso perdido, embora tivesse alguma esperança em relação ao pequeno Ricciotti, que ainda tomava mamadeira e não sabia falar. Nas andanças de Anita, Rosa costumava exigir-lhe que deixasse os netos com ela, ao menos um deles, como uma espécie de resgate. Era como se tivesse a sensação de que a nora estivesse escapulindo para não mais voltar. Não chegava a ser um temor, pois Rosa e Anita não se tinham acertado — além do mais, desconfiava do casamento do filho, da papelada que jamais vira, do passado nebuloso e pouco católico daquela nora de pele morena e hábitos indomáveis.

Anita deixava em casa o pequeno Ricciotti e, quase sempre, Teresita, e saía a caminhar de mãos dadas com Menotti, o seu filho querido, o doce garoto que nascera em Mostardas e que lhe soprava segredos desde o ventre. O menino também parecia incomodar-se com a avó e suas regras, mas tinha feito uma amizade crescente com os Deidery, vizinhos do segundo andar. Anita mostrava ao filho as gentes, as casas. Contava as coisas que tinha aprendido, porque era curiosa e queria entender a Itália. Quando José chegasse, teria orgulho dela, de como estava aclimatada ao lugar — menos à sogra, ela pensou com um sorriso.

— Felice me falou — disse ela ao menino, atravessando o Cais Lunel em direção ao emaranhado de ruas — que Nizza tem três mil casas e uma população em torno dos nove mil habitantes.

O menino olhou-a, curioso.

— Então, *mamá*, moram três pessoas por casa aqui em Nizza, não é?

— Vosmecê tem a cabeça boa como a do seu pai, que sabe tantas coisas.

— Mas, na casa da avó Rosa, somos mais do que três. E papai ainda não chegou. Quando chegar — disse, sorrindo — seremos seis. Valeremos por duas casas, *mamá*.

Anita sorriu-lhe, afagando seus cabelos escuros:

— Logo, vosmecê irá para o Colégio Real, e virá nos visitar alguns dias por mês, Menotti. Está na hora de vosmecê estudar um pouco, e o rei Carlos Alberto ofertou-lhe esta vaga. Imagine, um colégio real?

O menino olhou-a com seus grandes olhos escuros cheios de medo. Não queria ir para o Real Colégio de Racconigi.

— Quero ficar com vosmecê, *mamá*.

No meio da calçada, Anita ajoelhou-se e abraçou-o com força, sentindo seu calor e seu cheiro doce.

— Vosmecê tem de ir, Menotti, tem de ir... Quando seu pai chegar, ele tomará uma decisão, mas creio que vosmecê tem de ir... — E, sentindo um estranho aperto no peito, acrescentou: — Eu não estarei sempre do seu lado. O Real Colégio vai prepará-lo para a vida aqui na Itália.

Pedestres cruzaram por eles. O menino agarrado à ela. Anita sentiu de novo a angústia, o bater do coração em desacerto. Talvez estivesse cansada. Ademais, não sabia porque tinha dito aquilo. Queria estar ao lado dos filhos. Mas, se José fosse para a guerra, se a revolução estourasse mesmo em toda a Itália, como diziam os boatos, Anita iria com o marido. Nunca mais a prisão dos muros. A casa de Rosa Raimondi era pior do que o pátio interno em Montevidéu.

— Nunca mais — disse num fio de voz.

O menino soltou-se do seu abraço.

— O que você falou, *mamá*?

— Nada, meu querido. Estou falando alto, apenas bobagens. Vamos passear agora.

E seguiram sua caminhada pelas ruas sob o sol da primavera, enchendo os olhos de cores, olhando as carroças carregadas de mercadorias, ouvindo o badalar dos sinos que chamavam para a missa. Se tivesse dinheiro consigo, teria levado o filho a tomar um sorvete. Mas viviam da parca pensão da sogra, o que deixava Anita ainda mais desconfortável, quase humilhada diante da fria seriedade de Rosa Raimondi Garibaldi.

Anita sacudiu a cabeça, concentrando-se na lavagem da louça. Em troca dos cuidados financeiros da sogra, obrava a maioria dos serviços da casa. Era uma forma de retribuição, a única que Rosa aceitava. Ensaboava os pratos na bacia de lata para depois enxaguá-los com cuidado. Ela sabia que, terminado o serviço, a sogra iria inspecionar as coisas na cozinha, porque Rosa parecia desconfiar de tudo o que ela fazia. Agora, porém, Rosa falava com a crianças na sala.

— Deus criou o mundo em sete dias — dizia ela. — Depois, fez Eva da costela de Adão.

— As mulheres são feitas das costelas dos homens? — perguntou Menotti.

— Apenas Eva — Anita ouviu-a dizer. — Isto foi no tempo da criação, meu querido *ragazzo*.

Na cozinha, Anita sacudiu a cabeça. Tantos assuntos importantes para ensinar às crianças! A Itália estava em polvorosa. O rei Carlos Alberto, que se decidira a lutar contra os austríacos ao lado do povo milanês, vinha perdendo uma batalha atrás da outra. José fazia falta! Os generais de Carlos Alberto, dizia-se, eram velhos, e não tinham experiência em batalhas, tendo passado a vida nos salões. Agora, dirigia-se com seus exércitos para a fortaleza de Peschiera a fim de bater-se com os austríacos que a ocupavam. As notícias não paravam de circular, cada dia trazia uma novidade, e a esperança na revolução incendiava o povo nos quatro cantos da Itália.

De repente, a conversa amena de Rosa e das crianças foi interrompida pela chegada intempestiva de Felice.

— Eles estão chegando! Venham! — disse o filho mais novo de Rosa ao invadir a sala do apartamento no Cais Lunel.

Anita correu até eles, curiosa:

— O que houve? — perguntou.

Felice estava corado, nervoso, mas tinha um sorriso no rosto. Olhou a cunhada, cujo casamento a mãe insistia em alegar que não era válido. Ela mirava-o com ansiedade, secando as mãos no avental florido; havia uma inquietude em toda ela, como um animalzinho preso numa gaiola. Gostava de Anita, pensou ele, num átimo.

E então disse:

— O povo vem aí. Querem dar vivas à família de Giuseppe Garibaldi! Parece que o rei Carlos Alberto bateu-se com os austríacos em Peschiera e venceu! A revolução está chegando, e o povo anseia pela volta de meu irmão!

— Eles estão vindo para cá? — perguntou Anita, ansiosa.

— Sim. Centenas de pessoas caminhando pelas ruas com velas acesas. Eles vêm acompanhados da Guarda Nacional!

Rosa Raimondi ergueu-se:

— Vamos à varanda. É mais sensato esperá-los ali... Tem certeza, Felice? Eles vêm em paz?

— Eles vêm em honra do seu filho, mamãe. Do seu marido, Anita.

Anita tratou de tirar o avental e soltar os cabelos mal-ajambrados. Olhou para os lados, onde estavam os filhos? Tinham de ver, tinham de saber o quanto o pai deles era amado, era esperado pelos próprios conterrâneos. Pensou em José e sentiu o calor correr pelo seu corpo, acelerar seu coração.

— Menotti — chamou o filho. — Pegue sua irmã. Vamos à varanda.

Saíram todos à pequena varanda em frente ao cais. Sob a lua nova, os barcos descansavam no porto num emaranhado de mastros. A rua estava deserta, mas, ao longe, era possível escutar o ruído de vozes incorpóreas unidas num hino. Uma vaga luz amarelada vinha da esquina para além dos postes de iluminação pública.

— Vejam — disse Anita. — Eles vêm.

Rosa Raimondi olhou a mulher pelo canto do olho. Ela não devia estar ali, sentia-a como uma usurpadora do filho, do seu filho mais amado, ausente havia tantos anos, e agora, na premência da sua volta, quando toda a gente parecia reconhecer o seu valor depois da grande injustiça da condenação que o levara ao seu prolongado exílio, Anita estava ali.

— Quem são eles, *mamá*? — perguntou a pequena Teresita.

— São gente como nós. Gente que espera que seu papai chegue aqui na Itália para comandar a luta contra os austríacos.

A multidão começou a fazer-se visível. Subia pela ruazinha estreita que se alargava em frente ao porto. Eram como um único corpo febril e agitado, coalhado pelas luzes das velas, pequenos brilhos inquietos varando a noite sem vento. Anita sentiu a emoção crescer dentro dela, umedecendo seus olhos. Eram muitos! Guiados pelos homens da Guarda Nacional com seus uniformes elegantes, portando suas espadas, eles vinham pela rua, espalhando-se em frente ao cais, multiplicando-se, crescendo, cantando uma espécie de música revolucionária. Anita pensou em Mazzini, em Cuneo. Eles tinham razão quanto a José, ele tinha uma luz. Havia muitos revolucionários, mas nenhum homem com o poder de encantamento que José possuía. Ela sabia que Mazzini já estava em Gênova organizando a revolução, sabia que Medici já chegara à Itália, que viera antes de José. Mas quem estava ali, na pequena varanda, apoiada ao peitoril, de mãos dadas com Teresita e Menotti, era ela.

Anita viu o povo se espalhar em frente ao pequeno prédio. Ela viu as luzes incontáveis, um espetáculo delicado, ela viu os rostos, os sorrisos, as vozes reverentes que subiam na noite. Olhou a sogra ao seu lado: Rosa chorava de emoção. Felice tinha os olhos convulsionados. A Guarda Nacional postou-se em frente ao povo e, com reverência e elegância, mostrou suas armas num movimento sincronizado, numa homenagem silenciosa.

Anita deu um passo à frente, apoiando-se ao gradil. Sentiu que deveria fazer alguma coisa. Mostrar sua gratidão àquela gente. Sabendo que Rosa a olharia com mágoa, tomou a dianteira, ergueu sua mão no alto, num aceno largo e elegante. Os soldados da Guarda Nacional baixaram suas espadas. As gentes ovacionaram-na espalhadas pelo passeio, e então, como se todos fossem uma única coisa, eles fizeram silêncio, queriam ouvi-la falar.

Num ímpeto, Anita disse em voz alta e clara:

— No momento em que se inicia esta luta sublime contra os austríacos que subjugam o povo italiano, meu marido vem ao encontro da sua pátria. Ele logo estará entre nós, a sua espada e a sua coragem nos guiarão ao encontro da liberdade tão sonhada!

A voz escapou-lhe do peito, e as palavras, que eram bonitas, improvisadas, fizeram a multidão urrar de alegria. Anita sentia os gritos do povo reverberando no seu próprio corpo, latejando como um outro coração. Acenou mais uma vez, e depois mostrou ao povo os seus filhos. Faltava Ricciotti, que dormia em seu bercinho. As gentes erguiam os braços no ar, cantavam. Rosa e Felice olhavam para Anita com certo desconcerto. Aquela moça franzina, quieta, tinha posto a multidão em polvorosa. Rosa também acenou ao povo, que retribuiu o aceno com gritos:

— Viva madame Garibaldi! Viva madame Garibaldi! Viva Giuseppe Garibaldi! Viva a Itália!

Anita encheu seus olhos com aquela cena, com aquela gente, as centenas de luzinhas brilhando na noite. Muito mais tarde, a madrugada já ia alta, e ela rolava na cama, recordando a emoção abrasadora do momento em que tomara a coragem de falar ao povo. Agora, sabia o que José sentia... Agora o entendia. Deitada na cama, com Menotti e Teresita ao seu lado, pensou na revolução. Ela lutaria ao lado de José, e ninguém no mundo a demoveria de tal projeto. Nem mesmo a sogra, com suas ideias de Eva da costela de Adão. Ela lutaria. O povo também a amava. Aquecida naquela certeza, virou para o lado, fechou os olhos e dormiu um sono sem sonhos.

A deusa Nix

Eu estava lá, vi quando eles partiram da cidade de Montevidéu. Foi no dia 15 de abril do ano 1848. Eu vi as velas brancas inflando-se no verão uruguaio como bandeiras de paz sopradas por Éolo. As gaivotas e as andorinhas dançavam em torno dos altos mastros, enquanto os últimos procedimentos se faziam e os mantimentos eram acomodados nas entranhas do barco.

Havia muito, os homens já não acreditavam nas divindades eternas e nos seus poderes sobre o reino da vida e da morte, mas a aventura daqueles homens especiais poderia ter sido comparada ao retorno de Odisseu para a sua Ítaca. Eles tinham deixado a cidade que já fora chamada de Troia, assediada também durante dez longos anos por seus inimigos. E queriam voltar para casa.

Seu navio, um brigue sardo, fora rebatizado por Garibaldi com o nome de Speranza.

Eles viviam de esperança, aqueles homens...

Eram, na maioria, italianos, e Giuseppe Garibaldi, o seu guia. Alguns corajosos marinheiros sul-americanos seguiam para a Europa naquele mesmo sonho, entre eles os oficiais Bueno e Miranda, e o muito fiel Negro Aguiar, que viria a morrer no cerco de Roma quando uma bala atravessaria o seu corajoso peito.

Anzani, o belo, estava já tão doente que mal conseguia manter-se de pé. Levaram-no a bordo quatro companheiros, e seus olhos encheram-se do azul do verão enquanto o acomodavam no Speranza. Foi-lhe preparada uma cama no convés para que pudesse viajar olhando as estrelas, para que se sentisse livre como um pássaro.

Gaetano Sacchi, outro valoroso legionário, tinha um ferimento ainda aberto na perna, e precisou ser carregado pelos homens até o seu lugar na proa, onde se acomodou, despedindo seus olhos e sua alma de Montevidéu. Embora estivesse com o ferimento em estado lastimável, os sopros marinhos e a benesse das nereidas, que vieram vê-lo numa noite de lua cheia em alto-mar, curaram-no de seu mal.

Todos eram iluminados, todos eles...

Tinham esperança, tinham sonhos e coragem.

Dinheiro, não tinham.

Até as suas roupas haviam sido empenhadas para pagar o preço dos serviços do capitão do brigue. Eu vos digo, e talvez não creiais em mim, que alguns daqueles legionários subiram ao Speranza sem vestir sequer as roupas do corpo, já vendidas para o soldo do comandante, e tiveram de passar boa parte da viagem deitados no convés, nus como tinham vindo ao mundo, para deleite das sereias encantadas que os esperavam lá no meio do mar misterioso, e das nereidas que vinham pela espuma das ondas passeando em seus cavalos-marinhos.

Eu estava lá, eu vi, eu fui boa para aqueles homens, e derramei noites de calmaria, pedi a Éolo ventos favoráveis, e iluminei seu caminho de estrelas.

Assim eles zarparam e foram saudados com urras pelas gentes uruguaias que os viram deixar o cais até que se transformaram em sombra, em saudade, em mito. Iam em direção à Itália incendiada pela revolução.

No comando, estava Giuseppe Garibaldi. Aquele por quem clamavam os italianos. Um Eneias, um Odisseu.

Havia quatorze anos que Garibaldi deixara seu país com a cabeça a prêmio, guiando-se apenas pela Cassiopeia. Ele viajara pelo mundo, lutaras as guerras dos outros, sonhara os sonhos alheios. E, então, finalmente então, o corsário loiro voltava para sua casa.

Delfins seguiam o Speranza... As hienas do mar miravam-nos lá do alto, gritando suas frases incompreensíveis, enchendo o ar claro de sons e de algazarra, fazendo-lhes vaticínios de morte ou de glória. Peixes-pescadores dançaram em torno da embarcação, bordando as ondas de prata e de inquieta luz...

Eles passaram por abismos e por terras, todas as nuvens do mundo choraram por eles, e todos os perigos do mundo neutralizaram sua ira. No fundo mais escuro do oceano, medusas acenavam-lhes à passagem, e os corais ganhavam mais cores por causa da esperança que viajava com eles como uma luz, como um sol próprio.

Eles eram, naqueles dias, o umbigo móvel do mundo. E sentiam, de forma inconsciente, a sua importância, a sua força. Pois, para eles, *dirigiam-se milhares de almas em oração, de corações expectantes, de vozes secretas viajando no éter do tempo sem fim.*

Naquele navio, cantaram músicas de louvor à pátria e estudaram os grandes nomes da humanidade. Naquele navio, eles lutaram sob o fio da espada de Garibaldi, e aprenderam regras táticas, e relembraram a topografia da Itália, suas cidades, vilas e montanhas, suas praias, seus caminhos de sol e de sombra, suas mulheres de amplas cadeiras, seus velhos gastos pelo tempo, suas crianças cheias de futuro. Eram marinheiros, mas também, sonhadores.

Apesar de todos os augúrios e da proteção do meu zelo incansável, a morte rondava o Speranza como um tubarão faminto. Em algumas madrugadas, nascia da bruma o meu filho Caronte, o barqueiro das almas. Ele esperava a sua moeda, ele esperava por Francesco Anzani. Mas Anzani não queria morrer sem antes pisar o solo italiano... Ele lutava contra a tísica como lutaria contra os austríacos se o destino assim o quisesse. E, entre escarros de sangue, cercado de rostos amigos, ensinou aos homens mais jovens as regras da estratégia militar e as histórias da antiga Roma das sete colinas quando ela dominava o mundo com a sua glória.

No décimo dia, um incêndio quase os botou a pique, e o paiol de pólvora por pouco não explodiu como uma rosa de fogo. Garibaldi teve a astúcia e a rapidez suficientes para salvar o barco de um naufrágio, apagando as chamas antes que atingissem o paiol.

Contornaram a mítica ilha de Calipso para não cair na danação eterna do amor da sua rainha, e Garibaldi lia Homero para os homens ao entardecer: amarrados aos mastros, ouviram cantar as sereias, metade mulher, metade pássaro, não foram imunes ao seu feitiço, mas padeceram-no entre cordas e nós, nenhum deles foi devorado, nem Garibaldi levou dali a prenda mítica que sonhava, mas Anzani quase se atirou do barco, disposto a morrer pelo fio dos dentes mágicos das híbridas mulheres, enfeitiçado de amor pela sua música ancestral...

Viram os pássaros de fogo, a cornucópia de coral, e os tesouros de todos os piratas subiram à tona para provocá-los com o ouro ancestral e o rubro sangue dos rubis, mas eles nunca cederam às tentações da cobiça, nem pularam na água, nem tocaram em uma única moeda enfeitiçada com seus dedos...

O próprio Netuno acenou-lhes numa noite, levitando à proa do navio com o seu tridente, e para que chegassem sãos e salvos à Itália, serenou tempestades e terremotos.

Eu vos digo porque eu estava lá, eu vos digo porque eu sou e estou, e isto tudo eu vi com meus olhos eternos, escondida sob o manto das estrelas.

Depois de dois meses, o Speranza cruzou o estreito de Gibraltar.

Anzani piorava a cada dia. Foi preciso aportar em Alicante, na costa espanhola, para que ele pudesse comer frutas e verduras frescas.

Tendo cobrado seu peso em ouro para a viagem, o capitão do navio agora sentia que nunca conhecera homens iguais àqueles. Ele baixou à terra em busca de mantimentos, e voltou a bordo com laranjas, maçãs e notícias. Os italianos tinham expulsado os austríacos, Veneza fizera a revolução sem sangue, e os voluntários apareciam dos quatro cantos da Itália querendo lutar pela liberdade. Havia um movimento pedindo a anistia de Garibaldi, e todos na pátria esperavam-no com flores, rezas e espingardas prontas para a luta.

Houve festa e houve dança no convés.

As nereidas vieram vê-los, e aplaudiram seu bailado viril. Até mesmo Anzani, revigorado pelas frutas, arriscou-se a um volteio.

No fundo do mar, os peixes deram piruetas.

Garibaldi, entusiasmado com as boas-novas, ergueu uma bandeira improvisada em verde e vermelho. O Speranza agora era italiano.

Viajaram então a toda vela. Em poucos dias, completaram a costa espanhola, passaram pela França, e tiveram a Itália à sua proa. Reunidos no convés, os homens choraram ao ver o perfil da pátria havia tanto perdida. Sacchi, curado dos seus males, levantou Francesco Anzani nos seus braços para que ele pudesse enxergar ao longe a costa.

Anzani agradeceu por estar vivo. Garibaldi chorou como uma criança. E, como uma criança, sentiu saudades de casa. Decidiu que o Speranza aportaria em Nizza, sua terra natal, e avisou o comandante dos seus planos.

Era verão naquelas paragens, e brilhava o sol quando eles entraram no porto de Nizza, singrando as águas bicolores, onde uma multidão eufórica os esperava.

Eles tinham completado a viagem.

Parte 3

Olhos de ruína

Abril de 1850, Tânger

A primavera está em todos os lugares, em verdes e azuis e vermelhos. Giuseppe Garibaldi agora se arrisca a passeios mais longos depois do trabalho na pequena fábrica. Tecidos, centenas de metros de tecido. Velas como asas. A brancura do pano inunda os seus olhos, cegando-o às vezes. Durante anos, tivera olhos de mirar estrelas. Na juventude, fugira da Itália seguindo as estrelas até Marselha.

Estrelas e marés.

Agora não.

Apenas o branco dos tecidos, a promessa do mar. Horas inteiras disso, navegando nas velas, coordenando aqueles homens murchos, às vezes atentos, às vezes distraídos, que se voltam para Meca cinco vezes ao dia com suas orações. Como um mantra ecoando nos seus ouvidos. Ele não tem um deus a quem rezar. Vazio de toda fé, fica olhando os homens ajoelhados, cheios de algo que nunca mais sentirá.

Agora só sente a brancura. Os metros de tecido que passam pelos seus dedos. Depois, caminha pela cidade, serpenteando, desce até o porto, avança pelas muralhas, enche seus olhos de verde, de azul, de vermelho. Às vezes, encontra Leggero, falam do passado, caminham à beira-mar. Na maioria dos finais de tarde, fica pelo alto das muralhas e deixa o sol morrer nos seus olhos, aquecendo planos de algum futuro. Talvez partir para os Estados Unidos. Em Roma, durante a guerra, ofereceram-lhe um passaporte. Um para ele, outro para Anita. Não aceitou, lutaria até o fim pela Itália.

Ele caminha pelas ruas cheias, o sol líquido e denso escorrendo pelas paredes, pelas pedras milenares do calçamento. Ele caminha olhando as gentes sem vê-las. Lutou pela Itália até ser pego, até Anita morrer em Mandriole. Agora tem pela frente o longo exílio, esta solidão ardente que vai cavando no seu peito um buraco.

Giuseppe Garibaldi é um homem bonito: recusando-se a deixar o céu para a noite que cai, o sol parece se esconder nos seus cabelos. Ele segue sem perceber certos olhares femininos, rostos que o miram desde janelas, atrás de cortinas. Sente um cansaço ancestral. Um cansaço da terra, do chão firme e duro de raízes e de sangue. Seus pés querem o convés de um navio. O azul, a espuma, é isso o que seus olhos querem. Peixes e vagas e marés.

Andando pelas ruelas tortuosas, ele segue lentamente. Seu caminhar é um gingado, mesmo longe do oceano ele ainda é um marinheiro. A noitinha vai instalando-se sobre as casas, muros, minaretes, barcos, sobre o mar. E então, como num sonho, denso e macio e fabuloso, ele ouve o murmúrio coletivo erguendo-se como se subisse da terra. O *Magarebe*, as orações do pôr-do-sol. Homens ajoelham-se nas pedras empoeiradas. De todos os lados, ecoa o Alcorão.

Giuseppe caminha mais rápido, angustiado. Não sabe por que este peso na alma. Vai escrever ao cônsul americano. Vai pedir um passaporte. Quer o mar.

Quer o mar como o quis na partida de Montevidéu. A bordo do *Speranza* com seus legionários, ele foi um homem feliz. Voltando à Itália para lutar por seu povo, por sua pátria, por sua família e por sua alma. Com Anzani doente, mas cheio de sonhos como ele, viajaram dois meses até Nizza. Cantavam, estudavam, lutavam no convés. Ele ainda se lembra de tudo. Do céu, do mar, das horas. Pescavam com arpões e depois assavam os peixes. Lembra-se até mesmo das vagas sereias que o visitavam em sonhos... Misteriosas como esta oração que sobe dos quatro cantos da cidade e que o comove e desinquieta. *Bismillah ar-rahmaan ar-raheem, Al-hamdu lillahi rabb al-alameen, Ar-rahmaan ar-raheem*.

Ele dobra numa esquina tão estreita quanto um cotovelo, a oração perseguindo-o, sobe a pequena ladeira até onde a estalagem se abre, cinzenta e quieta, com suas pequenas árvores no pátio fronteiriço, um leve odor de pêssegos no ar, e a fonte que canta sua música mineral. *Maaliki yawm ad-deen, Iyyaaka naabudu wa iyyaka nastaeen, Ihdina s-siraata I-mustaqeem*.

Abre a porta do quarto. Sobre a mesa, perto da lareira apagada, estão os seus papéis. A pilha de folhas vem crescendo: tudo o que viveu está ali em linhas e palavras. Signos de um passado que não quer morrer.

Anita está ali, às vezes mais presente do que esteve quando viviam juntos. A morte tem este poder, ele pensa, entrando e fechando a porta de madeira atrás de si. Passa a corrente de ferro na tranca. Tira as botas e as meias, sentindo nos pés a frieza do chão de lajotas vermelhas como sangue. A morte é uma apropriação.

Amou Anita. Traiu Anita. Fez filhos em Anita. Admirou-a. Fugiu dela incontáveis vezes. Achou-a em outras mulheres. Mas, agora que Anita não existe mais, exatamente agora ela está dentro dele para sempre, uma cicatriz luminosa, uma dor, um gozo, tudo isso junto.

Emociona-se com essa percepção. Senta-se na cadeira olhando a lareira escura, as achas de lenha organizadas num monte baixo. Anita vive nele agora, assim como a pilha de madeira vive nas entranhas da lareira de pedra, esperando virar fogo, calor. Seus olhos perdem-se na contemplação da madeira perfeitamente organizada numa pilha triangular: a criada é meticulosa, cuida-o com zelo. Deixa-lhe biscoitos num prato, flores sobre a mesa de trabalho. Agora, um pequeno botão de rosa enfeita sua mesa. Ele estica o braço sobre o tampo e toca a pilha dos seus papéis, cheios da sua letra desinquieta, de má caligrafia. Escreve com ansiedade. Como um barco na tormenta.

Levanta-se e olha pela janela. Vê que a noitinha é macia e coagulada de luz. Uma noite de estrelas que vai descendo, caindo, engolindo o mundo e as coisas todas, pacificando a cidade. Os lampiões emitem seu brilho amarelado e denso, pairando na noite sem vento. Giuseppe se vira e observa o quarto mergulhar lentamente na escuridão, os móveis vão perdendo suavemente seus contornos nítidos. Ele tem preguiça de acender a lamparina. Gosta do escuro, é bom para pensar.

Logo mais, depois do banho e do jantar, quando for escrever, aí sim vai querer a luz. O ouro condensado no vidro iluminando a sua memória.

Mas ali, no escuro, sente-se livre.

E, então, de súbito, ouve um ruído no quarto. Olha para a cama que ocupa toda a lateral da peça. E então é que ele a vê. A mucama, a moça que zela por ele há meses. Ela é tão morena quanto a noite, e, misturando-se como um gato ao escuro, está sentada na cama, olhando-o. Apenas o branco dos seus olhos, de íris esverdeadas, é que cintila para ele. Adivinha que ela não sorri. Está séria, o amor é um assunto sério.

Giuseppe vira-se para ela.

Na outra noite, quando ela veio, não fizeram amor. Ele dormiu. Quando era casado com Anita, havia aquele fogo. Queimava-o por dentro. No Uruguai, na Itália, sempre uma mulher vinha vê-lo. Ele era um herói, tinha o fogo de um herói. Agora não... Sente-se humano e corroído e fraco. Agora que Anita morreu e não está ali para ameaçá-lo com uma arma, para brandir a tesoura sobre sua cabeça, tosando-lhe os cabelos e o ardor, agora que ele não sente mais Anita como um contraponto na sua vida, ele está assim, crepuscular.

Mas hoje não.

Hoje, quando a moça ergue-se, ágil como um felino, seu ventre palpita com violência. Hoje ele a quer. Cansado do branco das velas, das rezas, das ruas, do mar que não é seu, hoje ele quer este corpo, esta mulher, este cheiro de canela e de sabão, esta boca, estes olhos, estes mamilos escuros como amêndoas tostadas. Estica o braço e puxa-a e beija-a, calor com calor, ventre com ventre, o sangue vivo e inquieto correndo de novo nas suas veias, os gritos, os urros, o vento, as lanças, as carreiras, o mar, as procelas, o minuano, a Villa Spada, o rio Tibre, a terra, o fuzil, o pão, hoje tudo isto é ele, este corpo, este cabelo, estes quadris.

Ela beija-a com violência. Línguas que se tocam, que dançam, movediças. Ela solta-se por um instante, o vulto pálido de um sorriso brota no seu rosto quando ela diz:

— *Naqib... Naqib...*

Capitão, é o que ela diz.

Giuseppe pega-a no colo sem dificuldade nenhuma e leva-a para a cama. Ele olha-a deitada ali, esperando por ele, a boca úmida, o peito trêmulo.

— *Jamil* — fala baixinho. *Linda*.

E, então, cai sobre ela, enquanto o quarto mergulha na escuridão da noite.

21 junho de 1848, Nizza

Quando o barco aportou no cais onde a multidão se reunia, um estupor geral rompeu, elevando-se na manhã de verão como um único sopro emocionado. A nau *Speranza* entrava no porto sob aplausos.

Do seu lugar, Anita viu a nau. Seu coração batia descompassado, como se quisesse atravessar o vestido de musselina que envergava. Tinha sido um presente da senhora Deidery, vizinha de Rosa. "Uma mulher deve esperar o marido envolta em musselina", dissera a boa senhora. "A quanto tempo vosmecês não se veem?" Anita respondera, seis meses. Seis longos meses longe de José. Maria Luiza Deidery abrira um sorriso afetuoso, dizendo que já não tinha mais motivos para manter aquele vestido no guarda-roupas, que Anita o levasse e o reajustasse, ela tinha sido ou não uma costureira habilidosa antes de deixar a vida para seguir com Garibaldi?

E ali estava Anita, sentindo-se muito elegante, muito europeia. Trabalhara boa parte da noite nos ajustes. A sogra olhara-a de esguelha ao vê-la entre carretéis e saias. À meia-noite, fora até o quarto e dissera que Anita deveria ir dormir de uma vez. "Se eu me deitar, não pregarei o olho de uma forma ou outra", tinha sido a sua resposta seca. Rosa Raimondi soltara um prolongado suspiro de desgosto, e depois arrastara as chinelas até seu quarto e se recolhera para as orações e o sono. As duas sequer fingiam ter um bom relacionamento agora.

Parada no porto, de mãos dadas com Teresita, segurando no colo o pequeno Ricciotti, Anita sentia-se culpada pelos desacertos com a sogra. José logo saberia que a esposa e sua mãe não tinham qualquer afinidade. Ele ficaria triste, vezes sem conta pedira-lhe que tivesse paciência com Rosa. Mas a sogra odiara-a desde o primeiro instante. Dizia que o casamento de ambos era uma impostura, que deveriam casar-se outra vez numa igreja em Nizza, ou ela não permitiria que dividissem o mesmo quarto. Anita olhava os três filhos, pensava na quarta criança, sua Rosita, enterrada em Montevidéu, lembrava-se de todos os suspiros, gemidos, dores, gritos de parto, todo o céu e todo o inferno, das noites sob o corpo do marido, da sua fome, da sua língua exigente, e tinha vontade de rir na cara da sogra, mas guardava-lhe respeito e não a retrucava. Quando José chegasse, ele haveria de resolver aquele assunto. Mas não seria Rosa a lhe tirar o marido da cama, ah não!

O *Speranza* aguardava que o prático o puxasse até o cais lotado de embarcações. Havia um clima de festa no ar, uma alegria buliçosa, cheia de euforia. O nome do navio, rebatizado por José, enchera o povo de ardor. As pessoas sacudiam lenços brancos, chamando por Garibaldi. Anita sentia o orgulho tingir suas faces, iluminar seus olhos.

— Veja como o amam — disse ela à sogra, alegremente.

Rosa Raimondi persignou-se com a mão direita; com a outra, segurava Menotti como se o menino quisesse sair correndo pelo porto. Pobre Menotti, pensou Anita, piscando-lhe um olho. O garoto olhava tudo com serenidade, e seus olhos castanho-escuros volta e meia focavam-se no vulto ainda distante do barco que trazia seu pai.

— Só espero que todo este amor não seja a ruína do meu filho — disse Rosa, finalmente. — Pois quem vai lutar contra os austríacos é ele. Esta gente toda voltará para casa ainda a tempo do almoço, e nenhum deles pegará em armas.

— Mamãe! — reclamou Felice, que estava em pé ao seu lado. — Giuseppe tem um destino a ser cumprido.

Rosa deu de ombros:

— Eu preferia que Peppino trabalhasse no comércio marítimo como Domenico, e que morresse de velho.

Anita olhou-a:

— José não vai morrer jovem. Os deuses o amam. Ele é protegido pelos céus, jamais se feriu numa batalha!

— Só existe um Deus Nosso Senhor — cortou Rosa Raimondi. — Não diga tolices. E como você pode saber das batalhas do meu filho?

Anita ergueu os ombros, focando seus olhos nas retinas da velha, de um azul leitoso, tristonho.

— Eu lutei ao lado de José no Rio Grande e em Santa Catarina. Eu o vi, as balas passam por ele.

— Quanta blasfêmia — gemeu Rosa.

Felice chamou a atenção das duas mulheres: a chalupa de reboque puxava o *Speranza* para o porto, e ele vinha aproximando-se lentamente, como num sonho, cortando as águas azuis, enchendo os olhos com seus mastros. Era José que chegava! Aquela certeza arrancou Anita da discussão com a sogra. José chegava, e ela precisava vê-lo, precisava tocá-lo, sentir seus braços, provar seu beijo. Seis meses! O tempo pareceu cair sobre ela como uma pedra. Anita olhou para os lados em busca de alguma coisa, de um modo de alcançar o marido antes dos outros. Em volta deles, o povo batia palmas. Viu um pescador no seu bote acenando com um lenço vermelho para o barco. Teve uma ideia, deu a mão de Teresita para Felice sem dizer nada, e correu até o pescador.

— O senhor me leva até o *Speranza*? — perguntou-lhe Anita. — Sou a esposa de Garibaldi!

— Será a maior honra da minha vida — disse o homem.

Anita entregou Ricciotti nos braços do pescador e, com agilidade, pulou para o bote. A sogra, o cunhado e os dois filhos olhavam-na da esplanada sem entender muito bem a sua intenção. Ela acenou-lhes:

— Vou ver José!

E assim, depois de alguns minutos remando, o bote alcançou o *Speranza*. De longe, Anita viu seu marido parado à proa, abanando orgulhosamente para o povo que viera saldá-lo. Ele chegara na hora certa. O rei Carlos Alberto não tinha obtido mais vitórias contra os austríacos, e parecia ter perdido toda a sua capacidade ofensiva. José chegara, finalmente. Em pé no pequeno bote, Anita sentia a antiga fraqueza nas pernas, o velho fascínio que aquele homem exercia sobre seu corpo e seu espírito. Segurou Ricciotti com força e o menino reclamou, como se entendesse que, novamente, com a volta do pai, passaria a ocupar um lugar periférico na vida da mãe. Aquele homem espadaúdo e sorridente em pé na proa do *Speranza* era o centro nervoso da vida de Anita.

Como se os pressentisse, Garibaldi abaixou o rosto para o mar e viu-os no bote. Anita acenou-lhe, emocionada. Demorou alguns instantes para reconhecer o filho, bem mais crescido, e depois sorriu para os dois. Achou Anita elegante, mais europeia. Um amor calmo e sereno remexeu-se no seu peito como um velho cão em frente a uma lareira.

— Anita! — gritou.

Então, olhando ao redor, viu Anzani acomodado na sua cadeira na proa, pálido e magro. Sacchi, sentado num canto por causa do joelho ferido, mirava o bulício do porto. Chamou pelo Negro Aguiar, que surgiu ao seu lado.

— Cuide de Anzani. Anita está ali naquele bote. Voltarei com ela.

— Cuidarei de tudo, pode deixar — respondeu Aguiar.

Garibaldi desceu a escada de corda com agilidade, depois deu um pulo certeiro para o bote, onde abraçou Anita e o menino. Negro Aguiar, debruçado na amurada do Speranza, observou tudo. Uma bonita cena familiar, ele riu. Garibaldi e Anita beijavam-se. No cais, a multidão urrava diante do pequeno espetáculo amoroso. Os gritos elevaram-se no ar: *Garibaldi, Garibaldi, Garibaldi*!

Aguiar virou-se para a coberta e viu que Anzani necessitava a sua ajuda:

— Erga-me, por favor — disse, num fio de voz. — Deixe-me ver o nascimento de um herói.

E o bom Aguiar segurou-o, sentindo a sua nova leveza, o seu corpo emaciado, outrora forte e vigoroso. Todos no barco sabiam que Anzani resistira à viagem apenas para morrer e ser enterrado em solo pátrio. Mas seus belos olhos azuis brilhavam ao olhar o porto tomado pelo povo que cantava e chamava por Giuseppe Garibaldi. De quando em quando, aqui e ali, rosas faziam piruetas no ar e iam cair na água azulada.

— Hoje é um dia de glória — disse Anzani.

— Um dia inesquecível — concordou Aguiar. — Todo o povo italiano esperava por Garibaldi.

— Posso morrer agora — disse Anzani. — Levarei esta imagem na alma.

— Não vai morrer, capitão. Acharemos um bom médico que o cuide aqui.

Anzani olhou o homem negro com carinho:

— O que vi hoje já me basta. Vosmecê também sabe que nosso Giuseppe é um predestinado. A História falará dele.

— Acredito tanto em Garibaldi que vim junto, deixando a minha terra para trás — disse Aguiar. — Agora, vosmecê sente-se e espere até que possamos desembarcar.

Acomodou Anzani no seu lugar, e ambos ficaram olhando o pequeno bote que seguia em direção à praia, levando Anita, Garibaldi e o seu filho pequeno para o porto onde a multidão cantava e acenava, emocionada.

Ele pisou em solo italiano depois de quatorze anos, sentindo o peito bater acelerado. Tinha nascido ali, corrido naquele porto e, dali, partira para o mundo, fugido, com a cabeça a prêmio. Agora, era recebido como um herói. O povo apertava-se em volta dele para saudá-lo. Cumprimentara a todos, avançando em meio às gentes até alcançar a mãe. Olharam-se por alguns instantes. Achou-a gasta e tristonha, mas o seu abraço e o seu perfume eram os mesmos que tinha guardado na memória. Ela benzeu-o em meio ao povo, e os gritos de alegria multiplicavam-se. Tudo parecia adquirir um caráter teatral. Menotti e Teresita pularam no seu colo. Felice e a esposa deram-lhe as boas-vindas. Anita sempre com ele. Olhava Rosa com desconfiança, e a mãe parecia querer que ela não estivesse ali. Giuseppe não precisou de dois minutos para compreender que Rosa considerava Anita uma intrusa. Ele tinha previsto, ambas eram mulheres de caráter forte. Conhecia Anita, jamais aceitaria o jugo da sogra. Tratou de mantê-las afastadas uma da outra enquanto tomava todas as providências para o desembarque dos legionários.

Quando a tropa deixou o *Speranza*, os setenta homens com suas calças brancas, as camisas vermelhas e verdes, o povo jogou flores no mar. Era uma festa jamais imaginada nas noites silenciosas da viagem. Era um começo auspicioso para todos, menos para Anzani, que precisou ser retirado do navio em uma maca.

Na alfândega, ele recebeu a notícia de que o conde Hippolyte Gerbaix de Sonnaz, o intendente de Nizza, oferecia guarida aos garibaldinos no convento de Saint Dominique. Para Garibaldi e sua família, a intendência cedia uma chácara nos arredores de Nizza, à beira do vallon de Magnam, um pequeno canal afastado do Centro da cidade. Ele decidiu que Anzani se acomodaria com eles na chácara, e tratou de despachar todos os homens, e abraçou o povo, e recebeu rosas, amuletos, pães e queijos.

Uma charrete conduziu Anita e as crianças para a chácara; ele foi mais tarde, depois de resolver todos os trâmites, depois de levar a mãe até a casa do cais Lunel, a sua casa. Ficou lá algum tempo, conversaram, ouviu-lhe as queixas sobre a mulher, a desconfiança sobre o casamento forjado em Montevidéu.

— Sob o meu teto, Peppino, vosmecês só dormem juntos depois que um padre italiano oficie um novo matrimônio — foi o que ela disse.

Não brigou com a mãe. Amava-a com fervor. Ela estava velha, abatida, tinha os olhos tristes, embora a alegria de rever o filho adorado desenhasse um sorriso no seu rosto sulcado de rugas. Não disse nada. Explicou-lhe que ficariam todos numa chácara, seria mais simples. Ele, em breve, partiria para Gênova. Precisava encontrar Medici, precisava encontrar Mazzini. A guerra contra os austríacos ainda nem tinha começado.

— Vou ver o rei Carlos Alberto e oferecer-lhe a minha espada — disse à mãe.

— Mas foi este homem quem o condenou à morte, meu filho.

— As coisas mudaram, mãe. Eu posso comandar um exército em nome do rei e expulsar os austríacos da Itália.

À noite, depois de uma ceia leve, depois de ver como estava Anzani, que recebera medicamentos enviados pelo intendente, mas seguia com a febre alta, ele trilhou o corredor de paredes brancas da casa, sentindo o silêncio e o cri-cri dos grilos como uma benção. Tinha sido um dia de ovações, de multidões e de febril agitação.

Passou pelo quarto onde os filhos dormiam. A porta entreaberta deixava escapar o suave ressonar das crianças. Lembrou-se da urna que trouxera de Montevidéu. Estava guardada no *Speranza*, mas logo teria o seu destino final.

Entrou no quarto onde Anita o aguardava. Pelas grandes janelas de vidro que davam para uma varanda, filtrava-se um facho de luz lunar que dava à habitação uma aparência etérea, granulada. Os poucos móveis desfaziam-se na escuridão. Era uma noite morna, macia, uma noite de verão italiano. O cheiro das flores pairava sutilmente no ar. Ele viu apenas a cama, grande e branca, com seu dossel pálido, recoberto por camadas de tecido transparente. Era a cama de um príncipe, ele pensou, com um sorriso no rosto. Era, também, um navio ancorado no meio do quarto, um navio banhado pela luz que escorria da lua.

E, sentada no meio da cama, ele viu Anita, seus longos cabelos negros desciam pelas suas costas como um manto, e eram a sua única vestimenta. Ela olhou-o. Seus grandes olhos cheios de perguntas. Seus grandes olhos cheios de certezas.

— José — a voz dela era um sussurro.

— Anita.

Ele foi tirando as roupas uma a uma. Tirava também todo o pensamento, apagava de si o rei, Anzani, os austríacos, os garibaldinos, Gênova, Mazzini. Um a um os nomes e as memórias foram perdendo todo o seu sentido, até restar apenas ele e ela, nus, expectantes, agarrados um ao outro como náufragos numa tempestade sem ventos nem relâmpagos, nem ondas, nem sal, nem lágrimas, no centro daquele quarto luminoso e eterno.

Anita

José disse-me certa vez que aqueles que morrem jovens são amados pelos deuses. Ele contava-me histórias sobre os deuses romanos e gregos, seus amores violentos, suas conquistas e terríveis vinganças. Eu gostava dos deuses sem parcimônia ou piedade. Eles eram como a própria vida.

Eu morri em Mandriole, na região de Ravena, à beira do mar Adriático, já nas últimas batalhas na Itália. Fugira de Roma, desde a Villa Spada, ao lado de José. Eu já estava muito doente... Mas isto eu contarei adiante.

Eu conto porque sou esta voz e me lembro. Eu lembro porque não cruzei o rio Lete. Foi um presente que eu recebi por ter morrido jovem.

O que importa agora é que a história da minha morte começa aqui. Nestes primeiros dias de José na Itália. Enquanto ele gestava a revolução, a minha morte também gestava-se no útero dos dias.

Eu sou esta voz e me lembro. Ouçam no vento a minha história...

Aqueles dias de junho de 1848 foram agitados, febris. Começava, então, a última parte da minha vida, embora eu nada desconfiasse. Na chácara, reuniões e peregrinações sucediam-se, atropelavam-se. O centro da Itália parecia estar onde estava José — e eu com ele. Voluntários de Nizza e de várias cidadezinhas ao derredor não paravam de chegar; eram jovens, ainda meninos, e todos acreditavam no sonho de liberdade e viam em meu José um estandarte do futuro. Ele os recebia um a um, escutava-os, gastava seu tempo com eles. Cada um daqueles jovens, dizia José, era uma partezinha da Itália. Estes voluntários encheram o pátio da chácara e, finalmente, José encaminhou-os para o convento onde estavam os outros garibaldinos. Lá, ganhariam um uniforme e suas primeiras aulas táticas, seriam ensinados pelo Negro Aguiar e pelos outros legionários a usar suas armas, a lutar segundo as táticas de guerrilha que José aprendera ainda no Rio Grande com os gaúchos republicanos.

Na chácara, conosco, ficou apenas Anzani. E isso por alguns dias. Ele estava muito doente: cada alvorecer trazia consigo a possibilidade da morte. Ele era, então, como um arauto. Tão perto estava já do outro mundo que via coisas. Dizia grandes frases, punha em José todo o seu fervor nacionalista. "Garibaldi é um predestinado"; "Garibaldi tem nas suas mãos o futuro da Itália." Talvez sua alma, já quase liberta do corpo, pudesse confirmar coisas que, para mim, não passavam de intuição. De fato, creio que Caronte já rondava a chácara, farejando seus próximos passageiros, cruzando o fio de água do Magnan entre as estrelas pulverizadas no céu, silencioso, arguto como o próprio Hades — expectando a derradeira viagem de Anzani e, quiçá, a minha.

Afinal, Anzani e eu éramos dois condenados à morte.

Havia muitos, então.

Nos próximos meses, nas duras batalhas encabeçadas por José, vários dos homens que circulavam pela chácara haveriam de morrer. Feridos por balas, pelo fio da espada, pelos canhões que cospem fogo, pela febre, pela ruína dos ferimentos. A lista era longa. Morre-se de muitos jeitos, mas nascemos sempre de um único modo. A morte é mais engenhosa, creio eu. A morte é sempre a vida ludibriada.

Mas havia muita vida para viver, ao menos, para José. Como previa Anzani, meu José tinha um futuro único pela frente. Ele fez muitas coisas, lutou muitas guerras, morreu de velho em sua cama de Caprera. Foi protegido pelos deuses, ganhou, perdeu, amou, sonhou, sofreu. Teve uma existência plena, e mereceu-a completamente.

As gentes vinham vê-lo em procissão. Velhas mulheres trilhavam os caminhos poeirentos de verão até a chácara apenas para benzer José, para depositar nele as suas orações e sonhos. Ele as recebia, também, uma a uma. Todas as criaturas amavam-no. Fizeram-se serenatas noturnas à nossa porta. Dezenas, centenas de pessoas acudiam a estes sucessos, vinham com velas acesas, iluminando a noite de verão. Diziam o nome Garibaldi como uma prece, e ele as olhava da porta da chácara, e seus olhos brilhavam de emoção, porque era amado. Sentia-se responsável por todos, pela própria Itália.

Anzani foi despachado para Gênova, onde já estavam Medici e também Gallino. Lá, receberia os cuidados de um médico especializado na sua doença, mas José despediu-se dele como se nunca mais se fossem ver. Depois disso, chorou. E, com lágrimas nos olhos, foi estar com o intendente, organizando a partida dos seus homens para Gênova, de onde seguiria para Roverbella, para o quartel-general do rei Carlos Alberto, a quem tencionava oferecer o seu batalhão na luta contra os austríacos comandados por Josef Radetzky.

Antes da viagem, porém, pude tê-lo para mim por alguns dias. Creio ter sido o nosso último interlúdio amoroso em paz. Tivemos as nossas noites no grande quarto com varanda para o jardim, madrugadas de beijos e conversas à meia-voz. Ali, não havia outras mulheres a roubá-lo de mim. Elas vinham, é claro, traziam rosas, pães — mas depois partiam.

E eu o tinha. Ele foi só meu, meu José...

Forjava-se, naqueles dias, a sua lenda. Seu nome estava em todas as bocas. E ele tinha passado tantos anos no exílio! Era como uma semente que, depois de muito tempo sob a terra, finalmente brotava apressada, crescendo, abrindo-se em flores e folhas, inquieta, verde, fundamental. Todos acorriam a José, e ele parecia evocar o que de melhor poderia haver nos seus semelhantes. Homens vinham a ele como mariposas à luz fulgurante de um lampião.

Também eu abrasava-me por ele.

Digo-o ainda uma vez mais, porque um amor como aquele que eu senti não morre jamais, mas vaga pelo vento através dos anos e dos séculos, perpétuo, inteiro em si mesmo — um amor como o que eu senti por José não se dispersa, nem se dilui. Paira sobre o tudo, ilumina com o sol e chove com a chuva, misturando-se às coisas e aos seres sem nunca deixar de ser inteiro.

Bastava que José estivesse perto de mim para que meus pensamentos se desencadeassem como os elos de uma corrente se rompem. Desconstruída, magnetizada pela sua figura, pelo seu brilho, seus olhos, seu corpo, sua boca, eu orbitava em torno dele, outra vez uma escrava. Eu, ele — lutávamos pela liberdade, acreditávamos na igualdade dos seres humanos, mas eu era a sua lua, e ele era um sol. E nunca me saciava de José, nunca.

Quando me expôs seu plano de seguir para Gênova ao encontro de Mazzini — que tinha voltado da Inglaterra para coordenar a revolução que José levaria a cabo —, e também para ver o rei, avisei-lhe de que eu não ficaria em Nizza. Eu seguiria ao seu lado, deixando as crianças com a senhora Deidery e com a minha sogra. Ele sorriu-me, aqueles seus olhos de trigo pousaram em mim, e então me disse:

"Vosmecê vai comigo até Gênova, depois volta. Não sei o que sucederá então, Anita. Em Gênova e em Roverbella, o futuro será traçado."

Antes da partida de José e seus garibaldinos, o intendente ofereceu-lhe um banquete no Hotel d'York. Eu não tinha um vestido para tal evento, mas a senhora Deidery mais uma vez me socorreu, e juntas reformamos um velho traje seu. Fui de braços dados com José, sentados numa caleche que nos levou até a Rue de la Préfecture número 5, e assim entramos no belíssimo salão cheio de convivas. O intendente-geral fez as honras ao filho pródigo, que voltava para libertar a Itália. Tivemos brindes e danças. Também olhares das mulheres presentes para o meu belo marido. Todas pareciam querê-lo, mas José comportou-se bem na premência de encontrar o rei, de entabular o ataque aos austríacos, sua alma não estava para amores — e, na guerra, não havia mulher que soubesse ser como eu. Naquela tarde, José fez outro dos seus discursos...

"Vocês sabem — disse ele à assistência — que jamais fui partidário dos reis, mas como Carlos Alberto tornou-se um defensor da causa popular, eu tenho o dever de lhe oferecer minha ajuda e a dos meus camaradas. Por outro lado, uma vez que a liberdade italiana esteja assegurada, e seu solo, liberto da presença inimiga, não esquecerei jamais que sou filho de Nizza, e sempre defenderei seus interesses."

Foi aplaudido por todos; depois, nos retiramos para os últimos preparativos da viagem. Assim, no dia 26 de junho daquele ano de 1848, partimos num vapor para a cidade de Gênova. Conosco, iam 170 homens, os garibaldinos.

Em Gênova, fomos recebidos no porto pelo povo em festa. Cantavam hinos patrióticos e jogavam flores ao mar. Havia dezenas de voluntários na plateia, jovens que imediatamente se juntaram aos garibaldinos: até mesmo alguns religiosos capuchinhos aderiram ao batalhão, marchando pelas ruas de Gênova sob aplausos, comandados por José. As pessoas gritavam nas ruas: "Garibaldi! Garibaldi!". Senti que Anzani tinha razão, e que seus olhos já viam o futuro.

O futuro era José.

E José estava disposto a apagar sua imagem de republicano radical, juntando-se ao rei Carlos Alberto pelo bem da Itália. Ele recebeu rosas, *discursou ao povo, acomodou os seus homens num convento jesuíta e, então, já cansado, mas firme, dirigiu-se para a casa da família de Gallino, onde Anzani estava hospedado. Foi o último encontro dos dois, e eu estava lá. Francesco Anzani já era um moribundo, a morte já tinha cravado seus dentes nele. O quarto todo cheirava a remédios e doença, como uma antecâmara do fim. Lembro-me do medo que senti — lembro-me de tantas coisas agora, como se as memórias de todos confluíssem para mim, como se eu fosse um estuário daqueles tempos.*

Anzani juntou suas últimas forças para dizer a José que Medici tinha estado com ele, e que desconfiava das suas intenções de lutar junto com o rei Carlos Alberto. Disse também que José deveria reconquistar Medici, que deveria seguir adiante, resistindo a todas as dificuldades, pois ele era o escolhido pelos deuses para unificar a Itália.

José ouvia tudo isso e chorava. Anzani e ele tinham passado juntos longos anos no Uruguai, e juntos tinham formado a legião italiana. Francesco Anzani, deitado naquela cama, à beira da morte, tinha sido um esteio para meu José.

Abraçaram-se ainda uma vez. Depois, deixando o amigo aos cuidados da família Gallino, José partiu. Ele e Anzani não se veriam mais, nunca mais. Dois dias depois daquele encontro, Francesco Anzani morreu. A doença vencera-o finalmente. Seu corpo foi levado para Alzate, cruzando a Ligúria e a Lombardia para ser enterrado na tumba da sua família.

Mas ele não foi esquecido.

Quando José reencontrou Medici, quando juntos organizaram as tropas para a luta, o primeiro batalhão de homens recebeu o nome de Anzani. Foi a homenagem derradeira que José fez ao seu companheiro das lutas no cerco a Montevidéu.

No dia seguinte, José partiu para o quartel-general do rei Carlos Alberto na região de Mântua, no noroeste da Itália. Eu permaneci alguns dias na casa dos Gallino, rezei pela alma de Anzani, e depois voltei para Nizza.

Eu não segui José no seu encontro com o rei; mas, de certa forma, estive lá. Hoje, que sou parte do tudo, tudo vejo e tudo sei. Contarei, portanto, todas as agruras, desventuras e coragens que José experimentou naqueles dias, nos derradeiros dias que culminariam com a minha morte, quando toda a Itália sonhou o mesmo sonho de liberdade.

Ouçam a minha voz, ela é a voz do vento...

O rei Carlos Alberto não esteve à altura de Garibaldi... De fato, embora seu povo amasse José, o rei desconfiava do seu passado republicano, da sua negação da monarquia. Recebeu-o em seu quartel-general, escutou sua oferta — José e seus homens lutariam contra os austríacos em nome do rei se Carlos Alberto lhe desse o comando de uma tropa —, mas não lhe deu uma resposta. Não sabia o que fazer com o "general Garibaldi", pois não o queria comandando as suas tropas, mas tampouco poderia ignorá-lo devido ao fervor com que era amado. José fora até o rei com o coração aberto — aquele homem condenara-o à morte havia quatorze anos. Mas, pelo bem da Itália, pela sua unificação e pela expulsão do explorador estrangeiro, ele teria arrastado todos os jovens que o seguiam pelos campos de batalha sob a bandeira de Carlos Alberto.

Melífluo, o rei mandou que José viajasse a Turim, que distava 300 quilômetros de Mântua, e fosse ter com o seu ministro da Guerra. Porém, por vias mais rápidas do que José poderia vencer, Carlos Alberto despachou correspondência ao seu ministro, incitando-o a apenas distrair "o general Garibaldi", visto que seu passado não lhe parecia confiável.

José, sem saber deste estratagema, realizou a longa viagem, chegando a Turim alguns dias mais tarde. Foi recebido pelo ministro da Guerra, que o encaminhou para o ministro do Interior, que o aconselhou a partir para Veneza, assumindo o controle de um pequeno barco, lutando, mais uma vez, como um corsário. José, entendendo o jogo daqueles senhores de salão, negou-se. A sua sinceridade era pura, e o seu desejo de lutar pela Itália era nobre. Seu coração firme e corajoso rebelou-se diante das subjetividades dos ministros reais. Em pé, no salão elegantemente ornado, usando as roupas simples que sempre ostentara, digno e corajoso, ele respondeu ao ministro do Interior:

"Sou pássaro de bosque, não de gaiola."

E foi-se embora, levando atrás de si a luz do seu sol particular e as centenas de jovens que se engajavam na sua tropa. Os garibaldinos cresciam cada vez mais; por onde passasse José, jovens deixavam seus afazeres — a forja, o arado, o livro de Direito, a massa do pão e o amor — e seguiam-no no seu sonho. Ele estava decidido a lutar pela pátria. Se os homens não eram grandiosos, a pátria o era — a Itália, fundada das cinzas e dos sonhos de Troia por Eneias, escolhido dos deuses; a Itália, que comandara o mundo com seus césares, era imortal. José lutaria por ela.

Assim decidido, encontrou-se com Giacomo Medici em Turim. Desde que Medici partira de Montevidéu, andava estremecido com José. Não podia aceitar a sua oferta ao rei — qualquer ranço monarquista o deixava desconfiado, malconformado. José explicou-lhe que tudo o que fizera fora pelo bem da pátria. Estava cansado, o meu José, as dores do reumatismo começavam a rondá-lo então. Sofria calado, dormia mal. Medici achou-o abatido. Fizeram as pazes.

"Esqueçamos o rei", disse José a Medici. "Esta gente não é digna de que corações como os nossos se submetam."

Decidiram-se, então, a reunir seus homens e partir para Milão ao encontro de Mazzini. A cidade de Milão estava em plena revolta contra os austríacos, e formara um governo provisório democrata. José chegou lá na efervescência da luta, e foi recebido pela Guarda Nacional e pela população em festa. Por onde passava com seus garibaldinos, as casas acendiam-se, espalhando velas nos parapeitos das janelas e nos umbrais das portas; flores eram jogadas aos seus pés, os italianos o queriam com fervor, ele representava seus sonhos de liberdade, ele era o futuro da Itália.

Acho que José deve ter sentido o tamanho da sua responsabilidade naqueles dias. Tanto amor assim pode ser um peso, uma sina. Era, de fato, como um vírus que se espalhava sem controle. Giuseppe Garibaldi, o general, tinha virado um herói. Nascia ali o mito que os séculos não haveriam de destruir.

José...

Lembro quando eu o vi a primeira vez, em Laguna, numa tarde... Ainda era um jovem desconhecido, cheio de sonhos, capaz de grandes atos. Fugira da sua terra com a cabeça a prêmio, condenado à morte pelo mesmo rei ao qual, corajosamente, oferecera seus préstimos, e tinha realizado o feito de levar os lanchões farroupilhas através do pampa até o mar, enganando os imperiais. Em Laguna, andava pela cidade como um fogo luminoso. Era belo, magnético. Meus olhos seguiam-no pela rua de terra, embora ele não me visse, absorto em conversas com seu amigo Rossetti. Todos o olhavam, não apenas eu.

Fui sua rainha e sua escrava.

Seu ópio e seu grilhão.

O tudo e o nada nos uniram com seus laços invisíveis, afrouxando e apertando, sempre em movimento como os oceanos.

Em Nizza, acompanhando os acontecimentos pelos jornais, eu entendi que a vida levaria José de mim, caso eu não tivesse a coragem suficiente para permanecer ao seu lado. Mas eu o seguiria. Assim como as centenas, os milhares de jovens que se juntavam a ele, também eu estaria com José na sua luta contra os austríacos. Os jornais também contavam do discurso que José fizera após seu encontro com Mazzini numa praça em Milão, onde o povo o festejava com flores e canções.

"Caros milaneses, sou grato por sua ovação. Mas esta não é uma hora de gritos e de conversas. É hora de ação. Mostraremos aos italianos e à Europa que queremos vencer. E venceremos."

E José começou a agir.

Criou o batalhão Anzani com mais de mil voluntários que se alistaram para lutar ao seu lado. No mesmo dia em que José conclamava seu batalhão para a luta pelo país, o rei Carlos Alberto, que recusara seus préstimos, perdeu uma grande batalha contra os austríacos: o general Radetzky atacou Milão, e o rei Carlos Alberto capitulou. O povo milanês revoltou-se, saindo às ruas para pedir a morte do seu rei. As gentes atiraram contra o palácio, e Carlos Alberto precisou fugir no meio da madrugada, com medo de ser morto pelos seus súditos revoltados.

José aglutinava mais e mais homens ao seu redor: em menos de duas semanas, já eram trinta mil almas a segui-lo. Ele, Medici e Sacchi coordenavam toda a tropa e marcharam com ela para Bérgamo, onde José recebeu a notícia do fracasso do rei Carlos Alberto. Com seus soldados, eles voltaram a Milão a fim de lutar pela recuperação da cidade, mas ela já estava tomada pelos austríacos.

Não pararam aí. Medici reuniu uma tropa e bateu-se contra o inimigo em Germignana; de lá, seguiu para Varese, sempre ovacionado pelo povo, sempre com suas fileiras aumentando — jovens largavam seus afazeres todos os dias para se unir aos garibaldinos de José. Medici lutou em Varese, defendendo a cidade de uma tropa de três mil estrangeiros, e depois atravessou as montanhas e chegou na Suíça. José seguia por outro caminho com o restante dos seus homens. Em Varese, foi atacado por uma terrível crise de febre, e o médico da tropa diagnosticou-o com malária. Mesmo doente, ele sequestrou dois barcos no porto, atravessou *com eles o lago Maggiore, e chegou na cidade de Luino. Os austríacos bombardearam os barcos dos garibaldinos, mas José escapou ileso, atacou um batalhão inimigo de quatrocentos homens, e ainda fez mais de vinte prisioneiros. Circulou pela região com tamanha maestria, aproveitando--se das táticas de guerrilha que aprendera no Brasil, que o furioso general Radetzky, envergonhado dos sucessos garibaldinos, despachou 19 mil homens para caçá-lo.*

José agia como um fantasma. Com suas tropas, viajava sempre à noite, surgindo numa vila aqui para depois aparecer numa cidade acolá, surpreendendo os austríacos, atacando suas tropas, atabalhoando seus planos, sempre acolhido pelas gentes, sempre festejado pelo povo. Depois de algumas semanas desta furiosa viagem de surpresas, José e seus soldados atravessaram a fronteira e chegaram à Suíça, onde ele encontrou-se com Medici e com Mazzini. Já então, José e Mazzini tinham diferenças grandes demais. Tiveram calorosas discussões a respeito do modo como deveriam conduzir a luta e a caminhada da Itália à República. José estava acamado outra vez, com febre alta e sentindo dores pelo corpo — começava ali o martírio do reumatismo que o agoniaria ao longo dos seus muitos anos de vida.

Cansado, desiludido por conta dos seus desentendimentos com Mazzini, José atravessou a fronteira novamente e, clandestino, viajou até Nizza. Eu estava na casa dos Deidery com nossos filhos. Já não vivia com Rosa Raimondi, minha sogra.

Abril de 1850, Tânger

Ainda não amanheceu. Ele estica o braço e abre uma fresta da cortina. Lá fora, uma luz irreal banha o mundo, coalhando o ar, rosa e amarela, uma luz pálida que parece não vir nem do sol, nem da lua, metamorfoseando a rua silenciosa numa aquarela nacarada. Deitado na cama, sob os lençóis, ele olha o corpo da mulher ao seu lado. Aima, ela se chama Aima.

Está em Tânger há vários meses, mas fala pouco e mal o árabe. Comunica-se em francês com a maioria das pessoas e, mesmo na fábrica, com o dono, usa o francês. Mas Aima só fala o árabe. No entanto, não há muito a ser dito, a linguagem do corpo lhes é suficiente.

O corpo de Aima. Rijo, denso, ágil. A pele cor de canela. As coxas duras, trabalhadas na faina da pensão, os pés pequenos. Seios macios e pesados de mamilos escuros, da cor do açúcar queimado. Seus cabelos, grossos e castanhos, espalhados pelo travesseiro, parecem os fios de uma anêmona. Ela toda parece uma criatura marinha, das profundezas do oceano, benigna e cruel ao mesmo tempo.

É jovem ainda.

Quase tão jovem quanto Anita quando a conheceu em Laguna. Quantos anos faz isso? Onze anos atrás. Ele a viu pela primeira vez do barco; estava no convés, havia trabalho, mas também havia aquele tédio, aquela ansiedade que o impelia às batalhas, ao confronto. Sozinho em Laguna, depois da morte de Mutru e Carniglia. Vozes demais dentro dele, culpa demais. E então, Anita...

Ele sorri tristemente. O dia lá fora começa aos poucos a ganhar um tom mais dourado. Logo, as rezas. Ele as escuta dentro de si como um eco, como se rezassem nas suas entranhas. Agora, a culpa toda vem da lembrança de Anita. Ela o persegue como um fantasma. Ele não a deixa descansar. Evoca-a em todas as coisas. Agarra-a no ar noturno, beija-a no silêncio das madrugadas, cria-lhe contornos todos feitos de palavras, enchendo páginas e páginas para relembrá-la. Ou para esquecê-la.

Já não sabe o que quer.

O passado agora briga por espaço nos seus dias. Tânger e a fábrica já não são um álibi. Terá de ir mais longe. Mais longe ainda para esquecer. Escreveu ao adido americano pedindo um passaporte. Em Roma, ofereceram-lhe o passaporte, mas ele jamais abandonaria a luta. Agora, a luta havia acabado. Anita já não existe mais. Olha para Aima. A beleza crua da juventude. Ele já não é mais jovem, trabalha numa fábrica de velas. Espera ansiosamente a resposta do adido americano. A América... Anita irá com ele, dentro dele, para a América?

As coisas surgem na sua mente, as memórias, como roupas espalhadas pelo chão do quarto. Ele tenta se lembrar de alguma coisa, uma tolice cotidiana, e o passado pula em cima dele, sempre de tocaia. Sempre. Os primeiros tempos da volta à Itália. A briga de sua mãe e Anita. Ele ri, deitado na cama. Aima remexe-se suavemente, descobrindo uma coxa castanha. Ele a cobre. Sempre soubera que Anita e a mãe nunca se entenderiam. Ambas o queriam demais para dividi-lo. Rosa era uma mulher quieta, mas persistente. Anita era teimosa. Dois silêncios que se afrontavam. Não havia brigas, só aqueles olhares. Uma guerra silente, invisível, cheia de adagas transparentes, de golpes secretos, de fulminações.

Lembra-se de quando voltou a Nizza. Clandestino, pelas montanhas, fez a travessia com febre, usando o passaporte de um dos seus legionários. A doença, que agora o assedia a cada inverno, começava então a se manifestar. Todo o seu corpo doía. Estava exausto. Chegou em Nizza no meio da noite sob as estrelas do outono. A mãe estava sozinha em casa; Anita mudara-se para os Deidery com as crianças pequenas. Menotti tinha entrado no Real Colégio de Racconigi.

Como se as lembranças fizessem barulho, Aima abre os olhos.

— *Nagib...* — diz baixinho, quase um gemido.

Os olhos baços e dourados o chamam num convite. Ele acarinha-lhe os cabelos:

— Volte a dormir — diz baixinho.

Aima cola seu corpo ao dele, cruza uma coxa por sobre o seu quadril. Anita era morena, mas Aima é da cor da canela. Quando a respiração suave da moça retoma o seu ritmo, ele volta ao fio das suas lembranças.

Naqueles dias, dividira-se entre a casa da mãe e dos Deidery. Giuseppe Deidery fora um dos melhores amigos do seu pai. Anita e Maria Luzia tinham ficado muito unidas, tanto que, ao partir para o exílio, os Deidery assumiram a custódia dos seus filhos. Rosa já não tinha mais condições de cuidar de três crianças. Pensa nos filhos. Ricciotti mal o conhece. Esteve sempre longe. Com Teresita, viveu algum tempo. A menina bonita, de temperamento doce. Menotti já está com 11 anos. O garoto mandou-lhe uma carta há poucas semanas. Sente falta da mãe. Todos sentem a falta de Anita. Escreveu ao filho: *Eu também sinto a falta de Anita, ragazzo mio.* Não falou ao filho da culpa. Ele sente culpa pela morte da mulher. Tentou dissuadi-la de acompanhá-lo naquela fuga insana pela Itália, os exércitos austríacos caçando-os como cachorros. Anita insistia. Ela tinha medo. As mulheres do caminho, ela sabia. Estava grávida, era teimosa. Ele sacode a cabeça tentando afastar as lembranças da travessia nas canoas até Ravena. A fazenda em Mandriole...

Vira-se na cama, aquecendo-se no calor de Aima. Prefere pensar nos tempos anteriores, quando a guerra começou. Anita ao seu lado. Depois de uns dias escondido em Nizza, a polícia informou a sua presença na cidade. Mas ele já se tinha decidido a partir para Gênova, e Anita, desta vez, bateu pé e seguiu com ele.

Eles viajaram juntos no barco. Anita ao seu lado, os cabelos escuros e fartos presos num coque, os olhos que queimavam. Ela o amava, ela sempre o amou.

— *Nagib*... Vem cá.

A voz de Aima o arranca do passado, abafa o fogo do olhar de Anita, a luz daquele outono. Ele escorrega na cama, colando seu corpo ao da mulher. Quando suas bocas se unem, as memórias se apagam, obedientes como cães. Lá fora, as rezas do dia se elevam ao céu.

Anita

Estávamos naquele barco para Gênova e a febre queimava José como um círio. Mesmo doente, ele não podia parar. Tinha posto a girar a inexorável roda do destino. O mar estendia-se ao longo da costa, azul e límpido de sonhos. Fazia frio e o ar era leve, doía, entrava em mim como a própria vida.

Eu estava novamente ao lado dele.

Dele, meu José.

Viajávamos em silêncio porque havia muito a ser dito. Eu nem sabia — como poderia sabê-lo quando ainda era sangue e carne? —, mas meus filhos tinham ficado com a mulher que haveria de criá-los. O destino afrouxa aqui a linha com a qual ele dará a laçada mais adiante. Maria Luiza e Giuseppe Deidery me receberam de braços abertos em sua casa simples, generosa. Ele era um pescador que possuía dois barcos e saía ao mar com seus homens quase todos os dias. Talvez por ser parecido com José no seu amor às coisas marinhas, aos peixes, aos mistérios do oceano e do céu, eu me afeiçoara ao homem. Tinha uma sabedoria que me agradava, falava das marés, trazia conchas para Teresa e pedras coloridas para o pequeno Ricciotti. Deixei meus filhos com eles, e minha alma era leve.

Faltava-me menos de um ano de vida. Um ano! Com que esbanjamento eu gastava aquelas horas, aqueles dias preciosos... Oh, se eu tivesse sabido... Teria feito algo diferente do que fiz? Estar com José era tudo o que eu queria, tudo. O navio cruzava as águas, íamos ambos perdidos na paisagem que se transformava diante de nós.

Depois de muitas horas, cansado do silêncio, um pouco melhor das suas dores, José saiu comigo para a proa, pois queria ver as gaivotas e respirar o ar marinho. Na amurada, um ao lado do outro, ele segurou minha mão e começou a falar. Gostava de ensinar-me coisas e eu gostava de aprender com ele como nos tempos de Montevidéu, quando me ajudou a escrever as primeiras palavras, segurando minha mão entre as suas, as suas grandes mãos calejadas de lemes e de estrelas.

Ali, sob o ar frio do comecinho do inverno, José contou-me de Gênova. Seu amor pela Itália transbordava na sua voz... Fundada pelos gregos, Gênova fora destruída pelos cartagineses e depois reconstruída pelos romanos. Séculos mais tarde, seus mercadores partiram para as Cruzadas, descobrindo assim o rumo do Oriente, e suas andanças religiosas abriram o caminho para o comércio marítimo com o outro lado do mundo, enriquecendo a cidade e transformando seu porto num dos mais lucrativos da Europa. Reis e papas envolveram Gênova em diversas guerras, disse-me José.

"A coroa e a cruz são os males do mundo", ele falou.

Pelo brilho das suas retinas de trigo, eu soube que ainda estava febril. Aquela febre que enferrujava suas juntas haveria de acompanhá-lo até o fim dos seus dias; aquela febre, hoje eu sei, foi a sua mais perene esposa, a sua companhia nas madrugadas.

Aquela febre...

Até das doenças de José eu gostava. Enquanto ele contava de Gênova, enquanto o barco seguia, abrindo uma esteira espumosa nas águas do Mediterrâneo, José contou-me que Napoleão Bonaparte integrara Gênova à República da Ligúria, e que a cidade fora absorvida pelo Império francês algum tempo depois, para logo ser anexada ao reino da Sardenha. Então, ele calou-se. Olhou o céu cinzento, pesado de nuvens para o poente, as gaivotas gritavam lá no alto.

"Ruidosas como hienas", ele disse. "As gaivotas... São as hienas do mar. Gosto delas, arrancam-me sempre dos pensamentos soturnos."

"Quais pensamentos rondam a sua alma, José?"

"Há muita morte pela frente", ele disse. "Quero expulsar os austríacos da minha pátria, mas muitos morrerão nesta guerra. Às vezes, esta certeza pesa como se a morte deixasse um amargor na minha boca."

"É a febre que o deixa assim", falei, abraçando-o.

Ele era tão compacto, tão firme, tão quente. Quase posso sentir aquele abraço... O vento que se ergueu do mar, trazendo as nuvens de chuva, e o cheiro de José, um olor a cravos e a maresia. Fiquei um bom tempo *nos seus braços, como um barco que aporta numa ilha, última parada antes de uma viagem tempestuosa e dura.*

Quando atracamos no porto de Gênova, José Garibaldi foi engolido mais uma vez pela furiosa esteira dos acontecimentos, e tudo o que eu pude fazer foi agarrar-me a ele, feito um náufrago num pedaço de madeira. Mas, então, a sua alma já se esvaziara de mim... O amor pela liberdade e o sonho de uma república ocupavam-no inteiro, e ele já não era meu, mas da Itália.

Ficamos em Gênova por alguns dias.

Eu aproveitei para ir ver meu filho Menotti, pois o Real Colégio ficava na cidade. Parecia feliz entre os colegas, e isso aliviou a minha alma. José esteve com ele numa tarde também, mas depois foi engolfado por reuniões e encontros.

Enquanto estávamos em Gênova, novos voluntários se juntaram a José. Ele atraía gentes por onde passava... E recebemos a notícia de que fora eleito deputado pela cidadezinha de Cicagna, que ficava nos arredores de Gênova, no recém-criado Parlamento de Turim. José não quis ocupar sua cadeira na Assembleia Nacional de Turim: era um homem dos campos de batalha, era um homem de ação. Num discurso improvisado para o povo que aclamava a sua eleição, ele disse:

"Não tenho nada a não ser uma espada e a minha consciência! E é pela espada que devolverei a liberdade aos italianos."

José incendiava as gentes. Ainda me lembro dos gritos, das ovações. Dos retratos pendurados nas sacadas das casas, como se ele fosse um santo. Todos o queriam, todos o chamavam pelo nome e tocavam-no quando andava pelas ruas. Não apenas eu o amava com fúria, ele tinha o poder de enfeitiçar seus semelhantes com as suas palavras...

Depois disso, seguimos para Palermo em outro navio. A viagem deveu--se ao fato de que José pretendia engajar-se na luta pela independência da Sicília, pois um homem chamado Paolo Fabrizi, revolucionário ardoroso como ele, precisava de reforços na sua batalha contra os Bourbon.

Mas não chegamos ao nosso destino...

Quando fizemos escala no porto de Livorno, a população da cidade estava aglomerada no cais à espera de Garibaldi. Seu nome subia ao céu junto com os gritos das gaivotas. Ao meu lado, na coberta do vapor, vi José emocionar-se com a recepção daquela gente. A sua gente. Por toda a Itália, esperavam-no como a um arauto. Vosmecês não podem mensurar o que foi, o que era ser amado e ovacionado como José o era naqueles tempos, naquele país convulsionado pela revolta, oprimido pelo jugo estrangeiro.... As notícias sobre José voavam de boca em boca, iam mais rápido do que os vapores, do que os cavalos, do que as ordens de reis e de generais...

Comovido, José desembarcou em Livorno, atendendo aos pedidos das gentes. O vapor seguiu sua viagem sem nós. Ficamos hospedados na casa de Carlo Notary. O povo toscano desejava que José Garibaldi assumisse o comando supremo das tropas revolucionárias, e este era o intento de meu esposo. Queria comandar os homens e agir livremente, conforme suas ideias a respeito de como aquela guerra deveria ser travada. Mas os líderes toscanos não chegaram a um consenso, e José começou a se inquietar. Ele queria a luta.

Partimos de Livorno uma semana mais tarde, aplaudidos pela população. José arregimentara mais trezentos voluntários, e seguimos todos num trem para a cidade de Florença. Eu era a única mulher entre todos aqueles homens, e me sentia muito bem. O universo masculino sempre me fora agradável — em pequena, preferia a companhia máscula e, às vezes, violenta, de meu pai, do que as conversas de minha mãe.

Eu era assim com os homens de José. Gostava deles, entabulávamos longas charlas. A liberdade do povo, os direitos fundamentais, a ambição dos reis, da igreja, o sol, a lua, a chuva, falávamos sobre coisas grandes e pequenas, sobre dias e sonhos e batalhas. Sentia-me no meu elemento, longe das fraldas, comidas, regras cotidianas de um lar... Claro, a saudade dos meus filhos era um espinho que doía por vezes. Mas estar com José, dividir suas ideias, vê-lo em ação entre as gentes e, depois, à noite, tê-lo em minha cama...

Tive uma vida curta, é verdade...

Como todo homem feito de fogo, José abrasava-me. Mas creio que fui feliz. Ah, a felicidade, essa imprecisão pela qual os mortais se batem ao longo de toda uma vida, e que depois se esfumaça como os sonhos.

Novembro de 1848, Florença

O povo acotovelava-se na rua estreita em frente à casa onde estavam hospedados. As primeiras estrelas da noite brilhavam no céu. Anita fechou os últimos botões do vestido. Ouvia as vozes engrossando lá na rua, o clamor surdo, afável como um sussurro amoroso. Sentada em frente ao toucador, na casa de Piero Pigli, um radical revolucionário florentino, ela ajeitou os cabelos, olhando-se por um instante no espelho de cristal. Estavam ali havia três dias, e José fora engolido por reuniões, planos e pronunciamentos. As gentes de Florença aplaudiam-no pelas ruas. Agora estavam lá fora, aglomeravam-se em frente à casa, esperando um discurso de Garibaldi.

Ela mirou-se uma vez mais. Seu vestido simples, com o corpete de lã preta, salientava a beleza dos seus olhos. Sentia-se viva, alegre, emocionada. A Itália unia-se aos sonhos de José numa campanha pró-Garibaldi. O povo aclamava-o nas cidades por onde passavam. As filas de voluntários para a luta contra os austríacos engrossavam diariamente. Ergueu-se, deixou o quarto onde o fogo ardia na lareira e caminhou, os saltos de suas botas ecoando pelo corredor, até a sala onde José e Piero se encontravam.

— A rua está cheia — disse Anita, com um sorriso. — Querem vê-lo, José.

O marido olhou-a com aqueles olhos enormes, intensos. Ergueu-se da poltrona onde estava e caminhou até ela.

— Amanhã partiremos — segurou-lhe as mãos pequenas. — Eu atravessarei os Apeninos com meus homens. Vamos marchar para Ravena, e, para isso, teremos que atravessar a fronteira dos Estados Pontifícios. Isso pode ser uma complicação, Anita. Não sei se o papa permitirá que eu atravesse seus domínios com meus revolucionários... Além do mais, o inverno se aproxima, será uma marcha difícil.

Ela o olhou alarmada:

— Vou com vosmecê, José.

— Não — disse ele. — Você voltará para Nizza. Piero já providenciou as passagens. Vosmecê precisa cuidar dos nossos filhos.

Ela desviou o rosto. Os filhos. Sentia saudade deles, mas sabia que estavam bem com o Deidery e com a avó. Lá fora, o clamor do povo aumentava. Tinham conhecimento da partida iminente do carismático líder revolucionário, queriam suas promessas de futuro. Olhou para o marido que se afastara, mirando a rua por uma fresta na cortina do balcão. Viu-o já muito longe, cercado de pessoas, amado, venerado. Longe, longe dela.

— Está na hora de falar com eles, Giuseppe — disse Piero Pigli.

Anita viu José respirar fundo e abrir com força as portas duplas do balcão. O ar frio da noite entrou como um sopro, invadindo a sala. Anita esfregou as mãos, José avançou para o balcão, enquanto o murmúrio da multidão lá fora se elevava no ar em vivas e aplausos. Seu marido já não era mais seu. Ele nunca tinha sido. Nunca. Quando o conhecera, em Laguna, naquela tarde em que ele viera vê-la em frente à casa do tio, José estava solitário, pranteando a morte de Mutru e Carniglia. Mas ele sempre pertencera aos seus sonhos, aos seus ideais.

Anita se encostou na parede e, subitamente cansada e triste, escutou as palavras que seu marido dizia à multidão, e que pareciam vindas de longe, abafadas pelo clamor das gentes lá embaixo na rua:

— Amanhã marcharei com meus homens pelos Apeninos. Vamos em direção a Ravena e, de lá, para Veneza. Vou com companheiros que lutam comigo desde Montevidéu. E desde Montevidéu, meu plano era estar com vocês aqui, irmãos toscanos! Agora, preciso partir, pois corro para onde o destino da Itália parece me chamar. Não me divido de vós, não me separo do ânimo e da esperança. Encontrei em Livorno cidadãos incomparáveis empenhados no ressurgimento da nação italiana. Em Florença, um ministério igual à grandeza dos tempos, porque digno do nosso povo e da nossa grande pátria comum! De toda a Toscana, acorre a mim um povo impaciente por lavar a mancha que mãos venais e vendidas lançaram sobre o nome da nossa Itália!

A multidão explodiu em vivas.

Anita ouvia as vozes pipocando na noite lá fora. Olhou José. De onde estava, via apenas seus cabelos loiros, os cachos que desciam até os ombros, as costas largas, o inseparável poncho de lã vermelha. Como sempre, toda a luz da noite e dos lampiões parecia acorrer e iluminar seus cabelos, formando um halo pálido ao redor da sua cabeça bem-feita. Por um instante, Anita sentiu saudades das noites quietas em Montevidéu no pátio da sua prisão, quando José e ela acorriam até a varanda que dava para o mar e ele lhe contava das estrelas e dos deuses.

— Vamos libertar a nossa Itália do jugo do explorador austríaco! — gritou José para delírio do povo lá embaixo.

Anita sacudiu a cabeça, afastando as memórias. Paolo Pigli olhou-a com um sorriso no rosto, um sorriso de admiração por José. Ela suspirou fundo, desviando o rosto. Todos os admiravam, mas ela, ela o amava... Sem conter a emoção, correu para o quarto e fechou a porta com violência, abafando de leve o êxtase das gentes que gritavam pelas palavras do seu marido. Suas passagens já estavam compradas. Amanhã ela voltaria para Nizza.

Anita

Voltei para a casa dos Deidery, e José partiu com seus homens no rumo dos Apeninos. Alegrei-me em rever meus filhos — ah, o tempo da ampulheta esgotando-se... — mas me senti excluída dos sonhos de meu marido.

Talvez José intuísse as dificuldades da travessia, que foram para muito além das agruras invernais... Eles atravessaram as montanhas com a neve pelos joelhos. Não tinham recebido a ajuda dos governos italianos, e viajavam com poucos casacos, sujeitos ao horror das intempéries, sem os víveres necessários para tão difícil aventura, vivendo no limite do perigo e da morte com a bocarra do inverno prestes a morder os seus pescoços. Após muitas dificuldades, José e seus homens atingiram a fronteira dos Estados Pontifícios, que estava bloqueada por soldados suíços a serviço do Papa. Tiveram de buscar uma estalagem e, para estar ali, gastaram todos os seus parcos recursos.

O papa Pio IX negava-lhes a passagem pelas suas terras. Presos entre o não e a montanha, eles quase não tinham o que comer...

De certa forma, era como se eu estivesse com eles, intuía cada coisa, cada nova dificuldade, sentia a neve enregelando meus próprios pés. Em Nizza, no quarto que dividia com meus filhos, a cada noite, eu sonhava com os transtornos de José. Parecia que a viagem brotava dos meus sonhos, tecendo-se no escuro das noites invernais de Nizza para ganhar forma lá do outro lado da Itália, sob a sina da travessia do meu marido.

Eu podia ver José com seus garibaldinos... As longas jornadas, a fome, o frio. Ele precisava quebrar a imobilidade das montanhas, e conseguiu autorização para seguir sozinho até Bolonha, onde iria se entender com o general Latour, comandante geral das forças pontífices. Por toda a região, o governo tinha acabado de sufocar movimentos revolucionários, e a presença de José Garibaldi e dos seus homens era como o fogo na palha seca, causando terríveis dissabores ao papa.

Meu marido chegou a Bolonha na segunda semana daquele mês de novembro gelado. Latour esperava-o na entrada da cidade. Toda a imprensa estava ao lado de José e dos garibaldinos, e o povo dirigiu-se também para lá, levando tochas e velas numa procissão de luzes a favor de Garibaldi. Foi este o séquito que o acompanhou até o seu hotel pelas ruas cheias, desprezando as ordens do governo num movimento pacífico, luminoso, emocionado, que a guarda austríaca não ousou deter. Os soldados do papa não podiam lutar contra aquilo, e José entrou em Bolonha como um herói muito amado. Latour, sensibilizado pelo carinho do povo, acomodou José em um bom hotel, e começou a tomar as providências para que ele e seus homens atravessassem os Estados Pontifícios no rumo da Ravena.

Em Bolonha, José conheceu Ugo Bassi, que seria nosso amigo, e que o acompanharia até quase o final nas lutas em Roma. José passou pelo território controlado pelo papa e, finalmente, chegou a Ravena. A cidade, como tantos outros lugares na Itália daquele tempo, vivia em clima de revolução... Ele foi recebido pelo povo em festa outra vez. José e os garibaldinos alojaram-se em um antigo convento, e ficaram à espera de um destacamento de voluntários que viria de Mântua, mas que nunca chegava. Latour tinha ordenado a passagem rápida das tropas por Ravena e, como eles não partiam, ameaçou desarmar os homens de José e prendê-los, caso não seguissem viagem para Veneza.

Mas, em meio a tal contratempo, a vida deu um nó em todos... Numa manhã fria de setembro, chegou a Ravena a notícia de que o conde Pellegrino Rossi, primeiro-ministro do papa, tinha sido assassinado. O papa Pio IX não recebeu bem o incidente, é claro... Culpou a Constituição Liberal, e pôs-se de vez contra os revolucionários e o liberalismo incipiente que surgia naquela "nova Itália". A população revoltou-se em Roma, avançando contra o poder papal. A guarda austríaca atirou contra o povo, e a revolta tomou todas as ruas romanas numa confusão de muitos dias.

O papa Pio IX, acuado, fugiu na calada da noite para Nápoles, colocando-se sob a proteção do rei Ferdinando II de Bourbon. Jovens tomaram Roma aos brados, cantando A Marselhesa e clamando pela República. Os jornais fervilhavam de notícias sobre a revolta em Roma. Meus sonhos com José eram inquietos e intensos, faziam-me acordar mergulhada em suores. Antes que me fosse comunicado o seu novo rumo, eu soube exatamente o que ele iria fazer. Era uma espécie de mediunidade, uma certeza, uma intuição, como quando, dentro do quarto fechado, sentimos o sol lá fora na rua. Era como quando engravidei de Menotti, e pressentia certas coisas. O futuro soprava seus segredos nas minhas madrugadas...

Finalmente chegou a Ravena a tropa que vinha de Mântua, quatrocentos homens para engrossar as fileiras de José. Mas ele inquietava-se com as notícias vindas de Roma.

Roma, a cidade dos seus sonhos.

Num arroubo de iluminação, José marchou para Roma... Foi uma viagem de aventuras. Primeiro, foi sozinho, deixando suas tropas em Cesena. Lá, recebeu do governo romano a insidiosa tarefa de guarnecer o porto de Fermo no Adriático, longe demais dos acontecimentos fundamentais. Porém, ele era um bom soldado — além disso, o governo alistara seus homens ao exército regular romano, e todos receberiam soldos e armas. José foi nomeado tenente-coronel, e resolveu seguir para o Adriático conforme as ordens superiores.

Com tal incumbência e tais promessas, retornou a Cesena para se juntar às suas tropas. Os garibaldinos viram passar o Natal e o Ano Novo em marcha sob a neve. Vilas e cidadezinhas nasciam e desapareciam diante dos seus olhos exaustos. José ia à frente, com seu poncho vermelho dos tempos do Rio Grande, a espada na cintura, montado no seu cavalo castanho, belo e bravo como os relâmpagos no céu... O Negro Aguiar ia sempre ao seu lado, causando espanto nas gentes pela cor escura da sua pele, segurando a lança com a bandeira dos garibaldinos, como um arauto dos novos tempos. Em todas as aldeias, vilas e cidades, o povo vinha ver a passagem das tropas. Eram aplaudidos, recebiam comida, José tinha de beijar as crianças pequenas... A sua passagem pelos vilarejos gerava histórias ao pé do fogo, histórias que aumentavam a lenda do meu marido.

Enquanto isso, eu estava em Nizza com Teresita e Ricciotti, acolhida com extremo carinho pelos Deidery. Foi um Natal triste, ao som das rezas de Rosa Raimondi. Ela se sentia apartada de seu filho mais querido, e até a sua saudade me ofendia. José era meu mais do que de todos. Ele roubara o fogo do sol, a luz das estrelas, o ar que eu respirava não confortava os meus pulmões se ele não estivesse comigo... Comecei a acalentar a ideia de deixar as mulheres e as crianças e segui-lo. Bastava que eu soubesse para onde deveria me dirigir — para Fermo, para Roma? José obedeceria às ordens do governo, afastando-se do palco da revolução?

Minha sogra entendeu prontamente as minhas vontades. Chamou-me, certa tarde, à sua casa. Disse-me que eu não deveria deixar as crianças outra vez, a revolução e a guerra não eram coisas de mulheres. Falou tudo isto com os olhos ardentes, a voz de gelo. Tinha, talvez, quando estava possuída pelas suas raivas abissais, um pouco da euforia do seu filho revolucionário. Senti por ela, naquela tarde, um laivo de simpatia — guardávamos, afinal, aquele amor por José em comum. Eu a ouvi com o máximo de calma que pude, mas voltei à casa dos Deidery com a inabalada certeza da minha partida.

Quinze dias mais tarde, pedi dinheiro emprestado ao senhor Francesco Capaneto, um italiano que apoiava a República, e tomei a diligência postal para Macerata, última parada do meu esposo, e de onde eu recebera um rápido bilhete seu. Foi no caminho desta viagem pelas estradas gélidas do inverno que fiquei sabendo que José havia sido indicado, pela cidade de Macerata, à Assembleia Nacional que iria representar o Estado Romano.

Por conta disto, José levou suas tropas a Rieti.

Refiz meu caminho e tratei de seguir até Roma, onde eu sabia que o encontraria, mais cedo ou mais tarde, e para isso não precisei guiar-me por meus sonhos. Roma, a cidade que José amara aos 17 anos, quando a conhecera em companhia de Domenico, seu pai, agora o chamava à assembleia — eu podia sentir a felicidade dele palpitando no meu próprio coração...

Assim, como duas partes de uma mesma coisa, seguimos ambos a Roma por caminhos e objetivos diversos. Ele, pela República; eu, por ele.

Ah, a vida que palpitava nas ruas e cidades, ah, a euforia daqueles tempos... Eu estava com o povo de Roma quando José marchou na famosa passeata que levou os eleitos do Campidoglio ao Palácio da Chancelaria. Ele, com seu poncho branco — o das grandes datas —, seus cabelos de sol, seu sorriso de vitória... Ele, subindo os altos degraus de mármore com dificuldade, ajudado pelo uruguaio Bueno. Eu soube, ao vê-lo em meio à massa das gentes, que outra das suas terríveis crises de artrite o atacava.

Mas ele estava lá.
Em Roma.
Sob o gritos de "Viva a República!".

José tinha sonhado aquele sonho desde a sua mais tenra juventude. Desde que fugira da Itália guiado apenas pelas constelações. Dera voltas pelo mundo, conhecera o amor e a morte, conhecera-me, fizera filhos no meu ventre, lutara por duas repúblicas, matara e ferira e salvara vidas incontáveis.

Trilhara uma longa viagem...

Ele foi levado nos braços de Bueno para dentro do palácio. Eu fiquei na rua com o povo. Não me sentia triste, eu era o povo. Foi então que alguém me tocou o ombro. Virei-me, e lá estava o Negro Aguiar acompanhado de Ugo Bassi, a quem eu me afeiçoaria.

"Senhora Anita?", ele falava em espanhol, ainda não aprendera o italiano. "Garibaldi sabe que a senhora está aqui? Aqui, sozinha, no meio do povo?"

"Cheguei hoje cedo, e ainda não falei com meu marido."

"É um grande dia", disse Ugo Bassi, depois de se apresentar a mim. "É uma honra conhecer a esposa de Giuseppe Garibaldi."

O Negro Aguiar abriu um sorriso e disse:

"Se vosmecês me permitem, eu diria que dona Anita é muito mais do que uma esposa; é uma valorosa combatente da causa dos povos. Eu já a vi com a arma na mão, lutando. É, também, a melhor das enfermeiras."

"Que a coragem venha sempre acompanhada da piedade", disse ele.

E então, contou-me que era o capelão das tropas de Garibaldi. Que levava Deus até a guerra para que protegesse os seus filhos mais corajosos. Saímos juntos dali, nós três. A multidão aglomerava-se para entrar no palácio, onde os discursos começavam. Ugo Bassi conseguiu que nos infiltrássemos pelos pomposos corredores de mármore, e chegamos a tempo de ouvir a voz de meu José ecoando nas altas galerias douradas:

"Creio totalmente que Roma hoje merece a República. Será que os descendentes dos antigos romanos, os romanos de hoje, não são capazes de ser republicanos? Viva a República, o único governo digno de Roma!"

Nas galerias e corredores, o povo aclamou com vivas e assobios as palavras de José. Ao meu lado, o Negro Aguiar sorria. Ugo Bassi aproximou-se de mim para que sua voz vencesse o clamor geral:

"*Seu marido inflama o povo com as suas palavras.*"

Olhei-o profundamente.

"*José é fogo vivo*", *foi o que eu respondi ao capelão.*

À nossa volta, o Palácio da Chancelaria era puro ardor de vozes e de palmas exaltadas de paixão.

A República Romana foi proclamada no dia 9 de fevereiro de 1849. O papa perdeu o direito ao governo temporal do Estado Romano, ficando apenas com os seus poderes espirituais. Todos os bens da Igreja foram confiscados pelos cofres da República, todos os cidadãos passaram a ser considerados iguais perante a lei.

As cidades e vilas do antigo Estado Pontifício aceitaram a República e as suas novas leis com calma e com alegria. Mas Pio IX clamou às outras potências europeias que interviessem em Roma para restabelecer a autoridade do seu governo. Os franceses entraram no jogo ao lado do papa, e Luís Napoleão Bonaparte — que fora um amigo íntimo de Mazzini — ofereceu suas tropas a Pio IX, alegando que só queria reconciliá-lo com o povo romano. Os austríacos começaram, também, a preparar-se para intervir na República Romana.

O tabuleiro da guerra recebia suas apostas, enquanto José, prevendo as batalhas que viriam pela frente, acorreu ao ministro da Guerra solicitando o aumento do número de seus voluntários financiados pelo governo, querendo igualar a sua legião ao Exército regular romano. Se franceses e austríacos viessem bater-se pelo papa, Roma entraria em convulsão. Parecia, no entanto, que os republicanos não ficariam sozinhos na sua luta contra os austríacos. O rei Carlos Alberto declarou guerra à Áustria. Mas o general Radetzky jogou-se sobre as tropas de Carlos Alberto, que acabou abdicando em favor do seu filho, Vittorio Emmanuelle II. Este logo assinou um armistício com os austríacos.

José arregimentava homens. Mazzini chegou a Roma no começo de março como deputado eleito. Logo, estava entre os triúnviros que constituíam o poder executivo da República, ao lado de Carlo Armellini e Aurelio Saffi.

As coisas sucediam por todos os lados.

Nos primeiros dias de março, José voltou para Rieti, a 60 quilômetros de Roma, onde estavam suas tropas, para treiná-las na guerra que *se anunciava. Eu voltei com ele. Ficamos na pequena Rieti, a cidade fundada pelos sabinos aos pés das montanhas, durante um mês e meio.*

Era uma cidade perdida no tempo, e quase se podia ver os antigos homens de armadura das eras medievais andando por suas estradinhas de terra. Castelos, fortalezas e santuários franciscanos pontuavam seus recantos. Havia paz, embora os homens de Garibaldi, com seus treinos de guerra e seu bulício, enchessem a cidadezinha com sua algazarra voluntariosa. Treinavam às margens do rio Velino todos os dias.

Hospedamo-nos numa antiga casa na Via Abruzzi, junto com todo o estado-maior da legião. Eu acompanhava meu marido ou dava largos passeios pelos arredores, sempre escoltada por Aguiar. Organizei um hospital com a ajuda de Ugo Bassi, cuja companhia me era cada vez mais agradável. Montamos leitos para os feridos nas batalhas, circulei pelo convento apreciando as freiras, mas não o seu Deus Todo-Poderoso, que sempre me pareceu de olhos fechados às agruras dos mais humildes. Eu me afastara da religião, e pareciam-me quase um sonho aquelas antigas manhãs de domingo lá em Laguna quando acompanhava minha mãe e Felicidade à missa...

Ah, eu fui feliz em Rieti.

A felicidade, saibam vocês, é como um pássaro de breves pousos. Ela espalha seu orvalho no bater das suas asas inquietas; depois, se vai por outros caminhos, eterna, incansável em sua viagem de esperanças.

Rieti foi meu último rincão de serenidade, de paz. Embora a guerra se anunciasse, a primavera seguia sua tarefa de azular o mundo, espalhando perfumes, aquecendo as tardes montanhosas, cheias de beleza e de luz. Os dias eram coloridos e frescos; as noites, ah, as noites eram secretamente abrasadoras...

Em Rieti foi que eu engravidei da minha última criança, aquela que me acompanharia na longa viagem para o outro lado. Ficamos lá até meados de abril.

Cidade de Agnani, 50 quilômetros de Roma

Giuseppe Garibaldi deu as últimas ordens ao Negro Aguiar, que deveria organizar a subida da coluna pelas ruazinhas estreitas e medievais. Os mais de mil legionários ficariam acomodados na ampla varanda do Palácio Municipal projetado pelo famoso arquiteto Jacobo. Os homens traziam seus sacos de dormir, espalhando-se pelo chão de pedras centenárias. Falavam em voz baixa, quase cautelosamente. A cidade dos papas causava-lhes assombro e respeito. Parecia pairar sobre o tempo, intocável, venerável, principalmente àquela hora do dia.

Da varanda enorme, abobadada, Garibaldi olhou o vale que se estendia para além do emaranhado de ruas estreitas e construções antigas, misto de pedra e de verde, alargando-se lá embaixo como um tapete de folhagens. O sol da primavera punha-se ao longe, tingindo o céu de rubro.

Uma cor de sangue.

Sangue.

Quatro papas tinham nascido ali em Agnani. Respirava-se o passado no pequeno e refinado vilarejo. Mais dois dias e eles estariam em Roma. Garibaldi sabia que os franceses também rumavam para lá. A guerra era incontornável, mas a vontade de lutar crescia nele como uma outra fome.

Virou-se e viu os homens, centenas de jovens que subiam pelas ruas, acomodando-se no enorme vestíbulo de pedras. A flor da Itália. Estavam malvestidos, mal armados, sujos da poeira dos caminhos. A comida que tinham recebido era insuficiente. Ao longe, ele via o portentoso vulto do palácio papal de Agnani. Talvez invadisse o palácio, assaltasse suas cozinhas bem fornidas, trazendo para os seus homens o que era mesmo deles. Lutavam pela Itália contra o invasor. Mas a Igreja tinha sugado o sangue da sua gente por séculos. Laia negra, escória pestilenta. Sentiu um nojo súbito, e cuspiu no chão.

Medici surgiu com um rosto preocupado.

— Que houve?

— Faltam provisões.

Giuseppe respirou fundo o ar das montanhas. Lá embaixo, 400 metros para baixo, o mar era um segredo silencioso. A noitinha nas montanhas era quase fria, sabia a estrelas.

— Junte seis homens e requisite comida no palácio — foi o que ele disse.

Medici abriu um sorriso:

— A cozinha do inimigo abrir-se-á para nós?

— Leve os fuzis — disse Garibaldi. E, depois, olhando mais uma vez a belíssima paisagem rubra de luzes, falou com voz sonhadora: — Medici, sabia que Marco Aurélio viveu aqui em Agnani? Um dos grandes cérebros da humanidade respirou este ar e viu esta paisagem.

— O último dos cinco — disse Medici.

E, então, virou-se para cumprir as ordens. No instante seguinte, ouviu a voz de Garibaldi às suas costas:

— Quero um lauto jantar... Diga aos padres que, se não nos mandarem boas provisões, irei eu mesmo cear à mesa de Pio IX. Sem ele, naturalmente.

— Pois ele fugiu — completou Medici, rindo.

— Pois ele fugiu — repetiu Garibaldi. — Mas nós aqui estamos, e não fugiremos.

Recostou-se na amurada, quieto, pensativo. Dormiria na Sala della Ragione sobre o piso de mármore executado pela família Cosma, ou dormiria sob a abóbada do céu? Agnani, como um endereço papal, era opulenta em todos os seus detalhes. Ele sabia que havia uma capela medieval sob a grande catedral, uma capela totalmente recoberta de afrescos antiquíssimos. Amanhã, antes de partir, ele pensou. Queria descer à capela. Mas com o estômago cheio e depois de uma noite bem--dormida. No dia seguinte, ele e seus homens seguiriam para Roma. Seguiriam no rumo do futuro. Eles fariam o futuro.

Medici trouxera grandes provisões do palácio. Também vinho e frutas frescas, que eles não comiam havia muitos dias. Todos dormiam agora. Ele armara a sua pequena barraca ao luar no final das contas. Gostava de dormir sob o céu. Usava a cela do seu cavalo como apoio de cabeça, montava sua tenda usando a lança, a espada e seu poncho vermelho. Aquela era a sua casa, ali sonhava com o futuro da República.

A noite era quieta, sem vento. Sob a luz de uma vela protegida pelo poncho, ele abriu uma folha de papel e tomou da pena. Escreveria para Anita, ali ainda tinha alguma calma para fazê-lo. *Depois de amanhã, não sei mais o que será.* Quando partira de Rieti, Anita estava doente. Ficara aos cuidados de Ugo Bassi, que a encaminharia para Nizza, para estar com sua mãe e as crianças. Ainda não vira Bassi. Reencontrariam-se em Roma dentro de dois dias.

Olhou o papel, passou a mão por ele como se o acarinhasse. Sentia-se leve. Estranhamente leve. A vida inteira, tinha caminhado para isso. Para entrar em Roma com seus homens, com estes jovens que dormem de consciências tranquilas. É claro, havia muitas coisas que o preocupavam. Estavam mal armados contra duas potências europeias. Mazzini dificultava suas ações descaradamente. Roma era um labirinto, lutariam em um labirinto milenar. Anita estava doente, não sabia se ela tinha melhorado.

Apesar de tudo, sentia-se vivo, palpitante, quase eterno. Em comunhão com aquele céu e com aquele ar cheirando a pinho e a lavanda. Com os pinheiros e árvores e pedras e segredos e sussurros da noite. A esperança luzia dentro dele como a Sirius brilhava no céu noturno.

Abaixou o rosto e escreveu num jorro só:

Amantíssima consorte,

Escrevo-te para dizer que estou em Agnani com os homens. Não estarei tranquilo enquanto não tiver uma carta tua, que me assegure haver chegado a Nizza.

Escreve-me logo, preciso saber de ti, minha caríssima Anita — dize-me a impressão que tiveste dos acontecimentos de Gênova e da Toscana. Tu, mulher forte e generosa, com que desprezo não olharás esta geração hermafrodita de italianos — estes meus patrícios, aos quais tenho procurado enobrecer tantas vezes, e que tão pouco o merecem. É verdade: a traição tem paralisado todo o instinto corajoso; porém, seja como for, estamos desonrados: o nome italiano será o escárnio de todos os países.

Eu estou indignado por pertencer a uma família com tantos covardes, mas não creia que eu esteja desanimado! Mais esperança nutro hoje do que nunca. Impunemente, se pode desonrar um indivíduo, porém não se desonra uma nação. Os traidores agora são conhecidos. O coração da Itália palpita ainda — e se não está completamente são, é capaz de extirpar as partes infectas que o corroem. A reação, a força de traições e infâmias e as traições na reação. Sabido de estupor, se levantará terrível, e desta vez quebrará os vis instrumentos de sua desonra.

Escreve-me, te repito, preciso de notícias tuas, de minha mãe e das crianças — não te aflijas por minha causa; eu estou, mais do que nunca, robusto e com meus 1.200 homens armados eu me julgo invencível. Roma toma um aspecto imponente. Em volta dela, se articularão os generosos, e Deus nos ajudará. Um beijo por mim nas crianças e à minha mãe, que tanto recomendou.

Adeus, teu

G. Garibaldi.

Anita

Comecei a adoentar-me em Rieti... Junto com a gravidez, chegava a morte também. Tudo guarda em si o seu oposto, a morte e a vida não podem ser diferentes. Naqueles tempos, quando ainda a carne me ardia e me prendia, os primeiros sintomas da doença foram para mim um grande peso. Tentei disfarçar minhas fraquezas. Já não cavalgava mais até o rio para ver os exercícios de guerra de José e dos seus garibaldinos. Já não ajudava no hospital, e perdera o interesse pelas freiras.

Creio que Ugo Bassi foi o primeiro a notar que eu fraquejava. Chamou José numa tarde, comentando-lhe da minha palidez e falta de apetite. Eu ainda não tinha certeza de que estava grávida, mas a semente de José sempre sugou muito de mim... Era um indício.

Eu não lhe disse nada, no entanto. Queria seguir com ele para Agnani, destino que lhe fora indicado pelo governo. Os franceses e os austríacos aproximavam-se e, com eles, a terrível guerra. Se eu contasse a José das minhas suspeitas, estaria fadada a voltar a Nizza. Assim, mantive-me forte o quanto pude, ouvia as longas charlas militares, dava minhas opiniões — que José e seus homens ouviam atentamente, pois confiavam nos meus instintos.

Porém, num daqueles dias, desmaiei ao jantar. Acordei com febre alta e a recomendação médica de extremo repouso. Um langor de quase morte esvaziava-me, senti, naquele quarto em Rieti, saudades da minha querida Nina. Ela já tivera seu filho, e ele crescia em Montevidéu. Nas minhas fraquezas, nas outras gestações, Nina cuidara-me como um irmã. Ali, eu estava sozinha, não havia em quem me apoiar.

José partiu para Agnani no dia 12 de abril. Marcharam com ele 1.264 homens. Eles tinham apenas quinhentos fuzis, mas a coragem de leões. Ugo Bassi permaneceu comigo em Rieti até arranjar-me um bom transporte para Nizza. Doente, eu voltava ao destino das mulheres: a casa.

Quando cheguei no Cais Lunel, depois da exaustiva viagem, uma carta de meu marido já esperava por mim. José preocupava-se. Aquele gesto de amor foi um bálsamo, a melhor medicação para meus misteriosos males... Por alguns dias, melhorei. Pude passear com Teresita pelas ruas de Nizza, e brincar com o pequeno Ricciotti, que já dizia as suas primeiras frases — tão esperto e luminoso quanto seu próprio pai, que seguia para a guerra em Roma. Menotti estava no colégio, longe demais dos meus olhos. Eu sentia a falta da sua serenidade — ele sempre fora um farol nos meus dias de tempestade.

Rosa Raimondi veio me ver e, pela gentileza com que me tratou, percebi que meu abatimento era visível. Maria Luiza Deidery cuidou-me quase como se fosse a boa Nina. Entre caldos e repousos, achei que estava me curando do meu mal invisível.

Naqueles dias, tive certeza de que carregava outro filho de José no ventre. Alguns enjoos, meus peitos que doíam e pesavam, cada uma dessas coisas era um sim. Não creio que tenha ficado feliz. A gravidez, naquele momento, era um estorvo. Eu queria estar com meu marido mais do que nunca. Assim, não contei a ninguém a novidade. Entranhado no meu ventre, meu filho era um segredo.

A guerra crescia na Itália. Assistíamos à invasão do inimigo estrangeiro, que viera a pedido do papa Pio IX. Os franceses, comandados pelo general Oudinot, movimentavam-se. Oudinot enviara mensagem a Mazzini, anunciando que se deslocava para Roma. Em sua carta, dizia que os franceses vinham em socorro dos romanos, para defendê-los dos austríacos. O governo romano respondeu que aceitava aquela amizade, mas não a entrada das tropas francesas em seu território. Como Oudinot não retrocedia em sua marcha, decretou-se estado de assédio em Roma. Mazzini, que mantinha meu José afastado do palco romano, entendeu que era chegada a hora de recrutar todas as tropas espalhadas, e mandou chamar os seus homens para a defesa da cidade eterna. Charles Oudinot instalou sua base de operações em Civitavecchia, e Roma encheu-se de soldados e clarins e espantos e medos.

Foi neste clima de ansiedade e de perigos que meu José chegou em Roma com seus legionários.

Eu posso vê-lo com meus olhos de passado... José Garibaldi.

Agora que sou o tudo, agora todas as coisas estão em mim, todas as coisas em estado de eterna latência até que eu as toque com meus dedos, devolvendo-as à vida; agora eu volto até lá,

e os anos não são nada,
poeira do tempo,
suspiros e relâmpagos...

Eu cruzo eternidades com as asas da minha memória, e vejo-os entrando em Roma. Tinham vindo de longa, longuíssima viagem. Toda a vida de meu José fora uma eterna viagem. Quisera o destino que ele não tivesse um pouso quase até o final da sua vida, quando então fincou raízes em Caprera, a sua ilha, o ventre eterno pelo qual voltaria, um dia, à terra que o parira.

Mas, nos últimos dias de abril daquele ano de 1849, o derradeiro ano da minha vida, José e seus legionários pisaram o chão romano. Eram magros, sujos da poeira de muitas estradas, chamusqueados de sol e úmidos de chuva. A maioria ainda tinha suas camisas vermelhas, mas alguns já se vestiam com andrajos e velhas túnicas esfarrapadas. Levavam grandes adagas nas suas cinturas estreitas e, na cabeça, negros chapéus calabreses. Alguns tinham fuzis e mosquetões. O Negro Aguiar atraía olhares. À frente de todos, montado num cavalo branco como o mais virginal dos sonhos, vinha José Garibaldi. Seus cabelos loiros brilhavam ao sol da primavera que nascia para Roma ainda serenada, com suas villas e palácios e suas gentes que saíam às ruas jogando rosas por onde ele passava.

"Garibaldi, Garibaldi!"

Seu nome nascia de todas as bocas.

Mas ele era uma destas criaturas que só a cada punhado de séculos a carne consegue engendrar. Mazzini, com suas ideias, eternamente ofendido pelo apoio que José oferecera ao papa, mantinha-o à distância do governo e das decisões importantes da República. Porém, a República o queria...

José era um destes homens cuja voz e cuja luz guia a vida de muitos indivíduos; ele movia multidões com suas palavras. O fio da sua espada despertava a coragem e o sonho nos corações mais vis, mais recalcitrantes. Ele era como o sol, que aquece e faz a vida. Suas capacidades eram tamanhas — seu poder encantatório era tal — que Mazzini o afastara de si.

Mas a vida dá as suas voltas como as marés movem o mar, e, nos graves momentos de crise, em que sonhos se despedaçam e os ideais precisam do fio de uma boa espada, homens como meu José são alçados *à crista da onda mais alta e, com sua força interior, comandam os maremotos da História. Mazzini sozinho jamais teria conseguido inspirar tão heroica defesa de Roma, tudo o que aconteceu depois deste dia foi obra e graça de José Garibaldi.*

Foi Garibaldi que comandou a defesa de Roma, foi ele quem resistiu. Ele era um homem único...

Fogo e água e rocha. Tudo ao mesmo tempo.

27 de abril de 1849, Roma

Garibaldi entrou com seus homens na Cidade Eterna, o berço da civilização ocidental. Terra de deuses e de heróis. Roma já era uma república quinhentos anos antes de Cristo nascer. Roma tinha vocação para a república. Imperadores cruéis e imperadores geniais dali tinham governado o mundo, dominado o mundo, construído um novo mundo.
Roma.
Os gritos e os vivas ecoavam nos seus ouvidos.
Garibaldi, Garibaldi, Garibaldi!
Não gritavam por Mazzini, não gritavam por nenhum dos triúnviros. Gritavam por ele. Sabiam que ele defenderia Roma. Com a sua alma, com o seu sangue. Defenderia cada villa e cada porta, cada árvore e cada prédio romano. Tinha andado tanto, tinha varado o mundo para estar ali. Ele era a resistência romana. Ele e os seus homens, e aquela gente que jogava flores nas ruas, enquanto avançavam, cansados, maltrapilhos, cheios de sonhos e de vontade de lutar. Os franceses chegariam em breve. Viriam pela estrada que conduzia a Civitavecchia. Ele sabia, pois pensava como Oudinot. Tinha aquela capacidade de pensar como o inimigo, aquela empatia. Seis mil homens! Em dois dias, os franceses estariam em Roma!
Em Roma!
O limite oeste de Roma era constituído por uma muralha que se estendia de São Pedro e do Vaticano até o Gianicolo, uma das famosas colinas romanas, e descia até o portão da cidade, de onde se podia ver a Porta de San Pancrazio. Para além daquela muralha, espalhavam-se as villas, com seus belíssimos jardins. Ele sabia que as villas eram pontos estratégicos. Se tomadas pelo inimigo, ninguém impediria Oudinot de entrar na cidade. Sua ideia era espalhar seus garibaldinos e armamentos pelas villas. Já tinha planejado tudo.

Avançavam lentamente pelas ruas repletas de gente. A guerra iminente eletrizava o povo. Olhou para trás, para as fileiras de soldados cansados e alegres ao mesmo tempo. Sabia que seus homens sentiam fome e precisavam de repouso. Alguns daqueles heróis tinham vindo com ele desde Montevidéu. Lutaram pelo Uruguai, e agora eles lutariam por Roma. Precisavam descansar, o ataque estava próximo. Seis mil franceses entrando pelas portas romanas. Não, nada disso! Ele os esperaria com seus canhões. Armellini, um dos triúnviros, quisera receber os franceses como amigos. Oh, grande tolo! E onde ficava a honra? A honra romana! Oudinot e seus homens seriam recebidos a ferro e fogo. A força devia ser repelida com a força.

Podia ver, por entre a multidão que bradava e cantava por eles como se fossem os salvadores da República, as barricadas erguidas nos pontos mais elevados da cidade. Atrás das barricadas, tinham sido instaladas as baterias de canhões. O povo vinha armado também, trazendo espadas, paus e pedras. O povo lutaria, era isso que gritavam. Garibaldi acenou, erguendo a mão no alto. Aquela gente lutaria com ele, lado a lado com seus homens. Eram os romanos. Os corajosos romanos dos tempos áureos. Seus olhos encheram-se de lágrimas de emoção.

"*General! General!*"

Era assim que gritavam agora.

"*Lutaremos com vocês! General, nós lutaremos também!*"

Sentia seu joelho direito latejar montado no seu cavalo branco. O reumatismo viera com ele para a guerra. Ele suspira. Se Anita estivesse ali, vendo aquilo... Aquela gente.

Bueno avançou, trotando ao seu lado.

— General — disse ele. — Não temos comida. Parece que não nos esperavam.

— Não nos esperavam? Veja esta gente toda! Clamam por nós. Mazzini não nos esperava? O que nossos homens comerão? Onde vão dormir esta noite? Lá na assembleia eles não ouvem os gritos do povo que clama por nós?

Bueno olhou-o sem saber o que dizer. Alguma coisa transtornara o rosto sempre sereno de Giuseppe Garibaldi. Era a raiva, uma raiva ardente e violenta. Bueno, como Anita, chamava-o de *José*.

— Vou resolver isso — disse Garibaldi entre dentes.

Bueno viu Garibaldi esporear o cavalo e sair galopando pela rua. O povo, diante daquele gesto, gritava vivas e batia palmas. Ele sumiu por entre o emaranhado de vias romanas, deixando os legionários para trás.

Medici surgiu, vindo do meio das fileiras.

— O que houve?

Bueno viu que Medici tinha os olhos iluminados. Estavam em Roma. As gentes gritavam.

— Garibaldi foi resolver o pouso e o jantar da tropa.

— Vai invadir a assembleia? — Medici abriu um meio sorriso.

Mas Giuseppe Garibaldi não fez nada disso.

Depois foi que se soube. Depois, a história correu de boca em boca, subindo e descendo as colinas, espalhando-se como o vento da primavera, florindo, dando frutos até quase se transformar em outra coisa, em outra história, em pura lenda.

Garibaldi seguira pelas ruas a todo galope subindo até o alto do monte Compatri, cruzando o arvoredo e os caminhos verdes e silenciosos até o Convento de San Silvestro.

A cavalo, entrou pelas centenárias portas em arco, avançando através da grande sala onde as freiras preparavam-se para a ceia depois das vésperas. Sentado na sua montaria branca, corado de sol e com seu chapéu de pena, Giuseppe Garibaldi anunciou solene e educadamente à madre superiora — a pobre velha olhava-o de boca aberta! — que ela tinha uma hora para se retirar do convento, pois ele voltaria com seus homens, seus 1.200 homens para o jantar.

Sua voz ecoava e dava voltas na imensa sala de pé-direito alto acostumada aos sussurros femininos. Não era preciso sequer que elas recolhessem a mesa da ceia, ele dissera. Seus homens estavam famintos mesmo. Atarantadas e eufóricas como pombas, as freiras obedeceram à ordem do general e, uma hora mais tarde, os legionários estavam no convento comendo da sopa e do pão, admirando o anoitecer e o silêncio e o frescor do monte Compatri, com Roma espraiando-se lá embaixo.

Muitas histórias seriam contadas sobre aquele dia. Algumas, espalhadas pelo próprio Bueno, davam conta de que, no convento, foram achadas cartas de amor, roupas de bebê e desenhos obscenos. Tudo escondido nas celas monásticas, o avesso da vida das religiosas. Giuseppe Garibaldi não tomou ciência dessas coisas. A guerra era mais importante.

Naquela noite, depois de comer e de tomar um banho nas dependências da madre superiora, preparou-se para receber Giuseppe Avezzana, o general que comandava as tropas republicanas em Roma.

Seus pés doíam tanto por causa do reumatismo que ele não pode calçar as botas. No pátio do convento, um lugar oloroso, cheio de rosas e de jasmins, ele apareceu descalço, usando seu poncho branco, mas tão vigoroso e determinado que Avezzana, só muito depois, já a caminho da cidade, deu-se conta de que Garibaldi estivera sem sapatos durante toda a entrevista. Tiveram uma conversa rápida e importante.

— Se os franceses colocarem seus canhões nas villas, principalmente na Villa Corsini, poderão bombardear o Gianicolo e a Porta de San Pancrazio — disse Garibaldi, olhando as luzes de Roma cintilando na noite.

O ar estava frio, picante. Ele se sentia revigorado pelo banho e pelo jantar. Avezzana era um homem retaco, com um sorriso doce. Giuseppe gostara dele. Sentia que Avezzana confiava nele.

Avezzana pensou um pouco, e depois disse:

— O senhor tem razão, senhor Garibaldi. Vou entregar-lhe o setor mais importante das muralhas romanas. Vou confiar-lhe o Gianicolo, entre a Porta Portese e a Porta Cavalleggeri. Acho que os franceses tencionam atacar por ali.

— Posso transferir-me com meus homens amanhã para a Villa Corsini? Quero devolver às gentis senhoras a sua casa — Garibaldi sorriu. — Viemos pernoitar aqui em regime de emergência.

— O senhor está autorizado, senhor Garibaldi. Vou enviar mais mil homens para o seu comando amanhã na Villa Corsini.

Apertaram-se as mãos num gesto rápido. O frio da noite era estranhamente bom, pensou Garibaldi, misturado ao calor guardado nas pedras centenárias do calçamento, que subia pela sola dos seus pés até os seus joelhos. Calor e frio, paz e guerra. Aquilo era a vida.

Quando Avezzana se encaminhava para uma das portas em arco em direção ao caminho de saída, Garibaldi chamou-o:

— Mande minhas lembranças a Mazzini!

O general Avezzana apenas aquiesceu. Saía de San Silvestro com a certeza de que aquele homem seria fundamental na defesa de Roma. As gentes tinham gritado por ele durante todo o dia, nas ruas, sacadas, jardins e caminhos. Na sua alma, as vozes do povo ainda ecoavam.

Garibaldi, Garibaldi, Garibaldi.

Anita

E então, no dia 30 de abril daquele que seria o último ano da minha vida, todos os sinos de Roma começaram a badalar simultaneamente.

A cidade encheu-se de sons...

Parecia a música do céu, mas era a gutural melodia da guerra. Com suas vozes de metal, em violento coro, os sinos de todas as igrejas e catedrais avisavam aos romanos que os franceses de Oudinot estavam chegando. Já se podia vê-los pelos caminhos, dezenas, centenas, milhares deles, com suas baionetas, como areia, como o tempo, como a água eterna que escorre sempre e sempre, rumando para a cidade dos deuses dispostos a tomá-la com suas armas.

De todas as casas, os romanos saíram com paus, com pedras, com velhas espadas de antigas guerras, com arcos e fúrias. Homens e jovens, meninos quase imberbes, mulheres com seus crucifixos e suas rezas, com sua raiva ancestral, porque Roma era a sua casa, e a casa às mulheres ninguém rouba...

As tropas da República estavam preparadas. José, na Villa Corsini, do alto do terraço de mármore, no cimo da colina, observava o avanço do inimigo. Espalhara seus homens pelo Gianicolo, e preparava-se para comandá-los numa das lutas que ele mais conhecia, uma carga de baioneta! Durante anos, no Rio Grande e no Uruguai, assim peleara por campos e caminhos, assim avançara e derrubara soldados do Império e as tropas de Rosas. Ele ainda se lembrava do cheiro da morte, do gosto de sangue, da adrenalina daqueles avanços violentos. Sentado nas antigas pedras, olhando lá embaixo Roma ao amanhecer, rosada e pura como uma criança, ele jurou defendê-la sob qualquer pena. Ergueu os olhos para o céu. O sol nascia, rubro feito uma fruta madura. Pediu aos deuses, orou pelas ruas, catedrais, pelas pedras talhadas, pelas pinturas renascentistas, pelos caminhos, flores, pães, risos e becos romanos. Orou pela sua gente.

Os deuses o ouviram, tenho certeza disto.

Nenhum sinal veio do céu. Mas os deuses o ouviram.

Naquele momento, as gentes tomaram as ruas. O regimento dos estudantes, que ele organizara e comandava, espalhou-se pela Villa Pampili. Os garibaldinos ergueram suas armas em todo o Gianicolo, preparam as suas baionetas os homens que ele escolhera para guardar a Porta Portese, e enfiaram na boca as suas facas os bravos que ele deixara a vigiar a Porta Cavalleggeri.

José respirou fundo. Num movimento único, como um gato da cor do sol, ele saltou da varanda. Seu cavalo pastava no jardim em frente, quieto, apaziguado, como se aquela fosse uma manhã igual às outras.

Não era.

Ele montou no animal, cutucou com força o seu flanco, e ambos, homem e cavalo, desceram voando pelos jardins, cruzaram arcos, caminhos, roseirais. O cheiro da primavera e o cheiro de sangue misturavam-se em José.

Os franceses estavam chegando!

E eles chegaram como um vaticínio. O general Oudinot dividiu suas tropas em duas colunas, uma para atacar a Porta Cavalleggeri, e a outra, a Porta Angelica. Tinham um plano: encontrar-se na Piazza San Pietro depois de tomada a cidade.

A Piazza San Pietro, em frente à basílica. Com seu obelisco que remontava ao Egito, trazido a Roma por Calígula. A Piazza San Pietro estava tomada pelos romanos. Todos tinham deixado suas casas para defendê-la. Postavam-se ali os romanos, com suas caras de sono, com seus olhos acabrunhados de medo e de raiva, segurando suas armas caseiras, à espera do inimigo estrangeiro.

Mas, por todo o Gianicolo, quando os franceses despontaram nas ruas e caminhos, soou a canhonada. A metralha cuspia sobre eles uma tempestade de fogo. De todas as portas, caminhos e vielas, surgiam os italianos, os soldados, os artesãos, os jovens cujas escolas estavam cerradas, os magistrados, o homem dos lampiões, pais e filhos, mulheres, jovens e velhos. Aqueles que não estavam armados assumiram a tarefa de cuidar dos feridos, recolhidos às casas, atendidos por mães zelosas, consolados. Roma era dos romanos, não de Oudinot.

Ah, se eu estivesse lá... Ah, o que eu não teria feito! Teria ensinado às romanas a usar a adaga, a disparar o fuzil. Teria feito a lua sorrir de orgulho da minha coragem, da minha irresponsabilidade, da minha amizade com a morte. Eu teria gritado e corrido e lutado ao lado do meu esposo, do meu José.

José desceu a colina, e seus homens o acompanharam aos gritos. Roma é dos romanos, Roma é dos romanos. Com suas baionetas, atacaram os franceses por todos os lados. Oudinot viu-se cercado. O combate urgia. Ugo Bassi benzia os moribundos. Milícias recolhiam os mortos. As mulheres incitavam seus filhos mais jovens a tomar a espada e lutar. Roma é dos romanos, diziam. Eu teria guiado aqueles meninos. Eu lutaria com eles...

O combate corpo a corpo tomou os caminhos de Roma. Da Porta Cavalleggeri, descia a chuva de metralhas. José e seus homens atacavam o inimigo de frente, impedindo que subissem às muralhas, de onde teriam domínio dos caminhos. O sangue corria pelas pedras milenares, o sol ia alto no céu.

Em algum momento, entre tiros e gritos, José sentiu que alguma coisa o picava. No alto do ventre, nasceu-lhe uma rosa de sangue. Estariam os deuses distraídos naquela manhã? Ele tapou o ferimento com o poncho vermelho, e seguiu lutando enquanto sentia o calor do sangue que lhe empapava as coxas, descendo até suas botas como um rio pegajoso e vívido. Doía muito. Mas era Roma. Ele disparava e enfiava sua baioneta no inimigo, e corria e gritava e montava no seu cavalo, de brigada em brigada, dava ordens, lutava, resistia.

A batalha arrastou-se até o anoitecer e, quando surgiram no céu as primeiras estrelas, o general Oudinot recuou com o que sobrava dos seus homens.

Com a retirada do inimigo, a guerra transmutou-se em festa pelas ruas e praças romanas. Na Piazza San Pietro, o povo cantava e dançava. O vinho surgiu, e foi servido para os combatentes. Duzentos soldados romanos tinham morrido na peleja, mas era também pela alma deles que o povo dançou nas ruas até o alvorecer. Soube-se, mais tarde, que Ugo Bassi fora feito prisioneiro pelos inimigos quando encomendava a alma de um jovem moribundo. A luta causara estragos em Roma, além de morte e de dor. Um pedaço da Capela Sistina desabara, tiros inimigos incrustaram-se nas paredes da basílica, e uma granada dilacerara um quadro de Rafael.

Também meu querido José sofria. Quando desceu do cavalo, sua cela estava empapada de sangue. Ele mal se mantinha em pé, fraco e exaurido de todas as forças. Uma bala entrara em seu estômago, mas José fez questão de que o atendessem em segredo, de forma que seu ferimento não corresse de boca em boca pela cidade — sabia que era o grande bastião da coragem romana.

Depois que lhe extirparam a bala, tomado de súbita energia, ele, que não era de todo deste mundo, chamou Mazzini, que finalmente fora vê-lo na Villa Corsini para lhe dar os parabéns pela defesa heroica.

"Irei atrás dos franceses agora mesmo. Antes que tenham tempo de reorganizar suas fileiras", disse-lhe José.

Ele queria a derrota total. Mas Mazzini apostava num armistício com os franceses, e não desejava tripudiar sobre o inimigo. Mandou que tratassem bem os prisioneiros e, ainda naquela noite, devolveu-os, recebendo de volta Ugo Bassi, que chegou a tempo de rezar por José.

Mas José resistiu ao tiro. Enquanto as ruas romanas desmanchavam-se em festas, passou aquela noite deitado numa enxerga entre compressas, e escreveu-me um bilhete que só recebi uma semana depois, lá em Nizza.

"Combatemos e vencemos. A velha Roma ressuscitou mais uma vez. Os servos do imperador dos franceses fugiram como ovelhas depois de um combate que durou quase o dia inteiro... Anita, teu belo poncho foi furado por três balas, e minha barriga resistiu a uma contusão razoável (seria ridículo se eu morresse pela barriga)... Estou melhorando bastante, e já amanhã poderei andar a cavalo e fazer o meu serviço junto com os homens. Saiba que, como sempre, teu alazão é o mais belo..."

G. Garibaldi.

Quando esta mensagem me chegou em mãos, decidi que estava na hora de seguir para Roma. Nem a febre, nem a gravidez, nem minha sogra, nem a maciez dos lençóis ou o perfume de minha Teresita — nada, *nenhuma estrela, nem o mais violento raio da lucidez ou da dúvida, nada me deixaria longe daquele palco, daquela cidade assediada pelo inimigo. E, no seu coração, no centro de pedra e de séculos daquela cidade, lá estava o meu coração, o palpitar eterno da minha alma — José.*

Abril de 1850, Tânger

A chuva fina escondia a primavera. Garibaldi olhou pela janela, vendo os pingos que caíam inclinados pelo vento. Era domingo, e a fábrica estava fechada. Estes eram os dias mais longos, mais custosos.

Alguma coisa nas suas juntas reclamava também. Lá vinha ela, a doença, a sua companheira inseparável. Exilado, a doença seguira com ele. Suspirou fundo. Um cansaço ancestral, de mil batalhas e de mil guerras, gemia pelo seu corpo. Uma retirada sem fim sob a chuva, a caminhada faminta e desesperada pelas serras de Lajes, o avanço com os bois morrendo e morrendo, ele e Anita e Menotti, quando o Uruguai era ainda uma promessa. Roma. Ah, Roma... As memórias atropelavam-se. Era sempre assim, a culpa só podia ser da chuva. A chuva derretia as frágeis camadas de serenidade que ele construíra. Pensou na criada, no seu corpo morno, doce como o mel. Era domingo, talvez a moça aparecesse ao final do dia. Mexeu os dedos. As juntas reclamando.

— Hoje não consigo escrever.

Caminhou até a mesa, sentou-se, esticando as pernas, os pés nas velhas chinelas. Sobre uma cadeira, o velho poncho. O poncho que viera com ele desde a Itália, desde Montevidéu. Puxou seus papéis. A luta por Roma, era nisso que ele estava.

Quando aquilo tudo tinha acontecido? Memórias e sentimentos misturavam-se na sua cabeça, amálgama difícil, ardido. Ele vasculhou a memória. Fora no ano passado... Ainda não tinha completado sequer um ano daquela noite em que tomara um tiro no estômago. Um ano, nem isso! E tantas coisas, tantas malditas coisas tinham acontecido... Anita morrera. Mas, um ano atrás, Anita ainda estava viva em Nizza.

Talvez, ele pensou, talvez tudo pudesse ter sido diferente.

Pegou da pena, molhou-a na tinta e, num gesto de quase angústia, tentando organizar seus sentimentos, tentando acalmar seu coração, tentando até mesmo aplacar a chuva lá fora, começou a escrever.

"Oh, Itália, oh, Itália, mãe desditosa! Na tarde do dia 4 de maio, parti com meus legionários, formando 2.400 homens, atacar o Exército napolitano. Eu já era general então, embora assim o povo me chamasse desde que pisei em solo pátrio... Afastar-me de Roma era ainda um jogo de Mazzini. Os napolitanos vinham com seu orgulhoso Exército atacar as cidades da margem direita do Tibre, e fomos combatê-los. Os franceses tinham pedido o armistício, embora eu sempre soubesse que tudo aquilo não passava de manobra vil, como logo depois foi comprovado..."

Recostou-se na cadeira. As lembranças eram vívidas como peixes, escorregadias também... Fechou os olhos por um instante, como se mergulhasse no passado. Estava em Velletri, a 40 quilômetros de Roma. O inimigo era bem mais numeroso, e tinha muitos canhões. Mas ele atacara, contrariando as ordens do general Roselli. Ele atacara. Estava farto daquela guerra de não ações. Sempre fora um homem que tomava a dianteira, que se jogava no rio dos acontecimentos. Tinha sido uma luta terrível. A memória da batalha doía-lhe no corpo: ele, Aguiar e Bueno haviam sido derrubados dos seus cavalos, e acabaram pisoteados pelas tropas amigas e inimigas na confusão da batalha... Ainda podia sentir as patadas, a dor no ombro, no baixo-ventre. Meio quebrado, desfeito, conseguira retomar sua montaria, ajudara o Negro Aguiar e Bueno, e voltaram todos à peleja com fúria redobrada. Em uma hora, tinham empurrado os inimigos de volta para dentro da cidade.

Mas suas decisões incomodaram o general Roselli. Ele não mandaria tropas em auxílio ao "teimoso Garibaldi", e seu aviso viera pela boca de Ugo Bassi.

"Não poderíamos sustentar a posição por muito tempo", escreveu febrilmente, como se estivesse, outra vez, em plena luta, os inimigos sitiados, o clamor da noite de primavera, o fogo ainda queimando-lhe as narinas, a dor no ombro, nas costas.

"Foi então que Luciano Manara, aquele bravo aristocrata que tentara ir a Roma com sua brigada para lutar pela pátria, e fora barrado nos portões da cidade pelo próprio Oudinot, veio em nosso auxílio. Meus homens, contentes com o recuo que tínhamos promovido, dançavam em frente à cidade, em meio às balas que os inimigos disparavam de lá. Bêbados de euforia, os meus homens. Com Manara, decidimos invadir a cidade e acabar com o inimigo... Porém, mais uma vez, o comando não nos autorizara tal ação. Roselli achava melhor esperar o novo dia. Eu tinha certeza de que os napolitanos, aliados dos austríacos, aproveitariam o escuro da noite para uma retirada... Fomos obrigados a esperar. Tive uma madrugada terrível. Sofrera pisaduras por todo o corpo, tornozelo, joelho, cotovelo, ombro... No dorso da minha mão esquerda, via-se a marca nítida de uma ferradura. Foram horas de agonia, acentuadas pela certeza de que os napolitanos fugiriam. Como eles, de fato, fugiram. Na manhã seguinte, constatamos que tinham debandado pelo outro lado, escapando pelas ruas da cidade sob o manto das estrelas..."

Largou da pena.

A mão ainda doía-lhe, principalmente em dias úmidos como aquele. O corpo tinha suas memórias indeléveis. O corpo era um somatório da vida vivida. E ele vivera tantas coisas! Ah, tantas coisas!

A chuva caía lá fora, silenciosa e persistente. Pensou no mar lá no porto, cinzento, mesclado com a água que descia do céu. Gostava do mar em dias nublados, da tênue linha que se formava na junção da água com o céu... Pensou em sair à rua. Mas a febre estava chegando. Reconhecia-a, sorrateira como um gato, avançando sobre ele. As têmporas a latejar, uma fraqueza nas pernas, um torpor. Não, ficaria ali na pensão. Ficaria ali assediado pelas memórias, prenderia todo o passado numa folha de papel.

Anita, Menotti, Teresa, Ricciotti... Até mesmo Rosa, sua Rosita, a menina loira, tão parecida com ele... Ugo Bassi, Negro Aguiar, Medici, Anzani... Sua mãe, Rosa, os Deidery. Estavam todos ali. Rondando-o como velhos fantasmas, vivos e mortos, vindos do além-mar. Sorriu para eles. Era a febre também. A febre era uma estrada, a febre era uma passagem. A febre abria as comportas do passado, misturando o ontem com o hoje.

Tentou se concentrar nos escritos, voltou sua memória para Velletri. Os napolitanos fugiram na calada da noite. Ele havia sido chamado de volta a Roma, pois o armistício com os franceses acabara. Roma estava novamente ameaçada pelos inimigos. Depois do breve telegrama de Mazzini, reunira suas tropas e seguira a toda velocidade para a cidade eterna. Ele sabia, ele sempre soubera que a paz era um engodo dos franceses.

Viajara quase em desespero, fazendo 45 quilômetros em uma noite. As tropas vinham atrás, mais devagar. Entrou sozinho em Roma no alvorecer do dia 31 de maio daquele ano de 1849, e nenhum dos inimigos chegara até mesmo a saber da sua ausência.

A viagem desgastara suas forças. Tudo doía, pernas, braços, juntas. Tivera de passar um dia inteiro na cama com compressas. Deitado em sua cama, pôde ouvir quando seus voluntários chegaram, adentrando as ruas sob a ovação eufórica dos romanos. Mas ele estava preocupado, pois as tropas romanas tinham uma forte desvantagem em relação aos franceses. Oudinot provavelmente aproveitara aqueles dias de trégua para trazer mais homens. Mesmo adoentado, tomara suas providências, despachando olheiros para o acampamento francês. Os homens voltaram ao cair da tarde com informações assustadoras: Oudinot tinha trinta mil homens e mais de setenta peças de artilharia, além de fuzis de percussão, uma novidade nas guerras. Os romanos, ele sabia, tinham pouco mais de dezoito mil soldados, sendo que a maioria destes bravos não eram de tropas regulares, mas voluntários que lutavam pela pátria, sem treinamento militar. Suas bocas de fogo eram oitenta, mas a maioria delas estava enferrujada ou com os canos defeituosos. Lutavam com espadas, baionetas, adagas e até com pedaços de pau. Tinha reunido todos os artesãos da cidade e os colocado a fabricar munição, mas, mesmo assim, a luta seria terrível.

A certeza do ataque iminente arrancara-o da cama. Ele lembrava-se bem daquele fogo crescendo, crescendo dentro dele, chamusqueando a sua alma. Não havia dor ou febre que o pudesse vencer. Com os franceses lá fora preparando um ataque, ele vestiu-se às pressas e pediu uma reunião com Mazzini.

Garibaldi suspirou fundo, recostando-se na cadeira. A chuva agora cantava nas vidraças. A luz pálida do dia africano esmorecia suavemente, cedendo lugar ao anoitecer. Sentiu fome, não tinha almoçado. Não saíra do quarto durante toda a jornada. Ergueu-se, tirou as chinelas, calçou as botas. Mazzini parecia estar ao seu lado em cada um destes movimentos, uma sombra desdenhosa. Agora sentia por Mazzini nada mais do que um desprezo leve, frágil. Mas chegara a odiar a fraqueza do líder cujas palavras, um dia, haviam incendiado o seu jovem e ardente coração.

Quando vestia o casaco, ouviu a batida leve na porta.

— *Nagib?* — a criada enfiara o rosto por uma fresta, seus cabelos escuros pareciam cobras enroscadas no pescoço delgado.

Ele sentiu o calor — não o fogo da ira — mas o calor bom do desejo, o calor pegajoso, nascendo no seu ventre.

— Quer que acenda a lareira, *nagib*?

Ela entrou no quarto, pequena e esguia. Ele deu um passo em direção a ela. Tocou-lhe os cabelos. A lareira... Virou-se, olhando a boca de pedra escavada na parede, e o que viu ali foi todo o seu passado, a procissão de fantasmas — Aguiar, Anita, Rosita, Rossetti, Medici, e o rosto sério e tenso de Mazzini —, todos os olhavam.

— Não — ele disse. — Vamos até a cozinha. Você me prepara algo para comer.

A criada assentiu com um sorriso.

Eles saíram do quarto semiescurecido para um corredor estreito iluminado por lampiões. Quando fechou a porta, Garibaldi viu ainda o rosto de Giuseppe Mazzini flutuando no ar granuloso da habitação.

1º de junho de 1849, Roma

Ele avançou pelo salão onde Mazzini despachava com seus homens. O sol entrava pelas altas janelas, desenhando luzes inquietas no piso de mármore de Carrara. A imponência dos grandes prédios romanos sempre o tocava, intimidando-o num primeiro momento, para depois produzir nele uma espécie de exultação. Roma era eterna. Eles é que estavam ali de passagem.

— Garibaldi... — disse Mazzini, erguendo-se assim que o viu. — Como está? Soube que teve uma noite difícil.

Giuseppe Mazzini, vestido com seu traje preto, magro, retilíneo, afastou-se com rapidez exagerada do pequeno grupo de homens que parlamentavam à longa mesa, caminhando em direção a Garibaldi.

Ambos cumprimentaram-se com um seco aperto de mãos. Mazzini notou o rosto abatido de Garibaldi, a mão enfaixada. Com um gesto, convidou-o à varanda larga cujas portas abriam-se em par para o salão.

Saíram. O céu era azul, quase sem nuvens, glorioso. Uma beleza eufórica pairava no ar, e a primavera tingia as ruas lá embaixo. Havia uma movimentação ativa junto aos muros do palácio, que estavam sendo protegidos com sacos de areia. Era a guerra invadindo a primavera, pensou Garibaldi.

O palácio situava-se numa das elevações da cidade, e ele correu os olhos pela paisagem romana, viva, luminosa. As colinas sucediam-se diante dos seus olhos. Pensou nos franceses: se tivessem tomado as colinas, Roma estaria perdida. Sentiu, então, a mágoa subindo por sua garganta como bile. Virou-se para Mazzini. Também ele parecia pensar nos franceses, quieto ao seu lado, orgulhoso no seu silêncio. Seus olhos pequenos e vivos, por trás dos óculos de aro de metal, estavam congestionados pela luz. Talvez também pelo medo, concluiu Garibaldi.

— A situação é muito grave — disse Mazzini, finalmente.

Garibaldi engoliu sua revolta, mas a voz saiu-lhe rouca, emotiva:

— Eu avisei.

Mazzini fez silêncio por um longo momento. Depois, disse:

— Eu falei com os outros triúnviros. Diga-me o que você exige para a defesa de Roma, e lhe será dado.

Os dois miraram-se. Os ruídos do salão pareciam ter desaparecido, como se os homens lá dentro expectassem também. Garibaldi correu os olhos pela paisagem, sentiu o amor, o profundo amor que Roma evocava nele.

— Só vejo duas formas de permanecer aqui em Roma — disse. — Ou um ditador com plenos poderes sobre o Exército romano, ou um simples soldado que lutará com seu fuzil até a morte. Se eu mandar aqui, será como no meu barco, em que sempre segurei o leme em cada tempestade.

— Você terá o que quer — respondeu Mazzini, por fim.

— Não é por mim. É por Roma. Pela Itália. Os franceses são muitos, Mazzini. São poderosos. E se unirão aos austríacos... Veja, quero espalhar minhas tropas pela margem do Tibre. Colocar defensores em todas as portas. Quero reforçar a Villa Corsini, a Villa Pamphili, e cada uma das outras villas.

Mazzini olhou cautelosamente a cidade lá embaixo.

— Será um morticínio — falou, pesaroso. — Se os austríacos vierem também.

— Mas lutaremos com o tudo que tivermos — respondeu Garibaldi. — Vamos honrar Roma.

Dito isso, virou as costas e saiu, e seus passos ecoaram no salão silencioso, reverberando até o teto. Ele não se despediu de ninguém. Tinha muitas coisas a fazer, muitas ordens a dar. As tropas esperavam-no. Os romanos confiavam nele. Mazzini jamais confiara.

E a luta começou.

O general Oudinot e seus milhares de soldados atacaram Roma um dia antes do final da trégua. Na noite do dia 2 de junho, os romanos foram surpreendidos pelo troar dos canhões na região do Gianicolo. Vários pontos foram assaltados de surpresa, e a desordem instaurou-se. Garibaldi, que estava sendo atendido por um médico por causa dos ferimentos da última batalha em Velletri, pulou da maca, enfiou as calças e as botas, afivelou sua espada, e partiu para a guerra sem ao menos colocar uma camisa. Foi Negro Aguiar quem o alcançou, muito mais tarde, levando--lhe a camisa vermelha e o poncho branco que ele usava como um sinal de sorte. *Branco como a coruja de Athena*, ele dizia aos seus homens.

Por todos os lados, as lutas multiplicaram-se na morna noite romana. Uma parte do Exército cruzara o Tibre para a região norte da cidade, atacando de surpresa os defensores da Porta del Popolo. O resto dos franceses avançara sobre a Villa Corsini, a Villa Pamphili e o Vascello, que ficava na entrada da Porta de San Pancrazio. Os garibaldinos lutaram bravamente, mas os franceses logo se apoderaram de algumas villas. A Corsini foi ocupada pelo inimigo, e nem a mais ardorosa resistência dos legionários foi capaz de reavê-la. As villas Valentini, Barberini, Spada e Cassini foram tomadas pelos franceses, e seus moradores, obrigados a buscar abrigo dentro dos portões romanos.

Lutou-se por quatorze longas horas, morreram quase duzentos homens, e mil resistentes ficaram feridos. Garibaldi e seus legionários tentaram por muito tempo retomar a Villa Corsini, mas todos os seus esforços foram em vão. Depois de muitas mortes e homens feridos, Garibaldi ordenou que recuassem ao Vascello, e dali eles ficaram protegendo Roma.

O quartel-general garibaldino foi transferido para a Villa Savorelli. Lá, Garibaldi instalou-se na mais alta das torres, de onde podia ver toda Roma e até além da Porta de San Pancrazio. Podia ver até o Vascello, e acompanhava a situação dos seus homens no posto mais avançado da resistência. Enquanto isso, as casas romanas abriam-se para tratar dos feridos, o povo unia-se, enterrando os mortos e preparando comida para os corajosos legionários.

No alto do seu balcão de madeira, lá estava Giuseppe Garibaldi. O balcão agora era o seu navio, e Roma, o seu mar.

De algum lugar lá embaixo, nas fímbrias da cidade aquecida pelo sol de verão, de algum lugar, em alguma das villas ocupadas, soldados franceses faziam tiro ao alvo, mirando Garibaldi no seu balcão.

Nenhum tiro dos que foram disparados pelos franceses nas suas horas de vigília no alto da Villa Savorelli nunca sequer o ameaçou.

Mesmo depois que o balcão foi cercado e protegido por sacos de areia pelos seus oficiais assustados com o zunir das balas, a grande casa ainda seguiu sendo alvo da artilharia inimiga, e muitos dos seus melhores homens morreram ali, sob o teimoso bombardeio francês.

Mas ele não.

Ele não.

Garibaldi ficava lá no alto como uma daquelas estátuas de proa, imune ao fogo francês, imune à morte e ao medo, e ele foi, naqueles dias, os olhos eternos de Roma.

A deusa Nix estava lá, vendo tudo. Invisível sob o seu manto de céu e de estrelas, ela observava a guerra dos homens. Nix estava lá, esperando, zelando, tecendo o mundo de dias e de noites, o mundo de nascimentos e de mortes, girando a roda da vida enquanto Roma agonizava sob o ataque do general Oudinot.

Minha cara Anita,

Eu sei que tu estiveste e talvez ainda estejas doente. Desejo ver tua caligrafia e a da minha mãe para me tranquilizar.

Os galos-frades do cardeal Oudinot se contentam em bombardear-nos, e nós estamos tão acostumados que não fazemos caso. Aqui em Roma, as mulheres e crianças correm atrás das bolas de ferro e brigam pela sua posse.

Nós combatemos sobre o Gianicolo, e este povo é digno de sua grandeza passada. Aqui eles vivem, morrem e suportam amputações ao grito de "Viva a República". Uma hora de nossa vida em Roma vale um século de existência comum! Feliz seja a minha mãe por haver-me gerado numa época tão bela para a Itália!

Em casa, na noite passada, 30 dos nossos homens surpreenderam numa casa fora do muro uns 150 galos-frades, usaram a baioneta, mataram 1 capitão e 3 soldados, fizeram 4 prisioneiros, e deixaram numerosos feridos. Tivemos um sargento morto e um soldado ferido. Os nossos homens pertenciam ao Regimento União.

Procure ficar boa em breve. Beije mamãe e as crianças por mim. Menotti alegrou-me com a sua segunda carta, pelo que sou grato.

Ame-me muito.

Teu Garibaldi.

Anita

Ah, as histórias que se contavam sobre meu marido em Roma!
  Do alto do mirante na Villa Savorelli, ele fazia suas pequenas maravilhas. Era um homem de excelente humor e, certo dia, hasteou no seu mirante uma bandeira com os dizeres: "Bom dia, cardeal Oudinot".
  José brincava com os franceses, a quem considerava dignos de pena. Eles avançavam lentamente sobre Roma, destruindo prédios históricos e chamando para si a reprovação dos diplomatas estrangeiros. Mazzini, que comprovou não ser um homem de guerra, deixou a resistência a cargo de José e de Avezzana, seu ministro, e organizou um comitê na tentativa de preservar os monumentos históricos romanos da faina violenta dos invasores.
  Ah, a vida de José naqueles dias lá no alto da Villa Savorelli...
  A casa estremecia dia e noite com as bombas francesas — pois era o alvo predileto dos homens de Oudinot. Ceavam no jardim, mas o bombardeio às vezes era tão intenso que cobria as refeições de poeira. Certa vez, quando o ministro Avezzana estava a comer com meu José, uma bomba inimiga caiu apenas a um metro da mesa, destruindo todo o jantar. José dizia que aquilo era igual a comer em um navio numa tempestade, tudo tremia e reverberava... Com a refeição arruinada pelo pó e pelos destroços, um dos homens subiu à cozinha e improvisou-lhes uma macarronada! Assim eles viviam, entre gemidos de moribundos e ataques surpresa às villas ocupadas... Às vezes, faltava-lhes comida por dias, pois os encarregados de abastecê-los ficavam retidos em Roma pelo bombardeio, assustados com a fuzilaria, ou então desistiam de subir à villa pela quantidade de cadáveres que encontravam pelos caminhos. José comia ora sim, ora não. Alimentava-se do seu próprio fogo, creio eu, sentado lá no alto do seu mirante, planejando ataques que ele mesmo

comandava, organizando tropas, despachando Ugo Bassi, que sempre tinha uma alma a encomendar, coordenando seus homens de confiança em pequenas sortidas para confundir os franceses. José era uma chama perene no meio daquele caos.

A situação do Exército republicano era difícil — eles apenas resistiam, pois o poderio de Oudinot era mil vezes superior. No entanto, aqueles republicanos tinham uma coragem lendária, eles eram os romanos, os romanos que fizeram a história, que teceram o passado glorioso da Itália!

Mas, enquanto Roma lutava sob o fogo inimigo e os franceses abriam uma brecha nas muralhas capturando bastiões importantes da defesa da cidade, enquanto os invasores avançavam paulatinamente e, numa noite de morticínio, com seus canhões já dentro de Roma, destruíram a Villa Savorelli, enquanto José se movia com seus soldados para a Villa Corsini, eu também me movia.

Eu também me movia, eu também me movia...

A vida é sempre uma espécie de dança.

Parti de Nizza no dia 6 de junho, para horror e espanto de minha sogra. Naquele dia, sem sabê-lo, eu despedi-me para sempre dos meus filhos... Ah, aqueles segundos eternos do abraço que troquei com minha Teresa, o afago em Ricciotti, meu menino cálido como uma pomba inquieta, a última vez que nossos olhos se cruzaram... Eu disse-lhes que partia ao encontro do papá — mas, em verdade, era mais do que isso, eu partia ao encontro da minha morte, que é o fim de todo e qualquer destino humano.

Comecei, então, a minha derradeira aventura. De Nizza, fui até Gênova, onde recebi uma quantia em dinheiro que minha adorada amiga Nina me havia enviado desde Montevidéu. De Gênova, segui para Livorno num barco. E então, por caminhos estranhos e tortuosos, tomei uma diligência postal, atravessando regiões ocupadas pelos austríacos, até que, no final do percurso, consegui um cavalo e segui sozinha, avançando pelas estradas italianas no rumo da cidade onde estava o meu José. Foi uma viagem cheia de perigos, mas eu a venci, abandonando até mesmo a minha pouca bagagem pelo caminho.

Nas imediações de Roma, atravessei sozinha o acampamento francês sem que ninguém se desse o trabalho de me molestar. Eu levava a minha pequena pistola, e pensei durante todo o tempo que durou esta estranha caminhada que, se cruzasse com o general Oudinot, eu lhe daria um tiro bem no coração. Eles estavam destruindo Roma, a joia italiana... Tudo era poeira e devastação e escombros. As lindas villas já quase não existiam mais; aqui e ali, em meio às flores que vicejavam no verão, eu via estátuas com cabeças arrancadas, antigos miradores aos pedaços, colunas que não sustentavam mais nada, fachadas de antigos palácios transformadas em lembrança, fumaça negra subindo em colunas para o céu azul.

Segui, com o peito apertado, até a Porta de San Pancrazio, onde encontrei, finalmente, um grupo de legionários italianos num ponto avançado de defesa. Entre eles, estava Felipe Origoni, um velho conhecido desde os tempos de Montevidéu, que viera para a Itália junto com José.

"Senhora Anita! Mas como é possível?", disse ele ao ver-me ali, empoeirada e sorridente, às portas de Roma devastada, completamente sozinha. "Como vosmecê chegou aqui?"

"Ora, foi simples... Eu simplesmente vim vindo, vindo, até que cheguei. Agora me leve, por favor, ao meu José."

Ele tomou-me pelo braço, como bom cavalheiro que era, e seguiu comigo pelos escombros até a entrada das muralhas romanas, e juntos fomos vencendo o caminho. Meus olhos não cansavam de se espantar com a destruição de Roma! Eu estava muito cansada também — sentia a febre, que nunca me abandonara de todo; ela voltava, depois de tão longa jornada, a rondar-me. Mas eu estava disposta a ignorá-la. Fingia-me de ótima saúde, assim como a minha gestação, escondida pelo vestido largo, ainda não era de todo perceptível a quem não tinha intimidades comigo. Assim, segui com Origoni pelos caminhos romanos. José estava, já então, com seu quartel-general instalado na Villa Spada, e para lá nos dirigimos.

No caminho, parávamos para olhar as baterias francesas no seu assalto à cidade e, em dado momento, uma bomba explodiu muito perto de nós. Não me agachei sequer, eu não tinha medo — não haveria de morrer ali sem ver meu José, mas Origoni olhou-me com espanto como se tivesse visto um milagre.

"Vamos adiante", falou. "Não adianta sermos mortos aqui, vamos adiante!"

Eu pensava no modo como os franceses, que diziam tomar Roma por causa dos apelos papais, estavam destruindo os belos templos, e então perguntei-lhe:

"Mas o que você acha do modo como os franceses estão destruindo as igrejas? Eles não se dizem bons católicos?"

Origoni, assustado com as bombas, carregou-me dali. Não era hora para devaneios, foi o que ele disse. Queria entregar-me inteira, embora empoeirada até a raiz dos cabelos, ao seu general na Villa Spada. E assim fomos por entre toda aquela coragem e desolação, seguindo a muralha aureliana até a villa onde meu José se reunia com o seu estado-maior.

Quando entrei no salão onde José estava com seus homens, todos se viraram para mim. José olhou-me como quem via uma aparição. Ele levou alguns segundos para ter certeza de que eu estava mesmo lá.

"Anita", sua voz trovejou pelas paredes repletas de pinturas renascentistas.

E, então, ele correu para mim. Abraçou-me com a força de um touro, esmagando-me entre seus braços. Ah, estar enredada por ele, ah, todo o cansaço da viagem se desfez, a febre escondeu-se nas minhas entranhas, a semente que eu levava pareceu pulsar, vívida, no meu ventre.

José afastou-me, examinando-me. Eu estava suja e descabelada. Vi que seus olhos atentos pousaram por um instante no meu ventre. Mas ele não disse nada. Uma sombra correu pelo seu rosto, célere como uma nuvem de verão, e então José virou-se para os homens que nos olhavam e disse:

"Senhores, eis a minha Anita! Agora temos mais um soldado para lutar por Roma."

Então, José virou-se para Origoni, que tinha ficado às portas do salão, e, enquanto os oficiais vinham me cumprimentar um a um, ouvi a sua voz atrás de mim:

"Diga-me, Origoni, como minha esposa veio parar aqui?"

"Achei-a na Porta de San Pancrazio, general. Ela parecia estar se divertindo muito pelo caminho."

E a risada de José ecoou pelo salão, vívida e fresca como uma cascata.

Depois disso, meu marido mostrou-me os mapas nos quais eles planejavam seus próximos movimentos. O troar das bombas soava lá fora quase ritmadamente. Serviram-me comida e bebida, nada mais do que leite e pão com queijo. Comi com apetite, ouvindo José dizer-me que eles já tinham abandonado a primeira linha de defesa e adentrado a segunda, mais para dentro da cidade. Agora, só podiam manter o controle de Roma a partir das muralhas aurelianas. Porém, as milenares pedras não resistiam aos canhões franceses, e os dias de Roma pareciam estar contados, embora não se pensasse em desistir da luta.

A Villa Spada era um belo invólucro sem qualquer conforto. Seus salões e peças estavam desmobiliados, seus quartos com varandas e balcões não tinham camas. Ao final da tarde, José levou-me à sua habitação e vi que dormia sobre um monte de feno limpo, com lençóis apenas.

"Lastimo não poder acomodá-la melhor, Anita", ele disse, fazendo um gesto para a peça vazia. "É o que temos. Durmo tão pouco que não chego a me incomodar."

"Para mim, não falta nada", eu disse. "Estando você aqui."

Então, ele tomou-me pelos ombros e, numa voz séria, angustiosa, falou:

"Roma em guerra não é lugar para uma mulher grávida. Vosmecê não me disse nada, mas eu percebi."

Olhei-o nos olhos:

"Em Rieti", disse. "Foi lá que vosmecê me fez este filho. E a gravidez não haveria de me privar de estar aqui, José. Por isso, eu vim."

"E a febre?"

"Estou ótima", menti. "As pequenas indisposições da gravidez não me tirarão a coragem. Vou lutar, sou um soldado a mais, como vosmecê disse aos outros."

"Mas Roma está caindo, Anita!" A voz dele era pesarosa.

"Onde você estiver, José, será a minha casa."

E, assim, encerramos a nossa conversa naquela noite.

Minha saudade de José foi um meteoro que cruzou os céus romanos naquela madrugada, subitamente saciado, desaparecendo na sua órbita misteriosa para sempre. Pois aquele foi o nosso reencontro, e não nos separamos até o derradeiro dia.

Ah, mas as coisas continuaram acontecendo numa velocidade vertiginosa. O amor não pode parar o tempo.

Dois dias depois da minha chegada a Roma, a cidade comemorou a tradicional festa de São Pedro e São Paulo como se a guerra não estivesse acontecendo. Roma foi toda iluminada, e a cúpula do Vaticano brilhou como um pequeno sol naquela noite. Os canhões que volta e meia troavam pareciam ter seus similares no céu: uma terrível tormenta rimbombava, eletrizando os instantes, brigando com a luz do próprio Vaticano. Os franceses pasmaram-se: toda aquela luz, a de Roma e a da tempestade, estava a desafiá-los. Apesar das ruas juncadas de mortos, cada casa exibia lanternas em verde, branco e vermelho, o Coliseu e a Igreja de São Pedro também tinham sido decorados pelas viúvas, pelos feridos, por toda uma população que fremia de amor pela sua Roma açoitada pelas bombas francesas. Os mesmos homens que enterravam os mortos lutavam com suas pás. A maioria dos artilheiros legionários tinha morrido sobre seus canhões no último ataque, e esperava-se ainda para aquela noite a grande investida dos franceses.

José colocara tudo o que restara dos seus homens e toda a Guarda Nacional nas ruas. Do alto da Villa Spada, tendo Origoni como meu companheiro, eu observava a cidade em luzes, como um moribundo que subitamente recobra seu ânimo, e sabia que, além das muralhas, pasmados com a beleza daquela Roma iluminada, os franceses preparavam o bote final.

Trovões fremiam na noite, a chuva parecia iminente. Cantos elevavam-se aos céus, enterros e danças se misturavam. Havia a festa e a dor, a alegria e a morte. Roma era tudo.

"E a assembleia está lá dentro do Capitólio", disse Origoni, na grande varanda sobre a cidade. "Eles deliberam e deliberam como se a guerra pudesse ser vencida com palavras."

"E José está lá embaixo, ele dará seu sangue por Roma se assim lhe for exigido."

Foi uma noite de horrores.

Pouco depois das 10 horas da noite, um terrível temporal desceu dos céus, apagando as lanternas coloridas. A água era tanta, e os raios, tão terríveis, que a guerra pareceu ceder, aquietar-se, esperando que a fúria da natureza passasse. Os canhões ficaram empapados e inertes. Os mortos tomaram seu último banho, a terra descia pelos caminhos, brotava das crateras feitas pelas bombas. A água lavava Roma, benzia Roma.

Recolhi-me da chuva porque já sentia a febre me rondar. Havia feridos na Villa Spada, e gastei aquele tempo a cuidá-los. Duas horas mais tarde, a tempestade parou subitamente, e os franceses preparam-se para o ataque final.

Eu estava lá com os doentes e feridos, mas hoje que estou no tudo, tenho olhos para o passado e para o futuro... Sigam-me, pois. Deixemos a Villa Spada, descendo pelos caminhos lavados, pelas ruas escuras, cruzemos as lanternas apagadas, os velórios, as brigadas de corajosos romanos com pás e paus e pedras, cruzemos o Capitólio, onde Mazzini se refugiava da guerra que ele mesmo incitara, e desçamos até as muralhas, onde estava José com seus homens, com seus muitos homens. Quando a chuva cessou, ele soube: estava para começar a batalha derradeira. Os canhões, afogados pela chuva, não podiam ajudar nem franceses, nem romanos. O clarim dos defensores soou na cidade silenciosa, e José afivelou a sua espada e disse:

"Vamos lutar, é o ataque final!"

Iniciou-se ali uma peleja de morte. Os franceses multiplicavam-se atrás das velhas muralhas aurelianas, atravessando-as pelas brechas, subindo por escadas improvisadas, pulando para dentro de Roma como formigas. Com sua camisa vermelha suja de lama, ainda ensopado da tempestade, José comandava seus homens na linha de frente, lutando com sua baioneta, furioso, incansável. Ele sabia que toda aquela luta já era inútil, mas resistia por Roma. Centenas de vidas se perderiam ali, naqueles recôncavos e caminhos enlameados. Os franceses agora estavam já no bairro do Trastevere, mas os trabalhadores romanos que lá viviam estavam decididos a brigar até a morte antes de se entregar ao inimigo — lutava-se, então, em cada recanto, nas portas das casas, lutava-se com paus e facas de cozinha, famílias inteiras combatiam atrás das barricadas!

Naquela noite, em meio à furiosa batalha, tendo o Triunvirato concordado que Roma estava perdida, meu José foi procurado por um encarregado da embaixada americana. O embaixador avisava-lhe que em Civitavecchia havia uma corveta à sua disposição, caso ele desejasse partir comigo e com alguns dos seus mais valorosos companheiros de luta. Receberíamos asilo nos Estados Unidos. Mas José respondeu apenas que seguiria o destino de Roma, que recuaria, mas não abandonaria a sua Itália.

Mazzini não teve a mesma coragem. Naquela noite fatídica, dissolveu o Triunvirato, seguiu para Marselha escondido, alcançou a Suíça e, de lá, com um passaporte britânico, rumou para Londres.

José seguiu na luta com seus homens, com a espada desembainhada, com sua força e a sua calma, lutava cantando o hino da Itália. Chegaram a recuperar dos franceses parte da muralha. Mas, já com a luz do sol alta no céu, os inimigos iniciaram novo avanço, os canhões já tinham secado, e as bombas voltaram a troar. José e seus homens recuaram outra vez, refugiando-se na Villa Spada, onde eu esperava por eles.

Os franceses cercaram a villa rapidamente. Os legionários bloquearam portas e defendiam-nos pelas janelas. Soava um intenso tiroteio. Eu cuidava dos feridos, que eram muitos, mas todos pareciam calmos. Recebi uma arma de José, que cruzei no peito, enquanto limpava o sangue e fazia ataduras. Algumas balas de canhão atingiram parte da casa, e o reboco e pedaços de madeira caíram no grande salão. Vi dois jovens morrerem soterrados pelos escombros.

"É perigoso estar aqui", disse-me José.

Havia sangue pelo chão e gritos, a fumaça e o pó impregnavam o ar.

"Onde vosmecê estiver, eu estarei."

"Anita, nada mais do que luta e sofrimento nos espera. Aceite o auxílio do embaixador americano. Ele pode levá-la em segurança até Nizza."

"Não, José", respondi. "Eu fico ao seu lado."

Selei meu destino naquela noite terrível, e não me arrependo disso.

Resistimos enquanto foi possível. A defesa da Villa Spada durou duas longas e agonizantes horas. Medici veio trazer a notícia da partida de Mazzini, e sua voz parecia triste; ele decepcionara-se com seu líder espiritual, reconhecendo ali, em meio à morte e à luta, a superioridade de meu marido.

José então reuniu seus homens na sala já cheia de escombros. Sob o tiroteio, sua voz elevou-se na manhã, e ele disse:

"Soldados, em breve teremos que abandonar esta casa que foi nosso último refúgio romano. Eis o que eu ofereço àqueles que querem seguir-me: fome, sede, frio, nenhum soldo, quartel ou provisões. O Triunvirato foi desfeito, Roma cairá, mas eu seguirei lutando pela Itália! Enfrentaremos conflitos contínuos, marchas forçadas e a perseguição de um exército armado. Quem ama a pátria e a glória, siga-me!"

Os homens urraram quase tão alto quanto as bombas lá fora. Renovavam-se na vicissitude aqueles heróis... O fogo francês aumentava, e a defesa se espalhou pelas janelas, enquanto José organizava a retirada.

Naqueles últimos instantes na Villa Spada, Manara, um corajoso italiano a quem José queria muito, foi ferido de morte. Vi meu esposo despedir-se do amigo com lágrimas nos olhos. Ele vira tantas mortes naquelas últimas horas.

Enquanto preparávamos a saída, outra terrível notícia nos alcançou: o Negro Aguiar, nosso fiel amigo, morrera atingido por uma bala de canhão. Desta vez, eu chorei. Também o major Leggero tinha sido gravemente ferido na defesa do Trastevere.

"Veja", disse José. "Ainda há tempo para que vosmecê mude de ideia, minha Anita. Vá cuidar dos nossos filhos, eu me sentirei mais tranquilo."

"Não", respondi.

Ele me olhou no fundo dos olhos. Sabia que eu jamais mudaria de ideia, como não mudei até o final.

Uma trégua foi estipulada para que ambos os lados pudessem recolher seus mortos, tratar seus feridos. Nesta trégua, deixamos a Villa Spada. Levamos conosco o cadáver de Manara e, mais tarde, o enterramos sob o aplauso do povo romano. Ugo Bassi encomendou-lhe a alma, soaram vivas e tiros para o alto. Morria um herói romano.

Naquela noite, jantamos numa casa na Via delle Carroze. Roma estava entregue aos franceses, e a guerra silenciara. A noite parecia quieta como a própria morte. Bueno e Origoni estavam conosco. Todos os homens, sem exceção, tinham as roupas chamuscadas, algum ferimento, e os olhos cheios de cansaço. Comemos em silêncio. Depois da comida, pedi à dona da casa, uma boa senhora que amava sua Roma, uma tesoura. Num canto da sala, cortei meus cabelos sob os olhares espantados dos homens.

"Por que, Anita?", perguntou-me José.

"Para ficar parecida com vosmecês; para que tanto os italianos quanto os franceses e os austríacos esqueçam-se de que sou mulher."

Arranjei também roupas de homem, e tirei meu vestido sujo de sangue. Estava pronta para seguir com os legionários, fosse qual fosse o nosso destino.

Dormimos um pouco, exaustos. O dia raiou, belíssimo, alheio à queda de Roma. Quando a manhã já ia alta, José foi à Piazza San Pietro. A população reunia-se lá, esperando um pronunciamento dele. Todos os homens que queriam seguir com Garibaldi para lá se dirigiam e, quando *chegamos, havia uma honrosa multidão a esperar por José. A massa ondulante de pessoas clamava por ele. Caminhamos por entre as gentes que queriam tocá-lo, abraçá-lo, agradecer-lhe a coragem e a resistência.*

Foi com muita dificuldade que José finalmente alcançou o grande obelisco. Ele subiu na sua base e ergueu os braços. Naquele momento, que coisa mais espantosa, toda a multidão calou-se imediatamente. E a voz de José elevou-se na manhã de verão:

"Meus amigos, a sorte, que hoje nos traiu, sorrirá para nós amanhã. Estou saindo de Roma. Aqueles que quiserem continuar a guerra que venham comigo. Os que amam este país com seu coração, e não apenas com os lábios, sigam-me!"

José pretendia ir até Veneza e juntar-se aos resistentes de Daniele Manin, que proclamara a República Veneziana, suportando havia nove meses o cerco austríaco. Do seu lugar no obelisco, ele marcou a partida dos homens para a tarde daquele mesmo dia, às 18 horas, na Piazza San Giovanni. As gentes gritavam vivas, filhos despediam-se de pais, mulheres, dos seus maridos. Roma ainda vivia e pulsava, e o povo estava feliz ao ver que José Garibaldi seguiria a luta que eles haviam sustentado com o seu sangue e a sua coragem.

Começava, então, a última parte da nossa jornada.

(Roma caiu. Rosa Raimondi lê a notícia do *L'Echo des Alpes Maritimes*. Ela ergue o rosto para as altas janelas que dão para o porto. A tardinha derrama suas luzes sobre o mar verde e azul. A beleza não a toca. Roma caiu. Giuseppe está lá, encabeçando a luta contra os franceses. Giuseppe não gosta da Igreja Católica. Os franceses vieram em auxílio ao papa. Ela toca o crucifixo pendente entre os seus seios fartos, flácidos. Os olhos ardem. Giuseppe. Giuseppe. Seu *Peppino*.

O apartamento dos Deidery tem brinquedos espalhados pelo chão. Rosa começa a recolher os brinquedos, porque sempre busca uma atividade para se refugiar do medo, para fugir aos seus pensamentos. Rezará a Deus? Rezando a Deus, estaria ela ao lado do papa? Ah, Giuseppe, Giuseppe... Desde pequeno, fora assim. Diferente. Metia-se em encrencas. Salvou um menino de morrer afogado, quase se afogando ele mesmo.

Teresita vem correndo de um dos quartos. Ela para, olha para a avó e sorri. Tem os olhos de Giuseppe, mas em tudo o mais se parece com Anita. Rosa pega-a no colo com dificuldade. É uma menina alta para seus 4 anos e meio.

— Onde está seu irmão? — pergunta, com voz doce.

— Tia Maria Luiza está dando banho em Occi.

Ela sorri, os olhos úmidos de lágrimas. Dá um beijo leve na neta, aspirando seu perfume infantil. Giuseppe quando pequeno. Giuseppe era assim.

— Vamos lá ver Ricciotti.

Deposita a menina no chão e lhe segura a mão entre as suas. Juntas, seguem pelo corredor até o quarto onde Maria Luiza Deidery encheu a tina de água. O pequeno Ricciotti está espanando água e sabão para os lados, rindo de felicidade. Roma caiu, é o que ela tem vontade de dizer.

— Que banho gostoso, Occi! — é o que ela diz.

Maria Luzia Deidery sente alguma coisa na voz de Rosa e ergue o rosto para ela. Mas a mãe de Giuseppe Garibaldi desvia os olhos para o outro lado, fingindo que procura uma toalha ou qualquer objeto. Ela é uma mulher dura, é nesta dureza que ela se esconde.)

Anita

Às seis horas da tarde do dia 2 de julho, antes que os franceses tivessem profanado Roma, José e eu saudamos os 4 mil legionários que partiriam conosco. A cavalo, seguiam apenas oitocentos deles, o resto avançaria a pé numa larga coluna. O povo lotava a praça, e vinha em grandes grupos pela Porta de San Giovanni, gritando vivas para os seus heróis, os resistentes italianos.

Havia um clima de festa e de euforia no ar, mas todos sabíamos que nos esperavam, para além das devastadas muralhas romanas, mais de quarenta mil inimigos: os franceses, os espanhóis e os napolitanos. Se vencêssemos o primeiro trecho da viagem, mais ao norte, encontraríamos os furiosos austríacos, que perfaziam quinze mil almas bem armadas. Todos eles queriam acabar com José Garibaldi e seus legionários.

Eu estava grávida de cinco meses. Já não havia como esconder o meu estado dos olhos alheios. Por conta disto, recebi bênçãos das mulheres na praça: elas oravam por mim, oravam a um deus que não era representado pelo papa, a uma entidade superior que cuidasse da energia feminina, esta força vital, sutil e invisível que permeia todo o universo. Digo-lhes, eu estive lá, eu vi a República Romana perecer da sua breve vida de sonho, eu vi as mulheres nas ruas com paus e pedras e armas, eu vi as mulheres incitando seus filhos, carne da sua carne, a pegar em fuzis contra o jugo estrangeiro. E, depois, eu vi estas mesmas mulheres pranteando seus rebentos mortos, porque esta é a lei da vida, e um filho que vem ao mundo, vem também para a morte.

Aquelas mulheres foram a coragem de saias. Pouco ou nada delas se falou depois... Ficaram as histórias, os mortos — contados e apontados em estátuas e mausoléus —, ficaram as pedras, as catedrais, mas a história daquelas mulheres se perdeu. A história das mulheres imiscuiu-se à história dos seus homens, amálgama maleável como a alma feminina — ser dúctil é uma força, é uma coragem para além da coragem. Talvez por isso eu conte, talvez por isso eu tenha atravessado o Lete sem perder a memória, e agora possa estar aqui dizendo estas coisas...

Porque as mulheres fizeram.

Eu fiz.

Eu estava grávida de cinco meses naquele dia. Ao meu lado, José acenava à multidão. Partiríamos em breve. Havia aquela energia pura, vibrante, no ar da noite de verão. Ugo Bassi aproximou-se, vinha caminhando, usava seu uniforme e, sobre ele, o hábito marrom e a cruz.

— Anita!

Desmontei por um momento.

"Vosmecê deveria ficar", ele disse, finalmente. "Existem muitas famílias que querem acolhê-la aqui em Roma. Partirá com uma criança no ventre... Enfrentaremos muitos perigos."

Eu já sentia a febre, fraca, mas persistente, a me rondar. Ela vinha pelas noites, sempre. Mas nos acostumáramos uma com a outra.

"Ugo, irei aonde José for."

"Para além daquelas muralhas, estão nove generais de diferentes nacionalidades, todos dispostos a acabar com seu marido, Anita. A acabar conosco. Pense bem."

"Você privaria Maria do nascimento de seu Jesus para poupá-la também da crucificação?"

Ele olhou-me com espanto, abriu a boca, mas calou-se, nada disse.

"Uma coisa não existe sem a outra, Ugo. Irei com meu marido. E meu filho irá com o pai."

Ele aquiesceu. Com cuidado, ajudou-me a montar. Eu levava comigo a minha espada, a mesma que usara desde Laguna, e a minha arma pequena e leve. À vista daquelas coisas, Ugo Bassi abriu um sorriso.

"Oh, Anita...", ele disse. "Que Deus a proteja."

Às dez horas da noite, partimos pela Via Casilina, que vai do leste de Roma em direção ao sul. A cavalaria espalhou-se em diversos lados, dando conta das colunas francesas. Logo depois que voltaram a ele os principais chasques a cavalo, José reorganizou suas ordens e, assim, cambiante, trocando de planos e de caminhos para confundir os inimigos, nosso grande grupo partiu de Roma naquela noite histórica de julho.

Tomamos a estrada que levava a Tivoli.

Séculos antes, o imperador Adriano construíra naquela cidade serrana a sua villa, e lá chorara seu amor pelo jovem Antínoo. José me contara a história de como Adriano encontrara Antínoo em uma de suas viagens pela África, de como o amara, de como Antínoo suicidara-se, afogando-se no mar numa noite de viagem. Inconsolável, o grande Adriano, um dos romanos mais sábios de todo o grande império, transformou seu amado em um deus, espalhando seu culto pelas cidades e colônias romanas. Todas as histórias de guerra, de conquista e de lutas eram, também, histórias de amor...

Eu estava lá montada no meu zaino, seguindo com aqueles milhares de homens. Não tínhamos quase posses, mas uma permissão do governo romano para requisitar o que precisássemos pelo caminho. Ainda assim, alguns homens roubavam de pequenas propriedades — eu não os julgo, pois a marcha de várias horas diárias (seguíamos das duas da madrugada às dez horas da manhã, fugindo do calor até as cinco da tarde, e marchando de novo até dez da noite) era exaustiva, e lhes trazia uma tal fome que os alimentos racionados não podiam saciar. Mas José, num dos únicos gestos duros que o vi tomar em sua vida, decretou que o roubo seria punido com a morte. Ele não queria que a sua coluna agisse como um grupo de fugitivos, causando medo ou raiva na população. Então, os pequenos furtos pararam, e seguíamos nossa aventura no rumo das montanhas.

Eu escolhia os pousos noturnos, e aprendi a montar a nossa barraca. Ah, aquelas noites sob a lua com José ao meu lado... Eu ainda podia fazer amor com ele, e creio que foi em Tivoli, a cidade de Adriano, a última vez em que o tive em meu leito, na nossa barraca naquela olorosa noite de verão.

José, meu José... O amor de Adriano e Antínoo impregnou-me — era, talvez, um amor tão proibido, tão incômodo e perigoso quanto o nosso. Pois há sempre uma alma de fogo a atrair outra, feita de ar.

E então, o incêndio aumenta até que todo o ar se consome. Foi assim com Antínoo, assim também foi comigo. Eu pude vê-lo naquela noite, o jovem bitínio morto havia séculos ainda andava sob as oliveiras de Tivoli — alguns mortos têm o direito de descer ao mundo, como eu.

Talvez porque a morte se acercasse de mim, e tão perto estava ela então, pude vê-lo na madrugada silenciosa, os cachos untuosos caiam-lhe até o pescoço como uvas negras, o dorso branco, leitoso de lua, as pernas rijas. Ele andava sob as oliveiras como se procurasse alguma coisa, alguém... José tinha-me mostrado, ao longe, o vulto das ruínas da Villa Adriana. Lá ficava o Canopo, o jardim de estátuas que Adriano mandara erguer, tendo colocado a estátua de Antínoo em seu lugar de honra, perto da piscina.

Parada ao lado da minha barraca, no acampamento silencioso, enquanto todos os homens dormiam, eu o vi passar, exausto fantasma de muitos séculos, com lágrimas de madrepérola descendo dos seus olhos.

Quis chamá-lo, mas me contive. Deixei que seguisse seu rumo eterno; quando o dia clareasse, ele baixaria ao submundo, para volver na noite seguinte e assim sucessivamente ao longo do tempo. Senti que aquela era a sua eternidade, quis chorar para acompanhá-lo. Eu entendia de amores violentos.

Dentro de mim, despertada pela emoção, a febre subia. Chegou a hora de seguirmos viagem, todo o acampamento despertou — eram quase duas da manhã. Os ruídos multiplicaram-se e, sob aquela música inquieta, Antínoo desapareceu entre as oliveiras.

Naquele dia, minha febre voltou com toda a força.

Em Monterondo, depois de termos dado uma volta tão maluca que todo e qualquer exército inimigo se teria confundido, acampamos ao entardecer. Eu ardia. José estranhou meu abatimento, e um dos legionários montou a nossa barraca. Em Monterondo, dezenas de voluntários uniram-se a nós.

Era um tal de nunca parar... Saímos de Monterondo pela madrugada. Meu cavalo seguia num trote suave, mas uma dor excruciante começava a nascer em mim, eu mal mantinha os olhos abertos.

"A viagem é dura para uma mulher com um filho no ventre", Ugo Bassi disse. "Quem sabe, Anita, vosmecê não fica na próxima cidade?"

Mais uma vez, neguei. José ouviu tudo sem interferir. Ele me conhecia. Num olhar, entendia que não haveria modo de me reter, eu estava disposta a segui-lo até Veneza ou até o fim do mundo — infelizmente, o destino interpelou-me bem antes disso: nunca cheguei a Veneza, e não pude acompanhar meu José no seu doloroso exílio.

Alcançamos Terni dois dias mais tarde. Novos voluntários uniram--se às nossas fileiras. Todos estavam cansados da marcha acelerada que a presença do inimigo nos impunha, mas a minha febre agora já era intermitente — ia e vinha ao longo do dia e da noite, e a sede me atormentava atrozmente.

Em Terni, perdemos os franceses de vista.

"Nunca foram persistentes", disse José com um sorriso jovial, ao receber a notícia dos seus batedores. "Se eu tivesse mais armas e mais poder de decisão, eles não teriam entrado em Roma. O armistício favoreceu-os."

"Mas Mazzini não ficou aqui para ver a moldura do quadro que ele criou", disse Ugo Bassi.

"Não. Fugiu para Londres", retorquiu José, pesaroso.

Seguimos a nossa marcha, as fileiras cada vez maiores. No dia 8 de julho, chegamos em Cesi, uma cidadezinha construída na Idade Média em torno de um monte de nome Rocca di Cesi. Lá, recebemos víveres e forragem, e descansamos por uma noite.

Era verão, e as madrugadas amenas entregavam-nos o perfume das flores. Eu gostava, naquelas noites, de caminhar pelo campo, pelos vales, de ver as estrelas e, depois, já cavalgando, de olhar o sol subir no céu, enchendo o mundo com a sua presença celeste. José revigorava-se no sol, como se bebesse da sua luz. Mas, então, já em mim ardia aquele outro fogo, uma chama maligna que me consumia.

Seguimos para Todi, e naquele dia apresentei alguma melhora depois de tomar umas infusões que Ugo Bassi conseguira para mim. Gostei de Todi, onde fomos recebidos com banda de música, e onde o rio Tibre parecia também dançar, retorcendo-se pelas curvas femininas do vale. Acampamos no convento de Monte Santo, e as freiras me ofertaram um banho e compressas. Melhorei ainda mais.

De Todi, seguimos para Orvieto. Cidadezinhas e paisagens desfilavam diante dos meus olhos... Em meados de julho, chegamos à Toscana. A beleza da região confortava-me dos meus dissabores. José andava irritado, temeroso. Cada dia era mais difícil manter a tropa em ordem — havia muitos jovens, muitos homens que nunca tinham lutado, pequenas pendengas surgiam diariamente, Medici fazia o possível para que se mantivessem calmos e bem alimentados. Mas, já na Toscana, um homem roubou uma galinha. José soube do incidente e, como prometera, puniu o furto com a morte.

Foi uma noite triste. José mesmo disparou a arma que matou o ladrão. Depois, na barraca que eu costurara para nós, chorou nos meus braços, chorou como um menino até que o sono viesse salvá-lo. Às vezes, os homens de fogo abrasam-se na sua própria chama, meu bom José...

Aquela noite terrível parece ter marcado uma nova fase da nossa marcha. Os homens não roubaram mais nada, mas alguma coisa, impalpável e frágil, se havia perdido. José estava arisco. Partimos mais uma vez, rumo a Orvieto. Lá, encontramos a cidade murada fechada para nós. Os altos portões, trancados, indicavam que os moradores tinham medo da nossa visita, temiam represálias dos austríacos. Em Chiusi, o mesmo aconteceu. Seguimos por um longo caminho sem o auxílio das gentes, dormindo em fendas nos Apeninos e comendo ervas e caça da região.

Em Salci, passamos uma noite sob a chuva. A febre voltou com força, e me senti, mais uma vez, exausta. Porém, logo chegamos a Cetona. Lá, fomos muito bem recebidos pelo prefeito, um homem de nome Gigli. Ele e sua esposa nos acomodaram em sua própria casa, e houve festa para José. Nas ruas, as pessoas gritavam: "Viva Garibaldi, rei da Itália!".

Aquela recepção encheu meu marido de alegria. Ele passeou pelas ruas, recebeu presentes e bênçãos. A mulher do prefeito deu-me um vestido, e fomos a uma recepção no Belvedere em nossa homenagem. As damas da cidade abriam-se em sorrisos para José, e mais uma vez o ciúme corroeu meu peito. Eu estava grávida, levava os cabelos curtos como um homem, e José sempre apreciara os mistérios femininos. Em minha cadeira, sorri e conversei, mas senti-me muito triste, pois ele espichava olhares para as damas. Ao final do baile, José fez um discurso. Desembainhou sua espada, e jurou que lutaria pela unificação da Itália até a morte. (Ele cumpriu sua promessa.)

Ao final da noite, alegando reuniões, José não voltou comigo à casa do prefeito. Esperei por ele de olhos abertos, inquieta, tendo como companhia somente a minha febre, deitada numa cama depois de tantos dias, inquieta como se estivesse sobre pedras — qualquer leito de palha me servia, desde que ele estivesse comigo... Mas José tardou muito, e retornou quase ao alvorecer. Quando entrou no quarto, senti no seu rastro um perfume indefinível, feminino. Brigamos, chorei. Ele acusou-me de ciúmes, eu o acusei de vulgaridade. No quarto ao lado, o prefeito e sua esposa devem ter ouvido a nossa briga. A guerra não mudava o fato de que éramos *um casal em matrimônio. Duas almas unidas num desequilíbrio eterno, numa órbita única, difusa e indecifrável.*

Partimos no meio da manhã. Chegamos em Sartreano dois dias depois. Eu estava já bastante adoentada, a briga em Cetona desgastara-me. José agora me cercava de carinhos, pois meu mal-estar era evidente. Os padres da cidade negaram-se a nos receber, e José, num acesso de fúria, entrou a cavalo na pequena igreja, transformando-a em estrebaria. A população rebelou-se, expulsaram as tropas. Houve briga e troca de tiros. Deixamos a cidade ao entardecer, com víveres, mas sem a permissão de um pouso dentro dos muros.

Eu ardia em febre. Ugo Bassi foi até uma pequena fazenda e pediu aos proprietários que me acolhessem por aquela noite. Assim, dormi num pequeno quarto, recebi um prato de sopa, um copo de leite. Comi pouco, as minhas forças já se esvaíam.

(Menotti atravessou o largo corredor com passos cuidadosos. Os arcos que sustentavam a enorme estrutura térrea do prédio repetiam-se como grandes bocas dispostas a engoli-lo. Caminhava devagar, pois os frades não admitiam a pressa, a urgência ou a angústia, hábitos mundanos que ficavam para além dos altos muros cobertos de hera do Real Colégio.

Há quanto tempo estava ali? Um ano talvez, ou nem isso. Um ano, e parecia-lhe quase toda a sua vida! Quando a mãe o chamara, explicando que ele iria para um colégio muito importante, que lá receberia estudos que poderiam abrir-lhe as portas de um futuro glorioso — *Não quero que sejas como eu, que aprendi a escrever meu nome pelas mãos de José, estude e use seu bom coração para o bem, Menotti* —, a única coisa que ele sentira vontade fora de chorar. Nenhum orgulho ou alegria, nada disso. Abraçado a Anita, provando seu odor de sabão e de lavanda, quis voltar ao tempo em que era ainda pequeninho, em Montevidéu, na casa da Calle 25 de Mayo com o seu pátio interno e o poço, quando a mãe era seu único vínculo com o mundo lá fora.

Estava ali porque o rei pretendera agradar ao seu pai. A solidão daquele lugar, com suas regras eternas, com as rezas, as missas, as aulas que se desdobravam, era indizível. Ele era filho de Giuseppe Garibaldi. Os outros alunos, filhos de príncipes, de banqueiros, de famílias nobres, filhos de ricos proprietários de terra, olhavam-no com um misto de admiração e desprezo.

Ele era filho de Giuseppe Garibaldi.

Ele era diferente de todos.

Nunca se queixava nas cartas que enviava à mãe. Ao pai, escrevia pouco. Garibaldi, Giuseppe, José. Pensava no pai com vários nomes e, embora o amasse, a sua figura era uma memória diáfana, meio apagada pelas suas eternas ausências. A sua voz de trovão ecoava-lhe nos recônditos da memória, ele se lembrava dos seus cabelos de ouro, de uma certa alegria interminável, como se Garibaldi fosse uma criatura do verão, como uma fruta madura ou uma gaivota na praia. Tudo isso vinha à sua mente quando pensava no pai. Mas eram vaguezas, não era o amor doído, a saudade ardente que Anita lhe evocava.

A mãe... Desde sempre, sentira-se unido a Anita por um fio invisível. Era como se pudesse pensar os seus pensamentos. Quando Anita estava triste, podia sentir a sua tristeza como uma nuvem a apagar o azul do céu. Quando ela estava grávida — e a mãe parecera estar grávida a maioria do tempo que tinham vivido em Montevidéu —, ele podia sentir o seu desconforto, a sua angústia, até mesmo o seu medo. Era um arrepio que lhe corroía as entranhas, um desassossego sem nome.

Seguiu pelo caminho, passando por dois serventes silenciosos, e fez uma curva sob a última arcada, sentindo o estômago revirar-se mais uma vez. Todo o seu corpo doía. Teve medo de vomitar. Ainda há pouco, na sala de aula, enquanto o professor de álgebra escrevia equações na louça, tinham lhe passado um bilhete. Vinha sem assinatura, perfeitamente dobrado. Menotti guardou-o sob o caderno, ciente de que, se fosse pego com um papel alheio ao conteúdo da aula, sofreria a terrível palmatória diante de todos os colegas. Mas, ao final da aula de álgebra, abrira o papel. Numa letra infantil, caprichada, estava escrito: *Giuseppe Garibaldi fugiu de Roma com suas tropas, e está sendo perseguido pelos austríacos e franceses, jurado de morte por traição*. Menotti leu duas vezes a frase com sua letrinha cheia de volteios, o sangue acorrendo à sua face, a bile subindo por sua garganta como uma lava queimante, violenta. As lágrimas brotaram dos seus grandes e ovalados olhos escuros, iguais aos de Anita. Vinte e cinco rostos miravam-no, expectantes. Ele era o filho de Giuseppe Garibaldi.

Num impulso, recolheu seus materiais e saiu da sala, caminhando calmamente. Ao vigia do corredor, alegou um mal-estar. O velho monge não pode deixar de perceber a palidez do garoto, seu ar de sofrimento. Mandou que se dirigisse ao dormitório, onde logo alguém iria vê-lo.

Agora, caminhava por entre os arcos, vencendo o longo corredor cheio de voltas. O enjoo outra vez. Os livros pesavam, sua barriga doía. Pensou no pai, acossado pelos austríacos em algum lugar daquela Itália que ele não conhecia, nem entendia muito bem.

Entrou, finalmente, no dormitório quieto e fresco. As camas, todas iguais, perfeitamente arrumadas, sucediam-se em fileiras monótonas. Nada havia que diferenciasse uma da outra, mas ele correu até a terceira fileira, deitando-se na quinta cama. Era a sua. Mesmo igual às outras, era a única coisa que tinha ali naquele lugar enorme, antigo, tristonho e maçante. Pensou na mãe. Onde estaria Anita? E, ao pensar nela, o vômito, como uma memória muito antiga, subiu-lhe pelo estômago, escapando em jato pela sua boca, sujando o impecável piso de madeira do dormitório do Real Colégio.)

20 de julho, Apeninos, Itália

A tarde cai lentamente, derramando suas luzes pelo vale verdejante. Giuseppe Garibaldi, montado no seu cavalo branco, vai à frente das tropas. Tudo é azul, verde e imensidão. No alto de uma montanha, ele pode ver a mancha disforme de uma cidade. Arezzo. É para lá que seguem. Ele olha para trás, e lá está Anita em seu cavalo, usando o largo chapéu de palha que recebeu de uma camponesa na última vila onde se albergaram. Vê, também, o seu ventre já inchado, salientando-se no corpo magro. Sente uma angústia, quase um aviso. Anita não deveria estar ali. Os austríacos se aproximam. Um dos jovens no final da coluna foi capturado, torturado e morto. Ele sacode a cabeça, espantando os pensamentos funestos. Sabe que Ugo Bassi cavalga ao lado de Anita, tomando-lhe conta. Ele não tira os olhos da mulher, o sacerdote é um cão de guarda valoroso. Giuseppe sorri, agradecendo a presença de Ugo.

O estado de saúde de Anita começa a piorar. Ela precisa de repouso, e não desta marcha contínua, angustiosa e inclemente. Alguns homens caíram doentes nos últimos dias. Febre tifoide. Alguns deles morreram. As mortes pesam, causam desânimo. Os outros doentes ficaram para trás, aos cuidados de frades num mosteiro. Bueno, que viera com ele desde o Uruguai, desertou com vinte voluntários numa madrugada. Levou vários burros e cavalos.

Ele faz a lista mental dos seus problemas. Nem conta os milhares de austríacos espalhados pelos Apeninos, à sua caça. As coisas se complicam. E se Anita estiver com tifo? Anita já andava adoentada desde Rieti. Mas, e se? Anita precisa ficar em algum lugar, precisa de uma casa, de uma boa cama, dos cuidados amorosos de alguém... Se ela tivesse ficado em Nizza, estaria boa, em segurança. Não tem tempo de pensar em Anita, não pode mudar seus planos pela esposa. Ele agora é da Itália... Chegou a cogitar que permanecessem uns dias em Castiglione, mas Medici prendeu um camponês de aspecto estranho nos arredores do vilarejo. Interrogado, o homem confessou ser um soldado austríaco disfarçado. Levava despachos pedindo reforços para capturar os legionários. Garibaldi tinha descoberto duas coisas com o austríaco: os inimigos supervalorizavam suas forças, e estavam desorientados.

Depois daquela inusitada entrevista, recolheram as tropas e seguiram seu caminho. Era a única alternativa. Não podem ficar parados à espera dos austríacos. Ele sabe que a luta é questão de dias, eles já se infiltraram pelo vale, tropas inteiras, centenas deles. Têm boas armas, ao contrário dos seus legionários, com seus velhos fuzis e o resto da artilharia que puderam trazer de Roma no lombo dos burricos.

Ele deixa os olhos correrem pela paisagem. O sol faz desenhos nas montanhas, cintilando no alto das árvores. A beleza parece doer-lhe na alma. *La Italia molto bella, bellíssima.* Suspira fundo. Toma as rédeas do animal, faz a volta na estradinha estreita, e trota até onde está Medici.

— Não vamos atacar Arezzo. É um risco desnecessário — diz para Medici em voz baixa.

Medici concorda:

— O soldado disse que eles estavam nos arredores de Monterchi.

— Mas não conhecem bem a região — responde Garibaldi. — Isto conta a nosso favor. O inimigo estrangeiro está sempre em desvantagem, Medici. Vamos acampar nos arredores de Citerna, *ecco*? Anita precisa de repouso.

Medici concorda. Também ele está preocupado com o estado de Anita Garibaldi, mas tinha sido contra, desde sempre, que a mulher de Giuseppe os acompanhasse naquela viagem de loucos. Dois mil homens lutando contra mais de oito mil austríacos armados até os dentes.

Eles viajaram por mais um dia, e acamparam por duas noites num mosteiro em Citerna. Os monges os tratavam bem, fornecendo comida e palha para as camas. Anita pareceu recuperar um pouco das suas forças, comendo melhor e dormindo as noites inteiras.

No terceiro dia, quando caía a tarde, Anita saiu a caminhar pelos jardins do mosteiro, olhando as flores, o verde e a beleza que os monges cuidavam com extremo zelo sob os muros ancestrais, dividindo-se em pequenos grupos que passavam horas sob o sol.

Ela seguiu por uma trilha, cuidando para não pisar nas flores. Sentia-se um pouco melhor, mais disposta. A beleza do lugar voltara a tocá-la. Antes, na marcha, seus olhos passavam pelas montanhas sem vê-las. Seus olhos cansados, arruinados pela febre. Agora, a grandiosidade dos Apeninos acelerava seu peito, quase como uma paixão súbita. Achava-se pequena. As criaturas humanas são insignificantes, apenas as montanhas, enormes, verdes, marrons e douradas é que existem ali, como deuses minerais amorosos.

A criança no seu ventre mexera-se na última noite, e qual não fora o seu alívio ao experimentar o levíssimo tremor do seu útero, como se um peixe misterioso nadasse ali dentro. Depois de todos aqueles dias de febre, temera que a criança não tivesse resistido.

Cruzou um roseiral em flor e subiu por uma escada escavada na terra até uma elevação do jardim, um pequeno promontório que dava para o vale dos Apeninos. O ar fresco das montanhas era revigorante, e ela aspirou fundo a tarde plena de perfumes. O cansaço habitava-a como uma assombração prestes a dar seu espetáculo. Fazia tudo devagar, cautelosamente, como um soldado numa guerra invisível. Chegou no alto do promontório e encontrou-se num caramanchão recoberto de sempre-vivas que oferecia perfume e frescor àqueles que venciam a íngreme escada. Ela correu seus olhos pelo vale verdejante, manchado aqui e ali com as pequenas vilas, os picos montanhosos erguendo-se contra o céu de um azul lavado, pois tinha chovido na noite anterior.

E então, no meio da beleza resplendorosa dos Apeninos, foi que Anita viu. Lá embaixo, na encosta, na colina inferior, estavam as tropas dos austríacos. Eram muitos, minúsculas manchas coloridas que se moviam contra o verde, formigas determinadas. Sentiu o coração acelerar, virou-se e desceu as escadas no rumo do prédio principal do mosteiro, onde José estava reunido com seus homens. Os austríacos acampavam ao seus pés, centenas, milhares deles. Tinham chegado com a madrugada, escondidos sob a chuva, silenciosos como fantasmas.

Correu com todas as suas poucas forças, entrando pelas portas amplas, escancaradas, suas botinas ecoaram no piso de madeira encerada. Encontrou José reunido com Medici e com o major Leggero, que tinha chegado na noite anterior, vindo de Roma por caminhos tortuosos para se juntar a Garibaldi, depois de ficar um mês recuperando-se de um gravíssimo ferimento na última batalha contra os franceses. Ele viera clandestino, e conseguira alcançar a coluna sem ser importunado pelos austríacos. Tinha sido uma grande alegria para José reencontrar Leggero, que viajava com ele desde Montevidéu.

— José — ela chamou numa voz agoniada. — Eles estão lá fora! Lá embaixo no vale.

Garibaldi ergueu-se de um pulo. Usava seu chapéu com o penacho, o poncho branco estava sobre uma cadeira, e seu peito descoberto e dourado parecia jovem, vigoroso e eterno.

— O que houve? — perguntou José, inquieto.

Antes que ela respondesse, Ugo Bassi surgiu das sombras em que lia a Bíblia. Os quatro homens cercaram-na, tensos. As centenas de soldados que vinham com eles estavam acampados no curral do mosteiro, dormindo, alheios ao inimigo lá embaixo na fímbria das montanhas.

— Os austríacos? — disse Ugo. — Você os viu?

José segurou Anita pelo braço, sentindo imediatamente que ela estava febril.

— São quantos, Anita?

— Três ou quatro vezes mais do que nós, José. São muitos — disse ela, em voz baixa.

— Vamos partir imediatamente. Sumiremos pelos vales. Eles não conhecem bem a região. Passei a noite inquirindo camponeses, sei de um caminho para Bocca Trabaria. Não vamos descer a colina, não passaremos por eles.

Ugo Bassi, com sua velha Bíblia na mão, disse:

— Vamos levar alguns monges conosco, Giuseppe. Como reféns... Ou convidados. Para que os outros, aqueles que ficam aqui, não entreguem o nosso plano aos austríacos. Eles certamente estarão aqui amanhã para interrogações.

José olhou para o ex-frade e abriu um sorriso.

— Os homens de Deus têm ideias divinas. Escolha três monges, Ugo. Vamos levá-los a passear pelas montanhas.

Saíram no meio da tarde, numa fila comprida e longuíssima de dois mil homens silenciosos. Não desceram a colina, mas subiram uma pequena estrada de terra, semiescondida pela vegetação, que levava a Bocca Trabaria, uma aldeia a meio caminho do vale do rio Foglia. Tencionavam chegar na pequena República de San Marino em poucos dias, e lá pediriam asilo.

A travessia das montanhas custou-lhe dois penosos dias. A beleza do lugar transmutou-se em agonia para Anita. Outra vez, a febre e o mal-estar voltavam a assolá-la. Cavalgava em silêncio, economizando forças. Giuseppe Garibaldi estava preocupado com o inimigo. Os austríacos podiam surgir detrás de uma montanha, nascendo de um vale como criaturas de sonho, e, nas muitas subidas e trilhas, os batedores espalhavam-se, atentos aos ruídos, ao canto dos pássaros, desconfiando sempre da beleza e do resplendor dos Apeninos. Não havia descanso.

Os monges caminharam em silêncio durante toda a viagem. Foram bem tratados. Um deles, mais falante, informou-lhes que o general austríaco Konstantin von S'Aspre estava na região havia mais de uma semana. Medici aumentou os vigias. Numa noite, dois batedores desapareceram.

— Os austríacos — disse Giuseppe, em voz baixa, para Ugo e Leggero — vão torturá-los em busca de informações. Precisamos chegar numa vila amiga.

— Não há nada antes de Bocca Trabaria — disse Ugo.

— Eles podem estar lá. Podem estar em qualquer lugar farejando a sua caça.

Ugo Bassi baixou a voz, acercando-se de José:

— Em Bocca Trabaria, deveríamos buscar um médico para a senhora Anita.

Giuseppe Garibaldi concordou silenciosamente. Anita cavalgava quieta, o rosto baixo, o ventre salientando-se sobre a roupa de montaria.

— Anita é uma mulher teimosa — disse ele, suspirando fundo. Mas sua voz estava pisada, dolorida.

Ugo Bassi e Leggero trocaram um olhar de preocupação. A viagem prosseguiu. Perto de Bocca Trabaria, foram avisados que tropas austríacas estavam a apenas 5 milhas de distância. Mesmo assim, pararam na cidade. Garibaldi dispensou os monges, alimentou seus homens, e conseguiu uma casa onde Anita repousou por uma noite. Médico não havia no lugar. Enquanto a mulher descansava, Garibaldi, Leggero e uma pequena tropa avançaram até Sant'Angelo in Vado, um pequeno vilarejo em direção a Macerata Feltria.

No caminho, a madrugada alta e iluminada de estrelas, encontraram um piquete austríaco. Houve uma breve luta. Embora estivessem em maior número, os austríacos não conseguiram capturar Garibaldi, nem Leggero. Mas seis legionários morreram na peleja. Voltaram ao alvorecer para Bocca Trabaria. Trataram os feridos, organizaram a coluna. Giuseppe Garibaldi acordou pessoalmente a esposa. O sol nascia no céu como uma bola de fogo entre as montanhas, relevando a topografia majestosa dos Apeninos, quando Anita olhou pela janela, exausta, vestindo a sua roupa de cavalgada.

— Fique, Anita — ele pediu. — A gente de Trabaria cuidará de vosmecê. Depois eu mando buscá-la.

Anita olhou o marido com seus grandes olhos escuros, ardentes.

— Onde você for eu vou, José. Sou mulher o suficiente para isso.

Ele abraçou-a de leve, sentindo seu ventre intumescido. Ela era pequena, macia e quente. Quente de febre.

— Vosmecê está grávida. Alguns homens morreram de febre tifoide. E se for isso? Como vai seguir por estas montanhas, doente assim?

Anita afastou-se dele e foi calçar as botas. O silêncio perdurou por alguns momentos. Ela parecia ofegante, sua respiração alteando-se no pequeno quarto com vistas para a montanha.

— José, eu estou adoentada desde Rieti. Não tenho a doença do rato. Deve ser a gravidez. Sempre sofri com elas, vosmecê sabe bem. Mas não ficarei aqui. Sigo com vocês para San Marino.

E assim foi. Seguiram outra vez pelas ondulantes e estreitas estradinhas que descem dos Apeninos. Tinham deixado parte da cavalaria na retaguarda, caso os austríacos tivessem avisado alguma tropa, retardando assim um possível ataque.

Chegaram em Macerata Feltria às nove horas da noite seguinte, famintos e exaustos. Não havia acomodações suficientes, e passaram a noite sob as estrelas. Mas a população ofertou-lhes comida e bebida. Anita foi acomodada sob um caramanchão de flores, com palha limpa e cobertores. Ali, ela mergulhou num sono profundo, e não acordou nem mesmo quando Leggero veio chamar Garibaldi com a notícia de que a cavalaria que ficara para trás fora massacrada por tropas austríacas. Era preciso partir em breve, e com toda a velocidade.

Garibaldi chamou a esposa antes do alvorecer. Notou-lhe a palidez acentuada; sua pele rebrilhava como madrepérola sob a claridade lunar da noite de verão. Não havia vento, e o ar era morno, mas Anita precisou ser enrolada num cobertor para poder seguir viagem. Sentia muito frio. Cruzou pelos homens cabisbaixa, arrastando os pés. Giuseppe, ao seu lado, percebeu os olhares de piedade da sua tropa: Anita era querida por todos, a boa mulher, a corajosa cavaleira que avançava pelas estradas, a enfermeira piedosa dos doentes. Agora, a doença a havia alcançado. Ele se sentia ferido também. Não havia remédios, não havia médicos. Talvez, em San Marino, pudessem receber ajuda. Já não pensava mais em Veneza; chegar lá era um sonho distante. A Itália unificada já se distanciava no horizonte, como uma semovente miragem esfumaçada pelo vento.

— Em San Marino... — ele disse em voz baixa, acomodando Anita na sua cela. — Em San Marino encontraremos um bom médico, *carina*. E nós todos teremos o abraço de uma república. Lá, ficaremos em segurança.

Anita, zonza de febre, olhou para o marido com um sorriso no rosto.

— Em San Marino — ela repetiu. — Falta muito para chegarmos lá, José?

Garibaldi lembrou-se da pequenina República, encravada nas alturas do monte Titano, com seus três picos que pareciam querer tocar o céu. Era uma longa marcha, arrastando pelas íngremes estradinhas a sua única peça de artilharia, trilhando por despenhadeiros e caminhos estreitos, até alcançarem a República que ficava 700 metros acima do mar Adriático.

— Logo estaremos lá, Anita. O povo de San Marino sempre ofereceu refúgio aos perseguidos. Conosco, não será diferente, *carina*.

Anita

Vocês sabem de mim o que lhes foi contado, nem uma única palavra minha.

Giuseppe me deu alguma voz.

Meu José.

Quando chegamos às portas de San Marino, nos últimos dias daquele julho de 1849, eu já estava no final das minhas forças. Em algum lugar sem tempo nem espaço, um barqueiro preparava-se para me levar na minha derradeira viagem. Ele mergulhava os remos na água, e começava a cavar o rio eterno, remando, remando em direção a mim...

Agora eu lhes conto. Conto como tudo aconteceu, e como.

Vínhamos marchando havia um mês. Lutáramos contra os franceses e, depois, na retirada, com várias tropas e piquetes de austríacos. Eles multiplicavam-se nas montanhas, nos vales, nos caminhos, ao mesmo tempo em que nossos homens debandavam, fugiam levando cavalos, burros e nossas poucas armas.

Eu mal parava sobre a cela quando Ugo Bassi ofereceu-se para intermediar nossa estadia em San Marino. Ele também estava febril, a fome e a doença se espalhavam entre as nossas fileiras. Ugo Bassi procurou o regente de San Marino; a legião estava num estado lastimável, todos precisavam de repouso e de comida. Se San Marino não nos estendesse a mão, seríamos dizimados pelos austríacos — valeria a pena tamanha carnificina?

Mas Belzoppi, o regente de San Marino, negou a entrada das nossas tropas, temendo uma represália da Áustria. Prometeu, no entanto, enviar-nos medicamentos e comida, e chamou seus franciscanos e suas freiras, e rogou ao povo que doasse aquilo que lhe fosse possível doar. José estava às portas de San Marino, esperando pelo resultado da parlamentação de Ugo.

Nós outros tínhamos ficado na estrada. Enquanto as conversas e a arrecadação de víveres aconteciam em San Marino, o terror espalhou-se pelas nossas fileiras: fomos atacados por uma tropa de austríacos. Eles estavam armados com pesada artilharia, e caíram com fúria sobre nossos homens famintos e cansados. Muitos dos nossos soldados, em desespero, fugiram pelos caminhos das montanhas, desaparecendo para sempre.

Quanto a mim, como se sucedia em momentos cruciais, do fundo do meu corpo nasceu uma força, uma coragem — tomei da arma e, junto com Leggero e Medici, comandei a nossa defesa. Ardendo em febre, grávida de cinco meses, lutei com raiva, lutei com vontade, lutei com amor. Foi a minha última luta. Corri pelos caminhos, agarrando os fugitivos, ordenando-lhes que permanecessem nos seus postos, combatendo. Eles olhavam-me incrédulos. A coragem numa mulher sempre espanta os homens, e mais ainda os covardes.

Mas, mesmo lutando por cinco, com Leggero e Medici comandando a defesa, perdemos nosso único canhão, tivemos muitos feridos e vários mortos. O combate violento serviu tão somente para que o regente de San Marino entendesse que, se ficássemos às portas da cidade, seríamos dizimados. Creio que o homem não quis arcar com tal peso na consciência — depois da debandada dos covardes e desesperados, éramos 1.500 almas que, com a abertura dos portões, acorreram à mais antiga República do mundo.

Entramos naquele recanto como uns coitados. Filas e filas de jovens e homens aos farrapos, confusos, feridos, destroçados na alma e no corpo. Éramos refugiados, e assim foi que José pediu ao regente que nos acolhesse — cessaríamos a guerra e deporíamos as armas. Estava finita a luta pela independência italiana. Estas foram as palavras de José, as palavras que ecoaram pelo rico salão de audiências em San Marino, na tarde daquele 30 de julho, fatídico dia.

José e Belzoppi fizeram, então, um acordo informal. Dois cavalheiros que apertaram as mãos. Belzoppi tinha as mãos macias da vida política nos salões; José, as mãos calejadas dos barcos, das armas, sujas da poeira dos caminhos e do sangue dos seus compatriotas.

José informou aos seus garibaldinos os termos daquele acerto de honra: que agissem com o melhor comportamento possível para com nossos generosos anfitriões. Estavam, a partir de então, todos desobrigados de seguirem-no, poderiam, assim que desejassem, voltar às suas casas, mas sem nunca esquecer que a Itália ficava mergulhada na vergonha e na escravidão.

Os doentes e feridos foram acomodados no convento dos Capuchinhos, e levaram-me com eles. Eu tinha perdido minhas últimas energias no combate às portas da República. Creio que me levaram no colo, lembro vagamente dos braços de José, do seu cheiro, do branco do seu poncho rasgado, da sua voz triste e afetuosa soprando-me palavras de consolo.

Grão a grão, a ampulheta do tempo engolia a minha vida. Eu trazia comigo a minha arma e as moedas para Caronte. Minha hora se aproximava.

Sou esta voz e me lembro...

Agora eu tenho voz na chuva, eu tenho voz no vento... Eu grito com os trovões e ceifo com os raios e me derramo com o mar. Ouçam no vento a minha história.

31 de julho de 1849, San Marino

Giuseppe Garibaldi estava sentado perto da janela no café Simoncini, olhando a rua cheia de sol. Esperava ali o emissário da República, que tinha ido negociar os termos de rendição com os austríacos. Lá fora, o dia esplêndido parecia um deboche. Todo aquele azul, o mar lá embaixo. Ele podia pressentir o mar, sentir seu leve perfume salgado.

Sentia-se angustiado. Anita, ao menos, tinha recebido asilo na casa de Lorenzo, o dono do café. Lorenzo e a esposa tinham-na recolhido no convento, onde Anita dispunha apenas de um monte de palha como cama. Ardia em febre a coitadinha. Mas, agora, ela estava lá em cima num quarto, com atenções e cuidados da esposa de Lorenzo Simoncini. Giuseppe esperava ali, junto a Leggero. Ugo Bassi também estava doente. As desgraças vinham todas juntas.

Tinha um copo de água à sua frente. Às vezes, queria apreciar o vinho. Deixar que o álcool apagasse as tristezas. Estava profundamente triste e abatido. Ergueu o rosto, sentindo a apreensão de Leggero ao seu lado. A porta do café abriu-se, e entrou um homem baixo, atarracado, de bigodes encerados. Era o emissário republicano.

O homem avançou até onde Giuseppe estava sentado, usando uma velha camisa vermelha, cuidadosamente remendada por Anita. Seus cabelos dourados delatavam-no. Era ele, sempre ele, a quem os outros viam primeiro.

— Aqui está, general — disse o homem, entregando-lhe uma carta.

Giuseppe Garibaldi esticou o braço e tomou a carta. Seus olhos cansados fixaram-se no envelope. Ele rasgou o papel e leu seu conteúdo com um correr de olhos, voltando ao começo depois de terminada a leitura. Os termos da rendição soaram-lhe vergonhosos. Deveriam entregar todas as armas aos são-marinenses, que as repassariam aos austríacos. Os que não fossem acusados de delitos, estariam livres para voltar às suas casas. Garibaldi e sua esposa deveriam seguir imediatamente para os Estados Unidos.

Ele suspirou, sentindo o ar que exalava dos seus pulmões. Leggero, ao seu lado, não dizia uma palavra. Parecia ter os olhos perdidos na rua lá fora. O emissário bateu os pés no chão, inquieto. Giuseppe Garibaldi ergueu o rosto para o homem. Sua voz, macia e profunda, ecoou no pequeno café quase vazio:

— Estes termos são vergonhosos.

— Mas... O general Gorzkowsky, foi ele quem redigiu os termos. Não creio que os senhores estejam em condições de...

Garibaldi ergueu-se de um pulo, enfiou a carta no bolso da calça de sarja e falou:

— Não assinarei estes termos.

E saiu do café. Leggero seguiu-o sem sequer olhar a face espantada do homem que deixaram parado no salão silencioso.

Lá fora, o sol caiu sobre eles. O céu, profundo e azul, parecia um sopro de esperança. Giuseppe caminhou um pouco pela rua até chegar a um pequeno terraço público. Ali, debruçou-se. Lá embaixo, os vales desdobravam-se em matizes de verde. Lá embaixo, em algum lugar, estavam os austríacos. Milhares deles.

— É um engodo — disse Giuseppe. — Eu não me renderei segundo estas aviltantes condições. Tome, leia vosmecê.

Entregou o papel a Leggero, que o leu em silêncio, devolvendo-o logo em seguida.

— Não há como confiar nos austríacos. Mas o que faremos, Giuseppe?

Garibaldi apoiou-se na amurada. O ar era pleno de odores, havia tanto céu e tanto chão. A sua Itália. E a Áustria queria enviá-lo para a América.

— Vamos sair daqui. Iremos embora de San Marino. A maioria da tropa ficará. Tentaremos alcançar Veneza.

Leggero olhou-o nos olhos:

— E Anita? Ela está muito doente.

— Falarei com ela. Anita precisa ficar. Irão tratá-la bem.

Mas Anita não quis sequer ouvi-lo.

Com seus olhos ardentes, maiores ainda no rosto emaciado pelas semanas de febre, sentou-se na cama, no pequeno quarto oferecido pelos Simoncini.

— Você quer me deixar, José.

Seus olhos queimavam, mas talvez não fosse a febre. Foi o que ele pensou: *é a teimosia, é o amor.*

— Anita... Vai ser mais difícil do que foi até agora. Vamos por caminhos secretos. Simoncini nos apresentou um guia. San Marino pode ser um bom refúgio para você, os austríacos querem a mim.

— Não.

— Anita...

— Onde vosmecê for, eu vou — foi o que ela disse.

E, num gesto decidido, ergueu-se da cama estreita, seu ventre inchado, perfeitamente redondo, salientando-se sob o vestido de camponesa que a mulher de Simoncini lhe havia dado. Os cabelos curtos, o corpo magro, tudo a deixava com ares quase infantis. Mas havia aqueles olhos.

— Quando partimos, José?

Ela estava em pé, calçando, com certa dificuldade, suas botinas gastas.

— Em meia hora — ele disse. — É quase uma fuga.

— Então, fugiremos juntos — ela respondeu, tristemente.

Despediram-se dos Simoncini com abraços rápidos. Não havia tempo para nada. Só contavam com a surpresa para sair pelos muros traseiros da cidade, tomando caminhos secretos, íngremes, estreitos e misteriosos. A noite tinha caído, morna e belíssima. Eles eram 180 pessoas subindo pela estrada íngreme sob a luz das estrelas. Um homem alto, moreno e quieto guiava-os, perscrutando os caminhos com seus olhos pequenos e atentos. Seu nome era Zani.

Anita olhou o céu, parecia possível tocar as estrelas com a mão. Estavam no alto do mundo. Ela sentia-se exausta e leve. Sua cabeça flutuava estranhamente, como que desprendida do corpo.

Numa curva da estrada, montada no seu cavalo, pareceu ter visto um vulto de mulher.

— José — ela chamou, baixinho.

— *Sí, carina?*

Ela olhou ao redor mais uma vez. A figura feminina tinha desaparecido misteriosamente. Seria a febre? A luz das estrelas era fria, e dava às coisas uma aparência lunar, quase pétrea. As árvores não se mexiam, as folhagens dormiam, quietas como se compactuassem com a retirada silenciosa daqueles homens exaustos.

— Achei ter visto alguém — disse Anita.

Ao lado deles, cavalgava Ugo Bassi. Já curado da sua febre, o sacerdote deitou um longo e bondoso olhar sobre a mulher do general. Estaria ela delirando? José correu os olhos pelo caminho pedregoso, tingido de lua.

— Não vejo nada, Anita. Seguimos em frente.

E a tropa recomeçou a sua marcha.

Anita fechou os olhos, deixando-se levar pelo cavalo. Dentro dela, também alguém espiava, escondida entre seus pensamentos confusos e febris. Mas quem? Mas quem? Ela perguntava-se em silêncio, vencendo a noite estrelada, as vozes abafadas dos homens subindo para o céu. San Marino, a última esperança, tinha ficado para trás.

Final de maio, 1850, Tânger

Do alto do muro, o mar azul espraiava-se até que os olhos o confundissem com o céu. Havia uma profusão de cores, de sons, como se a vida brotasse de todos os lados, como se a vida ardesse. O major Leggero, sentado sobre as pedras, respirava com dificuldade. A subida era dura para ele, embora fosse jovem. Mas não era mais o mesmo depois do grave ferimento que sofrera na última batalha por Roma.

Giuseppe fizera questão de ir até lá em cima. Havia alguma coisa diferente em Giuseppe, como se ele também tivesse acordado de um longo inverno: era como a natureza ao redor, cintilante de cores, abrindo-se ao verão. O general tinha passado os últimos meses mergulhado em um forte desânimo.

— Como vai a perna? — Giuseppe perguntou-lhe.

— Quando o tempo está seco, dói menos. Mas, para quem ia morrer, não posso reclamar.

— Quando eu o encontrei nos Apeninos, foi como um milagre. Achei que você tinha morrido em Roma, meu amigo.

Leggero olhou-o:

— Quis o destino que eu sobrevivesse para estar aqui.

— Fizemos muitas coisas juntos — disse Giuseppe. — Depois que Anita morreu, eu estava acabado.

— E, se estivesse sozinho em Mandriole, morreria também. Teria ficado ali até os austríacos chegarem. Seria fuzilado em segredo.

— Leggero, aquele foi o pior dia da minha vida.

— Não menospreze a vida, general — disse o outro.

Giuseppe Garibaldi soltou uma risada alta. Andorinhas passavam no céu. Lá embaixo, os barcos atracavam no porto, as gentes andavam de um lado a outro com seus mantos coloridos, e burricos carregados de mercadorias e carroças cheias de frutas circulavam pelas ruas, contrastando com a paz que vinha do mar.

— Leggero, meu amigo. Estou aqui há alguns meses. Andei meio morto por dentro. Tirei de mim a morte com as palavras. Estou escrevendo as minhas memórias, já lhe disse.

— Tenho grande curiosidade de lê-las.

Giuseppe fez um gesto largo com a mão:

— Ainda não acabei. E não acabarei aqui, mas nos Estados Unidos.

Leggero olhou-o com algum espanto:

— Nos Estados Unidos?

— Sim, bom amigo. Embarco em dois dias para lá. O embaixador conseguiu-me um visto e uma passagem. Parece que os americanos não têm medo de mim.

— Dizem que as cidades americanas são espantosas.

Giuseppe Garibaldi deixou os olhos correrem pelo mar. O sol desenhava gigantescas figuras nas águas, as ondas nasciam e morriam, brancas espumas soltas na superfície marinha. Lembrou-se da longa viagem desde Montevidéu até a Itália no *Speranza*. Quanto tempo fazia? Leggero estivera com ele naquela aventura, quando os sonhos de ambos pareciam tão próximos da realidade. Agora, Anita estava morta, a Itália tinha voltado ao domínio estrangeiro. Seus filhos haviam ficado em Nizza. Seus três filhos. Estava tão solto no mundo quanto quando partira de casa havia quase vinte anos, fugindo da sua sentença de morte, guiado pelas estrelas.

— Se você quiser, posso conseguir-lhe um visto, Leggero.

O outro abanou a cabeça. Seu perfil elegante, a barba bem aparada, fez Giuseppe sorrir.

— Não — respondeu o major Leggero. — Obrigado, general. — Mas não quero voltar para a América agora. Um dia, talvez, voltarei a Montevidéu.

Giuseppe suspirou:

— Muitas lembranças.

— Um passado inteiro — respondeu Leggero.

— Mas agora devemos nos concentrar no futuro. Há muito a ser feito, não é mesmo?

— Não se pode menosprezar a vida, general. Eu lhe disse isso há pouco.

— Ofereceram-me um emprego como capitão marítimo na rota do Pacífico, Leggero. China, Austrália, o mundo outra vez.

— Partir é bom — disse Leggero. — Escreva-me, Giuseppe.

Giuseppe Garibaldi olhou-o nos olhos. Escrever, pensou ele, sorrindo de leve. Escrevia muitas cartas. A pena tinha sido o seu leme naqueles últimos meses. Mas o cheiro de sal, o vento do mar despertava-o mais uma vez para a vida. Anita estava enterrada na Itália, em algum lugar. Um dia, ele voltaria. Um dia, daria um belo túmulo à Anita, como tinha de ser. Agora, era a hora de partir. Todo aquele mar, toda a América esperando por ele. Passaria uma última noite com a moça da estalagem. Seria bom partir, Aima já se apegava a ele. *Nagib, Nagib...* Podia ouvir sua voz rascante nos seus ouvidos. Aquele púbis negro, as rosas secretas que dele nasciam, os grandes mamilos de cacau. Não... Não queria levar Aima com ele. Tinha sido bom, mas estava acabado. Faria a grande viagem sozinho.

Olhou para o companheiro de tantas batalhas:

— Vosmecê fica por quê?

Leggero abriu um sorriso torto, e seus dentes brancos surgiram por entre a sombra da barba escura e espessa.

— Uma mulher.

— É sempre um bom motivo, meu amigo. O amor.

— Depois dele, só a liberdade — acrescentou Leggero. — Mas agora sou um homem manco, caminho com dificuldade. Não sirvo mais para a guerra, general. Não posso correr.

Giuseppe pulou do muro. Ainda era ágil. Como um grande felino amarelo, pensou Leggero. Soprava uma brisa morna, doce e salgada, trazendo odores de mar e de distantes jardins murados, secretos e centenários. Tânger era um lugar de segredos que se desdobrava aos poucos diante dos olhos estrangeiros.

Giuseppe Garibaldi estendeu a mão ao amigo. Deixou-a no ar por um instante, a mão levemente bronzeada. A mão que conhecia o leme de incontáveis barcos, a mão que quase salvara Carniglia, a mão que abrira a cova de Rosa, a mão que se negara a assinar a rendição aos austríacos, a mão que fechara os olhos de Anita.

Então, num súbito gesto, recolheu-a.

— Sem despedidas — disse.

Leggero abriu um sorriso:

— É melhor assim.

— O mundo é grande, meu amigo.

— Espantosamente grande, meu caro Giuseppe Garibaldi.

E, então, Giuseppe deu as costas ao major uruguaio e, caminhando devagar, com aquele gingado de homem do mar que fazia seus quadris dançarem imperceptivelmente, começou a descer a longa escadaria que bordeava as muralhas de Tânger.

Leggero viu-o descer, sua silhueta compacta diminuindo aos poucos, até que ele simplesmente se misturou às gentes lá embaixo no porto e desapareceu por completo. Como uma mágica, como um truque de ilusionismo.

1º de agosto, margens do Adriático, Itália

A mulher que seguia com Anita agora já não se escondia mais. Um vulto persistente, silencioso. Ao seu lado, sempre. Anita queria falar, queria mostrá-la a José, mas a voz faltava-lhe. José não parecia ver a mulher que os acompanhava, nem Ugo, nem Leggero.

Eram fugitivos agora. O monte Titano havia ficado finalmente para trás e, com ele, o sonho de um descanso em San Marino. Venceram toda uma longa estrada sob os auspícios de Zani sem encontrar nenhuma tropa inimiga. Depois de um dia de viagem, o vinho e o pão se acabaram. Giuseppe levava uma melancia na garupa do seu cavalo e, com ela, alimentava Anita. Ela comia pequenos bocados, vomitava às vezes. Estava piorando cada vez mais.

Naquela noite, depois de Zani deixá-los com abraços rápidos e desejos de boa sorte, chegaram às margens do Adriático. Uma lua enorme brilhava no céu. Garibaldi desfez-se do seu cavalo, trocando-o por pão e água com alguns moradores dos arrabaldes de um vilarejo. Agora só pensava em alimentar Anita, cada vez mais fraca. Ela já não falava. Quando conseguia sussurrar alguma coisa, suas palavras eram incompreensíveis.

Uma mulher, la moglie, la moglie...

— É o delírio — garantiu Ugo Bassi, em voz baixa.

O delírio era a varanda da morte, pensou Ugo. Mas não disse nada. Não teve coragem.

Cruzaram a vila em pequenos grupos, seguindo até a praia sem causar estranheza aos poucos habitantes que os viram. A noite ia alta. Ancorados na praia úmida, Giuseppe e seus homens encontraram 35 barquinhos de pesca. Era uma vila de pescadores.

Giuseppe teve uma ideia:

— Vamos fugir por mar.

Mas havia um problema, os garibaldinos, na maioria gente da terra, não sabiam pilotar os barcos, chamados *bragozzi*. Garibaldi pediu que Leggero fosse à vila com mais alguns homens para requisitar a ajuda dos pescadores da região.

— Se não quiserem ajudar, tragam-nos à força das armas.

E seus olhos perderam-se em Anita, deitada sobre uma colcha à beira-mar, mergulhada num sono inquieto, febril. Ugo Bassi zelava-a de perto, rezando baixinho. Anita ardia em febre.

Porém, na vila, Leggero e seu grupo cruzaram com seis soldados austríacos. Mataram o chefe, um oficial vindo de Ravena, e prenderam os outros. Alguns pescadores da vila ofereceram-se para manejar os barcos, ajudando os garibaldinos a fugir, pois eram simpáticos à causa republicana. Os austríacos logo chegariam na cidade, era o boato que corria.

A partida tardou muito, pois o clima mudou rapidamente, e uma tempestade violenta veio do mar. Os barcos, pequenos e leves, não conseguiam vencer as ondas que cresciam, espumantes, furiosas. Largas horas foram gastas sob a chuva e os raios, até que os *bragozzi* passassem a linha da arrebentação. Sob a chuva, deitada no fundo da canoa de pesca, Anita gemia baixinho. Ugo cuidava-a, enquanto Giuseppe comandava o barquinho. Havia um desespero mudo nos olhos de Garibaldi, escurecidos de raiva e de angústia. Navegavam com dificuldade, e somente quando a chuva passou, o dia já raiando no céu, é que ele teve certeza de que seguiam o rumo correto para Veneza, distante 150 quilômetros da pequena aldeia de onde tinham partido.

Não havia comida. Garibaldi tinha comprado um pouco de água, mas apenas para que Anita pudesse beber, visto que a febre a abrasava por dentro havia muitas horas. Quando a tempestade finalmente foi embora, o céu se abriu, ensolarado, e eles viajaram durante o dia inteiro sob o calor do verão, exaustos, sedentos, famintos, aboletados nas frágeis embarcações.

A noite chegou outra vez, para alívio de todos. Uma lua enorme e redonda brilhava no céu. Anita sequer abria os olhos, resmungando palavras incompreensíveis, caindo a seguir em longos períodos de prostração silenciosa. Ugo Bassi rezava baixinho ao seu lado, ofertando-lhe, de quando em quando, pequenos goles de água, que a mulher engolia sofregamente.

— Ela está muito mal, Giuseppe — disse Ugo Bassi, num determinado momento. — Não creio que possa aguentar muito mais.

— Anita é forte — respondeu Garibaldi, deitando um olhar assustado para o vulto da esposa.

Via-lhe o ventre, o ventre parado, quieto. Um cofre cerrado. Estaria bem a criança? Ele não saberia dizer. Anita estava muito pálida, e a luz da lua salientava a sua brancura, seu rosto de camafeu escavado pela magreza da doença. No silêncio da noite marinha, Giuseppe Garibaldi recordou-a como quando a vira pela primeira vez, parada à praia em Laguna, perto da casa do tio, como se esperasse por ele. Como se soubesse. Estaria tudo escrito? Todo o desespero, todo amor, toda a raiva e toda a alegria que tinham vivido?

E foi então que um grito de Leggero arrancou-o de seus devaneios. Ao longe, no mar, uma patrulha austríaca avançava em direção a eles. A esquadra inimiga vigiava o delta do rio Pó. Ainda estavam longe; porém, a lua cheia, brilhante, iluminava a noite como um gigantesco refletor, deixando a procissão de *bragozzi* muito nítida. Garibaldi tentou ludibriar os inimigos, espalhando os seus barcos como se fossem um grupo de pesqueiros. Mas foi inútil, os austríacos, desconfiados, navegaram em direção à pequena frota de *bragozzi*, abrindo fogo. Garibaldi e seus homens só dispunham de umas poucas armas, e a munição era escassa. Foi uma luta desigual. Oito canoas se renderam, e as cinco restantes conseguiram fugir a todo remo alcançando a pequena praia de Pialazza, uns 8 quilômetros ao norte da cidade de Magnavacca.

Garibaldi remava com desespero, os olhos fixos nos inimigos, que finalmente ficavam para trás. Quando pareciam em segurança, um solavanco os sacudiu.

— A canoa encalhou! — gritou Giuseppe Garibaldi. — Um banco de areia!

— Santo Deus Nosso Senhor! — exclamou Ugo Bassi. — E agora?

Garibaldi pulou na água, que lhe chegava às axilas. Não havia tempo para conversas. Ele seria o único *pato*. Tomou Anita nos braços, acomodando-a sobre seus ombros. Podia sentir-lhe o calor, como se um fogo interno a queimasse lentamente. Com dificuldade, avançou pela água até a beira da praia. Atrás dele, vinha Ugo Bassi.

Chegaram na areia, caminharam alguns metros, e esconderam-se sob a ramagem das árvores que franjavam a orla. O dia raiava. Um sol dourado e egoísta parecia querer iluminar todas as coisas, a praia extensa, o mar, os morros ao longe. Anita piorava rapidamente, agora já não mais dizia nada. Tão pálida, tão fraca. Garibaldi sentiu raiva do dia azul, resplandecente.

Enquanto estavam ali, outros legionários que tinham logrado alcançar a praia começaram a chegar, exaustos. Reuniram-se num grupo de trinta sob as árvores. Garibaldi viu com alegria que o major Leggero estava entre eles. Abraçaram-se. Depois de algum tempo, Garibaldi disse-lhes que não podiam mais permanecer juntos. Como um grupo, chamavam muita atenção. Os austríacos tinham acompanhado a fuga, e calculariam seu desembarque ali na região. Ele ficaria com Anita. Leggero também se propôs a ficar. Não abandonaria o seu general. Ugo Bassi queria permanecer, mas, como conhecia a região, foi convencido por Garibaldi a seguir com os legionários.

— Nos encontraremos mais tarde, amigo — disse-lhe Garibaldi, apertando sua mão. — Ficarei aqui com Anita até que ela melhore.

— Deus estará com vocês — respondeu Ugo. — Anita é uma mulher de muita coragem.

— Eu sei — sussurrou Garibaldi.

E, então, caminhando através do arvoredo, o grupo dispersou-se sob a luz clara da manhã de verão. Giuseppe Garibaldi, Leggero e Anita ficaram ali, sem saber exatamente o que fariam a seguir. A angústia agora era tão palpável para Giuseppe quanto uma mosca rondando seu rosto. Ele viu seus homens partirem com um aperto na alma. Só muito depois, já preso, esperando julgamento, foi que soube que, uma hora mais tarde, o grupo liderado por Ugo Bassi fora pego por uma patrulha austríaca e fuzilado alguns dias depois. Nem mesmo o sacerdote Bassi fora perdoado.

Mas Giuseppe Garibaldi tinha a estrela.

Anita sempre dissera: *os deuses protegem José*. Eles estavam ali, sob o arvoredo, quando um homem surgiu mansamente, vindo da pequena vila ribeirinha. Era Battista Barilari, um camponês da região. De longe, ele vira os barquinhos chegando. Como o lugar estava coalhado de austríacos, não lhe fora difícil entender a situação toda. Porém, era simpático aos garibaldinos. Foi o que ele disse, agachado sob as árvores, em voz muito baixa. Tinha vindo para ajudar. E, ao ver o estado lastimável da mulher do general Garibaldi, ficara-lhe claro que eles precisavam de toda a ajuda possível.

Barilari levou-os até uma casinha perto da praia, onde uma velha viúva tratou de colocar compressas em Anita, tentando baixar sua febre altíssima. Quando Anita melhorou um pouco, Barilari voltou com dois amigos, Bonnet e Carli. Os homens, revezando-se, caminharam levando Anita no colo durante duas horas. O sol já tinha baixado, e um anoitecer estrelado desenhava suas luzes no céu. Seguiram por um caminho pantanoso e difícil, que ia dar na fazenda de um simpatizante da causa garibaldina. Os austríacos tinham espalhado cartazes pela região, avisando a população de que toda e qualquer ajuda a Garibaldi e seus fugitivos seria passível de fuzilamento. Eles andavam em silêncio, vencendo o terreno barroso, temerosos de cruzar com algum morador.

Chegaram à fazenda ao anoitecer. Duas senhoras que lá estavam trataram de Anita sem fazer perguntas. Ela abriu os olhos, e tomou algumas colheradas de sopa quente. Deitada numa enxerga, pálida, chamou pelo marido e perguntou-lhe:

— E meus filhos, José?

Ele olhou-a com seus olhos dourados, tristonhos. Estaria ela delirando, ou apenas sentindo a proximidade da morte, que agora — ele não tinha mais dúvidas — viajava com eles, e fazia a pergunta derradeira? Quem cuidaria das crianças?

A vida tinha sido injusta com eles. Sempre a amara, mas, muitas vezes, levado pelos ventos da guerra, pelos impulsos do sangue, esquecera-se dela. Tinha sido descuidado no amor. Olhou-a longamente; o pequeno quarto era iluminado por um lampião, cuja luz amarelada e borrada desenhava vultos nas paredes. O ventre de Anita parecia ter murchado, apagando-se no desespero da doença.

— Eles estão em Nizza — ele disse, finalmente. — Anita, nossos filhos estão bem. Descanse, tudo se arranjará.

Ela olhou-o com seus enormes olhos. Olhos de ruína, pensou Giuseppe com tristeza.

Olhos de ruína.

Tudo desmoronava ao redor deles.

— Não me deixe — pediu Anita num fio de voz.

— Nunca a deixarei — respondeu Giuseppe. — Seguiremos juntos.

Quando ela mergulhou outra vez no seu sono inquieto, Garibaldi deixou-a no quarto. Na sala, os homens parlamentavam em voz baixa, preocupados. Bonnet disse que o rio Pó encontrava-se totalmente vigiado pelos austríacos, e o único jeito de escapar era seguir para longe do Adriático.

— Deixe Anita aqui, general — sugeriu Bonnet. — E desista de Veneza. Acho que o único caminho possível agora é seguir até Ravena. De lá, será mais fácil escapar dos inimigos.

Giuseppe Garibaldi trocou um longo olhar com Leggero.

— Eu desisto de Veneza. Mas jamais desistirei de Anita. Ela vai comigo.

— Muito bem — disse Bonnet, baixando os olhos. — Insisto que minha família poderia cuidar dela, ao menos até que melhore, general.

Garibaldi, exausto, puxou uma cadeira. Sentou-se, sentindo o peso dos muitos dias de viagem, a angústia por Anita, o desespero mudo que o afogava. Quando ergueu seu rosto para os homens presentes, eles viram sua face exausta, a dor que lhe transfigurava os traços.

— Vocês não podem imaginar quantos e quais serviços me prestou essa mulher...

E calou-se, de súbito, começando a chorar.

Tudo se resolveu rapidamente a partir dali. Não havia tempo a perder, os austríacos poderiam aparecer a qualquer momento. Arrumaram um barco e um barqueiro fiel, que conhecia a região, e encheram o fundo da pequena embarcação com almofadas para acomodar a esposa moribunda do general. Ele ainda tinha a esperança de vê-la curada. Havia uma pequena laguna na região, e, se a atravessassem sem ser descobertos pelos inimigos, chegariam a uma fazenda em Mandriole. A fazenda era cuidada por Bonnet. De lá, poderiam partir no dia seguinte, escapando dos inimigos que vigiavam a região. Tinha sido oferecido um prêmio de trinta moedas de prata para quem entregasse o general Garibaldi para o Exército austríaco. Todo cuidado era pouco, acrescentou Bonnet. Atravessariam a laguna sob a luz da lua, o mais discretamente possível, e depois rumariam numa carroça até a fazenda.

Antes de partir, Bonnet conseguiu roupas de camponês para Garibaldi e para Leggero, e as camisas vermelhas, uniforme garibaldino, e o poncho branco, esfarrapado e manchado da longa travessia desde Roma, foram enterrados no fundo do quintal. Assim vestidos, eles seguiram viagem.

Entraram no barco. O barqueiro remava em silêncio, ajudado por Leggero. Era bonita a laguna à noite sob a luz da lua; havia uma solenidade tocante na paisagem. No entanto, o coração de Giuseppe Garibaldi estava pesado. Nem o céu, limpo, esparramado de estrelas, podia trazer-lhe alguma alegria. Ele sequer admirou as constelações cujas histórias outrora contara a Anita no convés dos seus navios ou no terraço em Montevidéu. Tudo isso parecia-lhe distante demais, quase irreal.

Olhou-a, deitada no fundo do pequeno barco, acabando-se a olhos vistos. Viu seu rosto pálido, a boca levemente aberta. Ela parecia respirar com dificuldade, e gemia baixinho às vezes.

Atravessavam a laguna em silêncio; só se podia ouvir o barulho dos remos na água e, de vez em quando, alguns pássaros noturnos cantando no escuro. Os gemidos de Anita eram tão fracos... Leggero remava, mas com os olhos fixos nas águas lancetadas de luar, vigiando o caminho atentamente. Às três da manhã, chegaram num pequeno posto de guarda à beira da laguna. O guarda surgiu e, na margem, sob a luz de um lampião, perguntou se não era Garibaldi quem vinha lá.

Do seu lugar, Leggero respondeu:

— Garibaldi foi para Veneza, não ouviu as notícias, *amico*? Estamos indo para Mandriole. Somos apenas camponeses.

O guarda, cansado e sonolento, deixou que seguissem sem mais perguntas. Giuseppe Garibaldi pensou, *a estrela, a estrela*. Eles navegaram por mais algum tempo, quietos, sozinhos na imensa laguna escura. Quando o dia amanhecia, as brumas subindo da água cinzenta que parecia despertar com o sol, eles chegaram numa pequena enseada.

O barqueiro atracou, pulando para a areia.

— Vocês devem descer — disse ele para Bonnet. — A partir daqui, é muito perigoso. Não há dinheiro que pague.

Bonnet assentiu, sério. Tirou do bolso duas moedas, e entregou-as homem com um gesto rápido. O barqueiro enfiou o dinheiro no bolso do casaco. Com algum esforço, Garibaldi e Leggero carregaram Anita para a margem, acomodando-a sobre as almofadas à sombra de uma árvore. O barqueiro pulou para bordo e partiu silenciosamente, refazendo o caminho através da laguna.

Giuseppe Garibaldi olhou ao redor. Não parecia haver nada por ali. Não via construção nenhuma, apenas o campo, verde e dourado, que se estendia até se perder de vista.

— Esperem aqui — disse Bonnet. — Meu amigo Baldini vive perto, voltarei para buscá-los. Baldini tem uma carroça, e carregaremos a senhora Anita até a fazenda. A fazenda é de um marquês que nunca vem aqui, mas os administradores, os Ravaglia, são republicanos.

— Onde fica a fazenda? — perguntou Leggero.

— A 3 quilômetros daqui. Mas atravessaremos os campos cultivados, por isso a carroça.

— Esperaremos — disse Garibaldi, apertando a mão de Bonnet. — Nunca poderei lhe agradecer.

Nada mais havia a ser feito. Confiar em Bonnet era a única alternativa. E os dois homens esperaram sob as árvores enquanto o sol subia no céu, enquanto Anita, de olhos fechados, parecia dormir seu sono difícil.

A deusa Nix

Alguns devem morrer e outros precisam viver... Quanto a Anita, estava feito. A sua vida, fiada e tramada, o fio tecido pelas moiras, minhas filhas, estava a ponto de ser rompido.

É a sina, o destino.

Eu acompanhei-a durante todo o trajeto, pois Anita sempre me foi muito cara. Sim, vós todos credes que eu, por ser a deusa da noite, ligada ao submundo de Hades, sou uma deusa má. Como se tudo não nascesse da noite, e toda luz não brotasse da escuridão eterna.

A morte vem de dia também.

E aquele dia, entre todos, tinha sido escolhido para ela.

Eu estava lá, eu vi. Escondida sob o capuz da invisibilidade, esperei junto com eles pela volta de Bonnet. Ele chegou duas horas mais tarde, numa carroça comandada por um jovem moreno de nome Baldini.

Com delicadeza e sem perda de tempo, acomodaram a jovem moribunda na carroça sob as almofadas, e seguiram no rumo da fazenda. Baldini tinha tomado o cuidado de chamar um médico antes de seguir ao encontro de Garibaldi, pedindo que ele acorresse à fazenda Guiccioli. Quando lá chegassem, ele explicou ao general agradecido, o doutor estaria esperando por Anita.

Foi um percurso difícil sob o sol avassalador do verão; o terreno instável, de terra cultivada e fofa, fazia a carroça sacudir. Anita gemia, sentia uma profunda sede. Não havia água para ela. Giuseppe consolava-a, que aguentasse firme, logo estariam numa casa, com água e comida, com um médico de confiança. Mas a pobre mulher estava muito mal. Depois de algum tempo, espumava pela boca. Giuseppe limpava seus lábios gretados com um lenço. E chorava. Sim, ele chorou por boa parte do trajeto, pois foi somente ali que entendeu que seus destinos se apartariam um do outro. Anita estava à beira da morte. E, junto com ela, a criança em seu ventre. Pois sim, a criança ainda estava viva — eu sabia.

Segui com eles sob o sol abrasador — ah, e dizem que a morte só chega com as trevas...

Algumas horas depois, alcançaram a fazenda. Em frente à casa-grande, havia uma senhora, a dona, e o médico chamado por Baldini. Eles apearam apressadamente. Giuseppe, Baldini, Leggero e Bonnet trataram de levar a pobre Anita lá para cima, guiados pela dona da casa, que, avisada pelo médico, preparara-lhe um quarto às escondidas. Tudo devia ser feito com a máxima discrição, pois a região estava coalhada de austríacos à procura de Garibaldi.

— Doutor, salve minha mulher! — pediu Garibaldi, no quarto.

Mas, então, quando o médico finalmente tocou na pobre moça, ela já não se mexeu. Estava morta. Tinha morrido em perfeito silêncio.

Lá longe, na laguna, meu filho Caronte esperava por ela para a sua derradeira travessia. No pequeno quarto da fazenda Guiccioli, Giuseppe Garibaldi começou a chorar, amparado por Leggero. A tristeza então tomou conta de todos. A dona da casa chorou. Leggero soluçava. Baldini e Bonnet caíram em muda desolação.

Então, Giuseppe agachou-se ao lado da cama da mulher, finalmente vencido. Ele ficou ali por algum tempo. Suas lágrimas silenciosas, seus cabelos louros, seu porte esguio e solene congelaram os presentes. O jovem Baldini ajoelhou-se ao seu lado como um devoto. Bonnet saiu do quarto, tomado de emoção, seguido pelo médico.

Ao lado da mulher morta, depois de derramar uma última lágrima, Garibaldi correu seus dedos pelo belo rosto imóvel. Perdia-a, e perdia um filho. Perdia todo o seu passado, ela, que estivera ao seu lado nos momentos mais venturosos e mais terríveis. Ela, que lhe dera um porto, uma família, um descanso para sua alma inquieta! Tomou a mão da esposa morta. Havia um anel em seus dedos magros, o único anel que pudera dar-lhe ao longo daqueles dez anos de casamento. Com cuidado, com extremo zelo, Garibaldi tirou o anel daquele dedo pálido. Era um anel simples, de ouro, sem pedras.

— Tome — disse Giuseppe ao jovem Baldini. — Vosmecê veio salvá-la e trouxe um médico. Vosmecê chorou por ela, este anel é seu.

O jovem não aceitou o regalo, devolvendo-o a Giuseppe:

— Não, general, por favor. Leve-o consigo. Leve-o na sua fuga, e fuja rápido. A região está coalhada de austríacos.

Leggero saiu das sombras do quarto e fez voz ao apelo de Baldini:

— Vamos Garibaldi. Precisamos partir.

Giuseppe olhou o companheiro:

— Eu a perdi. Perdi o que era mais caro para mim, Leggero.

— General — disse Leggero —, precisamos partir. Garibaldi, meu amigo, por seus filhos, pela Itália! Os austríacos estão próximos!

Giuseppe ergueu-se com dificuldade. Segurava o anel de Anita entre seus dedos. Olhou para Baldini e para a dona da casa. Seus olhos vazios, seus olhos perdidos. Mas havia uma coisa, uma coisa que o preocupava, e ele disse:

— Deem a ela um funeral digno, eu lhes peço.

— Um funeral — disse Baldini — será impossível. Mas a enterraremos do melhor modo, e deixaremos uma marca. Quanto ao general, deve partir imediatamente. Bonnet vai guiá-lo em segurança para longe daqui. E nós todos rezaremos pelo senhor.

Um sorriso triste abriu-se no rosto de Garibaldi.

— Um dia, eu virei buscá-la...

Ele disse isso olhando para Anita.

Havia um grande silêncio na pequena habitação. Lá fora, a noite tinha se instalado sobre o mundo. Disseram, depois, que naquele anoitecer do dia 4 de agosto de 1849, estrelas cadentes cruzaram o céu de verão indo morrer na laguna, e que seu brilho impressionou todos os moradores das redondezas... Mas vejam, eu sou Nix, a deusa da noite e mãe de todas as estrelas, sou a rainha dos astros noturnos.

Eu trouxe as estrelas cadentes para Anita.

E foi um espetáculo fugaz, que virou lenda entre as gentes daquele lugar. Assim como Anita, cuja morte eu testemunhei e cuja travessia pelo submundo eu conduzi pessoalmente, viraria lenda contada e recontada pelos anos sem fim. E ainda mais uma vez, aqui nestas páginas.

Anita... Eu a agraciei com o direito de não perder a memória.

Meu filho, quando a levou, depois de receber a sua paga, tomou o cuidado para que ela não cruzasse o rio Lete.

Misturada a tudo o que já existiu, a voz de Anita será ouvida para sempre... A voz de Anita Garibaldi, a corajosa jovem de Laguna, vai andar no vento, vai correr o mundo e os séculos. E as suas memórias, soltas no ar de todos os dias e noites, farão dançar as folhas das árvores...
Podeis ver, ainda agora.
Espiai pelas vossas janelas as folhas balançando lá fora...

(Ela entrou no barco que rangia suavemente. O encapuzado barqueiro não tinha olhos. Suas mãos e seu longo remo guiavam-no. Ela já entrara em tantos barcos desde que conhecera José... Mas aquele, aquele era o derradeiro. Ao seu lado, percebeu com alegria, estava a criança. Tinha vindo com ela, e sorriu-lhe amorosamente. Fariam juntas a travessia. Não se sentia triste. Partia apenas... Ainda podia ouvir a voz de José, ou talvez tivesse sonhado. *Deem a ela um funeral digno, por favor.* Sentiu pena de José. Ele teria de seguir sozinho dali em diante. Mas, então, como uma epifania, soube que não. Estaria sempre com José. Ela não morria, mas se misturava ao mundo, ao dia e à noite.

Olhou para a margem da laguna. O céu noturno parecia inquieto, riscado de estrelas cadentes. Uma adorável, quase mágica, noite de verão. Lá na margem, olhando-a de longe, estava a mulher que a acompanhara nos últimos dias durante a travessia terrível, no ardor da febre e no sofrimento da doença. A mulher sorria-lhe. Ela sorriu de volta e soube, de mãos dadas com a criança, que tudo finalmente estava bem.)

No casarão da Fattoria Guiccioli, em Mandriole, no aposento simples onde Anita veio a morrer, nada foi mudado pelos donos ao longo de todos estes anos. Há uma placa na parede:

> "Obrigado por essa tua visita, cidadão de qualquer parte do mundo que tu sejas, que este lugar infunda no teu ânimo o mesmo amor, a mesma fé que ela em vida e na morte dedicou ao heroico apóstolo da liberdade, Giuseppe Garibaldi."*

---

* Apud RAU, 1975, p. 482.

Giuseppe Garibaldi lutou durante dois anos e meio ao lado dos farrapos no Rio Grande do Sul. Em 1841, mudou-se para Montevidéu com Anita. A partir de meados do ano de 1842, dirigiu a defesa de Montevidéu contra as incursões de Oribe, ex-presidente da República Uruguaia, então a serviço do ditador Juan Manuel de Rosas.

Garibaldi voltou à Itália em 1848 e integrou-se às tropas do papa e do rei Carlos Alberto da Sardenha, que pretendia expulsar os austríacos e libertar o país do jugo estrangeiro. Ele perdeu rapidamente o apoio de Carlos Alberto, mas ganhou o fervoroso incentivo do povo italiano, que via nele um herói. Em 1849, durante as lutas pelo domínio de Roma, Anita deixou Nizza e se juntou corajosamente ao esposo; ela já estava grávida de seu quinto filho.

Com a invasão francesa, as tropas de Garibaldi são obrigadas a abandonar a República Romana, empenhando uma longa e difícil fuga pelo território italiano coalhado de tropas austríacas. Garibaldi, um proscrito novamente, tem a sua cabeça a prêmio. Mas, à altura de Ravena, Anita, que já estava muito adoentada, vem a falecer. Era o dia 4 de agosto de 1849, e ela tinha apenas 28 anos. Garibaldi é incitado pelos seus fiéis seguidores a fugir de Mandriole, empreendendo vigorosa aventura para escapar aos austríacos, sempre ajudado pelo povo. Entrementes, o cadáver de Anita é descoberto por algumas crianças da região de Mandriole, e os austríacos acusam publicamente Garibaldi de ter assassinado a esposa.

Garibaldi chega a Gênova no dia 7 de setembro. Está para ser preso e condenado, quando recebe do governo piemontês a sentença do seu exílio, podendo permanecer apenas vinte e quatro horas em Nizza, a fim de despedir-se da mãe e dos seus três filhos com Anita.

Durante o exílio, Giuseppe Garibaldi viajou para vários lugares, desde a África até os Estados Unidos e o Peru, voltando à Europa apenas em 1854. Desembarcou em Gênova e estabeleceu-se na pequena ilha de Caprera, ao norte da Sardenha. Numa nova guerra com a Áustria em 1859, Giuseppe Garibaldi assumiu o posto de major general, e comandou a campanha que terminou com a anexação da Lombardia pelo Piemonte. Comandou os célebres camisas vermelhas em 1860 e 1861. Sempre utilizando as técnicas de guerrilha aprendidas com os revolucionários rio-grandenses na América do Sul, Garibaldi conquistou a Sicília e depois o reino de Nápoles, até então sob o domínio dos Bourbon. Liderou uma nova expedição contra as forças austríacas em 1862, dirigindo depois suas tropas contra os Estados Pontifícios, convencido de que Roma deveria ser a capital do recém-criado estado italiano. Também participou da expedição de anexação de Veneza.

Garibaldi elegeu-se deputado no parlamento italiano em 1874, recebendo uma pensão vitalícia pelos serviços prestados à nação. Morreu em Caprera no dia 2 de junho de 1882, aos 75 anos.

Agradecimentos

Quando eu comecei este livro, por motivos pessoais, eu estava desanimada de muitas coisas. Mas o retorno de Giuseppe Garibaldi à minha vida, com a sua história cheia de sonhos, coragens e aventuras, foi aos poucos me devolvendo para a felicidade e a alegria. Anita, a quem eu não desbravei no primeiro livro, *A casa das sete mulheres*, foi também — e principalmente, talvez— uma companhia instigante, uma mulher-mistério com olhos de ruína (como disse um amigo), criatura muito à frente do seu tempo. Anita Garibaldi, considerada uma heroína, é venerada hoje no Brasil e na Europa, mas deixou poucas pegadas nos livros de História, o que era tristemente comum às mulheres.

Este romance foi um trabalho árduo e feliz, que nasceu numa corrida pelo meu bairro e ganhou corpo em incontáveis alvoreceres de trabalho, dias e tardes de ficção e de esforço. Por isso, eu preciso agradecer, em primeiro lugar, aos meus dois filhos, João e Tobias, que entenderam as quietudes da mãe, as madrugadas, as horas em que estive mentalmente mais no século XIX do que aqui em casa, ao lado deles.

Também quero agradecer a alguns amigos que me ajudaram muito:

Ao Guilherme Franzen Rizzo, que me enviou seus livros sobre o Garibaldi, entre eles, o belíssimo *Garibaldi e a Guerra dos Farrapos*, do Lindolfo Collor — título que me foi fundamental.

À Cátia Schmardecke e à Fernanda Milman (sempre por perto), que também trouxeram livros pra mim.

Ao Thiago Lacerda — não apenas meu, mas o Garibaldi eterno de todos os brasileiros —, pela amizade, pelos papos e whatsapps garibaldinos, iluminações e divagações.

Ao Marcelo Pires e a Ana Mottim, que leram o original e me deram bons conselhos.

A Carin Mandelli, pelo ouvido paciente e pelas fotos, sempre.

E, finalmente, ao Chico Baldini, que virou meu interlocutor gentil e atento. Nix, uma das narradoras do livro, foi pintada por ele, e agora habita a parede ao lado da minha mesa. Ah, a capa do livro também é do Chico, e só por isso já valem todos os agradecimentos deste mundo.

Impresso no Brasil pelo
Sistema Digital Instant Duplex da Divisão Gráfica da
DISTRIBUIDORA RECORD DE SERVIÇOS DE IMPRENSA S.A.
Rua Argentina, 171 – Rio de Janeiro, RJ – 20921-380 – Tel.: (21)2585-2000